골드퀸

Gold Queen

골드퀸 Gold Queen 2

정인 장편소설

초판 1쇄 찍은 날 | 2017년 5월 22일
초판 1쇄 펴낸 날 | 2017년 5월 29일

지은이 | 정인
펴낸이 | 권태완 우천제

편집책임 | 박은정
편집 | 김효주
편집 디자인 | 이즈플러스

펴낸곳 | (주)케이더블유북스
등록번호 | 제25100-2015-43호
등록일자 | 2015. 5. 4
WFN | 제3-015호

주소 | 구로구 디지털로31길 41 이앤씨벤처드림타워 6차 1108호
전화 | 02-867-4626 팩스 | 02-866-4627
E-mail | cl_production@naver.com

ISBN 979-11-5983-998-6
979-11-5983-995-5 (set)

※ 이 도서의 국립중앙도서관 출판시도서목록(CIP)은 서지정보유통지원시스템 홈페이지(http://seoji.nl.go.kr)와 국가자료공동목록시스템(http://www.nl.go.kr/kolisnet)에서 이용하실 수 있습니다.

골드퀸

Gold Queen

정인 장편소설

2

위치북

Contents

제1장 습격

화창한 하늘 아래, 활짝 핀 꽃들 사이로 두 남자가 서로를 마주 보고 있었다. 푸석거리는 금발을 지닌 사내는 잔뜩 긴장해 굳어 있는 남자를 지그시 응시하고 있었다.

"저, 전하……."

가만히 있는 게 답답한지 노엘이 몸을 틀자 그를 모델로 그림을 그리고 있던 세드릭의 미간이 살짝 올라갔다.

"움직이지 마."

"윽."

노엘은 그림 그리기에 열중하고 있는 세드릭을 보며 옅게 한숨을 내쉬다 또다시 한 소리를 듣고 말았다. 몸을 가만히 있어라, 눈을 깜박이지 마라 등등의 주문은 그를 고역스럽게 만들었다. 하나 누구의 명이라고 어기겠는가. 그가 하라면 하는 거지. 누구보다 세드릭을 아끼는 노엘로서는 얌전히 그의 모델이 되어줄 수밖에 없었다.

"……끄응."

그가 몸을 비비 꼬자 그 모습이 웃긴지 세드릭이 피식 웃음을 터뜨렸다. 낑낑거리는 모습이 마치 벌 받는 강아지 같았다.

"……웃으실 겁니까?"

"안 웃었어."

"웃었지 않습니까."

"노엘이 착각한 거야."

노엘이 눈을 가늘게 뜨고 그를 흘기자 세드릭은 시치미를 뗴었다. 감히 한낱 호위 기사가 할 법한 행동은 아니지만 노엘의 행동을 세드릭은 뭐라 하지 않았다. 오히려 반발하는 그가 웃긴지 세드릭의 얼굴에 환한 웃음이 피어났다. 결국 그 모습에 노엘은 더는 뭐라 말하지 못하고 함께 웃어버렸다.

치료사에게 추행당할 뻔했던 그날, 세드릭은 하루 종일 침대에서 나오지 않았다. 울지도, 그렇다고 화를 내지도 않았다. 조용히 이불을 덮고 어떤 얼굴로, 어떤 마음으로 하루를 보냈는지 노엘은 차마 짐작할 수 없었다.

그리고 그다음 날 세드릭은 언제 그런 일이 있었냐는 듯 아무렇지 않게 웃으며 노엘을 맞이하였다. 그때 세드릭의 눈가가 붉어져 있는 것을 노엘은 알아차렸지만 그에 대해 한 마디도 입 밖으로 꺼내지 않았다. 그가 참고자 한다면 노엘은 그저 묵묵히 지켜볼 수밖에 없었다.

"다 됐습니까?"

"아니, 아직 가만히 있어봐. 이제 얼굴을 그릴 거니까."

세드릭은 연필을 들고 노엘의 얼굴을 응시했다. 그리고 비어 있는 얼굴 안에 눈썹을 그리고 눈과 코를 그려 넣었다. 마지막으로 작게 웃고 있는 그의 입을 그려 넣었다. 그는 잘 모르는 모양이지만 노엘은 웃을 때마다 왼쪽 입술이 살짝 올라가곤 했다. 마치 자신의 죽은 친우처럼. 왕립 아카데미에서 처음 만난 아디스는 순박하고 천진난만한 아이였다. 이후 졸업 후에는 그에게 성을 내려 자신의 기사로 받아들였다. 차라리 데려오지 말 걸 그랬나. 그랬다면 그리 죽지 않았을 텐데. 시신조차 찾지 못한 친우를 생각하며 세드릭은 씁쓸한 미소를 지었다.

"……."

세드릭은 손을 멈추고 노엘을 바라보았다. 닮았다는 건 알았지만, 이렇게까지 같을 줄은 몰랐다. 분명 그는 죽었을 텐데. 왜 자꾸 그가 자신의 친우인 아디스로 보이는 것일까.

'……정말, 아디스 너인 거야?'

세드릭의 푸른 눈동자가 노엘 안에 감춰진 친우를 찾기 위해 오랫동안 그를 주시했다. 세드릭의 손이 떨려왔다.

"저하?"

세드릭의 눈빛이 묘해지자 노엘이 물었다. 그의 눈동자도 세드릭만큼 깊게 가라앉아 있었다. 하지만 대답해 줄 수 없었다. 아직은. 노엘은 표정을 드러내지 않은 채 묵묵히 그를 바라보았다.

"저하."

노엘의 부름에 그제야 상념에서 벗어난 세드릭이 고개를 저었다.

"아니야."

웃는 습관조차 그와 닮아 있었다. 그뿐만이 아니다. 그와 처음 만날 때부터 그랬다. 처음 본 사이가 아니라 오랫동안 함께 지내온 사람처럼 익숙함을 느꼈다. 아디스가 곁에 있는 것처럼.

"노엘……."

"예."

입이 근질거렸다. 네가 맞냐고, 네가 아디스가 아니냐고. 그렇게 묻고 싶은 것을 꾹 참았다. 하지만 물을 수 없었다. 만약 그가 아디스가 아니라면, 세드릭은 더 슬플 테니까.

"다 됐다."

세드릭은 그림을 완성했다.

그때 시종이 그들에게 다가왔다.

“저하.”

“무슨 일이냐?”

“치료사님께서 오셨습니다.”

“…….”

세드릭의 몸이 딱딱하게 굳었다. 손이 덜덜 떨리는 것을 감추기 위해 주먹을 세게 말아 쥐었다.

“……치료사 말이더냐?”

“예.”

세드릭은 눈을 감았다. 여전히 몸이 떨리고 두렵지만 피할 수 없었다.

“알겠다. 바로 가지.”

잔뜩 긴장한 세드릭의 어깨를 노엘의 손이 감쌌다.

“괜찮을 겁니다.”

“……응.”

세드릭은 무겁게 고개를 끄덕였다.

“만나서 반갑습니다. 치료사 리아라고 합니다.”

긴 금발을 하나로 땋아 등 뒤로 내리고 흰 얼굴의 반은 알이 검은색인 요상한 검은색 안경으로 가렸다. 게다가 옷차림 또한 이상했는데, 흰 가운을 두르고 있었다. 세드릭은 이번에 온 치료사가 여자라는 것에 안도해하는 한편, 그 특이한 복장에 놀랐다.

“안경은…….”

“죄송합니다. 눈에 상처가 있어서.”

“……그렇소?”

"예, 그러하답니다."

"……."

안경을 쓴 이유가 상처를 가리기 위함이라고 하니 세드릭은 차마 벗으라고 강요하지 못했다. 하지만 왠지 꼭 그 이유 때문은 아닐 것 같은 느낌이 들었다. 마치 그냥 얼버무리는 것 같은 느낌이었다.

"그럼 검사를 해도 되겠습니까?"

"그렇게 하시오."

"아, 그보다 먼저 보여드릴 게 있습니다."

세드릭이 의아해하자 헬리아가 손뼉을 쳤다. 그러자 문을 열고 누군가 들어왔다. 푸른색 머리에 푸른 눈동자를 지닌 말쑥한 사내였다. 엘라임은 휠체어를 끌고 그들 앞으로 다가왔다.

"저 사람은?"

"아, 제 조수입니다."

졸지에 조수가 된 엘라임은 헬리아 앞으로 휠체어를 끌고 왔다. 헬리아는 세드릭에게 휠체어를 잘 보이게 한 뒤 설명을 시작했다. 그 폼이 제법 물건 파는 약장수의 냄새를 풍겼다. 그것도 사이비 같은.

"이번에 제가 아는 상단에서 개발한 특수 휠체어입니다. 인체 공학적인 설계는 물론 사용자의 편의를 위해 특별히 치유 마법을 새겨 넣어 한층 편안한 착용감을 느끼실 수 있을 겁니다."

"……."

이 사람은 치료사인가, 아니면 장사꾼인가? 그도 아니면 사이비? 세드릭은 혼란을 느꼈다. 그러나 어느새 그의 시선은 새로운 휠체어로 가 있었다. 자신도 모르게 그녀의 페이스에 말리는 것 같았지만 휠체어는 그의 시선을 끌기 충분했다. 현재 그가 쓰고 있는 휠체어도 유명한 장인이 만들었지만 불편한 점들이 있었다. 그녀가 가져온 것은 가볍고 더 편안해 보였다.

"한번 앉아보시겠습니까?"

"……."

그가 주저하는 기색을 보이자 그녀는 말했다.

"사양하지 마세요. 공짜는 아니니까."

그렇다면야. 왠지 장사꾼에게 놀아난 기분이 들었지만 현재 사용하고 있는 휠체어는 낡고 불편했다. 또 마음에 들지 않으면 사지 않으면 그만이다.

세드릭이 노엘을 불렀다.

"노엘."

"예, 저하."

노엘이 세드릭의 몸을 들어 헬리아가 가져온 휠체어에 앉혔다. 세드릭은 조금 얼떨떨했지만 이내 휠체어에 앉아 이리저리 둘러보다 시원한 기운이 자신의 몸 안으로 스며들자 눈을 크게 떴다.

"이건……."

온몸에 청량감이 돌고 전혀 불편하지 않았다. 이런 휠체어가 있다니.

"굉장해."

세드릭이 저도 모르게 말했다.

"후후, 몸에 활력을 돋우는 마법진을 새겼습니다. 일주일에 한 번씩 하급 마나석만 끼워 넣으면 반영구적으로 사용이 가능합니다. 어떠십니까?"

"정말 괜찮네."

세드릭이 만족한 듯 고개를 끄덕였다.

"얼마인가?"

"가격은 500골드입니다."

"……그, 그렇게 비싼가?"

세드릭은 가격을 듣고 놀랐다. 500골드라니. 아무리 자신이 왕족이며 왕세자지만 너무 비쌌다.

"걱정하지 마시지요. 이미 가격은 왕비마마께서 지불하셨습니다."

"……."

세드릭은 어머니에게 너무 죄송스런 마음이 들었다. 그간 치료사들에게 지불한 비용도 어마어마할 텐데. 그는 자신이 타고 있는 휠체어를 이리저리 만져 보았다. 그러다 자신이 탔던 휠체어를 보았다. 어머니에게 죄송스럽지만 도저히 다시 저걸 탈 수 없을 것 같았다.

"앞으로 많은 이용 부탁드립니다."

왠지 낚인 것 같다. 한데 문제는 낚일 수밖에 없다는 것이다.

"그럼 바로 검사에 들어가죠."

"노엘, 날 침실로."

"아닙니다. 이곳에서도 충분히 검사할 수 있습니다."

세드릭은 헬리아의 말에 고개를 갸웃거렸지만 차라리 그게 더 나았다. 아직 그날 있었던 충격이 가시지 않았다. 이렇게 다들 있는 곳이라면 오히려 안심이었다.

"담요를 치워도 될까요?"

"노엘."

세드릭이 노엘에게 담요를 건네주었다. 헬리아는 세드릭의 다리를 검사하기 시작했다. 그의 바지 밑단을 올리자 뽀얀 다리가 보였다. 그녀의 다리보다 더 희고 가늘어 보였다. 외관상에는 문제가 없어 보였다.

'겉은 아무런 이상이 없는데…….'

좀 더 자세한 진단을 위해 그의 다리를 만졌다. 그때 세드릭이 헬리아의 손길에 살짝 놀란 듯 흠칫했다. 그의 반응에 헬리아의 눈이 가늘어졌다.

'신경은 살아 있군. 하반신 마비는 아닌 것 같은데. 흠, 근육이 거의 없고 잔뜩 경직되어 있어. 그러고 보니 사고 이후 한 번도 움직이지 않

았던가?'

베로니카 공작에게 마법을 배우면서 의학에 대해 공부했던 헬리아다. 뿐만 아니라 포션을 연구하면서 인간의 몸에 대해 연구했다. 얕지만 지구에서의 의학 지식도 있어 세드릭의 현재 상태를 진단할 수 있었다.

"어떤 것 같나?"

그다지 기대하는 기색은 아니었다. 하나 그도 그럴 게 벌써 3년이다. 세드릭은 이미 자신의 다리가 고쳐질 거란 생각은 아예 접었다. 그저 어머니의 노력을 차마 거절할 수 없어 모른 척할 뿐이었다.

'이건…….'

헬리아가 이곳의 의학을 배우면서 안 것은 이곳의 의술이 과학이 발달한 현대의 의술에 뒤지지 않을 만큼 뛰어났다는 것이다. 그 이유에는 포션과 신성력에 있었다.

하지만 포션으로 인해 이곳의 의학은 크게 발전하지 못했다. 그저 포션 하나로 치유가 되는데 무엇하러 약을 개발하고 의술을 발달시키겠는가. 포션은 의학의 발전을 저해시켰다. 지금도 마찬가지다. 이건 약이 아니라 다른 방법으로 접근해 치료했어야 했다.

"저하."

헬리아가 입꼬리를 씩 올렸다. 검은 안경 속에 감춰진 금빛 눈동자가 빛을 발했다.

"아픈 거 좋아하십니까?"

왠지 그 순간 세드릭은 오한을 느꼈다.

⁂

세드릭의 눈동자는 깊게 가라앉아 있었지만 그 푸른 눈빛 속에는 묘한 불안감과 기대감이 일렁이며 드러났다.

"그자의 말이 사실일까?"

그의 목소리는 잘게 떨렸다. 아직도 좀 전의 일로 인해 거세게 뛰고 있는 심장은 쉽게 진정되지 않았다.

세드릭은 창밖으로 멀어져 가는 금발의 치료사를 물끄러미 응시했다. 특이한 복장에 검은 안경을 쓴 이상한 여자. 그런데 그녀는 말했다.

"걸을 수 있습니다."

3년간 어느 치료사도 그렇게 확신에 찬 말투를 내비친 적 없었다. 그런데 그녀는 어느 누구도 공언하지 못한 그 말을 서슴없이, 당연하다는 듯 자신감에 찬 말투로 걸을 수 있다고 말했다.

'정말 사실일까? 그녀의 말대로 나을 수 있는 것일까?'

그는 자신의 다리를 보았다. 햇빛을 받지 못해 하얗다 못해 창백한 다리. 사내의 것이라고 믿기 어려운 얇고 부서질 듯 나약한 다리.

'3년간 자신을 옥죄던 이 족쇄에서 벗어날 수 있다고?'

"노엘. 그자의 말대로 정말 내가 걸을 수 있을까? 지금까지 아무도 치료하지 못했어. 근데 정말 그 말을 믿어도 될까?"

기대와 불안이 교차하자 세드릭은 혼란스러웠다.

"저하, 나으실 수 있을 겁니다."

노엘은 안심하라는 듯 미소를 지었다.

"……."

세드릭은 잠시 눈을 감고 생각했다. 어차피 그의 선택은 결정되어 있었다. 치료를 받는다. 그것 외에 그가 선택할 여지는 없었다.

"……참 이상한 여자였어."

그는 헬리아를 떠올리며 피식 웃었다.

"그런데 묘해. 묘하게 익숙하면서 편안했어. 평범한 사람은 아닐 거야."

그 우스꽝스런 옷도, 검은 안경도 그녀의 묘한 분위기를 감추지 못했다. 전혀 믿음직스런 모습이 아닌데도 지금껏 봐왔던 수많은 치료사보다 더 믿음이 갔다. 그녀는 확고히 말했다. 한 치의 거짓도 없는 목소리. 만약 그것이 거짓이라면 그녀는 천하에 둘도 없는 사기꾼일 것이다. 하지만 세드릭은 그녀의 말이 진심임을 알았다. 아니, 진심이라 믿고 싶었다.

"치료를 받겠어."

결정을 내린 세드릭의 얼굴은 후련해 보였다. 노엘은 기대감에 얼굴이 붉게 상기된 그를 보며 한 가지 걱정을 떠올렸다.

"……고통스럽다 하였습니다."

세드릭은 노엘의 말에 헬리아가 내뱉은 말을 상기했다.

"지옥을 보게 될 겁니다."

그녀의 말은 허언이 아닐 것이다. 하지만 세드릭은 고개를 저었다.

"지옥? 사고 이후 3년의 시간은 내게 지옥이었어."

세드릭은 걱정하지 않았다. 이제껏 감내해 왔던 그 고통보다 크지는 않을 것이다.

"아픔 따위 두렵지 않아."

⁂

"으윽!"

세드릭이 철퍼덕 주저앉았다. 온몸은 땀으로 흠뻑 젖어 있었고, 어깨를 들썩이며 숨을 내쉬었다.

팔락.

그때 옆에서 누군가 한가로이 책장을 넘기는 소리가 들렸다. 거기에 옆에는 다과와 따뜻한 홍차까지 있었다.

"으득."

세드릭은 이를 물었다.

"저하!"

주변에서 시종과 시녀들이 그를 붙잡으려 했지만 세드릭이 만류했다.

"만지지 마라."

"하오나."

세드릭의 눈빛에 시종과 시녀들은 할 수 없이 물러났다. 세드릭이 날카로운 눈으로 여유롭게 앉아 책을 읽고 있는 헬리아를 향해 물었다.

"정말 이리하면 나을 수 있는 건가?"

차를 마시고 있던 그녀가 입을 떼고 말했다.

"저하의 다리는 사고 이후 오랫동안 쓰지 않아 근육양이 저하되고 일시적으로 마비된 상태입니다. 그러니 천천히 근력을 늘리기 위한 운동이 필요합니다."

"그런데 왜 그대는 아무것도 하지 않는가?"

세드릭은 자신은 땀을 뻘뻘 흘리고 있는데 고작 책이나 보며 앉아 있는 그녀의 모습에 심통이 났다.

헬리아가 피식 웃었다.

"그거야, 제가 아픕니까? 저하가 아픈 거지."

"……."

세드릭은 이를 물고 다시 그녀가 가져온 이상한 기구에 몸을 실었다. 그것은 양옆에 봉이 설치된 기구로, 그가 걸을 수 있도록 지지해 주는 역할을 했다.

"윽."

팔에 근력이 떨어져 제대로 버티는 것도 힘들어 매번 꼬꾸라지기 일쑤였다. 세드릭은 잘 움직여지지 않은 몸에 울상을 지었다. 거기다 너무 다리가 아팠다. 그런데 이 짓을 1년 동안 해야 한단다. 처음 1년이란 시간은 그리 길지 않게 보였다. 오히려 1년만 치료를 받으면 걸게 될 자신의 모습을 떠올리며 미소 지었다. 치료가 시작되기 전에는 말이다.

탁!

헬리아가 책을 덮었다. 세드릭이 그녀를 바라보았다.

"그럼 저는 이만 가겠습니다."

헬리아는 씨익 웃었다. 그녀는 일주일에 두 번, 하루에 두 시간씩 치료를 도맡았다. 세드릭이 그녀가 일어서는 것을 보며 어이가 없어 물었다.

"정말 그냥 가는 건가?"

"저하는 꾸준히 하셔야지요."

"……."

어떻게 저렇게 얄미울 수가. 헬리아는 세드릭이 자신을 빤히 쳐다보자 웃었다.

'힘들긴 할 거다.'

열게 실소하며 말했다.

"언제든 그만두고 싶다면 말씀하세요. 뭐, 저야 손해는 없지만요."

"……."

세드릭은 입을 꾹 다물었다. 사람의 복장을 뒤집으러 온 건지, 아니면 치료를 하러 온 건지 헷갈릴 때가 있었다.

"그럼 저는 갑니다."

유유히 나가는 헬리아의 뒷모습에 세드릭은 반드시 낫고 말리라 전의를 불태웠다.

"아, 아파."

침대에서 세드릭은 침음을 흘렸다. 그를 내려다보고 있던 노엘은 조심스럽게 손을 움직였다. 그러나 여전히 아픈지 세드릭은 눈물을 떨어뜨렸다. 그것을 본 노엘은 당황해 그를 진정시키려 애를 썼다.

"괘, 괜찮으십니까?"

"아프니까 살살해."

말할 기운도 없다. 세드릭은 베개에 얼굴을 묻었다.

"죄송합니다."

노엘은 아까보다 더 조심스럽게 세드릭의 굳은 다리 근육을 풀어주고 있었다. 헬리아가 치료가 다 끝난 다음엔 마시지를 해야 좋다고 그에게 마사지를 하는 법을 알려주고, 몸을 이완시켜 주는 향초를 놓고 갔다. 방에는 향초의 그윽한 냄새가 가득했다.

"……하아, 노엘."

"예, 저하."

"후우……."

그만두고 싶다는 말이 목구멍까지 치밀었지만 차마 입 밖으로 내뱉지 못했다. 이제 겨우 일주일이 지났을 뿐이다. 그런데 이걸 일 년을 더 해야 한단다. 아픔 따위는 두렵지 않다고? 그렇게 나불대던 자신의 입을 확 꿰매 버리고 싶었다.

"저하?"

게다가 자신이 포기하고 싶어질 때마다 자신을 보며 비꼬는 그녀의 말투는 정말이지 얄미웠다. 가끔 일부러 들으라고 하는 소린지 작게 '독한 놈'이라고 읊조릴 때도 있었다. 그럴 때마다 오히려 오기가 생겨서 차마 그만두고 싶다는 약한 말도 하지 못했다. 아니, 오히려 말을 하는 절묘한 타이밍으로 봐서 일부러 그가 말을 못 하게 만든 것일 수도 있었다. 세드릭은 후자에 무게를 두었다.

"노엘."
"예, 저하."
"그녀는 악마가 아닐까."
노엘은 부정하지 않았다.

❊

"다리를 치료한다고?"
아돌프 후작의 날카로운 물음에 페이튼 자작이 입을 열었다.
"처음에는 으레 그렇게 지나가는 치료사인 줄 알았으나 같은 치료사가 일주일 넘게 궁을 드나들었다고 합니다."
"분명 치료할 수 없다 하지 않았나!"
아돌프 후작의 음성에 페이튼 자작은 고개를 들지 못했다. 후작의 눈이 싸늘하게 빛났다. 이대로 세드릭의 다리가 낫는다면 그의 대계에 지장이 생길 것이다.
"치료사를 죽여라."
"예."
"그리고 왕세자도 함께 죽여라."
후작의 명에 페이튼 자작이 잠시 머뭇거리다 입을 열었다.
"존명."
후작의 눈이 매처럼 빛났다.

❊

치료가 다 끝나고 간신히 샤워를 마친 세드릭은 침대에 널브러졌다. 아직 덜 말라 물기가 뚝뚝 떨어지는 머리카락은 노엘이 와서 세심하게 닦아주었다. 세드릭은 오늘 하루도 무사히 치료가 끝난 것에 대한 감사와 내일 또 있을 치료 때문에 깊은 한숨을 내쉬며 베개에 얼굴을 묻었다.

그때 테이블에 앉아 있던 헬리아가 세드릭이 어느 정도 기운을 추스르자 입을 열었다.

"얼추 따라오시는 것 같으니 방식을 바꿀 때가 된 것 같습니다."

세드릭의 치료를 맡은 지 대략 한 달이 채 되지 않은 시점에 헬리아가 입을 열었다. 오늘도 저번처럼 대충 차나 마시고 돌아갈 것 같더니 그래도 치료사 노릇은 하려는 모양이다.

"바꾼다니?"

세드릭이 눈을 동그랗게 뜨고 그녀를 보자 헬리아는 그 모습이 퍽 어린애 같아 픽 웃었다. 기대와 불안이 뒤섞인 눈빛이었다.

"그럼 이제 아프지 않게 치료를 하는 거야?"

처음의 딱딱하고 격식 있는 말투와 달리 이제는 제법 친근하게 말을 걸어왔다. 치료 기간 내내 악을 쓰며 반말을 하다가 끝나고 난 뒤 다시 격식 있게 말하는 것도 우스워 그냥 편하게 말하기로 했다.

헬리아는 웃었다. 그에 안심한 세드릭도 같이 웃었다.

"농담이시죠?"

"……역시 그렇지."

역시나. 그럴 줄 알았다. 물론 아주 조금 기대하긴 했지만. 그녀의 말에 풀이 팍 죽은 세드릭이 어깨를 축 늘어뜨렸다. 헬리아는 그 모습을 보고 몸을 돌렸다.

"그럼 마음의 준비 단단히 하세요."

"……응."

"내일 뵙죠."

"아, 저기."

세드릭의 말에 헬리아는 걸음을 멈췄다.

"같이 밖에 나가지 않을래?"

"밖이요?"

헬리아는 어리둥절했다.

❊

화방 안으로 들어서자 유화 냄새가 가득했다. 헬리아는 살짝 미간을 찌푸리고 열심히 안을 구경하고 있는 세드릭을 보았다. 왕세자와 화방이라니. 제법 어울릴 듯 어울리지 않는 조합이다. 그러고 보니 그의 방에 들어갈 때마다 묘하게 맡아지는 냄새가 바로 유화 물감 냄새였나 보다.

헬리아는 최근 들어 가장 환하게 웃는 세드릭을 보며 고개를 저었다. 왜 같이 가자고 했나 봤더니 공범이 필요했던 모양이다. 궁의 비밀 통로를 지나 성을 빠져나온 세드릭은 웃으며 헬리아에게 말했다.

"치료를 위해서라고 하면 파에톤 경도 뭐라 하지 못할 거야."

치료를 빙자한 땡땡이를 치고 싶었던 건지 헬리아를 데리고 냉큼 밖으로 나와 버렸다. 거기다 혹여 파에톤이 붙잡을까 싶어 비밀로 했다. 하기야 그 몸을 하고 밖으로 나가는 것을 누가 허락하겠냐마는. 세드릭의 행동력에 헬리아는 허탈하게 웃어버렸다. 마이 페이스가 국왕과 판박이다.

"자."

간단하게 쇼핑을 마치고 저녁을 먹기 위해 가게로 들어온 헬리아와 세드릭, 그리고 세드릭을 호위하기 위해 따라온 노엘이 테이블에 앉았다. 세드릭이 건넨 물건을 보고 헬리아가 물었다.

"이게 뭐예요?"

"뇌물."

세드릭이 씨익 웃었다. 헬리아는 선물을 받아 들고 다시 세드릭을 보았다.

'뇌물이라니.'

헬리아는 속으로 실소했다. 아무리 봐도 이건 선물이었다. 하지만 그의 장단에 맞춰주었다.

"입막음이에요?"

세드릭은 그녀의 말에 머리를 긁적이더니 말했다.

"그것도 있고, 그냥 뭐."

세드릭은 좀 머쓱한지 그저 환하게 웃었다. 헬리아는 그의 웃음에 묘한 표정을 지었다.

'그러고 보니 닮았어.'

그녀는 세드릭의 모습에서 한 사람을 떠올렸다. 그와 똑 닮은 푸른 눈동자와 황금빛 물결치는 금발을 지닌 사람. 빈센트가 떠올랐다. 평소에는 헤실거리며 웃지만 진지할 때는 누구보다 단호한 표정을 짓는다. 만약 이 사람이 다리가 다치지 않았다면 능히 왕위에 올라 성군이 되었을 것이다.

'성군이라…….'

그때 세드릭이 헬리아의 손을 잡았다.

"받아줄 거지?"

말갛게 웃는 세드릭의 모습에 헬리아는 피식 입가에 미소를 지었다.

"선물 고마워요."

헬리아는 작은 그림을 품 안에 넣었다.

⁂

헬리아가 바쁘다며 돌아가고 가게 안에는 세드릭과 노엘만 남았다. 세드릭은 가볍게 주스를 마시며 주변을 둘러보았다. 몇몇은 그의 휠체어를 힐끔거렸지만 대부분 그냥 지나쳤다.

"이제 돌아가시지요?"

노엘의 말에 세드릭은 고개를 저었다. 오랜만에 나온 나들이였다. 아무렇지 않은 듯 나왔다고 하지만 그도 용기를 낸 것이었다. 사고 이후 휠체어를 탄 자신을 바라보는 동정 어린 눈빛이 싫어서 나오지 않았다.

가엽다는 시선도, 보통 사람이 아닌 장애인 취급받는 것도 싫었다. 그런데 치료를 하고부터 용기가 생겼다. 아직 걷지 못하지만 왠지 걸을 수 있을 거란 희망이 있기 때문일 것이다.

"아니, 조금만 더 있다가."

조금만 더 사람들 틈에 끼어 그들의 생동감을 느껴보고 싶었다. 그런데 그때였다.

콰아아앙!

굉음과 함께 가게 밖에서 큰 소리가 들려왔다. 사람들의 비명과 말의 울음소리가 크게 울려 퍼졌다.

"무슨 일이야?"

가게 안에 있던 손님들도 소리를 듣자 웅성거렸다. 궁금함을 이기지 못한 손님 몇 명이 밖을 나섰다. 그리고 얼마 안 있어 그들이 들어와 하는 소리에 사람들이 귀를 기울였다.

"뭐야?"

한 사내가 말하자 밖에 나갔다 들어온 이가 말했다.

"짐마차가 넘어졌다는군."

"그게 사실인가?"

"사람을 피하려다가 마차가 전복되었다네. 한데 운도 없지. 짐이 너무 많아서 마차가 무너져 내리면서 안에 있던 사람이 나오지 못하는 모양이야."

"저런! 그럼 얼른 꺼내야지!"

"그게, 힘으로 도통 꺼낼 수가 있어야지. 이럴 때 힘 좋은 사람이라도 있으면."

"쯧쯧, 어찌하나."

어찌할 바 몰라 발만 동동 구르는 사람들의 모습에 세드릭은 생각에 잠겼다. 그리고 노엘을 바라봤다.

"노엘."

"예."

"가서 도와주고 와."

노엘은 그 말에 인상을 썼다. 그는 세드릭의 호위 기사였다. 당연히 호위 대상을 두고 갈 수 없는 노릇이었다. 만약 자신이 나간 사이에 그에게 무슨 일이 생긴다면 어찌한단 말인가. 게다가 점점 날은 어두워지고 있었다.

"제, 제발 좀 도와주시오!"

밖에서 애원하는 목소리가 들렸다. 마차 안에 아이가 타고 있는 모양이었다. 그러나 꺼내지 못하고 있었다. 아이 아버지의 울음소리는 더욱 커졌다.

세드릭은 더욱 간절한 눈으로 노엘을 바라봤다.

"노엘."

"저는 저하의 호위 기사입니다. 명을 물려주십시오."

"바로 코앞이야. 누가 날 해칠 것도 아니고. 아이가 갇혀 있다고 하잖아? 응당 기사라면 약자를 지나쳐서는 안 된다고."

"하오나 저하……."

"노엘."

"……."

결국 그의 단호한 눈빛에 노엘은 그의 뜻을 받아들일 수밖에 없었다. 저리 강경하게 나온다면 도통 그의 의지를 꺾을 방법은 없었다. 한숨을 내쉰 그는 떨어지지 않은 발걸음을 돌렸다. 그러나 안심이 되지 않는지 여전히 걱정 어린 시선으로 혼자 남게 될 그를 바라봤다.

"무슨 일이 있으면 즉시 불러주십시오."

"응."

세드릭은 밖으로 나가는 노엘의 모습에 안색이 어두워졌다. 이렇게 혼자서는 아무것도 할 수 없는 자신이 못내 속상했다. 그래도 사고가 나기 전에는 제법 검술 실력도 좋아서 그 나이 대에 적수가 없을 정도였거늘. 하나 그것도 벌써 옛일이 되었다. 이제는 이렇게 보호받아야 할 처지인 것이다.

"다리야. 조금만 있으면 걸을 수 있겠지?"

자신의 부실한 다리를 내려다보았다. 전보다 더 살이 붙어 통통해졌지만 여전히 희고 걷지 못하는 다리였다.

노엘이 밖으로 나간 지 대략 한 시간이 흘렀다.

'왜 안 오지?'

그런데 노엘은 아직도 돌아오지 않고 있었다. 무슨 일이 있는 건 아닌가 하고 주위 사람을 붙잡고 물었다.

"마차의 아이는 어떻게 되었습니까?"

"아, 다행히 어떤 남자가 아이를 구해 주었네."

"그럼 그 남자는 어디에 있습니까?"

그 말에 남자는 머리를 긁적였다.

"글쎄, 다시 돌아가지 않았을까?"

세드릭의 표정이 딱딱하게 굳었다. 무언가 불안감이 차올랐다. 결국 노엘을 찾기 위해 휠체어를 움직였다. 한데 가게 안이 제법 붐벼 휠체어를 움직이기가 쉽지 않았다. 그래서 그만 맥주를 들고 있던 사내와 부딪치고 말았다.

"읏!"

"이런 젠장!"

사내의 앞섶이 맥주로 흥건하게 젖어버렸다. 하나 세드릭도 맥주가 튀어 머리가 축축했다. 그러나 제가 먼저 부딪친 거라 사과를 건넸다.

"미안하게 됐소."

"다 젖었잖아? 미안하다면 다야?"

불행히도 상대는 용병인지 사내의 몸과 얼굴엔 상처가 가득했고, 허리춤에 검을 차고 있었다. 그는 지금의 상황이 짜증 나는지 눈을 부라리며 세드릭을 노려보았다. 세드릭은 얼른 수습하려고 말을 건넸지만 사내는 그를 위아래로 보더니 혀를 찼다.

"젠장, 별 병신 같은 것과 부딪쳐서."

"……충분히 사례는 하겠소. 하나 말이 무례하군."

세드릭의 눈이 가라앉았다. 그러나 속은 쓰라렸다. 휠체어 손잡이를 잡은 손이 잘게 떨렸다. 사내는 그가 떠는 모습을 보고는 한껏 조소를 지었다.

"꼴에 병신이라고 유난 떨기는."

"말을 함부로 한다고 생각지 않소?"

"하, 재수 사납게 이런 놈이랑 부딪쳐서는. 그럼 병신을 병신이라 하지 뭐라고 해?"

"……."

화가 났다. 한데 반박할 수 없었다. 그래서 더 속이 상하고 분했다.

얼른 사례를 하기 위해 돈주머니를 찾았지만 아차 싶었다. 돈은 전부 노엘이 가지고 있었다. 그의 얼굴이 사색으로 물들자 사내의 표정이 점점 야비하게 변했다. 세드릭은 입술을 깨물었다.

"뭐야, 돈이 없어?"

"일행이 오면 주겠소."

"어이, 괜히 거짓말하지 말라고. 보아하니 그동안 혼자 있었던 것 같은데, 일행은 그냥 간 거 아니야?"

그 순간 세드릭의 몸이 굳어졌다. 왠지 느낌이 이상했다. 사내는 자신을 보면서도 주변을 살폈다. 세드릭은 불안해 몸을 돌리려 했지만 그의 어깨를 사내가 우악스럽게 잡아 이끌었다.

"윽!"

"도망가면 안 되지."

사내에게 붙잡힌 세드릭은 신음을 흘렸다. 그 사내는 갑자기 세드릭의 휠체어의 손잡이를 잡더니 어디론가 끌고 가기 시작했다.

"무, 무슨 짓이냐!"

사내는 묵묵히 그를 끌고 가게 뒤로 나왔다. 인적이 드문 곳으로 가기 시작하자 세드릭이 소리쳤다.

"노, 노엘!"

그러나 사내가 입을 틀어막았다.

"으읍!"

"조용히 하라고. 세자 저하."

"……!"

세드릭의 눈이 커졌다. 그의 목에 날카로운 검이 드리워져 있었다. 공포가 물밀듯 밀려왔다. 그날의 사고가 떠올랐다. 전복된 마차, 그리고 자신의 몸을 난자했던 암살자들. 흘러나오는 새빨간 피. 세드릭은 사색이 된 얼굴로 손을 덜덜 떨었다.

"어, 어째서?"

그 순간 노엘이 떠올랐다.

"노, 노엘!"

"크크큭, 그 기사를 찾는 거라면 포기하는 게 좋아."

"무, 무슨 짓을 한 거냐!"

"기사 나리가 참 거슬려서 말이야. 정말 운도 좋지 않아? 갑자기 마차 전복이라니."

그 말에 세드릭은 다른 공범이 있다는 것을 깨달았다. 고의적인 마차 사고로 혼란을 야기한 것이다.

"어째서 날 죽이려는 거냐? 나는……."

"치료를 한다면서? 그렇겐 안 되지. 뭐 솔직히 치료사만 처리해도 되지만 뒤끝 없이 깨끗이 해야지."

치료사라는 말에 노엘의 눈이 커졌다. 이들의 진짜 목적이 무엇인지 깨달았다.

"리, 리아를!"

리아가 위험했다. 그러나 그가 움직이려 해도 그의 손에 잡혀 빠져나갈 수가 없었다.

'리아…….'

자신 때문에 위험에 처한 리아를 떠올리자 세드릭은 입술을 깨물었다.

"자, 그럼 죽어라!"

세드릭은 눈을 감았다. 어떤 저항도 할 수 없으니 체념한 것이다. 그의 검이 빠르게 세드릭의 목을 향해 내리꽂혔다.

푸욱! 똑-

핏방울이 땅바닥에 떨어져 짙은 혈향을 풍겼다.

"……어째서?"

세드릭은 흔들리는 눈으로 자신의 앞에 있는 이를 보았다. 아프지 않았다. 그래, 자신은 아프지 않았다. 세드릭의 손이 그의 옷에 닿았다. 그리고 그 순간 그의 몸이 무너져 내렸다.

"어, 어떻게……."

세드릭의 눈동자가 커졌다. 그때 그의 눈에 흰 가운이 보였다. 흰 가운엔 어느새 붉은 꽃이 피어나 있었다.

은은한 달빛에 빛나는 금발의 여자.

"……리, 리아?"

그녀가 돌아섰다.

"늦지 않았네요."

그녀는 환한 미소를 머금고 그를 바라보고 있었다.

"다치지 않아서 다행이에요."

그녀는 눈을 찡긋거리며 세드릭의 몸을 살피더니 이내 희미하게 안도의 숨을 내쉬었다. 되레 제 몸은 시뻘건 피로 물들어 있건만, 제 상처는 안중에 없다는 듯한 그녀의 태도에 세드릭은 차마 얼굴을 들 수 없었다.

"왜……."

그녀의 말에 울컥 뜨거운 것이 목구멍까지 차올라 말을 잇지 못했다. 눈물이 막을 새도 없이 뺨을 타고 흘러내렸다. 그녀의 비릿한 혈향이 날카로운 비수가 되어 그의 폐부를 찔렀다. 그 칼날은 죄책감이라는 이름으로 그의 목을 졸랐다.

'나 때문에…….'

또다시 자신으로 인해 누군가가 상처를 입었다. 한데도 자신은 그녀가 나타난 순간 역겹게도 살아 있다는 사실에 안도했다.

'나로 인해 얼마나 많은 사람이 죽어야…….'

많은 이가 그를 지키다 죽어갔다. 그런데 자신은 살아남은 것에 만족하지 못하고 자신이 가장 피해자인 척 굴었다.

'이런 자리 진작 버렸다면…….'

지키지 못할 자리였다면 구차하게 가지고 있지 말았어야 했다. 버리지도 않으면서, 지킬 마음도 없으면서 가지고만 있었다. 그래서 그의 소중한 사람들이 그를 대신해 죽어간 것이다.

'나 때문에…….'

친우 아디스의 죽음조차 결국 그 자신이 만들어낸 것이다.

"나는……."

세드릭은 이를 으득 물었다. 태어나 인지할 때부터 그는 왕세자였다. 그래서 그 자리가 당연히 자신의 것이라고, 소중한 사람이 하나둘 죽어 나가도 어쩔 수 없다고 여겼다. 하지만 세상에 당연한 건 없었다.

"나는 자격이 없어."

세드릭은 자신에 대한 분노로 몸을 떨었다. 너무 늦게 깨달았다. 모든 게 제 탓이다. 깨문 입술에서 피가 흘러 비릿한 맛이 느껴졌다. 그러나 내려놓자고 마음먹자 묘하게 가슴 한구석이 시원했다. 그는 울지도 웃지도 못 하는 표정이 되어버렸다.

"미안, 미안해……."

세드릭은 얼굴을 들 수 없었다.

"내가 나오자고 하지 않았으면……. 네가 이렇게……."

자신이 아직 왕세자란 허울을 뒤집어쓰고 있다는 것을 잊어버렸다. 걷지 못하는 두 다리로 이미 큰 값을 치렀음에도 교만했다. 자신은 다리가 낫게 된다는 사실이 기쁠지 몰라도, 그의 지위를 탐하는 자들에겐 결코 기뻐할 일이 아니었거늘.

세드릭은 주먹을 세게 말아 쥐었다. 그녀가 죽는다면 그 모두 자신 때문인 것이다. 자신의 존재가 너무나 역겹고 토할 것 같았다. 그때 그냥 죽어버렸으면.

"봐요."

그때 헬리아의 흰 손이 세드릭의 고개를 들어 올렸다.
"안 죽었어요. 잘 봐요."
"하지만……."
"뭐야, 내가 죽기라도 바라는 거예요?"
세드릭이 고개를 세게 저었다. 그러나 여전히 그의 눈에는 눈물이 멈추지 않고 흐르고 있었다.
헬리아는 속으로 혀를 찼다. 세드릭은 참으로 마음이 여렸다. 어떻게 왕세자의 자리에 있으면서 이렇게 순수할 수 있을까 싶었다. 자신으로 인해 다른 이가 아프다는 것을 자신이 아픈 것보다 더 아파하는 이다. 잘못을 남이 아닌 자신에게서 찾는 사람.
'나랑은 다르지.'
때 묻지 않은 세드릭과 달리 자신은 너무나 많이 때가 묻어버렸다. 온통 새카매져서 그게 때인지 잘 모를 때가 있다. 이용할 수 있는 건 전부 이용한다. 그게 돈이든, 사람의 마음이든. 순간 헬리아의 입가에 시니컬한 조소가 스쳐 지나갔다.
'나는 그렇게 살아간다.'
헬리아의 눈동자는 흔들리지 않았다. 설사 이번 일로 세드릭이 어떤 결론을 내려도. 그것이 그녀에게 원인이 있더라도.
"자."
헬리아는 입가에 미소를 띠었다. 순수한 아이의 미소와 다른 어른의 미소를. 그녀는 품속에 있던 것을 그에게 건네주었다.
"이건……."
그녀가 내민 것은 이젠 형체를 알아볼 수 없는 나무 조각이었다. 하지만 세드릭은 그것이 무엇인지 단번에 알아보았다.
"내가 준 그림……."
헬리아를 위해 나무판에 그렸던 그림이었다.

"덕분에 살았어요."

그녀는 씩 웃었다. 세드릭이 준 그림판이 심장을 관통하려던 검을 빗겨가게 했다. 여전히 피를 많이 흘리긴 하지만 다행히 치명상은 아니다. 물론 이대로 둔다면 치명상과 다를 바 없겠지만 헬리아는 내색하지 않았다. 그래도 즉사하는 것을 면하지 않았나.

"고마워요."

"……죽지 않는 거지? 그런 거지?"

눈물을 뚝뚝 흘리는 세드릭을 보며 헬리아는 고개를 끄덕였다.

"안 죽어요. 남자가 울기는."

눈물과 정이 많은 사람.

"……너무 과했나."

헬리아는 작게 말을 내뱉었다. 워낙 작은 소리라 세드릭은 듣지 못했다. 무엇보다 세드릭은 지금 제정신이 아니었다. 아직도 헬리아의 옷깃을 잡은 손을 놓지 못하고 있었다.

"다행이야, 정말 다행이야."

그녀가 죽지 않을 거란 확신을 얻자 세드릭은 온몸에서 힘이 빠져나가는 것을 느꼈다. 만약 지금 자신이 서 있었다면 풀썩 주저앉아버렸을 것이다. 그러나 감동의 순간도 잠시뿐이었다.

"네년은 누구냐!"

세드릭을 죽이려던 암살자, 켄은 갑자기 등장한 그녀의 존재에 잔뜩 인상을 찌푸렸다. 그는 칼에 묻은 피를 털어냈다. 걷지도 못하는 왕세자, 거기에 호위 기사까지 떨어뜨려 놓은 왕세자를 암살하는 것은 어린아이 목을 비트는 것만큼 쉬운 일이었다. 잽싸게 일을 마치고 술이나 한잔하려던 켄은 예상치 못한 방해자 때문에 심기가 사나웠다.

'얼른 처리하고 가야지.'

심장을 관통하지 못한 건 아쉬웠지만, 이미 발치에 고여 있는 피로 보아하니 그녀도 오래가지 못할 듯싶었다. 남은 것은 이제 걷지 못하는 왕세자를 처리하는 것뿐. 거액의 의뢰비에 비하면 너무도 쉬운 일이다. 의뢰비로 받은 돈을 어디에 쓸까 고민했다. 그러나 일은 그의 뜻대로 돌아가지 않았다.

"내가 누구냐고?"

헬리아가 천천히 몸을 돌려 그를 응시했다.

'흡!'

순간 켄은 등에서 소름이 돋아나는 것을 느꼈다. 그는 오랫동안 칼질을 해오면서 이런 기세를 뿜는 자들을 보았다. 대개 그들은 언제나 자신의 상상을 뛰어넘는 자들이었다.

'뭐, 뭐야…….'

침을 꼴딱 삼킨 켄은 저도 모르게 몸을 보호하기 위해 칼을 세게 말아 쥐었다. 이상했다. 상대는 분명 무기도 들지 않은 여자다. 거기다 피를 흘려 안색이 푸르죽죽했다. 무서울 리 없건만, 아니, 그래서도 안 되건만, 자신의 몸은 그녀를 보고 잔뜩 떨고 있었다.

'내가 떨어? 저 여자 때문에?'

평소 눈치가 빨라 난관 속에서도 살아남았던 켄이지만 오늘만큼은 그 감을 믿을 수 없었다. 켄은 이를 악물고 고개를 흔들었다. 그러자 차츰 자신의 착각이었는지 몸의 떨림이 가라앉았다.

"내가 누군지는 네놈들이 더 잘 알 텐데?"

헬리아의 말에 켄은 그제야 그녀를 제대로 보았다. 검은 안경에 흰 가운을 입고 있는 금발의 여자.

"……어째서 치료사가 여기에?"

이미 죽었어야 할 치료사가 이곳에 있다는 사실에 켄은 잔뜩 경계했다.

'젠장, 도대체 치료사가 왜 여기에 있는 거지? 그놈들이 실패했나?'

그의 머리는 빠르게 돌아갔다. 그의 생존 본능이 지금 경종을 울리고 있었다. 하지만 그는 그것을 무시했다.

'저딴 계집애 따위한테!'

그는 여자 하나 때문에 겁먹었다는 사실에 몹시 짜증이 나 있었다. 결국 겉만 보고 판단하는 우를 범하고 말았다.

"용케 빠져나왔나 보군. 하지만 안됐군. 여기서 죽을 테니."

켄이 헬리아에게 칼을 겨누었다. 그 말을 듣고 세드릭이 헬리아 앞으로 나섰다.

"그녀는 내버려 둬! 너희 목표는 나잖아!"

상대의 목표는 자신이다. 자신이 죽는다면 치료사를 죽일 이유도 없을 것이다. 그러나 얕은 생각이었다. 켄은 그런 그를 비웃어주었다.

"목격자를 살려둘 순 없지."

"그, 그런!"

세드릭은 입술을 깨물었다. 어떻게든 리아만이라도 이곳을 벗어나게 해주고 싶었다. 그러나 자신이 할 수 있는 건 아무것도 없었다.

"……미안해, 리아."

"미안해할 필요 없어요. 누가 죽는다고 그래?"

순간 헬리아의 기세가 변했다. 강렬하게 피어오르는 기세에 켄은 저절로 신음을 터뜨렸다.

"크윽!"

날카로운 바람에 베이는 듯 그녀가 내뿜는 기운에 몸이 저릿해 숨 쉬기조차 어려웠다.

"상처를."

그녀는 묘한 기분에 사로잡혔다.

두근두근.

심장 소리가 바로 귓가에 들려왔다. 썩 기분이 좋지 않았다. 피를 너무 많이 흘린 탓일까. 살짝 시야가 흔들렸고, 몸 안 깊숙한 곳에서 뜨거운 열기가 솟구치기 시작했다.

"내 몸에 상처를 내다니, 고이 살려둘 수 없지."

헬리아의 기세가 순식간에 변했다. 한 걸음 한 걸음. 그녀가 켄에게 다가갔다.

"네, 네년의 정체가 뭐냐!"

일개 치료사가 이런 살기를 내뿜는다는 정보는 없었다. 만약 그랬다면 결코 이번 암살을 받아들이지 않았을 것이다.

"제, 젠장!"

그녀가 다가올수록 그는 저도 모르게 뒷걸음질 쳤다. 피를 흘리는 헬리아, 칼을 들고 있는 암살자. 누가 봐도 암살자가 유리한 상황이건만, 켄은 그렇게 느끼지 못했다.

"오, 오지 마!"

켄은 칼을 휘둘렀지만, 검은 그저 허공만 가를 뿐이었다.

"커억!"

순식간에 헬리아가 암살자의 목을 움켜잡았다.

쨍그랑.

검이 바닥으로 떨어졌고, 그는 벗어나기 위해 발버둥 쳤다. 그러나 그럴수록 헬리아의 손은 더욱 세게 그의 목을 조일 뿐이었다.

'히, 힘이!'

인간의 힘이라고 할 수 없을 정도로 강했다. 켄은 스러져 가는 정신을 붙잡기 위해 애를 써야 했다. 죽음. 그 공포가 그에게 덮쳐 오고 있었다.

"커, 커억! 사, 살려줘!"

"살려줘? 그럼 너는 살려 줬나?"

선글라스 밑으로 새어 나오는 그녀의 오싹한 눈동자에 켄은 숨을 집어삼켰다.

"나, 난 그냥 의뢰를 받았을 뿐이야!"

켄이 울부짖었지만 헬리아는 조소를 지었다.

"나도 그냥 날 죽이려는 암살자에게서 몸을 보호하는 것뿐이야."

'이게 보호하는 차원인가!'

그녀의 손힘이 더욱 강해졌다.

"끄어억!"

켄은 괴로움에 몸부림쳤다. 그러나 헬리아는 오히려 입가에 웃음을 지었다. 자신의 피에 취해버린 탓일까. 그녀의 눈이 평소와 달랐다. 켄의 눈이 뒤집히려는 순간이었다.

"리아!"

켄의 몸이 바닥으로 떨어졌다. 순간 들려온 세드릭의 목소리가 아니었다면, 헬리아는 맨손으로 암살자의 목을 졸라 죽였을 것이다. 헬리아는 눈을 찌푸렸다.

"……내가."

사람의 목을 움켜쥔 생경한 감촉이 아직도 남아 그녀를 불쾌하게 만들었다.

'……'

순간 끓어오른 그 살의는 무엇이었을까. 사람이 피를 보면 제정신이 아니라곤 하지만, 헬리아는 자신의 상태는 그것과 다르다는 것을 느꼈다. 전에도 이랬다. 붉은 피를 볼 때마다 안에서 폭발하듯 분노가 터져 나왔다.

'보호 반응인가.'

헬리아는 짜증이 났다.

"리아."

세드릭이 천천히 그녀에게 다가갔다.

"괜…… 찮은 거야?"

헬리아는 그저 웃어 보였다. 그제야 세드릭도 안도의 한숨을 쉬었다.

"네가 다치면 어쩌나 싶었어. 그런데 도대체 어떻게 한 거야? 저자가 갑자기 꼼짝을 못 하는……."

그러나 세드릭은 말을 끝맺지 못했다. 헬리아의 신형이 급격히 허물어지면서 세드릭의 품으로 떨어졌기 때문이다.

"리, 리아!"

그녀를 흔들어 보았지만 창백한 얼굴에는 생기가 돌아오지 않았고, 그녀의 피는 세드릭의 옷을 붉게 물들였다.

"정신 차려!"

세드릭이 다급히 그녀를 불렀지만 그녀의 몸은 천천히 식어가고 있었다.

"주, 죽으면 안 돼!"

"……안 죽어요. 도대체 왜 안 오는 거야."

이해할 수 없는 뒷말을 남기고 헬리아의 눈꺼풀이 천천히 닫히기 시작했다. 세드릭의 손이 덜덜 떨려왔다.

"주, 죽지 마! 죽으면 안 돼! 안 죽는다고 했잖아!"

아무리 흔들어 보아도 이미 눈을 감은 헬리아는 깨어날 기미가 보이지 않았다.

"리…… 아?"

'설마 아니겠지? 그런 거 아니지?'

자고 있는 게 분명했다. 하지만 검은 안경 때문에 그녀가 눈을 뜨고 있는 건지 감고 있는 건지 알 수가 없었다. 세드릭은 떨리는 손으로 천천히 그녀의 검은 안경을 벗겼다. 그러자 그녀의 희고 고운 얼굴이 드러났다.

"……!"

세드릭의 두 눈이 커졌다. 그의 시선은 그녀에게서 떨어질 줄 몰랐다. 그때였다.

"콜록콜록!"

쓰러졌던 켄이 기침을 해대며 자리에서 일어났다. 그의 목줄기에는 손자국이 확연히 나 있었다. 그는 자신의 목을 만지작거리다 주변에 떨어진 검을 쥐어 들었다.

"크큭, 결국 죽었나?"

켄은 죽은 듯 조용한 헬리아를 보더니 입꼬리를 말아 올렸다. 섬뜩한 살기와 인간이 아닌 힘. 켄은 아직도 심장이 벌렁거렸지만 그 두려움의 대상은 이미 쓰러져 있었다. 그는 검을 들고 세드릭에게 다가갔다.

세드릭은 헬리아를 더욱 꽉 품에 끌어안았다.

"날 죽이게 내버려 뒀으면 좋았을 텐데. 그렇게 생각하지? 세상은 역시 살아 있는 놈이 이기는 거야. 크큭."

그는 키득거리며 세드릭을 향해 검을 휘둘렀다.

휘이익-

세드릭은 눈을 감았다. 그의 눈가에서 눈물이 흘러내렸다. 죽음에 대한 두려움이 아니었다. 죽음은 두렵지 않았다. 하지만 그로 인해 죽어간 모든 이와 그의 잘못으로 인해 죽을 리아에게 미안했다.

'미안해.'

검이 세드릭의 목을 짓쳐 들어갔다.

"이제 그만 죽어라!"

푸욱!

세드릭이 놀란 듯 눈을 크게 떴다. 그의 시선이 스러져 가는 켄을 따라 바닥으로 떨어졌다.

쿵!

낯선 남자의 등이 보였다. 그의 검은 켄의 것으로 보이는 피로 붉게 물들어 있었다.

"젠장!"

그가 뒤로 돌더니 이내 낮게 욕을 내뱉었다. 세드릭은 그가 다가오자 헬리아를 더욱 끌어안았다. 그런 그를 남자는 묘하게 바라봤다.

"저하!"

낯익은 목소리에 세드릭은 안도했다. 뒤를 돌아보자 노엘이 엉망인 몰골로 그에게 달려오고 있던 것이다.

"노엘!"

숨 가쁘게 달려왔는지 그는 헐떡이고 있었다. 그러나 다행히도 그의 몸에 큰 상처는 보이지 않았다.

"괜, 괜찮으십니까?"

"노엘도 괜찮은 거지?"

"전 괜찮습니다. 정말 다행입니다. 정말……."

얼마나 놀랐던가. 노엘은 여전히 벌렁거리는 가슴을 쓸어내렸다. 전복된 마차에서 아이를 구하고 세드릭에게 돌아가는 길에 암살자들을 만났다. 다행히 시간은 걸렸지만 그들을 모두 처리할 수 있었다. 만약 그 암살자들이 플로렌스 영지에서 만났던 그들과 같은 수준이었다면 결코 불가능했을 것이다.

"다시는 떨어지지 않을 겁니다."

노엘의 얼굴은 새하얗게 질려 있었다. 그걸 본 세드릭은 씁쓸히 웃었다. 하지만 지금은 노엘에게 신경을 써줄 수 없었다.

"리아가 깨어나질 않아. 어떻게 해?"

세드릭의 눈동자가 불안정하게 흔들렸다. 노엘은 그제야 세드릭의 품에 안겨 있는 자를 볼 수 있었다. 그에겐 세드릭이 최우선이었기에 돌아보는 게 늦었다.

'고, 공주님!'

노엘은 너무나 놀라 눈이 커다래졌다.

"그 사람은 제가 데려가겠습니다."

그때 이안이 세드릭의 품에 안겨 있던 헬리아를 가볍게 안아 들었다.

"이, 이봐!"

세드릭은 이안의 행동에 놀라 그를 저지하려 했지만 이내 그의 얼굴이 낯익은 것을 보고 미간을 좁혔다.

"플로렌스 가문의……."

"그럼 이만."

이안은 헬리아를 품에 안고 서둘러 걸음을 옮겼다. 멀어지는 두 사람을 세드릭은 오랫동안 응시했다.

"……."

이미 모습조차 보이지 않자 세드릭이 무슨 말인가 하려다가 입을 닫았다. 세드릭은 자신의 옷에 가득 묻은 피를 내려다보았다.

"……리아를 그에게 맡겨도 되는 거야?"

"아, 예. 괜찮을 겁니다."

"……그래."

당황하는 노엘의 표정. 세드릭은 조용히 입을 닫았다. 그는 복잡한 생각을 정리하기 위해서 눈을 감았다. 피곤했다. 더 이상 손가락 하나 움직일 기력도 없었다.

"……궁으로 돌아가자."

"예."

세드릭은 힘겨웠는지 오랫동안 눈을 뜨지 못했다.

❊

"언제까지 그러고 있을 겁니까?"

헬리아를 안고 뛰어가던 이안은 주변의 인적이 뜸해지자 입을 열었다. 그의 목소리는 평소보다 훨씬 더 낮아 그가 화가 나 있음을 확연히 알 수 있었다. 하지만 그의 질문에 대답할 상대는 여전히 묵묵부답. 이안은 이를 으득 물었다.

"당신이라는 사람."

"내가 뭘 어쨌는데?"

떠지지 않을 것 같던 헬리아의 눈이 이안을 똑바로 바라보고 있었다. 이안은 한쪽 입꼬리를 올렸다.

"그걸 말이라고 하십니까?"

헬리아는 눈을 좁히고 그의 품에서 내려왔다. 마치 아무런 일도 겪은 적 없다는 듯 그녀의 몸놀림은 상처를 입은 사람의 것이 아니었다. 하지만 흰 옷 가득 묻어 있는 피는 그녀가 상처를 입었었다는 것을 증명해 주었다.

"도대체 제정신입니까?"

이안이 헬리아의 팔을 붙잡았다. 그녀가 피를 흘린 채 쓰러진 모습을 보고 이안은 숨이 넘어가는 줄 알았다. 심장이 한순간 멎은 것 같았다. 아까의 광경을 떠올리는 것만 해도 그의 손이 떨려왔다.

그녀를 안아 올린 순간까지 말이다. 품에 안은 그녀의 몸은 따뜻했다. 그와 함께 안도가 몰려왔다. 하지만 순간 그녀의 상태가 지극히 정상이라는 것을 알아챘다.

"무엇을 위해 그렇게까지 하는 겁니까?"

"원하는 것을 얻기 위해."

이안은 헬리아의 금안을 똑바로 쳐다보았다. 저 투명하게 빛나는 눈동자의 주인은 그의 생각보다 더 독하고 무서운 자였다.

"생각해 봐."

헬리아가 피 묻은 옷을 매만졌다.

"자신의 목숨을 구해 준 사람을 누가 잊겠어?"

"그렇게까지……."
"그렇게까지 해야 하는 자리야. 내가 얻고자 하는 자리는."
"아무리 그래도!"
그녀의 의도가 무엇이든 이안은 화가 풀리지 않았다. 헬리아는 이렇게까지 화를 내는 이안을 이해할 수 없었다. 설마 걱정이라도 한 것인가?
"도대체 뭐 때문에 화를 내는 거야?"
"……."
헬리아와 이안이 서로 시선을 마주쳤다. 이안이 먼저 시선을 돌렸다. 스스로도 왜 화가 난 것인지 알 수 없었다. 제 몸을 함부로 한 그녀에게 화가 난 것일까, 아니면 그녀를 걱정하는 자신에게 화가 난 것일까. 한 가지 확실한 건 그는 스스로의 목숨을 아무렇지 않게 대하는 자를 용납할 수 없다는 것이다.
이안은 몸을 돌려 먼저 걸어갔다. 그가 혼자 휘적휘적 걸어가자 헬리아는 얼른 뒤를 따라갔다.
"뭐야, 먼저 가면 어떻게 해!"
'칼은 내가 맞았는데 왜 지가 화를 내?'
그러나 순간 보인 그의 표정에 헬리아는 저도 모르게 마음이 약해졌다.
"이봐! 이래 봬도 나 환자라고!"
이안이 가던 길을 멈추고 몸을 돌려 그녀에게 돌아왔다.
"자신을 구해 준 사람은 결코 잊지 않는다 했습니까?"
헬리아가 눈을 동그랗게 떴다. 이안은 한쪽 입꼬리를 올렸다. 그건 명백히 비웃음이었다.
"쉽게 잊더군요."
그렇게 한마디 하고 가버렸다. 그 모습에 헬리아는 왠지 뭐라 입을 열 수 없었다.

❊

새 한 마리가 길을 잃은 듯 하늘 위를 이리저리 맴돌고 있었다. 창가 아래에서 하늘을 올려다본 세드릭의 눈이 길 잃은 새를 좇았다. 그러나 이내 새가 제 길을 찾은 듯 나뭇가지에 내려앉자 그의 눈동자도 더 이상 흔들리지 않았다.

"노엘."

"예, 저하."

세드릭의 곁에 서 있던 노엘이 그의 부름에 다가왔다.

"데이지궁이 어디에 있는지 알아?"

"……데이지궁이요?"

노엘이 눈을 좁혔다. 갑자기 왜 데이지궁을 묻는 것인가? 그의 의도가 무엇인지 알아내려 애를 썼지만 세드릭은 꼿꼿이 그의 시선을 맞받아쳤다.

"알아?"

"아, 예."

노엘은 고개를 끄덕였다. 기억을 찾으면서 왕성의 위치도 자연스레 떠올랐다. 물론 그 이야기는 하지 않았다.

"한데 데이지궁은 어째서……?"

"데이지궁으로 갈 거야."

"예?"

노엘은 놀라 눈을 크게 떴다. 세드릭은 화들짝 놀라는 그를 묘한 표정으로 한번 보고는 입가에 미소를 지었다.

"동생을…… 보러. 그래, 동생을."

동생. 세드릭은 그 단어를 내뱉으면서 스스로도 어색한지 입맛을 다셨다. 그 어색함이 우스워 픽 웃었다.

"가자."

"아, 예……."

노엘은 조금 불안해졌다. 설마 뭘 알아차린 것일까? 하지만 세드릭의 표정에선 어느 것도 읽어낼 수 없었다. 어쩔 수 없이 노엘은 세드릭의 휠체어를 끌었다.

"멀구나."

세드릭은 본성에서 멀어진 지 꽤 되었건만 아직도 데이지궁이 보이지 않자 나직하게 말을 내뱉었다. 데이지궁 쪽으로 가까이 갈수록 본성은 점점 보이지 않게 되었다. 사람은 구경하기 힘들었고, 빽빽하게 들어찬 수목이 그들을 에워쌌다. 마치 이곳만 왕궁이 아닌 다른 세상 같았다.

"이런 곳에서……."

비앙카 독살 미수 사건으로 모함을 받아 8년을 데이지궁에 갇혀 살아야 했던 헬리아. 그 당시 그녀의 나이는 열 살에 불과했다.

열 살. 그 나이에 헬리아는 데이지궁에 갇혔다. 과연 자신이라면 버틸 수 있었을까?

세드릭은 걷지 못하는 자신의 다리를 내려다보았다. 걷지 못해 갇힌 자신과 걸을 수 있지만 갇힌 그녀. 과연 누가 더 불행했던 걸까.

세드릭은 고개를 저어 상념을 털어내고 주변을 둘러보았다. 푸른 하늘과 똑 닮은 호수가 보였다. 따사로운 햇살이 표면에 부딪치며 반짝거리는 것이 꼭 겨울에나 볼 수 있는 빛기둥과 비슷했다. 그 모습이 참으로 아름답고, 마음을 고요하게 만들었다. 이윽고 호수를 지나자 데이지궁이 모습을 드러냈다.

"여기구나."

자신도 모르게 세드릭은 긴장으로 주먹을 꽉 말아 쥐었다. 그는 묘한 눈으로 주변을 훑었다.

그저 고독하게 서 있는 단 한 채의 성. 데이지궁이 아르센 왕성의 가장 끝자락에 있는 탓에 높다란 성벽이 단단히 시야를 막고 있었다.

"……마치 감옥 같아."

세드릭의 눈이 흐려졌다.

그때 백발에 점잖은 연미복 차림의 한 노인이 그에게 다가왔다. 그는 지팡이를 짚은 채 절뚝거리고 있었다.

"데이지궁의 집사 세바스찬입니다."

정중하고 깔끔한 태도. 한 치 어긋남 없는 예법에 세드릭은 살짝 놀랐다. 도대체 어디서 나타난 거지? 그와 동시에 주변을 훑었다.

"다른 고용인은 없는가?"

그 물음에 세바스찬은 고개를 숙였다.

"송구하옵니다."

"……공주의 성에 시종이 한 명뿐이라니……."

세드릭은 침음을 삼켰다.

"헬…… 리아는 안에 있나?"

"이쪽으로 오시지요."

세바스찬은 세드릭을 안으로 안내했다.

"잠시 기다리십시오."

세바스찬은 세드릭을 응접실로 안내한 뒤 헬리아의 방으로 갔다. 세드릭은 조용히 주변을 둘러보았다. 방 안은 궁의 허름한 외견과 달리 초라하지 않았다. 물론 본성과 비교하면 소박했지만 그래도 누추하지는 않았다.

그는 하나도 놓치지 않기 위해 눈을 부릅뜨고 주변을 살폈다. 가구는 부서지고 금 간 게 없는지, 카펫은 뒤틀리거나 색이 바란 게 없는지.

하지만 다행히 깔끔했다.

"다행이야."

"예?"

저 혼자 생각한 말이 절로 입 밖으로 나와 버렸다. 노엘은 그저 어리둥절했다. 하지만 세드릭은 곧 입을 다물고 그저 휠체어를 밀며 주변을 두리번거렸다.

"……."

세드릭이 무슨 생각으로 헬리아 공주의 궁을 찾아왔는지 모르겠지만, 노엘은 이곳에 오면서 내내, 그리고 궁을 보면서 헬리아 공주에 대해 다시 한번 생각하게 되었다. 세드릭을 구하기 위해 이곳에 올 때는 아무것도 보이지 않았다. 오로지 그녀에 대한 분노와 세드릭을 구하기 위한 생각들로 가득 차 그녀의 상황을 돌아볼 여유 따위 없었다. 본궁과 멀리 떨어져 있는 성은 주위를 단단히 가로막은 성벽 때문에 감옥 같았다. 새장에 갇힌 것처럼 말이다. 자유를 원했던 그녀를 왠지 이해할 수 있을 것 같다는 생각이 들었다.

'아니야, 그녀는…….'

증거를 빼돌린 그녀를 원망하려 애를 썼지만, 그간 세드릭을 치료해 준 모습이며 세드릭 대신 칼에 찔린 모습 등이 떠오르자 노엘은 입술을 깨물었다. 이미 세드릭을 치료할 때부터 그녀를 용서하고 있는 건지도 모른다.

그때였다. 끼이익— 하는 문소리와 함께 두 사람의 발소리가 들렸다.

세드릭은 순간 저도 모르게 긴장했다. 이윽고 익숙한 목소리가 들려왔다.

"오셨네요."

세드릭은 몸을 돌렸다. 그리고 그의 눈은 더할 나위 없이 커졌다. 차분한 크림색 드레스를 입고 긴 금발을 늘어뜨린 아름다운 여성. 이제까지 수많은 미녀를 보았지만 그녀처럼 아름다운 이는 찾아보기 어려울 것이다. 하지만 세드릭의 눈은 그녀의 얼굴이 아닌 배를 향했다.

'배의 상처는…….'

"만나자 마자 너무 뚫어지게 보는 거 아니에요?"

헬리아가 피식 웃으며 세드릭의 시선을 에둘러 타박했다.

"아, 그, 그게."

세드릭은 멋쩍어 얼굴을 붉혔다. 아무리 동생이라도 여성의 몸을, 그것도 배를 오랫동안 보고 있는 건 대단히 실례였다.

"미, 미안."

"미안한 짓은 하지 않으면 돼요."

헬리아의 차가운 말에 세드릭은 살짝 시무룩해졌다. 헬리아는 그를 테이블로 안내했다. 근처에 소파가 있었지만 휠체어를 의식했는지 의자가 있는 테이블로 가 앉았다. 세드릭은 그녀의 배려에 미소를 지었다.

그들이 자리에 앉자 세바스찬이 따뜻한 홍차를 내왔다. 세드릭의 시선이 세바스찬에게 향하다 헬리아에게 갔다.

"다른 고용인은 없는 거야?"

"아, 곧 궁을 옮길 거니 불편해도 참아주세요."

"아니, 그런 게 아니라."

세드릭은 더는 말을 잇지 못했다. 하지만 그녀의 말을 통해 이제까지 시종이 한 명이었다는 것은 알 수 있었다.

'아무리 그래도 그렇지.'

세드릭은 제가 당한 일처럼 주먹을 꽉 쥐었다. 헬리아는 그런 세드릭의 생각을 읽었는지 옅게 미소를 지었다.

"죄인 신분에 시종 한 명도 과분하죠."

"미, 미안."

"뭐, 됐습니다. 이미 지난 일이고."

헬리아가 차를 한 모금 마시고 입을 뗐다.

"그보다 여기까지 무슨 일인가요?"

헬리아의 금안을 마주하자 세드릭은 왠지 몸이 움츠려지는 것을 느꼈다.

"……그게."

그러고 보니 무슨 말을 하려고 왔더라. 세드릭은 머리가 하얗게 변하는 것을 느끼며 차 한 모금으로 긴장을 씻었다. 그윽한 향기가 그의 복잡한 마음을 진정시켜 주었다.

"건강히 잘 있나 싶어서."

"하."

"……."

"뭐 건강히 잘 있죠. 그런 말을 당신한테 들으니 우습지만."

세드릭의 고개가 절로 숙여졌다. 아카데미에 있었다고 하나 돌아온 뒤에도 한 번도 헬리아를 찾지 않았던 그다. 당연히 갑자기 찾아와 이런 말을 하는 그가 이상하게 보일 것이다.

"그 말을 하려고 여기까지 왔나요? 휠체어로는 꽤 멀 텐데."

세드릭은 살짝 입술을 깨물었다. 그녀의 말투에서 그를 달갑게 여기지 않는다는 것을 알아차렸다.

'……그녀가 아닌 걸까?'

세드릭은 초조하게 그녀를 살폈다.

'하지만.'

그 순간 세드릭은 창에 비친 햇살에 눈을 찌푸렸다.

"저기 커튼 좀 치면 안 될까?"

헬리아는 세드릭의 말에 미간을 찌푸렸지만 자리에서 일어났다.

"손도 많이 가지."

작게 내뱉은 저 말투. 세드릭은 왠지 묘해졌다. 헬리아는 등을 돌리고 커튼을 쳤다.

그 순간이었다.

"리아."

"……."

헬리아는 뒤를 돌아보지 않았다. 세드릭은 그녀의 뒷모습을 오랫동안 응시했다. 어찌 잊을 수 있겠는가. 저 뒷모습을. 세드릭의 입가에 옅은 미소가 돌았다.

"몸은 다 나은 거지?"

"무슨 말을 하는지 모르겠군요."

"다행이야. 정말."

"……."

헬리아가 아무렇지 않은 듯 뒤를 돌아 자리에 앉았다. 그녀는 차를 한 모금 들이켰다. 세드릭은 오히려 확신을 얻었다. 그와 함께 씁쓸한 마음이 들었다. 한 번이라도 제대로 헬리아를 보아왔다면 필시 알아챘을 것이다. 자신이 이토록 무심한 사람인지 다시 한번 깨달았다.

"미안, 바로 왔어야 했는데."

"뭔가 착각하고 있는 거 아닌가요?"

헬리아가 미간을 찌푸리자 세드릭은 고개를 저었다.

"이렇게 딱딱하고 참 얄밉게 말하는 사람은 리아밖에 없거든."

"……."

헬리아의 눈이 가늘어졌다. 그녀의 표정이 일그러지자 세드릭은 크게 웃었다.

"후우……."

헬리아는 머리를 쓸어 올리며 짜증 난다는 표정을 지었다. 이미 상대는 자신에 대해 확신하고 있었다. 더 빼봐야 자신만 바보가 될 뿐이다. 순간 헬리아의 태도가 변했다.

"아, 그래서 뭐 하러 온 건데요?"

"우와, 완전히 변하는 것 좀 봐."

하지만 왠지 기분이 좋았다. 그녀가 진짜 모습을 보여주는 것 같아서.

"고마워."

"……."

"고맙다는 말을 하고 싶었어."

세드릭이 헬리아를 응시했다. 그의 얼굴엔 편안한 미소가 걸려 있었다. 그는 나직하게 말을 이었다.

"네가 무슨 이유로 날 치료하는 건지는 몰라. 왜 정체를 숨기면서까지 치료하는지도 난 모르겠어. 하지만 하나는 알아."

세드릭은 생각하고 또 생각했다. 그리고 한 가지 결론을 내렸다.

"너는 날 진심으로 대했어."

거짓에 꽁꽁 싸여 있는 그녀였지만, 그를 대할 때의 행동은 언제나 솔직하고 꾸밈이 없었다. 무슨 의도인지는 모르겠지만, 그것이 모두 거짓이라고 생각하지는 않았다. 그는 자신이 보고 들은 것, 느낀 것으로 판단했다.

"살려줘서 고마워."

"그냥 그렇게 됐을 뿐이에요."

"그래도."

세드릭은 히죽 웃었다.

"동생이 생겼잖아."

"원래부터 동생이었지만."

"아, 응."

비꼬는 말이었지만 뭐가 좋은지 세드릭은 오히려 정말 그렇구나 하는 표정으로 만족해했다.

"아, 그리고 이거."

세드릭이 품에서 뭔가를 주섬주섬 꺼내더니 그녀에게 작은 그림을 하나 건넸다.

"전에 거 부서졌잖아."

헬리아는 세드릭이 건넨 그림을 받았다. 그녀의 한쪽 입꼬리가 비틀려 올라갔다. 그를 둘러싼 상황들이 그저 그렇게 흘러간 것이 아님을 알면 그는 자신을 원망하려나?

'진심으로 대했다라…….'

그러나 싫은 느낌은 아니다.

"이상한 게 또 늘겠군."

헬리아는 자신의 책상에 놓인 이상한 조각상 옆에 놓이게 될 그림을 보며 피식 웃었다.

❊

아르센 왕국에서는 정기적으로 한 달에 한 번 국왕이 주도하지 않고 귀족들이 주체가 되어 회의를 진행한다. 정기 회의, 또는 귀족 회의라 불리는 이 회의에서 국왕은 의장의 역할을 맡을 뿐 발언하지 않는다. 약 100년 전부터 시작된 이 회의는 당시 왕권이 크게 약화되고 귀족들의 세력이 강했을 무렵에 당시 권세를 잡고 있던 귀족들에 의해 만들어졌다. 그 중요도는 달라졌어도 오랜 전통으로 현재까지 내려오고 있었다.

발언권을 가진 303명의 귀족이 하나둘 돔 형태의 거대한 회의장에 모였다. 가장 상석에 국왕의 왕좌가 놓여 있고, 귀족들의 자리는 국왕을 중심으로 반원을 그리듯 배치되어 있었다. 회의 시작 시간이 제법 남아 있는데도 오늘따라 회의장에 착석한 귀족이 많았다. 모두 여느 때보다 훨씬 달아오른 모습이었다. 바로 오늘 회의의 안건이 왕세자 폐위 문제이기 때문이다.

회의장 안이 소란스럽게 변했다.

“과연 이번엔 가능할까요?”

“이제 버티지 못할 겁니다.”

“글쎄요, 저쪽이 워낙 강경한지라.”

“어찌 될지 두고 봐야죠.”

아돌프 후작의 파벌에 속한 귀족들은 너 나 할 것 없이 왕세자 폐위에 대해 말을 나눴다. 회의장 한편에 앉아 있는 아돌프 후작은 팔짱을 낀 채 주변을 훑었다. 소란스럽게 왕세자 폐위에 대해 이러쿵저러쿵 입방아를 찧고 있는 자신의 세력과 달리 왕세자 측에서는 별말이 오가지 않았다. 후작의 눈썹이 꿈틀거렸다. 묘하게 조용한 분위기. 그는 왕세자파의 주축인 하이든 후작을 노려보았다. 하이든 후작은 왕비의 아버지며, 왕세자 세드릭의 외할아버지로 왕세자 측의 핵심 인물이었다.

꽉 다문 입술, 두꺼운 눈썹, 깐깐한 그의 성정은 왕국 내에서도 유명했다. 그의 고집을 꺾기란 하늘에서 별 따기란 말까지 있을 정도였다. 후작으로서도 그를 상대하기 어려울 정도였다.

‘뭔가 이상하군.’

하이든 후작은 불같은 성정의 소유자로 아돌프 후작과 만나기만 하면 얼굴을 붉히며 욕을 해대는 자였다. 한데 불만스러운 표정을 하고서도 단 한 마디 말조차 입 밖으로 꺼내지 않고 있었다. 그런 그를 바라보던 아돌프 후작은 미간을 찌푸렸다.

‘저 영감이 도대체 무슨 꿍꿍이지?’

애초에 이번 회의도 이렇게 쉽게 성사될 줄은 몰랐다. 물론 귀족들과 합심하여 안건을 회의에 올렸지만, 너무 쉽게 올라간 느낌이었다. 매번 그들이 왕세자 폐위를 회의 안건에 올리려 해도 중간에서 그들이 막았기 때문이다. 그런데 오늘, 그들의 반응이 이상했다.

후작의 날카로운 감이 그것을 감지했다. 그는 찜찜함을 털어내지 못하고 고개를 돌리다가 하이든 후작과 조금 떨어진 곳에 위치한 플로렌스 공작과 눈이 마주쳤다. 공작은 그를 보더니 옅게 웃고는 시선을 돌렸다. 무언가 이유를 알 수 없는 불쾌함이 후작의 온몸을 지배했다.

끼이익—

그때 회의장의 문이 열리면서 시종장의 목소리가 울려 퍼졌다.

"국왕 전하 드시옵니다!"

국왕 빈센트의 등장에 모든 귀족이 자리에서 일어나 예를 표했다. 빈센트는 가장 상석에 마련된 자리에 앉자 좌중을 둘러보며 입을 열었다.

"모두 자리에 앉게."

그제야 귀족들은 고개를 들고 자리에 착석했다. 빈센트는 회의장이 조용해지자 천천히 입을 열었다.

"회의를 시작하시오."

그가 회의 시작을 알리자 아돌프 후작 측의 파리스 남작이 손을 들었다. 빈센트가 고개를 끄덕이자 그는 자리에서 일어나 먼저 말을 꺼냈다.

"벌써 3년이 지났습니다."

파리스 남작이 운을 떼자 모두 그것이 무슨 이야기인지 단번에 알아차렸다. 귀족들의 시선에 파리스 남작을 향했다.

"비록 왕세자 저하의 다리는 안타까운 일이나, 지난 3년 동안 왕세자의 자리는 공석이나 다름없었습니다. 이는 모두가 알고 계실 겁니다."

주변의 귀족은 모두 수긍한다는 듯 고개를 끄덕였다. 왕세자 측 사람들도 마지못한 표정을 지었다. 왕세자는 그간 치료를 이유로 사람들 앞에 일체 나서지 않았다. 그건 명백한 사실이었다. 파리스 남작은 주변의 호응에 힘입어 강하게 주장했다.

"이는 왕세자로서의 의무를 저버린 일. 또한 앞으로도 왕세자께서는 그 의무를 이행하지 못할 것으로 사료됩니다."
거친 언사였지만 아돌프 후작 측에서는 당연하다는 반응을 보였고, 왕세자 측과 플로렌스 공작 측은 입을 다물고 그저 지켜보기만 했다.
그때 왕세자 측 한 인사가 손을 들고 국왕의 허락을 기다렸다. 빈센트의 허가가 떨어지고 그가 자리에서 일어났다.
"하지만 치료를 하고 있지 않소?"
그는 파리스 남작의 말을 반박했다. 그에 주변에서 웅성거리는 소리가 일었다. 그들도 익히 소문을 들어 알고 있었다. 왕세자의 처소에 같은 치료사가 한 달 넘게 오갔다는 것을. 이는 분명 이제까지와는 다른 일이었다.
파리스 남작은 미간을 좁혔다. 하나 여기서 물러설 수는 없었다.
"치료사가 저하의 처소에 드나드는 것은 으레 있었던 일입니다."
파리스 남작은 지금의 상황이 이전과 다르지 않다는 것을 강조했다.
"치료가 확실한 겁니까? 언제까지 기다려야 합니까? 이미 3년이라는 시간이면 충분히 기다렸다고 생각합니다."
파리스 남작의 말에 입을 열었던 귀족은 반박할 말을 찾지 못해 도움을 구하기 위해 주변을 둘러보았다. 하지만 아무도 그를 도와주지 못했다.
주변에서 웅성거리는 소리가 거세졌다. 특히 아돌프 후작 측에서 활발하게 남작의 의견에 살을 붙이고 왕세자를 폐위해야 한다며 목소리를 높였다. 회의장은 이내 시장통처럼 소란스럽게 변했다. 분위기가 걷잡을 수 없이 달아오르자 빈센트가 손을 들어 올렸다.
"조용하시오!"
그러자 주위가 삽시간에 찬물을 끼얹은 듯 조용해졌다. 빈센트는 고요해진 주위를 훑으며 입을 열었다. 그의 표정은 평소와 다르지 않아 생각을 읽기 어려웠다.

"경들의 생각은 충분히 알았소. 이제까지 왕세자가 제 직무를 다 하지 않았음은 사실이오."

귀족들은 모두 그의 말 한 마디 한 마디에 집중했다.

"왕세자의 폐위에 대해서는."

빈센트는 주변을 둘러보며 나직하게 외쳤다.

"표결에 붙이겠소."

귀족들의 눈이 커다래졌다. 귀족 회의가 시작된 이례 표결은 찬반을 결정하는 중요한 수단으로 정착했다. 하지만 초기 귀족 회의에서 표결이 귀족들이 자유롭게 선택할 수 있었던 사항이라면, 현재는 오직 국왕만 표결을 제의할 수 있었다.

그렇기 때문에 이제까지 역대 국왕들은 민감한 사안이 있을 때 표결을 제의했다. 이는 표결로 결정된 사항은 귀족들의 손으로 직접 결정하는 바, 결코 이의를 달 수 없기 때문이다.

하나 이는 국왕이 반드시 자신의 생각대로 되리라 확신하는 경우에만 해왔다. 그러니 지금처럼 왕세자 폐위에 추가 기울고 있는 시점에서 표결에 붙인다는 것은 쉽게 납득하기 어려웠다.

특히 아돌프 후작은 그러했다. 표결에서 결정된 사항에는 그 어떠한 반박도, 이견도 낼 수 없다. 그게 관례이자 법이었다.

'무슨 수가 있는 것인가?'

후작은 눈을 가늘게 뜨며 왕을 바라보았다. 하나 이미 표결이 진행되고 있었다. 303명의 귀족 앞으로 특수한 마법 처리가 된 종이가 나누어졌다. 마탑에서 특별히 투표를 위해 만든 종이로 복사나 그 외 어떠한 물리적 제재를 할 수도 없다. 종이를 받은 귀족들은 저마다 투표 종이에 찬반을 명시했다.

종이를 받아 든 아돌프 후작은 자신의 생각대로 흘러가는 상황에 오히려 눈매를 좁혔다.

'일이 너무 잘 풀린다.'

그는 폐위에 찬성한다는 표시를 그려 넣고 중앙에 있는 통에 종이를 집어넣었다. 종이를 집어넣은 후작은 빈센트와 눈이 마주쳤다.

'도대체 무슨 생각이오?'

그 순간 빈센트의 입꼬리에 옅은 미소가 스쳤다. 후작은 그것을 놓치지 않고 포착했다.

'설마…… 자신이 있는 것인가?'

표결에 붙여져 결정된 사안은 왕이라도 뒤집을 수 없다. 귀족들은 두말할 필요도 없는 일. 그렇게 생각하면 귀족 회의에 왕세자 폐위에 대한 안건이 올라오도록 눈을 감은 저들의 의도도 어느 정도 감이 잡힌다. 폐위에 대한 여론이 더 커지기 전에 아예 반대표를 얻어 상황을 정리하려는 것이리라.

'하나…….'

하지만 여전히 미심쩍은 부분이 있었다. 후작은 303명의 귀족 중 거의 절반을 포섭했다. 플로렌스 공작이 반대에 가담하지 않는다고 가정하면 폐위에 찬성하는 표가 더욱 많을 것이다. 물론 변수는 있다. 하지만 왕세자 폐위와 같은 일을 불분명한 상태에서 진행할 수는 없는 법이다. 그래서 후작 본인도 여태껏 결판을 미루지 않았던가.

"……."

후작은 알 수 없는 불안감에 하이든 후작과 플로렌스 공작을 한번 훑겨본 뒤 자신의 자리로 돌아갔다.

투표는 그 자리에서 바로 개표했다. 이는 그 어떤 부정도 사전에 없애기 위한 조치다. 귀족 회의의 투표 결과가 유효성을 가지려면 찬성 또는 반대가 과반수를 넘어야 하며, 기권이 50명을 넘지 않아야 한다. 찬반이 과반을 넘는 것은 당연한 일이고, 만약 기권이 50을 넘는다면 회의가 제대로 진행되지 않았다는 뜻으로 표결은 무효가 된다. 이윽고 투표가 끝났다.

찬성 190, 반대 80, 기권 33.

과반이 넘는 수가 왕세자의 폐위에 찬성했고 기권은 50을 넘지 않았다. 왕세자 폐위가 확정되는 순간이었다.

후작 측 사람들은 자신들의 의도대로 일이 진행되자 흥분을 감추지 못했다. 하지만 몇몇 생각이 있는 자는 이상함을 눈치챘다. 대다수가 왕세자의 폐위에 찬성을 했다. 아돌프 후작파의 귀족이라고 해봐야 기껏해야 백 명 정도. 그들만으로 폐위를 성사시킬 수는 없다. 이는 플로렌스 측 세력은 물론 왕세자 측 세력이 폐위에 찬성했다는 걸 의미한다.

"후작님."

페이튼 자작이 그런 맥락을 읽었는지 후작을 바라봤다.

"……."

후작은 입을 다문 채 턱을 괴고 상대 진영을 응시했다. 그의 눈은 날카롭게 벼려져 있었다.

'무슨 수작인지는 모르겠지만, 폐위가 된 마당에 뾰족한 수가 없을 것이다.'

후작은 눈을 감고 애써 찜찜함을 털어냈다. 아마 3년 동안 그들도 지겨워진 것이리라. 그래서 포기한 것일지도 모른다.

"모두 조용히 하시오!"

국왕 빈센트의 말에 귀족들은 소란을 멈추고 그를 바라봤다. 빈센트의 얼굴은 변함없이 담담했다. 그가 입을 열었다.

"표결에 붙여진 결과 이는 그 누구도 이의를 달 수 없으며 반박할 수 없다. 하여 표결의 결과에 따라 왕세자를 폐위한다."

아돌프 후작 측은 모두 기쁜 듯 환하게 웃었다. 드디어 왕세자를 끌어낸 것이다. 그러던 중 누군가 한 명이 불쑥 말을 내뱉었다.

"그럼 빈 왕세자의 자리에는 누가 앉게 되는 겁니까?"

그 말의 파장은 컸다. 회의는 질서를 잃어버린 채 우후죽순 말을 이어나갔다. 후작 측은 당연히 조슈아를 거론했다.

"그걸 말이라고 하는가? 응당 조슈아 님이 되셔야지."

"당연히 그렇고말고."

"맞소!"

"다음 왕세자는 조슈아 님이십니다."

회의장 가득 조슈아의 이름이 울려 퍼졌다. 너무나 당연한 일이라는 듯 판세는 조슈아로 기울어갔다.

척!

그러나 그때 하이든 후작이 손을 들었다. 일순 시끄러웠던 회의장에 적막이 흘렀다. 왕비 캐서린의 아버지인 하이든 후작. 그의 입김은 플로렌스 공작과 아돌프 후작에 버금갔다. 이제까지 잠자코 있던 그가 몸을 일으켰다.

하이든 후작은 국왕을 바라보았다. 국왕은 고개를 끄덕였다.

"모두 조용히 하시오. 여긴 신성한 회의장이지 시장통이 아니오."

소란스럽게 이야기하던 귀족들의 얼굴이 붉어졌다. 그는 국왕으로부터 발언권을 얻자 입을 열었다.

"다음 왕세자를 이 자리에서 정하는 건 시기상조라 봅니다."

하이든 후작이 아돌프 후작을 노려보았다. 그의 입가엔 조소가 맺혔다.

'네 마음대로 될 성싶으냐!'

하이든 후작의 눈이 그렇게 말하고 있었다. 후작의 입꼬리가 살짝 휘었다.

"왕위 계승자는 조슈아 님만이 아니지 않습니까?"

"그게 무슨 말이오?"

다른 왕위 계승자라니! 귀족들은 화들짝 놀랐다. 그러나 놀란 이는 모두 아돌프 후작파뿐이었다.

'이것이었나!'

아돌프 후작의 입가에 경련이 일었다. 그는 하이든 후작을 노려봤다. 하이든 후작은 그런 아돌프 후작을 경멸 어린 시선으로 맞받아쳤다.

하이든 후작이 말했다.

"공주님들이 계시지 않습니까? 왕위 계승자가 꼭 조슈아 님뿐만은 아니지요. 비앙카 공주님, 그리고 헬리아 공주님도 계시지 않습니까?"

하이든 후작은 공주들을 거론했지만, 그 안에 내재된 의미를 읽지 못하는 자는 없었다.

"헬리아 공주라니!"

"그런 말도 안 되는!"

"그게 말이 된다 생각합니까?"

예상대로 후작파의 반발은 거셌다. 그러나 왕세자파와 플로렌스 공작 측은 담담했다.

'도대체 어느 틈에!'

후작은 이를 으득 물었다. 세게 뒤통수를 맞은 기분이었다. 설마하니 왕세자와 헬리아의 세력이 합세할 줄은 꿈에도 상상치 못했다.

'완전히 호랑이를 불러들였군!'

왕세자 측 세력만으로 골치가 아픈데 플로렌스 세력과 합하여 거대한 세력이 되어버렸다. 자신을 공공의 적으로 삼고 두 세력이 동맹을 맺은 게 분명했다.

'하지만 어떻게?'

후작이 궁금한 점은 바로 그것이었다. 두 세력 간의 접점을 찾을 수 없었다. 치료사가 헬리아라는 것을 모르기에 당연한 생각이었다. 아돌프 후작이 날이 선 목소리로 말했다. 이대로 흘러가게 놔둘 수 없었다.

"헬리아 공주가 그 자리에 어울린다 생각하시오?"
"꼭 헬리아 공주를 거론하지 않았소만."
그게 그 말이 아닌가. 후작은 심기가 사나워졌다.
"헬리아 공주는 말도 안 되는 일이오."
"안 될 것이 무에 있소?"
"8년 동안 폐위되었던 공주를!"
하이든 후작이 입매를 비틀었다.
"우습구려. 그건 아돌프 후작, 그대의 손으로 직접 무죄를 입증해 주지 않았소? 그렇다면 문제가 없는 것 아니오?"
"……."
아돌프 후작은 주먹을 세게 쥐었다. 반박할 수가 없었다.
'젠장!'
아돌프 후작은 자신의 손으로 헬리아의 무죄를 만들어준 것을 뼈에 사무치도록 후회했다.
'이런 영악한 계집애!'
그날 보았던 헬리아 공주의 눈빛이 떠올랐다. 그때 경계했어야 했다. 하나 이미 늦어버렸다.
하이든 후작은 말 한마디로 주변의 반발을 단숨에 잠재웠다. 헬리아 공주가 아무런 하자가 없다는 것을 아돌프 후작이 입증해 주었으니 말이다. 이제는 그녀를 인정하지 않을 수 없는 분위기가 되었다.
"아무리 왕위 계승자 중 한 명이나 그 능력이나 됨됨이가 파악되지 않았소. 그러니 헬리아 공주를 거론하는 것은 무리가 있소. 도대체 공주가 한 게 무엇이오?"
그때 플로렌스 공작이 일어나 입을 열었다.
"그럼 2왕자는 무슨 일을 했소?"
"……."

"출발선상에 있는 건 똑같지 않소? 하니 헬리아 공주라고 아니 될 일은 없지."

회의장은 금세 2왕자와 헬리아 공주로 팽팽히 맞섰다. 쉽게 끝날 것 같지 않았다.

"그만!"

빈센트의 외침에 서로 목소리를 높였던 두 세력이 잠잠해졌다. 빈센트는 좌중을 둘러보며 입을 열었다.

"오늘 회의는 왕세자 폐위에 대한 것이네. 그 외의 일은 논의하기 적합하지 않다. 이것으로 회의를 파하겠네."

그러면서 회의를 종결지었다. 아돌프 후작은 하이든 후작과 플로렌스 공작을 노려보며 회의장을 빠져나갔다.

❊

카잔은 조슈아의 마법 수업이 끝나자 자신의 연구실로 돌아가는 중이었다. 그는 걸으며 자신의 팔찌를 유심히 바라보았다. 은빛 체인으로 된 줄에 황금빛이 은은하게 나는 호박이 박혀 있는 이 팔찌는 조직에서 보내준 탐지기였다.

"내가 무슨 트레져 헌터도 아니고."

카잔은 욕설을 내뱉으며 휘적휘적 길을 걸었다. 그런데 그 순간이었다.

파아앗!

갑자기 팔찌에 작은 빛이 들어왔다.

"헛!"

카잔은 깜짝 놀라 얼른 주변을 살피고 다시 한번 팔찌를 보았다. 여전히 빛이 작게 반짝이고 있었다. 카잔은 주변에 사람이 있나 살피며 빛이 강해지는 곳을 찾아 움직였다. 이윽고 어느 한 시점에서 보석의 빛이 강해졌다. 카잔은 놀란 눈으로 그곳을 보았다.

"이런……."

터져 나오려는 욕을 꾹 삼키며 바닥에 부서진 돌멩이에 팔찌를 대어 보았다. 역시나 빛이 반짝거렸다.

"개나 소나."

그는 짜증 나 돌멩이를 들고 멀리 던져 버렸다. 그러자 팔찌의 빛이 사라졌다.

"이거 고장 난 거 아니야? 아니지, 애초에 그런 물건이 있을 리가."

조직에서 특별히 드래곤의 기운에 반응하도록 만들어진 팔찌였다. 하지만 성능이 너무 좋은 건지 아니면 맛이 간 건지 발에 굴러다니는 돌멩이에 반응해 버렸다. 이런 식이면 아예 드래곤이 밟던 길도 빛이 날 판이다.

카잔은 짜증이 나 괜히 발을 굴렀다. 그때 멀리서 우르르 귀족들이 걸어 나오기 시작했다. 아마 자신도 모르게 회의장이 있는 건물까지 와 버린 모양이다.

순간 귀족들 사이로 아돌프 후작이 보이자 카잔은 저도 모르게 몸을 숨겼다. 굳이 사이도 좋지 않은 그와 마주쳐서 얼굴을 붉히고 싶은 마음은 없었다. 후작은 그를 불순물처럼 여겼다.

"이건 말도 안 됩니다!"

"맞습니다! 헬리아 공주라뇨!"

카잔은 귀족들에게서 들려오는 소리에 바짝 귀를 기울였다.

'헬리아 공주라고? 그 폐위되었다가 복위된 공주 말인가?'

귀족들의 말은 계속 이어졌다. 분노에 찬 음성들이었다.

"왕세자 자리에 헬리아 공주가 가당키나 합니까? 왕위 계승자에 거론된다는 것 자체가 있을 수 없는 일입니다."

후작은 묵묵히 그 말을 듣고 아무 말도 내뱉지 않았다. 하지만 그의 표정은 싸늘하게 굳어 있었다. 이곳의 그 누구보다 분노를 참을 수 없는 이가 그였다.

"그만들 하게. 듣는 귀가 많아."

"후작님!"

"어쩔 수 없는 일이야. 틀린 말도 아닐세. 애초에 우리 쪽에도 명분이 없는 건 마찬가지지고."

그러나 그는 이성으로 분노를 잠재우고 소란스런 귀족들을 달랬다. 그리 말하면서도 후작의 표정은 좋지 못했다.

"이만 가세."

후작이 어르자 불만을 표했던 귀족들이 입을 다물고 그를 따라갔다. 귀족 무리가 사라지자 근처에 숨어 이야기를 듣던 카쟌이 눈을 빛냈다.

"헬리아 공주라고? 그렇겐 안 되지. 어디서 들어보지도 못 한 년 하나 때문에."

자신의 원대한 꿈이 한낱 계집 때문에 사라질 수는 없는 노릇이다. 카쟌이 몸을 움직였다.

파앗!

그 순간 팔찌에서 또다시 빛이 새어 나오기 시작했다. 카쟌은 돌멩이뿐만 아니라 주변을 살폈지만 회의장에서 나오는 귀족들만 지나갈 뿐이었다.

"에라이, 이런 고물 따위."

카쟌은 팔찌를 벗어 주머니 안에 쑤셔 넣고 길을 갔다.

"뭐야?"

이안이 갑자기 멈춰 서자 헬리아가 물었다. 이안은 저 멀리 지나가는 남자를 보더니 이내 고개를 돌리고 헬리아를 바라봤다.

"아닙니다."

별일 없다는 듯한 말투에 헬리아는 살짝 미간을 좁혔지만 다시 걸음을 옮겨 세드릭의 궁으로 향했다.

똑똑–

"저하, 공주님께서 찾아오셨습니다."

시종의 말에 안에서 세드릭의 목소리가 들렸고, 이윽고 문이 열렸다. 헬리아는 벌써 홀로 열심히 운동 중인 세드릭을 발견했다. 그녀는 근처 의자에 앉아 시녀에게 차를 부탁하고 세드릭을 보았다.

"오늘은 봐주는 거야?"

오늘따라 책을 펼치지 않는 헬리아를 향해 세드릭이 땀을 닦고 웃으며 말했다.

헬리아는 그를 보며 입을 열었다.

"결정 났어."

"그래?"

무슨 결정인지 알고 대답하는 걸까. 세드릭은 대수롭지 않은 듯 시녀가 가져온 물을 마셨다. 헬리아는 물끄러미 그를 바라보았다. 이제 존대하지 않았다. 세드릭이 원했고 헬리아 또한 받아들인 바였다.

"왜 포기했어?"

"포기한 게 아니고 폐위된 거지."

"손을 쓰려면 쓸 수 있었어."

왕세자가 폐위된 가장 근본적 이유는 그가 걷지 못해서이다. 만약 1년 내로 걷게 된다는 사실을 그들이 알았다면 폐위되지 않았을 수도 있다.

"그냥, 내 자리가 아니더라고."

차라리 버려야 할 때 얼른 버렸으면 좋았을걸. 세드릭은 그렇게 생각했다. 버리고 나니 오히려 홀가분했다. 그의 자리를 지키려 죽어간 많은 이가 떠올라 사라졌다. 이미 자신은 왕세자란 자리에 질려 버렸다. 그리고 버틸 힘을 잃어버렸다.

세드릭은 헬리아를 보며 생각했다. 나보다 왠지 저 아이라면 더 잘해 줄 것이다.

"네가 있잖아."

헬리아는 세드릭의 맑은 두 눈동자에 피식 웃었다.

"그래서 하이든 후작에게 말한 거야?"

"외할아버지도 아돌프 후작이라면 치를 떨거든. 왕위 계승자는 한 명이 아니다 라고 말하니 척하고 알아들으시더라. 뭐 내가 말하지 않았어도 어떻게든 방해했을 거야."

세드릭은 입가에 미소를 지었다.

"고맙지?"

"뭐."

"고마우면 갚으라고."

세드릭은 짓궂게 웃으며 그녀를 보았다. 헬리아는 그의 웃음이 빈센트와 너무 똑 닮아 순간 등이 오싹해졌다.

'저 웃음은.'

"오빠라고 불러."

헬리아의 표정이 와락 구겨졌다. 그랬다. 세드릭의 저 표정은 자신을 붕어라 놀리던 빈센트의 표정과 닮아 있었다.

"오빠는 무슨."

헬리아는 미간을 찌푸렸다. 오빠라니. 이런 생소한 단어를 들어봤나! 쉽게 나오지 않는 건 당연했다. 지금까지 헬리아는 누군가에게 오빠라는 소리를 해본 적이 한 번도 없었다. 하지만 눈을 반짝거리는 세드릭의 모습에 헬리아는 조금 주춤했다.

'뭐 불러주는 거야 어렵지 않긴 한데.'

하라고 하면 못 할 말도 아니다. 돈도 들지 않는 일. 거기다 빚도 갚을 수 있다.

"오……."

"역시 무리겠지?"

"……."

막 입을 열려던 헬리아는 도로 입을 다물어 버렸다. 지금 장난하나! 헬리아의 표정이 심통해지자 세드릭은 얼굴에 한가득 미소를 지었다. 저런 모습을 보니 역시 제 나이 대로 보였다.

"그 대신 모델이라도 해줘."

"안 해."

헬리아는 단칼에 잘라 거절했다. 하지만 세드릭은 왠지 조만간 자신의 캔버스 안에 그녀의 모습이 담겨 있을 것 같아 웃음을 지었다.

❊

콰앙!

자신의 저택으로 돌아온 후작은 치미는 분노에 책상을 내려쳤다.

"헬리아!"

이를 으득 문 후작의 눈에 푸른 광기가 감돌았다. 당장에라도 씹어 죽이고 싶을 정도로 그는 화를 참기 어려웠다. 설마하니 왕세자와 헬리아가 손을 잡을 줄 몰랐다.

어째서 왕세자 측이 돌아선 것일까? 3년이 넘도록 꿋꿋하게 버틴 그들이 아닌가? 그들 입장에서 헬리아란 존재는 우군이 아니었다. 그렇기 때문에 후작은 그 둘이 손을 잡게 될 줄은 꿈에도 몰랐다. 아니, 그렇다 하더라도 이렇게 빠른 시일 내에 이뤄지는 것은 말이 안 된다.

왕세자 측은 대개 왕세자의 외척으로 이루어진 세력인 만큼 결속력이 강해 후작이 흔들려 해도 흔들 수 없었다. 그런데 그들이 왕세자 폐위에 동의하고 헬리아에게 붙었다. 이건 왕세자가 직접 움직이지 않고서는 불가능했다. 한데 왜 왕세자가 헬리아 공주를 돕는단 말인가?

그때 허공에서 검은 복면인이 내려왔다. 후작은 거친 숨을 몰아쉬며 의자에 몸을 뉘였다.

"무슨 일이더냐?"

"오늘 세드릭 왕자의 궁에 헬리아 공주가 방문했습니다."

후작의 눈이 찌푸려졌다. 이제 와서 공치사라도 할 생각인가? 그러나 복면인의 다음 말에 후작은 자리에서 벌떡 일어났다.

"세드릭 왕자의 다리를 치료하고 있는 치료사가 바로 헬리아 공주라고 합니다."

"그것이로구나!"

후작은 그제야 모든 퍼즐을 맞출 수 있었다. 세드릭의 다리를 치료해 주는 것. 그게 바로 세드릭이 헬리아를 도운 이유였다. 세드릭이라면 끔찍이 여기는 하이든 후작과 왕비 캐서린이라면 헬리아를 도와주고도 남을 것이다. 그 이유를 알았다 하나 이미 늦어버렸다. 자신이라는 공공의 적을 두고 그들이 뭉쳐 버린 것이다.

"그년이……."

처음 만난 날 공주에게서 받았던 그 오싹한 느낌이 다시 떠올랐다. 이 정도로 자신을 위협하게 될 줄은 꿈에도 상상치 못했다.

"모두 죽였어야 했거늘."

왕세자를 암살하기 위해 보낸 암살단은 모두 전멸했다. 그 자리에 헬리아가 있었다면 전멸은 당연한 것인지 모른다. 헬리아가 있다면 분명 이안, 그 플로렌스 공자도 함께 있을 테니 말이다.

"젠장."

후작은 이를 으득 물고 냉정을 되찾기 위해 자리에 앉았다. 화가 머리끝까지 나지만 지금은 오히려 머리를 차갑게 해야 할 때다.

똑똑-

"누구냐?"

"접니다."

페이튼 자작의 목소리가 들리고 곧 그가 안으로 들어왔다. 후작은 심기가 사나운지 목소리가 낮았다.

"무슨 일이냐?"

"다크소드에서 연락이 왔습니다."

"정말이더냐?"

후작의 표정이 눈에 띄게 변했다. 어찌할지 막막한 상황에서 한줄기 빛을 본 것이다.

다크소드. 페르시아 제국에 위치해 있는 유명한 암살 집단으로 백 퍼센트의 암살 성공률을 자랑한다. 무엇보다 소드 마스터를 보유한 암살단이기 때문이다.

"그래, 그렇단 말이지?"

후작은 턱을 쓸어내렸다. 거액의 돈을 주고 암살자를 불러들였다. 이번엔 한 치의 실수도 용납할 수 없었다. 후작의 눈이 날카롭게 변했다. 이제까지의 암살은 너무 단순했다. 상대의 실력이 만만치 않은 상태에서는 아무리 숨어서 칼을 겨눈다 하더라도 실패할 확률이 높았다.

"그러고 보니 헬리아 공주가 궁을 옮긴다고?"

"예."

"그럼 시종과 시녀들도 새로 뽑겠군."

후작의 입꼬리가 말려 올라갔다. 그때 시종의 목소리가 들렸다.

"후작님, 마법사 카잔 님께서 뵙기를 청하옵니다."

후작의 눈이 일순 와락 일그러졌다.

"뭐, 그놈이?"

후작은 달갑지 않은 반응을 보였지만 그가 찾아온 연유가 궁금하여 안으로 들였다. 검은 안대를 쓰고 입가에 웃음을 띠운 카쟌이 안으로 들어왔다. 여전히 보기 싫은 상판이다. 후작은 눈썹을 치켜뜨고 그를 보았다.

"안녕하십니까?"

"무슨 볼일이더냐?"

카쟌은 입꼬리를 싹 말아 올렸다.

"하하, 요즘 후작님의 심기가 사납다 들었습니다."

"네놈과는 상관없는 일이다."

후작이 카쟌과의 관계를 단칼에 딱 잘랐다. 하지만 카쟌은 손을 비비고 야릇한 미소를 지었다.

"이거 섭섭합니다. 이래 봬도 명색이 제가 조슈아 님의 스승 아닙니까? 스승 된 입장에서 이런 일에 가만히 있을 수야 없지요."

카쟌의 말에 후작은 눈썹을 모았다. 후작의 눈에 카쟌의 욕망이 훤히 보였다. 조슈아를 잡아 한몫 단단히 잡으려는 그 시커먼 속내가.

"쓸데없는 말을 하려거든 썩 꺼져라."

"제가 그냥 왔겠습니까?"

카쟌은 넉살 좋게 웃으며 슬그머니 자신의 의견을 내놓기 시작했다. 이야기가 진행될수록 후작의 표정엔 카쟌과 같은 미소가 어리기 시작했다.

제2장 복귀

“8년 만인가.”

헬리아는 새삼스럽다는 듯 로즈궁을 바라보았다. 8년 전과 다름없는 모습. 이곳에서 10년을 살았던 헬리아지만, 실상 지금의 그녀가 로즈궁에서 생활한 것은 그리 길지 않았다. 오히려 데이지궁이 더 익숙했다. 한데 머릿속에 박힌 기억 탓인지 왠지 아련한 느낌이 들었다.

“돌아오긴 돌아왔군.”

이제야 겨우 시작점에 돌아온 것이다. 헬리아는 그간 8년을 추억으로 밀어 넣고 주변을 둘러보았다. 로즈궁 앞에는 이미 궁의 주인을 기다리는 시종과 시녀들이 길게 줄지어 서 있었다.

‘후후.’

헬리아의 눈이 곱게 휘었다. 줄지어 서 있는 이들 가운데 매우 익숙한 얼굴이 눈에 띄었다. 8년이 지났지만 헬리아의 뛰어난 기억력은 마치 오늘 오전 일처럼 생생하게 기억하고 있었다.

바로 8년 전 로즈궁을 담당했던 시녀와 시종들이었다. 헬리아의 입꼬리가 싹 말려 올라갔다. 그럴 때마다 고용인들의 얼굴은 새파랗게 질려 갔다.

'잊으면 섭하지.'

천한 시녀의 딸이라 괄시했던 이들. 물론 평온히 지내려던 그녀를 방해한 탓에 어느 정도 맛보기로 잠깐 눌러주었지만, 그녀는 자신이 병사들에게 끌려갔을 때 비웃던 자들을 잊지 않았다. 헬리아의 눈이 반짝거렸다. 마치 쥐를 본 고양이의 눈빛과 닮아 있었다.

"시녀장 벨라입니다."

벨라가 얼른 헬리아 앞에 나아가 고개를 조아렸다.

"역시 아는 사람 얼굴을 보니 돌아왔다는 느낌이 드네."

벨라의 얼굴이 썩은 고기처럼 변하니 더더욱.

"벨라도 그렇게 생각하지 않아?"

시녀장 벨라는 똥 씹은 표정을 짓다 그녀의 질문에 퍼뜩 고개를 들고 떨떠름하게 대답했다.

"무, 물론입니다."

"그렇지?"

헬리아의 집요한 시선을 고스란히 받아야 하는 벨라는 침을 삼켰다.

'젠장, 도대체 왜!'

헬리아는 로즈궁으로 돌아오면서 다른 곳으로 간 시녀와 시종을 모조리 불러들였다. 처음엔 의아했지만 벨라는 8년 전 헬리아의 성격을 떠올렸다. 그 뒤끝. 세월이 흘렀다고 그 성격이 어디 가겠는가. 아마 두고두고 갈구리라. 땅이 밭이 되고 싹이 터 열매를 맺을 때까지.

벨라는 눈물을 삼켰다. 이제는 과거처럼 그녀를 대할 수 없다는 것을 누구보다 잘 알고 있었다. 궁내의 소문에 가장 민감한 이들이 바로 시종과 시녀다. 궁 안의 소문을 가장 일차적으로 접하는 이들이기 때문이다. 그렇기에 헬리아 공주에 대한 소문은 익히 들어왔다. 그때는 그렇구나 하면서 과거를 추억했지만 이제는 그것이 현실이 되었다.

"다들 온 거 맞지? 아무래도 혹시 빠진 사람이 있을까 봐."

헬리아의 말에 벨라는 싱긋 웃었다.

"물론이지요. 사지 멀쩡한 자는 모두 모였습니다."

'나 혼자 죽지는 않으리.'

벨라는 시녀장이라는 자신의 지위로 이미 시녀를 그만둔 이들까지 싸그리 모아 원래의 로즈궁으로 만들었다. 그 안에는 앤도 있었다. 그녀는 3년 전 시녀 일을 그만두고 소박하게나마 작은 과일 가게를 차리고 잘 살고 있었다. 한데 벨라가 그녀를 꼬드긴 것이다. 궁내 사정에 어두웠던 앤은 아버지의 치료비로 돈이 필요해지자 그 자리가 어떤 자리인지도 모르고 덥석 물었다.

'히잉!'

로즈궁으로 다시 가게 되었다는 말에 염려가 되었지만 공주는 유폐되었다. 당연히 헬리아 공주를 만날 일이 없을 줄 알았건만. 떡하니 헬리아 공주가 웃는 얼굴로 그녀를 맞이하고 있었다.

'오, 신이시여!'

"앤도 오랜만이네."

"하, 하하."

"만나니까 참 반갑다. 그치?"

"당연한 말씀이에요."

헬리아가 씨익 웃더니 그녀의 어깨에 손을 올렸다. 과거에는 앤의 키가 더 컸지만 지금은 헬리아의 키가 앤보다 더 커졌다. 앤은 반짝이는 헬리아의 눈동자를 보고는 숨을 집어삼켰다. 저 눈빛을 어찌 잊으리!

'으악, 제발 살려줘!'

악마가 도래했으나 피할 길이 없다.

"다들 잘 지내보자고."

헬리아는 싱긋 천사 같은 미소를 보였다. 그날 악마의 미소를 본 로즈궁의 시종과 시녀들은 밤새 잠을 이루지 못했다고 한다.

❊

“어떻게 이럴 수 있어요!”

앤이 빽 소리를 질렀다. 그녀처럼 잡혀온(?) 이들도 함께 가세했다. 하지만 벨라는 어깨를 으쓱했다. 물론 눈동자의 시선은 조금 다른 방향으로 치우쳤지만.

“돈이 필요하다고 했잖아.”

“그, 그렇지만 공주님이 있다는 말은 안 했잖아요!”

“안 물어봤잖아.”

앤은 울상을 지었다. 당연히 데이지궁에 유폐되어 있는 줄 알았다. 설마하니 복위된 줄은 꿈에도 몰랐다.

“제발 다른 곳으로 보내주시면 안 돼요?”

앤은 물론 다른 시녀와 시종들이 사정사정했지만 벨라는 단칼에 거절했다.

‘나도 못 가는데 너희라고 가겠어?’

다분히 물귀신이었지만 벨라는 속내와 달리 차분히 이야기했다.

“그게 될 것 같아?”

“시녀장니임!”

“이미 끝났어. 정 그렇게 다른 곳으로 가고 싶으면 나한테 말하지 말고 공주님께 직접 이야기해.”

“시녀장님 힘으로 어떻게라도 좀…….”

“공주님이 예전과 같은 줄 알아?”

“그, 그럼 어떻게 해요?”

"포기하면 편해져."

벨라는 멍한 눈으로 하늘을 바라봤다. 벨라의 선고에 앤은 좌절한 듯 머리를 쥐어뜯었다. 그에 조금 안쓰러워진 벨라가 그녀를 다독였다.

"벌써 8년이 지났어. 설마 옛날처럼 하겠니? 이제라도 잘하면……."

"정말 그럴까요?"

"……."

벨라는 조용히 시선을 돌렸다. 그에 앤은 더욱 얼굴이 푸르죽죽해졌다.

"앤!"

그때 다른 시녀가 앤을 불렀다. 앤은 헬리아 공주가 자신을 부른 줄 알고 화들짝 놀라다 같은 시녀라는 것을 알고 안도했다.

"무슨 일이야?"

그러나 시녀의 표정은 동정이 가득했다. 그녀는 앤의 어깨를 토닥이고는 말했다.

"공주님이 부르셔."

"으아!"

앤의 얼굴은 하얗게 변했다.

다리가 천근만근 무거운 앤은 떨어지지 않는 다리를 억지로 이끌고 헬리아의 방으로 걸어갔다.

"후우……."

절로 한숨이 나오고 걱정은 태산처럼 높이 쌓여 갔다.

"아, 저기……."

그때 뒤에서 한 남자가 자신을 부르는 소리에 앤은 뒤를 돌아보았다. 답답할 정도로 내려온 앞머리에 앞이 보이기나 할지 의심스러울 정도였다.

"저기 누군지……?"

“이번에 새로 들어온 시종 레브입니다.”

제법 큰 키에 머리는 자줏빛이 도는 남자였다.

“아, 레브 씨로군요. 저는 앤이에요.”

이런 자가 있었던가 싶었던 앤은 레브의 말에 이번에 새로 배속된 시종이라는 것을 알아차렸다. 헬리아는 로즈궁의 고용인을 모두 데려오고 싶어 했으나 8년의 시간은 짧지 않았다. 그사이에 죽었거나, 병에 걸렸거나 그 밖에 피치 못할 사정으로 궁에 들어오지 못한 이들이 있었다. 그 틈을 새로운 이들로 메웠다.

“그보다 무슨 일로?”

“공주님의 전속 시종으로 배속되었습니다. 한데 처음 와보는 곳이라…….”

“아! 그래요?”

앤의 얼굴에 화색이 돌았다.

“그럼 저를 따라오세요. 저도 지금 막 공주님의 처소로 가고 있는 중이었어요.”

앤은 헬리아의 방에 혼자 들어가지 않아도 된다는 생각에 입가에 미소를 띠웠다.

“아, 예. 감사합니다.”

레브는 그녀가 그렇게 밝게 웃는 영문을 알지 못했지만 그녀를 따라갔다.

똑똑-

“고, 공주님. 앤입니다.”

“들어와.”

안에서 익숙한 음성이 들리자 앤은 침을 꼴딱 삼켰다. 그러다 옆에 있는 레브를 보더니 조금 안심이 되는지 방 안으로 몸을 집어넣었다. 안에는 이미 선객이 있었다. 청록색 머리카락에 신비한 오드아이를 지닌 젊은 청년이 눈에 띄었다.
'저 사람은 누구지?'
앤은 궁금했지만 그 남자는 헬리아 공주와 이야기를 나누고 있어 감히 끼어들지 못했다.
"워렌은?"
오드아이의 청년은 클리드였다. 헬리아는 궁에 달랑 클리드만 혼자 오자 워렌에 대해 물었다. 클리드는 조금 난감한 듯 말했다.
"그게…… 워렌 님은 싫다고 하십니다."
"싫다고?"
헬리아는 어이가 없었다. 로즈궁으로 들어온 헬리아는 전처럼 쉽게 밖으로 나갈 수 있는 입장이 아니었다. 하지만 엘라드 상단에는 그녀만이 할 수 있는 일이 있었다. 그 때문에 헬리아는 이참에 플로렌스 공작을 통해 워렌과 클리드에게 단승이지만 남작이라는 작위를 내렸다. 한데 워렌이 그것을 거부한 것이다.
"도대체 이유가 뭐래?"
"어디에 얽매이기 싫다고 해서."
"그 아저씨답긴 하네."
헬리아는 마뜩치 않은 표정을 지었지만, 워렌의 평소 행동을 돌이켜 보고는 고개를 끄덕였다. 그는 자유로운 남자였다. 술 먹기 좋아하고 돌아다니기 좋아하는, 격식과는 조금 거리가 먼 사람이었다. 헬리아는 아쉽지만 워렌에 대해서는 조금 뒤로 미루기로 했다.
"당분간 클리드가 수고 좀 해줘."
"물론입니다. 아, 그런데……."
클리드가 머뭇거리자 헬리아가 그를 바라봤다.
"무슨 일이야?"
"혹시 라임 님이 뭐라 하지 않으셨습니까?"

헬리아가 눈을 찡그렸다.

'엘라임이 왜?'

그녀가 어리둥절해하자 클리드가 말했다.

"꽤 시무룩하신 것 같으셔서."

그러고 보니 요새 엘라임을 부르는 횟수가 전보다 줄어들었다. 곁에 이안이 붙어 있는 통에 아무 때나 부를 수 없었다. 하지만 헬리아는 그다지 신경 쓰고 있지 않았다. 클리드가 말하기 전까지는 말이다.

'너무했나.'

엘라임은 밖에 나와 있는 걸 좋아했다. 시장에서 파는 꼬치구이를 좋아하고 비 맞는 걸 좋아했다.

"……."

헬리아는 자신의 귀에 매달린 붉은 귀걸이를 만지작거렸다. 조금 무심했다는 생각이 들었다. 사람이 들어갈 때와 나올 때가 다르다고 자신도 그 짝이었나 보다. 절로 입안이 썼다.

"그럼 저는 이만 가보겠습니다. 서류는 곧 정리해서 올리겠습니다."

헬리아가 생각에 잠겨 있자 클리드는 자리에서 일어났다. 클리드에게는 헬리아도 은인이지만, 엘라임도 그에게 은인이었다. 처음 그에게 포션을 준 것도 엘라임이었기에 그는 그 고마움을 기억하고 있었다. 그런 그가 시무룩한 표정을 짓고 있자 가만히 두고 볼 수 없었다.

클리드는 헬리아와 엘라임이 잘되길 바랐다. 물론 신분의 차이가 있겠지만, 헬리아와 엘라임 사이엔 누구도 끼어들 수 없는 분위기가 있었다. 클리드는 조용히 고개를 숙인 뒤 방을 나섰다. 그때까지 헬리아는 깊은 생각에 빠져 있었다.

앤은 헬리아와 청년의 이야기가 끝나기를 가만히 기다리다가 청년이 밖으로 나가자 그녀에게 다가갔다.

"부르셨다고 들었습니다."

앤은 헬리아의 눈치를 보며 입을 열었다. 그러자 헬리아는 앤을 바라봤다. 헬리아는 지나치게 긴장한 앤을 보며 피식 웃었다.

"왜 그렇게 몸을 떨어? 추워?"

"아, 아니요."

"내가 잡아먹는 것도 아니고."

앤은 헬리아의 눈동자를 보고는 흠칫 놀랐다. 8년이 지난 헬리아의 외모는 인세의 것이 아닌 듯 너무나 아름다웠다. 물결치는 금발과 백옥 같은 피부. 여신이라는 수식어가 아깝지 않았다. 하지만 앤은 그녀의 외모에 속지 않았다. 저 천사 같은 외모는 8년 전에도 그랬다. 실상 그 안에 든 것은 무시무시한 소악마였다.

"그보다."

헬리아의 시선이 레브를 향하자 레브가 흠칫 놀라다 고개를 숙였다. 앞머리가 얼굴의 반을 가린 탓에 그의 얼굴이 제대로 보이지 않았다.

"이번에 새로 로즈궁에 배속된 레브입니다."

헬리아의 눈이 레브를 훑었다. 어딘지 모르게 이 음울해 보이는 사내는 호리호리한 몸매에 얼굴은 지나치게 창백했다.

로즈궁의 고용인들은 대체로 기존 로즈궁에서 일했던 자들이지만 모두 그런 것은 아니다. 그 외에는 새로 고용인들을 뽑았다. 헬리아는 고용인들을 뽑는 것에 대해서는 전적으로 세바스찬에게 일을 맡겼다. 세바스찬이 일을 허투루 할 리는 없었다. 직속 시종을 그로 선정한 것에는 분명 어떤 이유가 있을 거라고 생각했다. 그러나 겉으로 그런 속내를 드러내지 않았다.

"그럼 잘 부탁해."

헬리아가 환한 미소로 레브를 반겼다. 레브는 푹 고개를 숙였지만 여전히 그가 무슨 생각을 하는지 알 수 없었다. 옆에서 그 모습을 지켜본 앤은 헬리아의 행동에 자신이 너무 과도하게 겁을 집어먹은 게 아닌가 싶었다.

'그래, 8년이 어디 짧은 시간인가.'

시간이 지나면 사람도 바뀌게 마련이다. 앤은 안도했다. 하지만 그건 그녀의 착각이었다. 헬리아는 과거의 일을 오늘 오전의 일처럼 집요하게 잘 기억하는 구석이 있었다. 망각 따위는 강아지 먹이로 줘버리는 인간이 헬리아다.

"앤, 물이나 떠와."

'히잉.'

앤은 어깨를 늘어뜨리고 물을 가지러 갔다. 애초에 물을 먹고 싶었으면 처음부터 그렇게 말했으면 좀 좋아? 라고 말하고 싶었지만 그렇게 말할 용기는 없는 앤이다.

헬리아는 만족스런 표정을 지었다.

"정말 돌아왔어."

❊

로즈궁 뒤편에 위치한 연무장.

넓은 공터에는 검을 찬 기사 열 명이 도열해 있었다. 그들은 바로 로즈궁에 배속된 기사였다. 로즈궁의 주인으로 다시 돌아온 헬리아에게 친위대가 생긴 것이다. 로즈궁에 배속된 기사들은 서로를 알아보며 얼굴을 구겼다. 그것은 나쁜 의미라기보다 너는 왜 여기에 왔냐는 그런 눈빛이었다.

"야, 너 왜 여기에 있는 거야?"

흔한 갈색 머리에 일반 남성의 평균 키를 지닌 마른 체형의 손은 거구의 남자를 보며 인상을 찡그렸다.

"왜 있긴, 여기에 배속됐으니까 그런 거지."

숀보다 머리 하나는 큰 거구의 남자, 휴는 숀을 보고 심드렁하게 대답했다. 큰 덩치만큼 대답하는 것도 느릿느릿했다.

숀은 주변을 둘러보며 혀를 찼다.

"이거 어떻게 된 거야?"

"죄다 평민 출신이네."

옆에서 렌스가 주위 기사들을 보고 말했다. 렌스는 기사치고 학사 같은 분위기를 지닌 남자로 단정한 외모에 태도가 꼿꼿했다.

숀이 얼굴을 구기며 바닥을 찼다.

"왕족 친위대라 좋아했건만. 하기야 우리 주제에 무슨."

숀의 불만에 휴도 거구에 어울리지 않게 울상을 지었다. 불만을 가진 것은 그만이 아니었다. 이곳에 모인 다른 이들도 그렇게 생각하고 있었다. 하지만 지금 당장 뛰쳐나가 배속을 변경해 달라고 할 수는 없는 처지였다. 이곳에 있는 이들은 모두 어느 파벌에 가담하지 않은, 아니, 가담조차 하지 못한 평민 출신의 기사들이었다.

"쳇, 땡 잡으려다 꽝 잡았네."

숀이 투덜거렸다. 그뿐만 아니라 다른 기사들도 안색을 흐렸다. 기사단에 배정받을 때만 해도 최근 궁내에서 떠오르는 실세인 헬리아 공주의 친위대가 된다는 말에 혹했다. 하지만 이곳에 모인 이들을 보니 그것이 실상 과장되었던 것이 아닌가 싶었다. 게다가 기사들의 면면을 보니 절로 한숨이 흘러나왔다. 하나같이 뛰어난 실력을 지닌 이들이긴 하지만, 모두 다른 귀족의 후원 한번 제대로 못 받아본 빽도 신분도 없는 처지인 것을. 이래서야 진급은 물 건너갔다. 평생을 이곳에서 썩어야 할지도.

"설마 저 녀석도 이곳에 올 줄은……."

숀의 말에 렌스와 휴가 그가 눈짓하는 방향을 바라보았다. 그곳에는 연보랏빛 머리카락에 에메랄드빛 눈동자를 지닌 남자가 있었다. 언뜻 가벼워 보이는 외모에 살짝 올라간 입꼬리는 딱 기생오라비 같았다. 흔하지 않은 머리색과 외모라 쉽게 기억하는 것도 있었지만, 다른 이유가 있었다.

"우린 완전 끝이야. 저 녀석이 이곳에 오다니."

숀은 어깨를 늘어뜨렸고, 옆에서 휴도 한숨을 내쉬었다. 숀은 저 기생오라비가 싫었다. 이름은 세인으로 자신들과 같은 평민 출신 기사지만 뛰어난 외모로 여자들에게 인기가 많을뿐더러, 왕실 기사단 입단 시험을 수석으로 통과했다. 하지만 말썽이 잦고 엉덩이가 가벼운 탓에 몇 번이고 징계를 먹었다. 무엇보다 숀이 세인을 싫어하는 이유가 있었다.

"여어, 숀 오랜만이야."

"뭐가 오랜만이야!"

"아, 그렇지."

세인이 키득거리며 숀에게 다가왔다. 그는 숀의 어깨에 팔을 걸치고 친근하게 굴었다.

"뭐 하는 거야!"

"이제 같은 소속인데 친하게 지내보자고."

"웃기지 마! 너, 너 때문에."

"아, 그 여자애? 솔직히 얼굴만 반반했지 영 밤일은 못하더라."

"야!"

숀은 버럭 소리를 질렀다. 그가 그를 싫어하는 이유는 자신이 좋아하는 여자를 세인이 꿀꺽했기 때문이다. 숀은 생각만 해도 치가 떨렸다.

'젠장, 손 한 번 못 잡아봤는데.'

세인은 숀이 뭐라고 투덜거리든 주위를 둘러보며 휘파람을 불었다.

"휘우, 그나저나 어쩜 이렇게 떨거지만 모아놓았냐."

세인은 혀를 차며 말했다.

"문제아가 득실거리는군."
'네가 제일 문제아거든!'
숀은 그렇게 외치고 싶었지만 진드기처럼 달라붙는 세인을 떼어내지 못했다. 딱 붙어 있는 모양새가 요상했다.
'서, 설마…… 이놈이 여자도 모자라, 나, 남자까지?'
숀의 망상을 알기라도 한 듯 세인은 킬킬거렸다.
"큭큭, 야, 너 뭔 생각하냐? 설마?"
"아, 아니야!"
세인은 입가에 미소를 지으며 말했다.
"앞으로 잘해 보자고."
"퍽이나. 누가 너 같은 바람둥이 놈 따위랑! 죽어도 너랑은 안 친해져!"
"숀."
숀의 언사가 거칠어질 기미가 보이자 렌스가 말렸다. 그러나 세인은 아랑곳하지 않고 웃기만 했다.
그때 세인의 눈이 가늘어졌다. 순간 분위기가 갑자기 바뀌자 숀은 흠칫 놀랐다. 한순간 보인 그의 눈동자가 너무나 싸늘했다.
"우리 대장이 도착한 모양이군."
"무슨 말이야?"
숀은 물론 휴와 렌스를 비롯해 다른 이들도 어리둥절해하는 찰나, 연무장 안으로 검은 머리의 남자가 모습을 드러냈다. 왕국은 물론 대륙에서도 거의 찾아보기 힘든 흑발에 흑안을 지닌 남자. 이곳에 있는 사람 중 그를 모르는 자는 없었다.
아르센 왕국의 개국공신가인 플로렌스 공작가의 장남.
이안 플로렌스.
그가 걸어오자 기사들은 순간 옥죄여 오는 기세에 몸을 움찔거렸다. 이안에게서 풍겨 나오는 카리스마에 압도된 것이다. 자신들과 나이는 비슷했지만 그의 무력과 자신들의 무력은 전혀 달랐다. 앞으로 몇 년 안에 소드 마스터에 오를 것이라 예상되는 자가 바로 이안이었다. 그가 기사들 앞에 섰다.

"이안이다."

그는 자신의 신분을 내세우지 않았다. 비록 자의가 아닌 아버지의 명으로 헬리아 공주의 호위 기사를 하고 있다지만, 어쨌든 맡기로 한 이상 그 순간부터 그는 공작가가 아닌 헬리아 공주의 친위대 소속이다. 게다가 이안은 이들이 모두 평민 출신이라는 것을 알기에 위화감을 조성하지 않기 위해 일부러 그의 가문을 말하지 않았다. 몇몇 기사는 그것을 눈치채고 이안의 다음 말을 기다렸다.

"왜 자신이 이곳에 있는지 모르는 자도 있을 것이다."

이안은 주변을 둘러보았다. 모두 평민 출신인데다가 가진 거라곤 오로지 힘뿐인 자들이다. 거기다가 다른 이들의 눈 밖에 날 정도로 문제를 일으킨 자도 많았다.

이들을 선택한 건 이안이 아니다. 모두 헬리아가 직접 고른 자들이었다. 이안은 헬리아가 이들을 뽑을 때부터 그녀의 의도를 알아차렸다. 조슈아와 함께 다음 왕위 후보로 거론되고 있는데다가 플로렌스 공작과 왕세자파의 힘을 모두 등에 업고 있는 게 헬리아 공주다. 응당 눈과 귀가 있는 귀족이라면 헬리아 공주에게 줄을 대지 않을 리가 없었다.

처음에는 초대장을 보내 친분을 다지려 하거나 선물을 보냈지만, 헬리아는 심드렁했다. 그들은 더욱 애가 닳아 로즈궁의 시녀와 시종들을 자신의 사람으로 집어넣으려 했지만, 헬리아 공주는 8년 전의 고용인들로 채워 넣었다.

귀족들은 이번엔 친위대에 손을 뻗쳤지만, 헬리아는 재빨리 평민 출신으로 채워 넣었다. 모두 다른 자들의 간섭을 배제한 채 오로지 자신의 세력을 구축하기 위함이었다. 물론 그런 자 중에는 플로렌스 공작도 있었다. 하지만 그 역시 이안 하나만으로 만족해야 했다.

이안은 살짝 입꼬리를 올렸다. 그러나 그것을 겉으로 드러내진 않았다. 그는 계속 입을 열었다.

"모두 알다시피 많은 이가 이곳에 오길 원했다. 하지만 공주님께서 선택한 건 너희들이다."

이안의 말에 기사들의 표정이 변했다.

"그러니 자부심을 갖고 임하도록."

기사들의 눈빛에 작은 희망의 빛이 감돌았다.

"충성!"

기사들이 한목소리로 소리를 높였다.

"훈련은 오늘부터 바로 실시한다. 친위대 임명식은 일주일 뒤로 공주님께서 직접 검을 내릴 것이다. 그때까지 아직 너희는 진짜 친위대가 아니다. 그러니 최선을 다하도록."

"옛!"

이안은 기사들의 목소리에 고개를 끄덕였다. 그런데 기사들을 쭉 훑던 이안은 위화감을 느꼈다. 분명 기사의 수는 열 명이어야 하는데, 사람 머리 하나가 더 많았다.

이안이 미간을 찌푸렸다. 푸른 머리에 푸른 눈동자. 이안의 얼굴이 딱딱하게 굳었다. 이안이 어느 한곳을 바라보자 기사들도 그의 시선이 간 방향을 따라갔다. 그곳에는 웬 남자 하나가 있었다.

"도대체 누구지?"

숀이 작게 소곤거렸다. 휴와 렌스는 고개를 저었다. 저런 자는 한 번도 본 적이 없었다.

"대장님과 아는 사이인가?"

"근데 분위기가 이상하지 않아?"

이안과 푸른 머리의 남자가 서로를 마주 보며 대치했다. 기사들은 이

흥미로운 상황을 지켜봤다.

"당신이 왜 여기에 있지?"

이안의 목소리는 낮게 깔렸다. 주변의 온도가 영하로 떨어진 듯 한기가 스몄다. 이안은 도대체 이자가 왜 여기에 있는지 이해할 수 없었다.

"그거야 내 마음이지."

이안의 눈썹이 치켜 올라갔다.

"여기는 아무나 마음대로 올 수 있는 곳이 아니다."

엘라임은 이안의 말에 왈칵 짜증이 솟구쳤다.

"아무나?"

엘라임이 이안에게 다가갔다. 그는 이안을 죽일 듯 노려봤다.

'감히 누가 누구한테 아무나야?'

"아무나는 너지."

"……."

엘라임과 이안 사이에 불꽃이 피어오르는 것 같았다.

"경고하지. 여길 나가라."

"네가 무슨 상관이야?"

엘라임은 이안의 공격적인 눈빛에 절로 짜증이 났다.

"나는 공주님의 친위대장이다. 관계있다."

엘라임의 눈썹이 꿈틀거렸다.

"이곳은 연무장이다. 관계가 없는 사람은 나가라."

"애초부터 난 네 녀석이 마음에 안 들었어."

엘라임은 처음 플로렌스 영지에서 이안을 만났을 때를 아직도 기억했다. 이안은 입매를 비틀었다.

"굳이 당신의 마음에 들 생각 없다."

"흥, 비실이 주제에."

이안의 눈썹이 치켜 올라갔다. 그의 눈동자는 한층 어두워졌다.

스릉.

이안이 검을 뽑았다. 이 치욕을 갚지 않고는 배길 수 없을 듯싶었다.

"뭐야, 나랑 한판 하자는 거야?"

"이 이상의 모욕은 참을 수 없다."

이안이 다른 이들보다 권위적인 면은 적지만, 그는 공작가의 장남이다. 태어날 때부터 지녀 온 프라이드는 누구보다 높았다. 그런 자존심을 엘라임은 간단히 짓밟았다.

"그렇게 나온단 말이지?"

엘라임은 입꼬리를 올리며 손을 들어 올렸다. 순간 주변이 그가 만든 물방울로 가득 찼다. 기사들은 난데없이 벌어진 이안과 엘라임의 싸움에 모두들 몸을 피해 그들에게서 떨어졌다.

"도대체 이게 무슨 일이냐?"

숀의 말에 세인이 그의 어깨에 턱 팔을 걸치고 말했다. 무언가 재미난 것을 발견한 듯 그의 눈동자가 반짝거리고 있었다.

"재밌잖아? 우리의 대장이 어떤 사람인지도 알 겸. 그리고 저자도."

세인의 시선이 이안을 지나 엘라임에게 향했다. 세인의 말에 그의 어깨동무가 짜증 났던 숀이 그들의 싸움에 집중했다.

"뭐 다치면 내가 잘 치료해 줄 테니까 걱정 말라고."

엘라임이 말하며 손을 들어 올리자 물방울이 빠른 속도로 이안을 향해 쇄도했다. 사방에서 짓쳐 들어가는 물방울의 위력은 일반 비수보다 더 강력했다. 이안은 칼로 물방울을 쳐 내며 엘라임에게 다가갔다. 상대는 정령사, 그것도 상급 이상의 정령사이다. 이안은 이를 앙다문 채 빠르게 몸을 움직였다.

정령사는 마법사보다 더 까다로운 존재였다. 캐스팅을 하지 않아 딜레이가 없고, 공격 패턴이 마법사들보다 자유롭다. 무엇보다 이안은 이제까지 정령사와 싸워본 적이 없었다.

"치잇!"

이안은 이대로 하나하나 쳐 낼 수 없다는 걸 알고 검에 마나를 불어넣었다. 그리고 단숨에 사방으로 흩뿌렸다. 이안이 뿌린 검기에 물방울들은 허공에서 사라졌다. 이안은 그 즉시 틈을 놓치지 않고 엘라임의 품으로 들어가 칼을 휘둘렀다.

"큭."

엘라임은 빠르게 쇄도하는 이안의 칼에 결국 뺨이 긁히고 말았다.

'힘만 제대로 썼으면.'

자신이 힘을 쓴 걸 알면 헬리아가 화를 낼 게 분명했다.

'아차!'

그제야 헬리아를 떠올린 엘라임의 얼굴이 구겨졌다. 분명 눈치챘을 것이다.

'이대로 물러설 수 없지.'

하지만 이렇게 당하고 끝낼 수는 없는 노릇. 엘라임은 이제까지 펼쳤던 물방울보다 더 크고 거대한 물로 된 용을 소환했다. 과한 감이 없지 않았지만, 엘라임은 누구보다 당하는 것을 싫어했다. 하물며 그것이 검둥이라면 더더욱.

"흥, 이건 못 당할걸!"

수룡이 용트림을 하며 이안을 향해 달려들었다. 그 광경을 지켜보고 있던 기사들의 눈이 모두 화등잔만 해졌다.

이안은 거대한 수룡을 보며 입술을 깨물었다. 이 정도 힘이라면 쉽게 막지 못하리라. 이안은 자신이 낼 수 있는 최대치의 힘을 끌어올렸다.

콰아아악!

수룡이 이안을 덮치려는 순간이었다.

"그만!"

들려온 음성에 수룡은 단번에 힘을 잃고 물이 되어 흘러 떨어졌다.

그 물을 고스란히 이안이 뒤집어썼다.

"……."

축축하게 젖은 머리를 쓸어 넘긴 이안은 뒤를 돌았다. 그곳에는 헬리아가 눈에 불을 켜고 걸어오고 있었다.

"엘라임!"

엘라임이 흠칫 몸을 떨었다. 그는 저도 모르게 뒷걸음질 쳤다.

"하, 하하. 왔어?"

"지금 왔어란 말이 나와!"

헬리아는 기가 차서 말이 안 나올 정도였다. 엘라임의 기운이 느껴진다 싶었는데 모습이 보이지 않아 이상하던 참이었다. 한데 멀지 않은 곳에서 그의 기운을 느끼고 와보았더니 떡하니 기사들 앞에서 수룡이나 만들고 있지 않은가.

"도대체 왜 여기에 있는 거야!"

"그게……."

엘라임은 시선을 피했다. 헬리아는 말이 통하지 않는 엘라임 대신 이안에게 물었다.

"지금 이게 뭐 하는 거지?"

"……."

이안도 뭐라 말하기 곤란하여 입을 다물어버렸다. 상대의 도발에 넘어가 버렸다고 하려니 스스로가 비참했다. 평소 냉정하기로 유명한 자신이었지만 엘라임에게는 욱하는 마음이 솟구쳤다.

헬리아는 한쪽 입을 틀어 올렸다.

"따라와."

엘라임은 자신을 가리키자 퍼뜩 놀랐다.

"당신은 알아서 수습해. 이 녀석은 내가 데려가지."

"아무리 공주님의 사람이라곤 하나 여기는 궁입니다. 신분조차 제대로 모르는 사람이 함부로 드나들 수 있는 곳이 아닙니다."

"이 검둥이가!"

엘라임이 이안의 말에 버럭 화를 냈다. 헬리아는 지끈거리는 두통에 머리를 짚었다.

"그건 내가 보증해."

"하지만……."

"내가 보증한다고."

"……."

이번엔 이안이 못마땅하다는 듯 눈을 찌푸렸다. 그러나 그전에 헬리아가 엘라임의 손을 잡고 연무장을 빠져나갔다.

"……."

이안은 갑자기 치미는 짜증에 주먹을 쥐었다. 알 수 없는 불쾌함. 그것이 그의 전신을 휘감았다. 도대체 저자는 그녀의 무엇이란 말인가? 그 남자가 자신을 내려다보는 그 눈빛이 참을 수 없었다.

한바탕 소란이 지나가고 기사들은 집 나간 정신을 수습할 수 있었다.

"엄청 예쁘다."

"봤어? 완전 여신이야!"

"소문은 들었지만 이건 상상 이상이야. 오길 잘했어!"

헬리아의 모습을 처음 본 기사들은 흥분을 감추지 못했다. 레이디에게 목숨을 바치는 것은 기사들에게 충분히 명예로운 일이다. 하물며 그 레이디가 여신도 울고 갈 미모의 소유자라면.

"얼굴만 봐도 배가 부르다."

"근데 그 남자는 도대체 누구야?"

헬리아의 외모에서 푸른 머리 남자로 화제가 옮겨갔다. 숀이 조심스럽게 입을 열었다.

"혹시 삼각관계 아니야?"
"설마 그럴 리가."
"아니야, 아무래도 수상해."
숀이 의혹을 부풀렸다. 기사들은 숀의 말에 이리저리 살을 붙이고 떠들어댔다.
"조용!"
그때 이안이 잔뜩 짜증 난 표정으로 외쳤다. 그의 목소리에 기사들은 솜털이 서는 느낌을 받았다.
'화, 화났다!'
무시무시한 기운이 그들의 몸을 휘저었다.
"아무래도 정신 상태가 불량이군."
기사들은 반박하고 싶었지만, 이안의 눈은 시커먼 빛을 뿜어내고 있었다.
"바로 훈련에 들어가지."
이안이 입을 비틀었다.
"연무장 오백 바퀴."
"오, 오백 바퀴요?"
기사들은 혼비백산했지만 그럴수록 이안은 숫자를 올렸다.
"너무 쉽나? 그럼 육백 바퀴."
"으악! 바, 바로 뛰겠습니다."
기사들은 배속받은 첫날부터 입에 단내가 나도록 연무장을 뛰어야 했다. 그날 이후 이안은 기사들 사이에 암암리에 사신으로 불렸다.

❋

헬리아는 엘라임을 자신의 집무실로 데리고 가 모든 시녀와 시종을 물렸다. 몇몇 이가 눈을 반짝이며 헬리아와 엘라임을 힐끔 쳐다보고 돌아갔다. 방 안에는 무겁게 침묵이 흘렀다.

'화, 화났나?'

엘라임은 의기소침해져 조용히 헬리아를 바라봤다. 하지만 그녀는 아무 말도 꺼내지 않았다. 되레 엘라임은 초조해졌다.

그때 헬리아가 나직하게 말을 꺼냈다.

"도대체 거긴 왜 간 거야?"

헬리아는 좀 전까지 그와 자신을 수상하게 보던 이들을 떠올리며 머리를 짚었다. 쓸데없는 소문을 막을 생각을 하니 머리가 다 아팠다.

엘라임은 뾰로통한 표정으로 말했다.

"그거야 네가 날 안 부르니까."

"……."

엘라임의 시무룩한 표정에 헬리아는 뜨끔했다. 상대는 정령이지만 마음이 있고 생각이 있다. 과거 엘라임이 정령은 도구가 아니라고 했던 말이 떠올랐다.

"……안 부르는 거랑 기사단에 간 거랑 무슨 상관이 있는데?"

"기사단에 들어가면 자주 볼 거 아니야."

심통이 난 엘라임의 말에 헬라아는 한숨을 내쉬었다.

"그래서 정령이 기사가 된다고?"

"정령이 기사 하면 안 되는 법도 없잖아."

헬리아는 머리가 다 지끈거렸다.

"후우……."

이걸 어찌해야 하는지. 하지만 그를 기사로 만들 수는 없는 노릇이기에 그를 달랬다.

"밖에 나오고 싶다면 자주 부를게."

엘라임은 헬리아의 말에 뭔가 가슴이 답답해졌다. 어린아이를 달래는 듯한 태도가 싫었다. 자신은 그저 밖에 나오고 싶어서 이런 것이 아니었다. 그러나 그렇게 말하지 못했다. 스스로도 왜 그런지 이해할 수 없기 때문이었다. 그냥 그 검둥이 녀석 곁에 헬리아가 있는 게 싫었다. 그 자리는 분명 자신의 자리다. 하지만 그런 속내와 달리 엉뚱한 말이 튀어 나왔다.

"저번에도 그래놓고 며칠 동안 부르지 않았잖아. 데이지궁에 있을 때는 매일 불렀으면서. 사람이 변했어."

엘라임이 눈을 가늘게 뜨고 흘겼다. 하지만 헬리아는 순순히 그의 뜻에 동의할 마음이 없었다. 엘라임이 밖으로 드러나면 오히려 그와 함께하기 힘들어진다. 지금의 자유로운 상태야말로 최적인 것이다.

"정말 약속할게. 매일 부를 테니까 기사가 되겠다는 말은 하지 마."

계속 반대하는 헬리아를 향해 엘라임이 눈을 흘겼다.

"그놈은 되는데 왜 나는 안 되는데? 내가 검둥이보다 못한 게 뭔데."

"검둥이는 또 누구야."

"누구긴 그 검둥이 놈이지."

도대체 무슨 소리를 하는 건지. 헬리아는 머리가 아팠다. 엘라임은 잔뜩 짜증이 나 있었다.

'누구보고 관계가 없대?'

그 어떤 이도 자신과 헬리아 사이만큼 가깝지는 않을 것이다. 엘라임은 관계도 없는 놈한테 관계가 없다는 말을 들은 걸 참을 수 없었다.

"기사가 되면 지금처럼 자유롭게 움직일 수 없어."

"상관없어."

"이렇게 내 방에 함부로 있을 수도 없다고."

"……그건."

엘라임은 고심했지만 검둥이가 떠오르자 오기가 생겼다.

"그래도 괜찮아."

"하아, 도대체가……."

단단히 마음을 먹었는지 씨알도 안 먹히자 헬리아는 고민에 빠졌다. 그렇다고 단칼에 잘라 버리기엔 그녀도 미안했다. 최근 바쁜 탓에 그를 거의 불러내지 못했던 것이다.

"흐음."

그녀가 고민하자 엘라임이 초조하게 그녀의 결정을 기다렸다.

헬리아가 결정을 내렸는지 입을 열었다.

"좋아."

"정말이지?"

"하지만 기사는 안 돼."

"뭐야!"

엘라임이 반발하자 헬리아가 손으로 막았다.

"기사보다는 정령사로 해."

"정령사로?"

조슈아의 곁에 마법사 카잔이 있는 것처럼 종종 기사가 아닌 마법사가 왕족의 곁에 붙고는 했다. 그러니 정령사라고 불가능할 리가 없었다. 그의 특성을 버리는 것은 바보 같은 짓이었다.

"기사는 다른 사람과 훈련해야 해. 하지만 정령사는 달라. 개인적인 시간도 주어질 거고, 만나기도 더 쉬울 거야. 로즈궁 내에 연구실을 마련해 놓을게."

애초에 클리드의 말을 듣고 엘라임을 어떻게든 할 생각이었다. 거기다 본인 스스로 밖으로 나오고 싶다고 한다면 제대로 된 자리에 앉힐 생각이었다.

"정령사 할 거야, 말 거야?"

"할게!"

엘라임이 활짝 웃으며 좋아했다. 그 모습에 헬리아는 어쩔 수 없다는 듯 미소를 지었다.

❊

본궁에서 멀리 떨어진 곳에 위치한 작은 정자.

그 정자 주변에 꽃들이 아름답게 피어 있었다. 이곳은 시종은 물론 정원사조차 함부로 올 수 없는 곳이었다. 주위에 흐드러지게 핀 꽃은 인위적인 관리에 의한 것이 아닌 자연의 힘이었다. 오로지 한 사람을 위해, 한 사람만이 갈 수 있는 곳.

국왕 빈센트가 그의 사랑하는 이를 위해 만든 무덤이었다. 사람의 소리 하나 없는 조용한 정자에 빈센트가 다가갔다. 그는 석조로 만들어진 정자의 기둥을 손으로 훑으며 아련한 표정을 지었다. 이 아름다운 정자의 중앙에는 기다란 석조관이 놓여 있었다.

세니아, 여기에 잠들다.

빈센트는 용무늬가 새겨진 석조관을 쓰다듬었다. 온기라곤 남아 있지 않은 돌의 차가움이 느껴졌다.

"세니아."

낮게 읊조리는 그의 음성에 짙은 그리움과 애잔함이 담겨져 있었다.

"세니아."

그는 연신 세니아의 이름을 부르며 관을 쓰다듬었다.

"헬리아가 아주 잘 컸어. 당신이 본다면 아마 깜짝 놀랄 거야."

빈센트는 피식 웃으며 헬리아를 떠올렸다. 하지만 그와 반대로 자신을 전하라고 부르는 그녀의 말이 생각나 안색이 흐려졌다.

"잘한 거겠지?"

휘이잉– 바람이 불어왔다. 그것이 마치 잘했다는 말 같아서 빈센트의 입가에 옅은 미소가 번졌다. 그는 자신의 목에 걸린 펜던트를 만지작거렸다. 은은한 금빛이 도는 펜던트에선 청량한 기운이 흘러나왔다. 하지만 빈센트의 표정은 좋지 못했다.

"당신이 준 이것도 오래가지 못할 것 같아."

그는 씁쓸히 웃으며 펜던트를 만졌다.

"보고 싶다, 세니아."

꽃향기를 품은 바람이 빈센트의 등을 어루만져 주었다.

❊

"공주님, 후작께서 찾아오셨습니다."

시녀의 말에 비앙카의 표정이 변했다. 그녀는 작게 미간을 찌푸렸다. 갑작스런 외할아버지의 방문. 비앙카는 결코 달갑지 않았다. 외할아버지는 안부 인사나 전할 만큼 살가운 사람이 아닐뿐더러 목적 없이 움직이는 사람이 아니었다.

비앙카는 눈썹을 모았지만 이내 몸을 돌려 응접실로 갔다. 응접실로 들어가자 등을 꼿꼿이 세운 칠십 대 노인이 앉아 있었다. 흰 머리와 주름진 손등, 그러나 나이가 무색하게 후작의 눈빛은 날카롭게 벼린 칼처럼 빛나고 있었다.

비앙카는 괜스레 그 앞에 서면 초조해지는 마음을 억지로 억누르며 후작을 맞이했다.

"어인 일이신가요?"

후작은 자신의 맞은편을 가리켰다.

"이리 앉거라."

비앙카는 살짝 입술을 깨물고는 시녀에게 차를 내오라 주문했다. 이야기가 그리 짧지만은 않을 것 같았다. 비앙카가 자리에 앉자 후작은 천천히 비앙카를 훑었다. 그 눈빛에는 한 줌의 애정도 들어 있지 않았다. 오히려 상품을 관찰하는 듯했다.

후작이 천천히 입을 열었다.

"그러고 보니 네가 열아홉이더구나."

"무슨 말을 하시려는 건가요?"

비앙카의 눈이 샐쭉하게 변했다. 그녀는 직감했다. 결코 좋은 일이 아니라는 것을. 그래서 더 불만스런 말투가 튀어나왔다.

"제 나이를 외할아버지가 기억할 줄은 몰랐네요."

그러나 후작은 비앙카의 치기 어린 도발에 넘어갈 만큼 호락호락한 인사가 아니었다. 도리어 그런 태도가 가소롭다는 듯 웃었다.

"처녀가 다 되었구나. 이젠 어딜 내놔도 손색이 없겠어."

"그게 무슨 말이냐고 물었어요!"

그때 시녀가 차를 내왔다. 후작은 차를 한 모금 음미한 뒤 말했다.

"제국의 황태자비가 병에 걸려 오래 살지 못한다고 하더구나. 마침 둘 사이에 아이도 없고."

"……."

비앙카의 눈동자가 바람에 이는 파도처럼 일렁였다. 그녀는 드레스 자락을 움켜쥐었다.

"그래서 어쩌라는 건가요?"

"황태자와 혼인하거라."

비앙카의 표정은 딱딱하게 굳었다. 제국의 황태자와의 혼인. 그러나 비앙카는 그대로 받아들이지 않았다.

"싫어요!"

후작의 눈매가 치켜 올라갔다.

"그만한 자리에 시집가는 게 쉬운 줄 아느냐? 아이만 낳으면 제국의 안주인이 될 수 있는 자리다. 네게도 더없이 좋은 일이야."

거대한 영토와 강력한 힘을 지닌 페르시아 제국. 아돌프 후작은 그 제국의 황태자와 혼인하라 일렀다. 하지만 비앙카는 입술을 깨물었다. 이미 혼인한 유부남이다. 거기다 아픈 황태자비를 끔찍하게 생각한다고 들었다. 무엇보다 아직 황태자비가 죽지 않았다면 후궁이 아닌가.

"하지 않을 거예요."

비앙카는 거절했다. 공주라는 신분으로 정략결혼은 피할 수 없다 해도 후궁은 되기 싫었다.

"제국의 왕비가 될 수 있다."

비앙카의 눈동자가 흔들렸다.

제국의 왕비. 무척이나 끌리는 자리다. 하지만 그녀는 외할아버지의 의도를 알았다. 오라버니에게 더 힘을 실어주기 위해서, 포장만 그럴듯하지 결국 이익을 위해 팔리는 것이다.

"저는 혼인하지 않을 거예요."

후작이 입꼬리를 비틀었다. 마치 웃는 듯했지만 그의 눈은 전혀 미동조차 없었다.

"내 말을 거역하겠다는 거냐?"

"저는 인형이 아니에요. 오라버니만으로 모자라나요?"

후작의 눈이 날카롭게 변했다. 비앙카는 순간 흠칫했지만 그녀는 더 밀어붙였다.

"저도 왕위 계승자 중 한 명이에요. 외할아버지에게, 아니, 후작님에게 이런 대우를 받을 이유는 없어요."

"하하하."

후작이 웃음을 터뜨렸다. 그 모습에 비앙카는 몸이 굳어갔다.

후작은 입가에 미소를 띠운 채 비앙카에게 통보했다. 그것은 일방적인 명령에 가까웠다.

"조만간 제국으로 가게 될 것이다."
"외할아버지!"
"가소롭구나. 네가 무슨 대단한 위치에라도 있는 줄 아느냐?"
"……."
"공주란 지위를 빼면 아무것도 저 혼자 할 수 없는 온실 속 화초면 화초답게 적당한 주인이 나타나면 잘 팔려야지. 쯧쯧, 제 분수를 모르고 날뛰는 망둥어로구나."
"……."
비앙카는 심한 모욕감에 몸을 떨었다. 하지만 반발하지 못했다. 그녀가 누리는 모든 것을 후작은 빼앗아 갈 수 있었다.
후작이 자리에서 일어났다. 그의 볼일이 그것이라는 듯. 그 외에 할 이야기 따위는 없다는 듯. 그는 미련 없이 몸을 돌렸다.
"헬리아 때문인가요?"
후작이 자리에서 멈춰 그녀를 내려다보았다. 비앙카는 표독스럽게 그를 노려봤다. 그러나 그녀의 눈에선 눈물이 한줄기 흘러내리고 있었다.
"쯧쯧."
후작은 대답할 가치도 없다는 듯 혀를 차고 몸을 돌렸다.
쨍그랑.
비앙카는 테이블에 놓인 찻잔을 바닥으로 내던졌다.
"어째서 내가? 내가 왜?"
비앙카의 두 눈이 붉게 변해갔다.

❊

"치료소를 짓는다고?"
클리드가 가져온 후작의 동태를 감시한 보고서를 읽던 헬리아가 눈을 살짝 찡그렸다.

후작과 치료소. 이는 참으로 어울리지 않은 조합이었다.

"2왕자의 명분을 만들려는 것 같습니다. 치료소 외에 고아원을 비롯한 다양한 구제 사업을 2왕자의 이름으로 벌이고 있습니다."

톡톡-

클리드의 설명에 헬리아가 책상을 두들겼다. 이리저리 움직이는 것을 보니 후작 나름대로 초조한 것이 보였다.

"한데 조금 많은데."

후작이 세운 치료소의 숫자를 확인한 헬리아는 미간을 찌푸렸다. 그것도 수도에 중심적으로 깔려 있었다.

"치료소만큼 드러내 놓고 보여주는 것도 없지 않습니까?"

"그렇긴 하지."

과한 욕심이다. 하지만 클리드의 말처럼 적절한 조치이기도 했다. 사람들은 눈에 보이는 것을 중요시한다. 아무리 보이지 않은 선행이 미덕이라지만, 좋은 일일수록 드러내야 칭찬을 받는 법이다.

"이쪽에서도 뭔가 조치를 취할까요?"

명분이 필요한 것은 헬리아도 마찬가지였다. 클리드는 그 점을 꼽았다. 헬리아는 고개를 저었다.

"똑같이 치료소나 만들어서는 소용없지. 애초에 우린 이미 치료소가 있잖아?"

"모습을 드러내실 생각이십니까?"

헬리아는 고개를 끄덕였다. 이미 그녀는 엘라드 상단을 통해서 후작의 치료소보다 훨씬 많은 치료소를 가지고 있을뿐더러, 그 외에 구제 사업에도 큰돈을 대고 있었다. 그녀가 엘라드 상단의 상단주라는 것을 알게 된다면 후작의 치료소 따위와는 비교 불가다.

"후작에 대해서는 계속 상황을 보고해."

"알겠습니다."

클리드는 고개를 끄덕인 뒤 한쪽 구석에 가득 쌓여 있는 초대장을 가리키며 물었다.

"그보다 초대는 계속 거절하실 생각이십니까?"

헬리아가 왕위 계승자로 부상하자 귀족들은 너 나 할 것 없이 그녀에게 줄을 대기 위해 몰려들었다. 특히 회의장에서 벌어졌던 일이 암암리에 퍼지면서 왕세자파와 플로렌스 공작의 세력을 모두 얻은 그녀의 가치는 크게 격상되었다.

"줄타기의 명수들이군."

헬리아는 비꼬았지만, 그것 또한 중소 귀족들이 살아가는 방식이었다. 뭐든 눈치라도 있으면 죽지는 않는 법이다.

"모두 알아서 거절해."

"후우…… 알겠습니다."

클리드는 한숨을 푹 내쉬었다. 귀족들의 초대장을 그냥 거절하는 것은 무례한 일이다. 대개 거절의 선물을 보내거나 편지를 씀으로써 이쪽에서도 나름 예의를 차려야 한다. 문제는 헬리아가 그 일을 클리드에게 맡겼기에 그가 일일이 써야 한다는 것. 선물이면 편하겠지만, 헬리아는 그런 곳에 결코 돈을 쓰지 않았다.

"아, 그보다."

이걸 언제 다 하나 걱정하던 클리드는 이내 기억이 떠올랐는지, 한 장의 초대장을 건넸다. 다른 초대장과 달리 이것은 제멋대로 쌓여 있는 초대장과 함께 둘 수 없었다.

헬리아는 보지도 않고 거절했다.

"거절해."

"하지만."

그의 표정이 난감해지는 걸 본 헬리아는 낮게 숨을 내쉬었다. 그가 함부로 결정할 수 없는 대상은 그리 많지 않았다.

"누구야?"

"비앙카 공주님께서 다과회에 공주님을 초대하셨습니다."

"날? 걔가?"

헬리아의 표정이 썩은 사과처럼 짓물러졌다. 결코 달갑지 않은 초대였다.

"거절해. 아니, 흐음."

거절하려던 헬리아는 마음을 바꿨다. 당장에라도 저 편지를 불구덩이에 쑤셔 넣고 불쏘시개로 쓰고 싶지만 이대로 물러나기엔 헬리아 나름대로 그녀에게 갚아야 할 빚이 있었다. 게다가 이번엔 어떤 유치한 수로 나올지도 자못 기대가 되었다.

"언제야?"

"아, 그게……."

헬리아는 직접 초대장을 받아 들고 편지를 뜯었다.

"그럼 그렇지."

헬리아는 혀를 찼다. 어디 하나 좋게 가는 법이 없고, 괴롭히는 방법에 도통 실력이 늘지 않는 비앙카다.

"징글징글하네."

초대의 일시는 오늘 점심. 그것도 당장 한 시간 앞으로 다가온 점심시간이다. 대개 초대는 일주일 전이 필수다. 옷이며 여러 가지 필요한 것을 준비해야 하기 때문이다.

"그래도 가긴 가야 하나."

비앙카의 얼굴은 보기 싫었지만, 어쩔 수 없이 가야 한다면 그녀의 일그러지는 얼굴은 보고 와야겠다고 다짐했다.

헬리아가 자리에서 일어나자 근처 소파에 기대어 다과를 즐기고 있던 엘라임도 함께 일어났다.

"왜?"
"나도 따라갈래."
"네가 왜?"
엘라임은 미간을 팍 구겼다. 그리고 그녀의 뒤를 당연하게 따르는 이안을 가리켰다.
"저 녀석은 가잖아?"
"암튼 안 돼."
헬리아의 단호한 거절에 엘라임은 입술을 비틀었다. 아무리 호위 기사라지만 항상 붙어 다니는 꼴이 영 보기 싫었다.
"심심하다고."
"심심하면 일이나 해."
"일?"
엘라임은 인상을 팍 썼지만, 좋게 생각하기로 했다. 노는 것도 좋긴 하지만, 정령인 그의 입장에선 자신의 계약자에게 도움이 되는 쪽이 좋았다. 물론 이건 최근 그녀가 그를 별 신경 쓰지 않은 탓에 생긴 관심병 비슷한 것이었다.
"후작을 감시해야겠어."
후작 곁에 사람을 붙여놓고 있지만 부족한 감이 있었다. 정보길드 베라에 의뢰를 해놓은 것도 있지만 역시 정보는 내부 운영으로 이뤄지는 게 좋았다.
"내가 멀리 가면 힘이 더 들 텐데."
가까운 거리에 있을 때면 상관없지만 두 사람의 거리가 멀어질수록 마나 소비도 커진다. 헬리아는 괜찮다며 손을 저었다.
"이참에 어디까지 버틸 수 있나 시험해 보지. 암튼 다녀와."
엘라임은 불퉁한 표정을 지었지만 그녀의 말을 거절하진 않았다. 그가 사라진 뒤에야 헬리아는 무례하게도 한 시간밖에 남지 않은 초대에

응하기 위해 몸을 움직였다.

❊

다과회가 열리는 곳은 비앙카의 궁에 위치해 있는 정원이었다. 헬리아는 초대장에 쓰인 시간에 맞춰 정원에 도착했다. 한데 이미 귀족 영애들이 모두 자리했고, 헬리아는 가장 마지막에 도착한 모양새가 되었다. 그녀가 늦은 것처럼 말이다. 거기다 그녀를 보았음에도 그녀에게 인사를 하는 이가 하나도 없었다.

'유치하게 노는군.'

헬리아는 이 모든 일을 비앙카가 꾸몄다는 것을 알아챘다. 알아채고 말고 할 것도 없지만 말이다. 그녀와 함께 따라온 이안이 그 모습을 보고 인상을 찌푸렸다.

헬리아는 입가에 미소를 띠우고 그들에게 다가갔다. 이미 그녀의 눈은 이곳에 모인 열 명의 귀족 영애를 스캔했다. 하나같이 아돌프 후작파의 귀족 영애로 표정을 보아하니 자신을 잡아먹을 듯 노려보고 있었다. 하나 헬리아가 그것에 겁먹을 위인이던가. 그녀는 유유히 웃으며 말했다.

"벌써 이렇게 와 있을 줄 몰랐네."

그녀의 태평한 말에 귀족 영애들의 시선이 날카로워졌다.

"흥, 늦은 줄도 모르고 뻔뻔하긴."

한 영애가 나직하게 말을 내뱉었지만, 애초에 대놓고 말한 것이다. 모든 영애가 그 말을 듣고 키득키득 웃기 시작했다.

헬리아는 화가 나기보다는 그냥 우스울 뿐이었다. 도대체 저치들은 뭘 믿고 저러는 건지 도통 이해 불가였다. 게다가 막말로 지들보다 높은 게 자신인데 공주가 늦으면 좀 어떤가? 헬리아는 잘못한 게 전혀 없다는 듯 당당하게 걸어갔다. 영애들도 머리는 달고 사는지 그녀에게 늦었다고 대놓고 따지는 이는 없었다. 물론 몇몇은 불만스런 표정을 짓고 화를 참는 것 같았다.

'그럼 공주로 태어나든지.'

헬리아는 조소를 지었다. 그녀의 당당한 눈빛에 불만스럽게 보던 영애들은 고개를 돌렸다.

헬리아는 적당히 그들을 눌러주고 주변을 둘러보았다. 그러다 가장 말단에 위치한 자리가 비어 있는 것을 보았다. 분명 그녀의 지위상 상석에 앉아야 했지만 상석은 이미 자리가 다 꽉 차 있었다. 그들의 의도가 빤히 보였다.

'웃기는 짓이군.'

하지만 순순히 말단에 앉아줄 헬리아가 아니다. 그녀는 성큼성큼 걸어가 긴 테이블의 가장 상석에 앉아 있는 비앙카의 오른쪽 자리로 갔다. 그곳에 앉아 있던 영애 한 명이 헬리아가 다가오는 것을 보고 얼른 비앙카를 보았다.

비앙카는 눈을 찌푸렸다.

"뭐 하는 거지?"

"뭐긴, 내 자리에 앉는 거지."

그러면서 헬리아는 금안을 번뜩이며 자리에 앉아 있는 영애를 아주 뚫어져라 쳐다봤다.

'무, 무서워!'

그 영애는 헬리아의 눈빛을 이기지 못하고 겁을 집어삼켰다. 암살자도 참기 힘든 그녀의 기세에 영애는 비앙카의 눈초리에도 불구하고 허겁지겁 자리에 일어나 고개를 숙였다.

"죄, 죄송합니다."

"뭐, 죄송할 것까지야. 앞으로 잘하면 되는 거지. 안 그래?"

"아, 예."

헬리아는 영애를 쫓아내고 응당 그 자리가 자신의 자리인 듯 당당하게 앉았다.

"역시 여기에 앉으니까 언니 얼굴이 잘 보이네."

비앙카가 자신을 뚫어져라 보자 헬리아는 어깨를 으쓱였다.

"무슨 문제라도?"

"……."

비앙카는 이를 앙다물고 화를 참았다.

"이제 헬리아도 왔으니 파티를 시작할까요?"

비앙카가 일어나자 영애들이 그녀를 주목했다. 그리고 시녀가 따뜻한 차를 내오면서 간단한 티타임이 시작되었다. 그와 함께 영애들의 현란한 혀 놀림도 시작되었다. 겉은 번지르르한 영애들인데 내뱉는 말들은 삼류 양아치 저리가라 할 정도로 저열하기 그지없었다.

"알고 있어요? 힐스 부인, 젊은 노예랑 바람을 피웠더라구요."

"어머어머!"

"노예랑요?"

"그러게 말이에요. 어쩜 천한 노예와."

"하지만 그 남편을 보면 이해가 되긴 해요. 마른 생선 같잖아요."

"호호, 그건 그래요."

남의 뒷담화는 기본이고, 사람의 외모, 패션, 성격 등을 놓고 이러쿵저러쿵 입방아를 신나게 찧어댔다.

헬리아는 그런 행태를 보며 속으로 비웃었다. 귀족 영애 정도 됐으면 최소한의 고등 교육을 받았을 텐데 생각하는 것이며 내뱉는 말의 수준이 그들이 천하게 여기는 하층민과 다를 바 없었다.

"아참, 그보다 치료소는 잘되나요?"

뒤섞이는 대화 내용 속에서 헬리아는 귀에 익숙한 주제를 포착했다.

"사람이 얼마나 밀려드는데요. 요즘 그 일로 바쁘세요."

"하기야 거의 무료니 돈 없는 천한 것들은 좋아하겠어요."

"호호."

정치에 관심이 없는 영애들도 자기 아버지의 행보에 대해서는 제법 관심이 가는 모양이다. 평민들을 위해 치료소를 세운 이후 후작의 지지율이 크게 올라갔다. 조슈아를 왕위에 올리기 위해 여론을 모으는 모습이 빤히 보였다.

'조만간 때를 봐서 엘라드 상단을 드러내야겠군.'

아직까지 자신과 엘라드 상단의 관계를 감추고 있지만, 이렇게 후작이 전면에 나선다면 자신도 가만히 있을 수 없었다. 후작이 열심히 치료소를 세우고 있다지만 이미 수도에 지어진 수많은 치료소 대부분이 모두 엘라드 상단 소속이다. 그녀가 엘라드 상단과의 관계를 드러내는 순간 그깟 치료소 몇 채 지은 후작은 상대조차 되지 않을 것이다.

영애들의 이야기는 두서가 없고 마치 잡탕처럼 마구잡이였지만, 워낙 수다를 좋아하고 비밀이란 개념이 없어 헬리아는 여러 정보를 수집할 수 있었다. 피곤은 하지만 의외로 유익한 시간이었다. 그녀는 그저 조용히 앞에 놓인 차에는 손도 대지 않고 주변의 이야기에 귀를 기울였다. 이대로 조용히 있다 갈까 하는 생각도 들었지만 역시나 비앙카가 그녀를 가만 놔두지 않았다.

"헬리아, 차가 입에 맞지 않니?"

비앙카의 말에 귀족 영애들의 시선이 모두 헬리아에게 돌아갔다. 헬리아는 비앙카의 눈에 어린 독기를 보고 피식 웃었다.

'이번엔 뭘 준비했을까나.'

오히려 바라던 바라 헬리아는 입꼬리를 올렸다. 그녀는 찻잔을 만지작거리다 말했다.

"아아, 남의 집에서 내준 차는 안 먹는 주의라……."

비앙카의 표정이 싸늘하게 변했다. 헬리아는 그 모습에 속으로 고소를 지었다.

"언니도 조심하라고."

"……."

비앙카가 순간 입술을 실룩거리는 것을 헬리아는 놓치지 않았다.

'가소로운 년.'

비앙카의 눈에 불길이 일었다. 짓밟고 짓밟아도 그녀는 계속 일어났다. 그러나 비앙카는 이내 입가에 옅은 미소를 지었다. 그녀의 시선이 헬리아를 지나 멀리 있는 이안에게 닿았다.

이안 플로렌스.

플로렌스 공작의 장남으로 뛰어난 실력은 물론 잘생긴 외모로 모든 귀족 영애의 관심을 한 몸에 받고 있는 사내였다. 그가 헬리아 공주의 호위 기사로 간다는 말에 여러 영애가 눈물을 삼키곤 했다. 비앙카의 눈이 반짝거렸다. 그녀의 시선이 아까부터 눈동자가 불안정하게 흔들리는 한 영애에게 닿았다. 영애는 비앙카를 보더니 흠칫 놀랐다. 그러나 이내 무언가 결심한 듯 고개를 끄덕였다. 비앙카의 입꼬리가 비틀려 올라갔다.

"아까부터 궁금했는데, 플로렌스 경과 친한 모양이더구나."

"……."

헬리아의 눈이 가늘어졌다. 비앙카의 말에 귀족 영애들의 시선이 이안에게 향했다. 그 영애의 시선도 이안에게 갔다.

"한데 저런 곳에 서 계시다니, 너무한 거 아니니? 아무리 네 호위 기사라도 너무했구나."

비앙카가 옅게 웃음을 짓고 말을 이었다.

"어차피 데이지궁에 있을 때 같은 방을 썼다고 들었는데 좀 더 살갑게 대하렴. 그래도 플로렌스 공자님이신데."

비앙카의 말은 파장이 컸다. 남녀가, 그것도 지위도 낮지 않은 두 사람이 한 방에서 잠을 자다니. 귀족 영애들이 소곤거리기 시작했다.

헬리아는 미간을 찌푸렸다. 같은 궁이지만 같은 방에서 잔 적은 없었다. 하지만 굳이 그녀가 말한다고 해도 그들의 태도가 달라질 것 같지 않았다.

'아주 쇼를 해라.'

헬리아는 심드렁한 태도로 어깨를 으쓱였다.

"뭐, 호위 기사니까."

대수롭지 않은 듯 넘어가는 모습에 비앙카는 그저 묘한 미소를 지었다.

"어머, 그럼 그 소문이 사실인가 보구나. 네가 공자와 혼인한다는 소문이 파다한데, 못 들었니?"

헬리아는 어이가 없다는 듯 비앙카를 바라보았다. 도대체 뭘 원하는 건지 몰라도 우스웠다. 물론 그런 소문이 돌지 않은 것은 아니다. 이미 플로렌스 공작이 헬리아 측에 가담했고, 관계를 돈독히 하기 위해서 아들을 호위로 넣은 게 아니냐는 말들이 오갔다.

"글쎄, 그런 소문이 있었던가?"

"몰랐니? 그래도 그 소문이 맞는 모양이구나. 이런 파티에조차 같이 올 정도면. 분명 호위 기사는 데려오지 말라고 보냈는데."

헬리아의 눈이 가늘어졌다. 그러고 보니 주위에 영애들의 호위 기사는 물론 비앙카의 호위 기사도 보이지 않았다. 헬리아는 입꼬리를 올렸다. 자신을 물 먹이고 싶어서 안달하는 꼴이 이제는 안쓰럽기까지 했다. 그녀는 자리에서 일어났다. 대충 시간은 때운 것 같았다. 어린애 놀음에 어울려 주는 것도 이것으로 끝이다.

"시간도 다 됐으니 먼저 일어날게. 나는 누구처럼 한가한 사람이 아니라."

헬리아는 자리에서 일어났다. 비앙카는 입술을 깨물었지만 그녀의 눈매가 미약하게나마 호선을 그리고 있었다. 헬리아가 가장 말단에 앉아 있는 영애를 지나칠 찰나였다.

"다, 당신에게 그를 넘겨줄 수 없어!"

순간 말단에 앉아 있던 영애가 자리에서 일어나더니 헬리아의 품으로 달려들었다. 너무나 가까운 거리, 헬리아는 그녀에게 품을 내주고 말았다. 순식간에 단도는 헬리아의 복부를 뚫었다.

"까아악!"

그 모습을 본 영애들의 외침 소리가 헬리아의 귓가를 파고들었다.

"하……."

그녀의 몸이 천천히 쓰러지기 시작했다. 멀리서 이안이 빠르게 달려왔고, 비앙카의 비웃음이 그녀의 눈에 스쳐 지나갔다. 단도에 독이 발라져 있는지 시야가 흔들거렸다.

달려온 이안이 헬리아를 찌른 여자, 로즈 영애를 거칠게 떼어냈다.

"공, 공자님!"

"당신 제정신이야!"

이안의 낮게 으르렁거리는 소리에 로즈 영애는 울음을 터뜨렸다. 주위는 혼비백산, 영애들의 시끄러운 소리가 울려 퍼졌다.

"저, 저는 공자님을!"

"공주님!"

이안은 쓰러진 헬리아를 흔들었다. 독 때문인지 지혈이 되지 않아 계속 피가 흘러내렸다. 이안은 입술을 깨물었다. 자신의 잘못이었다.

"……젠장."

"……다른 곳으로."

헬리아의 말에 이안은 이를 물고 그녀를 안아 들었다. 그리고 로즈 영애에게 한 소리 하는 것도 잊지 않았다.

"당신, 똑똑히 기억하지."

"으, 으으."

이안의 살기에 로즈 영애는 주저앉아버렸다. 이안의 살기는 한낱 영애가 감당하기엔 너무나 버거웠다. 이안은 헬리아를 안고 서둘러 뛰어가기 시작했다.

"젠장."

이안은 자신을 책망했다. 호위라고 붙어 있었지만 그가 할 수 있는 것은 아무것도 없었다.

"젠장!"

"이 부러지겠네."

헬리아를 안아 들고 의료소로 가려던 이안이 갑자기 들려온 목소리에 퍼뜩 놀랐다. 아까까지만 해도 죽은 듯 눈을 감고 있던 헬리아가 또렷한 눈으로 그를 보고 있는 게 아닌가?

"한 번 속았으면 됐지, 두 번 속냐?"

이안이 멍하니 있는 사이 헬리아가 키득거리며 그의 품에서 나왔다. 주변을 둘러보니 근처에 사람이 하나도 없었다. 그녀는 멀지 않은 자신의 궁으로 걸어가기 시작했다.

"어떻게……."

헬리아의 복부에는 아직도 피가 선연했다. 한데 아무렇지 않게 걸어가다니.

"치료 마법은 뒀다 뭐 하게."

"……."

"뭐, 비앙카가 이야기를 꺼낼 때부터 짐작은 했지만."

이안의 미간이 일순 찌푸려졌다. 왕세자의 일로 그렇게 당하고도 또 그녀의 수작에 넘어가 버렸다.

"후작파 영애들이 있는 곳에서 헬리아 공주가 찔렸다. 비앙카는 물론 후작파도 이번 일로 골머리 꽤나 썩을 거야."

"……그래서 가만히 있었습니까?"

"이런 좋은 기회는 확실히 써먹어야지."

피할까 싶었지만, 직접 찔리는 것이 더 좋을 것 같아 내버려 두었다. 거기다 상대는 후작 측에 힘을 실는 가문의 영애다. 이런 기회를 그녀가 놓칠 리 없었다.

헬리아는 터벅터벅 길을 걷기 시작했다. 그러나 뒤에서 따라오는 소리가 없자 그녀는 뒤를 돌았다. 그 순간 이안이 그녀의 코앞까지 다가왔다. 이안의 눈이 낮게 가라앉아 있는 걸 본 헬리아는 흠칫 놀랐다.

"또다시 이런 일이 있을 시엔 저도 가만히 있지 않습니다."

이안의 눈이 스산하게 빛났다.

"당신은 환자니 이렇게 걸어 다닐 수 없겠죠."

그러면서 이안은 헬리아의 팔을 잡아챘다. 그는 웃고 있었다. 아니, 입만 웃고 있을 뿐 눈은 미동조차 없었다.

이안은 어리둥절한 모습의 헬리아를 보며 낮게 조소를 지었다. 걱정한 자신만 바보가 되는 기분이었다. 자신의 앞에서 두 번이나 그녀가 칼에 찔린 모습을 보았다. 그녀에게 화가 났고, 그런 그녀를 다치게 한 자신에게 화가 났다. 왜 몸을 함부로 하는 것인가!

이안은 이를 악물었다.

"기왕 할 거면 다급한 모습이 더 낫지 않겠습니까?"

그러면서 갑자기 헬리아를 포대 자루 업듯이 어깨 한쪽에 척 매달더니 최고 속도로 달려 나가기 시작했다.

"뭐, 뭐 하는 거야!"

"환자는 말을 하지 않습니다."

"머, 멈춰!"

고개가 땅바닥으로 떨어진 상태에서 빠른 속도로 달리다 보니 그의 어깨에 자꾸만 배가 눌렸고, 토할 듯 어지러웠다. 그러나 이안은 멈추지 않았다.

"당신이 자초한 일입니다!"

"야, 야!"

그렇게 어깨에 매달린 채 달린 덕분에 궁 안에서는 헬리아 공주가 칼에 찔렸다는 소문이 파다하게 돌았다. 그리고 헬리아는 다시는 이안 앞에서 칼에 찔리지 말아야겠다고 결심했다.

❊

"지금 제정신이더냐?"

아돌프 후작의 노성에 비앙카는 입술을 깨물었다.

후작은 깊은 한숨을 내쉬었다. 가뜩이나 자신을 잡아먹기 위해 호시탐탐 꼬투리를 잡으려는 저들이다. 그런데 비앙카가 벌인 짓은 그들에게 흠을 잡을 꼬투리를 내준 꼴이었다.

비앙카 공주가 다과회에 다수의 후작 파벌 귀족 영애를 모아놓고 헬리아 공주에게 칼을 꽂았다는 이야기가 벌써 성내에 파다했다. 헬리아 공주를 찌른 로즈 영애는 이미 감옥에 갇혀 큰 벌을 면치 못할 것이며, 그녀의 가문 또한 큰 타격을 받게 되었다. 로즈 영애의 아버지 할슨 백작은 후작파에서도 재정적인 부분에서 매우 중요한 인사였다.

그러나 이 사건으로 타격을 피해갈 수 없었다. 뿐만 아니라 백작가는 비앙카 공주가 로즈 영애를 사주한 게 아니냐며 후작과 거리를 두기 시작했다.

"입이 있으면 말이라도 해보거라!"

"……."

비앙카는 드레스 자락을 움켜쥐었다.

후작은 한숨을 푹 내쉬었다. 비앙카와 헬리아 공주 사이의 질긴 악연은 그도 알고 있지만, 어차피 어린애들 싸움이라 생각하여 그대로 두었다. 하나 그것이 자신에게 피해가 올 경우에는 달랐다.

"다음 달에 제국에서 사신이 올 것이다. 그동안 아무 짓도 하지 말고 잠자코 있어라!"

"……."

비앙카는 입술을 깨물고 방을 빠져나갔다.

"후우……."

후작은 머리를 짚으며 의자에 몸을 뉘었다. 지금 얼마나 중요한 시국이거늘, 한낱 질투심에 눈이 멀어 앞뒤 분간을 못 하는 비앙카를 보고 있자니 가슴이 답답해졌다.

그때 페이튼 자작이 다가왔다.

"후작님."

"무슨 일이냐?"

"수도에 전염병이 돌기 시작했습니다."

순간 후작의 눈이 날카롭게 변했다.

제3장 전염병

까악- 까악-

새카만 어둠이 달마저 집어삼킨 캄캄한 하늘. 나뭇가지에 내려앉은 까마귀 울음소리가 허공을 가득 메웠다.

"끄억, 취한다."

얼굴이 발갛게 달아오른 남자가 어두운 밤길을 비틀거리며 걷고 있었다.

술에 잔뜩 취한 듯 얼굴은 새빨갛다 못해 검붉었고, 정신은 온전치 못했다.

"……음, 여기가 어디지?"

남자는 너무 많이 취한 탓인지 귀소본능이 제대로 발휘되지 못해 엉뚱한 곳에 발을 들이밀고 말았다. 그는 낯선 주변 풍경에 어리둥절한 얼굴로 고개를 돌리며 눈을 끔뻑거렸다.

"에이, 뭐야. 빈민가잖아?"

퀴퀴한 냄새와 지저분한 길. 주변에는 축 늘어진 사람들이 길가에 주저앉아 추위에 떨고 있었고, 찍찍거리는 쥐들이 길가를 맴돌았다. 그는 몸을 돌렸다. 그러다 어둠에 가려 보이지 않은 장애물에 턱! 발이 걸려 넘어지고 말았다.

"아이고! 에이 썅! 뭐야?"

그가 성을 내며 자신의 발에 걸린 것을 발로 찼다. 한데 쓰레기 더미인 줄 알았던 것이 꿈틀거리기 시작했다.

"사…… 살려……."

새카맣게 포자가 인 손이 술 취한 남자의 다리를 움켜잡았다.

"히, 히익! 놔, 놔!"

기겁한 남자는 소리를 질렀다. 사람, 아니, 그것은 사람이라고 부를 수 없을 만큼 흉측했고, 또 참혹했다. 온몸은 알 수 없는 기포로 뒤덮여 있었고, 갈라진 피부 사이로 진물이 줄줄 흘러내렸다. 뒤집힌 흰자와 눈이 마주친 남자는 등줄기에 소름이 돋았다.

"으, 으악!"

남자는 그자의 손을 발로 떼어내고 허겁지겁 달리기 시작했다.

"허, 헉! 뭐, 뭐야!"

달려가는 남자의 정신은 찬물을 뒤집어쓴 듯 또렷해졌다. 그러자 이제까지 보이지 않았던 주변의 풍경이 눈에 들어오기 시작했다.

"사, 살려줘……."

"제발 우리 아이를……."

"으악!"

남자는 비명을 지르며 서둘러 길을 빠져나왔다. 하지만 울부짖는 소리는 오래도록 이어졌다.

"제발 살려줘……."

⁂

"전염병이라고?"

클리드의 보고에 헬리아의 눈이 가늘어졌다. 곁에서 이야기를 듣던 이안도 눈살을 미약하게 찌푸렸다.

마법과 신성력이 존재하는 레칸 대륙이지만, 전염병이 한번 돌기 시작하면 수많은 사람이 속절없이 목숨을 잃는다. 포션과 신성력은 외상에는 뛰어난 효과를 보이지만, 내상이나 바이러스에 대해서는 크게 효과가 없었기 때문이다. 아니, 애초에 이 세계 사람들에게는 바이러스에 대한 개념이 없었다. 그러다 보니 전염병에 취약할 수밖에 없었다.

그나마 최상급 포션이나 고위 신관의 신성력이라면 치료가 가능하겠지만, 값이 비쌀뿐더러 일반 백성들이 고위 신관을 만나는 것은 하늘의 별 따기보다 힘든 일이었다. 게다가 설령 고위 신관이 나선다 해도 능력에 한계가 있기 때문에 그동안 수백, 수만의 사람이 죽어 나가는 게 전염병이었다. 그래서 대개 죽는 이는 평민 이하의 하층민이 대다수였고, 간혹 가난하거나 치료의 때를 놓친 귀족도 전염병에 화를 입곤 했다.

"오늘 하루 새에 백여 명이 넘는 사람이 죽었다고 합니다."

"하루 만에?"

헬리아의 눈이 살짝 커졌다.

"어제부터 오늘 아침까지 치료소에서 집계한 환자의 수입니다. 실제론 이보다 더 많은 사람이 전염병에 걸렸거나 사망했을 것으로 추정하고 있습니다."

헬리아의 표정이 급격하게 굳어졌다. 이 정도 파급력의 전염병이라면 큰 문제였다.

"전하께서 서둘러 대신들을 소집하셨습니다."

하루 만에 수백 명이 죽는 전염병이라면 서둘러 초기에 병을 잡아야 한다. 전염병은 빨리 막을수록 피해가 줄어들기 때문이다.

헬리아가 자리에서 일어났다.

"가자."

"예? 어디로?"

클리드가 어리둥절했다.

"어디긴 어디야, 사태를 파악하러 가야지."

"공주님이 직접 말입니까?"

클리드가 살짝 걱정 어린 표정으로 그녀를 만류했다. 수백 명이 하루 만에 죽어가는 전염병이다. 그런 곳에 그녀가 간다는 이야기를 듣고 가만히 있을 수 없었다.

"그러다 전염병에라도 걸리시면……."

"걱정 마. 이제까지 감기 한 번 안 걸렸어."

"그거랑 이거랑 같습니까?"

"괜찮다니까."

"하지만……."

클리드가 말렸지만 헬리아를 막을 수 있는 사람은 없었다.

"후우."

결국 클리드는 어깨를 축 늘어뜨리고 따라나섰다. 그런데 이번엔 이안이 그녀의 앞을 막아섰다.

"밖은 위험합니다."

이안이 앞을 막아서자 헬리아가 그를 올려다봤다. 평소 무슨 표정인지 잘 분간이 안 되는 얼굴에 표정이 떠올랐다. 그는 잔뜩 미간을 좁히고 그녀를 내려다보고 있었다.

"괜찮아."

이안이 헬리아를 빤히 쳐다보았다. 그의 새카만 검은 눈동자가 자신을 응시하자 헬리아는 순간 흠칫했다. 아무리 봐도 그의 눈동자는 쉽게 익숙해지지 않는 것 같다.

'저번과 같은 사태는 막는다.'

이안은 그동안 헬리아에 대해 충분히 파악했다. 그녀는 원하는 바를 얻기 위해서 자신의 몸을 돌보지 않는다. 또다시 그녀 스스로 몸에 해를 입히는 일은 결코 용서할 수 없다.

헬리아는 미간을 찡그렸다.

"갈 거야."

"저는 당신의 호위 기사입니다."

"그럼 호위하면 되겠네."

헬리아가 웃으며 말했다. 이안은 주먹을 세게 쥐다 깊게 숨을 내쉬었다. 자신이 반대한다 한들 들을 그녀가 아니었다. 헬리아가 이안을 지나치다 가만히 서 있는 그를 돌아보았다.

"안 가? 뭐 당신이 안 간다면 나야 엘라임이랑 가면 되니까."

"후우……."

이안은 한숨을 푹 내쉬고 그녀의 뒤를 따랐다. 꼭 그녀가 엘라임과 간다고 해서 가는 건 절대 아니다.

❊

헬리아 일행은 눈에 띄지 않기 위해 수수한 옷차림으로 갈아입었다. 하지만 변장이 썩 효과적이지는 않았다. 본인들은 잘 변장한 것으로 생각할지 모르지만, 튀는 건 그들의 옷차림이나 머리색이 아닌 외모라는 것을 잘 모르는 모양이다.

수도는 평소보다 혼란스러운 분위기였다. 거리의 사람들은 어디론가 황급히 달려갔고, 모두 입가에는 천을 두르고 있었다. 가게들은 이미 문이 닫혀 있거나, 문을 닫으려는 상인들이 종종 눈에 띄었다. 어느 한 사람도 얼굴에 웃음을 띤 이가 없었다. 활기찼던 수도에는 죽음의 그림자가 한껏 드리워져 있었다.

헬리아는 주변의 광경을 눈에 담다가 몇몇 사람이 모여 있는 곳을 발견했다.

'무슨 일이지?'

사람들이 모인 이유가 궁금해 가까이 다가가니 그들의 말소리가 들려왔다.

"오오, 감사합니다."

"정말 후작님과 2왕자님이 아니셨다면 큰일이 났을 겁니다."

"아들을 살려 주셔서 감사합니다."

헬리아의 눈이 좁아졌다. 모두 2왕자와 아돌프 후작을 찬양하는 목소리뿐이었다. 클리드가 그 광경을 보고는 입을 열었다.

"아돌프 후작이 운영하는 치료소 같습니다."

"흐음."

후작이 2왕자의 지지율을 올리기 위해 치료소를 지은 것을 알고 있었다. 대외적으로 드러내기 위한 장치임을 알았지만 시기가 좋았다.

"평판은 어때?"

"싼값에 질 좋은 치료를 받을 수 있어 평민들에게 인기입니다."

"만만치 않은 늙은이야."

헬리아는 아돌프 후작을 떠올리고 혀를 내둘렀다. 원하는 것을 얻기 위해서라면 고개를 숙이는 것도 마다하지 않을 사람이었다. 거기다 해야 할 때는 확실히 하는 자였다. 2왕자에 대해서는 잘 모르지만, 아마 후작의 꼭두각시에 지나지 않으리라는 생각이 들었다.

'그런 눈빛을 가진 자는 누구 아래에 있을 사람이 아니지.'

야망에 번뜩이던 후작의 눈빛. 헬리아는 자신의 상대가 쉽지만은 않다는 것을 다시 한번 되새겼다.

"엘라드 상단의 치료소로 가자."

우선 후작에 대한 생각은 접어두고 돌아가는 사태에 대해 파악할 필요가 있었다. 헬리아는 후작의 치료소에 시선을 떼고 몸을 돌렸다.

"이런 돌팔이들!

"너희가 이러고도 치료사냐!"

"퉤엣! 차라리 아돌프 후작님의 치료소로 가자고!"

엘라드 상단의 치료소에 거의 다 와갈 때쯤 때아닌 고성이 들려왔다. 사람들이 성을 내며 건물에서 나오고 있었다. 그들이 욕을 하며 나온 곳은 바로 엘라드 상단이 운영하는 치료소였다.

헬리아 일행은 서둘러 치료소로 다가갔다. 엘라드 상단에서 운영하는 치료소 앞에 사람들이 길게 늘어져 있었다. 하지만 그 반절이 거의 욕을 하며 다시 되돌아갔다.

"도대체 어떻게 된 거야?"

엘라임이 그 모습을 보고 눈을 찡그렸다.

"……흠."

헬리아는 가만히 욕하며 지나가는 사람들을 지켜보았다.

"제가 담당자를 불러오겠습니다."

클리드가 먼저 치료소 안으로 들어갔다.

치료소를 담당하는 자는 호렌이라는 사십 대 남성이었다. 통통한 체구에 작달막한 키를 가진 호렌은 어깨가 축 쳐져 있었다. 눈 밑에는 시커멓게 기미가 졌고, 안색은 푸르죽죽했다. 그 모습이 보는 이로 하여금 절로 동정을 불러일으켰다.

"……아, 안녕십니까. 호렌이라고 합니다."

호렌은 엘라드 상단의 본점에서 나온 클리드 일행에 바짝 굳어 있었다. 다른 일행의 얼굴은 모르지만 클리드의 얼굴은 잘 알고 있었다. 나머지 일행은 그냥 본점 직원인가 싶었다.

"무슨 일이 있는 겁니까?"

호렌은 한숨을 푹 내쉬며 최근 일에 대해 설명하기 시작했다. 그가 피곤한 이유도 거기에 있었다.

"후우, 수도에 전염병이 도는 것은 알고 계십니까? 오늘 아침부터 갑자기 알 수 없는 전염병에 걸린 환자 수십 명이 찾아왔습니다."

전염병에 걸렸으니 응당 약을 찾게 마련이다. 치료소에 사람이 붐비는 건 당연한 일이었다.

"한데 왜 사람들이……."

다시 돌아가느냐는 뒷말은 삼켰다. 이미 호렌이 알아들었기 때문이다.

"후우…… 보셨습니까?"

"이유가 뭡니까?"

클리드의 질문에 호렌은 숨을 길게 내쉬고 말했다.

"아시다시피 전염병 같은 경우에는 포션으로 치료할 수 없습니다."

포션의 효과 중 하나는 세포를 더욱 활발하게 움직여 자가 치료를 하게 만드는 것이다. 포션이 전염병을 치료하지 못하는 이유도 여기에 있다. 포션이 체내의 전염병 바이러스도 활성화하기 때문이다.

"하지만 약제사가 있지 않습니까?"

치료소는 단순히 포션 상점이 아니다. 치료소 안에는 포션뿐만이 아니라 일반 약재로 치료를 하는 약제사와 치료사가 많았다.

"저희도 서둘러 치료약을 만들고 있지만……."

호렌의 얼굴이 어두워진 것을 헬리아는 읽어냈다.

"아직 만들지 못했군."

"……."

헬리아는 미간을 찌푸렸다. 치료소에 와도 치료를 못 하니 욕을 하고 돌아가는 것은 당연한 일인 것이다.

"……네. 아무래도 이전과 다른 형태의 전염병이라 시간이 더 필요합니다."

호렌의 말에 헬리아는 순간 아까 보았던 후작의 치료소가 떠올랐다. 그녀가 묻기 전에 먼저 그가 그에 대해 말을 꺼냈다.

"한데 문제는 다른 치료소에서 저희보다 빨리 치료약을 만든 탓에 환자들의 불만이 많다는 겁니다. 약이 없는 저희로서는 어쩔 수가 없는 일입니다만……."

치료약이 있는 치료소와 없는 치료소. 사람들이 약이 있는 곳으로 가는 것은 당연한 일이었다.

헬리아 일행은 곧장 치료소를 나왔다.

"아무래도 다시 한번 그 치료소에 가봐야겠어."

"후작의 치료소 말입니까?"

"응."

어떻게 후작이 치료약을 먼저 만들어냈는지는 모르지만, 이대로 가다간 엘라드 상단의 치료소 평판은 땅바닥으로 떨어질 것이다.

'그렇게 놔둘 수 없지.'

"가서 어떻게 하게?"

엘라임의 물음에 헬리아는 대답했다.

"치료약이 필요해."

치료약을 분석하면 거꾸로 병이 어떤 것인지 조사할 수 있을뿐더러, 치료약에 든 성분을 알아내 약을 만들 수 있을 것이다.

헬리아는 그 점을 노렸다. 하지만 그녀의 의도는 이뤄지지 못했다.

후작의 치료소에 길게 늘어진 줄 끝에 선 헬리아 일행은 자신들의 차례를 기다렸다. 그리고 몇 시간이 지나지 않아서 그들의 차례가 돌아왔다. 치료소 안으로 들어가자 퀴퀴한 냄새와 함께 이상한 약 냄새가 풍겨져 나왔다. 헬리아 일행이 안으로 들어가자 담당 직원인 듯 보이는 남자가 그녀를 맞이했다.

"무엇을 도와드릴까요?"

삼십 대에 흔한 갈색 머리의 담당 직원은 헬리아 일행을 보더니 작게 미간을 좁혔다. 탐탁치 않아하는 눈빛에 헬리아는 눈을 가늘게 떴다.

"저기, 치료약을 살 수 있을까요? 아버지가 갑자기 전염병에 걸리셔서……."

한데 그 직원은 단칼에 고개를 저었다.

"죄송하지만, 저희는 치료약을 판매하지 않습니다."

헬리아가 미간을 좁혔다. 치료소에서 치료약을 팔지 않는다니, 이게 무슨 말인가. 그녀는 어이가 없었다.

"치료약을 팔지 않는다고요?"

직원은 냉담한 표정으로 말했다.

"최근 환자가 급증한 탓에 약이 부족합니다. 현재 직접 방문한 환자분만을 대상으로 치료하고 있습니다. 안타깝지만 직접 방문하셔서 치료를 받으시는 게 어떻겠습니까?"

직접 방문해서 치료를 받는 건 가능해도, 약을 사가서는 안 된다? 헬리아는 묘한 위화감을 받았다. 하지만 이대로 물러날 순 없었다. 해서 한 번 더 물었다.

"어떻게 안 될까요? 아버지께서 걷기 힘드셔서."

"죄송하지만 판매는 금지하고 있습니다."

"……."

딱딱한 직원은 그 말을 끝으로 냉큼 어디론가 사라졌다.

헬리아는 입매를 비틀었다.

'약이 외부로 유출되는 것을 막기 위함인가?'

헬리아는 주위를 살폈다. 치료소 곳곳에 무장한 이들로 경비를 세우고 있었다. 그만큼 약의 보안에 만전을 기한다는 것.

'독식할 생각이군.'

전염병을 치료한다면 그들의 지지율은 더욱 올라갈 것이다. 더욱이 그들만 치료가 가능하다면 갈수록 상황은 그들 쪽으로 기울게 될 것이다. 사람의 목숨이 아닌 자신의 정치적 지지율을 더 중시하는 아돌프 후작의 행태에 헬리아는 조소를 지었다.

"이대로 돌아가실 겁니까?"

"우선은."

헬리아는 살짝 인상을 찌푸렸지만 지금은 방도가 없었다.

"치료약을 빼올까?"

엘라임의 말에 헬리아는 혹했지만 우선 일보 후퇴하기로 했다.

"클리드는 곧장 키안에게 정보를 의뢰해. 비싸긴 하지만 어쩔 수 없지."

바가지를 된통 뒤집어쓰겠지만 그들만큼 빠르고 정확하게 정보를 수집하는 이들은 없었다.

"알겠습니다."

"그리고 후작의 움직임도 연계해서 정보를 의뢰해."

"아돌프 후작 말씀이신가요?"

"아무래도 너무 빠르다는 생각이 들어."

전염병이 퍼진 지 얼마 되지 않아 치료약이 만들어졌다. 그것도 자신들은 아직 치료약도 만들지 못한 상황에서 말이다. 이건 자존심 문제기도 했다. 그동안 치료소에 투자한 것이 있는데 겨우 신생 치료소에 밀린다니, 이것은 있을 수 없는 일이다.

"최대한 빨리."

"알겠습니다."

❊

"샨, 샨."

론은 열이 펄펄 끓고 있는 샨을 업고 뛰었다. 다리가 으스러질 정도로 아프고 무거웠지만 동생의 체온이 가파르게 상승하자 그것을 생각할 겨를이 없었다.

"샨."

론은 샨을 불렀지만 샨은 대답하지 않았다. 론의 얼굴에 다급함이 떠올렸다.

"샨, 샨!"

"으응."

다행히 샨이 대답하자 론은 지옥에서 살아 돌아온 듯했다.

"조금만 참아, 치료소에 가면 이제 아프지 않을 거야."

"우웅, 형."

"그러니까 참아야 해. 알았지?"

열다섯인 론은 비쩍 말라 또래보다 훨씬 어려 보였다. 허름한 옷은 코를 찌르는 악취를 풍겼고, 머리는 봉두난발이었다. 언제 씻었는지 피부는 온통 새카맸다. 고아에다가 빈민가에서 자란 론과 샨이다. 부모 없이 힘겹게 빌어먹고 살다가 샨이 이상한 병에 걸리고 말았다. 샨을 치료할 돈을 벌기 위해 길거리에서 구걸을 하던 론은 치료소 이야기를 접하고 서둘러 샨을 데리고 가는 중이다.

"……형, 얼마나 가야 해?"

"이제 다 왔어. 봐, 저기 보이지?"

"으응."

론은 샨을 업은 채 줄을 서서 기다렸다. 그들이 줄에 끼자 몇몇 사람이 얼굴을 찡그렸지만 론의 눈에는 그런 것이 보이지 않았다.

"이제 나을 수 있어."

"응, 형."

론의 주머니에는 샨을 위해 치료할 돈이 짤랑거리고 있었다. 론의 얼굴에 미소가 번졌다. 그리고 자신들의 차례가 왔다. 하지만 론과 샨은 예상치 못한 난관에 부딪치고 말았다.

"왜, 왜 안 된다는 거예요?"

치료소를 빠져나가던 헬리아 일행은 한 어린 소년의 목소리에 그곳을 바라보았다. 꼬질꼬질한 옷에 얼굴은 새카만 때가 끼어 있었다. 대략 열서너 살 된 남자아이가 그보다 두세 살 어린 남동생을 업고 애처롭게 떨고 있었다.

직원은 눈살을 찌푸리며 그들을 매몰차게 내쳤다. 그의 얼굴에는 짜증이 가득했다.

"여긴 너희 같은 놈들이 오는 곳이 아니다!"

"제, 제발 부탁드립니다. 제 동생을 좀 살려 주세요. 너무 아파해요."

남자아이는 축 처진 동생을 안고 울부짖었다. 안겨 있는 아이는 열이 펄펄 끓어 얼굴이 새빨갰다. 그러나 직원은 눈 하나 깜짝하지 않고 그들을 막아 세웠다.

"썩 물러가거라! 네놈들 같은 버러지한테 줄 약이 남아도는 줄 아느냐!"

"도, 돈이라면 낼게요. 여, 여기 있어요. 제발 부탁해요. 동생이……."

론은 직원의 말에 서둘러 주머니에서 동전을 꺼냈지만 직원이 발로 그를 차버렸다.

"악!"

동전이 안쓰럽게 바닥을 굴러다녔다. 1실버. 빈민가의 고아가 이 돈을 모으기 위해 얼마나 힘들었을까. 그러나 직원에게 그런 것 따위는 중요하지 않았다.

"더러운 놈들! 나한테 병을 옮길 생각이냐! 전염병을 너희 빈민가 놈들이 퍼뜨린 걸 누가 몰라!"

직원의 호통에 헬리아 일행은 물론 주변 사람들까지 시선을 집중했다. 론은 사람들의 눈에 가득한 불쾌함을 눈치채자 얼른 고개를 저었다.

"저, 저희는 아니에요. 믿어주세요."

"꺼져라!"

직원의 발길질이 다시 한번 론에게 쇄도했다. 론은 속절없이 뒤로 나뒹굴었다.

"샤, 샨!"

그 덕에 동생 샨이 뒤로 넘어지자 론은 놀라 동생을 안았다.

"샨!"

"……아파, 형."

아무도 그들을 도와주는 이 하나 없었다. 그 광경을 지켜보던 헬리아는 눈을 좁혔다. 불쾌한 기억이 떠오른 탓이다.

"뭐야, 왜 저래?"

엘라임은 지금 상황이 이해가 안 된다는 듯 고개를 갸웃거렸다. 왜 저들은 못 들어가는지 이해하지 못한 것이다.

클리드가 대답해 주었다.

"빈민가의 아이입니다."

"그게 무슨 상관인데?"

엘라임은 이해할 수 없다는 듯 눈을 찌푸렸다. 하지만 상관있는 게 현실이다. 빈민은 노예가 아니라 소속된 곳이 없다. 그렇다고 평민이라 부르기도 어려웠다. 평민에게는 세금이 부과되는데 그들은 가난하여 돈이 없는 자가 대부분이라 세금을 내지 못한다. 그렇기 때문에 평민으로서 누려야 할 권리도, 왕국법에 의한 보호도 받지 못한다. 어찌 보면 노예보다 못한 생활을 하는 이들이었다. 신분도 낮고 돈도 없는 자들. 그들이 빈민이었다.

후작의 생각이 뻔히 보였다.

'빈민가의 사람들은 전혀 쓸모없다는 건가?'

헬리아는 마음에 들지 않는다는 듯 입매를 비틀었다. 치료소로 인해 후작과 조슈아의 인기는 날로 높아갔다. 그리고 그 대상은 주로 평민이었다. 평민이라고 아무런 힘도 없는 것이 아니다. 군대를 이루는 병사, 땅을 일구는 농민, 물건을 사고파는 장사꾼들이 모두 평민이다. 후작이 노리는 바는 바로 이들을 통해 여론을 자신의 편으로 만드는 것이다. 물론 그 안에는 전혀 쓸데없는 빈민가의 인간 따위는 당연히 제외된 것이다.

론이 울면서 애원했다.

"제, 제발 부탁드립니다. 동생을 살려 주세요."

이곳에서 내쳐지면 동생을 구할 방법이 아예 없어져 버린다. 론이 직원의 발에 매달렸다.

"이놈이!

직원은 자신의 다리에 붙은 아이를 짜증 난다는 듯 차버렸다. 어른의 힘을 이길 리 만무한 아이는 벌러덩 땅바닥을 굴렀다. 그럼에도 포기하지 않고 직원을 붙들려 했지만 순간 돌멩이 하나가 그의 이마에 박혔다.

"아앗!"

돌멩이는 하나가 되고 둘이 되고 이윽고 수십 개가 되었다. 그것을 던진 이는 바로 치료소 앞에 줄을 선 평민들이었다.

"이 거지 놈들!"

"꺼지라는 말 안 들려!"

"너희 같은 빈민가 놈들 때문에 내 어머니가 아픈 거라고!"

"너 같은 놈 때문에 약이 다 떨어지면 어쩔 거야!"

"꺼져라!"

"이 도둑놈!"

론은 동생에게 돌멩이가 날아오자 얼른 몸을 말아 동생을 끌어안았다. 작고 여린 몸에 수많은 생채기가 나기 시작했다. 사람들은 악마라도 쫓아내려는 듯 비웃으며 그들을 몰아붙였다. 아이는 도망가지도 못하고 그 돌멩이 세례를 고스란히 웅크린 채 맞고 있을 수밖에 없었다.

"그만하지?"

돌멩이가 날아오는 사이로 헬리아가 걸어 들어갔다. 놀란 사람들은 돌팔매질을 멈추었다. 하지만 여전히 멋모르고 던진 돌멩이가 헬리아의 안면에 돌진했다.

타악!

엘라임과 이안이 순식간에 그 돌멩이를 쳐 냈다. 헬리아는 뚜벅뚜벅 형제가 있는 곳으로 걸어가 그들의 상태를 살폈다. 잔뜩 피를 흘리고 있는 모습. 그녀의 눈이 싸늘하게 변했다.

'변한 게 하나도 없군.'

형제의 모습을 보자 어린 날이 떠올라 불쾌했다. 고아라는 이유로 그녀는 사람들의 멸시를 받았다. 그저 부모가 없는 것뿐인데. 자신도 다른 이들처럼 피가 흐르고 아파하는 그런 사람이다. 하지만 그들은 그렇게 생각하지 않았다.

자신들과 그녀는 다른 사람이다. 그들은 말했다. 그녀의 존재는 자신들과 틀리다고. 다른 것이 아닌 틀린 존재라고. 형제를 보자 그 기억이 떠올라 저절로 몸이 움직였다. 헬리아는 주변을 둘러보고 싸늘하게 눈을 빛냈다.

"뭐, 뭐야?"

그녀의 눈빛에 사람들은 모두 흠칫 놀랐다. 헬리아의 금안이 번뜩였다. 사람들은 저도 모르게 숨을 집어삼켰다.

"이 아이들이 당신들에게 피해를 줬나?"

"……."

모두들 멈칫했다. 하지만 그 가운데 꼭 튀는 놈들이 있었다.

"그거야 이놈들 때문에 약이 없어지면……."

헬리아는 그를 향해 시니컬하게 비웃었다.

"그거 이상한데? 치료도 못 하고 쫓겨난 것 같은데, 아닌가?"

"그, 그건……."

애초에 치료도 받지 못한 자다. 그런데도 그들은 마치 약을 빼앗긴 사람처럼 악을 쓰고 어린 형제에게 돌 세례를 퍼부었다.

"웃기는군."

헬리아는 지금 상황이 너무나 우스웠다.

"너희가 저 아이와 다르다고 생각하나 보지?"

사람들은 흠칫 뒷걸음질 쳤다. 헬리아의 기세는 일반 평민들이 감당할 수 없었다.

"신분이 낮아서, 가진 게 없어서? 그러니까 우스운 거야?"

그녀의 입꼬리가 비틀려 올라갔다.

"쓰레기들."

헬리아의 목소리엔 묘한 힘이 있었다. 사람들은 꿀 먹은 벙어리처럼 말을 잇지 못했다.

그때 한 노인의 허허 웃는 소리가 들렸다.

"허허, 처자가 말 하나 재밌게 하는구먼."

헬리아는 소리가 난 방향으로 고개를 돌렸다. 이안이 검에 손을 대었다. 엘라임도 눈을 좁혔다. 흰 사제복을 입고 있는 노인은 잔뜩 주름진 얼굴을 보아 칠십 대 정도 되어 보였다. 인자한 얼굴엔 자비로운 미소가 번졌다.

"……누구십니까?"

노인은 싱긋 웃으며 헬리아에게 다가왔다. 그동안 사람들은 모두 아무 말도 못 하고 가만히 그 광경을 지켜보고 있었다.

"아, 그저 떠도는 신관이라네. 요한이라고 불러주게. 이쪽은 내 조수 레오라고 하지."

"레오라고 합니다."

요한이라는 노인의 뒤로 거구의 남자가 서 있었다. 짙은 남색 머리에 근육이 터질 듯 건장한 남자였다. 그는 허리에 검을 차고 있었다. 요한은 헬리아를 한 번 보더니 쓰러져 누워 있는 론과 샨 형제에게 다가갔다. 그는 그들의 상태를 보더니 혀를 찼다.

"쯧쯧, 많이 다친 모양이로구나."

요한은 론과 샨의 머리를 쓰다듬었다.

파아앗!

그러자 그의 몸이 빛나기 시작하면서 론과 샨의 몸에 생긴 상처가 씻은 듯 사라졌다.

헬리아의 눈이 살짝 커졌다.

'신성력! 신관인 건가?'

요한의 몸에서 흘러나오는 신성한 기운에 헬리아는 정말 그가 신관임을 인지했다.

론이 파르르 떨리는 눈꺼풀을 열었다. 그러자 한 노인의 인자한 얼굴이 보였다.

"……누, 누구세요?"

"나는 요한이라고 한단다, 얘야."

론은 눈을 크게 떴다. 이상하게 몸이 하나도 아프지 않았다. 옷에 핏자국이 묻어 있었지만 몸에는 상처 하나 없었다. 론은 왜 자신이 아프지 않은 건지 그 이유를 알 수 있었다.

'이분이 구해 주셨구나.'

론은 얼른 일어나 고개를 숙였다.

"고, 고맙습니다."

"……형."

"샨!"

론이 샨의 음성에 뒤를 돌았다. 좀 전까지만 해도 죽을 듯 늘어져 있던 그가 반듯이 서 있는 것이다. 거기다 얼굴은 붉게 달아오르지도 않고 생기가 돌았다. 론이 와락 샨을 끌어안았다.

"샨!"

"숨 막혀."

샨은 얼굴을 찡그렸지만 그도 형을 마주 안았다. 론은 샨의 얼굴을 이곳저곳 살피며 물었다. 손안에 뜨거운 열기가 느껴지지 않았다.

"괘, 괜찮은 거야?"

"응, 이상하게 안 아파."

론은 한숨을 크게 내쉬고 요한에게 다시 한번 감사 인사를 전했다.

"치료해 주셔서 감사합니다."

"정말 감사해요."

샨도 형을 따라 고개를 숙였다. 요한이 론과 샨의 인사를 받고 몸을 돌렸다. 그와 시선이 마주친 사람들은 저도 모르게 몸을 움츠렸다. 요한의 목소리가 낮게 깔렸다.

"사람의 가치를 정하는 건 그들의 신분이 아닐세. 바로 그 사람이 지닌 됨됨이지. 그런데 당신은 저들보다 못해 보이는군."

요한이 씨익 웃으며 헬리아를 바라보았다.

"뭐, 저 처자의 말을 빌리자면 쓰레기들이지."

헬리아는 요한의 말에 저도 모르게 입가에 옅은 미소를 띠웠다.

요한은 론과 샨 형제에게 다시 다가갔다.
"집이 어디에 있느냐?"
"예?"
론이 어리둥절해하자 요한이 짓궂게 혀를 찼다.
"머리는 다치지 않은 걸로 아는데. 이런, 치료가 덜되었나?"
"아, 아닙니다. 저기 저희 집은……."
"어서 안내하지 않고 뭘 하고 있느냐."
"예?"
"은혜를 받았으면 응당 갚아야지."
"아, 예."
뻔뻔스럽지만 왠지 밉진 않았다. 헬리아는 요한과 형제를 바라보다 이내 몸을 돌렸다. 그런데 요한이 그녀를 붙잡았다.
"자네들은 안 오는 겐가?"
"예?"
요한은 허허 웃으며 헬리아에게 다가왔다.
"이것도 인연인데 내가 받을 은혜를 좀 나눠주겠네."
"굳이 주지 않아도……."
돈 한 푼 없는 빈민가 꼬맹이들한테 뭘 받는 것이 웃기지 않는가. 헬리아는 이 노인이 도대체 무슨 생각인 건지 판단할 수 없었다.
"그래야 이 아이들도 마음 편하지 않겠나?"
요한이 론을 보며 한쪽 눈을 찡그리자 론이 얼른 대답했다.
"무, 물론이에요."
"자, 봤지?"
엎드려 절 받는 꼴이지만 헬리아는 노인에 대해서 호기심이 들었다. 아까 보여준 신성력도 일반 신관은 아닌 것 같았다.
"그럼 어쩔 수 없죠."

"잘 생각했네. 그보다 이름이 뭔가?"

"……리아라고 합니다."

"리아라. 좋은 애칭이네."

순간 헬리아와 이안의 눈이 변했다. 헬리아는 한 번도 애칭이라고 한 적이 없었다. 대개 리아라는 말을 하면 이름으로 알아듣지 애칭으로 알아듣는 이는 아무도 없었다. 아니, 헬리아의 이름을 아는 사람을 제외하곤.

요한은 론과 샨을 데리고 앞장섰다. 이안은 그들을 지켜보다 물었다.

"어떻게 하실 겁니까?"

"……."

"수상한 자입니다. 우선 알아본 후에……."

"가보지."

헬리아는 요한의 뒤를 응시했다. 그가 자신을 보는 눈빛이 언젠가 보았던 것 같은 느낌이 들었다. 마치 키안이 자신을 보는 듯한 눈빛과 닮아 있었다.

론과 샨을 따라 일행은 그들이 사는 빈민가로 걸어갔다. 근처에서 조금 멀리 떨어진 빈민가에 접어들자 주변의 풍경이 변했다. 이전까지 주변의 집들이 튼튼한 돌로 지어졌다면, 빈민가로 들어서면서부터는 온통 나무 판때기로 지어진 집이 즐비했다.

그리고 상황은 더 심각했다. 바닥에는 시체가 아무렇게나 방치되어 있었고 시체에 구더기와 파리가 들끓었다. 아이들의 비명, 죽어가는 사람의 절규. 아비규환이었다. 전염병이 이 정도로 퍼져 있을 줄은 꿈에도 몰랐다. 밖에서는 그래도 이렇게까지는 아니었다. 충분히 치료를 받을 수 있는 치료소가 있었다.

하지만 이곳은 아니었다. 이들이 죽어가는 것에 관심을 가지는 이는 하나도 없었다. 처참하게 죽어가는 빈민가의 사람들.

헬리아는 순간 역하게 맡아지는 시체 냄새에 눈살을 찌푸렸다. 하지만 고개를 돌리지도, 코를 막지도 않았다. 안으로 들어가면 들어갈수록 더욱 참혹했다. 그녀는 미간을 찌푸리며 아무렇지 않은 듯 휘적휘적 걸어가는 요한의 등을 바라보았다. 왠지 자신을 아는 것 같은 사람.

'얼굴이라도 바꿔야 하나.'

도대체 자신도 모르게 얼마나 얼굴이 팔린 것인지. 헬리아는 낮게 혀를 차고 묵묵히 론과 샨을 따라 걸어갔다. 얼마 지나지 않아 론은 집이라고 부르기 민망할 정도인 건물로 그들을 안내했다.

"저기가 저희 집이에요."

대충 바닥 위에 나무판자를 얹어 둔 것이 다였다. 개집도 이것보다 좋을 것이다. 요한은 론의 집을 보면서 허허 웃었다.

"이런이런, 이거야 잘 곳이 없구먼."

론은 죄송스런 마음에 고개를 들지 못했다. 구해 준 은인에게 아무런 대접도 하지 못하는 자신이 못내 창피했다.

"죄, 죄송합니다."

"아니네. 흐음, 아무래도 이곳에선 자기 힘들 것 같네."

요한이 뒤에 있던 레오에게 손짓했다. 레오는 우직하게 요한에게 다가갔다. 마치 거대한 충견 같았다.

"레오."

"예."

별다른 말을 하지 않았는데 레오는 론의 개집보다 못한 집으로 가더니 판자를 들춰 버렸다.

"어엇!"

"저, 저기!"

"걱정 말게."

론과 샨은 경악했지만 이내 경악을 넘어 입을 벌리고 말을 잇지 못했다.

척척척! 땅땅땅!

레오는 배낭에서 망치와 칼을 꺼내더니 근처에서 나무판자를 찾아와 두들기기 시작했다. 그러곤 이내 한 시간도 되지 않아 한 채의 제법 그럴싸한 집이 완성되었다. 론과 샨은 물론 헬리아 일행도 그의 과감한 행동에 혀를 내둘렀다.

요한은 집을 물끄러미 보더니 입을 열었다.

"흐음, 이만하면 잘 정도는 되겠군."

"송구합니다."

레오는 좀 더 좋은 집을 대령하지 못해 죄송하다는 듯 고개를 조아렸다. 요한은 고개를 저었다.

"아니야, 이 정도면 그럭저럭 밤이슬은 피하겠군."

헬리아는 그 광경을 보더니 눈을 가늘게 떴다.

'도대체 정체가 뭐지?'

본인 입으로 신관이라 말하긴 했지만, 보통 신관이 아닌 것 같았다. 무엇보다 요한의 조수라는 그 레오라는 자도 범상한 인물이 아니었다.

"자자, 안으로 들어가세. 집주인이 먼저 들어가야 하는 법이네."

요한이 웃으며 론과 샨을 안으로 이끌었다. 주인은 요한 같지만 말이다.

헬리아 일행은 요한을 따라 집 안으로 들어갔다. 솔직히 집 안은 별거 없었다. 갑자기 어디서 났는지 모를 탁자와 의자가 전부였다. 그것도 론과 샨은 놀랐다. 그런 건 자신들의 집에 없었기 때문이다.

요한은 의자에 앉더니 론과 샨에게 말했다.

"차를 끓여 줄 수 있겠나?"

"차요?"

"그게 뭐예요?"
"흠, 그렇군."
차라는 것을 한 번도 본 일이 없는 론과 샨이 고개를 갸웃하자 요한이 쓰게 웃으며 품에서 말린 잎을 건네주었다.
"자, 받거라."
"이건 잎인데요?"
론이 요한이 준 잎을 받아들고 고개를 갸웃했다.
"뜨거운 물이 있으면 그걸 담아서 오거라."
"그거면 되는 거예요?"
"그래."
론은 왜 말린 입을 물에 타 먹는지 이해할 수 없었지만 샨과 함께 나갔다. 요한은 론과 샨이 사라지자 헬리아 일행에게 자리를 권했다.
"자자, 누추하지만 자네들도 앉게. 곧 아이가 차를 내올 걸세. 꽤 좋은 차야."
집주인 행세를 하는 모습에 헬리아는 피식 웃으며 자리에 앉았다. 엘라임과 이안은 뒤에 서 있었지만 요한은 그것을 지적하지 않았다. 왜냐하면 그의 조수라는 레오도 서 있긴 마찬가지였다.
요한이 엘라임과 이안을 힐끗 보다가 다시 헬리아를 보았다. 그의 눈은 헬리아의 이모저모를 보는 듯 오랫동안 그녀에게서 시선을 떼지 않았다.
헬리아가 먼저 말을 꺼냈다.
"신관이라 하셨는데 어디서 오셨나요? 왕국 사람은 아닌 것 같은데."
요한에게는 특유의 말투가 있었는데 그건 아르센 왕국의 말투가 아니었다.
"호오, 그걸 알아맞히다니 눈썰미가 제법이군. 아니, 귀가 좋은 건가?"
요한은 턱을 쓰다듬으며 말을 이었다.

"혹시 타나 성국이라고 들어보았나?"

헬리아의 눈이 커졌다. 타나 성국은 나라 전체가 태양의 신 헤리온을 모시는 신전으로 모든 헤리온 신전의 근본이며 기초라 불리는 곳이다. 또한 레칸 대륙에서 가장 작은 영토를 지닌 독립 국가였다.

헤리온 신을 믿는 신도의 수를 전부 합하면 제국의 인구에 버금간다고 할 정도로 그 세력이 거대하기 때문에 주변국 중 타나 성국을 무시하는 나라는 없었다. 또한 그들이 지닌 무력이 막강하기 때문에 군사력으로 보아도 결코 약소국이 아니었다.

타나 성국은 신을 믿는 자가 일생에 반드시 가야 하는 성지순례지의 일 순위다. 신관은 많지만 성국의 신관은 매우 드물다.

물론 헬리아가 놀란 것은 그것뿐만이 아니다. 타나 성국은 페르시아 제국의 북동쪽에 위치해 있는 곳으로, 페르시아 남동쪽에 위치한 아르센 왕국과는 거리가 매우 멀기 때문이다.

헬리아의 놀람을 알아챈 요한은 입가에 미소를 지으며 답했다.

"수행차 이곳저곳을 들르다가 마침 이곳에 오랜 친우가 있어서 왔네."

그때 문을 두드리는 소리가 들렸다. 론과 샨이 난감한 표정으로 들어왔다.

"저기 죄송해요."

누군가 론을 제치고 안으로 들어왔다. 아이를 안은 아낙이었다. 아낙의 얼굴은 애처로움이 가득 묻어 있었다. 그녀가 안은 아이가 열이 펄펄 끓고 있었기 때문이다. 아이는 숨이 끊어질 듯 미약하게 가슴이 오르락내리락하고 있었다.

"치, 치료사님, 제발 부탁드립니다. 제 아이를……."

아낙의 땟국물 낀 얼굴에 빗물 같은 눈물이 주룩 흘러내렸다. 얼마나 울었으면 눈이 새빨갛게 변해 있었다.

"죄, 죄송해요. 샨의 모습을 보고 묻기에."

론은 고개를 숙이고 어찌할 바 몰라 했다. 뜨거운 물을 얻으러 밖으로 나갔다가 샨이 쌩쌩하게 돌아다니는 모습을 이웃 아줌마가 본 것이다.

요한은 일어나 론의 머리를 쓰다듬었다.

“염려치 말아라. 그건 죄가 아니니다.”

요한은 아낙에게 다가가 아이를 안아 들었다. 아낙은 초조하게 요한과 아이를 보았다. 요한은 아이의 머리에 손을 얹었다.

파아앗!

그러자 새하얀 빛이 퍼져 나가더니 아이의 몸에 스며들었다. 미약했던 아이의 숨이 돌아왔고 아이는 우렁차게 울었다.

“으앙으앙!”

“아, 아가!”

아낙은 얼른 요한에게서 아이를 받아 아이의 얼굴에 자신의 얼굴을 비볐다. 뜨거웠던 아이의 체온이 이제는 정상으로 돌아와 있었다.

“가, 감사합니다.”

“이제 걱정 말게.”

“정말 감사합니다.”

아낙은 여러 차례 고개를 숙이고 아이와 함께 돌아갔다. 요한은 웃으며 그들을 바라보다가 이내 얼굴이 딱딱하게 굳어졌다.

“쯧쯧, 도대체 어찌 된 일인지…….”

“전염병이 수도 전역을 휩쓸고 있습니다.”

“전염병이라니?”

오히려 요한이 눈을 동그랗게 떴다. 그러곤 고개를 저었다.

“전염병이 아니네. 이건 독이네.”

헬리아의 표정이 순식간에 변했다.

“독이요?”

요한은 넋두리를 늘어놓았다.

"참으로 이상한 일이지. 아까 그 꼬마도 그렇고 이 어미의 아이도 그렇고. 쯧쯧, 꽤 험한 세상일세."

독이라니? 그럼 전염병이 아니란 말인가?

"전염병이 아닙니까?"

요한은 헬리아의 말에 고개를 저었다.

"전염병이라니. 아무리 나이를 먹어도 독과 전염병을 구분 못 할 리 없네."

"독이라니……."

헬리아의 얼굴이 차갑게 굳어졌다.

❊

이른 아침, 국왕을 비롯해 왕국의 대신들이 대전에 모여 있었다. 플로렌스 공작, 하이든 후작, 그리고 아돌프 후작이 왕좌를 제외한 가장 상석에 착석해 있었다. 이들이 이 시간에 모인 이유는 바로 수도에 도는 전염병 때문이었다.

빈센트가 좌중을 둘러보며 입을 열었다. 그의 안색은 참혹한 소식에 어두워져 있었다.

"경들도 이야기를 들었을 것이오. 오늘만 해도 수백 명의 백성이 목숨을 잃었소. 이대로 방치해 두어선 안 될 일이오."

"지당하신 말씀이십니다."

플로렌스 공작이 화답했다.

"전염병의 원인은 알아내었소?"

빈센트의 물음에 하이든 후작은 고개를 저었다.

"송구합니다. 조사관을 파견했으니 곧 그 원인을 알아낼 것입니다."

"전염병의 진행 상황은 어떻소?"

이번엔 아돌프 후작이 입을 열었다.

"현재 수도 외곽을 중심으로 전염병이 퍼지고 있사옵니다. 하여 이것을 토대로 추측한 결과 전염병은 빈민가에서 시작된 게 아닌가 싶습니다."

아돌프 후작의 말에 빈센트의 표정이 변했다.

"빈민가?"

"예, 사람을 보내 확인해 본 결과 이미 빈민가 대부분의 사람이 전염병에 걸린 것으로 확인됐습니다."

그 말을 들은 대신들은 웅성거리기 시작했다. 전염병을 초기에 잡는 방법은 우선 전염병에 걸린 자들을 격리하는 데 있었다.

후작의 말에 대신 중 한 명이 입을 열었다.

"허허, 그럼 큰일이 아닙니까? 서둘러 조치가 필요합니다."

"그렇습니다."

몇몇 대신이 맞장구를 쳤다.

"……."

빈센트는 침음을 삼켰다. 쉬이 결정할 수 있는 문제가 아니었다. 그때 후작의 치료소가 떠올라 빈센트는 후작에게 말했다.

"후작이 치료소를 하고 있다고 들었소."

"송구스럽지만 작게나마 백성들에게 도움이 되고자 한 일입니다."

그 번지르르한 말에 빈센트는 내심 실소를 금치 못했다. 그가 2왕자의 명분을 위해서 치료소를 설립한 것을 이곳에 있는 사람 중 모르는 이는 없었다. 그런데 시치미를 뚝 떼고 말하는 꼴이 우스웠다. 물론 그것을 겉으로 드러내지 않을 만큼 빈센트는 노련한 정치가였다.

"그대의 치료소에서 전염병에 걸린 백성들을 치료하고 있다고 들었소."

"당연한 일을 한 것입니다."
후작의 겸양에 몇몇 후작파 대신이 말을 거들었다.
"정말 다행한 일입니다. 아돌프 후작께서 선견지명으로 지으신 치료소 덕분에 더 큰 피해를 막을 수 있었으니 말입니다."
"거리에 후작님과 2왕자님의 선행이 자자합니다."
눈치 없는 한 사람의 말에 후작은 잠시 그를 노려보았지만 그뿐이었다. 이 정도는 보여줘야 후에 빈센트도 뭐라 할 수 없는 노릇 아닌가. 후작파와 달리 플로렌스 공작과 하이든 후작은 심기가 좋지 못했다.
'선견지명, 웃기는군.'
'그저 생색내기인 주제에.'
공작과 하이든 후작은 속으로 갖은 욕을 해대면서도 입으로 후작의 노고를 치하했다.
"참으로 우연히 설립한 치료소 덕분에 피해가 줄었네."
"암. 시기가 좋았네."
하지만 그 안에 비꼬는 말도 잊지 않았다. 하지만 그런다고 한들 후작은 눈 하나 깜짝하지 않았다.
빈센트가 본론으로 들어갔다.
"빈민가에 투입할 수 있는 치료약은 얼마나 되는가?"
후작의 눈이 살짝 찌푸려졌다. 빈민가의 사람들을 치료한다? 후작은 속으로 비웃음을 지었다. 그런 쓸데없는 일에 약을 낭비할 수는 없었다. 하등 도움도 되지 않는 빈민들이다. 차라리 한 명이라도 더 많은 평민을 후작과 2왕자의 이름으로 치료하는 게 더 도움이 된다.
후작은 난색을 표했다.
"전하, 송구하오나 치료약이 턱없이 부족합니다. 평민들에게 쓸 약도 모자랄 판에 빈민가에 약을 쓰는 것은 아니 될 말씀이십니다."
빈센트는 후작의 의도를 읽었지만 그가 약이 모자란다고 하니 뭐라 반박할 도리가 없었다. 현재 왕실에서도 서둘러 치료제를 개발하고는 있지만 아직 완성품이 나오지 않았다. 그러니 지금으로선 약을 가진 건 오로지 후작뿐이었다. 빈센트의 표정이 흐려지자 후작이 쇄기를 박았다.

"송구합니다. 빈민가에 약을 쓰기보단 더욱 퍼지는 것을 막는 것이 도리인 줄 압니다."

그의 의견에 몇몇 대신이 동조했다.

"빈민가를 봉쇄해야 합니다."

"빈민가를 봉쇄해 더 많은 피해를 막아야 합니다."

"그들이 밖으로 나올 경우 더 큰 사태가 벌어질 겁니다."

귀족들이 하나같이 빈민가의 봉쇄를 논했다. 아돌프 후작에 반하는 플로렌스 공작과 하이든 후작도 그 의견에 반대를 표하지 않았다. 전염병이 손쓸 도리 없이 퍼질 경우엔 봉쇄하는 것이 원칙이었다.

후작이 입을 열었다.

"빈민가의 봉쇄만으로는 해결되지 않습니다."

후작은 국왕을 직시했다.

"빈민가를 봉쇄하여 불에 태우는 것이 현명한 일이옵니다."

"……."

빈센트는 침묵했다. 빈민가에 사는 사람은 최소 만 명이다. 그 사람들을 전부 죽일 수는 없는 노릇 아닌가? 하지만 대신들은 강력히 불태울 것을 주장했다.

"전하, 지금은 소를 희생해 대를 지키셔야 합니다. 이러다가는 수도 내에 있는 백성 전체가 전염병으로 고통받게 될 겁니다."

"현재 빈민가는 이미 치료하기 늦었다고 합니다."

"봉쇄해 불태워야 합니다."

빈센트가 손을 들었다. 그러자 대신들은 입을 닫고 그를 바라보았다. 빈센트가 잠시 눈을 감고 입을 열었다.

"빈민가에 사는 이들이라 하여 아르센 왕국의 백성이 아닌 것은 아니네. 불태우는 것은 허할 수 없네."

"전하!"

대신들이 반발했지만 국왕은 그들을 잠재웠다.

"그만! 봉쇄는 허락하겠네. 하지만 결코 소각은 허락할 수 없네. 경들은 그 외에 방도를 찾아보라."

국왕의 결정에 대신들은 불만스런 표정을 지었지만 반박하지 못했다. 아돌프 후작은 눈을 가늘게 뜨고 혀를 찰 뿐이었다.

❊

좌악좌악.

분무기에서 뿜어져 나온 물방울들이 마른 잎사귀를 촉촉이 적셨다. 숲을 닮은 녹색 머리와 눈동자를 지닌 키안은 휘파람을 불며 화초를 정성스럽게 가꿨다. 그의 손이 닿은 화초들은 생기가 가득했다.

그때 노크 소리와 함께 잭의 목소리가 들려왔다.

"키안."

"들어오세요."

잭이 안으로 들어왔다. 은발을 올백으로 넘긴 머리에 외눈 안경을 쓰고 있는 잭은 그의 앞에 서류를 내밀었다. 키안은 분무기를 내려놓고 서류를 받아 들었다. 서류를 읽어가는 그의 눈이 날카롭게 변했다.

잭이 먼저 입을 열었다.

"인위적으로 독을 뿌린 것 같다."

현재 돌고 있는 전염병에 대해 조사한 베라는 그 전염병이 자연적으로 발생한 질병이 아닌 누군가가 인위적으로 만든 독에 의한 것임을 밝혀냈다. 잭이 살짝 미간을 찡그렸다.

"웬만해서는 알아내기 힘들더군. 마법사는 물론 일반 신관들도 조사하는 데 애를 먹었어."

그나마 고위 신관을 통해 전염병에 대해 조사한 결과 전염병이 강력한 독에 의한 것이라는 것을 알아낼 수 있었다.

"고위 신관이라……."

키안은 잭의 말에서 뭔가를 떠올린 듯 눈을 좁혔다.

"신관이 나서야 될 일이었습니까?"

"그자들의 짓인 것 같다."

"……."

키안의 눈에 순간 살기가 감돌았다. 하지만 그것은 잠시일 뿐 어느새 평온한 녹안으로 돌아왔다.

"과연. 드디어 꼬리를 밟은 건가요?"

키안은 후후 웃으며 눈매를 휘었지만, 잭은 그것이 웃음이 아님을 알았다.

"누구인지는 알아냈습니까?"

잭이 고개를 저었다.

"아직 누군지는 파악하지 못했지만."

잭이 헬리아가 의뢰한 정보를 키안에게 내밀었다. 그녀는 아돌프 후작과 연계해서 전염병에 대해 조사해 달라고 의뢰했었다.

키안이 눈을 반짝였다.

"감이 좋은 사람이군요."

"꼬리를 밟았으니 몸통을 찾는 건 시간문제다."

"후후, 이거 기대가 되는군요."

"그보다 정보는 어디까지 건넬까?"

잭이 톡톡 서류를 두드렸다. 이 안에는 전염병과 후작에 대한 것 말고도 그자들에 대해서도 들어 있었다.

키안은 고개를 저었다.

"그 일은 제외하고 보내세요. 아직 그녀가 알 때가 아닙니다."

"알겠다."

"계속 조사해 주세요. 아마 그녀 주위에 있다 보면 몸통을 발견할 수 있을 것 같군요."

잭은 키안의 말에 고개를 끄덕였다.

"그리고 그분이 아르센 왕국에 오셨다."

"그분이라뇨?"

키안이 눈을 찡그리다 이내 누군가를 떠올린 듯 눈을 크게 떴다. 그의 얼굴에 화색이 돌았다.

"호오, 이거야 언제 볼까 싶었는데."

키안은 턱을 쓰다듬다가 잭에게 말했다.

"워낙 엉덩이가 가벼운 사람이라 또 어디로 튈지 모르겠군요. 잭이 직접 마중 나가주지 않겠습니까?"

"그러지. 가는 길에 이것도 전해 주지."

잭이 서류를 챙겨 들고 방을 빠져나갔다. 방 안에 혼자 남은 키안은 웃음기를 지우고 책상 서랍을 열었다. 그는 서랍에 고이 넣어두었던 검은 펜던트를 꺼내 들었다. 새카만 펜던트에 새긴 문양은 램프의 빛에 비쳐 보이지 않았다.

"드디어 찾았군."

키안의 눈이 빛을 발했다. 그의 손에서 검은 펜던트가 흔들거렸다.

❊

"독이 확실합니까?"

헬리아의 표정은 딱딱하게 굳어 있었다.

"이건 전염병이 아니네."

"……."

다시 한번 독이라는 요한의 말에 헬리아의 머리는 빠르게 돌아갔다. 전염병이 아닌 독. 무엇을 위해 독을 뿌린 것일까?

"……!"

순간 복잡하게 엉킨 실타래가 풀렸다.

'이번 사태로 인해 가장 이득을 본 자.'

헬리아의 입꼬리가 비틀려 올라갔다. 설마하니 이 정도까지 할 줄은 몰랐다.

'아돌프 후작.'

헬리아의 눈이 싸늘하게 변했다. 퍼즐이 모두 모였다. 아돌프 후작은 2왕자를 왕위에 올릴 명분이 필요했고, 어떤 성과가 필요했다. 그러나 단기간에 성과를 내는 것은 매우 힘든 일. 하지만 헬리아가 턱밑에 칼을 겨누고 있는 상태에서 미적거리고 있을 수 없었을 것이다. 단기간에 성과를 낼 수 있는 일.

"하, 치료소를 지을 때부터 의심했어야 했는데."

독을 전염병으로 둔갑시켜 사람을 감염시키고 자신들이 세운 치료소를 통해 그들을 치료했다. 그동안 온갖 칭송은 후작과 2왕자를 향했다. 사람들은 자신을 죽게 한 이가 그들인지도 모르고 열광했다.

헬리아는 이를 물었다. 하지만 문제가 있었다. 아돌프 후작이 범인이라는 정황은 있지만, 증거가 없었다.

'증거를 찾아야 해.'

독으로 전염되었다면 분명 진원지가 있을 것이다. 지금도 수십, 수백 명이 죽어가는 것을 보면 여전히 진행 중이다. 그러나 지금은 사람들을 치료하는 것이 먼저였다.

헬리아가 요한에게 물었다.

"혹시 치료약을 만드실 수 있습니까?"

요한은 턱을 쓰다듬으며 뜸을 들였다.

"가능은 하네. 하지만 시간이 걸릴 걸세."

시간이 지체되면 지체될수록 후작의 야망으로 인해 덧없이 죽어갈 사람이 늘어날 것이다.

"시간을 단축하려면 어떻게 해야 합니까?"

요한의 눈에 이채가 띠었다. 과감하고 빠른 결단력. 독이라는 이야기를 듣고 순식간에 범인을 알아채고 우선 해야 할 일을 정한다.

'후후.'

요한은 입가에 옅은 미소를 띠며 말했다.

"돈과 사람. 그러면 최대한 빨리 약을 만들 수 있네."

요한의 대답에 헬리아의 입꼬리가 싹 말려 올라갔다.

"돈과 사람이 충분히 주어진다면 치료약을 만드는 데 얼마나 걸리겠습니까?"

"많을수록 빠를 걸세."

"좋습니다. 돈과 사람은 제가 보내드리지요."

단 일 초의 망설임도 없었다. 요한의 눈이 살짝 커졌다.

"제법 돈이 많은가 보구려. 하지만 굳이 그렇게 하는 이유가 무엇인가?"

요한의 물음에 헬리아는 그를 바라봤다.

"무슨 말이죠?"

"그저 궁금해서 그렇다네. 돈도 많은 처자가, 거기다 신분도 예사로워 보이지 않은 그대가 어째서 이런 곳에 돈을 쓰려 하느냐는 말일세."

"사람을 구하는 데 이유가 필요합니까?"

"거짓말도 잘하는구려."

"……."

"내 처자를 닮은 사람을 한 분 알고 있는데, 거짓말할 때의 표정이 완전히 판박이라네."

헬리아의 눈매가 싸늘하게 변했다. 그리고 확신했다. 이 노인은 자신을 알고 있다.

요한은 그녀의 표정이 싹 바뀌자 손을 내저었다.

"걱정하지 말게. 웬만한 사람은 잘 알아채지 못할 테니."

요한은 어깨를 으쓱였다.

"하기야, 사람을 살리는 데 이유가 있든 없든 사람을 살리면 그만인 것을."

"……."

헬리아는 작게 미간을 좁히고 몸을 일으켰다. 요한의 말에 헬리아는 표정을 굳힐 수밖에 없었다. 왜냐하면 결국 자신이 하는 일도 후작이 하는 일과 어찌 보면 별반 다르지 않기 때문이다.

'하지만 다르다.'

최소한 자신은 자신이 다치면 다쳤지 누군가를 죽이면서까지 목적을 이루진 않는다.

"그럼 이만."

헬리아가 몸을 돌렸다. 밖으로 나온 그녀는 낯익은 사람과 마주쳤다. 은발에 외눈 안경을 쓴 자. 바로 베라의 잭이었다.

"당신이 여긴 왜?"

헬리아는 잭이 밖에 나와 있는 모습을 한 번도 본 적이 없었다. 그러니 그의 등장에 당연히 놀랄 수밖에 없었다.

잭은 여유롭게 그녀를 보더니 손을 흔들며 다가왔다.

"오랜만이군."

"어째서 당신이 이곳에 있는 거지?"

잭은 어깨를 으쓱이곤 그녀에게 서류를 건네주었다.

"의뢰한 정보를 건네주러 왔다."

"당신이 직접?"

서류를 받아 든 헬리아는 믿기지 않는 듯 눈을 가늘게 떴다. 잭의 위치는 마스터 키안에 못지않았다. 그런 그가 직접 움직이는 것은 이례적인 일.

"마침 가는 길에."

어디를 가는 길이기에 직접 온 것인지 모르지만 헬리아는 이내 그에게서 신경을 끄고 건네준 서류를 읽어 내려갔다. 서류를 읽어가는 그녀의 표정은 덤덤했다.

"정말 독이었어."

"이미 알고 있었나?"

잭의 눈에 살짝 이채가 깃들었다.

"어느 신관의 도움을 받았어."

"신관이라. 그럼 맞게 찾아왔군."

뒷말은 작은 소리라 헬리아는 듣지 못했다. 그보다 서류에 적힌 내용에 더 집중한 탓이었다.

"고위 신관 정도는 되어야 발견할 수 있는 독이라."

뭔가 특수한 처리를 한 것일까. 정보가 사실이라면 치료사는 물론 마법사들이 독을 전염병으로 오인할 만했다.

'역시 고위 신관이었어.'

요한의 그 신성력을 떠올린 헬리아는 그가 고위 신관임을 확신했다.

"독의 진원지는 찾지 못한 건가?"

"원인은 찾지 못했다. 하지만 수소문해 본 결과 이레 전에 빈민가에 위치한 지하 하수도에서 이상한 자를 보았다는 목격자가 있었다."

"지하 하수도?"

수도 외곽에 위치해 있는 빈민가의 땅 아래에는 수도에서 사용하는 하수구가 외부로 연결되어 있다. 그 연결부는 외곽에서도 가장 끝에 위치해 있다. 그 탓에 악취가 심해 일반 평민들은 얼씬도 하지 않았다. 그 때문에 빈민가 사람들이 그곳에 터를 잡고 있는 것이다.

"맨 처음 전염병, 아니, 독에 중독된 자가 발견된 곳도 그곳이다."

"지하 하수도라……."

뭔가 심히 냄새가 났다.

"조사를 의뢰하지."

"미안하지만, 그건 거절한다."

잭의 거절에 헬리아는 미간을 찌푸렸다.

"어째서?"

"우리는 더러움에 약하다. 이 점은 양해하길 바란다."

잭의 변명에 헬리아는 눈을 찌푸렸지만, 이내 이해했다. 베라는 대개 이종족으로 이루어진 집단으로 일반인들에 비해 감각기관이 발달해 있었다. 특히 후각에 발달한 자가 악취가 가득한 곳에 간다면 아마 냄새에 질식사할 것이다. 거기에 엘프 같은 경우에는 깨끗한 곳에서 사는 종족이기에 기절할 공산이 컸다.

헬리아는 아쉬웠지만 상대가 거절하니 어쩔 도리가 없었다.

'직접 조사해야 하는 건가.'

그녀도 하수구를 조사하는 것은 결코 내키는 일이 아니었지만, 가지 않을 도리가 없었다.

"조심하라고."

잭은 그녀가 마음을 굳힌 것을 알고 가벼이 격려해 주었다.

잭은 헬리아 일행이 가는 것을 지켜보다가 론과 샨의 집으로 들어갔다. 요한은 잭을 보더니 웃으며 맞이했다.

"자네 왔는가?"

"언제 오신 겁니까?"

잭은 요한의 맞은편에 앉았다. 요한은 론과 샨이 가져온 차를 음미하다 말문을 뗐다.

"오늘. 그러다가 재밌는 처자를 만났지."

요한은 헬리아를 떠올리고 피식 웃었다.

"정말 닮았더군."

키안도 종종 헬리아를 보면 그런 말을 하곤 했다.

"들르실 겁니까?"

"그러려고 왔네."

순간 요한의 표정이 딱딱하게 굳어갔다. 헬리아와 함께 있을 때와는 전혀 다른 얼굴이었다.

"오늘 사람을 치료하는데 그 기운을 발견했네."

"저희도 확인했습니다."

요한은 지그시 눈을 감았다 떴다.

"이곳으로 온 게 다행이군."

그러다 물었다.

"알고 있는 건가?"

"아직입니다."

"하긴 모르는 눈치였어. 알면 다른 반응이 나왔겠지."

요한은 고개를 주억거렸다.

"키안을 만나러 가야겠네. 내가 이곳에 온 이유가 그것이니까."

❊

헬리아 일행은 곧장 하수구가 있는 성의 외곽으로 걸어갔다. 가는 길 내내 그들은 독에 의해 고통스럽게 죽어가는 사람들을 목격해야 했다. 헬리아의 표정이 차갑게 식었다. 저들은 병에 걸린 것이 아니라 독에 중독된 것이다. 누군가의 야망에 의해.

아이의 우는 소리, 살려 달라 울부짖는 괴성이 빈민가 안에 가득했다. 일행이 하수구로 가까이 가면 갈수록 오히려 사람들의 비명은 줄어들었다. 길거리에 살아 있는 사람이 아무도 없었기 때문이다.

"냄새가 심해."

엘라임은 잔뜩 미간을 찌푸리고 소매로 코를 막았다. 정령인 그에게 독과 시체 썩는 냄새는 참기 힘들었다. 물로 썩은 내를 날려 버렸지만 가득 메운 냄새를 완전히 없애기엔 무리였다.

"그냥 돌아가는 게 어때? 이건 다른 이들한테 맡기고. 난 더러운 건 질색이라고."

한번 찌푸린 미간은 펴질 줄 몰랐다. 엘라임의 마음을 모르지 않으나 헬리아는 이대로 돌아갈 수 없었다.

"그럼 가."

"치."

그 매정한 말에 엘라임은 입을 삐뚜름하게 치켜 올리곤 터덜터덜 그녀의 뒤를 따랐다. 수도 외곽에 다다르자 커다란 하수구 입구가 보였다. 주변을 둘러보니 근처에 사람의 모습은 보이지 않았다.

"윽."

하수구 입구에 가까이 다가가자마자 참을 수 없는 썩은 냄새가 진동했다.

"꼭 여길 들어가야겠어?"

엘라임은 이해할 수 없다는 듯 코를 틀어막고 눈을 잔뜩 찌푸렸다. 하지만 헬리아는 오히려 이 악취로 인해 이상한 점을 찾았다. 그녀가 살았던 지구만큼은 아니더라도 아르센 왕국의 하수 시설은 잘되어 있었다. 이런 악취가 나는 건 뭔가 이상했다. 그 말은 하수구 안에 고약한 무언가가 있다는 것. 그렇다면 그것이 무엇일까? 헬리아의 눈이 가늘어졌다.

"먼저 내려가."

"칫. 레이디 퍼스트란 말도 있잖아?"

그러나 헬리아에게 씨알도 안 먹힐 말. 엘라임을 안으로 밀어 넣고 그녀도 뒤를 따랐다. 이안이 마지막으로 그녀의 뒤를 따라 걸었다.

똑- 똑-

고요한 적막 속에 물 떨어지는 소리가 들렸다. 캄캄한 어둠 속에서 헬리아는 주변을 둘러보았다. 어둠에 눈이 익자 주변이 얼추 흐릿하게나마 보였다.

"라이트."

헬리아가 마법으로 빛 구슬을 불러내자 주변이 환해졌다. 빛이 비치자 어둠 속에 몸을 숨기고 있던 쥐와 벌레들이 움직이는 소리가 들려왔다.

"윽, 썩은 내."

엘라임은 코를 찡그렸다. 하수구 안은 밖보다 더 심하게 악취가 났다. 헬리아 일행은 하수도를 따라 안으로 깊이 들어갔다. 간혹 발에 밟히는 벌레 소리에 헬리아는 인상을 찌푸렸다. 그녀는 중앙에 흐르는 물로 가까이 다가가 빛을 비췄다. 그러자 보이는 것은 고약한 악취를 풍기는 물뿐이었다.

"엘라임."

"나도 더러운 건 싫다고."

하지만 헬리아가 빤히 쳐다보자 엘라임은 툴툴거리며 새카만 물을 들어 올려 독성분이 있나 확인했다.

"오물 덩어리로군. 하지만 독은 없어."

엘라임은 더러운 것이라도 만졌다는 듯 얼른 물을 쳐 냈다. 그러자 떠올랐던 물은 다시 아래로 떨어져 내렸다.

"물이 문제가 아닌가……."

헬리아는 미간을 찌푸리며 주변을 살폈다.

"시체가 있습니다."

이안이 무엇을 보았는지 어디론가 걸어갔다. 헬리아는 그가 걸어가는 방향으로 빛을 보냈다.

"어린아이?"

열세 살쯤 되어 보이는 어린아이의 시체가 있었다. 심하게 부패하였는지 몸이 새카맣게 변해 있었고 구더기가 들끓었다.

"이곳에 왜 어린아이가?"

어린아이의 시체를 살피던 헬리아는 문득 그 아이의 팔에 이상한 자국이 나 있는 것을 보았다. 원체 다른 곳에도 상처가 심했지만, 팔 부위의 자국만 유독 크게 도드라져 있었다. 무엇에 물린 것처럼. 이빨의 모양으로 봐서는 쥐였다.

"이것 좀 봐."

엘라임이 무엇을 찾았는지 헬리아를 불렀다.

"철창?"

근처에서 굴러다니는 철창은 무언가를 넣어두었던 것 같았다. 철창은 사과 상자 정도의 크기였는데 완전히 우그러져 있었다.

어린아이와 철창.

"도대체 뭐지?"

헬리아의 눈이 가늘어졌다.

"안으로 더 들어가 봐야겠어."

헬리아 일행은 좀 더 안으로 발을 들였다. 그러자 쥐가 찍찍거리는 소리가 들려왔다. 그리고 수십, 아니, 수백 마리는 넘어 보이는 쥐가 그들 앞에 모습을 드러냈다.

찍찍!

쥐들은 헬리아의 빛 구슬에 반응하여 몸을 움직였다.

"이게 도대체 뭐야?"

보통의 회색빛이 도는 쥐가 아니었다. 몸 크기가 어른 개만 했고, 그 색 또한 녹색이었다.

"조심하십시오!"

그 순간, 쥐가 흉성을 드러내며 달려들기 시작했다. 수백, 아니, 수천 마리의 쥐가 헬리아 일행을 덮쳤다.

엘라임은 그런 쥐 떼의 모습에 기겁을 했다.

"젠장, 이런 데 오는 게 아니라고!"

엘라임이 물보라를 일으켰다. 하지만 물보라는 기존에 있던 하수구의 새카만 물과 섞여 더러운 물이 온 사방으로 튀었다.

"으악!"

엘라임은 더러운 것을 못 참겠다는 듯 공격을 멈췄다.

"이런 바보!"

움찔했던 쥐들이 다시 움직이기 시작했다. 크기가 개만 한 놈들이었다. 거기다 이빨은 어찌나 큰지 물리면 팔이 떨어져 나갈 것 같았다.

'이빨? 쥐?'

그때 헬리아는 아까 죽은 어린아이의 시체가 떠올랐다.

"피해!"

그러나 생각할 틈이 없었다. 순식간에 쥐들이 몸을 날려 헬리아를 향해 이빨을 드러냈다.

"끼이익!"

이안의 검이 쥐의 몸통을 갈랐다. 하지만 수가 너무 많았다. 한 마리를 죽여도 또 한 마리가 나오고, 또 나왔다.

"이대론 끝이 없겠어!"

이안이 검으로 쥐들을 죽여 나갔지만 소용이 없었다.

"파이어볼!"

헬리아가 파이어볼을 시전하자 그제야 쥐들이 몸을 사리기 시작했다.

"으악! 조심하라고!"

그러나 공격이 너무 컸다. 쥐들을 한꺼번에 죽일 수 있을지 몰라도 이곳은 지하도였다. 거기다 굉장히 낡아서 헬리아의 마법 공격 한 번에 지반이 흔들리기 시작했다.

"젠장!"

헬리아가 뒤로 물러나기 위해 몸을 돌렸지만, 어느새 뒤에도 쥐가 가득 차 있었다. 쥐를 지나치지 않고서는 빠져나갈 수도 없었다.

헬리아가 외쳤다.

"엘라임! 물을 뿌려!"

"뭘 어떻게 하게?"

"얼른!"

엘라임이 쥐들에게 물을 뿌려대자 헬리아는 아이스 마법을 펼쳤다. 물에 젖은 쥐들은 순식간에 얼음에 갇혀 버렸다. 그제야 사태가 진정이 되었다.

똑- 똑-

하수도에 다시금 적막이 감돌았다. 자칫 하수구에서 쥐한테 물려 죽을 뻔했다.

"하아, 대체 뭐야? 이상한 약이라도 먹었나?"

엘라임의 말에 헬리아는 눈을 반짝이며 얼음에 갇힌 쥐들을 자세히 관찰했다. 일반 쥐보다 더 큰 몸집, 거기다 녹색 눈동자. 순간 그녀의 머릿속에 한 단어가 떠올랐다.

"키메라."

이안과 엘라임의 표정이 굳어졌다. 누군가에 의해 변이된 생물체. 헬리아는 쥐를 보고 키메라를 떠올렸다.

'도대체 무슨 짓을 벌인 거냐! 아돌프 후작!'

헬리아의 눈이 새파란 안광을 뿜어냈다.

❊

"모두 봉쇄해라!"

한 무리의 병사가 빈민가가 위치한 수도 외곽으로 우르르 몰려들었다. 빈민가 사람들은 병사들을 보자 얼른 집 안으로 몸을 숨겼다. 빈민가에 속해 있는 이 중 범죄를 저지르고 도망간 자도 많았기 때문에 그저 몸을 숨기기에 급급했다.

빈민가 주변에 병사들이 일제히 펜스를 치기 시작했다. 하지만 빈민가 사람들은 병사들의 조치에 어떤 반항도 하지 못하고 그저 불안한 눈으로 그들의 행동을 지켜볼 수밖에 없었다.

"모두 봉쇄했습니다."

병사들의 보고를 받은 지휘관은 고개를 끄덕였다.

"한 명도 나가지 못하게 철저히 감시해라!"

"옛!"

지휘관은 다른 곳도 제대로 봉쇄가 되었는지 감시하기 위해 자리를 비웠다. 정해진 구역에서 펜스 앞을 지키고 있던 병사들은 면으로 입가를 가리고 빈민가를 주시했다.

그때 기사로 보이는 이가 다가왔다. 투구까지 얼굴에 쓰고 중무장한 이였다. 그가 다가오자 병사들은 예를 차렸다.

"빈민가는 모두 봉쇄했나?"

"아, 예."

그 기사가 도대체 누구인지 알지 못했지만, 어느 병사도 그것을 물어보지 않았다. 그저 아르센 왕국의 기사이겠거니 그렇게 생각했지 감히 물어볼 생각을 못 했다.

"빈민가 안으로 횃불을 집어 던져라!"

"예?"

병사들은 기사의 말에 어리둥절했다.

"불을 지르라는 말씀이십니까?"

빈민가 안에는 사람들이 있었다. 그런데 봉쇄하고 불을 지르면 그들은 어떻게 된단 말인가? 병사들이 우물쭈물하자 기사가 노성을 질렀다.

"명령 못 들었나! 횃불을 던지라고 하지 않았나!"

"하, 하지만 사람들이……."

퍼억!

기사가 입을 연 병사를 발로 찼다.

"왕명이다! 죽고 싶지 않으면 어서 해!"

"아, 알겠습니다!"

병사들은 후다닥 일어나 횃불에 불을 붙이고 빈민가 안으로 불을 집어 던졌다. 그 광경을 지켜보던 기사가 품에서 무언가를 꺼내더니 피어오른 불 속에 휙 집어 던졌다. 그러자 불길은 더욱 거세게 화르륵 타올랐다. 붉은 불이 피어올랐고, 검은 연기가 빈민가를 가득 메우기 시작했다.

"큭큭, 잘 가라고."

투구 밑에서 웃음소리가 들려왔다.

화르륵!

빈민가의 하늘 위로 불기둥이 솟아올랐고, 기사는 어느 순간 모습을 감췄다.

⁂

찍찍! 찍찍!

바닥은 질척거렸고, 캄캄한 하수구에는 불쾌한 쥐 소리가 사방에 울려 퍼졌다. 작은 눈동자에선 흉흉한 살기를 뿜어냈고, 팔뚝만 한 몸집은 움직일 때마다 바닥이 쿵쿵 울렸다.

"도대체 얼마나 많은 거야!"

엘라임은 찍찍거리는 쥐 소리에 눈을 찌푸린 채 지긋지긋한 눈으로 쥐들을 노려보았다. 어찌나 그 수가 많은지 높이 삼 미터에 폭은 오 미터가 족히 넘는 제법 큰 하수구가 쥐들로 물 샐 틈 없이 꽉 차 있었다. 아예 빈 벽이 안 보일 정도였다.

"투덜대지 말고 공격이나 해!"

손을 놓고 투덜거리던 엘라임을 향해 헬리아가 한 소리 했다. 그녀도 그 못지않게 지금의 상황에 불쾌감을 느낀 상태였다.

'수가 너무 많아.'

헬리아는 징글징글하다는 눈으로 빠르게 주변을 훑었다. 그러면서도 손은 쥐들을 향해 공격을 멈추지 않았다. 쥐들의 공격은 단조롭기 때문에 처리하는 건 어렵지 않았다. 문제는 큰 몸집에 비해 움직임이 빠른데다 한 번이라도 그들의 날카로운 앞니에 물린다면 전염병, 아니, 독에 중독될 위험이 컸다. 단 한 번의 공격도 허용하지 않아야 했기에 일행은 긴장을 늦추지 않았다.

"쳇."

엘라임은 헬리아의 다그침에 어쩔 수 없이 쥐들을 향해 공격을 퍼부었다.

'이게 뭐 하는 짓인지.'

무려 정령왕인 자신이 하수구에 처박혀 쥐새끼들이나 처리하고 있는 현실이 비참했다. 그러나 어찌하겠는가. 헬리아가 있는데.

엘라임이 쥐들을 향해 물을 퍼부으면 헬리아가 아이스 마법으로 쥐들을 얼렸다. 그리고 단단히 얼어붙은 쥐들을 이안이 검으로 산산조각을 냈다. 번거로웠지만, 좁은 하수구에서 화염 마법 같은 공격력이 크고 범위가 넓은 마법을 썼다간 하수구가 통째로 무너질 것이다.

헬리아와 엘라임, 이안은 고루 삼박자를 갖추며 쥐들을 처리해 나갔다. 다만 간신히 눈앞의 쥐들을 처리하면 죽은 쥐만큼의 쥐들이 또다시 나타나 헬리아 일행을 향해 녹색 눈동자를 빛낸다는 것이었다.

"이러다간 끝이 없겠어."

헬리아는 쥐들을 얼려 버리며 눈을 좁혔다. 괜히 엘라임이 투덜거린 것이 아니었다.

"일단 후퇴해야 합니다."

이안이 검으로 쥐들을 베어내서 말했다. 헬리아는 그에 고개를 끄덕였다. 그녀도 지금 상태론 끝이 없다는 것을 알았다.

"후퇴하자."

어차피 이곳에 온 이유는 전염원을 찾으려는 것일 뿐, 자신들이 쥐를 전부 죽일 필요는 없었다. 아니, 지금 인원으로 이 쥐들을 전부 처리하는 건 무리였다. 한데 문제가 생겼다. 헬리아 일행의 기세가 주춤하자 쥐들이 더욱 흉성을 드러내며 그들을 막은 것이다. 퇴로까지 막고 사방으로 일행을 포위한 쥐들. 헬리아는 입술을 살짝 베어 물었다. 후퇴하는 일도 결국 쥐들을 처리하지 않고서는 불가능했다.

"헬리아!"

휘익!

순간 상념에 빠진 그녀 앞으로 쥐 한 마리가 이빨을 들이밀며 튀어 올라왔다.

“젠장!”

헬리아가 실드를 펼칠 틈도 없이 쥐에게 빈틈을 내주고 말았다.

‘쥐한테 물려 죽고 싶진 않다고!’

“크윽!”

“엘라임!”

찰나의 순간 엘라임이 헬리아를 품에 안고 쥐를 막았다. 문제는 공격을 할 틈도 없어 쥐의 이빨에 그의 팔을 내주고 만 것이다. 엘라임이 그의 팔뚝에 이를 박아 넣은 쥐를 거칠게 떨쳐 냈다.

“괜…….”

“이 바보야! 넋을 놓으면 어떻게 해!”

엘라임이 화난 표정으로 헬리아를 향해 소리쳤다. 그녀를 향해 뛰어든 쥐를 보고 얼마나 놀랐던가. 엘라임은 자신의 팔뚝을 돌아볼 생각조차 못 하고 헬리아가 다치지 않았나 살폈다.

“후우…….”

다행히 그가 막은 덕분에 헬리아는 다치지 않았다. 엘라임은 안도의 한숨을 내쉬었다.

“괜찮은 거야?”

헬리아는 그의 팔뚝에 난 상처를 보고 눈을 찌푸렸다. 엘라임은 팔을 한 번 문지르더니 상처를 치유했다. 그는 허탈하게 웃었다.

“쥐한테 물리는 정령왕이라니.”

두고두고 놀림을 받을 거야, 라고 엘라임은 어이없는 상황에 고개를 절레절레 흔들었다.

촤악!

그때, 이안의 검이 두 사람에게 달려든 쥐를 처리했다.

"그만 공격부터 하시죠."

이안이 조금 불만스런 표정으로 검에 묻은 피를 털어내며 말했다. 그의 이마에는 굵은 땀방울이 송골송골 맺혔다. 체력이 많이 소모되었는지 가쁘게 숨을 내뱉고 있었다. 헬리아와 엘라임이 원거리 공격형인 것과 달리 이안은 검을 쓰는 근거리 공격형이었다. 검을 쓰는 만큼 더 가까이 쥐들에게 다가가야 했고, 그만큼 움직일 때 체력 소비도 컸다. 물론 이안은 결코 지친 기색을 내보이지 않았다. 그는 검은 눈을 치켜뜨고 쥐들을 처리해 나갔다.

세 사람의 노력 덕분인지 매섭게 공격을 퍼붓던 쥐의 수도 줄어들기 시작했다.

"이제 끝인가?"

엘라임이 점점 줄어드는 쥐를 보고 말했다. 하지만 헬리아는 방심하지 않았다.

"후퇴하실 겁니까?"

이안이 공격을 멈추고 그녀를 보았다. 헬리아는 고개를 끄덕였다. 밖으로 나가 상황을 알리고 지원군을 불러 처리하는 게 더 나았다.

똑– 똑–

시끄럽게 울어대던 쥐들의 소리가 들리지 않았다. 그저 들리는 것은 나지막하게 물 떨어지는 소리뿐. 사위가 조용해지자 헬리아는 후퇴를 결정했다.

"돌아가자."

독의 진원지를 밝혀냈으니 이미 목적은 달성했다.

"그보다 팔은 괜찮은 거지?"

헬리아가 걱정 어린 눈으로 엘라임을 팔을 바라봤다. 상처는 깨끗이 나아 있었지만, 이곳에 있는 쥐는 평범한 쥐가 아니라 사람을 중독시키는 놈들이다.

"뭐, 이 정도야. 상처도 다 나았고."

엘라임은 코끝을 한 번 긁고는 깨끗한 팔뚝을 보여주었다. 상처는 이미 온데간데없었고 옷에 묻은 피만이 상처가 났었다는 사실을 증명해줄 뿐이었다. 헬리아가 자신을 걱정해 주자 엘라임은 조금 머쓱한지 이마를 긁적였다.

"조심해. 아무리 너라도 지금 몸으론 어떻게 될지 모른다고."

"알았어. 알았어."

엘라임이 입가에 미소를 띠며 그녀의 머리를 흩뜨렸다. 매사 냉정한 헬리아였지만, 엘라임은 그녀가 누구보다 남을 걱정할 줄 아는 이라는 것을 알았다. 그러나 다음 그녀의 말에 그는 그 생각을 재고할 수밖에 없었다.

"나한테 병 옮기지 말고."

"이씨!"

엘라임의 얼굴이 대번에 구겨졌다. 그러고 보니 은근 헬리아와 자신 사이의 거리가 제법 되었다.

'언제 저기로 간 거야?'

거기다 시커먼 검둥이 녀석도 좀 전까진 손에 닿는 거리에 있었는데 언제 자리를 옮겼는지 멀찌감치 자신의 곁에서 떨어진 곳에 서 있었다.

"나는 전염 안 된다고!"

"뭐, 그러시겠지."

헬리아가 어깨를 으쓱하자 엘라임은 분이 터졌지만 이내 한숨을 푹 내쉬었다.

"어서 돌아가자."

헬리아는 바닥에 죽은 쥐를 가져가기 위해 주머니를 꺼냈다. 독의 증거는 물론 치료약을 만들기 위해 필요했다.

"이제 쥐는 징글징글하다."

헬리아는 눈을 찌푸리고 주머니에 죽은 쥐를 잘 담았다.

바로 그때였다.

"움직입니다."

심상치 않은 낌새를 알아차린 이안과 엘라임이 동시에 헬리아를 에워쌌다.

"또 쥐야?"

"길이 막히기 전에 돌아가야 합니다."

헬리아 일행은 서둘러 뛰기 시작했다. 엘라임과 이안은 그녀의 뒤를 따르며 호위했다. 캄캄한 어둠 속에서 쥐들의 흉흉한 녹색 안광이 빛을 발했다.

"젠장, 벌써 막혔어."

퇴로를 꽉 막은 쥐들 때문에 헬리아 일행은 더는 앞으로 나갈 수 없었다.

"도망간 게 아니었나?"

그들의 공격에 도망친 줄 알았는데, 그게 아니었던 모양이다. 게다가 쥐들의 낌새가 이상했다.

"뭐지?"

헬리아는 눈을 좁히고 쥐들을 살폈다. 아까까지만 해도 미친 것처럼 날뛰던 놈들이 조심스런 움직임으로 그들을 주시하고 있었다. 마치 무언가를 기다리는 듯. 그들의 움직임이 좀 전과 달리 수상했다.

"옵니다!"

쥐들의 움직임을 알아차린 이안이 소리쳤다. 그와 함께 쥐들이 사방에서 달려들기 시작했다.

"아이스 스피어!"

헬리아의 아이스 마법이 쥐들을 향해 뿜어져 나갔다. 그러나 처음과 달리 쥐들은 그녀의 마법을 피하며 달려들었다.

"조심해!"

헬리아를 향해 이를 드러낸 쥐들은 이안의 검에 시체가 되어 나뒹굴었다. 이안은 헬리아의 안전을 확인한 후 땀으로 젖은 검은 머리카락을 쓸어 넘겼다. 안이 꽉 막혀 있는 탓에 절로 땀이 흘러내렸다.

"조심하십시오. 움직임이 이전과 다릅니다."

이안의 표정이 더욱 신중해졌다.

'뭐가 달라진 거지?'

갑자기 돌변한 움직임. 놈들은 막무가내로 달려들지 않았다. 마치 누군가가 지휘를 하는 듯 그들의 움직임은 일사불란했다. 헬리아는 미간을 찡그렸다. 그 순간 그녀의 눈이 커졌다.

'누군가 지휘한다?'

이상하게도 맨 처음 보았던 시체와 철창이 떠올랐다. 그녀의 머리가 빠르게 회전했다. 쥐는 질병을 옮기는 주범 중 하나이다. 또한 가장 쉽고 빠르게 병을 옮길 수 있으니 자신이 범인이라도 쥐를 이용했을 것이다.

'착각했어.'

헬리아는 이 쥐들이 누군가에 의해 만들어진 키메라라고 생각했다. 또 그런 모습이었다. 한데 다시 생각해 보니 대마법사라도 이렇게 많은 수의 키메라를 만들 수는 없다.

'누군가 전염원을 이곳으로 가져와 쥐들을 감염시킨 거야.'

시체와 철창. 일련의 일이 하나둘 이해가 되었다.

"전염원이 있을 거야. 그걸 찾아야 돼."

그것이 쥐인지, 쥐가 아닌지, 또 다른 어떤 생물체인지는 모른다. 하지만 분명 생각만큼 그 수가 많지는 않을 것이다.

"엘라임! 이안!"

엘라임과 이안이 그녀를 보았다.

"쥐들을 조종하는 놈이 있을 거야. 그놈을 찾아!"

"어떻게 생겼는데?"

"몰라!"

"모르면 어떻게 찾아!"

엘라임이 난색을 표했다. 수백, 수천 마리의 쥐 중에서 생긴 것도 모르는 놈을 어떻게 찾는단 말인가! 모래사장에서 바늘 찾기다.

"그냥 찾아!"

"최소한 어떻게 생긴 건지는 알아야 찾지!"

엘라임은 투덜거렸지만, 눈은 빠르게 주변을 훑었다. 하지만 그놈이 그놈이었다.

"젠장."

그런데 그 순간.

"엇?"

그의 눈에 이상한 것이 보였다. 그냥 지나쳤으면 못 알아볼 뻔했을 것이다. 주변을 살피던 중 유독 한 부분의 쥐들이 이상할 정도로 움직임이 적은 것을 알았다.

"설마?"

마치 자석으로 딱 붙여 놓은 듯 쥐들이 뭉쳐져 움직이지 않았다. 무언가를 보호하려는 것처럼.

"찾았어!"

다른 쥐들이 녹색의 거대한 몸집인 것에 비해 놈은 작고 하얬다. 그런 쥐를 주변의 쥐들은 안간힘을 써 가며 보호했다.

"전방의 작은 흰 쥐야!"

엘라임의 목소리에 헬리아와 이안의 시선이 흰 쥐에 꽂혔다. 그러나 그 쥐를 발견했다고 해서 쉽게 제거할 수 없었다. 자신들이 보호해야 할 대상이 발각되었다는 것을 느꼈는지 쥐들의 움직임이 더욱 기민해졌기 때문이다.

"너무 많아!"

흰 쥐를 공격할라치면 어김없이 변종 쥐들이 흰 쥐를 둘러쌌다. 집중적으로 마법을 난사해 보았지만, 공격은 닿지 않았다.

"빈틈을 만들어야 합니다."

이안은 냉철하게 사태를 분석했다. 그는 차분히 흰 쥐와 다른 쥐들을 살폈다. 그리고 흰 쥐를 죽일 허점을 발견했다.

"흰 쥐를 제외한 주변을 공격하십시오."

"주변을?"

영문을 알 수 없었지만 헬리아는 이안의 새카만 눈동자에 깃든 확신을 읽고 고개를 끄덕였다.

"엘라임, 주변을 공격해!"

"저 녀석 말을 들으라는 거야?"

"얼른!"

"쳇!"

엘라임은 헬리아의 말대로 주변을 공격하기 시작했다. 그러자 흰 쥐를 단단히 감싸고 있던 쥐의 바리게이트가 한층 얇아지는 것이 보였다.

"역시."

흰 쥐의 지휘로 쥐들은 일사분란하게 움직이고 있지만, 그래 봐야 결국 쥐다. 행동에 단조로움이 존재했고, 이안은 그것을 간파했다.

"다른 곳을 공격하면 흰 쥐의 방어가 느슨해질 겁니다. 그 점을 노려야 합니다."

이안의 의도를 알아챈 헬리아가 눈을 빛냈다.

"엄호는 나한테 맡겨. 결코 다치게 놔두지 않을 테니까."

그 순간 이안의 입가에 언뜻 미소가 스쳐 지나갔지만, 부지불식간이라 헬리아는 볼 수 없었다.

"그럼 부탁드립니다."

이안이 자세를 잡았다.

"엘라임, 준비해!"

"알았어!"

"그럼 간다!"

콰아앙!

엘라임의 공격이 사방으로 난사됐다. 그러자 쥐들이 고통스럽게 울부짖더니 흰 쥐를 감싸고 있던 방어에 순간 큰 허점이 드러났다. 완전히 흰 쥐의 모습이 밖으로 노출된 것이다.

"지금이야!"

이안이 땅을 박차고 달려 나갔다. 검이 유려한 곡선을 그리며 찰나를 놓치지 않았다.

"끼에에엑!"

그의 검이 흰 쥐의 몸을 갈랐다. 흰 쥐가 완전히 둘로 나뉘어져 차가운 바닥으로 떨어졌다. 그러자 일사불란하게 움직이던 쥐들이 순식간에 움직임을 멈추고 우왕좌왕했다. 그들은 헬리아 일행을 공격하지도 않았다. 우두머리를 잃은 쥐들을 처리하는 것은 오래 걸리지 않았다.

똑똑—

다시금 하수구에는 물소리만이 조용히 울렸다. 그러나 바닥은 쥐들의 시체로 가득했다. 그와 동시에 짙은 피비린내가 진동했다. 헬리아는 살짝 미간을 찌푸리고 죽은 흰 쥐에게 다가갔다. 흰 색이라는 것 외에는 여느 쥐들과 크게 다르지 않았다. 외려 감염된 쥐들의 모습이 키메라라고 여길 정도로 흉측했다.

"드디어 이 지긋지긋한 악취도 끝이군."

전투가 끝나자 하수구의 냄새를 의식한 엘라임은 코끝을 찡그렸다.

"아직 안 끝났어."

"응?"

헬리아의 말에 엘라임이 얼굴을 찌푸렸다. 헬리아는 주머니를 꺼내더니 흰 쥐를 넣으며 말했다.

"아직 끝난 게 아니야."

하수구에 있던 쥐들은 대부분 제거했지만, 이 쥐들이 이곳에만 있으리란 보장이 없었다. 아직 지상에는 많은 쥐가 돌아다닐 것이다. 그들을 모조리 잡아야 전염자가 확산되는 것을 막을 수 있다. 그리고 그보다 더 중요한 일이 아직 남아 있었다.

헬리아의 표정이 싸늘하게 변했다. 그녀가 입꼬리를 올리며 말했다.

"범인을 잡아야지."

자신의 이익을 위해 수십, 수백 명의 사람을 죽인 아돌프 후작을.

"돌아가자."

이제 쥐라면 지긋지긋했다. 물론 이제부터 본격적으로 쥐를 잡아야 하겠지만, 그 역할을 그녀가 맡진 않을 것이다.

"돌아가면 목욕부터 해야겠어."

따뜻한 물에 푹 몸을 담그고, 온몸에서 나는 고약한 하수구의 썩은 내를 벗겨내고 싶었다.

"이거 금방 안 빠질 것 같아."

오늘 하루는 물속에서 살아야겠다.

"음?"

그때 엘라임이 코를 킁킁거리더니 눈을 찌푸렸다.

"이상한 냄새 나지 않아?"

"하수구니까 당연하지."

"아니, 그런 냄새가 아니야. 이 냄새는……."

이안도 그 냄새를 맡았는지 얼굴을 굳혔다.
“타는 냄새입니다.”
그제야 헬리아도 하수구의 냄새와 다른 냄새를 맡았다.
“저건.”
검은 연기가 하수구 안으로 스며들고 있었다. 헬리아 일행은 서둘러 하수구를 벗어났다. 하수구 밖에는 예상치 못했던 광경이 펼쳐져 있었다.
“……불이.”
헬리아는 자신의 눈앞에 펼쳐진 참상에 표정이 딱딱하게 굳어졌다.

❊

“이쪽입니다.”
외눈 안경을 쓴 은발의 잭이 사제복을 입은 요한을 지하로 이끌었다. 끼익끼익 삐걱거리는 복도를 지나 한 방문 앞으로 다다랐다. 잭이 먼저 문을 두드리고 말했다.
“모셔왔다.”
“어서 들어오세요.”
안에서 키안의 목소리가 들려왔다. 잭이 문을 열고 요한을 안으로 안내했다. 안으로 들어가자 지하에 있는 방이라고 믿기 힘들 정도로 화초가 자라나 상큼한 향을 내뿜고 있었다. 마치 숲속에 와 있는 듯 공기가 청량했다.
“자네는 변함이 없구먼.”
요한은 키안의 얼굴을 한 번 보더니 그의 맞은편 소파에 자리를 잡았다. 키안은 입꼬리를 올리며 싱긋 웃었다.
“요한, 당신은 많이 늙었군요.”
“10년 만이니 그럴 만도 하지.”

"잘 지내셨습니까?"

"글쎄."

요한의 두루뭉술한 말에 키안의 눈이 가늘어졌다.

"역시 일이 있어서 온 것이군요."

"각자 정해진 일이 있지 않은가?"

"당신은 나이를 먹어도 여전합니다."

요한은 희미하게 웃으며 과거를 추억하다 이내 표정을 굳혔다.

"이곳에 오기 전에 교황 폐하와 면담을 했었네."

요한은 잭이 따라준 차로 목을 축인 뒤 입을 열었다.

"이제 곧 그자들이 모습을 드러낼 거라 말씀하셨네. 한데 이곳에 와 보니 그 말이 허언은 아닌 모양이야."

요한이 작게 웃으며 '교황 폐하의 말은 반은 맞고 반은 틀리거든'이라는 말을 덧붙였다.

"그것을 확인하기 위해 저를 찾은 건가요?"

"뭐, 오는 길에 성과도 있었고."

키안이 깍지를 끼며 상체를 숙였다.

"맞게 오셨습니다. 저 역시 그자들의 꼬리를 잡았습니다."

"이번 일과 관계가 있는 모양이군."

"예, 다만, 그들 전체의 의지인지 아니면 개인의 의지인지 판단이 어렵습니다."

"흐음. 그럼 그자는 찾았나?"

"찾는 중입니다. 아마 곧 찾을 겁니다. 이 일과 관련이 있으니."

키안의 눈이 날카롭게 빛났다.

"그보다 그녀는 모르는 모양이더군."

"고민 중입니다."

키안은 한 번 안경을 고쳐 쓰고 말을 이었다.

"차라리 모르는 것이 아는 것보다 나을 때도 있으니까요."

"하지만 그걸 판단하는 건 자네가 아닐세."

요한과 키안의 눈이 오랫동안 서로를 응시했다.

"저는 제 주인이 명한 대로 따를 뿐입니다. 그분께서 제게 전권을 주신 만큼 판단도 제가 합니다."

"자네는 정말 여전하네."

"주인에 대한 충정이라고 해두죠."

키안의 눈이 아릿하게 변해갔다. 자신의 주인, 키안은 오직 그 사람을 위해 지금껏 움직여 왔다. 요한은 그런 키안의 변함없는 모습에 고개를 저었다.

"이럴 땐 자네가 인간이 아닌 엘프라는 게 새삼 느껴지는군."

키안은 웃음으로 답할 뿐이었다. 그때 누군가 방문을 두들겼다.

"마스터."

키안이 잭에게 시선을 주자 잭이 문을 열고 나갔다. 그리고 다시 들어와 키안에게 다가갔다.

"무슨 일인가요?"

"빈민가에 일이 생겼다."

"빈민가에요?"

"화재가 났다."

"화재?"

요한이 자리에서 일어났다.

"화재라니!"

천생 사제인 그는 빈민가에 있는 사람들에 대한 걱정이 먼저 들었다. 그럼 그들은 어떻게 되는 건가.

"빈민가를 소각하라는 명이 내려졌다는군요."

"이게 무슨 말인가! 소각이라니!"

요한이 흥분하자 키안이 그를 달랬다.

"요한, 흥분을 가라앉히세요. 제가 아는 그 사람이라면 결코 소각을 명하지 않을 겁니다."

키안의 눈이 가늘어졌다.

"어쩌면 공주님에게 말해야 할지도 모르겠습니다."

키안은 자신의 손에 쥔 검은 펜던트를 만지작거렸다.

⁂

뜨거웠다. 활활 타오르는 시뻘건 불길은 아가리를 벌름거리며 빈민가를 집어삼켰다. 지옥의 혈겁이라도 닥친 듯 빈민가는 온통 시뻘건 불길에 휩싸여 있었다. 푸른색이었던 하늘은 핏빛으로 변해갔고, 시커먼 연기가 붉은빛과 뒤섞이며 사방을 휘저었다.

사람들의 비명이 천지를 울렸다. 연기에 질식해 죽는 사람, 불에 타 죽는 사람. 애초에 전염병, 아니, 독에 가장 많이 중독된 곳이 바로 빈민가였다. 몸도 제대로 가누지 못한 사람들은 속수무책으로 불에 타 고통스런 죽음을 맞이하였다.

"샨!"

론이 다급하게 집 안으로 뛰어 들어가 동생 샨을 불렀다. 잠시 먹을 것을 구하러 밖으로 나간 사이 불길을 본 것이다. 어찌나 놀랐는지 그의 얼굴은 검은 연기보다 더 칙칙하게 변했다. 다행히 론과 샨의 집은 불길에 닿지 않았다. 하지만 언제 저 섬뜩한 불길이 그들의 집을 집어삼킬지 모르는 노릇. 서둘러 이곳을 피해야 했다.

"샨!"

다급하게 샨의 이름을 불렀다. 그런데 아무리 불러도 샨의 대답이 들리지 않았다. 론의 얼굴이 하얗게 변했다.

콰아앙!

불에 타들어간 목재들이 무너지는 소리가 우렁차게 들려왔다. 론의 이마에선 식은땀의 줄줄 흘러내렸다.

"샨! 어딨어!"

설마 그사이에 밖에 나간 것일까? 그러다가 불에 휩싸인 것은 아닐까? 론의 얼굴이 일그러졌다. 눈물이 그렁그렁 흘러나오는 것을 애써 참으며 동생을 찾기 위해 밖으로 나갈 때였다.

덜그럭!

그때 탁자 밑에서 이상한 소리가 났다. 론은 얼른 고개를 숙이고 아래를 내려다보았다. 샨이었다.

"샨!"

샨은 몸을 둥글게 말고 귀를 막은 채 눈을 꼭 감고 있었다. 여기저기에서 들려오는 폭발 소리와 불길에 놀라 탁자 밑에 숨어든 것이다. 샨이 론의 목소리에 눈을 떴다.

"혀, 형!"

샨의 얼굴은 온통 눈물로 범벅이 되었다. 이처럼 큰 불은 난생처음이었다. 그것은 론도 마찬가지였지만, 샨처럼 울고 있을 수만은 없었다.

"샨, 얼른 나가야 돼."

론이 샨의 팔을 잡아당겨 탁자 밖으로 끄집어냈지만, 샨은 요지부동이다. 잔뜩 겁에 질려 있는지 얼굴이 푸르죽죽했다.

"혀, 형. 무서워."

"불길이 마을 전체로 번졌어. 이곳에 있다간 위험해. 얼른 나가야 돼!"

샨이 자꾸만 꾸물거리자 론이 소리쳤다.

"샨! 자꾸 형 말 안 들을래!"

"혀, 형."

샨이 론의 다그침에 눈물을 흘렸다. 론은 입술을 살짝 베어 물고 샨의 눈물을 닦았다. 그리고 그를 다독였다.

"샨, 형 믿지?"

"응."

샨은 울음을 그치며 고개를 끄덕였다. 론은 샨을 데리고 밖으로 나섰다. 문을 여는 순간 뜨거운 불길이 집 안으로 파고들었다. 샨은 더욱 겁에 질려 론의 등 뒤로 숨었다.

'너무 뜨거워.'

론은 피부에 느껴지는 열기에 이를 악물었다. 그는 천을 가져와 샨에게 덮었다.

"자, 샨, 이걸 꼭 덮고 있어야 돼."

"혀, 형은?"

"형은 괜찮아. 샨보다 나이가 많잖아? 어른은 이런 것도 견디는 거야."

그래 봤자 론과 샨의 나이 차는 겨우 세 살에 불과했다. 하지만 론은 샨에게 어른이었다.

"자, 가자."

론은 샨의 여윈 손을 잡아끌고 집을 빠져나왔다. 다행인 것은 평소라면 금세 지쳤을 테지만, 요한의 신성력 덕분인지 그의 몸은 평소보다 힘이 났다. 하지만 그것도 얼마 가지 못했다.

"헉, 헉!"

어린 샨이 금세 지쳐 버리고 만 것이다. 결국 론이 샨을 등에 업었다. 샨이 어리다고는 하나 그 무게를 론이 이기긴 힘들었다.

"안 무거워?"

"이곳을 빠져나가면 밥 좀 더 먹어야겠다."

"응, 나 밥 많이 먹을게."

가볍게 농담을 주고받으며 형제는 서둘러 뛰어갔다.

"헉, 헉. 콜록!"

론의 숨이 점점 가빠지기 시작했다. 가득이나 체력도 약한데다가 빈민가 안은 이미 시커먼 연기로 꽉 차 어른들도 숨을 쉬기 어려웠다.

"콜록, 콜록."

"형, 너무 뜨거워."

샨의 칭얼거림에 론은 천을 고쳐 덮었다. 하지만 샨보다 론의 상태가 더 심각했다. 샨이야 그나마 천을 뒤집어쓰고 있었지만 론은 무방비 상태였다. 그의 온몸이 열기에 붉게 달아올랐고, 심한 곳은 짓무르기 시작했다. 피부 속으로 스며든 열기에 절로 눈물이 흘러내렸다. 아팠다. 죽을 만큼 아팠다.

"크윽."

하지만 론은 이를 꽉 물고 달렸다.

"샨, 조금만 참아. 이제 곧 밖으로 나갈 수 있어."

"응."

하지만 형제의 바람은 이루어지지 못했다.

"제발 살려 주세요!"

"우릴 나가게 해줘요!"

"살려줘!"

론과 샨이 막 빈민가 입구에 다다랐을 때, 그곳은 온통 사람들의 비명과 애원 소리로 아비규환이었다. 아이를 업은 여인, 늙은 노인, 젊은 남자 할 것 없이 빈민가의 사람들은 밖으로 나가려 애를 썼다. 하지만 그들 앞에는 두꺼운 장벽이 가로막고 있었다. 갑옷을 입은 병사들이 빈민가 주위에 단단한 목책을 두르고 날카로운 창을 들이밀고 있던 것이다.

"제발 살려 주세요!"

"부탁이에요!"

"밖으로 보내줘요!"

사람들은 억지로 목책을 밀어냈다. 하지만 목책에 박힌 날카로운 나무못이 그들을 상처 입혔다. 방어막이 무너지려 하자 병사들을 지휘하는 지휘관이 소리쳤다. 지휘관은 수백이 넘는 사람이 몰려오자 이마에 진땀을 흘렸다. 하지만 국왕의 지엄한 명이 있기에 이들을 밖으로 내보낼 수 없었다.

"어서 목책을 더 가져와!"

지휘관이 소리 높였다. 이대로 있다가는 목책이 무너질 것이다. 한데 지휘관의 명을 들은 병사들은 머뭇거리며 움직이지 못했다.

"뭐 하나! 명령이 안 들리나!"

"하, 하오나."

병사의 눈에 빈민들의 애처로운 모습이 떠나가질 않았다. 살아 있는 사람을 불에 타게 내버려 두다니. 거기다 아직 젖도 채 떼지 못한 갓난 아이들까지 어미의 품에 안겨 울고 있었다. 만약 자신들이 이대로 계속 그들을 막는다면 뜨거운 불길에 산 채로 타 죽을 것이다. 마음 약한 병사가 움직이지 못하자 지휘관이 그의 목덜미를 잡아 바닥에 패대기쳤다.

쿵!

"크윽!"

"죽고 싶나! 전염병이 돈 마을은 폐쇄하여 전부 불태우는 거 몰라!"

지휘관은 소리쳤다. 쓰러진 병사 외에 다른 병사들에게도 들리도록 크게 말했다.

"이들이 밖으로 빠져나간다면 누가 피해를 볼 것 같은가! 바로 수도의 백성들이다! 네 녀석들은 부모가 전염병에 걸려 죽는 모습을 보겠는가!"

지휘관의 말에 병사들은 고개를 숙이고 대답하지 못했다. 자신의 부모와 친구가 이들로 인해 전염병에 걸린다 생각하자 끔찍했던 것이다. 하지만 그들은 그보다 이중적인 자신들의 마음에 차마 고개를 들지 못했다.
"얼른 목책을 더 가져와! 놈들이 나오지 못하게 막아라!"
"예, 옛!"
"한 놈도 빠져나가게 해서는 안 된다!"
지휘관의 말에 병사들은 일사불란하게 움직였다. 하지만 고개를 들진 못했다. 귓가로 끊임없이 들려오는 사람들의 처절한 절규가 그들의 마음을 무겁게 만들었다.
"살려 주세요!"
"엉엉! 엄마가 죽어요!"
"제발 살려 주세요!"
"우릴 내보내 달란 말이야!"
목이 터져라 살려 달라 외치던 사람들은 이내 흉흉한 살기를 내뿜기 시작했다. 이래 죽나 저래 죽나 이판사판이었다.
"내보내 달란 말이야!"
"이 죽일 놈들아!"
자신의 몸이 다치든 말든 그들은 이 방어막을 뚫고자 사력을 다해 밀어붙였다. 수백 명이 넘는 사람이 몸으로 밀어붙이자 목책이 흔들리기 시작했다.
"젠장!"
지휘관은 서둘러 병사들에게 명령했다.
"서둘러 상부에 병력을 요청해!"
"아, 알겠습니다."
병사는 지휘관의 말에 쏜살같이 어디론가 사라졌다.
"후우…… 이게 대체."
냉정하게 명령을 내린 지휘관이었지만, 그의 얼굴에선 씁쓸한 기색이 사라지지 않았다.

'어째서 병사들이……?'

론은 빈민가 입구를 틀어막은 병사들을 보고 눈을 좁혔다. 어째서 이곳을 막는지 아직 어린 그는 이해할 수 없었다. 살아 있는 사람을 불에 타 죽게 하다니.

'어떻게 하지?'

샨이 걱정스런 어조로 물었다.

"형, 우리 이제 못 나가는 거야?"

론은 고개를 저었다.

"아니야. 나갈 수 있어."

론은 샨을 다독였지만, 그의 얼굴은 딱딱하게 굳어 있었다. 아무리 그가 어려도 지금 상황이 얼마나 절망적인지 알고 있기 때문이다. 병사들이 빈민가 입구만 지키고 있을 리 없었다. 아마 빈민가 전체를 막고 있을 것이다.

'죽을 거야. 정말 죽을 거야.'

머릿속 한편에서 계속 절망의 소리가 들려왔다.

"형."

샨이 작게 입술을 깨물고 론의 손을 붙잡았다. 어린 샨도 심상치 않은 론의 분위기에서 상황을 깨달은 것이다. 론은 고개를 저어 상념을 떨쳐 냈다.

'반드시 나갈 길이 있을 거야.'

론은 샨을 고쳐 업고 몸을 돌렸다.

'읏.'

최대한 불길을 피해 움직였지만, 그의 팔다리는 화상으로 얼룩지기 시작했다. 제대로 식히지도 못해 뜨거운 열기가 피부 속으로 파고들어 그를 괴롭혔다. 하지만 론은 꾹 참았다. 아니, 그럴 수밖에 없었다.

"형, 어디로 가는 거야?"

"여긴 사람이 너무 많아서 다른 곳으로 가야 될 것 같아."

"형……."

샨은 형의 말에 조용히 그의 목을 끌어안았다. 론은 샨을 마냥 어리게 보았지만, 빈민가에서 살아온 샨이다. 형에겐 어리광을 부리지만 그도 모르지만은 않는다.

'형…….'

샨은 입술을 꾹 깨물었다.

"형, 나 걸을래."

"괜찮겠어?"

"응, 형 등이 얼마나 불편하다고."

론의 등에 업히면서 샨은 론이 얼마나 많은 땀을 흘리고 있는지 알았다. 하지만 내색하지 않는 형이었다.

'마냥 어리광 부려선 안 돼.'

"힘들면 말해."

"괜찮아."

샨의 모습에 론은 희미하게 미소를 지었다. 하지만 훈훈한 우애와 달리 상황은 점점 파국으로 치달았다. 빈민가를 휩쓴 불길은 점점 커져 꺼질 기미는커녕 몸집을 불리며 온 하늘을 불길로 뒤덮었다.

하늘은 시커먼 연기로 가득해 숨조차 제대로 쉬기 어려웠다. 하지만 불을 끌 노력조차 할 수 없었다. 빈민가 안의 물은 턱없이 부족했고, 불길은 일반적인 불과 달리 쉬이 꺼지지 않았다. 마치 살아 있는 것처럼 불은 온 사방을 다 타울 듯 휘몰아쳤다. 불에 타 죽는 사람, 연기에 질식해 죽는 사람, 무너진 건물에 깔려 죽는 사람들이 속출했다. 현세에 지옥도가 펼쳐졌다.

"헉, 헉!"

"샨, 힘을 내."

"형, 너무 뜨거워."

달리던 론은 샨의 목소리에 그도 뜨거움을 견디기 힘든지 거친 호흡을 내뱉고 멈춰 섰다.

'이쯤에 분명 우물이.'

론은 주변을 살폈다. 때마침 사람들이 잔뜩 몰려 있는 곳을 발견할 수 있었다. 빈민가에 몇 개 되지 않는 우물이었다. 그곳에는 많은 사람이 몰려와 물을 퍼 나르며 불을 끄거나 몸에 물을 뿌려댔다. 워낙 인파가 거세 론은 샨을 두고 혼자 우물가로 갔다.

"자, 잠시만요!"

"저리 안 비켜!"

아이라고 봐주는 것이 없었다. 사람들의 얼굴엔 모두 치열함이 가득 묻어나 있었다. 론은 이리 치이고 저리 치이고 작은 몸이 사람들에 치이며 결국 우물가에 닿았다.

'시원해.'

그러나 우물의 물을 만져 보기도 잠시, 뒤에서 들려오는 사람들의 짜증 내는 소리에 론은 얼른 천에 물을 적시고 돌아왔다.

"자, 이제 시원하지?"

"응, 시원해."

"자, 가자."

론과 샨은 다시 뛰기 시작했다. 한데 이번엔 샨이 아닌 론의 몸이 말썽이었다.

"콜록, 콜록!"

연기가 폐부로 스며든 론은 거칠게 기침을 내뱉었다. 그의 안색은 벌써 하얗게 변해 있었다.

"형! 괜찮아?"

"으응."

"형……."

"난 괜찮아. 어서 가자."

샨은 미안함에 형의 목을 끌어안았다. 론은 그런 샨을 다독이고 샨의 머리에 씌운 천을 고쳐 씌우곤 다시 달리기 시작했다.

"샨! 우리 여길 나가면 맛있는 거 사 먹자."

"응!"

그때였다. 불길에 판자로 된 집들이 불타 지붕이 무너지기 시작했다. 이윽고 무너져 내린 자재들이 론과 샨 형제를 덮쳤다.

"형!"

"샨!"

콰아앙!

무너져 내린 곳에는 먼지와 불길이 자욱이 일었다.

❊

콰앙!

"지금 이게 무슨 소린가!"

빈센트의 음성에 대전 안에는 싸늘한 냉기가 감돌았다. 왕좌에 앉아 있는 빈센트의 얼굴은 그 어느 때보다 흉흉했다. 평소 웃으며 정국을 주도하던 모습은 온데간데없었다. 권좌를 내려친 빈센트가 대신들을 보며 낮게 읊조렸다.

"지금 이게 무슨 소린지 묻고 있는 거네."

대신들은 고개를 들지 못했다. 병력을 요청하러 갔던 병사에 의해 빈민가에서 벌어진 화재가 왕성에 알려진 것이다.

빈센트는 노기를 숨기지 않았다.

"분명 내 봉쇄만 하라 일렀다. 한데 어찌하여 불을 낸 것인가?"

그에 후작파 인사인 파리스 남작이 입을 열었다.

"혹여 누군가 실수로 불을 낸 것이 아니겠습니까?"

"그 입 다물라!"

파리스 남작은 본전도 찾지 못한 채 고개를 숙였다.

"메르센 백작!"

"예."

아르센 왕국의 정보국 국장을 맡고 있는 메르센 백작이 한 발 앞으로 나섰다. 평소 모습을 드러내지 않는 그였지만, 상황이 워낙 위중했다. 그는 어떤 파벌에도 가담하지 않는 국왕파 인물로 오직 국왕의 명에 의해서만 움직이는 자였다. 사십 대의 샤프한 외모를 지닌 메르센 백작이 입을 열었다.

"빈민가를 포위한 기사와 병사들의 말에 의하면 갑옷을 입은 기사로 보이는 자가 나타나 빈민가를 소각하라는 명을 내렸다 합니다."

"그자가 누군지는 밝혀냈는가?"

빈센트의 물음에 메르센 백작은 고개를 숙이며 말을 잇지 못했다.

"송구합니다."

"메르센 백작은 조속히 정보원을 풀어 그자를 찾아내라."

"명 받잡겠습니다."

메르센 백작에게 명을 내린 빈센트는 생각에 잠겼다. 봉쇄를 하라 알리자마자 누군가 나타나 빈민가에 불을 질렀다. 마치 기다리고 있었다는 듯 불을 질렀다는 게 괴이했다.

'도대체 누가…….'

그때 우연히 빈센트는 아돌프 후작을 바라보았다. 그리고 그의 입가에 누구도 눈치채지 못한 작은 미소가 어려 있는 것을 보고 눈을 가늘게 떴다. 그의 시선을 의식한 것인지 후작이 고개를 돌렸고, 그 순간 후작의 눈과 빈센트의 눈이 서로를 오랫동안 응시했다.

빈센트가 먼저 입을 열었다.
"서둘러 빈민가의 봉쇄를 풀도록 하라."
그러자 몇몇 대신이 빈센트의 말에 반박했다.
"하오나 전하! 그리되면 전염병이 더욱 퍼질 것입니다."
"맞사옵니다!"
콰앙!
빈센트가 권좌를 내려치고 일어섰다. 그러자 대신들은 기에 눌려 고개를 들지 못했다.
"그만! 그럼 이대로 모두 죽일 작정인가?"
"그, 그건……."
"그들도 모두 짐의 백성이다! 봉쇄를 풀고 마탑에 연락하여 마법사들을 동원하여 불을 끄게 하라."
"마법사까지 말이옵니까? 그들은……."
빈센트는 자꾸만 말꼬리를 물고 늘어지는 대신들에게 눈살을 찌푸렸다. 결국 이 일이 저들의 발등에 떨어진 불이라는 것을 일깨워 주는 수밖에 없었다.
"빈민가에 난 불이 수도로까지 번지면 그 책임은 누가 질 것인가? 그대인가?"
말꼬리를 물었던 대신 한 명을 국왕이 지목하자 그는 얼굴이 사색이 되었다.
"그, 그것이……."
잘못하다간 모든 일의 책임을 그가 물어야 하니 응당 두려움이 들 수밖에 없었다.
"이 일은 단순히 빈민가의 문제가 아니다. 수도는 물론 그 불이 왕성에까지 번질 수도 있음을 잊지 마시게!"
빈센트가 플로렌스 공작을 향해 말했다.

“이번 일은 공작이 맡아주시오. 서둘러야 하오.”
“명 받잡겠습니다.”

플로렌스 공작은 곧바로 회의가 끝나자마자 서둘러 움직였다. 한시라도 빨리 빈민가의 불을 제압해야 했다.
“공작님.”
“마탑에서 연락은 왔는가?”
조엘 남작이 입을 열었다.
“예, 마법사들은 곧장 빈민가로 이동한다 하였습니다.”
“서두르게.”
“알겠습니다.”
“한데 자네는 어떻게 보는가?”
“이번 일 말씀이십니까?”
눈치가 빠른 조엘 남작답게 공작의 의중을 읽어냈다. 공작은 고개를 끄덕였다.
“뭔가 석연치 않은 구석이 많아.”
공작이 노엘 남작에게 물었다.
“그 기사라는 자는 왜 빈민가에 불을 질렀을까?”
“전염병이 퍼지는 것을 막으려는 극단적인 행동이 아니겠습니까? 원래대로라면 전염병이 돈 마을은 소각하는 것이 원칙이지 않습니까?”
“……흐음.”
플로렌스 공작은 생각에 잠겼다. 마치 목에 생선 가시가 걸린 듯 찜찜함이 사라지지 않았다. 콕 집어 말할 수 없지만 모든 일이 너무나 딱 맞아 떨어졌다.
‘그것도 아돌프 후작에게 말이지.’
공작이 상념을 거두고 발걸음을 재촉할 때였다.

"공작님!"

공작은 급하게 달려오는 남자를 보고 눈살을 찌푸렸다. 그는 헬리아 공주의 호위 겸 감시로 심어둔 이였다.

"무슨 일인가?"

다급한 표정에서 불길함을 읽은 탓인지 공작의 안색이 흐려졌다.

"큰일 났습니다."

"큰일이라니?"

"공주님과 공자님이 빈민가에 들어가셔서 나오지 않으셨습니다."

"그게 무슨 말인가!"

공작은 놀라 저도 모르게 목소리가 높아졌다. 도대체 거긴 왜 갔단 말인가! 가뜩이나 전염병이 돌고 있는 마당에 무슨 일을 당할 줄 알고.

공작은 머리가 지끈거리는 것을 느꼈다. 그러나 곧 냉정을 되찾았다. 고위 마법사인 헬리아와 소드 마스터에 근접한 이안이다. 그 둘이라면 무리 없이 빈민가를 빠져나올 것이다. 평정심을 유지한 공작은 서둘러 몸을 움직였다. 마음은 진정이 되었으나 몸은 제 의도대로 되지 않았다.

"바로 빈민가로 가겠다."

공작의 표정이 딱딱하게 굳었다.

제4장 타오르는 불길

"아름답군."

불길에 휩싸인 빈민가의 하늘은 몹시도 붉었다. 마치 저녁노을처럼 눈을 뗄 수 없는 광경. 그러나 그 노을빛은 붉은 피와 닮아 있었다.

한 남자가 입가에 미소를 띤 채 눈을 빛내고 있었다. 특이한 것은 한쪽 눈이 검은 안대에 가려져 있다는 것이다. 남자는 불길에 아랑곳하지 않고 휘적휘적 걸음을 옮겼다. 그의 여유로운 몸짓과 두려움에 떠는 사람들의 모습은 몹시도 대조적이었다. 세상을 태울 것처럼 날뛰던 불길도 오직 그만은 피해가듯 남자의 앞을 가로막는 것은 없었다.

"이제 그놈들을 처리하러 가봐야겠군."

빈민가에 불을 지르라 명한 기사, 아니, 카잔은 빈민가의 가장 외곽에 위치해 있는 하수구를 향해 걸어갔다.

"사, 살려 주세요."

"제발……."

끊임없이 들려오는 사람들의 비명은 그에게 아무런 감흥도 주지 못했다. 애초에 이 불을 낸 장본인이 그이니 말이다.
카잔은 벌어진 입가를 쓰다듬었다. 이번 일로 아돌프 후작의 입지는 크게 올랐다. 치료약을 통해서 명분을 다져 놓은 것이다. 헬리아 공주의 존재를 잘 알지는 못 하지만, 이런 유리한 상황을 놓칠 리 없는 아돌프 후작이니 판도는 후작에게 기울 것이다.
"크흐흐흐, 일이 끝나면 그 노인네도 얼른 죽여 버려야겠군."
자신을 향해 날카로운 의심의 칼을 갈고 있는 아돌프 후작이다. 지금은 서로 손을 잡고 있지만, 그것이 한시적임을 서로가 너무나 잘 알고 있다.
카잔은 콧소리를 내며 하수구가 있는 곳까지 다다랐다.
"큭큭, 이제 그것들만 처리하면 완벽하군."
그저 직접적으로 중독시키는 것보다 쥐로 하여금 사람들을 중독시키는 방법이 꼬리를 밟히지 않고 더 자연스럽게 상황을 악화시킬 수 있었다. 만약 누군가 이것이 인위적인 소행임을 알아차린다 해도 증거가 없다. 아니, 오늘 그 증거마저 카잔은 없앨 예정이다.
"음?"
그때 카잔의 눈이 빈민가와 전혀 어울리지 않는 세 사람을 발견했다.
'도대체 저놈들은 누구지?'
카잔은 우선 상황을 파악하기 위해 서둘러 건물 뒤로 몸을 숨겼다. 카잔은 흘깃 세 사람을 보고 미간을 찌푸렸다. 그들이 있는 곳은 바로 하수구 뒤편이었다.
'설마 들킨 것인가?'
한편으로는 우연이 아닌가 하는 생각도 들었지만, 그들의 복장을 확인하고 눈을 가늘게 떴다.
'빈민이 아니군. 역시 알아차린 것인가.'
그들의 옷은 빈민이라고 보기엔 깔끔했다.

'여자 하나에 남자 둘이라.'

이상하게 여기지 않는 것이 더 이상할 정도. 하지만 그렇다고 달라질 건 없다.

'저들을 처리하면 그만이다.

카쟌의 입꼬리가 올라갔다.

⁂

온통 붉은 불길이 하늘을 메웠고, 시커먼 연기에 숨조차 제대로 쉬기 어려웠다. 사방에 가득 찬 뜨거운 열기가 피부로 느껴지자 헬리아는 눈을 찌푸렸다.

"도대체 어떻게 된 거지?"

그녀의 표정이 대번에 구겨졌다.

"설마 벌써 소각을?"

전염병이 도는 마을은 폐쇄하고 소각하는 것이 원칙이다. 그래야 전염병이 퍼지는 것을 막을 수 있다. 하지만 치료약이 나와 있고, 치료를 하고 있는 도중이다. 손쓸 방도가 버젓이 있음에도 소각을 명하는 경우는 없다.

헬리아는 입술을 깨물었다. 누군가의 실수인가? 아니다. 그녀는 직감적으로 이 일이 아돌프 후작과 관련이 있음을 알아챘다. 독에 중독된 사람들, 그리고 하수구에서 발견된 쥐들. 그 증거를 없애기 위함이 틀림없었다.

"뒤처리를 할 셈인가?"

혹여 모를 증거를 하나라도 남기지 않기 위한 철저한 계획에 헬리아는 혀를 내둘렀다. 그녀의 기분은 점점 더 바닥을 치고 내려갔다.

"꼬리를 자르고 버젓이 성인(聖人) 행세를 하겠다?"

뒤로는 독을 뿌린 주제에 앞으로는 치료약을 배포하며 사람들의 민심을 얻는다.

“그렇게는 안 되지.”

결코 후작이 원하는 대로 흘러가게 놔두지 않으리라. 헬리아의 입꼬리가 비틀려 올라갔다.

“성으로 가자.”

그 순간이었다.

“역시 알고 왔군.”

낮은 저음과 함께 검은 망토를 두른 낯선 남자가 나타났다. 엘라임과 이안은 이미 헬리아의 앞을 막아섰다.

로브를 깊게 눌러쓴 남자는 여유로운 걸음으로 일행 앞으로 다가왔다. 헬리아 일행과 남자 사이의 거리는 대략 오 미터. 남자의 등장에 헬리아의 눈이 가늘어졌다.

‘기척을 느끼지 못했어.’

헬리아의 눈썹이 치켜 올라갔다.

“네놈 짓이냐?”

전염원을 만들어 쥐들을 감염시키고 사람들을 중독시킨 자. 이곳에 나타나 저런 말을 할 자는 그자밖에 없었다. 헬리아는 긴장한 채 그를 주시했다.

“호오, 놀랍군. 벌써 다 안 건가?”

카잔은 턱을 쓰다듬으며 웃었다. 특별히 놀랄 일도 아니었다. 카잔이 한 발 앞으로 더 나가자 엘라임과 이안이 기세를 올렸다. 피부에 와 닿는 살기에 카잔은 큭큭거렸다.

“재밌군. 정체가 궁금하긴 하지만, 아쉬워. 이대로 죽어야 하니. 큭큭.”

카잔의 망토가 펄럭이며 흉흉한 기세가 일행을 휘감았다. 기분 나쁜 기운에 헬리아는 미간을 찌푸렸다.

'도대체 누구지?'

이 일의 배후에 아돌프 후작이 있음을 짐작했지만, 직접 마주한 상대에 대해선 정보가 없었다.

'이 정도 힘을 가진 자라니.'

그러나 헬리아는 그런 속내를 드러내지 않았다. 지금 정체를 안다 해도 상황은 달라질 것이 없었다.

"그 말 그대로 돌려주고 싶군."

"큭큭."

카쟌은 헬리아의 당돌한 말에 입꼬리를 올렸다. 그는 상대가 헬리아 공주라는 것을 꿈에도 상상치 못했다. 그녀의 외모를 모를뿐더러, 그녀가 머리를 갈색으로 염색한 탓에 더욱 못 알아본 것이다. 물론 그녀가 공주란 사실을 안다 해도 결과는 달라지지 않았을 테지만.

"그럼 지체할 필요 없겠군."

카쟌은 그들을 결코 자신보다 윗줄로 생각하지 않았다.

"이만 죽어라!"

카쟌이 손을 뻗었다. 그의 손에서 뻗어 나온 검은 기류가 헬리아 일행을 향해 빠르게 쇄도했다. 지독히도 암울한 기운! 그것은 헬리아가 처음 본 기운이었다.

"마법사였나?"

하지만 마법사라고 생각하기엔 그가 내뿜는 기운이 너무나도 사이했다. 검은 기류는 헬리아 일행의 숨통을 조이기 위해 빠르게 달려들었다.

"끝이군."

카쟌은 당혹스러워하는 그들의 표정을 보고 승리를 확신했다.

콰아아앙!

바닥은 검은 기류가 할퀸 상처들로 갈라졌고, 거대한 폭음이 들려왔다.

"이거 참, 손맛 정도는 맛볼 줄 알았는데."

거대한 폭발에 연기가 피어올랐다.

"시시하군."

카쟌은 망설임 없이 하수구로 몸을 돌렸다. 이제 그가 이곳에 온 진짜 목적을 수행하면 된다. 그런데 그가 몸을 돌리려 할 찰나였다.

"어딜 가시나?"

어느덧 피어오른 연기가 가시자 그 자리엔 멀쩡하게 서 있는 헬리아 일행이 보였다. 카쟌의 눈썹이 치켜 올라갔다.

'그 공격을 막았단 말인가?'

상대에 대한 경계로 그의 눈이 슬그머니 가늘어졌다. 하지만 입꼬리는 위를 향했다.

"제법 한 수가 있는 모양이군."

배짱을 부리던 헬리아의 눈빛이 떠올랐다. 그것은 결코 두려워하는 눈빛이 아니었다.

"하지만 고작 그 정도로 나를 이길 수 없다!"

카쟌이 다시 한번 손을 뻗었다. 이번에는 아까보다 더 강력하고 빠른 공격이었다. 그가 손을 펼치자 허공에 검은 구체가 나타나 헬리아 일행을 향해 떨어졌다.

"죽어라!"

유성처럼 떨어지는 구체! 그러나 당할 헬리아 일행이 아니었다. 상대의 공격에 놀라긴 했지만, 이 정도로는 어림없는 일! 엘라임은 손을 저어 구체를 밀어냈고, 이안은 검으로 단칼에 구체를 동강 냈다.

쿠웅!

폭발음과 함께 먼지가 피어올랐다. 헬리아 일행은 상처 하나 나지 않았다.

"제법이군."

“…….”

헬리아는 엘라임과 이안을 보았다. 겉으론 멀쩡해 보이지만 실상은 달랐다.

‘역시 힘이…….’

수천 마리나 되는 쥐를 상대한 탓에 힘이 빠진 상태였다. 어찌 피하긴 했지만, 쉽지 않았다. 이안은 호흡이 미세하게 흐트러져 있었고, 엘라임은 그녀 스스로가 잘 알고 있었다.

“속전속결이야!”

헬리아의 말에 엘라임과 이안이 고개를 끄덕이고 카잔을 향해 달려들었다. 시간을 끌수록 힘든 것은 자신들이 될 터!

엘라임의 공격이 먼저 카잔을 향해 뻗어갔다.

“칫! 정령사인가?”

캐스팅도 없이 물을 난사하는 모습에 카잔은 낮게 혀를 차며 공격을 막아냈다. 정령사는 캐스팅이 없기 때문에 속도가 빠르고 공격이 변칙적이라 상대하기 까다로웠다. 거기에 정령사가 드물기 때문에 공격 패턴이 생소했다. 카잔이 뒤로 몸을 빼는 순간, 이안의 검이 카잔의 목덜미를 파고들었다. 카잔은 검날을 피하기 위해 하늘로 솟구쳤다.

“이거야…….”

이쯤 되니 상대가 누구인지 궁금해질 수밖에 없었다.

‘도대체 뭐 하는 놈들이지?’

하마터면 두 놈의 연계에 목을 내줄 뻔했다. 그는 축축이 등을 적시는 긴장감에 입을 비틀었다. 한 명은 검사, 한 명은 정령사.

“평범한 놈들은 아니군.”

그렇다고 해도 그는 자신이 질 것이라 생각하지 않았다. 그의 눈이 날카롭게 빛났다.

‘이미 지쳐 있군. 큭큭.’

카쟌의 입꼬리가 올라갔다.

"어디서 온 놈들인지 후에 차근차근 알아내지."

카쟌이 공격을 펼쳤다. 그러나 헬리아 일행은 지쳤음에도 쉽게 밀리지 않았다.

'젠장, 귀찮은 놈들!'

정령사가 먼저 공격을 해 시선을 뺏으면, 그 순간 검사 놈이 그의 품 안으로 치고 들어왔다. 쥐들을 처리하면서 손발을 맞춘 터라 그들의 연계는 완벽했다. 카쟌은 고전을 면치 못했다.

"내가 이런 놈들한테!"

성가신 공격에 카쟌의 분노가 하늘을 찔렀다. 그때 그의 눈에 가만히 서 있는 여자를 보았다. 아까 그녀를 지키려는 검사와 정령사의 행동으로 보아 저 여자가 중요한 모양이다.

'그렇다면!'

카쟌이 빠르게 엘라임과 이안을 제치고 헬리아를 향해 달려들었다.

"죽어라!"

카쟌의 손이 헬리아의 목에 닿으려는 순간이었다. 그때 카쟌은 헬리아와 눈이 마주쳤다.

'……웃어?'

헬리아의 입꼬리가 올라간 순간 카쟌은 자신의 배가 몹시도 뜨겁다는 사실을 알아챘다.

"크, 크억!"

피가 입 밖으로 터져 나왔다.

"네, 네년은……."

그의 배는 시커멓게 타 있었다.

"훗."

헬리아는 카쟌의 배에 파이어볼을 터뜨렸다.

"마, 마법사."

그녀가 마법사일 거라고는 상상도 못 한 카쟌의 패착이었다.

"크윽."

카쟌은 빠르게 몸을 내뺐다. 그 자리를 엘라임과 이안이 채웠다.

'젠장, 겨우 저런 놈들 때문에.'

카쟌은 심기가 사나워졌다. 가볍게 뒤처리를 할 요량으로 온 빈민가였다. 한데 지금 그의 기분은 몹시도 더러웠다.

'크윽, 상처가.'

급소를 빗나가긴 했지만, 이대로 있다간 무사하지 못할 것이다.

'이대로 물러날 순 없다.'

저들은 이미 자신의 존재를 알아차렸다. 분명 앞으로 방해가 될 게 명확했다.

'무슨 수를 써야…….'

그때 지근거리에서 희미한 소리가 들려왔다.

"사, 살려……."

그 순간 카쟌은 물론 헬리아 일행까지 그 소리에 시선을 돌렸다. 그들에서 그리 멀지 않은 곳, 잔해 더미가 깔린 곳에서 새어 나온 소리였다.

"사, 살려 주세요."

한 어린아이가 몸을 일으키며 울고 있었다. 그의 옆에는 숨을 몰아쉬고 있는 소년이 비틀거리고 있었다.

"혀, 형을 살려 주세요."

아이는 서럽게 울고 있었다. 그 아이는 바로 샨이었다. 샨은 론의 몸을 흔들며 울었다.

"혀, 형!"

"샤, 샨……."

아직 의식을 잃지 않았는지 론이 먼지로 뒤덮인 샨의 얼굴을 매만지며 힘없이 웃었다.
“괘, 괜찮은 거야?”
“혀엉!”
론은 흐릿해가는 의식을 부여잡고 샨을 확인했다. 다행히 론이 샨을 보호한 덕분에 샨의 몸에는 큰 상처가 없어 보였다. 그에 반해 론의 상태는 심각했다. 론의 머리카락은 피범벅이었고, 눈앞은 자꾸만 캄캄해져 샨의 모습조차 흐릿해져 갔다. 하지만 론은 샨이 무사한 것에 안도했는지 웃었다.
“사, 살아 있어서 다행이야.”
“혀, 형!”
샨이 울부짖었다. 언제나 자신을 위해 희생하는 형이 너무 고마웠고, 아무것도 하지 못하는 자신이 미웠다.
“형, 형! 죽지 마! 죽으면 안 돼!”
“꼬, 꼭 사, 살아야 해.”
“형!”
카쟌은 갑자기 튀어나온 어린놈들 때문에 잠시 미간을 찌푸렸지만, 헬리아 일행이 그 광경을 보고 있자 좋은 생각이 떠올랐다.
‘그렇지!’
카쟌의 입가에 야비한 미소가 피어올랐고, 그 순간 그의 손에서 검은 구체가 나와 어린 소년들을 향해 뻗어 나갔다. 헬리아는 그 광경을 보고 저도 모르게 먼저 몸을 움직였다.
“하하하!”
카쟌은 그 모습을 보며 크게 광소했다. 그의 예상대로 상대는 어린놈들을 구하기 위해 몸을 움직였다. 헬리아는 정확히 그 구체를 향해 몸을 날렸다.
“헬리아!”

"공주님!"

엘라임과 이안이 그녀를 향해 외쳤다. 그러나 헬리아에게는 들리지 않았다. 그저 그녀의 시선에는 론과 샨이 어려 있을 뿐이었다. 몸이 제멋대로 움직였다. 머리가 생각하기도 전에 그녀는 움직이고 있었다. 왜일까? 왜 자신은 아무 연고도 없는 아이를 구하기 위해 몸을 움직이는 것일까.

"살아 있어서 다행이야."

론의 말이 헬리아의 가슴에 꽂혀 깊숙이 처박혀 있던 어떤 감정을 끄집어냈다. 왜 다들 죽으면서 그렇게 웃을 수 있는 거지? 다른 사람 때문에 자신이 죽는 데도 왜 웃는 거지? 죽은 레헨의 얼굴이 떠올랐다. 자신을 감싸며 죽어갔던 레헨. 그 순간 그녀의 기억 속에 누군가가 스쳐 지나갔다. 이것은 자신의 기억인가? 그녀의 시선이 론과 샨 형제를 지나 검은 구체에 닿았다.

콰아아앙!

"헬리아!"

엘라임이 달려갔다. 이안은 검을 쥔 채 카잔에게 달려들었다. 하지만 카잔은 이미 플라이 마법으로 훌쩍 허공에 뜬 상태. 연기가 피어오른 자리를 보며 크게 웃었다.

"가소롭기는! 네놈들도 이제 죽어라!"

카잔이 이안과 엘라임을 향해 마법을 펼쳤다. 이안은 입술을 깨문 채 카잔의 공격을 피해냈다. 그의 시선이 아직도 연기가 자국한 곳을 바라봤다.

'당할 리가 없어. 침착해.'

스스로 그녀가 당할 리 없다는 것을 알았다. 하지만 심장이 요동쳤다.

"젠장!"
"크하하하!"
카쟌은 매섭게 이안을 몰아붙였다.
"죽어라!"
"크윽!"
이안은 카쟌의 공격에 결국 벽에 처박혔다. 이미 체력을 소진한 상태인데다 상대의 공격이 강했다.
"쿨럭."
터져 나오는 피를 억지로 막으며 몸을 일으키려 했지만, 움직이지 않았다. 이안은 검으로 바닥을 짚은 채 비틀거리며 일어섰다. 피가 바닥에 뚝뚝 떨어졌다.
"제법 명이 긴 놈이구나."
카쟌이 이안의 앞으로 다가왔다. 그리고 그의 머리채를 부여잡더니 바닥으로 내팽개쳤다.
"크윽!"
"죽어라!"
카쟌이 이안의 숨통을 끊기 위해 손을 펼쳤다.
"음!"
그때였다. 카쟌은 이상한 낌새에 몸을 피했다. 그리고 뒤를 돌아보았다.
"저, 저건……."
그가 바라본 곳엔 헬리아가 떡하니 서 있었다. 상처 하나 없이 오롯이 서 있었다.
파아앗!
그 순간 그녀의 몸에서 빛이 뿜어져 나오더니 어느새 그 빛은 사방을 가득 메웠다.

"뭐, 뭐야!"

그와 함께 카쟌의 팔찌가 빛을 발하기 시작했다.

'팔찌가…….'

카쟌의 눈이 가늘어졌다. 그러나 팔찌가 왜 빛이 나는지 파악할 새도 없었다. 헬리아의 머리카락이 바람에 흔들렸다. 그녀의 눈동자는 이미 인간의 것이 아니었다. 길게 찢어진 동공, 샛노란 눈동자는 가히 괴물의 것이었다.

"대, 대체!"

카쟌이 경악하며 눈을 부릅떴다. 바람에 흔들리던 헬리아의 머리카락이 이내 서서히 끝에서부터 금빛을 띠더니 순식간에 칙칙한 갈색으로 염색했던 머리가 원래의 금발로 변해갔다.

"너, 너는!"

금발에 금안. 그녀의 본모습에 카쟌은 순간 그녀의 정체가 떠올랐다.

"헤, 헬리아 공주!"

카쟌은 놀라 뒷걸음질 쳤다. 온몸이 자신의 의사와 상관없이 잘게 떨렸다. 그때였다.

"히익!"

그녀의 시선이 카쟌을 향했다. 카쟌은 그녀의 눈동자를 본 순간 누군가 발목을 꽉 잡은 것처럼 옴짝달싹할 수 없었다.

"저, 정체가 뭐냐!"

인간이 아니었다. 이건 결코 인간의 힘이 아니었다. 카쟌은 저 근원에서부터 시작된 두려움에 몸을 떨었다.

'도, 도망가야 해.'

불길했다. 그리고 두려웠다. 카쟌은 상황이 심상치 않음을 깨달았다. 이대로 있다가 당하는 것은 자신이 될 터. 카쟌이 몸을 빼려 하자 헬리아가 손을 들었다. 그리고 바람이 휘몰아치더니 이내 그녀의 손에서 뻗어 나간 미증유의 힘이 카쟌의 몸을 휩쓸었다.

"크아아악!"

카쟌의 외침이 커졌다. 헬리아는 한쪽 입꼬리를 올렸다. 그리고 무미건조한 목소리가 나직이 흘러나왔다.

"죽어라."

헬리아가 손을 뻗어 카쟌을 겨누었다. 그녀의 눈은 초점이 사라진 채 허공을 응시했다. 헬리아는 지금 자신이 어떤 상황인지 알지 못했다. 심장이 터질 듯 두근거렸고, 피는 역류하듯 솟구쳐 오르는 느낌이었다. 왠지 이 억눌러진 힘을 분출해야만 할 것 같았다.

"크아아악!"

헬리아의 손에는 자비가 없었다. 카쟌은 그런 헬리아에 속수무책으로 당했다.

"사, 살려줘!"

"죽어라!"

카쟌은 이를 악물고 힘을 쥐어 짜냈다.

'이런 젠장! 이게 대체!'

카쟌의 머리가 빠르게 돌아갔다. 그녀의 손아귀에서 빠져나갈 구멍이 보이지 않았다. 그때 왜 이 지경까지 오게 되었는지가 떠올랐다.

'밑져야 본전이다!'

카쟌은 온 힘을 다해 헬리아가 아니라, 다른 곳을 향해 손을 뻗었다. 헬리아는 카쟌의 행동이 가소로웠지만, 그의 손이 가리킨 곳에서 소리가 들려오자 퍼뜩 정신을 되찾았다.

"형!"

헬리아의 시선이 급격히 돌아갔고, 그 자리에 론과 샨 형제가 있음을 보게 되었다. 카쟌은 그 틈을 놓치지 않고 공격을 퍼부었다. 너무도 급작스런 공격이라 헬리아는 막아내지 못했다. 그녀가 멈칫한 틈을 타고 카쟌은 재빨리 몸을 피했다.

"이 수모는 잊지 않겠다!"

헬리아는 이를 악물고 멀리 사라져 가는 카쟌을 향해 마지막 공격을 퍼부었다.

"크아악!"

헬리아가 쏘아낸 마법 공격에 카쟌의 몸이 하늘에서 뚝 떨어져 내렸다. 헬리아는 떨어진 카쟌에겐 신경도 쓰지 않고 서둘러 론과 샨 형제를 살폈다. 하지만 연기가 자욱해 론과 샨은 보이지 않았다. 그녀는 입술을 깨물었다.

"……."

자신이 아니었다면 그들은 죽지 않았을지도 모른다. 헬리아는 주먹을 세게 쥐었다.

"손에서 피 나."

그때 엘라임이 연기를 헤치고 나타나 헬리아의 손을 펴고 그녀의 머리를 쓰다듬었다.

"……엘라임."

"걱정하지 마. 죽지 않았어, 봐."

헬리아가 눈을 크게 뜨고 엘라임의 뒤를 바라봤다. 연기가 사라진 곳에 론과 샨 형제가 보였다. 살아 있었다. 엘라임이 대신 카쟌의 공격을 막았던 것이다.

"하아……."

빳빳이 선 긴장감이 어느새 빠져나갔다. 그러나 두 사람의 상황은 좋지 못했다.

"혀, 형!"

론은 정신을 잃은 것인지, 아니면 죽은 것인지 아무리 불러 봐도 깨어나지 않았다. 샨은 론의 몸을 흔들었다.

"흑흑흑, 혀엉."

그녀는 천천히 론에게 다가갔다. 다행히 숨을 쉬고 있었다. 하지만 너무 큰 상처를 입었다. 엘라임이 손을 뻗어 론의 상처를 치료했다. 그에게서 뿜어져 나온 기운이 론의 몸으로 스며들자, 론의 상처는 말끔히 사라졌다.

"으음."

론은 몇 번 신음을 흘린 뒤에야 천천히 눈꺼풀을 들어 올렸다. 눈앞이 흐렸지만 이내 두어 번 눈을 깜빡이자 주변이 말끔히 보였다.

"샨……."

"형!"

샨이 얼른 론에게 다가갔다. 샨의 얼굴은 이미 눈물로 범벅이었다.

"괜찮은 거지?"

"으응."

샨은 론을 끌어안고 엉엉 울었다. 헬리아는 조용히 일어나 주변을 둘러보았다. 온통 붉었다. 마치 피를 흘리는 듯 세상은 붉었다. 타오르는 불길, 하늘을 메운 검은 연기, 사람들의 비명. 헬리아는 조용히 그 광경을 지켜보다 눈을 감았다.

"헬리아."

옆에 있던 엘라임이 그녀를 불렀다. 헬리아는 천천히 감았던 눈을 떴다. 손을 쥐었다 펴길 몇 차례, 그녀가 엘라임을 돌아보았다.

"불을 꺼야겠어."

헬리아의 입꼬리가 올라갔다. 이대로 가만히 있는 건 결코 그녀의 성격이 아니었다.

"독이나 쥐로는 이번 일이 아돌프 후작이 한 일이라고 밝혀낼 수 없겠지."

의심은 가지만, 그가 한 일이라는 증거가 없는 상황에서 후작을 몰아붙여 봤자 소용이 없는 일. 후작은 이번 일로 백성들의 민심을 얻어 다음 왕세자의 자리에 더욱 힘을 가할 것이다.

"그렇게 놔둘 수 없지."

헬리아의 눈이 반짝였다.

"불을 끈다."

헬리아가 다시 한번 말했다.

"네 힘으론……."

"지금은 가능해."

헬리아는 몸속 깊숙이 차오르는 힘을 느끼며 엘라임에게 말했다.

"가능해. 그렇지?"

엘라임은 입을 다물어버렸다. 헬리아의 몸에서 흘러나오는 미증유의 힘은 그가 그녀의 정령이 아니더라도 충분히 느낄 수 있었다.

"후우……."

한숨을 내쉬는 엘라임에게 헬리아가 입가에 짙은 미소를 지으며 말했다.

"처음으로 밥값 좀 제대로 해봐."

"내가 낸 밥값도 좀 생각해 보라고."

야속한 헬리아의 말에 엘라임은 투덜거렸지만 그 덕에 어느새 그의 얼굴에도 작은 미소가 감돌았다.

엘라임이 이안을 돌아보았다. 이안은 비틀거리며 갑작스런 상황을 그저 지켜볼 뿐이었다. 헬리아가 그에게 다가가 그의 몸을 치료해 주었다.

"당신은……."

"이봐, 검둥이."

엘라임이 이안의 말을 끊었다. 이안은 처음으로 진지한 엘라임의 눈동자를 보았다.

"……."
"뒤를 부탁해."
"무슨."
그 말을 끝으로 엘라임의 푸른 눈동자가 일렁이기 시작했다. 푸른빛이 그의 몸을 감싸더니 그의 입에서 인간의 목소리와 다른 소리가 흘러나왔다.
[태초의 맹약에 따라.]
헬리아와 엘라임이 처음 만났던 그 순간처럼 빛이 퍼지기 시작했다. 엘라임의 몸이 천천히 떠올랐다. 론도, 샨도, 그리고 이안도 놀라 말을 잊지 못했다. 헬리아는 그 모습을 묵묵히 지켜보았다.
[나 물의 정령왕 엘라임.]
엘라임은 헬리아를 내려다보았다. 열 살의 그 작고 여린 소녀는 어느새 어른이 되어 있었다. 더 이상 작지도, 약하지도 않았다.
파아앗–
엘라임의 주변으로 푸른 기운이 넘실거렸다. 주변에 활활 타오르던 불길도 맥을 추지 못했다.
[계약자 헬리아 아르센, 그대의 바람에 따라 그대가 원하는 대로 이루어지리라.]
엘라임의 몸이 이내 투명해지기 시작하더니 거센 바람이 휘몰아쳤다. 그와 함께 헬리아의 한쪽 다리가 꺾이며 무릎을 꿇었다. 헬리아는 울컥 넘어오는 핏덩이를 억지로 삼키며 엘라임을 보았다. 엘라임의 주위에는 이미 바람이 둥그렇게 휘몰아치고 있었다.
엘라임은 그런 헬리아를 보았다. 이제껏 단 한 번도 현신을 하지 않은 이유는 그녀의 힘이 그의 힘을 담을 수 없었기 때문이다. 하지만 지금 이 순간이라면, 그녀가 내제된 힘을 끌어올린 이 순간이라면 짧은 시간이겠지만 가능했다.

엘라임은 눈을 감았다. 그의 몸 안에 헬리아의 힘이 흘러들어왔다. 따스하고 포근한 기운. 엘라임은 헬리아를 보며 쓰게 웃었다.

[절대 무리하진 마.]

헬리아는 입가에 흐르는 혈흔을 닦아내고 다시 일어섰다. 엘라임은 이제 인간의 몸을 벗고 정령왕의 모습으로 변해 있었다. 헬리아는 엘라임의 진짜 모습에 가만히 그를 보다 입을 열었다.

"정말 정령왕이었네."

여전히 피가 울컥 목구멍까지 치밀어 올랐지만, 그리 나쁜 느낌은 아니었다.

"한 방 먹이자고."

그 순간 엘라임의 몸에서 눈부신 빛이 터져 나왔다.

[그대가 원하는 대로.]

❊

톡- 톡-

갑자기 맑은 하늘에 푸른빛이 어리더니 작은 물방울이 하나둘 떨어지기 시작했다. 활활 타오르는 화염에 비해 그 물방울은 너무도 미약해 금세 사라졌지만, 그것은 시작에 불과했다.

쏴아아아!

하늘을 가득 메운 푸른빛이 어느 순간부터 거대한 물줄기를 뿌려대고 있었다.

"비가."

"저기 하늘에!"

"비다! 비야!"

하늘에서 떨어지는 빗방울에 타오르던 불이 차츰 잦아들기 시작했다. 마치 하늘에서 떨어진 물을 두려워하기라도 하는 듯 불은 맥을 추지 못하고 스러져 갔다.

"부, 불이 꺼지고 있어!"

"우와!"

하늘에서 내린 비로 인해 불이 꺼지기 시작했다.

❊

"공작님! 모든 봉쇄를 해제했습니다."

기사의 말에 플로렌스 공작은 표정을 굳히고 붉게 타오르는 빈민가를 보았다. 뜨거운 열기가 이곳까지 전해졌다.

"마법사들은?"

"그것이…… 문제가 있습니다."

플로렌스 공작이 몸을 돌려 그를 바라보았다. 기사의 얼굴에는 난감함이 깃들어 있었다.

"무슨 일인가?"

"불을 끄는 데 애를 먹고 있습니다."

"마법사들도?"

현재 빈민가의 불을 끄는 데 동원된 인력은 병사와 마법사들이었다. 이만한 전력이면 충분히 불을 끄는 데 무리가 없을 거라 여겼다.

기사가 말했다.

"누군가 불에 마법을 부린 것 같다고 추정하고 있습니다."

플로렌스 공작의 눈이 좁혀졌다.

"마법을?"

"최대한 노력은 하고 있지만 쉽게 불을 끄긴 어려울 것 같습니다."

공작은 낮게 침음하다 입을 열었다.

"빈민가의 불이 밖으로 번지지 않는 것을 최우선하고, 살아 있는 사람들은 서둘러 대피시켜라."

"옛!"

불이 꺼지지 않는 현재로서는 현상 유지를 하고 더는 희생자가 발생하지 않도록 막는 일뿐이었다.

그때였다.

"고, 공작님!"

"무슨 일이냐?"

"하, 하늘이!"

"하늘?"

플로렌스 공작은 기사의 말에 고개를 들어 하늘을 올려다보았다.

"……저건 대체?"

검게 연기로 물들었던 하늘이 푸른빛에 감싸이기 시작하였다.

❊

찬란하게 빛나는 황금색의 빛. 만물을 아우르는 태양처럼 따스하고 포근했다. 화마로 뒤덮인 인세의 지옥에 도래한 천사가 아닐까 싶을 정도였다. 하늘에서 떨어지는 물방울은 땅에 떨어져 거친 화마를 잠재웠다. 물방울이 닿은 불은 이내 스러지며 잠잠해졌다.

"천, 천사님……."

샨이 멍하니 헬리아를 보며 저도 모르게 말을 내뱉었다. 눈부신 금발을 휘날리며 은은한 빛을 내뿜고 있는 모습은 마치 하늘에서 내려온 천사 같았다.

"아름다워……."

멀리서 한 사람이 그 모습을 보고 입을 벌렸다. 그녀에게서 뿜어져 나온 빛에 눈이 부셨다. 불이 거짓말처럼 꺼지기 시작하자 우왕좌왕하던 사람들은 이내 주변을 둘러볼 여유가 생겨났다. 그들은 헬리아의 몸에서 뻗어 나온 빛에 절로 몸이 움직이는 것을 느꼈다.

한 명. 그리고 또 한 명. 한 명이 둘이 되고, 둘이 셋이 되고, 어느새 무리가 되어 빛을 향해 걸어갔다. 그리고 그들은 보았다. 아름다운 금빛을 흩뿌리는 헬리아를. 그들의 눈에 그녀는 천사였다.

"천사님이 오신 거야."

"우릴 구하러 천사님이 오신 거야!"

사람들은 넋을 잃은 채 그녀의 모습을 지켜보았다. 갑자기 내린 비. 그리고 눈부신 빛을 뿜어내는 아름다운 여인. 그들은 직감적으로 꺼질 것 같지 않던 이 불을 끈 이가 그녀임을 알 수 있었다. 그녀가 흩뿌리는 빛은 보는 사람으로 하여금 경외를 느끼게 만들었다. 범접할 수 없는 신성을 본 듯 그들은 손을 모으고 눈을 감았다.

"모, 몸이!"

한 사람의 목소리가 크게 울렸다. 그것은 단순히 시작에 불과했다. 한 사람의 목소리는 이내 둘이 되고, 셋이 되고, 열이 되었다. 그리고 그것은 빈민가 전체로 퍼져 나갔다.

"몸이 낫고 있어!"

"맙소사!"

화상에 일그러진 상처, 독에 중독된 몸이 하나둘 낫기 시작한 것이다. 기적이라고밖에 설명할 수 없는 일이었다.

"비, 비가 몸을 낫게 하는 거야!"

"처, 천사님이 우릴 구원해 주신 거야!"

사람들의 환호성이 들려왔다.

"우와아아아!"

"천사님이시다!"

"우릴 구해 주러 오신 거야!"

사람들은 서로를 얼싸안고 죽음에서 살아 돌아온 것을 환호했다.

"형! 천사님이었어!"

샨은 론을 보고 웃으며 말했다. 치료소 앞에서 돌팔매질을 당했을 때 맨 처음 나타나 구해 준 이도 그녀였다.

"우릴 구해 주러 하늘에서 내려오신 거야."

론은 샨의 말에 희미한 미소를 지으며 그의 머리를 쓰다듬었다. 그의 시선은 헬리아에게 다다랐다. 그리고 그녀에게 깊이 고개를 숙였다.

"감사합니다."

살게 해주셔서. 사람들의 눈가에 눈물이 어리기 시작했다.

"공작님, 이건 대체……."

조엘 남작이 눈을 크게 뜨고 눈앞에 펼쳐진 광경을 지켜보며 말했다. 갑자기 비가 내리고 빛이 흘러나오자 플로렌스 공작과 병사들은 빈민들을 따라 빛이 흘러나온 방향으로 걸어갔다. 그곳에서는 결코 믿기지 않은 광경이 펼쳐지고 있었다.

공작은 조엘 남작에게 손을 들어 그의 말을 저지했다. 공작 스스로도 지금 상황을 쉽게 믿을 수 없었다.

'도대체 공주는…….'

뛰어난 마법사인 줄은 알았지만, 이런 힘을 가지고 있을 줄은 꿈에도 상상치 못했다. 그는 정신을 가다듬었다. 그리고 주변을 둘러보았다. 헬리아 공주를 향해 연신 천사네, 구원자네 하는 소리가 들려왔다.

공작의 눈이 매처럼 반짝였다.

"남작."

"예, 공작님."

"뒤처리를 부탁하지. 그리고 정보원을 풀게."

조엘 남작은 공작의 시선이 헬리아 공주에게 가 있는 것을 확인하고 고개를 끄덕였다. 머리가 좋은 그는 공작의 의도를 단번에 알아차렸다.

"이틀 내로 수도는 물론 왕국 전체에 소문이 퍼질 겁니다."

"그럼 부탁하네."

"예."

공작은 헬리아 공주를 보며 눈을 떼지 못했다.

"아름답군."

⁂

거대한 바닷물이 일순간 빠져나가는 듯한 허탈감이 온몸을 휘감았다. 숨이 턱턱 막혀 왔고, 다리가 후들거렸다. 하지만 헬리아는 이를 악물고 비틀거리는 몸을 붙잡았다. 뜨겁게 치솟아 오르던 불길이 어느새 빗물에 자취를 감추기 시작했다.

헬리아는 그 모습을 가만히 지켜보았다. 그녀를 향한 사람들의 환호는 귓가에 닿지 못했다. 그녀는 가만히 불이 사그라지는 것을 보다 자신의 손바닥을 내려다보았다. 그것은 단순히 손바닥을 보는 행위가 아니었다. 그것의 근본, 바로 자신을 돌아보는 일이었다.

'나는 누구지?'

오랫동안 가져왔던 물음이 오늘에서야 생각으로 튀어나왔다. 아니, 이제껏 깊게 생각하지 않았던 것이다. 한데 아무리 생각해도 의문이 간다. 정령왕을 부르고, 정령왕의 힘을 이처럼 쓸 수 있는 존재.

'나는 인간이 맞는 건가?'

그 생각을 머릿속에 떠올리자 헬리아는 표정을 굳혔다. 그녀는 고개를 저었다. 어째서 자신이 인간이 아니라는 생각이 들었을까. 정령왕을 부를 수 있기 때문에? 하지만 과거에도 인간이 정령왕을 부른 전례는 있었다. 단순히 힘의 강함만으로 자신을 인간이 아니라고 정의 내릴 수 없다.

자신은 인간이다. 붉은 피를 가진 인간이다.

'하지만 이 기분은 뭐지?'

가슴속에서 자꾸만 불쑥 치미는 의문이 자신을 혼란스럽게 만들었다. 왜 이런 생각을 하는지 이해할 수 없었다.

'아니야, 나는 인간이야.'

그저 자신이 지구의 기억을 가지고 있기 때문일 수도 있다. 그 기억으로 인한 낯설음 때문에 인간이 아니라고 느끼는 것이다. 하지만 과연 그렇게 합리화하면 끝일까?

'나는…….'

다르다. 다름을 느낀다. 남들은 결코 느낄 수 없는 다름을. 그것은 어떠한 말로도 표현할 수 없는 감정이었다. 헬리아는 스스로를 속일 수 없다는 것을 깨달았다. 화려한 세 치 혀로도 자기 자신을 속일 수는 없다. 그저 이제까지 자신이 인간이라 믿어왔고, 인간이 아니라는 생각을 한 번도 해보지 않았기에 혼란스러운 것이다.

'그럼 나는 뭐지?'

자신이 인간이 아님을 인정하자 스스로의 본질에 대한 의문이 터져 나온다. 하지만 아무리 머리를 굴려 보아도 그 답을 찾아낼 수 없었다. 어느 순간 세차게 내리던 빗줄기도 그쳤다.

[헬리아.]

정령왕의 모습을 한 엘라임이 헬리아에게 다가왔다. 그가 곁으로 다가오자 진한 물 냄새가 퍼져 나왔다.

헬리아는 엘라임을 보았다.

"엘라임……."

나는 누구지? 그 말을 차마 내뱉지 못하고 헬리아는 자리에서 쓰러졌다.

"공주님!"

피를 토한 헬리아의 몸이 허물어지자 이안이 달려갔다. 하지만 엘라임이 먼저 그녀의 몸을 안아 들었다. 엘라임은 쓰러진 헬리아의 흐트러진 머리카락을 넘기고 하얀 얼굴을 보았다.

[헬리아.]

엘라임의 입가에 옅은 미소가 감돌았다. 이제까지 헬리아에게조차 한 번도 보여주지 않은 미소였다. 평소 장난기 넘치던 그의 모습은 온데간데없었다. 그는 현재 물의 정령왕 엘라임으로서 존재했다.

[시간이 별로 없군.]

그는 아쉬운 듯 한 번 더 헬리아의 얼굴을 보고는 쓰게 웃었다. 그 순간 엘라임의 몸이 점점 투명해지기 시작했다. 계약자인 헬리아가 정신을 잃자 그와 헬리아의 연결이 약해진 것이다. 엘라임은 조심스럽게 헬리아를 안아 들고 이안에게 걸어갔다.

"……."

이안은 표정을 굳힌 채 엘라임을 바라보았다. 그는 똑똑히 보았다. 저 존재가 인간이 아님을. 엘라임은 이안의 경계를 알아차렸지만 반응하지 않았다. 그는 이안에게 다가가 헬리아를 넘겨주었다. 하지만 그의 표정은 넘겨주기 싫은 듯 살짝 미간이 찌푸려졌다.

[헬리아를 부탁해.]

"……."

[아마 한동안 나오기 힘들 것 같아.]

"……당신은 누구지?"

[그건 보면 알지 않나?]

엘라임이 한쪽 입꼬리를 올렸다.

"……."

이안은 엘라임에게 둔 시선을 거두고 헬리아를 내려다보았다.

"……그녀는 ……누구지?"

[헬리아는 헬리아야.]

엘라임은 두루뭉술하게 대답했다. 그러나 이안은 그의 의도를 알아차렸다.

'스스로 결정하라는 말인가?'

그녀가 무엇인지는 중요치 않았다. 그녀가 무엇이든 그가 어떻게 할지는 그 스스로의 몫. 이안은 눈을 감았다 떴다. 그의 눈에는 한 치 흔들림도 없는 어둠이 드러났다.

[역시 마음에 안 들어.]

엘라임은 이안의 눈빛에 고개를 절레절레 흔들었다.

[시간이 지나면 곧 깰 거야. 그때까지 부탁해.]

순간 그의 몸이 투명해지더니 한 방울 물이 되어 바닥으로 떨어졌다. 그와 동시에 하늘에서 내린 비도 그치며 푸른 하늘을 내비쳤다. 불길이 치솟던 그곳이 맞나 싶을 정도로 하늘은 푸르렀다.

이안은 헬리아를 내려다보며 옅게 한숨을 내쉬었다.

"당신이란 사람은……."

언제나 제멋대로 행동하는 사람이었다. 이익이 되지 않은 일에는 나서는 일이 없고, 원하는 것을 얻기 위해서는 무슨 짓이든 했다. 이안은 그런 그녀가 싫었다. 오만하고 이기적인 그녀. 한데 오늘의 일을 겪으면서 이안은 그녀의 한 단면을 보고 그녀의 전부를 판단한 것이 아닌가 하고 깨달았다. 이안은 복잡한 눈으로 헬리아를 보다 주변을 돌아보았다.

스윽.

어느 순간 사람들이 하나둘 자연스레 길을 비키더니 이내 좌우가 갈라지며 반듯한 길이 생겼다. 사람들은 모두 고개를 숙이고 경외를 담은 표정으로 그들을, 헬리아를 지켜보았다.

이안은 사람들이 만든 그 길을 따라 묵묵히 헬리아를 안고 걸어갔다. 구름을 뚫고 하늘에서 내려온 빛줄기가 그들을 오랫동안 비추었다.

❊

"엄마, 엄마."

작고 흰 얼굴, 금발에 금안을 지닌 어린아이는 자신과 똑 닮은 여인을 향해 물었다. 아이의 얼굴엔 눈물자국이 가득했다.

"엄마."

아이의 부름에 여인이 뒤를 돌아보았다. 미의 여신이 아닐까 생각될 정도로 아름다운 여인이었다. 그녀는 아이를 차분히 내려다보았다.

"왜 나는 아바마마와 달라요?"

"무엇이 다르다는 것이냐?"

"하나도 닮지 않았대요. 저는 아바마마의 딸이 아니래요."

아이는 울먹였다. 자신의 머리카락도, 눈 색도 오직 여인과 같을 뿐이었다.

"저는 아바마마의 딸이 아닌가요?"

그녀가 입을 열었다.

"너는 그 사람의 딸이란다. 그걸 의심하지 마라."

한 번도 들어보지 못한 따뜻한 목소리였다. 언제나 그녀의 시선엔 자신이 오롯이 들어 있었던 적이 없었다. 그런데 지금 시선을 맞추고 자신을 보는 여인의 눈동자 속에 자신이 들어차 있었다. 아이는 멍하니 그녀를 바라보았다.

❊

무거웠다. 손가락 하나 움직이기 힘들 정도의 무기력에 헬리아는 낮게 신음했다. 무리하게 힘을 쓴 탓인지 그녀의 몸은 쉽게 깨어나질 못했다. 열도 나는지 몸이 뜨거워 헬리아는 숨을 몰아쉬었다.

그때 그녀의 이마에 차가운 무언가가 닿았다.

'시원해…….'

헬리아는 시원하게 열을 식히는 무언가로 인해 옅게 미소를 지었다. 그녀의 눈꺼풀이 파르르 떨렸다.

'……누구?'

흐릿한 시야 사이로 희미한 인형의 움직임이 보였다. 하지만 시야가 또렷하지 않은 탓에 도대체 누구인지 알 수 없었다.

'세바스찬인가?'

헬리아는 껌뻑껌뻑 눈꺼풀을 들어 올렸다가 내렸다. 시원한 기운에 기분이 좋았다. 그녀의 입꼬리가 살짝 올라갔다. 그런데 그 시원한 것이 떨어져 나가려 했다. 헬리아는 안간힘을 써서 멀어져 가는 그 인형의 옷깃을 잡았다.

"가…… 지 마."

그 말에 인형의 움직임이 멈췄다. 얼핏 그가 웃고 있다고 느껴졌다. 하지만 헬리아는 무겁게 내리누르는 수마로 인해 다시 어둠에 빠져들었다.

"잘 자렴. 나의……."

낮게 울리는 그 사람의 목소리만이 조용히 방 안을 울렸다.

"……주님."

누군가의 목소리가 자꾸만 그녀를 일깨웠다.

"……공주님."

몇 차례 웅얼거리는 소리가 들린 뒤에서야 헬리아는 그 소리를 또렷이 인지할 수 있었다. 헬리아는 그 무엇보다 무거운 눈꺼풀을 힘겹게 들어 올렸다. 몇 번 눈을 움직인 후에야 시야가 또렷해졌다.

"……스찬."

"예, 공주님. 세바스찬입니다. 알아보시겠습니까?"

헬리아는 작게 고개를 끄덕였다. 그제야 세바스찬은 안도의 한숨을 내쉬었다. 얼마나 걱정을 했는지 그의 얼굴은 전보다 더 늙어 있었다.

"다행입니다. 정말……."

헬리아는 고개를 돌려 주변을 살폈다. 세바스찬 이외에도 클리드와 이안이 걱정스런 표정으로 서 있었다.

헬리아는 힘겹게 상체를 일으켰다.

"윽."

"좀 더 누워 계십시오. 힘을 많이 쓴 탓에 기력이 부족합니다."

헬리아는 세바스찬과 클리드, 이안 이외에도 또 다른 사람이 있다는 것을 인지했다.

"의원인가……."

"예, 다행히 큰 걱정은 하지 않아도 될 듯합니다. 정양만 잘 하시면 며칠 안에 바로 일어나실 겁니다."

의원은 다시 한번 헬리아를 살피고는 방을 나섰다. 그녀는 지끈거리는 머리를 붙잡고는 말했다.

"어떻게 된 거지?"

"그건 제가 묻고 싶습니다. 도대체 무슨 일입니까? 이안 경이 쓰러진 공주님을 데려오신 걸 보고 얼마나 놀랐는지……."

세바스찬의 말에 헬리아는 그가 이번 일에 대해 모른다는 것을 알아챘다. 뒤에 서 있는 클리드도 마찬가지일 터. 헬리아는 이안을 보았다.

그는 말없이 헬리아를 응시하고 있었다.

"세바스찬, 좀 더 쉬고 싶어요."

"예, 그럼 식사는 좀 있다 들이겠습니다."

헬리아가 고개를 끄덕이자 세바스찬은 그녀의 안색을 몇 차례 더 훑어본 뒤에서야 몸을 돌렸다.

"아, 저기 세바스찬."

"예, 공주님."

"혹시 세바스찬이었나요?"

"예?"

세바스찬이 영문을 모르겠다는 표정을 짓고 있자 헬리아는 말을 잇지 못하고 고개를 저었다.

"아니에요. 그럼 나가 보세요."

"예."

'도대체 누구지?'

헬리아는 이마를 짚었다. 아직도 차가운 기운이 남아 있는 것 같았다.

'꿈인가?'

그녀는 살짝 미간을 찌푸렸다.

"혹시 어디 편찮으십니까?"

"아니야. 잠시 생각할 게 있어서……."

"후우, 제발 몸부터 생각하세요. 얼마나 놀랐는지……."

클리드는 빈민가에 불이 났다는 소식에 크게 놀랐었다.

"그보다, 어떻게 됐어?"

"빈민가 말씀이신가요?"

헬리아가 고개를 끄덕였다.

"빈민가의 불은 모두 꺼졌습니다. 공주님이 하신 일이라고 수도에 소문이 자자합니다. 모두들 공주님을 성녀님이나 천사님으로 부르고 있답니다.”

‘성녀? 천사?’

“도대체 어떻게 하신 겁니까?”

“그냥 뭐…….”

“그 일로 공주님의 지지가 크게 올랐습니다. 아마 후작의 속이 꽤나 사나울 겁니다.”

“치료약은?”

“말씀하신 대로 요한이란 분과 마탑주이신 베로니카 공작님의 협력을 얻어 치료약을 만들었습니다. 아직 판매 전입니다.”

“판매라…….”

헬리아는 치료약을 두고 잠시 고민하다 말했다.

“무료로 배포해.”

“예? 전부 말씀이신가요?”

“왕실의 지원을 받으면 큰 손실은 없을 거야.”

클리드는 헬리아의 말에 그녀의 의도를 알아차렸다.

“알겠습니다. 바로 배포하도록 하겠습니다.”

클리드는 고개를 끄덕인 후 방을 나섰다.

“…….”

방 안에는 헬리아와 이안 단둘뿐이었다. 헬리아는 낮게 한숨을 내쉬다 여전히 서 있는 이안을 보았다. 무언가 말을 하고 싶은 얼굴이었다.

“묻고 싶으면 물어.”

“……그자는 누굽니까?”

이안이 묻는 그자가 엘라임이라는 것을 헬리아는 알았다. 아마 그 광경을 보았다면 묻지 않을 리 없겠지. 헬리아는 이안을 가만히 올려다보았다. 차분한 얼굴에는 혼란스러움이 가득했다.

“정령왕.”

"……."
"물의 정령왕 엘라임."
"……."
이안의 표정이 굳었다. 크게 놀라는 표정이 아니었다. 아마 짐작하고 있었을 것이다. 신분증에는 라임이라는 이름으로 되어 있으나 헬리아는 자주 엘라임을 엘라임으로 불렀다. 거기에 그 광경을 보고 믿지 않을 수 없었다.
"잘 거야. 나가 봐."
헬리아는 무거운 몸을 다시 침대에 눕혔다. 그러나 이안은 그 자리에 그대로 서 있었다. 그녀는 눕지 못하고 다시 상체를 일으켜 그를 바라보았다.
"그럼……."
이안이 잠시 머뭇거리다 입을 열었다.
"그럼 당신은 누구십니까?"
"……."
그 말에 헬리아는 놀란 듯 눈을 크게 떴다가 이내 원래 표정으로 돌아왔다.
'누구냐고?'
헬리아는 씁쓸한 미소를 지었다.
"나도 내가 '무엇인지' 궁금해."
사람인지, 아니면 다른 무엇인지. 헬리아는 그 말을 끝으로 침대에 몸을 뉘였다. 이안은 그 모습을 잠자코 지켜보다 이내 고개를 숙이고 방을 빠져나갔다.
"평범한 사람은 아니겠지."
헬리아는 쓴웃음을 삼켰다.

❊

"뭐라? 천사? 성녀?"

아돌프 후작의 얼굴이 일그러졌다. 그는 자신이 무슨 이야기를 들었는지 이해할 수 없다는 듯 되물었다.

"그게 무슨 말이더냐!"

페이튼 자작은 고개를 숙이며 대답했다.

"수도 안에 헬리아 공주에 대한 찬사가 가득하다고 합니다."

"그러니까 왜?"

그토록 2왕자에 대한 백성들의 인식을 바꿔놓느라 많은 자금을 투여했다. 각종 구제 활동을 벌였으며, 치료소를 짓고 치료약까지 싼값에 팔았다. 그런데 들려온 소식은 2왕자에 대한 이야기가 아니라 헬리아 공주에 대한 찬사니 그로서는 이해 불가였다.

"그것이……."

페이튼 자작은 어찌 말해야 하나 말을 골랐지만, 후작의 노성에 결국 있는 그대로를 말했다.

"이번 빈민가의 불을 헬리아 공주가 껐다고 합니다."

"아니, 헬리아 공주가 어떻게?"

후작은 어째서 헬리아 공주가 빈민가의 불을 껐으며, 또 어떻게 그 불을 껐는지 믿을 수 없었다.

"그게 사실이더냐?"

"정확히 어떤 방법을 썼는지는 알 수 없으나 수도 사람이면 모두 알고 있는 사실입니다."

콰앙!

후작은 의자 손잡이를 강하게 내려쳤다.

"그년이!"

헬리아 공주가 마법사란 사실은 이미 보고를 통해 알고 있었지만, 설마하니 빈민가의 불을 끌 정도인지는 꿈에도 상상치 못했다. 아니, 그 누가 상상할 수 있겠는가.

"후우……."

아돌프 후작은 높아지려는 혈압을 최대한 진정시키고 숨을 골랐다. 그의 입꼬리가 비틀려 올라갔다.

"소문이 빠른 걸 보면 그쪽에서 손을 쓴 모양이군."

후작은 의자에 몸을 기울이고 손잡이를 톡톡 쳤다.

"어떻게 보는가?"

"이번 일로 헬리아 공주의 지지율이 크게 올랐습니다."

페이튼 자작의 말에 후작의 눈이 날카로워졌다. 이제까지 두각조차 드러내지 못한 공주였다. 하물며 사람들조차 헬리아 공주가 누군지 몰랐던 상황. 그것이 이번 한 번의 사건으로 완전히 뒤집어졌다. 사람들은 헬리아 공주의 이름을 머릿속에 각인했다.

"후우……."

아돌프 후작은 숨을 몰아쉬었다.

"우리 쪽은?"

"……그나마 치료약 덕분에 지지율이 크게 올랐습니다만……."

"공주 때문에 완전 묻혀 버렸군."

이번 일은 다음 왕세자에 걸맞은 명분을 얻고자 벌인 일이다. 그런데 도리어 갑자기 튀어나온 헬리아로 인해 크게 빛을 보지 못했다.

"후우, 애초부터 싹을 잘랐어야 했거늘."

아돌프 후작은 자신의 손으로 그녀를 복위시켜 준 일을 뼛속까지 후회했다.

그때 복면인이 모습을 드러냈다. 후작은 왠지 모를 불안감에 살짝 입술을 깨물고 물었다.

"무슨 일이더냐?"

"엘라드 상단에서 치료약을 개발했다고 합니다."

"엘라드 상단에서?"

후작의 눈썹이 치켜 올라갔다. 하지만 엘라드 상단의 저력이라면 충분히 치료약을 만들어 낼 수 있음이다. 후작은 가벼이 넘겼지만, 복면인의 다음 말은 결코 쉬이 넘길 수 없었다.

"엘라드 상단에서 치료약을 무료로 배포한다고 합니다."

"도대체 그놈들이 왜!"

돈 버는 상인이라면 제값을 받고 물건이나 팔 것이지 왜 그것을 무료로 배포한단 말인가! 아돌프 후작은 엘라드 상단에서 치료약을 배포할 경우 자신들이 받을 타격을 생각했다.

"젠장!"

"후작님, 이렇게 되면……."

페이튼 자작이 걱정스런 표정을 지으며 말하자 후작이 그의 말을 잘랐다.

"우리 쪽의 치료약도 무료로 배포한다."

결국 어쩔 수 없는 선택이었다. 만약 이쪽에서 계속 값을 고집한다면 명분은커녕 오히려 욕만 먹을 게 분명했다.

"엘라드 상단 놈들……."

"제재를 가할까요?"

왕국 최고의 상단이라 하지만 결국 상인 집단에 불과하다. 물론 그 힘이 막강해 이제까지 쉬이 건드리지 못했지만, 가질 수 없는 존재라면 부숴놓아야 할 것이다.

"윌리슨 남작을 불러오게."

"알겠습니다."

"후작님."

그때 시종 한 명이 문을 두드리고 들어왔다.
"무슨 일이더냐?"
"전하께서 회의를 소집하셨습니다."
"회의를?"
후작이 눈을 찌푸렸다.

❊

하늘은 온통 푸르러 마치 바다를 거꾸로 올려놓은 듯한 착각을 일으켰다. 구름 한 점 없는 맑은 날씨에 한 여자와 한 남자가 실랑이를 벌이고 있었다.
"왜 따라오는데?"
"호위 기사가 호위 대상을 따라 다니는 것은 당연합니다."
이안의 정론에 헬리아가 홱 뒤를 돌아 그를 노려봤다.
"가."
"안 갑니다."
"왜!"
헬리아의 말에 이안이 그녀에게 바짝 다가갔다. 헬리아는 순간 놀라 뒷걸음질 쳤다.
"뭐, 뭐야."
"본인의 상태를 자각하십시오."
"……내 상태가 뭘."
"힘 하나도 못 쓰지 않습니까?"
헬리아의 표정이 구겨졌다. 숨기려 해도 그에겐 숨길 수 없었나 보다. 막대한 힘을 쓴 영향으로 현재 헬리아는 마법은 고사하고 엘라임조차 부를 수 없었다.

"맘대로 해."

헬리아는 척척 먼저 앞으로 걸어갔다. 그녀가 향한 곳은 평소 아무도 찾지 않는 왕성 뒤편에 위치한 언덕이었다. 사람의 손길이 제대로 닿지 않아 풀이 제멋대로 자라나 있었고, 바닥에 돌들이 가득했다.

헬리아는 씩씩하게 걸어가다 그만 돌부리에 걸려 넘어질 찰나였다.

"조심하십시오."

"그것참 미안하게 됐네."

이안이 그녀의 손을 잡아 그녀를 일으켰다.

"계속 손잡고 있을 거야?"

그녀의 말에 이안은 퍼뜩 손을 쳐 냈다. 그 모습에 헬리아는 인상을 찌푸렸다.

"그렇다고 너무 대놓고 싫어하는 거 아니야? 아님 내가 인간 같지 않아?"

그렇다고 손을 팍 칠 건 뭔가. 괜히 빈정 상하게.

"……아닙니다."

"아니긴."

"아닙니다."

"뭐, 알았어. 어차피 처음부터 당신은 날 싫어했고."

이안이 미간을 찌푸리고 그녀의 손을 잡아챘다. 꽉 잡힌 손에 헬리아가 깜짝 놀랐다.

"아니라고 했습니다."

"아파."

"제대로 걷기도 힘드니 따라오십시오."

"손은 놓고 가."

"길도 제대로 모르지 않습니까?"

"내가 어디 가는지나 알아?"

이안이 헬리아를 돌아보았다. 손을 잡은 탓에 둘 사이의 간격은 가까웠다. 이안의 검은 눈동자에 헬리아가 어리자 그녀는 놀라 시선을 피했다.

"그분의 무덤으로 가는 것 아닙니까?"

"……."

"이곳엔 그것밖에 없으니까."

헬리아는 뭐라 말을 하지 못했다. 그의 말대로 헬리아는 그녀의 어머니인 세니아 후궁의 묘로 가는 것이었다. 이안은 말이 없어진 헬리아의 손을 잡고 길을 걸었다. 헬리아는 묵묵히 이안을 따랐다.

"이상하지 않아?"

이안은 그저 묵묵히 그녀의 말을 들었다.

"아무리 생각해도 이상한 것 같지?"

헬리아는 곰곰이 자신의 과거를 돌아보았다. 어릴 적부터 체력이 남달랐고, 정령왕을 불렀으며, 이전 날엔 이상한 힘까지 내보였다. 이건 인간의 범주를 넘어서는 일이었다.

"그 정도 힘은 다들 합니다."

"아니."

헬리아는 고개를 저었다. 마법의 천재니 하는 그런 자들과 자신은 달랐다. 무엇보다 그녀 스스로가 자신이 인간이 아님을 직감하고 있었다.

"내가 정말 인간이었다면 고민하지 않았을 테지. 나는……."

"당신은 그저 당신일 뿐입니다."

이안이 그녀를 내려다보았다.

"달라지는 건 없습니다."

"정말 달라지는 게 없을까?"

헬리아가 쓰게 웃었다.

"달라질 거야."

"그렇게 자신이 없습니까?"

이안은 화가 난 듯 그녀를 노려봤다. 어째서 자신이 화가 난 것인지 모른다. 하지만 그녀의 말을 듣고 화가 치밀었다.

"당신이 누구든 당신을 아는 사람이라면 그들은 당신이 무엇이든 상관하지 않을 겁니다."

헬리아는 이안의 말에 그를 빤히 쳐다보다 피식 웃었다. 그에 이안이 움찔했다.

"위로하는 거야?"

이안의 미간이 구겨졌다.

"어차피 애초에 당신을 인간으로 보지 않았으니, 새삼스러울 것도 없습니다."

"뭐야!"

헬리아는 이안의 말에 그의 정강이를 걷어찼지만, 힘이 없는 그녀의 공격에 이안은 눈 하나 깜짝하지 않았다.

"가슴에 손을 얹고 생각해 보십시오. 다른 이들이 당신의 정체를 알아도 놀랄지……."

"그거야……."

헬리아는 대답을 머뭇거렸다.

"칫."

스스로 생각해도 다들 상관하지 않을 것 같았다. 그런 생각을 하니 턱 하니 맥이 풀렸다. 이안은 그녀의 몸이 흔들리는 것을 막아주었다.

"말을 참 재수 없게 해."

"정론이라고 말해두죠."

"언제 저 입을 꿰매든가 해야지."

헬리아와 이안은 언쟁을 하다 보니 어느새 언덕에 우뚝 서 있는 정자에 도착했다.

그런데 이미 선객이 와 있었다. 그를 본 헬리아의 표정이 미미하게 변했다.

"이곳에서 다 보는구나."

빈센트였다.

어째서 저 사람이 이곳에 와 있는 것일까. 헬리아는 가만히 빈센트를 바라보았다. 살짝 위로 올라간 입꼬리, 세월을 머금은 듯 영롱하지만 깊고 푸른 눈동자. 삼십 대라고 믿을 정도로 엄청난 동안의 얼굴. 빈센트는 헬리아가 자신을 관찰하고 있는 것을 알고 있음에도 가만히 서서 그녀의 시간을 기다려 주었다.

"다 보았느냐?"

"……."

빈센트는 씨익 웃었다.

"잘생긴 얼굴이지."

변죽도 좋아라. 헬리아는 살짝 미간을 찌푸렸다. 빈센트는 시시각각 변하는 헬리아의 표정에 흐뭇한 미소를 짓다가 그녀와 이안이 손을 잡고 있는 모습에 눈을 가늘게 뜨고 두 사람에게 다가갔다.

"햇볕 아래에 있지 말로 이리 오너라."

이안과 헬리아의 손을 끊고 그 자리에 빈센트가 들어와 헬리아의 손을 잡았다. 이안은 미간을 찌푸렸지만, 빈센트가 살짝 눈을 흘기자 뭐라 입을 열진 못했다.

빈센트는 헬리아를 정자 안으로 이끌었다. 그곳에는 큰 석관이 놓여 있었다. 헬리아는 빈센트를 한 번 보다가 조심스럽게 석관을 만졌다. 차가운 기운이 그녀의 손에 스며들었다.

"어머니는 어떤 사람이었나요?"

헬리아의 물음에 빈센트는 어딘가 모르게 씁쓸하게 웃었다.

"너와 닮은 사람이었단다."

"……욕은 아니겠죠?"
"후훗."
빈센트는 그저 웃을 뿐이었다. 헬리아는 다시 석관을 관찰했다. 하나의 돌로 만든 것인지 이음새가 없었다. 그 점이 특이했다. 그러고 보니 어머니는 왜 죽은 것인가? 한 번도 생각해 보지 않았다. 병이었는지, 아니면 다른 이유에서인지 알려진 바가 없다.
헬리아는 빈센트를 보며 조심스럽게 입을 열었다.
"어머니는 왜 돌아가신 거죠?"
그 말에 빈센트의 표정이 어두워졌다. 너무나 안타까워하는 표정이 보여 헬리아는 자신의 말을 후회했다.
"그녀는……."
"하고 싶지 않으시면 하지 않아도 됩니다."
빈센트는 헬리아의 머리를 한번 쓰다듬더니 말했다.
"그저 수명이 다한 거란다."
"하지만……."
그녀는 고작 삼십 대에 목숨을 잃었다. 창창한 나이였다. 그런데 수명이 다하다니?
"병인가요?"
빈센트는 고개를 저었다.
"그저 수명이 다했을 뿐이다."
"아무리 그래도……."
"그러게 말이다."
빈센트의 표정이 왠지 울 듯해서 헬리아는 더는 묻지 않았다. 빈센트가 헬리아의 이마에 손을 얹고는 씨익 웃었다. 차가운 기운이 너무나 익숙해 헬리아는 눈을 동그랗게 떴다.
"열이 다 떨어진 모양이구나."

"저기……."

빈센트가 몸을 돌렸다. 헬리아는 그저 그 자리에 서서 그를 돌아보았다.

"다음에는 아버지라 불러다오."

그는 휘적휘적 길을 걸어갔다. 헬리아는 자신의 이마를 만졌다. 그 차가운 기운. 그는 멀어져 가는 빈센트의 등을 가만히 바라보았다.

"아버지라……."

그녀는 씁쓸히 웃었다. 그 말이 너무나, 너무나 낯설고 기뻐서.

"가자."

헬리아도 몸을 돌렸다.

⁂

"크으윽."

어두운 연구실 안. 카쟌은 고통스런 신음을 삼키며 배에 난 상처를 치료해 나갔다. 배에 포션 두 병을 뿌리고 나서야 간신히 고통이 가셨다. 하지만 부서질 대로 부서진 그의 자존심은 쉽게 회복되지 않았다.

"젠장. 헬리아 공주!"

카쟌은 그녀의 눈빛에 떨었던 자신을 떠올리곤 수치심에 이를 물었다. 그때 보았던 그 눈빛. 인간의 것이 아니었다. 흡사 맹수를 눈앞에 둔 것처럼 두려움이 일었다.

"그런 계집한테……."

겨우 계집 따위에게 도망친 자신이 한심해졌고, 그만큼 자신을 그렇게 만든 헬리아에 대한 분노로 들끓었다. 그러나 분노가 가라앉자 그 위로 의혹이 떠올랐다.

"어째서 팔찌가 빛이 난 거지?"

카잔은 팔에 찬 팔찌를 내려다보았다. 영롱한 보석이 반짝이는 팔찌. 하지만 도대체 빛이 난 이유를 알 수 없었다.

"아티팩트를 가지고 있는 것인가?"

그렇다면 팔찌의 반짝임과 그녀의 알 수 없는 힘이 이해가 되었다. 카잔은 잠시 고민하다 연구실에 굴러다니는 통신 구슬을 집어 들었다.

"……."

조직에서는 팔찌가 반짝이면 바로 보고하라는 지침을 내렸다. 그에 따르면 카잔은 이번 사건에 대해 보고할 의무가 있었다. 하지만 카잔은 망설였다.

"조직에서 이 일을 알면 분명 사람이 올 텐데……."

카잔이 망설이는 이유는 바로 그 때문이었다. 그들이 이곳에 온다면 자신이 해야 할 일은 아무것도 없다. 조직으로 돌아가거나 최악의 사태는 그대로 버려질 수 있다는 것이다.

"공들인 세월이 얼만데."

이번 사태로 아돌프 후작이 약세를 보이고 있지만 카잔은 자신이 도운다면 필시 사태를 바꿀 수 있다고 믿었다. 그리고 그는 그럴 만한 능력도 갖추고 있었다.

"조직엔 알릴 수 없다. 하지만."

카잔은 통신을 연결했다.

치이익-

잡음이 들리더니 이내 누군가의 목소리가 들렸다.

[무슨 일이지?]

그러자 고압적인 말투가 들려왔다. 카잔은 미간을 찌푸렸지만 원하는 답을 얻고자 다시 입을 열었다.

"팔찌에 대해 제대로 된 설명을 듣지 못해 일을 진행하는 데 어려움이 있습니다. 좀 더 자세한 설명 부탁드립니다."

카잔은 최대한 저자세로 자신이 원하는 정보를 얻기 위해 노력했다. 그의 노력 덕분인지 아니면 그 정도는 알려줄 수 있는 정보인지 구슬에서는 담담한 말소리가 들렸다.

[팔찌는 드래곤의 힘에 반응하게 되어 있다.]

"혹시 그것이 아티팩트도 가능합니까?"

구슬의 목소리가 변했다.

[무엇을 발견했나?]

카잔은 갑자기 날카로워진 목소리에 순간 흠칫했지만 차분히 숨을 고르고 시치미를 뗐다.

"생각해 보니 팔찌로 무엇을 찾아야 하는지에 대한 정보가 부족해서 말입니다. 혹시나 아티팩트는 아닐까 하고……."

[……그것을 판단하는 건 조직의 일이다. 너는 팔찌가 반응하면 그것을 그대로 보고하면 그만이다.]

카잔은 배알이 꼴렸지만 표정을 관리했다.

"아, 그런 겁니까? 죄송합니다."

[달리 보고할 게 있나?]

"이상한 점이 있으면 바로 연락하겠습니다."

뚝-

그러자 곧장 구슬이 빛을 잃더니 통신은 끊어졌다. 카잔은 짜증이 치솟아 올라 구슬을 바닥에 내팽개쳤다.

"말하지 않은 게 다행이지."

이런 대우라면 필시 자신은 닭 쫓던 개 신세가 될 게 분명했다. 카잔은 앞으로의 계획을 짰다.

"그년 때문에 한동안 밖에 나갈 수 없으니, 이참에 준비를 해야겠군."

헬리아 공주로 인해 왕국은 발칵 뒤집혔다. 바로 그녀가 가져온 쥐 때문이었다. 이번 사태가 전염병이 아닌 독에 의한 인위적 사고라는 것을 밝혀낸 것이다. 그 때문에 순식간에 조사단이 꾸려졌고, 범인을 색출하는 작업에 왕국이 뒤숭숭했다. 특히 아돌프 후작과 카쟌과의 연계를 알고 있는 헬리아 공주는 우회적으로 내부로 수사망을 펼쳤다.

카쟌이 이렇게 숨어 있는 이유가 그 때문이었다. 아마 아돌프 후작 또한 몸을 사릴 수밖에 없을 테니, 카쟌이 다른 곳에 불려갈 일은 없을 것이다.

"크크크."

카쟌이 낮게 웃었다.

"마지막에 이기는 것은 나다."

카쟌의 웃음이 연구실에 퍼져 나갔다.

❊

"후우……."

헬리아는 불만스런 표정으로 찻잔을 달그락거렸다.

"도대체 왜 안 나오는 거지?"

엘라임을 현신시킨 이래로 헬리아는 다시 그를 소환하지 못하고 있었다. 며칠은 몸 안의 마나가 다 차기를 기다렸고, 마나가 찬 이후엔 곧장 그를 불렀으나 대답이 없었다. 혹여 이대로 그와의 연결이 끊어지는 것은 아닐까 하는 묘한 불안감이 그녀의 신경을 좀먹었다. 한 번도 이런 적이 없어 더욱 그랬다.

초조했다. 생각해 보면 열 살 이후부터 엘라임과 함께였다. 지낸 세월로 따지면 세바스찬이 더 오래되었지만, 세바스찬에게 헬리아는 왕국의 공주이면서, 그가 모실 사람이었다. 그렇기 때문에 그녀를 대하는 그의 태도는 언제나 깍듯했다.

하지만 엘라임은 달랐다. 그에게 헬리아는 공주가 아니었다. 그저

한 명의 인간. 자신의 계약자. 그뿐이었다.

헬리아는 엘라임을 떠올리며 피식 웃었다. 언제나 자신을 어린 꼬마 취급하는 먹을 거 좋아하는 이상한 정령. 정령이 그렇게 꼬치를 좋아하는지 처음 알았다.

"엘라임……."

그의 빈자리가 이렇게 컸던가. 정령과 계약자라는 영혼의 계약으로 묶인 탓일까? 마치 반쪽을 잃어버린 듯 심장이 아려왔다.

"어째서 나타나지 않는 거야!"

이대로 영영 엘라임이 나타나지 않는다면? 헬리아는 신경질적으로 머리를 흩뜨렸다. 괜스레 짜증이 나고 혼란스러웠다.

"엘라임."

다시 한번 그를 불러보았다. 하지만 정적만이 그녀를 감쌀 뿐 엘라임의 모습은 그 어디에도 보이지 않았다.

"진짜!"

머리가 복잡했다. 그녀는 마구 자신의 머리를 쥐어뜯었다. 도대체 어떻게 해야 그를 다시 부를 수 있는 것인가? 뭐가 문제인 거지? 정말 이대로 못 보게 되는 건가? 헬리아의 표정이 굳어지기 시작했다. 생각하는 것조차 끔찍했다.

"후우……."

"공주님."

그때 혼란스런 그녀의 곁에 시녀 앤이 다가왔다.

"왜?"

심기가 사나워 보이는 그녀의 모습에 앤은 똥 밟았다는 표정을 지었다. 하지만 결코 겉으로 드러내진 않았다.

'공주님이 천사님이라고? 천사의 탈을 쓴 악마 아니고?'

속으로 불경한 생각을 하고 있는 앤의 눈앞에 헬리아가 얼굴을 들이밀었다.

"까악!"

"내 욕했지?"

"무, 무슨 말씀이세요?"

헬리아가 눈을 가늘게 떴다. 앤은 심장이 벌렁거렸다.

'무슨 독심술이라고 배우셨나?'

"독심술은 안 배웠으니까 얼른 온 이유나 말해."

앤은 한동안 또 시달리겠구나 단념하곤 입을 열었다.

"아까 욕실에 물을 받아놓으라고 하셨잖아요."

조금 부루퉁하게 대답이 나갔지만, 다행히 헬리아는 크게 신경 쓰지 않았다.

"알았어. 시중은 필요 없어."

"예."

종종 혼자 씻는 헬리아였다. 헬리아는 자리에서 일어나 욕실로 향했다. 방에서 얼마 떨어지지 않은 욕실에 홀로 들어간 헬리아는 옷가지를 벗기 시작했다.

스윽-

몸에 두르고 있던 옷이 하나둘 사라지자 그녀의 희고 고운 나신이 드러났다. 어느 누구에게도 보이지 않은 흰 살결이 조명에 은은하게 빛이 났다. 그녀는 옷가지를 모두 벗어둔 채로 따뜻한 물을 받아놓은 욕탕으로 들어갔다. 따스한 물이 그녀의 발목을 감쌌고, 이내 그녀는 풍덩 욕탕 안으로 들어갔다.

"시원하다."

온몸의 피로가 노곤히 풀리자 헬리아는 얼굴까지 단번에 물에 담갔다. 복잡한 상념이 물에 씻겨 나가는 듯했다.

몸을 일으킨 헬리아는 젖은 머리카락을 뒤로 넘겼다. 그녀는 가만히 물을 바라보다 이내 물에 비친 자신의 얼굴을 내려다보았다. 금발에 금안을 지닌 아름다운 여인의 얼굴엔 짙은 수심이 가득했다.

"이 바보야. 좀 나오라고."

헬리아는 괜히 짜증이 나 자신을 비춘 표면을 흩뜨려 버렸다.

그런데 그 순간이었다. 물에서 푸른빛이 흐르기 시작하더니 이내 그 빛이 욕실을 가득 메웠다.

파아아앗!

"자, 잠깐……."

헬리아는 이 기운이 누구의 것인지 단번에 알아차렸다. 하지만 문제는 지금 상황이 좋지 못하다는 것!

"나오라고 할 땐 안 나오고!"

푸아아악!

물이 높이 치솟더니 그 안에서 생글거리는 엘라임이 푸른 머리카락을 나부끼며 나타났다.

"드디어 나왔네."

엘라임은 물에서 나오더니 이내 평소처럼 투덜거리기 시작했다.

"언제 알아차리나 기다렸다고."

연결 고리가 약해진 탓에 매개인 물이 필요했다. 헬리아가 물이 가득 담긴 욕실 안에서 그의 이름을 부르고 나서야 그가 나올 수 있었다.

"내가 얼마나……."

계속 투덜거리던 엘라임은 그때서야 헬리아의 모습을 돌아보았다. 물에 찰랑거리는 그녀의 하얀 나신이 그의 시선에 잡혔다.

"왜, 왜 모, 몸이……."

저도 모르게 말을 더듬다 못해 얼른 고개를 돌려 버렸다.

"이 바보가!"

헬리아는 근처에 있던 비누를 그의 뒤통수를 향해 날렸다.

"아얏! 아파!"

엘라임이 다시 뒤를 돌아보았다가 그녀의 몸이 보이자 얼른 시선을 돌렸다.

"왜, 왜 아무것도 안 입고 있는 거야!"

"여긴 욕실이야!"

엘라임의 얼굴이 완전히 잘 읽은 홍시처럼 붉게 물들었다. 눈을 꼭 감아도 헬리아의 흰 몸이 두둥실 떠올랐다. 열 살의 어린 소녀가 아니었다. 어엿이 굴곡진 몸매를 지닌 아름다운 여성이었다.

"어서 나가!"

헬리아의 말에 엘라임은 당황하여 그저 사라지면 될 일을 문을 열고 나가 버렸다. 한데 그 순간 문 앞에 떡하니 마주친 남자로 인해 사태는 더욱 커졌다.

채앵!

이상한 기운을 느낀 이안이 서둘러 욕실로 온 것이다. 이안이 검을 빼 들더니 엘라임을 향해 겨누었다.

"네놈은."

"이, 이런!"

이안은 칼을 쥔 채 엘라임을 겨누었다.

"시, 실수라고!"

"죽여주마."

"자, 잠깐!"

그때 이안을 향해 또 하나의 비누가 날아왔다. 기감을 날카롭게 벼리고 있던 이안은 날아오는 비누에 저도 모르게 반응하였다. 비누가 토막이 나고 이안의 시선이 그것을 던진 헬리아에게 향했다.

홱!

그곳에 여전히 헬리아가 알몸으로 서 있었던 것이다. 이안의 눈동자가 사정없이 흔들리기 시작했다. 눈을 질끈 감았지만, 워낙 강렬한 인상 탓에 머릿속에서 사라지지 않았다.

헬리아는 자신의 욕실에 무단 침입한 두 남정네를 바라보다 이내 인상을 찌푸렸다. 당황은 자신이 해야 하는데 저 두 놈이 더 당황하는 것 같아 어이가 없었다. 그녀는 이 상황을 깔끔하게 마무리하기로 했다.

"둘 다 나가!"

헬리아의 외침에 이안과 엘라임은 허둥지둥 욕실을 뛰어나갔다. 헬리아는 허겁지겁 나가는 두 사람을 보고는 어이없는 웃음을 흘렸다.

"……."

"……."

욕실을 헐레벌떡 나온 이안과 엘라임은 말없이 한동안 침묵에 잠겼다. 그들은 조용히 헛기침을 두어 번 한 뒤 누가 먼저라고 할 것도 없이 동시에 입을 열었다.

"저……."

"이건……."

"……."

"……."

한동안 두 사람 사이에 어색한 기류가 이어졌다. 어느 날의 화창한 오후에 일어난 일이었다.

❊

따스한 햇살이 내리쬐는 정원에서 헬리아는 차향을 음미했다. 그녀의 앞에는 플로렌스 공작이 앉아 있었다. 헬리아가 찻잔을 내려놓고 공작을 보며 말을 꺼냈다.

"가신 회의는 어떻게 되셨습니까?"

공작은 차를 한 모금 마시곤 찻잔을 내려놓았다. 그의 입가엔 미소가 어렸다.

"공주도 사색이 된 후작의 얼굴을 봤어야 했네."

"그거 아쉽군요."

헬리아는 작게 키득거렸다. 안 봐도 뻔했다. 이번 일에 아돌프 후작이 얼마나 심혈을 기울였는지 잘 알았다. 수도에 전염병, 아니, 독을 풀고 치료소를 만들어 독에 중독된 이들에게 선심 쓰듯 치료약을 내민다. 그것으로 2왕자의 명성을 얻으려는 작전.

꽤 그럴듯한 계획이었지만, 그 계획은 헬리아로 인해 산산조각이 났다. 정확히는 그들이 차려놓은 밥상에 헬리아가 숟가락을 턱 하니 얹었다는 것.

"제 꾀에 제가 넘어간 거지요."

헬리아가 가져온 쥐로 인해 왕성은 또다시 발칵 뒤집혔다. 단순히 전염병인 줄 알았는데 그것이 독에 중독된 것이니 말이다. 그 후 왕실은 빠르게 범인 색출에 들어갔다. 물론 그 범인이 후작임을 확신했지만, 그를 잡을 만한 증거가 없기에 후작을 범인으로 몰 수는 없었다.

"아쉽지만, 후작을 잡을 수는 없을 것이네."

"하지만 발목은 잡을 수 있겠지요."

범인 색출에 조사관들이 파견되면 증거가 없더라도 뒤가 구린 후작은 결국 제 몸을 사릴 수밖에 없을 것이다.

"공작님은 최대한 후작을 압박해 주세요."

"그리하겠네. 한데……."

공작이 눈을 가늘게 뜨고 헬리아를 바라보았다.

"뭘 그리 보시나요?"

"말하지 않을 생각인가?"

공작은 그날 보았던 그 빛무리를 결코 잊지 못했다. 헬리아 공주의 몸을 감싼 그 빛을. 그것은 결코 평범한 힘이 아니었다.

"마법사인 줄은 알고 있었으나, 그런 재주를 가졌을 줄은 몰랐군그래."

"저도 그런 힘이 있는 줄 몰랐죠."

헬리아는 쓰게 웃으며 차를 한 모금 마셨다. 자신도 잘 모르는데 남이라고 별수 있겠는가.

"말해주지 않을 셈인가?"

공작은 그녀가 일부러 대답하지 않는다고 생각했지만, 헬리아는 대답할 수 없었다. 정말 자신도 그런 힘이 있을 줄은 몰랐으니까.

'내가 사람인지도 모르겠군.'

문득 드는 생각에 헬리아가 입을 열었다.

"혹시 공작님은 저희 어머니에 대해 잘 아시나요?"

이제껏 헬리아는 '어머니', 그 단어조차 생소한 말을 일부러 꺼내지 않았었다. 하지만 이쯤 되면 궁금하지 않을 수 없었다.

"세니아 마마 말인가?"

공작은 턱을 쓰다듬었다.

"그분이라면 공주가 더 잘 알지 않겠나?"

"별로 기억나는 게 없어서 말이죠."

"흐음."

공작은 잠시 생각에 잠기더니 이내 피식 웃었다.

"세니아 마마는 꽤, 아니, 많이 특이하셨지. 공주처럼 말일세."

헬리아의 눈이 살짝 찌푸려졌다. 공작은 빈센트와 같은 이야기를 반복했다.

"저는 별로 특이하지 않습니다만."

"충분히 특이하네."

"그래서요?"

저한테로 오는 초점을 피하고자 말을 던졌다. 공작은 다시 말을 이어갔다.

"활발하고, 음흉한 사람이었지."

"뭔가 말이 이상한데요?"

"그러고 보면 성격도 공주와 똑 닮았군그래. 아니지."

공작은 입꼬리를 올리더니 웃었다.

"공주는 전하와 마마의 성격을 아주 적절히 닮았다네."

"……칭찬은 아닌 것 같군요."

헬리아는 살짝 눈을 찌푸렸다.

"아무튼 그런 사람이었네. 하녀 출신이라곤 하나 아마 그녀를 잘 아는 사람이라면 그 말을 믿지 않을 거야."

공작은 과거를 떠올리고는 추억에 젖어들었다.

"언제나 제멋대로였지."

헬리아는 괜히 물어본 게 아닌가 후회했다. 들으면 들을수록 자신의 과거가 부서지는 것을 느꼈다.

"그래서 더 사람들이 끌렸는지도 모르겠군. 자유로운 사람이었으니 말일세."

"전하도 말인가요?"

공작은 헬리아 공주가 내뱉은 전하란 호칭에 그제야 며칠 전 빈센트가 왜 씁쓸해했는지 이해할 수 있었다. 뭐라 말하려다 두 사람의 문제인 것 같아 공작은 그 부분에선 발을 뺐다.

"한시도 눈을 떼지 못하셨지."

헬리아는 묘한 느낌이 들었다. 부모의 로맨스를 듣고 있으니 왠지 기분이 이상했다. 마치 과거 앨범을 들추는 듯 자신이 겪었던 일도 아닌데 생생히 그 감정이 전해지는 듯했다.

"전하도 마마도 서로를 정말 사랑하셨네. 이제껏 살면서 그 두 사람만큼 서로를 사랑한 사람을 본 적이 없네."

공작은 이내 씁쓸한 표정을 지었다.

"시간이 조금만 더 있었더라면 좋았을 텐데. 그립군그래."

공작이 넋두리처럼 말을 끝맺자 헬리아는 가만히 그를 보았다.

"자세한 이야기는 전하께 듣게. 그분이라면 이 사람보다 더 자세히 알려줄 테니."

헬리아는 점점 어머니란 사람에 대해 아리송해졌다.

그때 정원에 레브가 찾아왔다.

"공주님, 클리드 님이 찾아오셨습니다."

헬리아는 잠시 공작을 바라보다 이내 그에게 이곳으로 오라고 알렸다. 그리고 곧 클리드가 정원으로 들어왔다.

"무슨 일이야?"

클리드는 공작에게 고개를 숙이며 인사한 뒤 입을 열었다.

"제국에서 사신이 온다 합니다."

"제국에서? 왜?"

옆에 앉아 있던 플로렌스 공작이 그녀의 의문을 해결해 주었다.

"연례행사네. 왕국과 제국은 오랫동안 교류를 해왔네."

"제국에서 사신이라……."

헬리아의 눈이 가늘어졌다.

"제국에서 오는 자들에 대해 조사해 줘."

"알겠습니다."

클리드가 고개를 끄덕였다. 이미 그녀가 그런 지시를 내릴지 예상하고 있었다.

"그보다 그 이야길 하러 온 거야?"

"아뇨. 그게……."

클리드가 플로렌스 공작을 힐끔거리자 눈치가 빠른 공작은 자리에서 일어났다.

"그럼 이만 일어나겠네."

헬리아는 공작을 일별하고 클리드를 보았다. 업무 보고 시간이 아닌데 그녀를 찾아왔다면 필시 중요한 이유가 있을 것이다.

"무슨 일이야?"

"그것이, 일이 생겼습니다."

"일?"

"예, 아돌프 후작에게서 기사단에 대한 항의서가 왔습니다."

"기사단에?"

전혀 생각지 못한 문제에 헬리아의 눈이 찌푸려졌다.

❊

왕족 기사단의 일과는 단조롭다. 수련과 수련, 그리고 수련. 일주일에 한 번씩 주어지는 외박이 그들의 숨구멍이었다.

헬리아의 기사단도 휴일을 맞아 시내로 나갔다. 평범한 갈색 머리에 말 많은 숀, 덩치는 크지만 순한 성격의 휴, 그리고 박학다식한 렌스. 그 세 명은 시내를 걸었다. 사복 차림을 한 그들의 얼굴은 휴일을 즐기는 여느 사람들처럼 싱글벙글이었다. 하지만 단 한 명. 숀만은 그렇지 못했다. 그는 뚱한 표정을 짓고는 팔짱을 꼈다.

"뭐가 불만이야?"

휴가 숀의 불만 어린 표정에 어리둥절한 표정을 지었다. 렌스는 휴의 옆구리를 찌르며 뒤를 가리켰다.

"보나마나 저 녀석 때문이겠지."

렌스가 가리킨 곳을 보자 그곳에는 연보랏빛 머리카락에 에메랄드색 눈동자를 지닌 세인이 입가에 미소를 짓고 그들을 따라오고 있었다.

"그러니까 왜!"

숀은 씩씩거렸다.

"따라오지 마!"

숀이 세인을 향해 외쳤지만, 세인은 어깨를 으쓱이며 말했다.

"그냥 내가 가는 길을 네가 가고 있는 것뿐이야."

"그럼 네가 앞장서서 가!"

"싫어."

"이익!"

숀은 머리를 쥐어뜯었다.

"암튼 좀 가!"

꼴도 보기 싫은 세인이 자꾸만 뒤를 따라오자 숀은 어린아이처럼 화를 냈다. 세인은 그저 입가에 웃음을 짓더니 이내 숀의 옆으로 다가왔다.

"이왕지사 이렇게 된 거 같이 가지?"

"야!"

"주점에 가는 거지?"

숀이 렌스에게 묻자 렌스가 고개를 끄덕였다.

"나쁘지 않지."

"나쁘거든!"

하지만 휴와 렌스는 이내 세인의 동행을 허락했다. 세인은 품행이 가볍기는 했지만, 특별히 자신들에게 해를 준 적이 없었다. 물론 좋아하는 사람을 빼앗긴 숀은 예외긴 했지만 말이다.

"자자, 같이 가자고."

세인은 숀의 어깨에 팔을 턱 하니 걸쳤다. 숀은 묘하게 자신보다 키가 큰 세인 때문에 기분이 나빠졌지만, 더 이상 나빠질 기분도 없어 그저 푹 한숨을 내쉬었다.

"이 개자식."

“오늘은 내가 쏘지.”

“정말이지?”

숀이 눈을 가늘게 뜨자 세인이 피식 웃었다. 말도 많은 투덜이 숀이지만, 본성이 나쁜 녀석이 아니었다. 툴툴거리는 게 흠이지만, 그것대로 재밌는 녀석이었다.

“흥, 네가 쏜다고 내가 가는 건 아니야.”

“아무렴 그러시겠지.”

세인은 피식 웃었다.

그렇게 세 명에서 네 명이 된 그들은 인근에서 꽤 유명한 주점으로 들어갔다. 안에는 사람이 북적거렸지만, 다행히 자리를 잡을 수 있었다. 네 명은 각각 시원한 맥주와 안주를 시켰다.

“카악, 이 맛이야.”

맥주를 벌컥벌컥 마신 숀이 잔을 내려놓으면서 탄성을 질렀다. 힘든 수련 다음에 먹는 맥주는 정말이지 꿀맛 같았다.

“젠장, 대장 때문에 안 쑤시는 데가 없다고.”

이안의 살벌한 수련을 떠올린 숀은 몸을 부들부들 떨었다. 생각만 해도 치가 떨렸다.

“도무지 대충을 모른다니까. 사람이 융통성이 있어야지.”

“그보다 들었어?”

렌스가 입을 열자 휴가 고개를 갸웃했다.

“뭔데?”

“빈민가에 불이 난 일 말이야.”

밖에 나올 일이 없는 숀과 휴다. 밖의 이야기에는 귀가 밝지 못했다. 그나마 귀가 밝은 렌스가 입을 열었다.

“빈민가에 불이 나서 아무도 손을 못 썼는데, 헬리아 공주님이 나서서 불을 끄셨대.”

"에이, 설마."

"부풀린 거 아니야?"

숀과 휴는 믿을 수 없었다. 기사 서임식에서 보았던 그 청초한 공주님이 어떻게 불을 끈단 말인가. 그 점은 렌스도 이해가 불가능했지만, 이미 수도 내에 파다하게 소문이 퍼졌다.

"벌써 수도에 공주님에 대한 소문이 쫙 퍼졌다고. 성녀님이라고."

"캬아, 성녀님. 확실히 공주님의 이미지와 딱 맞긴 하다."

찰랑이는 금발에 한 번 보면 잊을 수 없는 금안. 미의 여신도 울고 갈 미모였다. 헬리아 공주의 얼굴을 볼 때면 그 힘든 수련도 잊을 만큼 힘이 되었다.

"역시 사람은 줄을 잘 타야 해."

"저번엔 썩은 동아줄이라며."

"쉬잇! 그건 옛날이고!"

휴는 손바닥 뒤집듯 쉽게 뒤집히는 숀의 논리에 고개를 흔들었다. 세인은 그저 그들을 바라보며 이야기를 듣고 있었다. 세인은 투덜거리는 숀이 의외로 마음에 들었다.

그때 세인의 에메랄드색 눈동자가 가늘어졌다. 누군가 그들에게 다가왔다.

"어이, 이거 애송이 숀과 그 패거리 아니야?"

숀은 애송이란 소리에 벌떡 일어나 뒤를 돌아보았다.

"으득, 하인스!"

숀은 이를 악 물었다. 상대는 바로 자신들과 함께 기사단에 입단하여 현재 2왕자의 친위대에 들어간 하인스였다. 이십 대 중반의 하인스란 남자는 기름을 바른 듯 번들거리는 짧은 금발에 눈꼬리가 치켜 올라간 남자였다. 숀과 휴, 그리고 렌스와는 악연으로 묶인 사이였다.

"같은 쓰레기들과 함께 있으니 보기 좋네."

"꺼져!"

하인스의 눈이 구겨졌다.

"평민 나부랭이 주제에. 영지에 있었을 때는 찍소리도 못 한 놈이."

하인스와 숀 일행은 같은 레이몬 영지 출신이었지만, 하인스는 레이몬 남작의 아들이었고, 숀 일행은 그 영지의 평민이었다.

하인스는 자신의 시중이나 들어주는 놈들과 같은 계급의 인간이 자신과 동급의 기사라는 것이 수치스러웠다. 그래서 정식으로 기사단에 배정받기 전에 훈련을 하면서 그들을 괴롭혔다. 하지만 숀 일행의 실력이 만만치 않은 탓에 이를 악물며 뒤로 물러날 수밖에 없었다.

"하, 또 그때처럼 코뼈 부러지기 전에 꺼지지?"

"그 재수 없는 입은 여전하군."

하인스는 미간을 찌푸렸지만, 이내 냉정을 되찾았다. 그의 한쪽 입꼬리가 올라갔다.

'저 녀석이 뭘 잘못 먹었나?'

숀의 눈이 가늘어졌다. 기사단에 있을 때 신나게 두들겨 맞았던 하인스다. 물론 그 덕에 레이몬 자작이 손을 써서 숀 일행은 큰 곤욕을 치렀지만, 그나마 실력이 출중한 덕분에 쫓겨나지 않을 수 있었다.

'뭔가 믿는 구석이 있는 건가?'

그때 렌스가 그가 들릴 정도로 작게 말했다.

'저놈 뒤에 있는 놈은 휴스턴 자작의 둘째 아들이야.'

숀은 렌스가 가리킨 곳을 보았다. 하인스와 함께 휴만큼이나 커다란 덩치의 남자가 서 있었다. 부리부리한 눈과 거들먹거리는 입술이 여간 거슬리는 것이 아니었다.

"익스퍼트 중급이야. 조심해."

렌스의 말에 숀은 살짝 긴장이 되었다. 현재 자신은 초급에서 중급 사이. 이제 겨우 초급에 올라선 하인스라면 무리 없지만 만약 휴스턴 자작의 둘째 아들이라는 놈이 가세한다면 자신은 필패였다.

'젠장, 하인스 놈!'

숀은 하인스를 노려보았다. 하인스의 꼴은 딱 호가호위였다. 호랑이의 권세를 빌린 여우 꼴에 숀은 이를 앙다물었다.

"숀, 물러나자."

휴가 걱정 어린 표정으로 숀을 말렸다. 하지만 숀은 이대로 물러날 수 없었다. 아니, 하인스의 다음 말에 숀만이 아니라 다른 일행도 그냥 지나칠 수 없게 되었다.

"그러고 보니 너희 공주가 성녀라며? 웃기는군."

"뭐야!"

숀이 버럭 소리를 질렀다. 자신들이 모시는 주군을 욕보이는 것은 결코 기사로서 참을 수 없는 일이다. 숀을 도발할 목적이었는지, 성과를 거둔 하인스가 더욱 입방정을 떨었다.

"웃기지 않아? 일부러 불을 낸 다음 끈 시늉이라도 했을지. 솔직히 말도 안 되는 일이지. 애초에 그런 하녀 출신의 반쪽 공주 따위가 그렇게 하지 않고서는 우리 2왕자님을 이길 수 없을 테지."

"지금 말 다 했어!"

숀이 하인스의 목덜미를 잡아챘다. 렌스와 휴도 더 이상 방관할 수 없었다. 이건 기사로서의 명예가 달린 일이었다.

"어이, 뭐야? 칠 거야?"

"결투다! 결코 이런 모욕은 참을 수 없어!"

하인스의 입꼬리가 올라갔다. 드디어 자신이 원하던 방향으로 간 것이다.

'큭큭, 오늘이야말로 네놈의 그 입을 찢어놓고 말겠다.'

하인스가 휴스턴 자작의 둘째 아들 데이먼에게 눈짓을 주었다. 그리고 숀 일행이 제대로 인지하지 못했지만, 또 한 명이 더 있었다.

'네놈들 아주 뜨거운 맛을 보여주마!'

하인스의 눈이 붉게 타올랐다.

"크억."

숀이 벽에 부딪치며 피를 토했다. 그의 눈이 이글거렸다.

"이런 비겁한……."

숀은 하인스의 일행을 노려보았다. 특히 아까까지 제대로 인지하지 못했던 한 명을 죽일 듯 바라봤다.

"비겁하게 기사의 싸움에 마법사라니……."

"흥, 테스도 분명한 2왕자님의 친위대 소속이다. 그리고 기사의 결투라곤 말 안 했는데?"

하인스가 쓰러진 숀 일행을 보며 크게 비웃었다. 숀과 렌스, 휴. 그리고 하인스 일행의 결투는 의외의 결과를 보였다. 처음 붙었던 하인스와 숀의 대결에서 하인스가 밀리자 테스라는 마법사가 끼어든 것이다. 그리고 이어진 것은 결투가 아니라 일방적인 폭행이었다. 애초에 하인스는 그들을 폭행하기 위해 찾아온 것이다.

"네놈 주제를 알아야지! 평민 주제에 어디서 까불어!"

"크윽!"

하인스는 있는 힘껏 숀의 배를 걷어찼다.

"그만하지?"

그때 누군가 하인스의 다리를 막았다.

"네놈은 누구냐!"

"그쪽이 발로 차고 있는 놈이 내 동료걸랑?"

세인이 팔짱을 낀 상태로 하인스를 바라보며 웃었다. 하인스는 미간을 찌푸렸다. 좀 전까지만 해도 수수방관하던 놈이었다. 한데 이제 와 끼어든다? 무슨 생각인지 모르겠지만 방해한다면 그도 칠 생각이었다.

"크윽, 네놈 역시 짜증 나."
"어이, 도와줘도 욕이야?"
"도와줄 거면 애초에 도와주라고!"
숀이 버럭 소리를 질렀다. 렌스와 휴도 같은 심정이었다. 하지만 세인은 어깨를 으쓱였다.
"아까는 끼어든다고 뭐라고 했으면서."
"이익, 암튼 어떻게 할 거야! 저 마법사 실력은 보통이 아니라고!"
숀의 말에 세인이 피식 웃었다.
"뭐야, 걱정하는 거야?"
"내, 내가 무슨!"
숀의 얼굴이 빨개지자 세인은 숀의 목덜미를 잡아 질질 끌어 근처 안전한 곳으로 데려다 놓았다. 셋 중에서 제일 심하게 다친 사람이 바로 숀이었다.
"네놈 몸이나 잘 간수해."
"야! 내가 무슨 걸레냐!"
세인은 툴툴거리는 숀을 내버려 두고 하인스 일행과 마주 섰다.
"하, 잠자코 있었다면 사지는 멀쩡했을 것을. 네놈이 화를 자초하는구나!"
"글쎄, 누가 화를 자초했는지는 이제 알게 되겠지."
세인의 눈이 순식간에 살기를 띠었다. 하인스는 흠칫했다.
'뭐, 뭐야.'
옆에 있던 데이먼과 테스는 이상함을 눈치챘다.
'강자다.'
'방심하지 마.'
그러나 멍청한 하인스만은 자신이 쫄았다는 사실에 길길이 날뛸 뿐이다.

"뭐, 뭐야? 째려보면 어쩔 건데? 데이먼, 테스! 어서 저 녀석을 공격해!"

데이먼과 테스는 자신들을 고용인 부리듯 하는 하인스를 아니꼽게 바라봤지만, 하인스 가문에서 원조를 받고 있는 처지라 그의 말을 함부로 거부할 수 없었다. 데이먼이 먼저 앞으로 나서자 세인이 말했다.

"번거롭게 따로따로 나오지 말고 한꺼번에 나오지?"

"건방지긴!"

데이먼은 검을 쥔 채 이를 앙다물었다. 그러나 냉정을 되찾은 그는 세인에게서 느낀 묘한 기운에 테스를 돌아보며 고갯짓을 했다.

'합공한다.'

'알았어.'

서로 눈짓을 주고받은 데이먼과 테스는 순식간에 앞으로 나섰다.

"그 말을 후회하게 해주마!"

"파이어볼!"

데이먼과 테스의 공격이 시작되었다. 한데 그 순간 앞에 있어야 할 세인의 모습이 보이지 않았다.

"어, 어디로 가."

"데이먼! 네 뒤!"

"크윽!"

순식간에 데이먼이 쓰러졌다.

너무나 빠른 공격. 하인스는 단번에 쓰러져 버린 데이몬을 보고 저도 모르게 뒷걸음질을 쳤다.

'뭐, 뭐야. 저 녀석은!'

그때 왕실 기사단 입단 시험을 수석으로 졸업한 이의 얼굴이 바로 그와 같다는 것을 깨달았다.

'제, 젠장. 그 미친놈!'

하인스가 도망가려는 순간이었다.
"크윽!"
테스마저 세인의 한 방에 쓰러져 버린 것이다.
"어딜 가시나?"
하인스는 자신의 앞에 턱 하니 길을 막고 있는 세인에게 놀라 뒤로 나자빠졌다.
"그럼 이제 빚을 갚도록 하지."
그러면서 세인이 싱긋 웃었다.
"저들이 갚아줄 거야."
숀과 렌스, 그리고 휴가 몸을 풀면서 쓰러진 하인스를 에워싸기 시작했다.
"사, 살려줘!"

❊

"뭐, 잘했네."
기사단에 대한 보고를 들은 헬리아는 여유롭게 차를 음미했다. 맞은 놈들이 2왕자의 친위대니 잘했다고 상을 줘야 할 판이다.
"그걸로 끝이 나면 좋겠지만, 그게 아니란 거 잘 아시지 않습니까?"
"항상 후작이 문제지."
"후우, 아시면서 그런 말씀을 하십니까?"
클리드는 옅게 한숨을 내뱉었지만, 헬리아는 아니었다.
"그래서?"
"후작 측에서 기사들의 직위 해제와 처벌을 원하고 있습니다."
"꼬투리 하나 잡았다 이거로군."
헬리아는 빈 찻잔을 만지작거렸다. 그러자 레브가 헬리아의 잔에 차를 따르기 위해 주전자를 들었다. 헬리아는 찻잔을 내려놓고 자리에서 일어났다. 그리고 클리드를 보며 물었다.

"대응책은?"

"직무 중에 일어난 일로 기사 대 기사 간의 싸움보다 개인과 개인 간의 싸움으로 초점을 맞추고 있습니다. 정황상 법적으로 별 무리없이 해결될 것 같습니다. 다만 후작 측에서 이 빌미를 쉽게 넘기지 않을 겁니다."

클리드의 설명에 헬리아가 턱을 쓰다듬었다.

"개인이라. 그럼 그놈들이 아무 일도 아니라고 한다면 후작도 더는 말을 꺼내기 힘들겠지."

헬리아가 입꼬리를 올렸다. 언제나 무슨 꿍꿍이가 튀어나올 때 짓던 웃음이었다.

"그놈들한테 압박을 넣어. 후작 몰래."

"알겠습니다."

클리드는 곧장 그것이 헬리아 공주의 힘이 아닌 엘라드 상단주의 힘으로 무마시키라는 것임을 알아들었다. 헬리아 공주의 힘은 아직 미약하지만, 엘라드 상단주라는 신분은 결코 약하지 않았다.

"그럼 지금 그놈들은?"

"기사들 말씀이신가요?"

마침 클리드는 정원으로 오면서 본 광경을 떠올리며 말했다.

"이안 경에게 훈련을 받고 있었습니다."

다만 클리드는 자신이 본 그 모습이 훈련이란 범주에 포함되는 것인지 잠깐 의문이 들었다.

"흐음, 그래?"

헬리아는 눈매가 휘어졌다.

⁂

"헉, 헉."

숀의 입에서 끊임없이 신음이 터져 나왔다. 그의 옆에서 렌스와 휴도 숨이 차는지 계속 헉헉거렸다.

"젠장."

숀은 이를 악 물고 달렸다. 멀지 않은 곳에서 그들을 매의 눈으로 지켜보고 있는 이안 때문이었다. 그 소란이 있은 후 이안은 그들을 불러 모았고, 지금 이 꼴이 되었다.

"어째서 우리가……."

숀은 불만이 많은지 얼굴을 구겼다. 발을 움직이면서 쉴 새 없이 입도 함께 움직였다.

"그거야 우리가 사고를 쳤으니까 그렇지."

휴가 지금 상황에 대해 일러주었다. 하지만 숀은 더욱 불만스러웠다.

"우리는 그냥 얻어 터졌다고!"

제대로 때리기라도 하고 기합을 받는 거면 모를까, 된통 얻어터지기만 했다.

"저 녀석 때문이잖아! 그러게 왜 곤죽으로 만들어서."

숀이 뒤에서 땀 한 방울 흘리지 않고 뛰는 세인을 보며 외쳤다.

"그때 너도 웃었잖아."

"그, 그거야……."

숀은 세인의 말에 답이 궁색해졌다. 하지만 그래도 억울한 건 사실이었다.

"잡담할 여유가 있나 보군. 앞으로 오십 바퀴 더!"

"으악!"

"야, 숀!"

"너 때문에 미친다."

결국 이안에게 주의를 받은 숀 일당은 푸르죽죽한 얼굴로 달렸다.

"헉, 헉. 음?"

그때 숀의 눈에 헬리아 공주가 비쳤다.

"고, 공주님이다."

"우와, 정말 예쁘다."

숀은 혹시 이 사태를 무마시켜 줄 구세주가 아닐까 싶었고, 휴는 그저 그녀의 아름다운 외모에 탄성을 질렀다. 기사 서임식 이후에 헬리아 공주는 공사가 다망하여 자주 얼굴을 드러내지 않았다. 기사들에게 헬리아 공주는 절벽 위의 꽃이며 여신이었다. 그녀를 몰래 짝사랑하는 기사도 많았다. 하지만 그건 그녀의 진면목을 모르는 자들의 터무니없는 착각이었다.

"저들만 따로 훈련하는 거야?"

이안은 헬리아가 웃으며 나타나자 시선을 돌렸다. 아직까지 그때 보았던 광경이 머릿속에 떠오른 탓이었다. 하지만 간신히 얼굴색이 변하는 것을 막았다.

"무슨 일이십니까?"

헬리아는 그의 물음에 대답 대신 연무장을 둘러보았다. 이안은 헬리아가 등장하자 기사들 대부분 그녀를 보며 얼굴을 붉히는 모습에 눈을 찌푸렸다. 결국 훈련이 되지 않는다고 판단하여 훈련 중인 기사들을 집합시켰다.

"훈련치고는 싱겁게 그냥 달리기만 하네."

"처벌을 하고 있는 중이었습니다."

이안의 말에 기사들의 고개가 푹 숙여졌다. 헬리아는 그런 그들을 보며 손을 내저었다.

"처벌은 무슨, 크게 잘못한 것도 아니고."

그 말에 숀의 귀가 쫑긋 세워졌다.

'이거 잘만 하면 처벌은 피하겠다.'

휴와 렌스의 얼굴에도 옅게 화색이 돌았다. 그러나 이안은 미간을 좁혔다. 헬리아의 입가에 걸린 묘한 미소가 신경에 거슬린 것이다.

"이쯤 하는 게 어때? 기사들도 이만하면 반성한 것 같고."

헬리아가 숀 일행을 보자 그들은 열렬히 고개를 끄덕였다.

"당연한 말씀이십니다."

"충분히 반성했습니다."

숀과 휴의 말에 헬리아는 미소를 지었다. 그 바람에 그 둘의 얼굴이 새빨개졌다.

이안의 눈매가 좁아졌다. 도대체 그녀의 꿍꿍이가 무엇인지 알 수 없었다. 서임식 이후에 기사단에 대한 것은 그에게 일임한 그녀였다. 바쁜 탓도 있지만, 크게 신경 쓰지 않던 그녀가 갑자기 연무장에 나타났다. 이유 없이 움직일 그녀가 아니었다.

"기사단의 규율 문제입니다. 가벼이 하다간 기강이 무너집니다."

"애초에 단단했으면 기강이 해이해질 일도 안 일어났겠지."

헬리아의 말에 이안의 눈이 살짝 움직였다.

"뭐, 말이 그렇다는 거지."

"……."

이안이 대답이 없자 연무장에는 순식간에 냉기가 흘렀다. 그제야 묘한 분위기를 알아차린 기사들은 입도 뻥긋하지 못했다.

'왜, 왠지 비꼬는 것 같지 않아?'

'그, 그러게 말이야.'

'이, 이거 이러다 우리만 죽어나는 거 아니야?'

'야, 대장 얼굴 좀 봐봐.'

급속도로 냉각되는 분위기 속에 헬리아의 미소만은 상큼한 봄 날씨처럼 해맑았다. 이안의 눈에서 보이지 않는 불길이 튀었다. 그가 이를 씹어 먹을 듯 냉담한 얼굴로 말을 내뱉었다.

"다시는 기강이 해이해지는 일은 없을 겁니다."

기사들은 그 말에 다들 얼굴이 해쓱해졌다.

'마, 망했다.'

'으악!'

기사들의 소리 없는 외침이 터져 나왔다. 헬리아는 변해가는 이안의 표정에 속으로 고소를 지었다. 하지만 이곳에 온 목적을 상기하고 입가에 맺힌 미소를 거두었다.

"그렇다면 다행이고. 아, 그리고 내가 너무 기사단에 소홀히 했던 것 같아."

헬리아가 손짓하자 레브가 한 가득 포션이 든 병을 가져와 이안 앞에 내려놓았다.

"상급은 아니지만, 중급 포션이야. 생각해 보니 너무 지원을 안 해준 것 같더라고. 앞으로 중급 포션은 매일 지급될 거야."

"우와!"

"중급 포션이라!"

기사들의 환호가 들려왔다. 상급 포션만큼은 아니지만 중급 포션도 그 값을 따지기 어려울 만큼 비쌌다. 하물며 매일매일이라니. 이런 호사도 없었다. 그러나 그것이 호사가 아님을 기사들은 아직까지 알지 못했다.

"그보다 나도 훈련에 참가하면 안 될까?"

헬리아가 이안을 향해 말했다. 그 말을 들은 기사들은 의외의 말에 깜짝 놀랐다. 자신들과 함께 훈련이라니.

"……훈련에 말씀이십니까?"

이안의 표정이 살짝 일그러졌다.
"응."
헬리아가 고개를 끄덕였다.
"자주는 아니지만 가끔은 안 될까?"
평소 잘 짓지 않던 미소를 남발하는 헬리아를 보며 이안은 더욱 기분이 묘해졌다.
'도대체 무슨 속셈이지?'
"그럼 따로 훈련 시간을 조정하겠습니다."
"아니, 기사들과 함께했으면 좋겠어."
"……함께 말입니까?"
"응."
"불가합니다."
"왜?"
"기사들의 훈련에 방해가 됩니다."
헬리아가 불쌍한 표정을 지어도 이안은 꿈쩍하지 않았다. 헬리아는 기사들을 애처롭게 바라봤다.
'어, 어떻게 하지?'
'감히 공주님이랑 훈련을 해?'
'야, 그래도 저렇게 부탁을 하시는데…….'
기사들은 망설였지만, 결국 헬리아의 눈빛을 이겨내지 못했다. 어느 누가 아름다운 여인의 청을 거절할쏘냐.
"정말 방해가 돼?"
"아닙니다!"
"절대 방해되지 않습니다!"
그들은 그 즉시 한목소리로 단결되는 아름다운 팀워크를 보여주었다. 그러나 이안이 그들을 차가운 눈초리로 보자 금세 입을 꾹 다물었다.

"방해됩니다."

일관된 표정을 짓는 이안에게 헬리아는 자신의 카드를 꺼내 보였다.

"그러고 보니 듣기에 기사들이 마법사에게 된통당했다지? 마법사에 대한 대처 훈련은 제대로 한 것인가? 상대는 3서클 마법사라고 하는데."

"그건……."

정식으로 배정받기 전에 충분히 마법사의 공격에 대처하는 방법을 배운다. 하지만 그들에겐 실전 경험이 부족했다.

"내가 도와줄 수 있는데……."

"……후우."

이안은 한숨을 내뱉었다. 결국 훈련에 참가한다는 그녀의 결심을 꺾을 수 없었다.

"일주일에 한 번입니다."

"응."

"우와!"

"그럼 공주님과 함께하는 건가요!"

"와아!"

기사들이 모두 환호를 질렀다. 아름다운 공주님과의 훈련이라니! 기사 모두 머리에 상상의 나래를 펼쳤다. 연신 땀방울을 흘리며 촉촉이 젖은 그녀의 모습이 눈에 선한 것이다.

"그럼 간단한 대련부터 할까?"

헬리아의 입꼬리가 올라가 있는 것을 기사들은 눈치채지 못했다.

콰아아앙!

"크악!"

헬리아가 날린 에어볼을 맞고 숀이 연무장 벽에 처박혔다. 급소를 피했기에 망정이지 만약 그 공격이 단순한 바람이 아니었다면 숀은 곧바로 저승행이었을 것이다.

기사들은 모두 넋을 잃고 숀과 헬리아를 보았다. 모두들 가볍게 생각한 대련이었다. 어떻게 공주님과 대련을 하냐에서부터, 어떻게 공격해야 할지 다들 고민했다. 하지만 고민 따윈 전혀 필요가 없었다. 그녀의 옷깃 한 번 스치지 못했으니 말이다. 옷깃이 문제인가. 그녀가 쏘아대는 마법은 전혀 대련이라는 것을 고려하지 않은 공격들이었다. 그야말로 무자비한 폭격.

기사들의 얼굴이 푸르죽죽해졌다. 그들은 헬리아 공주가 마법사임을 그제야 알았고, 그녀의 아름다운 외모가 눈에 보이는 전부가 아님을 직감했다. 물론 너무 늦은 깨달음이었지만.

"자, 다음 사람?"

헬리아의 얼굴엔 개운함이 감돌았다. 그 뒤로도 날아가 처박히는 자들이 연이어 발생했다. 이곳에서 쿵, 저곳에서도 쿵. 나가떨어지는 기사들이 속출했다. 기사들은 그녀의 과격한 공격에 잠시 신분을 잊고 공주에게 반발했다. 하지만 헬리아는 그들의 의견을 상큼하게 묵살해 주었다. 바로 포션을 가리키면서.

"다치는 건 걱정하지 마. 포션이라면 얼마든지 있으니까."

그 말에 기사들은 모두 사색이 되었다. 포션의 용도가 드러난 것이다.

'차, 차라리 대장의 훈련이 나았어.'

'우, 우린 죽을 거야!'

'아, 악마다!'

그동안 천사로 굳게 믿었던 믿음이 송두리째 사라졌다. 기사들은 헬리아의 진면목에 몸을 떨었다. 이건 이안보다 더했다. 아프면 포션을 먹였고, 기절하면 깨워 포션을 먹였다.

'망했다!'

기사들의 공통된 생각이었다.

"야, 잘해!"
"너밖에 없다!"
"너 지면 죽는다!"
숀이 마지막 남은 세인을 향해 외쳤다. 기사 모두 열렬한 눈빛으로 세인을 응원했다. 이제껏 데면데면했던 사이는 어느새 헬리아라는 훌륭한 악역 덕분에 일치단결되었다.
"걱정 마."
세인은 숀의 응원에 가볍게 손을 흔들어주고는 앞으로 나섰다. 이제 마지막 남은 사람은 세인. 기사들은 손에 땀을 쥐고 자신들의 희망인 세인을 향해 응원을 보냈다.
헬리아는 마지막으로 등장한 세인을 보고는 살짝 눈매를 좁혔다. 어딘지 모르게 여유로운 모습. 이제까지 기사들은 호기롭게 나오긴 했지만 여유가 없는 눈동자를 하고 있었다. 하지만 이 세인이라는 남자는 달랐다.
'기도는 분명 평범한데.'
게다가 알 수 없는 웃음까지. 헬리아는 그에게서 묘한 느낌을 받았다.
"그럼 시작할까?"
실력을 보면 알 수 있는 일. 헬리아는 매번 그랬듯 먼저 공격했다.
파지직!
번쩍이는 전류가 세인을 향해 쏘아졌다. 지금까지 기사들을 상대한 것보다 더욱 매섭고 강했다. 그에게서 느껴지는 위화감이 그녀를 긴장하게 만든 것이다. 하지만 세인은 그 공격에도 웃음을 잃지 않았다. 그리고 단숨에 헬리아의 품으로 파고들었다.
갑작스런 공격! 헬리아가 실드를 펼치자 아슬아슬하게 실드에 검이 부딪혔다. 헬리아는 검이 부딪힐 때 미세하게 실드에 균열이 가는 것을 보았다. 3서클 정도의 마법만 쓰고 있다고 해도, 쉽게 균열이 갈 실드가 아니었다.

헬리아의 눈에 이채가 떠올랐다.

"실력이 출중하군."

"과찬의 말씀이십니다."

세인이 싱긋 웃었다. 그리고 다시 공격이 이어졌다.

헬리아는 4서클 마법을 시전했다. 다른 기사들에게 3서클 마법을 쓴 것과는 대조되었다.

"이거 저만 특별 대우인가요?"

세인은 웃으며 그녀의 공격을 아슬아슬하게 피해냈다. 마치 가까스로 피한 것 같았다. 하지만 헬리아는 그것이 가까스로 피한 것이 아님을 알아챘다.

'도대체 뭐 하는 놈이지?'

과연 수석 졸업다웠다.

'한 수 있다는 건가?'

솔직히 헬리아는 전투에 능하진 못했다. 전투가 주력도 아니고, 기사들을 이길 수 있었던 것도 그들이 마법사와의 싸움에 익숙하지 않은 탓도 있었다.

'역시 마법사를 쓰러뜨린 이유가 있었군. 마법사와의 싸움에 능숙해.'

헬리아의 눈이 가늘어졌다. 그와 함께 세인의 웃음도 깊어갔다.

그때였다. 세인의 몸이 빠르게 움직이더니 어느새 그의 검이 헬리아의 목으로 쇄도했다.

"위, 위험해!"

기사들은 세인의 위험천만한 행동에 모두 경악했다. 그의 검이 어느새 헬리아의 목을 향해 파고들었다.

"더는 용납하지 않겠다."
이안의 검이 세인의 검을 막아섰다. 이안의 날카로운 눈과 세인의 에메랄드색 눈동자가 부딪쳤다. 세인이 먼저 물러섰다.
"이크, 설마 피하지 못할 줄 몰랐습니다."
"기사의 신분을 망각하지 마라."
"깊이 새겨듣지요."
세인이 웃으며 검을 거두었다. 이안도 그제야 검을 거두었다. 하지만 여전히 그의 온 신경은 세인을 향했다.
'그 감각은…….'
이안은 순간 세인과 부딪혔을 때 느꼈던 감각을 떠올렸다.
'먼저 손에서 힘을 뺐다.'
만약 그가 힘을 빼지 않았더라면? 이안의 검은 눈동자가 가라앉았다.
"공주님."
그때 멀리서 클리드의 목소리가 들렸다.
"대련은 끝났으니 이제 가봐야겠네."
헬리아가 이안을 지나쳐 세인에게 다가갔다.
"하마터면 죽을 뻔했어."
"송구합니다."
세인이 고개를 숙였다. 헬리아는 고개를 저었다.
"아니, 이만한 실력자가 내 기사라는 게 기쁜데?"
세인은 묘한 눈으로 헬리아를 바라봤다. 그가 고개를 숙였다.
"과찬이십니다."
"아니야. 그대 같은 사람이 있다는 게 무척이나 반가워."
세인과 헬리아의 시선이 찰나 마주쳤다.
"그럼 다음에 보지."

헬리아는 뒤를 돌아서며 기사들에게 말했다.

"다음에도 또 올게. 훈련은 걱정하지 마. 포션은 얼마든지 있으니까."

웃으며 떠나가는 헬리아의 뒤로 기사들의 절규가 들려왔다.

"도대체 훈련에는 왜 끼어드신 겁니까?"

클리드는 난데없이 기사들과 훈련을 하고 있는 헬리아에게 한숨을 푹 내쉬었다.

"재밌는 녀석이 있더라고."

연무장에서 멀어져 고개를 돌린 순간 헬리아는 세인과 눈이 마주친 느낌이 들었다.

"세인에 대해 자세히 알아봐."

"세인 경 말입니까?"

헬리아는 잠시 연무장에 시선을 둔 뒤 길을 걸었다.

제5장 반격

또르르-

투명한 글라스에 붉은 와인이 차올랐다. 캄캄한 어둠이 짙게 깔린 방 안. 오롯이 촛불만이 이리저리 흔들리며 방 안을 비췄다. 후작은 와인 한 모금으로 입안을 축였다. 그러나 와인의 달콤한 맛을 전혀 음미할 수 없었다. 그의 눈이 싸늘하게 빛났다.

헬리아 공주. 마치 목에 걸린 생선 가시처럼 그녀의 존재는 그의 신경을 사사건건 건드렸다. 최근 플로렌스 공작을 주축으로 헬리아 공주의 세력이 급속도로 커져 갔다. 기존에 중립을 표방하던 귀족들은 물론, 왕세자 측 세력까지 흡수하며 그 몸집은 이미 2왕자파를 능가할 정도였다.

후작의 푸른 눈동자가 냉기를 머금었다.

"……헬리아 공주."

그때 그의 상념을 깨는 문소리가 들려왔다.

"후작님, 월리슨 남작이 도착했습니다."

"들라 하게."

문이 열리고 월리슨 남작이 잔뜩 긴장한 표정으로 방 안으로 들어왔다. 촛불 몇 개만이 방 안을 비출 뿐, 어두컴컴했다. 그 중심에 후작이 푸른 귀기를 발하며 서 있었다. 월리슨 남작은 주르륵 흐르는 식은땀을 손수건으로 닦아내고 애써 입가에 미소를 띠우고 고개를 숙였다.

"부르셨다 들었습니다."

그 살 떨리는 모습에 월리슨 남작은 침을 꼴딱 삼켰다.

후작은 몸을 돌려 소파에 앉았다.

"앉게."

"아, 예."

월리슨 남작은 앉으면서도 연신 후작의 기색을 살폈다. 숨이 막힐 정도로 그가 뿜어내는 기세는 장난이 아니었다.

'이러다가 숨 막혀 죽겠구먼.'

기세만으로 사람을 죽일 수 있다면 그건 후작이 아닐까. 월리슨 남작은 마른 입술을 혀로 적시며 눈알을 굴렸다.

"사업은 잘돼 가는가?"

"아, 예. 후작님께서 뒤를 봐주신 덕분입니다."

"그렇군."

"……."

월리슨 남작은 마른침을 삼켰다. 후작은 그저 와인 잔을 빙빙 돌리고 있을 뿐이거늘, 마치 그의 손아귀에 자신의 목덜미가 잡힌 듯 옴짝달싹 못 했다.

후작의 입이 천천히 열렸다. 그의 눈은 맹수처럼 월리슨 남작을 옭아맸다.

"엘라드 상단에 대해 잘 알고 있는가?"

후작의 질문에 월리슨 남작의 눈이 가늘어졌다. 그리고 곧 그가 이곳에 불려온 이유를 직감했다. 자신이 불려온 이유를 알게 되자 윌리슨 남작은 한결 긴장이 풀리는 것을 느꼈다.

"예, 아르센 왕국 최고의 상단이라 알고 있습니다."

"최고라……."

후작의 입꼬리가 올라갔다.

엘라드 상단. 헬리아 공주와 함께 그의 신경을 거스르는 놈들이었다. 엘라드 상단은 많은 귀족의 관심을 한 몸에 받았다.

왕국 최고의 상단. 거기다 특정한 세력 밑에 귀속되어 있지 않은 상단이었다. 많은 귀족이 엘라드 상단을 포섭하려고 천문학적인 로비를 펼쳤지만, 엘라드 상단은 눈 하나 깜짝하지 않았다. 아돌프 후작도 엘라드 상단을 포섭하려 했지만, 단칼에 거절당했다.

"한낱 상인 나부랭이가 최고라니……."

윌리슨 남작은 후작의 언사에 살짝 눈이 좁아졌다. 그러나 그것은 찰나였다. 다년간에 단련된 그의 표정은 쉽게 겉으로 드러나지 않았다. 하지만 심사가 불편한 것은 어쩔 수 없었다.

'그 한낱 상인과 함께 있는 자가 누군데.'

자신도 상인인지라 후작의 말이 고까웠다. 후작이 윌리슨 남작의 기색을 읽고 살짝 웃었다.

"내 한낱 상인 나부랭이라 해서 마음이 상했나?"

"아, 아닙니다."

윌리슨 남작은 땀을 삐질 흘렸다. 눈치도 빠르셔라.

"자네를 말하는 게 아니니 너무 개의치 말게. 내 알기로 엘라드 상단의 상단주는 작위도 없는 일개 평민이라지? 일개 평민이 왕국 최고라는 말을 듣는 것에 대해 자네는 어떻게 생각하나?"

후작의 눈이 날카롭게 빛났다. 윌리슨 남작은 후작의 비위를 맞추느라 애를 먹었다.

“물론 결코 있을 수 없는 일이지요. 한낱 평민이 어찌 후작님 같은 높으신 분들을 제치고 최고가 될 수 있단 말입니까?”

“후훗.”

후작이 와인을 음미했다. 그리고 말했다.

“자네는 어떻게 생각하는가?”

“…….”

윌리슨 남작이 후작을 바라봤다.

“그 최고의 자리, 자네는 어떻게 생각하는지 묻고 있는 것이네.”

윌리슨 남작의 눈이 가늘어졌다.

‘이건가?’

그는 일어나 대뜸 머리를 숙였다.

“기회를 주신다면 반드시 최고의 자리에 후작님의 이름을 올리겠습니다. 맡겨만 주십시오.”

후작의 입가에 만족스런 미소가 지어졌다.

“하오나…….”

윌리슨 남작의 말에 후작의 미소가 사라졌다. 그러나 윌리슨 남작은 그것에 눈 하나 깜빡이지 않았다. 남작은 침을 삼키고 말했다.

“일개 평민이 이룩한 것치고 그 아성을 무너뜨리기 쉽지 않습니다.”

“그래서?”

후작의 목소리가 낮아졌다.

“자금이 필요합니다.”

“자금이라?”

“상대는 왕국 최고라고 말을 듣는 상단입니다. 그들이 가진 돈이라면 왕국을 살 수 있다 말할 정도로 대단한 금력을 지녔습니다. 그런 자들을 상대하려면 우선적으로 자금이 필요합니다.”

후작은 가만히 턱을 쓰다듬다가 고개를 끄덕였다. 그도 엘라드 상단을 무너뜨리기 위해선 어느 정도의 출혈은 감수하고 있었다.

"그리고……."

"또 있는 게냐?"

"그들에게 단순히 자금으로 승부를 건다면 승산은 삼 할도 채 되지 않습니다. 그들은 무에서 유를 창조해 내는 자들. 그들을 무너뜨린다 해도 결국 다시 살아날 것입니다."

후작의 얼굴이 일그러졌다.

"그래서 뭘 원하는 게냐?"

윌리슨 남작이 고개를 들고 후작을 바라봤다.

"권력입니다."

"권력이라?"

"그들이 지니지 않는 것. 그것으로 승부를 봐야 합니다."

"권력이라, 그럼 내가 어찌해야 하는가?"

"후작님의 전폭적인 지원이 필요합니다."

후작은 가만히 윌리슨 남작을 바라보았다. 윌리슨 남작은 긴장으로 손에서 땀이 흐르는 것을 느꼈다.

얼마간의 시간이 흐른 후 후작의 입이 열렸다.

"좋다. 엘라드 상단을 무너뜨릴 수 있다면 최대한의 지원을 아끼지 않겠다."

"감사합니다. 반드시 최고를 드리겠습니다."

윌리슨 남작은 고개를 숙였다. 그의 입가에는 야릇한 미소가 피어 있었다.

❊

"또 움직였잖아."

"……."

헬리아는 표정을 미미하게 구겼다. 그 탓에 다시 한번 세드릭의 잔소리가 날아왔다.

"리아!"

"이걸 내가 왜 해야 하는지……."

헬리아는 다시 자세를 고쳐 앉았다. 그녀의 맞은편에는 캠퍼스 앞에 앉은 세드릭이 그림을 그리고 있었다. 세드릭은 연필로 슥삭슥삭 헬리아의 전신을 그려 나갔다.

사건의 발단은 간단했다. 세드릭이 헬리아에게 모델이 되어 달라고 부탁한 것이다. 처음엔 단호히 거절했지만, 세드릭의 간곡한 청에 결국 수락하고 말았다. 물론 그 저변에는 세드릭의 그림 몇 점을 얻는다는 대가가 있지만 말이다.

"아주 비싸게 팔아버려야지."

헬리아는 왕족의 그림이라는 이점을 살려 어떻게 하면 비싸게 팔까 음흉한 생각을 했다. 세드릭의 그림 실력 또한 수준급이라 제법 비싼 값에 팔 수 있을 것이다.

"음흉하게 웃지 말고."

"네네."

헬리아는 비스듬히 누워 세드릭을 응시했다.

"요즘 어때?"

세드릭이 그림 그리는 손을 쉬지 않고 움직이며 입을 열었다. 헬리아는 그저 심드렁하게 말했다.

"후작이야 변함 없지."

"아니, 그거 말고."

헬리아가 세드릭을 바라봤다. 질문의 의도를 모르겠다는 눈빛이었다. 세드릭은 입가에 미소를 지으며 말했다.

"이안 경 말이야."

"……왜 그 사람이 나와?"

"어? 사귀는 거 아니었어?"

"누가 누구랑 사귀어?"

세드릭이 잠시 스케치를 멈추고 헬리아를 바라봤다. 그리고 입가를 올렸다.

"설마 비밀 연애?"

"아니라니까!"

"뭐야, 진짜?"

"아니라고."

"흐음."

세드릭은 다시 쓱싹쓱싹 그림을 그리기 시작했다.

"안 사귈 거야?"

"내가 왜?"

"이안 경 인기가 많더라고."

헬리아의 눈이 가늘어졌다. 도대체 세드릭의 의도가 뭔지 감이 안 잡혔다.

"저번에 보니까 여자들한테 선물도 많이 받더라."

"나랑 무슨 상관이야."

"그러다 뺏긴다?"

"……."

헬리아의 표정이 굳어졌다.

"어, 당황했지?"

"……내가 뭘."

"뺏긴다고 하니까 당황했잖아."

"지어내지 마."

당황은 아니지만 좀 거슬리긴 했다. 헬리아는 누구에게 자신의 것을 뺏기는 것을 죽기보다 싫어했다. 이안은 자신의 호위 기사가 아닌가? 단지 그뿐이다.

"흐음. 그렇구나."

"잔말 말고 그림이나 얼른 그리기나 해."

세드릭은 킥킥거리며 웃었다. 다리가 점점 호전되면서 그의 얼굴에도 웃음이 피어났다. 그 모습을 보며 헬리아도 따라 옅은 웃음을 지었다.

세드릭은 그 모습을 보고 얼른 캠퍼스에 옮겨 그렸다.

"다 그리면 보여줄게."

"그러시던가요."

"킥킥."

그때 시종의 목소리가 들렸다.

"무슨 일이야?"

세드릭이 뒤를 돌아보자 시종이 헬리아에게 봉투를 내밀었다.

"클리드 님께서 보내신 전갈입니다."

"클리드가?"

헬리아가 봉투를 뜯었다. 그리고 내용물을 읽은 그녀의 입가가 씨익 올라갔다. 그 모습에 세드릭은 왠지 등골이 서늘해졌다.

"이런 이런."

"무, 무슨 일이야?"

헬리아는 턱을 쓰다듬으며 말했다.

"시작한 모양이야."

"응? 뭘?"

"얼른 그림이나 그려. 안 그럼 간다?"

"아, 응."

세드릭은 영문을 모른 채 그저 헬리아가 가버릴까 봐 얼른 그림을 그리기 시작했다. 그녀의 입가엔 또 다른 형태의 미소가 은은하게 번지고 있었다.

❊

"크윽!"

온통 술 냄새가 풀풀 풍겼다.

엘라드 상단의 총본부. 워렌의 술 냄새에 직원들은 모두 슬금슬금 그를 피해 다녔다.

"으아아악!"

워렌의 울부짖음이 울려 퍼졌다. 그의 얼굴은 이미 붉다 못해 검게 변했고, 짙은 기미가 눈 아래까지 점령했다. 머리는 제대로 빗지 않아 산발이었다. 거지도 이보다 신색이 훤할 것이다. 그 모습을 본 어니가 한숨을 푹 내쉬었다.

"그러다 대머리 돼요."

어니는 워렌의 손에 들린 술병을 빼 들고 냄새를 맡다 눈을 찌푸렸다.

"도대체 술을 몇 병이나 드신 거예요?"

"지금 그게 문제야!"

어니가 워렌에게 시원한 물을 대신 권했다. 워렌은 타는 목마름 때문에 얼른 물잔을 벌컥벌컥 들이켰다.

"크윽, 젠장! 윌리슨 상단 놈들!"

워렌의 얼굴이 사정없이 구겨졌다. 어니는 그런 모습에 또다시 한숨을 내쉬었다. 물론 그라고 기분이 좋은 것은 아니었다.

"상도덕이 있지! 남의 걸 빼앗아?"

"우리도 많이 빼앗았잖아요?"

"야!"

워렌이 어니를 향해 고함을 쳤다. 그리고 막 소리치려 했다.

"……."

하지만 막상 소리치려니 할 말이 궁색해졌다. 어니는 어색한 미소를 흘렸다. 그러다 그를 달래기 위해 말했다.

"그, 그래도 뺏긴 사람들이 한 번도 원망 안 했잖아요? 윈윈 아니겠어요?"

"그거야 뺏긴 놈들도 눈치채지 못하게 뺏어오니까."

"……하, 하."

자신의 실수를 인지한 어니는 얼른 화제를 바꿨다.

"어쩔 수 없잖아요? 그렇게 돈을 많이 쏟아부을 줄 알았겠어요? 아무리 그래도 적정 액수를 넘어 계약하는 건 오히려 우리가 손해예요."

"젠장, 도대체 돈이 어디서 난 거야? 어디 돈 나는 나무라도 발견했나?"

최근 윌리스 상단은 전투적으로 시장을 장악해가고 있었다. 그런데 그 기세가 심상치 않았다. 견고한 엘라드 상단마저 그 피해를 고스란히 입고 있었다. 마르지 않는 화수분이라도 가진 듯 그들은 어마어마한 자금으로 계약을 따내고 투자를 했다. 엘라드 상단도 돈이라면 뒤지지 않지만, 결코 손해를 보면서까지 계약하진 않았다. 또한 헬리아가 그것을 두고 볼 인사도 아니었다.

"돈만이 아니야."

워렌은 지끈거리는 머리를 부여잡았다.

"어디 대단한 줄이라도 잡았는지 다들 벌벌 떨고 있어."

어니의 표정이 굳어졌다.

"줄이라뇨?"

"어디 줄이겠냐."

"그럼……."

"후우, 아돌프 후작이 아닐까 생각한다. 저번 치료약 문제도 그렇고 제대로 심기를 건드린 거지."

"으악, 그러면 어떻게 해요? 아돌프 후작이라니!"

"좀 조용히 좀 해봐. 정신 사납잖아!"

어니가 주변을 발발거리며 정신 사납게 뛰어다니자 워렌이 그의 목덜미를 잡아채 자신의 앞에 앉혀 두었다. 어니는 푹 한숨을 내뱉었다.

"이러다 더 큰일 나는 건 아니겠죠?"

"우리가 누구냐! 엘라드 상단이라고. 왕국 최고의! 쉽게 당하겠냐! 게다가 우리 상단주가 가만히 있겠어?"

"맞아요! 리아 님이라면 무슨 수가 있을 거예요!"

어니의 표정이 밝아졌다. 헬리아라면 무슨 수가 있을 것이다. 그는 굳게 믿고 있었다. 헬리아 이야기가 나오자 워렌의 표정은 한결 나아졌다. 그러나 이내 그의 미간이 살짝 좁아졌다.

'요 아가씨는 도대체 무슨 꿍꿍이지?'

이런 사태가 일어났음에도 아직까지 모습을 드러내지 않은 걸로 봐선 수상했다. 칼을 들이민 적에겐 가차 없는 존재가 바로 헬리아였다. 그녀만큼 집요하고 또 집요한 사람이 어디 있을까? 요람에서 벌어진 일을 무덤까지 잊지 않는 자가 헬리아다. 그런 그녀가 여태까지 잠잠하다는 건 분명 무언가 꿍꿍이속이 있다는 뜻이다. 워렌은 순간 든 생각에 등골이 서늘해졌다.

'설마…….'

그때 밖에서 목소리가 들려왔다.

"상단주께서 오셨습니다."

워렌의 고개가 돌아갔다. 헬리아가 이안을 대동한 채 방 안으로 들어왔다. 흰 가면을 쓰고 있는 헬리아는 워렌을 보자 손을 흔들었다.

"잘 지냈어요?"

워렌은 벌떡 일어나며 소리쳤다.

"지금 잘 지냈냐는 말이 나와!"

"냄새 나요. 도대체 언제 씻은 거예요?"

헬리아는 창문을 열어 공기를 환기시키곤 자신의 자리에 가 앉았다.

"지금 상황이 어떤지 알아?"

"상황이 어떤데요?"

"아돌프 후작이 엘라드 상단을 박살 내려고 아예 작정을 했다고."

"뭐, 저번의 일에 꽤 속이 상한 모양이죠. 하긴 그 짓까지 했는데 별 소득도 없었으니. 크크."

"웃음이 나와!"

워렌이 다그치자 헬리아는 어깨를 으쓱였다.

"그럼 울까요?"

워렌은 한숨을 내쉬었다. 좀 전까지 길길이 날뛰던 자신이 바보가 된 느낌이었다. 그의 눈이 가늘어졌다.

"도대체 무슨 일을 벌인 거야?"

"무슨 일이라니요?"

"시치미 떼기는? 네 그 시커먼 속을 누가 모를 줄 알고?"

"저처럼 맑고 깨끗한 사람이 어딨다고요."

"……."

그녀의 그 말에 워렌은 물론 이안과 어니도 고개를 돌리고 외면했다. 헬리아의 입가가 비틀려 올라갔다.

"칫."

"이제 어떻게 할 거야?"

워렌이 물었다. 헬리아는 자신의 가면을 툭툭 치더니 말했다.

"이제 제대로 반격하는 거죠."

"반격이라니? 어떻게?"

헬리아는 씨익 입가에 미소를 지었다.

❊

"크하하하. 이게 다 얼마냐!"

윌리슨 남작은 책상 위에 가득한 황금을 보며 입이 찢어지도록 웃었다. 아돌프 후작의 지원을 받은 윌리슨 상단은 최근 승승장구였다. 어떤 거래를 하든지 아돌프 후작의 배경 덕분에 쉽게 계약을 따낼 수 있었고, 돈이 부족하다면 후작이 원조를 해주었다. 윌리슨 남작이 최근 벌어들인 돈은 같은 기간 엘라드 상단의 수익을 상회했다.

"큭큭큭."

윌리슨 남작은 자신의 금고에 황금을 차곡차곡 쌓으며 흐뭇하게 그것을 바라보았다. 그러다 조울증에 걸린 사람처럼 그의 얼굴에 웃음이 사라졌다. 마치 빵빵한 풍선이 터진 듯 축 처졌다.

"하아, 암만 벌면 뭐 해."

그는 신경질적으로 금고를 닫았다. 목에 가시처럼 자신을 조여 오는 것이 그를 웃지 못하게 만들었다.

"아니지."

황금을 보니 물욕이 든 윌리슨 남작은 치밀어 오르는 욕심에 다른 생각을 했다.

"이제까지 아무런 연락도 없었잖아?"

그녀는 자신에게 아돌프 후작을 도우라는 말만 했지 다른 지시를 내리지 않았다. 물론 평소의 눈치 빠른 그라면 결코 다른 생각을 하지 않았을 것이다. 하지만 그의 머리는 온통 번쩍거리는 황금으로 들어차 있었다. 황금으로 딱딱하게 굳은 머리는 온통 황금밖에 생각할 줄 몰랐다.

"애초에 금제니 뭐니 그런 것도 이상해."

월리슨 남작은 은밀하게 마법사를 고용해 금제에 대해 물었다. 그리고 마법사는 금제를 오랫동안 유지할 수 없다는 대답을 내놓았다. 금제는 건 사람의 힘도 소모되는 일. 영원한 금제는 없다는 말이었다.

"솔직히 고통을 느꼈을 때는 직접 만났을 때뿐이었어. 그럼 역시!"

남작은 크게 웃었다.

"하하하, 없는 거구나! 없는 거야!"

자신에게 걸린 금제가 없다는 사실을 인지한 남작은 이내 음흉한 미소를 지었다.

"크크크, 내 반드시 받은 수모를 갚아주마."

그녀에게 얼마나 수모를 당했던가. 순간 그녀의 금발이 떠올랐다.

"크크, 고년 얼굴은 제법 내 취향이었어."

그의 눈동자는 음심으로 번들거렸다.

그때 밖에서 소리가 들렸다.

"상단주님, 손님이 오셨습니다."

"……!"

순간 월리슨 남작의 몸이 얼음처럼 굳었다. 아까까지만 해도 호기롭게 웃어젖히던 그는 없었다.

"누, 누구…… 인데?"

"아름다운 금발 미녀였습니다."

금발에 대한 남작의 집착을 알고 있는 총관은 그가 부른 여인이라고 생각했다.

"허억."

월리슨 남작은 화들짝 놀라며 몸을 부르르 떨었다.

'서, 설마.'

"지, 지금 어디에 있느냐?"

"밖에 있습니다. 들일까요?"

"아니!"

윌리슨 남작은 굳게 마음을 먹었다.

'거, 겁낼 필요 없다.'

꿀꺽.

"밖에 경비원이 있느냐."

"예, 전에 말씀하신 대로 마법사와 익스퍼트 중급으로 채워 넣었습니다."

후작의 원조를 빵빵하게 받은 윌리슨 남작은 제일 먼저 돈을 투자해 호위 기사를 고용했다.

"절대, 절대 들이지 마라."

"예?"

"절대 들이지 마!"

"아, 예."

총관은 평소와 다른 남작의 행동이 얼떨떨했지만 고개를 끄덕였다.

"괘, 괜찮아."

윌리슨 남작은 초조하게 눈알을 굴렸다. 총관이 밖으로 나가고 몇 분이 지났다. 밖에 귀를 기울였지만 아무 소리도 들리지 않았다.

"가, 갔나?"

콰아아앙!

그 순간 문이 문짝째 날아가며 윌리슨 남작의 옆에 박혔다.

"허억!"

"잘 지냈어?"

윌리슨 남작은 너무 놀라 숨을 쉬지도 못 했다. 그의 앞에 그녀가 나타났기 때문이다. 그것도 문을 부수고! 그녀, 아니, 헬리아가 윌리슨 남작을 향해 걸어왔다. 윌리슨 남작은 저도 모르게 뒷걸음질 쳤다.

"어, 어떻게?"

"호위를 말한 거라면……."

헬리아가 월리슨 남작을 툭 쳤다. 남작은 다리에 힘이 풀렸는지 털썩 주저앉았다.

"전부 꿈나라로 가 있을 거야."

월리슨 남작은 몸을 떨었다. 헬리아는 한쪽 입매를 비틀어 올렸다.

"겨우 그 정도로 날 막을 생각이었어?"

"허억!"

월리슨 남작은 머리를 굴렸다. 어떻게 빠져나가야 하지? 이미 공격을 했다. 그녀의 성격상 가만두지 않을 거다.

"머리 굴리지 마."

"흡."

"부숴 버리기 전에."

헬리아가 주저앉은 월리슨 남작과 시선을 마주쳤다.

"설마 뒤통수치려고 한 건 아니지?"

"아, 아닙니다."

헬리아가 월리슨 남작을 향해 웃었다. 남작은 그녀의 웃음에 숨을 헉 들이마셨다.

"그게 아니라면 왜 뒤통수를 쳤을까? 아, 금제가 뻥이라고 생각했구나. 그래서 그랬구나?"

"그, 그건……."

헬리아가 웃으며 손을 휘저었다. 그러자 월리슨 남작은 머리가 깨질 것 같은 고통을 느꼈다.

"끄아아아아!"

금제가 있든 없든 그녀의 말을 듣지 않는다면 고통스러운 건 같았다. 그걸 월리슨 남작은 이제야 알았다.

"사, 살려……."

윌리슨 남작이 눈물 콧물 질질 흘릴 때 헬리아가 손을 멈추고 그의 앞으로 다가왔다.

"돈 많이 벌었지?"

"그, 그게……."

"후작이 참 돈을 많이 썼더라?"

윌리슨 남작은 빠르게 머리를 굴렸다. 어떻게 하면 이 사태에서 벗어날 수 있을까.

"다, 다 드리겠습니다."

"다?"

윌리슨이 고개를 세차게 끄덕였다. 그러나 헬리아는 심드렁했다. 윌리슨은 그녀의 마음에 들 만한 답을 골라 입을 열었다.

"제가 사라지겠습니다."

"흐음?"

윌리슨은 헬리아 공주의 입장을 생각했다. 그리고 자신을 내버려 둔 이유도 말이다.

'젠장, 내가 왜 그랬지?'

그녀는 자신을 놓아준 게 아니었거늘.

"후, 후작이 막대한 자금을 상단에 쏟아붓고 있습니다. 그런데 만약 제가 사라지면……."

헬리아의 입꼬리가 씨익 올라갔다. 만족스런 대답이었다.

"좋아."

"가, 감사합니다."

"돈도 놓고 가."

"예?"

"설마 가져가려는 건 아니겠지?"

"무, 물…… 론입니다."

헬리아가 서늘하게 웃자 윌리슨은 울상을 지으며 고개를 끄덕일 수밖에 없었다.

'이 악마 년, 네년이 다 가져라. 퉷퉷퉷!'

그날 이후 윌리슨 남작의 모습은 어디에서도 발견되지 않았다.

❊

"이번 윌리슨 상단의 매출입니다."

페이튼 자작이 내민 보고서를 읽은 후작의 입가엔 미소가 번졌다. 엘라드 상단을 무너뜨리기 위해 윌리슨 상단에 천문학적인 자금을 투입하였다. 부담이 되는 액수였지만, 그 결과가 고스란히 눈앞에 보이니 후작으로서는 만족스런 결과였다.

"엘라드 상단은?"

"최근 모든 계약을 윌리슨 상단에 빼앗겼습니다. 또한 엘라드 상단과 거래했던 대부분이 윌리슨 상단으로 옮겼습니다."

"좋군."

후작은 턱을 쓰다듬으며 눈을 반짝였다. 애초에 이랬어야 했다. 후작은 앓던 이가 빠진 듯 속이 시원했다. 이참에 윌리슨 남작과의 관계를 다시 설정해야 할 필요를 느낀 후작은 페이튼 자작에게 물었다.

"윌리슨 남작을 부르게."

"알겠습니다."

그때였다. 천장에서 복면을 쓴 이가 내려왔다. 그때까지만 해도 후작은 기분이 좋은 상태였다. 하지만 복면인의 말을 듣는 순간 후작의 웃음은 싹 사라졌다.

"윌리슨 남작이 상단의 자금을 모두 횡령하고 사라졌습니다."

"뭐라!"

후작이 자리에서 벌떡 일어났다.

"크윽!"

순간 후작은 솟구치는 혈압에 뒷목을 잡았다. 비틀거리는 그의 몸을 페이튼 자작이 부축했다.

"괘, 괜찮으십니까?"

"괜찮을 걸로 보이느냐! 횡령이라니!"

믿을 수 없었다. 윌리슨 남작이 횡령이라니. 그에게 쏟아부은 돈이 얼마인데!

"어찌 된 일인지 자세히 말해보거라."

"그것이……."

복면인은 고개를 숙였다. 그로서도 일이 어찌 된 것인지 짐작할 수 없었다.

"송구합니다. 미연에 방지를 했어야 했는데……."

"그걸 말이라고 하는 게냐!"

후작의 노성이 방 안을 쩌렁쩌렁 울렸다.

"이 아돌프 후작이 일개 상인에게 횡령을 당해? 하!"

후작은 어이가 없어 화가 날 지경이었다. 그 윌리슨 남작이라는 놈의 사지를 잡아 죄 뜯어버리고 싶은 심정이었다.

"당장 그놈을 잡아와라!"

후작의 눈이 이글거렸다.

"명을 받듭니다."

복면인은 한차례 부복을 한 뒤 모습을 감췄다. 그러나 후작의 분노는 가라앉지 않았다. 그의 몸이 분노로 떨렸다.

"이놈을, 내 이놈을!"

엘라드 상단을 무너뜨리기 위해 윌리슨 상단에 들어간 돈은 한 해 자신의 영지를 운영하고도 남을 엄청난 자금이었다. 그뿐이 아니었다. 엘라드 상단의 자금력은 그보다 윗줄이기 때문에 후작은 자신의 권력과 인맥을 이용해 투자자를 모았고, 그들의 돈으로 엘라드 상단을 압박했다. 그의 의도대로 압박엔 성공했다. 문제는 그저 편리한 도구로만 여기던 월리슨 상단이 그의 뒤통수를 제대로 칠 줄 몰랐다는 것이다.

"으득, 월리슨 남작!"

후작이 이를 바득바득 갈았다. 이로 인해 손해를 본 귀족들이 결코 가만히 있지 않을 게 분명했다. 그나마 아돌프 후작이라는 권력 앞에 몸을 사리고 있지만 틈이 생긴다면 그를 물어뜯는 피라냐가 될 것이다.

"후, 후작님."

시종의 목소리가 덜덜 떨려왔다. 후작의 기세에 눌려 제대로 숨을 쉬지 못했다.

"또 무슨 일이냐!"

시종은 제가 한 일도 아닌데 자신한테 화를 내는 후작이 야속하기만 했지만, 그가 할 수 있는 일은 없었다. 그는 자신의 소임에 맡게 방문객의 등장을 알렸다.

"에, 엘라드 상단의 상단주가 후작님을 뵙기를 청하옵니다."

"엘라드 상단주가?"

후작의 눈이 가늘어졌다.

"안녕하십시까, 엘라드 상단의 상단주입니다."

꽤나 뻣뻣한 인사였다. 후작은 미간을 찌푸렸지만, 그것에 뭐라 하지는 않았다. 후작은 마주앉은 엘라드 상단주를 관찰했다.

'소문대로군.'

언제나 흰 가면을 쓴 괴짜라는 소문이 돌았다. 후작은 그 소문이 틀리지 않았음을 인정했다. 가면으로 인해 도통 상대가 무슨 생각을 하는지 파악할 수 없었다. 목소리를 들어보니 이십 대 초반 정도의 젊은 여자였다.

후작의 눈이 가늘어졌다. 이전까지 엘라드 상단은 눈엣가시 같은 존재였다. 엘라드 상단을 무너뜨리기 위해 윌리슨 상단을 이용하지 않았던가. 결과적으로는 뒤통수를 맞긴 했지만.

'엘라드 상단이라.'

순간 후작의 머리가 빠르게 돌아갔다. 이전까지 몇몇 충돌은 있어 왔지만, 아돌프 후작과 엘라드 상단이 불구대천의 원수는 아니었다. 또한 상대는 상인. 이익이 되는 일이라면 적의 손도 잡을 위인이다. 후작의 표정이 변한 것도 그쯤이었다.

"내 익히 소문은 들어 알고 있네. 왕국 최고의 상단이라고."

"훗, 과찬의 말씀이십니다."

"목소리를 들어보니 나이가 많지는 않는데 그 나이에 최고 상단의 상단주라니, 놀랍군."

순간 가면 속에 가려진 상단주의 눈동자가 휘는 것을 느꼈다. 하지만 그것이 웃음인지 비웃음인지는 명확치 않았다.

"좋게 봐주셔서 감사합니다. 들리는 소문에는 저희를 별로 좋아하지 않는다고 들었는데, 아니었나 봅니다."

그 뼈 있는 말에 노련한 후작은 어깨를 으쓱였다.

"내 그런 소리를 했던가?"

참으로 뻔뻔하기 그지없었다. 하지만 표정만 봐서는 정말 그런 것 같아 그의 노련미가 엿보였다.

"헛소문이었나 봅니다."

"한데 이곳엔 어인 일인가?"

후작이 얼른 화제를 돌리자 엘라드 상단주는 잠시 말을 고르다 입을 열었다.

"생각해 보니 후작님과 한 번도 거래를 해본 적이 없다는 사실을 떠올렸지 뭡니까?"

후작의 입가가 살짝 비틀려 올라갔다. 월리슨 남작의 견제로 엘라드 상단의 거래 대부분이 끊기는 사태가 발생했다. 그리고 엘라드 상단이라면 분명 그 배후가 아돌프 후작임을 알아차렸을 것이다.

'역시 이익으로 움직이는 놈들이군.'

"월리슨 상단의 이야기는 들었습니다."

후작의 눈이 날카롭게 벼려졌다. 아직까지 그 분이 쉬이 풀리지 않은 탓이다. 월리슨 남작을 잡으면 반드시 그 목을 개 먹이로 주겠노라 다짐했다. 그러다 이내 상단주의 흰 가면을 보고 냉정을 되찾았다. 과거의 실수보단 미래의 실속이 우선이었다.

후작은 표정을 가다듬고 말했다. 언제 화가 났냐는 듯 그의 얼굴은 평온하기만 하다.

"그런 일이 있었지."

자신과는 아무런 상관이 없다는 듯 말하는 후작.

상단주가 입을 열었다.

"그 바람에 후작님께서 피해가 크신 걸로 알고 있습니다."

후작의 눈이 가늘어졌다.

"하고 싶은 말이 뭔가?"

상단주가 소파에 몸을 기대고 깍지를 꼈다. 그 자세가 퍽 편안해 보였다.

"후작님도 알다시피 저는 상인입니다. 이익을 좇는 자지요. 이익이 되는 일엔 아군이든 적이든 모두 같답니다."

후작의 눈이 반짝였다. 그가 원하던 말이었다.

'엘라드 상단이라면 이번 손해를 만회할 수 있겠군.'

후작의 머리가 빠르게 회전했다. 그러나 표정은 조금 심드렁하게 지었다.

"그래서?"

"이렇게 하시는 게 어떻습니까?"

"무엇을 어찌하겠다는 건가?"

"간단합니다. 저희는 후작님에게 자금을 드리고, 후작님은 저희의 든든한 배경이 되어주시면 됩니다."

후작의 눈이 작게 휘었다. 그가 원하던 바였다.

"어떻습니까? 후작님은 손해를 메울 수 있고, 저희 상단은 후작님이라는 든든한 배경을 얻을 수 있으니 이거야말로 서로 윈윈이 아니겠습니까?"

후작이 턱을 쓰다듬었다. 겉으론 무표정했지만, 속은 이미 계산을 완료한 상태였다. 적이었을 때는 최악의 적이지만, 아군이었을 때는 최고의 동료다. 상대가 지닌 자금은 가히 왕국 최고가 아닌가.

'왕위가 멀지 않았음이야.'

엘라드 상단이 자금을 대준다면 마르지 않는 돈줄을 얻은 것과 같다. 후작의 입꼬리가 올라갔다.

"좋네."

후작은 고개를 끄덕였다. 그러자 상단주가 말했다.

"후작님께 드릴 선물이 있습니다. 함께 사람이 왔는데 그를 불러도 되겠습니까? 제 호위 기사라 검을 소지해 방 안으로 들어오지 못했습니다만 그가 물건을 갖고 있는지라."

"물론일세."

후작은 돈 문제를 해결하자 흔쾌히 허락했다. 후작의 허락이 떨어지고 얼마 뒤 호위 기사로 보이는 이가 모습을 드러냈다.

상단주는 흰 가면, 호위 기사는 검은 가면. 참으로 요상한 조합이 아닐 수 없었다. 그의 손에는 상자가 들려 있었다. 후작은 기대감을 감추려 애를 썼다.

호위 기사가 상자를 테이블에 내려놓았다.
“열어 보시지요.”
“그럼 내 자네의 성의를 봐서 받도록 하지.”
후작은 천천히 상자를 열었다.
“이, 이게.”
후작의 눈이 커졌다. 그는 매서운 눈으로 상단주를 노려보았다.
“이게 무슨 짓인가!”
“무슨 짓이라니요?”
“네, 네년이!”
후작은 와락 얼굴을 구기며 상자를 상단주에게 던졌다. 그러자 뒤에 시립해 있던 호위 기사가 상단주를 보호했다.
상단주가 천천히 자리에서 일어났다.
“선물이 마음에 들지 않으십니까?”
상단주는 혀를 차며 바닥에 흘러내린 종이를 들어 올렸다.
“이거야, 원.”
상자 안에 들었던 것은 금은보화가 아니라 종이 쪼가리였다. 그러나 단순한 종이는 아니었다.
“돈을 갚으셔야지 않겠습니까?”
“어찌하여 내가 윌리슨 남작의 돈을 갚아야 하는 것이냐!”
그것은 윌리슨 남작이 끌어다 쓴 차용증이었다. 문제는 전부 후작의 이름으로 돈을 빌렸다는 것이다. 거기다 더 큰 문제는 가장 많은 돈을 지원해 준 곳이 바로 엘라드 상단이라는 점이다.
후작은 그제야 자신이 당했다는 사실을 알아차렸다.
“윌리슨 상단주를 어디에 감추었지?”
“그거야 저도 모르지요? 잘 살고 있을지 아닐지.”
“이익!”

후작은 화가 머리끝까지 치밀었다.

"당장 저들을 잡아라!"

아돌프 후작의 외침에 기사들이 들이닥쳤다. 그들은 상단주 일행을 둘러쌌다.

"네년, 무슨 수작이더냐?"

"수작이라니요?"

상단주의 말에는 웃음이 가득했다. 그녀가 천천히 자신의 가면을 만졌다.

"그거야 당연한 일 아닙니까?"

그 순간 가면이 바닥으로 떨어져 내렸다.

"너, 너는!"

후작의 눈동자가 흔들렸다. 가면을 벗은 그녀의 얼굴은 본 그의 얼굴은 온통 붉어졌다.

"헬리아 공주!"

"재밌지 않았습니까?"

헬리아가 씨익 입가에 미소를 지었다. 아돌프 후작은 믿을 수 없었다.

"다시 소개하지요."

헬리아가 살짝 고개를 숙였다. 그러나 그것은 예의라기보다는 그저 형식에 지나지 않았다.

"엘라드 상단의 상단주, 헬리아입니다."

"어, 어떻게!"

후작은 이 믿을 수 없는 현실에 잠시 말을 잃었다. 하지만 곧 그녀에게 자신이 속았다는 것을 깨달은 그는 순식간에 표정을 바꾸고 분노를 터뜨렸다.

"이곳에서 순순히 빠져나갈 줄 알았더냐?"

기사들이 헬리아 공주를 둘러쌌다. 그러나 헬리아는 전혀 당황한 얼굴이 아니었다. 그녀의 뒤에 검은 가면을 쓴 호위 기사가 가면을 벗어 던지고 칼을 빼 들었다.

"아, 제 호위 기사라면 후작도 잘 아시리라 봅니다."

"으득, 네놈은."

아돌프 후작은 이안을 보며 이를 갈았다. 그리고 자신이 철저히 헬리아 공주의 손에 놀아났다는 사실을 깨달았다.

"여기서 살아나가지 못할 것이다."

"왕족인 제게 칼을 들이미는 겁니까?"

헬리아는 후작을 향해 조소를 지었다. 후작은 왕족 시해죄로 사형을 당할 수도 있다. 하지만 후작은 냉담하게 말을 내뱉었다.

"죽은 자는 말이 없는 법!"

"정녕 그리하시겠습니까?"

헬리아가 후작을 바라봤다.

"제가 이곳을 엘라드 상단주의 신분으로 온 것 같습니까? 아니면 헬리아 공주의 신분으로 온 것 같습니까?"

아돌프 후작은 헬리아를 죽일 듯 노려보았다. 그는 자신이 헬리아가 파놓은 덫에 걸렸음을 알아차렸다.

"이, 이익!"

후작은 이를 악물었다.

"제게 무슨 해가 생긴다면 그 죄는 모두 후작이 받으실 겁니다. 자, 저를 붙잡으시겠습니까?"

후작은 주먹을 말아 쥐고 부들부들 떨었다. 얼마나 화가 나는지 그의 눈동자에 핏발이 터져 눈이 붉어졌다.

헬리아는 한쪽 입꼬리를 씨익 올리고 종이를 주워 그의 옷깃에 넣었다.

"상환일이 얼마 남지 않았습니다."

"감히, 이 나를!"

"아, 그리고 이걸 빠뜨릴 뻔했군요. 윌리슨 남작에게 지원해 주신 돈은 제가 아주 잘 받았습니다. 이번에 새로 사업을 하나 시작하는데 돈이 부족해 어떻게 할지 고민했는데, 덕분에 아주 잘될 것 같습니다."

"이 죽일 년!"

후작의 손이 헬리아를 향해 날아갔다. 하지만 그보다 먼저 헬리아가 후작의 손을 잡았다. 헬리아의 금안이 빛났다. 그것은 맹수의 것처럼 번뜩였다.

"맞는 건 사양하지요. 이건 제가 받을 게 아니거든요."

헬리아는 후작의 손을 쳐 내고 몸을 돌렸다. 기사들은 그녀가 지나가도 검 한 번 휘두르지 못하고 멍하니 지켜볼 수밖에 없었다.

"아아악! 헬리아!"

헬리아는 멀리서 들려오는 후작의 고함에 입꼬리를 올렸다.

⁂

아르센 왕성의 대전.

왕좌에 앉은 국왕 빈센트는 좌우로 서 있는 대신들 가운데에 서 있는 한 무리를 바라보았다. 그들은 페르시아 제국에서 온 사신단 일행이었다.

"대페르시아 제국의 백작 헤스테인입니다."

사십 대 후반의 헤스테인 백작은 키가 제법 컸지만 살집이 많아 통통한 몸매를 지녔다. 그는 살 때문인지 연신 비 오듯 땀방울을 흘려댔다.

"잘 오셨네."

빈센트는 페르시아 제국에서 온 연례 사신단을 웃음으로 맞이하였다. 페르시아 제국은 아르센 왕국의 북쪽에 위치해 있는 국가로, 레칸 대륙의 삼분의 일을 차지한 거대 강국이었다.

아르센 왕국과는 거대한 물줄기인 세이트론 강을 사이에 두고 인접해 있어 오랫동안 왕래가 잦았다. 아르센 왕국과 페르시아 제국은 국교를 위해 서로 매년 사신단을 파견하였다. 페르시아 제국의 사신단은 헤스테인 백작을 필두로 수십 명의 귀족이 함께였다.

헤스테인은 자신을 향해 도열해 있는 왕과 귀족들을 보며 입꼬리를 비틀어 올렸다.

'쯧쯧, 하나같이 촌스럽기 그지없군.'

헤스테인은 주변을 둘러보며 속으로 혀를 찼다. 하나에서부터 열까지 그의 본국인 페르시아 제국에 비해 아르센 왕국은 훨씬 낙후되어 있었다.

헤스테인 백작은 페르시아 제국 제1황비의 외척 가문으로 권위 의식에 똘똘 뭉친 골수 귀족이었다. 이번에 황제의 명을 받아 처음 제국의 사신으로 온 그는 꽤 거만해져 있었다. 그 탓에 그는 연신 아랫사람을 대하는 윗사람의 태도로 왕국의 귀족들을 대했다. 심지어 그것이 국왕이라도 말이다.

"한데 조금 그렇습니다."

"무엇이 말인가?"

헤스테인의 말에 빈센트가 물었다.

"제 비록 제국에서 백작 위를 지니고 있지만, 대제국의 폐하를 대신해 이곳에 왔습니다. 그런데 귀국의 왕께선 어찌 하대를 하시는지요?"

빈센트의 눈매가 미미하게 굳어졌다. 그러나 그의 입가는 여전히 웃음기를 띠고 있었다.

"그렇군."

빈센트의 대답에 헤스테인은 아무렇지 않게 입을 나불거렸다. 빈센트가 자신의 말을 이해했다고 생각했다.

"이해해 주시니 감사합니다."

헤스테인의 무례한 행동에 아르센 왕국 귀족들의 심기가 사나워졌다. 헤스테인 백작을 향해 살기가 쏟아지는데도 얼굴에 철면을 깐 백작은 아랑곳하지 않았다.

'흥, 겨우 왕국의 귀족 주제에 어디 제국의 귀족에게 감히!'

헤스테인은 의기양양해 있었다.

"하면 이렇게 하면 되겠군."

"예?

빈센트는 자세를 삐뚜름하게 잡은 다음 내리깐 눈으로 그를 쏘아보았다. 갑자기 달라진 국왕의 태도에 헤스테인 백작은 당황했다.

"돌아가라."

"도, 돌아가라니요?"

헤스테인은 자신이 잘못 들은 것이 아닌가 싶어 반문하였다.

"긴 여행 탓에 귀라도 먹은 건가?"

빈센트는 나긋한 표정을 짓고 왕좌에 턱을 기대었다.

"돌아가라."

그제야 빈센트의 말을 알아들은 헤스테인이 대로하였다.

"이, 이게 무슨 무례요! 본 백작은 대페르시아 제국의……."

"이거 아주 햇병아리구먼. 아니 그렇소, 하이든 후작?"

빈센트가 웃으며 하이든 후작을 보자, 후작은 미미한 비웃음으로 헤스테인 백작을 쏘아보았다.

"여행이 힘들었나 봅니다. 저보다 젊은 인사가 귀까지 먹었으니……."

그 조롱에 가까운 언사에 아무리 눈치 없는 헤스테인이라도 발끈했다.

"다, 당장 사과하시오!"

헤스테인이 수치심에 얼굴을 붉게 달아오르자 빈센트는 입꼬리를 올렸다. 그러나 아르센 왕국의 귀족들은 그것이 결코 평범한 웃음이 아니라는 것을 아주 잘 알고 있었다.

'이거야, 원. 또 시작이군요.'

'저 웃음에 누가 감히 당할꼬.'

'허허, 차라리 잘되었습니다. 이참에 저 고약한 녀석을 눌러 버리지요.'

아르센 왕국의 귀족들은 속으로 헤스테인을 향해 고소를 지었다. 철혈의 미소가 어떤 것인지 이제 알게 되리라. 헤스테인은 아직도 상황을 파악하지 못했다.

"사과라니? 어찌 사과를 해야 한단 말인가?"

"무례한 언사요."

"누가 무례했던가? 후작, 내가 그랬소?"

하이든 후작이 웃음을 지으며 고개를 저었다. 빈센트는 다른 귀족들에게 물었지만 그들은 모두 고개를 저었다.

"이, 이게!"

"헤스테인 백작이라 했던가?"

빈센트가 미소를 흘렸다. 그것을 보고 헤스테인은 왠지 오싹한 기분을 맛봐야 했다.

'뭐, 뭐야!'

"자네가 지금 어디에 와 있는지 모르는 것 같아 하는 소리야."

"아, 아르센 왕국 아닙니까?"

"그런데 그렇게 뻣뻣하게 굴어도 좋은가?"

"예?"

"이런 이런, 목숨이 아깝지 않은 모양이야."

빈센트가 슬쩍 목에 손을 가져갔다. 헤스테인은 그의 말을 이해하고 얼굴이 핼쑥하게 변했다.

"저, 저는 사신입니다! 제국이 두렵지 않습니까!"

"내가 뭐라 하였는가?"

빈센트가 씨익 웃었다. 헤스테인은 순간 소름이 쫙 올라왔다.

'이, 이게 뭐야!'

자신이 생각한 상황과 전혀 달랐다.

"하나 충고해 주자면 그 나불거리는 입을 잘 간수해야 할 것이네. 짐은 아주 자비롭지만……."

빈센트의 시선이 좌우에 도열해 있는 귀족들을 향했다. 헤스테인의 시선도 그를 따라 좌우를 훑었다.

'헉.'

아르센 왕국의 귀족들이 하나같이 그를 향해 흉흉한 눈빛을 흘리는 게 아닌가! 헤스테인의 눈동자가 덜덜 떨렸다.

'이거야 원.'

빈센트는 턱을 짚으며 속으로 혀를 찼다. 그의 눈빛에는 헤스테인 백작에 대한 경멸이 담겨 있었다. 아르센 왕국은 결코 제국의 속국이 아니다. 제국의 사신에게 이런 대우를 받을 이유가 전혀 없었다. 그저 헤스테인 백작의 무례한 태도에 그의 기를 눌러주려 했던 것이다.

"이, 이익!"

백작은 수치심에 몸을 부르르 떨었다. 빈센트는 그 모습에서 고개를 절레절레 저었다.

그때였다.

"송구합니다."

나지막한 저음의 목소리가 흘러나왔다. 그 목소리는 단번에 사람들의 시선을 사로잡았다.

"자네는 누구인가?"

빈센트가 눈에 이채를 띠고 그 남자를 보았다. 오십 대로 보이는 남자가 앞으로 나왔다.

"벨리앙 백작이라 하옵니다."

헤스테인은 그에게 뭐라 말을 하려 했지만, 벨리앙 백작이 고개를 저었다. 사태를 악화시키지 말라는 뜻이었다. 헤스테인은 입술을 깨문 채 뒤로 물러났다.

"대신 사과드립니다. 넓은 아량으로 용서해 주시길 바랍니다."

벨리앙 백작의 두 눈엔 총기가 흘렀고, 인상은 반듯했다.

'이거 제대로 된 자로군.'

어찌 그가 먼저 앞으로 나오지 않았던 것인지 알 수는 없지만, 빈센트는 삐딱했던 자세를 풀고 조금 당겨 앉았다.

"하오나……."

벨리앙 백작이 눈을 곧게 뜨고 말했다.

"헤스테인 백작의 말처럼 저희는 본국의 폐하를 대신해 이곳으로 온 사신들이옵니다. 그에 상응하는 대우를 해주시길 바랍니다."

정중하고도 당찬 말이었다. 제국 귀족으로서의 자부심도 느껴졌다. 빈센트의 입꼬리가 올라갔다. 그는 더 이상의 기 싸움은 그만두고 그를 맞이하였다. 벨리앙 백작은 빈센트의 기세가 변하자 살짝 입가에 미소를 띠었다.

"감사합니다."

벨리앙 백작은 빈센트를 보며 손에 땀이 흐르는 것을 애써 감췄다.

'역시 철혈의 미소를 지닌 왕이로군.'

아르센 왕국은 레칸 대륙에서 제국 다음가는 국력을 지닌 국가였다. 헤스테인은 멋모르고 설쳤지만, 제국의 입장에서 왕국과 적대하는 것은 결코 바람직하지 않았다.

벨리앙 백작은 싸늘한 눈으로 헤스테인 백작을 바라보았다. 하지만 이내 그는 시선을 돌렸다. 헤스테인 백작이 말을 할 수 없는 이상 그가 본론을 꺼내야 했기 때문이다.

"본국의 폐하께서는 아르센 왕국과 좋은 관계를 유지하고 싶어 한다는 것을 알아주셨으면 좋겠습니다."

"물론이네."

"하여 본국의 폐하께는 좀 더 아르센 왕국과 돈독한 관계를 맺고자 하십니다."

"좀 더 돈독한 관계?"

빈센트의 표정이 변했다. 그에 아르센 왕국의 귀족들도 웅성거렸다. 벨리앙 백작이 입을 열었다.

"본국의 폐하께서는 아르센 왕국의 비앙카 공주님과 본국의 황태자 마마의 혼인을 바라시고 계시옵니다."

벨리앙 백작의 말에 누군가 앞으로 나섰다. 그는 상자를 들고 있었는데, 그에 아르센 왕국의 시종이 눈치 빠르게 나서며 그것을 받아 들고 빈센트의 앞으로 나가갔다.

"……이것은."

빈센트의 표정이 미미하게 변했다.

"황제 폐하의 친서이옵니다."

제국에서 온 혼담은 아르센 왕국에 파란을 일으켰다.

❊

"어서 오십시오."

아돌프 후작이 입가에 웃음을 띠고 제국의 사신을 맞이하였다. 헤스테인 백작은 아돌프 후작의 극진한 대접에 입꼬리를 올렸다.

"헤스테인 백작이라 하오."

사십 대밖에 되지 않은 헤스테인 백작의 반공대에도 후작은 웃음을 잃지 않았다. 하지만 그의 눈가엔 서늘한 기운이 스쳐 지나갔다. 아돌프 후작이 보기에 상대는 아직 나이만 먹었지 제대로 정치 물도 못 먹어본 풋내기였다.

'제국도 한물갔군. 이런 하룻강아지를 보내다니.'

아돌프 후작은 속으로 혀를 차면서도 겉으론 웃음을 잃지 않았다. 그것을 보고 헤스테인 백작은 더욱 우쭐해졌다.

"이쪽으로 앉으시지요."

헤스테인 백작을 자신의 저택으로 초대한 후작은 그를 음식이 가득 차려진 식탁으로 안내했다. 헤스테인 백작은 아돌프 후작의 태도가 마음에 들었다.

"한데 벨리앙 백작께서는 무슨 일이 있으신가 봅니다?"

아돌프 후작은 벨리앙 백작과 헤스테인 백작 두 사람을 모두 초대했다. 아니, 솔직히 멋모르는 헤스테인 백작보다 벨리앙 백작이 오길 기대했었다.

헤스테인은 인상을 와락 찌푸렸다. 대전에서 겪었던 굴욕이 다시금 떠오른 탓이다. 빈정이 상한 헤스테인은 입술을 비뚜름하게 치켜 올렸다.

"나로는 안 된단 말이오?"

"그럴 리가 있겠습니까?"

"그 사람은 일이 있어 오지 않았소."

아돌프 후작은 얼른 그를 달랬다. 목적만 아니라면 이런 벌거숭이 인사의 목을 콱 비틀어버렸을 것이다.

"자자, 드시지요."

후작이 시종에게 눈짓하자 시종은 얼른 문을 열었다. 그러자 식당 안으로 아리따운 여인들이 모습을 드러냈다. 딱 달라붙은 메이드복을 입은 하녀들을 보자 헤스테인 백작의 눈이 빙그르 돌아갔다. 그는 하녀들의 몸매에 시선을 떼지 못했다.

"큼큼, 그럼."

하녀들은 웃음을 지으며 백작의 시중을 들기 시작했다. 백작은 아름다운 하녀가 따라준 와인을 마시며 음흉한 미소를 지었다.

만족스런 식사를 끝내고 두 사람은 접객실로 옮겨 차를 마셨다. 아돌프 후작은 차 한 모금으로 목을 축인 뒤 입을 열었다.

"폐하께서는 강녕하신지요?"

"늘 같으시오."

제국의 황제 카사스 3세는 연로한 나이임에도 여전히 황제의 자리를 황태자에게 물려주지 않고 그 본인이 정국을 주도해 나갔다. 그나마 황태자의 나이가 젊은 축에 속해 아비보다 늙어 죽을 염려는 없겠지만, 만약 황제가 제 나이에 황태자를 낳았다면 황태자는 황위에 오르지도 못 하고 늙어 죽었을 것이다.

"이번 혼담을 허락해 주셔서 감사하다는 인사를 어떻게 드려야 할지……."

헤스테인 백작은 후작의 말에 옅게 비웃음을 흘렸다. 애초에 왕국의 공주 따위가 본국의 황태자와 혼인이 가당키나 한 말인가? 헤스테인 백작은 이 사신행이 영 마음에 들지 않았지만, 엄명이 떨어져 따를 수밖에 없었다. 그는 눈치가 없고 머리가 얕은 자지만, 자신이 해야 할 일은 잘 알고 있었다. 그것이 그가 살아남은 이유이기도 했다.

"서로 좋은 일 아니겠소?"

"물론이지요. 이 혼담으로 인해 왕국과 제국 두 나라 간의 유대가 더욱 깊어질 겁니다."

"이를 말이겠소."

후작과 백작은 서로를 보며 웃음을 지었다. 그러나 그 속내는 서로 달랐다.

동상이몽.

후작은 제국의 후광으로 2왕자를 왕위에 올려놓기 위함이고, 백작은 그저 황제의 명을 이행하면서 떨어지는 콩고물이라도 얻으려는 속셈이다. 서로의 결과물은 달랐지만 가는 방향은 같았다.

"받으시지요."

후작은 미리 준비해 둔 서류를 백작 앞에 내밀었다. 백작은 힐끔 그것을 보더니 스윽 손을 가져갔다.

"이것은?"

"로칸 산맥의 금광 권리서입니다."

헤스테인 백작은 누가 볼 새라 서둘러 품에 집어넣었다. 그리고 헛기침을 두어 번 했다.

후작은 입가에 미소를 띠며 말했다.

"지참금이라 생각해 주시면 감사하겠습니다."

"큼큼, 폐하께서도 후작의 노고에 깊이 감명받으실 거외다."

후작은 백작을 한번 보더니 작은 상자를 꺼내 그의 앞에 내밀었다. 투박해 보이는 상자였다.

"먼 제국에서 이곳까지 오시느라 수고가 많으십니다. 앞으로 잘 부탁드립니다."

백작은 슬쩍 작은 틈새로 상자 안을 확인하고 빠르게 덮었다. 금빛이 언뜻 스쳐 보이는 것이 확인하고 말고 할 것 없이 황금이다.

"뭘 이런 걸 다……."

백작은 상자를 얼른 품에 갈무리하고 자리에서 일어섰다. 이제 그가 받아야 할 것은 모두 받았다.

"그럼 이만 가보겠소."

"살펴 가시지요."

백작은 몸을 돌렸다. 그러다 문득 생각난 김에 입을 열었다.

"한데……."

"무슨 할 말이라도 있으십니까?"

"혹여 혼담이 깨지는 일은 없겠소? 그렇다면 귀국의 폐하께서 심히 아쉬워하실 겁니다."

"그럴 리가 있겠습니까?"

후작이 웃자, 백작도 웃었다. 제국에서 먼저 혼담을 청해 왔다. 특별한 명분이 없는 이상 왕국에서 혼담을 거절한다면 제국에서 가만있지 않을 것이다.

"그럼 다음에 뵙지요."

백작은 후작을 일별하고 몸을 돌렸다.

끼이익-

캄캄한 어둠 속에서 로브를 뒤집어쓴 남자가 문을 열고 한 가게 안으로 들어갔다. 정오가 넘은 시각. 가게 안에는 그저 술잔을 기울이는 사람만 몇몇 있을 뿐 조용했다. 그는 잠시 주변을 두리번거리다가 카운터로 갔다. 그곳에는 외눈 안경을 쓴 은발의 바텐더가 그날 쓴 컵을 닦고 있었다.

로브를 입은 남자는 의자를 끌고 그의 앞에 앉았다. 바텐더 잭은 자신 앞에 앉은 남자를 한번 흘깃 보고는 말했다.

"무엇을 드릴까요?"

"……."

남자는 말이 없었다. 아니, 망설이고 있었다.

"찾으시는 게 있으십니까?"

잭이 다시 한번 말했다. 그러자 남자는 주위를 훑어보고는 천천히 입을 열었다.

"이곳에 오면 정보를 구할 수 있다고 해서 왔소."

잭의 눈빛이 변했다.

"이쪽으로 오시지요."

잭이 로브를 입은 남자를 키안이 있는 방으로 안내했다.

똑똑—

"손님이다."

"들어오세요."

문이 열리고 잭은 로브를 입은 남자를 안으로 들였다. 남자는 안에 있는 키안을 보고 눈이 커졌다.

"에, 엘프?"

"이쪽으로 앉으시죠."

키안이 웃으며 그를 맞은편 자리로 권했다. 남자는 잠시 주변을 두리번거리며 쭈뼛쭈뼛 자리에 착석했다. 방 안은 온통 수풀로 뒤덮여 있었다. 그 점이 엘프답다고 그는 생각했다.

"무슨 정보를 원하시나요?"

"원래 이렇게 쉽게 정보를 살 수 있는 것이오?"

키안은 남자의 말에 피식 웃었다. 남자는 자신이 들었던 베라에 대한 정보가 실제와 다른 것이 의아한 모양이었다.

"그거야 상대에 따라 다르지요."

남자의 몸이 흠칫 굳어졌다. 그가 자신의 허리춤에 손을 대자 키안이 먼저 입을 열었다.

"궁금하지 않습니까? 먼 제국의 사신께서 이런 곳을 찾는다는 게."

로브를 입은 남자, 아니, 벨리앙 백작의 표정이 굳어졌다. 그는 한동안 검을 쥐다가 이내 손을 떼고 로브를 벗었다. 단정한 그의 얼굴이 드러났다.

"……어떻게 아셨소?"

"기업 비밀이라고 해두죠."

"후우…… 그래서 그냥 들여보내 줬군. 내가 무슨 정보를 의뢰할지도 정보가 되니까."

"등가교환 아니겠습니까?"

키안의 웃음에 벨리앙 백작은 한숨을 내쉬었다.

"어떤 정보를 원하십니까?"

"……."

벨리앙 백작은 잠시 고민하다 결국 입을 열었다. 이미 이곳까지 온 마당에 가릴 것이 없었다.

"엘라드 상단의 활력 포션 원액이 필요하오."

키안의 눈이 이채를 띠었다.

"황태자비의 병환 때문이군요."

벨리앙 백작은 멈칫했지만, 그것으로 상대의 정보력이 얼마나 대단한지 알 수 있었다.

"……맞소. 제국에서 황태자비 마마의 병을 고치려 했지만, 고칠 수 없었소. 해서 엘라드 상단의 활력 포션 원액이라면……."

엘라드 상단의 포션은 왕국은 물론 타국에서도 유명했다. 물론 거래하는 수량은 극히 적었지만, 그 효과는 이미 입증되었다.

"그 일이라면 저희가 아니라 엘라드 상단에 직접 가보시면 될 일이 아닙니까?"

"……."

이미 가보았다. 사람을 시켜 활력 포션 원액을 요청했지만 기업 비밀이라며 알려주지 않았다. 어쩔 수 없이 벨리앙 백작은 그 원액을 얻을 수 있는 방법을 찾기 위해 베라에 온 것이다.

"활력 포션을 얻을 수 있는 방법을 알려주시오."

"글쎄, 원액에 대해선 워낙 철저해서."

키안의 말에 벨리앙 백작의 얼굴이 어두워졌다. 그러나 곧 표정을 바꾸고 말을 이었다.

"그럼 엘라드 상단의 주인을 만나게 해주시오."

키안의 입꼬리가 씨익 올라갔다.

"흐음, 워낙 비밀스럽게 감춰진 사람이라."

"돈이라면 얼마든지 내겠소."

벨리앙 백작의 눈이 굳게 빛났다. 키안은 자신의 매끈한 턱을 만지작거렸다. 과연 이걸 알려줘야 할지 말아야 할지를 재보는 것이다. 하지만 곧 결정을 내렸다.

"아시다시피 엘라드 상단주에 대해 알고자 하시는 손님이 많이 이곳을 찾으셨죠."

"그럼?"

기대에 찬 벨리앙 백작의 눈을 보고 키안은 피식 웃었다.

"하지만 단 한 명도 알아가지 못했습니다."

"그런……."

"왜인지 아십니까?"

"엘라드 상단주가 낸 돈보다 더 많은 돈을 얹어주겠소."

머리 회전이 빠른 벨리앙 백작이었다. 정체를 발설하지 않는 대가로 엘라드 상단에서 돈을 받는다는 것을 단번에 알아차렸다.

"흐음, 엘라드 상단이 얼마를 주는 줄 아시고요?"

"그건……."

왕국 최고라 불리는 상단이다. 적은 돈은 아닐 것이다. 벨리앙 백작은 입술을 깨물었다.

"하지만."

키안의 목소리에 벨리앙 백작이 그를 바라보았다.

"참으로 운이 좋으시군요."

"운이 좋다니……?"

"마침 그 기간이 오늘로 끝입니다. 한데 아직 갱신 전이랍니다."

키안의 말에 벨리앙 백작의 얼굴에 화색이 돌았다.
“그, 그럼!”
“알려드리지요.”
키안이 눈매를 곱게 휘며 말했다.
“헬리아 공주를 만나세요.”
벨리앙 백작의 눈이 커졌다.

❊

“이런 매국노 같은 놈!”
공작이 노성을 터뜨렸다.
“그자가 제정신이란 말인가!”
“궁지에 몰렸으니 뭐라도 해야겠지요.”
“공주!”
플로렌스 공작은 여유롭게 정원에서 차를 마시고 있는 헬리아를 향해 외쳤다. 헬리아는 그런 공작의 분기에도 아랑곳하지 않고 레브가 따라준 차를 음미했다.
“그리 흥분해서 될 일이 아니에요.”
“후우…….”
맞장구쳐 줄 사람이라도 있어야 소리가 나는 법인데, 헬리아의 무심한 반응에 공작은 맥이 풀렸다. 그는 이미 식은 차를 벌컥 마셨다.
“이제 어찌할 셈인가? 황태자와 비앙카 공주가 혼인을 한다면 그 파장이 만만치 않을 거네.”
“글쎄요.”
헬리아는 찰랑거리는 찻잔을 내려다보았다. 느긋한 표정과 달리 그녀의 눈빛은 싸늘하게 식어 있었다.

제국과의 혼인. 헬리아는 입꼬리를 올렸다. 돈으로 아돌프 후작을 옭아맸지만, 겨우 그뿐이었다. 아돌프 후작은 능구렁이처럼 달아날 또 다른 구멍을 만들어놓고 있었던 것이다.

헬리아는 제국과의 관계에 대해 잘 알아보지 않은 자신을 탓했다. 노련한 정치가답게 후작은 많은 수를 생각하고 있었다.

"혼인을 거절한다면 문제가 생기겠죠?"

"이를 말인가!"

게다가 후작이 이 좋은 혼담을 거절할 리가 없었다.

"후우, 제국이 아무 이유도 없이 후작의 혼담을 받아들였을 리 없네."

"뭐 큰 거라도 지참금으로 가져갔겠지요."

미혼도 아닌, 이미 황태자비가 있는 황태자와 혼인을 시킨다는 것은 누가 봐도 정치적인 이유였다. 후작은 제국에게 어떠한 대가를, 그리고 제국은 후작에게 힘을 빌려주었을 게 분명했다. 하지만 그 모든 것은 혼인이 성사되는 것이 전제가 되어야 한다.

"후우……."

"전…… 하는 뭐라고 하시던가요?"

그 전날의 일 때문인가. 묘하게 전하라는 말이 잘 나오지 않았다. 공작은 고개를 저었다.

"아마 혼인을 허락할 걸세."

"그렇군요."

공작은 깊게 한숨을 내쉬었다. 아돌프 후작이 받아들인 혼담으로 야기된 문제는 단순히 후계자 싸움에만 영향을 주지 않을 것이다. 이후 제국의 내정 간섭이 염려되었다.

헬리아는 그런 고민을 하고 있는 공작을 보며 옅게 웃었다.

"너무 걱정하지 마세요."

"공주는 걱정이 안 되시나 보오."

"아직 혼인을 한 것도 아니지 않습니까?"

"그야 그렇네만. 거절할 명분이 없네. 아무리 왕국의 힘이 약하지 않다 하나, 상대는 제국일세. 우리 쪽에서 거절한다면 제국에서 가만있지 않을 걸세."

"이참에 명분 하나 잡겠군요."

헬리아의 머릿속에 더 나아가 전쟁이란 두 글자가 떠올랐다.

"제국의 황제 카사스 3세는 결코 호락호락한 인물이 아닐세."

페르시아 제국의 황제 카사스 3세는 19살에 제국의 황제에 등극한 후 수많은 전쟁을 치러 왔다. 현재 나이 팔십을 바라보고 있지만, 제국을 이토록 거대한 영토로 이룩한 업적은 바래지지 않았다. 게다가 아직까지 황태자에게 황위를 물려주지 않는 것으로 보아 여전히 권력에 대한 야욕을 지닌 인물로 보였다.

"그거 걱정이군요."

그러나 그녀의 표정에서 초조함은 눈 씻고 찾아볼 수 없었다. 플로렌스 공작이 눈을 가늘게 뜨고 헬리아를 보았다.

"혹 무슨 방도가 있는 모양이군."

헬리아의 입꼬리가 씨익 올라갔다. 공작은 그 모습을 보고 확신했다.

"어찌할 생각인가?"

"제국에 대해 좀 알아봤습니다."

"그건 나도 알아봤지만……."

"아뇨, 아주 자세히 말이죠."

헬리아는 찻잔을 만지작거리며 말을 이었다.

"한데 재밌는 상황이더군요."

"재밌는 상황?"

헬리아는 그저 미소로 답했다.

❊

화려한 샹들리에의 불빛은 반짝거렸고, 악사들의 음악 소리는 파티의 흥을 돋우었다. 제국에서 온 사신단을 맞이하는 연회였다.

"제법 화려하군요."

헤스테인 백작은 아르센 왕성의 연회홀을 바라보며 심드렁하게 대꾸했다. 하지만 속내는 달랐다.

'흥, 제법이군.'

아르센 왕성의 연회홀은 제국의 연회홀 못지않게 크고 웅장하며 화려했다.

"한데 이 여성분이……."

헤스테인 백작은 아돌프 후작 곁에 다소곳하게 서 있는 여인을 발견하고 작게 탄성을 내뱉었다. 탐스러운 붉은 머리카락에 맑고 투명한 푸른 눈동자. 장미의 여신이라고 부를 만큼 매혹적이었다.

'아쉽군, 황태자와 혼인할 사이가 아니었으면……'

헤스테인 백작의 눈이 음흉한 욕망으로 번들거리자 비앙카는 작게 눈살을 찌푸렸다. 물론 오랜 시간 다져진 그녀의 포커페이스는 이런 돼지 한 마리로 무너지지 않았다.

"비앙카라고 합니다."

비앙카가 치마를 살짝 들고 예를 표했다. 헤스테인 백작은 비앙카의 인사에 흐뭇하게 미소를 지었다.

"앞으로 잘 부탁하네."

국왕 빈센트는 제국과의 혼담 문제를 뒤로 물렸다. 너무 급작스러우니 추후 논의한 후에 결정하겠다고 일을 마무리 지었다. 하지만 백작은 왕국의 거절 따윈 애초부터 생각하지 않았다.

"그보다 2왕자 전하는 보이지가 않소?"

“몸이 좋지 않아 연회에 참석치 못했습니다.”

아돌프 후작의 눈빛이 싸늘하게 변했다. 최근 2왕자 조슈아의 행동이 이상했다. 어딘지 모르게 멍해 있었고, 항상 카잔을 찾았다.

‘내 반드시 이 일을 마무리 짓는 대로 그자를 없애야겠군.’

후작은 칼날을 벼렸다. 저번 일로 카잔의 도움을 받았지만 길게 봐서 결코 곁에 오래 둘 만한 자가 아니었다.

백작은 심드렁하게 반응했다. 무엇보다 그의 시선엔 비앙카가 자리잡고 있었기 때문이다.

‘뭐 가는 동안 눈요기는 되겠군.’

그가 음흉한 눈길을 비앙카에게 쏟는 그때였다. 벨리앙 백작이 연회장에 모습을 드러냈다. 헤스테인 백작은 원체 연회와는 거리가 먼 그가 이곳에 나타난 것이 의외였는지 말을 걸었다.

“이곳엔 웬일이오?”

“무엇을 말인가.”

벨리앙 백작은 연신 시선을 가만히 두지 못하고 주변을 두리번거렸다.

“찾는 사람이라도 있소?”

“아닐세.”

“처음 뵙겠습니다. 아돌프 후작입니다.”

아돌프 후작이 벨리앙 백작에게 다가가 인사를 나눴다. 제국의 사신과 잘 지내보려는 속셈인 것이다. 하지만 벨리앙 백작은 후작의 인사를 받고는 별다른 말을 꺼내지 않았다. 벨리앙 백작에게는 그보다 더 중요한 일이 있었기 때문이다.

‘아직 오지 않은 것인가?’

백작은 연신 주변을 돌아보며 헬리아 공주를 찾았다. 하지만 그 어느 곳에도 그녀의 모습은 보이지 않았다.

그때였다. 사람들의 시선이 한곳을 향하기 시작했다. 그곳엔 헬리아가 서 있었다. 헬리아의 등장 하나만으로 연회장은 한층 밝아진 듯 환해졌다. 귀족들은 모두 그녀에게서 시선을 떼지 못했다. 그녀는 중요한 행사가 아니면 결코 파티에 나오지 않았다. 수많은 초대장을 보냈지만 그녀는 단 한 건도 참가하지 않아서 사람들의 애간장을 태웠다.

헬리아는 웃으며 안으로 들어왔다. 그녀와 친분을 맺고 싶어 하는 모든 이가 그녀에게 다가왔다. 비앙카 공주의 혼담은 이미 기정사실이 되었고, 헬리아 공주는 아직 미혼이다. 젊은 청년들은 물론 아들을 둔 중년 귀부인들까지 헬리아에게 달려들었다.

"정말 아름다우십니다."

"저와 한 곡 추시겠습니까?"

"제 아들은 어떠신가요?"

귀족들이 한마디씩 던지는 통에 헬리아는 미미하게 미간을 찌푸렸지만 결코 겉으로 드러내지 않았다. 이건 숫제 노처녀가 친척집에 간 꼴이 아닌가. 헬리아는 옅게 한숨을 내쉬었다. 그러다 누군가의 시선을 느꼈다.

벨리앙 백작이었다.

"안 나가십니까?"

클리드는 벽의 꽃을 자처하는 두 남자를 보며 고개를 살짝 갸웃거렸다. 한 명은 흑발과 흑안에 맞춰 검은 연미복을 차려입은 이안이었고, 다른 한 명은 푸른 머리를 곱게 묶어 허리 아래로 내리고 흰 연미복을 입은 엘라임이었다.

클리드는 그 사이에 끼어 두 남자를 힐끗 바라보는 사람들의 시선을 감내해야 했다.

'후우, 내가 왜 여기에 있는 건지.'

클리드는 고개를 저었다. 라임 님이야 그렇다 치더라도 왜 이안 경은 헬리아 공주님 옆에 있지 않는 건가.

“호위 안 하십니까?”

“연회장 내에선 근접 호위를 하지 않는다.”

이안의 말에 클리드는 고개를 끄덕였다. 그러고 보니 주변 벽 쪽에 호위 기사들이 서 있는 것이 보였다. 하지만 그래도 상대는 호위 기사이기 전에 플로렌스 공작의 장남이었다. 충분히 연회를 즐길 만한 신분이었다.

그런데 이안이 움직였다. 헬리아에게 사람들이 몰리자 그녀를 보호하기 위함인 것 같았다. 이안이 헬리아에게 걸어 나가자 이제 엘라임과 단둘이 된 클리드는 이안의 모습을 잠시 보다가 다시 엘라임을 보았다.

“안 나가세요?”

“우웅?”

입에 우그적우그적 꼬치를 집어넣고 있는 엘라임의 모습에 클리드는 한숨을 내쉬었다. 솔직히 자신은 저 말없는 검은 머리 이안 경보다 순박한 그를 더 좋아했다. 무엇보다 자신의 은인이기도 하니 말이다. 그래서 괜한 참견인지 모르지만 말을 꺼냈다.

“저 모습을 보니 조만간 공주님도 혼인할 때가 되셨나 봅니다.”

음식을 입안에 넣던 엘라임이 멈칫했다.

“혼인? 꼬마가?”

“꼬마는 무슨, 벌써 열여덟이신데요. 시집갈 나이지요.”

“하지만.”

엘라임은 먹던 꼬치를 내려놓았다. 왠지 입맛이 없어졌다.

“……그렇겠지.”

“한데 아무렇지 않으십니까?”

“뭘?”

엘라임이 영문을 모르겠다는 듯 눈을 찌푸렸다.
"공주님이 혼인하시는 거 말입니다."
"그거야 나랑은 상관없지. 어차피 똑같을 텐데."
클리드는 이 답답한 남자를 보며 고개를 저었다. 앞서 말했다시피 자신은 이안 경보다 그가 더 좋았다.
"안 똑같습니다. 이제부터 공주님 옆에는 매일 다른 사람이 있을 테니까요. 다른 남자랑 걷고 먹고 자는 겁니다."
"그게 다른 거야?"
"그, 그거야……."
클리드는 엘라임의 동그란 눈동자에 침음을 삼켰다.
"그냥 먹고 자는 거잖아."
"그게 아닌데……."
엘라임은 별다르게 생각하지 않는 것 같았다. 클리드는 입술을 깨물었다.
'어, 어떻게 설명을 하지?'
그의 얼굴이 붉어졌다. 솔직히 말해 그도 아직 동정이었다.
"아, 암튼 앞으로 라임 님이 공주님과 함께할 수 없다는 겁니다."
"하지만 나는……."
정령인데. 그 말을 꺼낼 수는 없었다.
"나는……."
'가족, 친구, 애인? 뭐지?'
엘라임은 헬리아를 바라보았다. 그녀의 옆에는 이미 이안이 서 있어 그녀에게 다가오는 사람들을 물리쳤다. 아니, 그의 날카로운 기운에 접근하지 못했다.
"……나는."
엘라임은 갑자기 머리가 아팠다. 정령 말고 나는 그녀의 뭐지? 엘라임은 오랫동안 헬리아와 이안을 바라보았다. 너무 많이 먹었는지 괜히 속이 쓰렸다.

❊

헬리아는 클리드가 엘라임을 부추긴다는 사실도 모른 채 벨리앙 백작의 시선을 담담히 받아들이고 눈을 빛냈다. 헬리아의 입매가 싱긋 올라갔다. 그녀는 백작에게 다가가는 듯하다가 이내 테라스로 들어갔다. 벨리앙 백작은 그 모습을 보고 잠시 주변을 살피다 헬리아가 들어간 테라스로 다가갔다. 한데 그 앞에서 이안이 그를 막았다.

"다른 곳으로 가시길 바랍니다."

이안의 딱딱한 말에 벨리앙 백작은 입맛을 다셨다. 어떻게든 그녀를 만나야 했다. 그녀가 정말 엘라드 상단의 주인인지는 확인할 수 없으나, 베라의 정보였다. 밑져야 본전인 것이다.

"잠시면 되네."

"불가합니다."

이안이 계속 막자 벨리앙 백작은 애가 탔다. 어떻게든 그녀를 만나 황태자비의 약을 구해야 했다. 그가 이번 사신행에 오른 이유도 그 약을 구하기 위함이었다.

"어떻게 좀 안 되겠나?"

"……."

이안은 잠시 뜸을 들이다 이내 작은 소리로 속삭이듯 말했다. 너무 작은 소리라 백작은 자신이 잘못 들은 것이 아닌가 착각할 정도였다.

"위층으로 올라가시지요."

백작은 자신이 들은 게 맞는지 확신할 수가 없어 눈썹을 모았지만 이내 눈치가 빠른 그는 고개를 끄덕였다. 아르센 왕국의 연회홀 테라스는 2층으로 되어 있었다. 벨리앙 백작은 헬리아가 들어간 테라스의 바로 위층으로 올라갔다. 그리고 문을 열고 테라스로 나아갔다.

"흡!"

"만나서 반갑습니다."

그의 앞에 헬리아가 떡 하니 서 있는 게 아닌가? 백작은 난간 아래를 내려다보았다. 그 아래엔 헬리아 공주가 없었다.

"당신이……."

벨리앙 백작은 초조한 기색을 애써 지워내며 입을 열었다. 헬리아는 미소로 답했다.

"다시 소개하지요. 엘라드 상단주 헬리아입니다."

"정말이었군!"

벨리앙 백작은 새삼스런 눈으로 헬리아를 바라보았다. 아직 스물도 되지 않은 여인이 왕국을 아우르는 대상단의 주인이란 소리에 어찌 놀라지 않을 수 있을까.

"아직 나이가 어린데 대단하오."

"나이가 전부는 아니지요."

"허허."

백작은 허탈하게 웃음을 짓다가 표정을 고쳤다.

"엘라드 상단에 포션의 원액이 있다는 말을 들었소."

"틀린 말은 아닙니다."

"부디, 부디 그 원액을 내게 파실 수 없겠소?"

백작이 애원하듯 말을 토해냈다. 그것만이 구원인 듯 그는 떨리는 눈으로 그녀를 응시했다.

헬리아는 가만히 백작을 보았다.

"황태자비의 치료약 때문인가요?"

백작은 그 말에 잠시 놀랐지만, 상대는 최고의 상단주이다. 그 정도 정보력은 있을 터. 그는 고개를 세차게 끄덕였다.
"그렇소."
"원액이 일반 포션보다 효과가 강하긴 하지만, 그렇다고 만능은 아닙니다. 치료가 안 될 수도 있습니다."
"상관없소."
백작의 머릿속엔 황태자와 황태자비의 간절한 얼굴이 떠올랐다. 그들의 눈빛을 생각하면 작은 가능성이라도 어느 것 하나 놓칠 수 없었다.
"그러니 부탁하오."
헬리아는 잠시 뜸을 들이다 입을 열었다.
"좋습니다."
"그럼!"
"단, 반드시 치료에만 쓰셔야 합니다."
"물론이오!"
헬리아는 입꼬리를 올렸다.
"그리고 조건이 있습니다."
"무엇이든 말하시오. 내가 할 수 있는 일이라면 뭐든 하겠소."
"혼담을 파기해 주십시오."
헬리아의 말에 백작은 잠시 머뭇거리다 이내 입을 열었다.
"하지만 그건……."
혼담을 하고 말고는 겨우 백작 위에 있는 그가 할 수 있는 일이 아니었다.
"백작님의 능력으로 가능합니다."
헬리아가 웃으며 그의 걱정을 불식시켜 주었다.
"그저 상황이 되면 그때 나서주시면 됩니다. 판은 제가 모두 준비할 것입니다. 백작님은 합리적으로 판단하시면 됩니다."

도대체 무슨 일을 벌이려는지 알 수 없지만, 백작은 우선 고개를 끄덕였다.

"알겠소."

비록 아직 스물도 안 된 여인의 부탁이지만, 그녀는 엘라드 상단주이다. 그녀의 생각 저변에 어떤 의도가 깔려 있음을 백작은 짐작했다. 그리고 그에게 중요한 것은 황태자비였다.

"염려 마세요. 그리 어렵지 않을 겁니다."

백작은 고개를 끄덕였다.

"어찌할 것이오?"

헬리아의 눈이 날카롭게 빛났다. 백작은 순간 흠칫했다. 그녀의 눈동자는 마치 먹잇감을 기다리는 맹수의 눈빛이었다.

"패가 모였으니 시작해야지요."

헬리아의 눈동자엔 아돌프 후작의 모습이 스쳐 지나갔다.

❊

"크흐흐흐."

깊은 지하실. 카잔은 자신의 연구실이 떠나가라 웃음을 터뜨렸다.

그의 앞에는 기괴한 액체가 끓고 있었다. 액체를 젓는 카잔의 눈동자는 기괴한 빛을 띠었다.

"다 완성되었다."

카잔의 눈이 번뜩였다.

"헬리아 공주."

그의 눈은 위험하게 빛나고 있었다.

"크크크크."

새파란 하늘엔 새하얀 조각구름이 두둥실 떠 있고, 내리쬐는 햇볕은 따사롭기만 하다. 이런 포근한 날에는 어김없이 졸음이 솔솔 쏟아지게 마련이다. 여기 한 남자도 의자에 몸을 뉜 채 눈을 감고 잠에 빠져들었다. 까마귀 깃털보다 더 새카만 머리카락, 막힘없이 시원하게 뻗은 눈썹과 콧날. 한 번 보면 결코 잊어버리기 힘든 매우 아름다운 남자였다. 아마 그를 추종하는 여자만 해도 수십은 될 터.

"가만 보면 잘생기긴 했어."

금빛 눈동자를 댕그랗게 뜬 헬리아는 잠에 빠져든 이안을 가만히 내려다보며 나직이 탄성을 내뱉었다. 대륙에서 찾아보기 힘든 검은 머리카락은 묘한 매력을 주었고, 차갑게 생긴 인상 또한 절벽 위에 핀 고고한 꽃 같은 느낌을 주었다. 사람의 마음이란 게 얻기 힘들수록 더 바라지 않던가.

"생긴 거만 멀쩡하지."

헬리아는 살짝 한쪽 눈가를 찌푸렸다. 암만 호감이 생기려다가도 그의 냉소적인 태도에 한 발짝 물러서기 일쑤다. 도대체 이런 남자를 좋다고 쫓아다니는 여자들의 취향을 알다가도 모르겠다. 헬리아는 그를 볼 때마다 꺅꺅거리던 머리 빈 귀족 영애들을 떠올리고 고개를 저었다.

"흠."

헬리아는 마치 조각 미술을 감상하듯 잠든 이안의 얼굴을 이모저모 뜯어 보았다. 잘생기긴 했지만 대개 무표정하고 비웃는 얼굴이라 환히 웃는 모습은 제대로 본 적이 없었다. 그야말로 무미건조의 극치였다.

헬리아는 피식 웃었다.

"그러니 친구가 없는 거야."

이 냉소적인 남자에게 웃고 떠들 친구라니, 전혀 그림이 그려지지 않았다.

'암암, 그렇고말고.'

친구 한 명 없을 게 분명했다.

헬리아는 좀 더 허리를 굽혀 이안의 얼굴 가까이 자신의 얼굴을 들이밀었다. 자는 척하는 건지 아직도 깊은 잠에 빠진 것인지 일어날 기미가 보이지 않자 그녀의 행동이 더 대담해졌다.

그녀와 이안과의 거리는 고작 십 센티. 아차 하면 코가 닿을 거리였다. 그러나 그가 눈을 뜨지 않고 있는 탓인지 헬리아는 오랫동안 그의 얼굴을 가까이 살펴보았다.

"아무리 생각해도 기억이 안 난단 말이야."

"무슨 기억 말입니까?"

"엇!"

헬리아의 몸이 뒤로 튀어 올랐다. 갑자기 눈앞에 검은 동공이 보인 탓이다. 그러나 이안이 먼저 그녀의 팔을 잡아당겼다. 두 사람의 간격은 이전보다 더 가까워졌다. 좀처럼 당황하지 않는 헬리아는 깜짝 놀라고 말았다. 몰래 훔쳐본 죄가 있으니 심장이 뜨끔했다. 하나 이내 신색을 고치고 눈을 가늘게 떴다.

"뭐야, 왜 변태처럼 자는 척해?"

이안의 눈매가 틀어졌다. 그는 헬리아의 적반하장에 입가를 비틀어 올리고 그녀의 팔을 놓아주었다. 물론 한 소리 하는 것도 잊지 않았다.

"전 누구처럼 몰래 잠자는 사람 얼굴이나 쳐다보는 변태적인 취미는 없습니다."

소태를 씹은 것처럼 헬리아의 얼굴이 일그러졌다. 하지만 이내 반박할 구석을 찾기 위해 팔짱을 낀 채 그를 내려다보았다.

"언제부터 깬 거야?"

이안은 가볍게 어깨를 으쓱였다.

"처음부터 깨어 있었지?"

생각해 보니 이안은 익스퍼트 최상급. 기척을 숨길 줄 모르는 헬리아를 못 느낄 리 없었다.

"깼으면서 왜 잠자는 척한 거야?"

"말해드릴 의무는 없습니다."

헬리아는 태연한 이안의 태도에 자신도 모르게 불끈 주먹을 쥐었다. 도대체 왜 잠도 안 자는 주제에 눈을 감고 있는 거람? 헬리아는 자신이 한 짓을 떠올리자 얼굴이 화끈거렸다.

이안은 그런 헬리아의 비난 공세에도 아랑곳하지 않고 그저 책상에 놓인 식은 차를 마시곤 남은 잠을 쫓아냈다. 그는 애써 창피함을 숨기려는 헬리아를 보며 입가에 미소를 달았다. 그러나 누군가를 보며 웃은 적이 드문 이안은 얼른 찻잔으로 입가를 가렸다.

잠시 휴식을 취한다는 것이 그만 잠이 든 모양이다. 그러나 헬리아의 생각대로 그는 익스퍼트 최상급. 아무리 잠에 빠져들어도 언제든지 위급 상황에 대처하기 위해 항상 기감을 열어놓고 있었다. 실상 헬리아가 그의 집무실에 발을 들여놓는 순간부터 그는 깨어 있었던 것이다. 다만 노곤히 취한 몸이 기분이 좋아 그저 눈을 감고 있었을 뿐이다.

무엇보다 그는 헬리아가 자신이 잠든 것을 보고 다시 갈 줄 알았다. 만약 그녀가 다가와 자신의 얼굴 가까이에 얼굴을 들이밀 줄 알았다면 일어나 있었을 것이다. 설마 몰래 자신의 얼굴을 보고 있을 줄 알았겠는가. 이미 그녀의 얼굴이 다가왔을 땐 눈을 뜰 타이밍을 놓친 후였다.

그런데 그녀가 코앞에 다가오자 그는 타이밍이고 뭐고 더는 눈을 감고 있을 수 없었다. 갓 목욕을 하고 나왔는지 그녀의 온몸에서 향긋한 향이 흘러나왔기 때문이다.

이안은 속으로 조소를 지었다.

'미쳤군.'

그는 식은 차를 한 모금 마시고 상념을 털어냈다. 괜한 생각이 든 것은 잠에서 덜 깬 탓이리라. 이안은 저도 모르게 헬리아를 힐끗 바라보았다. 헬리아는 잔뜩 언짢은 표정으로 그를 보고 있었다. 그러나 이안이 본 것은 그녀의 도드라진 붉은 입술이었다.

'……잠이 덜 깼군.'

이안은 다시금 머리를 저었다. 그나마 그였기에 이 정도의 자제력을 발휘할 수 있는 것이다. 어느 누가 코앞에 차려진 아름다운 여성을 마다할까.

"이상한 생각을 하는 거 아니지?"

헬리아가 눈을 게슴츠레 뜨고 흘겨보자 이안은 낮게 헛기침을 내뱉고 물었다.

"무슨 일이십니까?"

"뭔가 이상한 생각한 것 같은데……."

헬리아는 의심의 눈초리를 거두지 않았지만 딱히 증거가 없어 더 추궁하지 않고 그의 질문에 답했다.

"뭐 그렇다고 치고."

이안은 잠시 시선을 외면했다. 헬리아는 그의 앞에 투박한 나무 상자를 건넸다.

"받아."

헬리아가 건넨 상자를 본 이안은 눈을 좁혔다. 상자에 무엇이 들었는지 궁금하기보다 왜 이것을 자신에게 건네는지 그것이 더 궁금했다. 그는 상자에서 시선을 떼고 다시 그녀를 보았다.

"……이건 뭡니까?"

"더 원망하진 말라고."

"……무슨 말입니까?

이안은 미간을 찌푸렸다. 그녀의 말이 쉬이 이해가 가지 않았다. 그러다 헬리아의 다음 말에 그제야 이해가 되었다.

"아인하르트."

"……."

이안은 입을 다물고 오랫동안 말을 꺼내지 않았다. 헬리아는 그의 흔들리는 눈동자를 보며 지레짐작했다.

"그 전에 묘한 말을 했었지. 이래 봬도 기억력이 나쁘지 않다고. 뭐, 예전 일이야 어쩔 수 없지만."

이안은 여전히 말하지 않았다. 헬리아는 앞머리를 쓸어 올리며 말을 이었다.

"형의 죽음을 내가 기억하지 못해서였지?"

"……."

헬리아는 이안을 보며 그를 닮은, 아니, 그가 닮은 이안의 형 아인하르트에 대해 떠올렸다.

아인하르트 플로렌스.

플로렌스 공작가의 장남이자, 열여섯의 나이로 최연소 왕실 기사가 된 천재였다. 무예가 출중한 것은 말할 필요도 없고, 다음 대 공작으로서 넘치는 문무를 겸비하고 있었다. 성격 또한 좋아 많은 사람이 그를 따랐다.

그런데 그의 나이 열일곱. 그는 싸늘한 주검이 되어 공작가로 돌아왔다. 온몸에 피칠갑을 한 채로 말이다. 아인하르트의 죽음에 공작가는 분노했고, 바로 범인 색출에 온 힘을 기울였지만 범인을 찾아내지 못했다. 증거가 없었고, 사건 또한 크게 공론화되지 못한 채 묻혔기 때문이다.

그의 시신이 발견된 곳은 왕성이 아니라 왕성 밖이었으며, 원래 그는 그 시각 당시 근무를 서고 있어야 했다. 대부분의 여론은 어린 기사가 근무지를 이탈하여 밖으로 나갔다가 그만 시비가 붙어 죽은 것으로 몰았다.

기사단은 그 일을 크게 확대시키길 원치 않아 쉬쉬했고, 왕실도 그의 죽음에 대해서 더는 나서지 않았다. 플로렌스 공작가의 장남이자, 최연소 왕실 기사에게는 어울리지 않는 불명예 죽음이었다.

"……."

이안은 검은 눈동자로 헬리아를 그저 응시했다. 헬리아는 왠지 목이 타는 것 같았다. 그러나 그의 시선을 외면하지 않았다.

아인하르트의 죽음이 더는 공론화되지 못한 이유.

그건 바로 그녀 때문이었다.

아무리 아인하르트가 근무 중 죽음을 당했더라도 그는 왕국에 두 명밖에 없는 공작가의 장남. 그 죽음이 결코 사사로울 리 없었다. 다만 문제는 헬리아가 그와 함께 있었기 때문에 발생했다.

이안의 눈이 미미하게 흔들렸다. 하지만 이내 눈동자는 다시 중심을 잡았다.

"기억은……."

"나지 않아."

헬리아는 고개를 저었다. 아무리 떠올려 봐도 기억이 나지 않았다. 어째서 기억이 나지 않는 것일까? 그녀는 그저 짐작했다. 기억을 잃어버리거나, 스스로 기억을 닫은 게 아닌가 하고.

"기억이 나지 않는다면 그것으로 됐습니다."

의외의 말인지 헬리아는 눈을 크게 떴다. 이안은 그 모습을 보며 자조적으로 웃었다. 스스로도 놀랄 만큼 잊어버리고 있었다. 이안은 가만히 헬리아를 보았다.

언제부터인가 형보다 그녀를 먼저 생각했다. 지금도 그녀에 대한 원망보단 그녀의 입장에 서서 이해하는 자신을 발견한다. 형의 죽음과 아무것도 할 수 없는 자신에 대한 답답함이 누군가를 원망해야 할 정도로 거셌다. 그래서 그녀를 원망했다. 한데 가까이서 그녀를 보고 느끼면서 그 원망은 인지하지 못하는 사이에 사라져 버렸다.

그녀는 자신의 안위를 위해서 타인을 희생시킬 사람이 아니라는 것. 도리어 자신의 몸을 아끼지 않는 그녀의 행동에 이안은 언제나 신경이 쓰였다.

'형도 이런 마음이었나?'

자신이 아는 형이라면 그녀가 다치게 놔두지 않았을 것이다. 그때 그녀의 나이가 겨우 일곱에 불과했으니.

'그녀가 상처받지 않길 바라는 건가.'

이안은 저도 모르게 입꼬리가 올라갔다. 매끄럽게 입가에 묻어난 미소는 그의 냉막한 분위기를 단번에 걷어주었다. 그 모습을 본 헬리아는 깜짝 놀라 그의 얼굴에서 눈을 떼지 못했다. 그러나 웃음은 어느새 사라지고 평소의 그로 돌아왔다.

왠지 아쉬워 헬리아는 입맛을 다셨다. 하지만 미소가 걷힌 후에도 그의 얼굴은 한층 부드러워졌다. 무언가 마음의 짐을 한껏 털어낸 사람처럼. 헬리아는 그런 이안을 묘하게 바라보았다. 그러다 상자를 그에게 밀었다.

"기억은 나지 않지만. 그래도 알고 있는 걸 모른 척할 만큼 뻔뻔하진 않아. 그러니까 이걸로 원망은 접어둬."

이안은 그녀가 건넨 상자를 열어 보았다. 그것을 본 이안은 다시 헬리아를 보았다. 그녀는 의뭉스런 미소를 짓고 창가로 걸어갔다. 창밖엔 화창한 하늘이 펼쳐져 있었다.

"날씨 좋네."

"이건……."

"내일이 후작의 생일이래."

이안의 눈이 번쩍였다. 헬리아는 입가에 미소를 단 채 하늘을 올려다보았다.

"어때? 생일 선물로."

"놀라겠군요."

"그치?"

헬리아는 피식 웃었다.

"내일은 비가 올 거야. 아주 왕창."

새파란 하늘엔 먹구름의 기색조차 보이지 않았지만 헬리아는 확언했다. 그리고 이안은 확신했다.

"내일이군."

❊

"호호호!"

"축하드립니다. 후작!"

홀 안을 가득 메운 악기의 선율이 한껏 화려하게 치장한 이들의 웃음소리와 뒤엉켰다. 가식으로 만들어진 가면을 쓴 이들은 오늘 파티의 주인공이자 다시금 권력의 중심으로 떠오른 아돌프 후작의 생일을 축하해 주었다.

"생신을 진심으로 축하드립니다, 후작."

사십 대의 대머리 남자는 파리스 남작과 사촌지간으로, 월링턴 남작이었다.

"어서 오시오, 월링턴 남작."

"소신의 이름을 기억해 주셔서 감읍할 따름입니다."

월링턴 남작은 금니로 된 송곳니가 다 보일 정도로 크게 웃었다. 그는 후작과 악수를 나누며 속으로 이곳에 오지 않은 파리스 남작의 우둔함을 꾸짖었다. 파리스 남작은 아돌프 후작이 횡령 사건으로 크게 휘청거릴 때 후작의 손을 놓아버린 것이다.

'흐흐, 아무리 그놈이 머리가 잘났어도 줄을 잘 서야 하는 법.'

월링턴 남작은 후작이 닦아놓을 탄탄대로를 따라 걸으며 얻게 될 부수입을 생각하며 흐뭇하게 웃었다.

"생일을 축하드립니다. 루턴 백작입니다."

그때 월링턴 남작과 후작의 사이로 루턴 백작이 비집고 들어왔다. 오십 대의 평범하게 생긴 루턴 백작은 후작과는 먼 인척관계로 후작의 생일이 되자 눈도장을 찍으러 나온 것이다.

"오랜만이오, 루턴 백작."

자주 보지 않는 얼굴이지만 후작은 가볍게 그와 악수하며 그의 참석을 반겼다.

"하핫, 이거 자주 뵙지 못해 송구합니다. 뭐, 하핫. 앞으로 자주 보면 되지 않겠습니까?"

루턴 백작의 뻔뻔함에 월링턴 남작은 속으로 혀를 찼다.

'저 하이에나 같은 놈. 그간 간을 살살 봐오다 이렇게 후작이 잘나가니 고개를 드는구나.'

제 얼굴에 침이 묻는 줄도 모르고 월링턴 남작은 혀를 찼다. 하나 겉으로 드러내지는 않았다.

"축하드립니다, 후작 각하."

또 한 사람 후작에게 다가간 이가 있었다. 그는 밀러 자작으로 이제까지 그 존재감조차 없던 이였다.

"누구……."

후작도 그의 얼굴을 잘 모르는지 뜸을 들이자 밀러 자작이 얼른 웃으며 답했다.

"밀러 자작입니다."

"아."

밀러 자작의 얼굴은 루턴 백작만큼 뻔뻔하기 그지없었다. 이제까지 중립을 표방하였지만 실상 이리저리 줄을 잡지 못한 떨거지였다. 그러나 시기가 이쯤 되자 얼른 후작에게 달라붙은 것이다.

"이것은 제 작은 성의입니다."

그래도 염치는 있는지 밀러 자작은 후작에게 작은 상자를 내밀었다. 후작은 그 상자 안에 든 내용물을 확인하고 이내 시종에게 건넸다.

"고맙네."

몸을 낮추고 복종의 선물을 건네는 그를 바라보는 후작의 입가엔 옅은 웃음이 묻어나 있었다. 하지만 그의 눈은 싸늘하게 빛나고 있었다. 그럴 수밖에 없는 게 오늘 파티에 참가한 귀족의 대다수가 어중이떠중이거나 윌리슨 남작의 횡령 사건으로 그를 등졌다가 후작이 다시 일어서자 돌아온 이들이기 때문이다.

뭐 하나 믿고 등을 맡길 수 없는 자들이 태반이었다. 후작은 가볍게 혀를 차며 터져 나오는 조소를 감추기 위해 검붉은 와인이 담긴 잔을 들어 입가를 감췄다. 그 조소의 반은 이들에게 보내는 것이었고, 반은 자신에게 보내는 것이었다.

윌리슨 남작의 횡령 사건으로 인해 후작이 받은 피해는 상당했다. 그가 끌어간 돈은 후작가 자산의 절반에 해당하는 액수였다. 후작은 그 일을 수습하기 위해 가진 사업을 여럿 접어야 했을 정도였다. 하지만 오랫동안 실세로 군림해 온 후작가다. 비록 큰 타격을 받았지만, 그것을 회복하는 데 걸리는 시간은 그리 길지 않았다.

그러나 그동안 그를 지지하던 일반 귀족 대부분이 떨어져 나갔다. 하이에나처럼 이익이 되는 곳에 붙던 이들이었다. 후작이 하락세라는 것을 파악하자마자 그들은 서둘러 그에게서 발을 뺐다.

하지만 제국과 비앙카 공주의 혼담 소식이 오가자 이들은 얼른 후작의 품으로 기어들어 왔다. 후작은 이들을 내치지 않고 받아주었다. 아니, 어쩔 수 없이 받아들였다는 것이 더 정확할 터. 이들이 되레 헬리아 편에 서게 된다면 그것만큼 골치 아픈 일은 없을 것이다. 차라리 끌어안아 적당히 떡밥만 뿌려주며 품에 안고 있는 것이 낫지 헬리아의 편에 서게 놔둘 수는 없었다. 또한 오랫동안 정치를 해온 그에게 이런 일쯤은 그저 비웃음 한 번으로 넘어갈 수 있는 문제였다.

'어차피 그런 세상인 것을.'

후작은 와인 한 모금으로 마른 목을 축였다. 그의 눈이 차갑게 식어갈수록 파티의 열기는 한층 더해갔다.

⁂

"이거 비도 오라지게 오는군."

화려한 파티의 불빛이 아스라이 비치는 바깥에는 보초를 서고 있는 경비병이 비를 맡으며 경비를 서고 있었다.

"개 같은 날씨야."

하늘에 구멍이 뻥 뚫린 듯 퍼붓는 비를 보며 경비병들은 모자를 더 눌러썼다.

그때 어디선가 소리가 들려오기 시작했다.

"야, 무슨 소리 안 들려?"

"무슨 소리?"

"야야, 들어봐, 이거……."

달그락달그락.

멀리서 말발굽 소리가 또렷이 들려오기 시작했다. 그리고 그 소리는 점차 커져 갔다.

"마차야."

"마차라고? 얼래? 진짜 마차네?"

경비병들은 파티가 시작되고도 한참 시간이 지나서 마차가 오는 것이 의아했다. 우람한 체구를 한 두 마리의 흑마가 투레질을 하며 다가오고 있었다.

히이잉—

마차가 어느덧 저택 앞에 멈춰 섰다. 경비병은 자신이 맡은 임무를 수행하기 위해 마차에 다가갔다. 흑마가 투레질을 하자 경비병은 흠칫했지만 마부가 목덜미를 쓸어내리자 한결 차분해졌다.

"후작가에 오신 걸 환영합니다. 어디서 오셨습니까?"

그러나 답이 돌아오지 않았다. 경비병은 마부를 보았지만 늙어 귀가 들리지 않는지 귀를 쑤시며 앉아 있었다. 경비병은 이상하다는 생각이 들었다. 시간이 지나도 말이 없자 다시 한번 물었다.

"혹 초대장을 가지고 오셨습니까?"

다행히 이번엔 반응이 있었다. 마차의 문이 열리고 한 남자가 먼저 내려 우산을 폈다. 그가 마차 입구에 우산을 대고 문을 열었다.

경비병들은 마차에서 내린 사람을 보고 입을 열지 못했다. 화려한 금발은 내리쬐는 태양빛보다 더 밝았고, 영롱한 호박 빛 눈동자는 그 어떤 보석보다 값비싸 보였다. 이 흐린 날씨에도 그 빛은 전혀 바래지 않았다.

"저, 저기 도대체 누구……."

한낱 경비병인 그들은 그녀의 신분을 알기 어려웠다. 그러나 결코 가벼운 인물이 아니라는 것은 확신했다.

"참 개 같은 날씨야. 안 그래?"

"예?"

"그래도 오늘 같은 날에 어울리는 분위기야. 좋아."

뭐가 좋다는 것일까. 후작의 생일이 이런 개 같은 날씨에 어울린다는 말로 들리는 것은 착각일까. 경비병들은 어리둥절했다.

"그럼."

여인은 당당한 걸음으로 저택 안으로 걸음을 옮겼다. 퍼뜩 정신을 차린 경비병들은 그녀를 막아섰다.

"파, 파티엔 초대받은 사람만 들어가실 수 있습니다!"

그 말에 여인은 눈가를 살짝 찌푸렸다. 한데 그 모습마저 사랑스럽게 보였다.

"헬리아."

"예?"

여인이 입꼬리를 올리며 웃었다.

"공주가 직접 축하해 주러 온 걸 영광으로 알라고."

경비병들의 눈이 경악으로 부릅떠졌다.

❊

"후작님, 공주님께서 오셨습니다."

페이튼 자작의 말에 후작이 입꼬리를 올렸다. 그는 자애로운 미소를 지으며 공주를 맞이했다.

"어서 오십시오, 비앙카 공주."

후작은 친근한 할아버지의 미소를 지었다. 어느 누가 보나 외손녀를 사랑하는 외할아버지의 모습이었다.

"생신 축하드려요."

한 톨의 애정조차 들어 있지 않을 것 같은 무미건조한 목소리. 그러나 그 할아버지에 그 손녀일까. 비앙카는 후작과 똑 닮은 미소로 화답했다. 후작은 비앙카의 손을 잡고 흐뭇하게 웃었다.

"바쁜 걸음을 하셨구려."

"누구 생신인데 와보지 않겠어요?"

후작은 그 안에 든 비꼼을 놓치지 않았지만 그가 보기에 비앙카는 아직 어린 계집아이일 뿐이었다.

"자자, 어서 가시지요. 모두들 이 늙은이보다 아름다운 공주님을 보고 싶을 겁니다."

비앙카는 눈을 살짝 찌푸렸지만 언제 그랬냐는 듯 웃음을 지었다. 웃음, 또 웃음.

"정말 축하드립니다."

"왕국의 복이 아닐 수 없습니다. 페르시아 제국의 황태자와 혼인이라니……."

귀족들은 비앙카를 보며 아직 완전히 결정되지 않은 혼담을 놓고 축하의 말을 늘어놓았다. 비앙카는 내심 저들의 가식적인 말을 알아챘지만 그것을 겉으로 드러내지 않았다. 아마 저들은 앞으로는 제국의 황태자와 혼인을 축하한다 하면서도 뒤로는 첩실로 들어간 그녀를 깎아내리고 조롱하기 바쁘리라.

'반드시 왕비가 되겠어.'

이미 혼담은 되돌릴 수 없는 일. 그렇다면 그녀가 할 수 있는 최선의 방법은 그 병약한 황태자비가 죽은 뒤 그 자리를 꿰차는 일뿐이었다.

'그렇게 된다면 외할아버지, 당신도 가만두지 않겠어.'

비앙카의 눈이 시뻘건 불길을 담은 채 후작을 노려봤다. 그러나 후작은 가소로운 듯 웃었다.

'네가 감히 그럴 수 있겠느냐?'

비앙카는 입술을 질끈 깨물었다. 후작이란 존재는 그녀가 빠져나갈 수 없는 거대한 늪이었다.

"쯧쯧, 아직 어려."

후작은 자신에게 연신 발톱을 드러내는 비앙카를 보며 혀를 찼다. 자신을 향한 그 발톱은 그저 가소로워 보일 뿐이었다.

"저리 감정을 드러내서야 어디 안주인 자리를 꿰차겠나."

지금 후작의 머릿속엔 이미 황태자비의 죽음이 기정사실화되고 있었다. 그리고 그 후를 그는 준비했다.

"발표는?"

"내일 오전입니다."

페이튼 자작의 대답에 후작은 미소를 흘리며 수염을 쓰다듬었다. 이미 회의를 거쳐 마지막 국왕의 재가만 남은 상태였다. 혼인을 받아들일지 아니면 거절할지.

"거절할 수는 없겠지. 후훗."

거절할 시엔 제국이 가만있지 않을 것이다. 그 고고한 종자들은 한낱 왕국이 거절했다는 것을 알면 어떤 식으로든 보복을 가해올 가능성이 있다. 국왕 또한 그러한 사실을 모르지 않을 터.

"헬리아 공주는 어찌 하고 있느냐?"

"특별한 움직임을 보이고 있지 않습니다. 그날 연회 때를 제외하고 성에서 나오지 않았다 합니다."

후작의 눈이 가늘어졌다. 이런 상황에서 결코 가만히 있을 그녀가 아니었다. 분명 어떤 꿍꿍이를 숨겨두고 있을 것이다.

"다른 자들의 움직임은?"

"공주의 측근들에게 모두 감시를 붙였지만 이상 없었습니다."

"계속 주시해라."

"예."

"공주는 어떻게든 이 혼담을 막으려 할 것이다. 한 치의 소홀함도 없어야 한다."

"명심하겠습니다."

페이튼 자작에게 당부에 또 당부를 했지만, 찜찜함이 가시지 않았다. 다른 한편으론 과연 그녀가 어찌 나올지 궁금하기도 하였다. 자신은 제국과의 혼담이라는 카드를 내려놨다. 과연 그녀는 이 카드를 어찌 받을지.

"그렇다 하더라도 이기는 것은 나다."

후작의 미소가 짙어졌다.

그때 마침 끊어진 음악 사이로 문이 열리는 소리가 또렷이 들려왔다. 순간 찾아든 적막으로 인해 사람들의 시선은 자연스레 문을 향했다.

또각또각. 경쾌한 발걸음 소리가 들려왔다.

아돌프 후작도 다른 이들과 마찬가지로 문을 향해 시선을 돌렸다. 그리고 그는 인상을 와락 구겨 버렸다.

"너무 늦은 건 아니겠죠?"

샹들리에의 불빛보다 반짝거리는 금발과 고혹적인 금안을 품은 눈매가 곱게 휘었다.

"여길 어떻게……."

헬리아는 싱긋 웃었다. 그녀의 뒤로 언제나처럼 이안이 뒤를 따랐다.

"생신을 축하드리러 왔지요."

헬리아는 후작의 일그러지는 표정을 보며 속으로 고소를 지었다. 자신의 등장에 얼마나 당황했는지 그 노련한 후작조차 얼굴이 구겨지는 것을 막을 수 없었던 모양이다.

'지금쯤 속이 부글부글 끓고 있겠지.'

헬리아는 후작에게 다가갔다. 후작은 언제 당황했냐는 듯 눈매를 좁히고 그녀를 노려보았다. 어째서 그녀가 이곳에 와 있는 건지 가늠할 요량인 듯하다. 하지만 그가 헬리아의 의도를 알아챌 리 만무했다. 헬리아와 아돌프 후작이 나란히 서 있자 파티에 참석한 귀족들이 호기심 어린 눈으로 그들을 주시했다. 현재 가장 크게 충돌하고 있는 두 세력의 우두머리. 응당 흥미롭지 않을 리 없었다.

후작은 주변의 시선을 의식하고 헬리아를 바라봤다.

“공주가 내 생일을 축하해 줄 줄은 몰랐군그려.”

“자주 부대끼는 사이 아닙니까? 이런 말도 있지 않습니까? 미운 정도 정이라고.”

후작의 눈이 가늘어졌다. 도대체 무슨 속셈이지? 후작이 페이튼 자작을 사납게 쳐다봤다. 자작은 송구함에 몸 둘 바를 몰랐다. 그가 헬리아 공주를 주시하라 이른 지 채 몇 분이 되지 않았거늘, 떡하니 헬리아가 저택에 찾아온 것이다.

“네가 여긴 왜 온 거지?”

그때 헬리아와 후작의 곁으로 비앙카가 걸어왔다. 그녀는 차가운 눈으로 헬리아를 쏘아보았다.

“말했잖아? 후작의 생일이라기에 찾아왔지.”

언제나 당당한 태도와 표정이다. 비앙카는 입술을 깨물었다.

‘어째서 네년이!’

왜 이렇게 되어버린 것일까? 비앙카는 입술을 깨물었다. 도대체 무엇이 이리 만들었단 말인가? 자신은 외할아버지의 손에서 허우적거리며 다른 나라 첩실로 들어가는데, 그녀는 당당히 외할아버지 앞에 선다. 비앙카는 분하고 원통했다. 그런 모습을 보며 헬리아는 고소를 금치 못했다. 자신을 보며 분에 못 이겨 하는 비앙카의 모습을.

“어처구니가 없네.”

“뭐야?”

비앙카의 눈이 희번뜩 떠졌다. 헬리아는 가볍게 머리카락을 쓸어 올리며 비앙카를 바라보았다. 그녀의 입가엔 한 점 따스함도 없는 웃음이 맺혔다.

“뭐 하나 알려줄까?”

헬리아가 은근한 어조로 입을 열었다. 여전히 제 잘못을 모르고 천둥벌거숭이처럼 씩씩대는 비앙카를 향해. 헬리아가 친한 자매라도 되는 것처럼 비앙카의 붉은 머리카락을 쓰다듬었다.

비앙카는 순간 소름이 돋았다.

"그냥 편하게 살려고 했어."

과거에 너무 힘들게 살아서 그저 휴가처럼 이 생을 살고 싶었다. 그저 밥 먹고 잠자고 그렇게 살고 싶었고 그럴 생각이었다.

"공주 자리? 솔직히 관심도 없었어. 그저 밥은 굶지 않겠구나 싶었지."

평민들도 밥 잘 먹고 사는데 공주면 밥 굶을 일은 없을 거라 여겼다.

"그러다 지겨워지면 공주고 뭐고 다 버리고 그냥 이곳저곳 돌아다니면서 살까도 싶었어. 옛날에 외국으로 여행 가고 싶었는데 시간이 없어서 못 갔거든."

헬리아는 말갛게 웃었다. 비앙카의 표정이 묘해졌다. 그 옆에 있던 후작도 눈을 가늘게 뜬 채 그녀를 바라보았다. 지금 상황과 전혀 어울리지 않는 말이기 때문이었다.

헬리아는 그런 그들을 보며 조소를 지었다. 자신의 말은 전부 사실이다. 정말로 자신은 그렇게 살고 싶었다.

"그런데."

하지만 그녀를 뒤흔든 건 그들이다.

"공주 주제에 밥도 제대로 못 먹고, 가만히 있으려고 하는데 누가 자꾸 툭툭 치잖아? 그거 알지? 잠자고 있는 사람 건드리면 어떻게 되는지."

신분은 공주지만 반쪽 공주라 시녀들은 무시하기 일쑤고 밥도 제대로 주지 않았다. 거기까진 그래도 참았다. 그 정도는 어떻게는 바꿔서 조용히 살면 되니까.

"근데 네가 건드렸잖아?"

"……."

비앙카가 헬리아를 노려보았다. 헬리아는 가소롭지도 않다는 듯 그녀의 머리카락을 부드럽게 쓸어내렸다. 그 순간 비앙카는 몸을 움직일 수 없었다. 헬리아의 금안이 무섭도록 자신을 옭아맸기 때문이다.

"시답지도 않은 짓으로 말이야."

이 모든 일의 시초. 비앙카의 모함만 아니었다면 지금 이 상황도 없었을 것이다.

"나는 결코 당하고는 못 살아. 아니, 결코 당하고 가만히 있지 않기로 했거든."

아직도 헬리아의 가슴 저편에는 끊어내지 못한 과거의 복수가 남아 있었다. 이제는, 그리고 앞으로는 결코 해낼 수 없는 복수.

"이, 이게 모두 내 탓이란 말이야?"

비앙카는 자신의 머리를 만지고 있던 헬리아의 손을 쳐 냈다.

"응."

헬리아가 싱긋 웃었다. 그러면서 후작을 바라봤다.

"날 건드리지 말았어야지."

"감히!"

"후작님."

헬리아가 후작을 바라봤다. 후작은 차갑게 그녀를 노려보고 있었다.

"후작님을 위해 자그마한 생일 선물을 준비했답니다."

"받지 않겠소."

단호한 후작의 한마디에 헬리아는 즐거운 듯 웃었다. 이거, 이렇게 단번에 거절할 줄은 몰랐는데.

"이 선물을 드리려고 얼마나 준비를 많이 했는데, 그럼 섭하지요."

'암, 얼마나 열심히 이날을 준비했는데. 그대로 갈 순 없지.'

"이제 슬슬 올 때가 되었는데."

"장난은 그만하시오."

"장난이라니요?"

후작은 가증스럽게 웃는 헬리아를 보며 이를 갈았다. 이년을 반드시 죽이리라. 그리고 그 사지를 찢어 저잣거리에 던지고야 말리라.

후작은 더 이상 헬리아에게 신경을 쓰지 않기 위해 몸을 돌렸다. 제국과의 혼담으로 인해 초조한 것이리라. 그렇기에 이렇게 와 물을 흐리는 것이라 생각했다. 하지만 그 와중에 그녀의 눈에 어린 묘한 눈빛이 마음에 걸렸다.

'도대체 무슨 생각을 하는 게냐!'

오랫동안 정치판에 구른 후작이지만, 도통 헬리아의 생각을 읽어낼 수 없었다.

"아, 드디어 왔군요."

헬리아가 활짝 웃으며 말했다. 그녀의 말이 떨어지기가 무섭게 어디선가 철기가 부딪치는 소리가 들려왔다. 그리고 들려온 일련의 발걸음 소리. 문이 열리고 그 소리의 주인들이 모습을 드러냈다.

척! 척! 척!

"뭐, 뭐야!"

"왜 병사들이!"

파티에 참가한 귀족들이 아연실색하며 우왕좌왕하며 소리쳤다.

"감히 이게 무슨 짓이냐!"

후작이 노한 표정으로 일련의 병사들을 보며 노성을 터뜨렸다.

"이러고도 감히 무사할 줄 아느냐!"

"무사하지 못할 건 후작 당신이오."

병사들 사이로 아르센 왕국의 감찰관 세인트 백작이 모습을 드러냈다.

"어, 어찌?"

후작은 영문을 몰라 당황했다. 수많은 경우의 수를 생각해 봤지만 이런 일이 왜 발생했는지 이해할 수 없었다. 백작이 엄숙한 표정으로 두루마리를 펴더니 입을 열었다.

"아돌프 후작은 전 왕세자 암살 사건의 용의자로, 이 시간부터 자택에 연금한다."

왕세자 암살 사건의 용의자라니! 후작은 난데없이 망치에 머리를 맞은 듯 몸을 부르르 떨었다. 자신이 용의자라니!

백작은 두루마리를 접으면서 무미건조하게 말했다. 그러나 그의 얼굴에는 후작을 향한 경멸이 가득했다.

"후작의 작위 때문에 감옥이 아닌 연금이라는 것을 다행으로 아시오."

"이, 이게 무슨 소린가!"

"무슨 소리긴."

후작이 뒤를 돌아보았다. 그의 시선이 닿는 곳엔 헬리아가 서 있었다. 헬리아는 테이블에 차려진 와인 한 모금으로 목을 적시며 여유롭게 웃었다.

"네, 네가!"

"후작."

헬리아가 한 발짝 후작에게 다가갔다. 그녀와 후작의 시선이 맞닿았다. 헬리아는 천천히 그의 귓가로 다가가 속삭였다.

"날 믿으면 안 되지."

헬리아가 그에게 한 장의 문서를 내밀었다. 그것을 본 후작의 눈이 커졌다. 과거 헬리아를 복위시켜 주는 대가로 받은 그 문서. 자신의 악행이 담긴 증거였다.

"분명 그것은!"

"깜빡 속았지? 근데 누가 그 좋은 걸 그냥 주겠어? 바보가 아닌 이상에야."

"이익!"

후작이 헬리아를 죽일 듯 손을 뻗었다. 그러나 그 앞을 이안이 막아섰다. 헬리아는 이안의 등 뒤에서 머리만 빼꼼히 내밀고 개구쟁이 같은 표정으로 웃었다.

"생일 선물, 마음에 들었으면 좋겠네요. 아돌프 후작."

"아아악!"

후작이 악에 받친 듯 소리를 질렀다.

"네년을! 네년을!"

헬리아는 유유히 병사들에게 둘러싸인 그를 지나쳤다.

"생일 축하해요."

그에겐 결코 잊지 못할 선물이 되리라.

헬리아는 크게 웃었다.

❊

"도대체 어떻게 된 일인가?"

플로렌스 공작의 따가운 눈초리에도 헬리아는 여유롭게 차를 마셨다. 향긋한 차향이 기분을 개운하게 만들어주었다. 아니, 차향 덕분이 아닐지도.

"무엇을 말입니까?"

그의 끈질긴 시선에 헬리아는 미소를 지으며 대답했다. 플로렌스 공작은 눈을 좁혔다. 공주의 나이는 이제 열여덟. 그런데 능구렁이도 이런 능구렁이가 따로 없다. 결국 궁금한 사람이 목을 맨다고 공작이 먼저 물었다.

"진본이 아니었는가?"

그 이야기에 이안의 시선도 헬리아에게 향했다. 그 역시 이 일의 전말에 대해 궁금한 기색이 역력했다. 혼담을 파기하기 위해 어떻게든 후작에게 제재를 가할 것을 예상은 했지만 그것이 이것일 줄은 꿈에도 상상치 못했다.

왕세자 시해 사건!

오랫동안 이안이 추적해 왔고, 살아남은 암살자를 찾아 마지막 종착점에 도달했지만, 그녀가 먼저 문서를 빼내갔다. 그 뒤로 헬리아는 자신의 복위를 놓고 후작과 거래를 했다. 문서를 파기하는 대신 공주 자리를 얻는 것으로. 그 일은 그렇게 일단락되었다. 그런 줄 알았다. 플로렌스 공작과 이안이 대답을 원하는 눈빛으로 헬리아를 보았다. 도대체 이게 어떻게 된 일인지 알 수 없었다.

"아니지. 후작이 가짜와 진짜를 구분하지 못할 리가 없네."

분명 알아봤을 것이다. 문서에는 후작가의 인장이 찍힌 것은 물론 후작의 친필 또한 들어가 있었다. 후작이 자신이 쓴 서체를 못 알아볼 리가 없었다. 거기다 그는 사인을 할 때면 특별히 마법 처리가 된 잉크를 사용했다. 그 잉크는 매우 특수한 처리가 필요해 조합하려면 적잖은 시간이 걸린다. 하지만 헬리아가 문서를 얻고 그것을 후작에게 넘겨준 시간은 그리 길지 않았다. 그 짧은 시간 안에 완벽하게 위조할 수는 없는 노릇. 한데 진본이 나왔다.

"완벽하게 위조했을 뿐이에요."

"하지만 시간이……."

헬리아는 싱긋 웃었다.

"시간에 구애받지 않을 만큼 완벽하게 위조해 줄 사람이 있답니다."

헬리아의 시선이 하품을 하고 있는 엘라임에게 향했다. 공작은 헬리아의 시선을 따라 엘라임을 보았지만 납득이 가지 않았다. 그가 정령사라 해도 위조는 쉬운 일이 아니었다.

'정령왕이라 이건가?'

하지만 엘라임의 진짜 정체를 아는 이안은 이내 수긍할 수밖에 없었다. 그라면 어떤 종류의 잉크라도 만들어낼 수 있을 테니 말이다.
"허허."
공작은 허탈한 웃음을 흘렸다. 이처럼 일이 풀릴 줄은 상상도 하지 못했다. 혼담 파기를 넘어서 오랫동안 염원해 왔던 후작의 목을 벨 기회가 아닌가. 한편으로 헬리아 공주가 야속한 마음이 들었다.
"말이라도 좀 해주지 그랬는가."
"적을 속이려면 아는 사람이 적을수록 좋지요."
"왜 더 일찍 공개하지 않았는가?"
헬리아는 미소를 짓는 걸로 대답을 대신했다. 만약 처음부터 공개했다면 그녀는 공주로 복귀할 수도, 지금처럼 공작이 그녀를 돕지도 않았을 것이다.
필요악.
후작은 그녀에게 없애야 할 적이었지만, 또 한편으로는 필요한 적이었다. 그래서 헬리아는 최후의, 최후까지 문서를 공개하지 않았다. 후작은 헬리아에게 목줄을 잡힌 줄 모르고 날뛰었던 것이다.
"이거야……."
플로렌스 공작은 혀를 내둘렀다. 그간 헬리아 공주가 보여준 일만으로도 그녀의 크기를 짐작할 수 없었거늘, 이제는 아예 보이지가 않는다. 적이 되면 무서운 자.
'후우, 적이 아닌 게 다행이구먼.'
공작은 힐끔 자신의 아들을 보았다.
'나란히 두면 꽤 보기 좋은 한 쌍인데.'
공작은 이참에 공주와의 결속을 더욱 단단히 다져야겠다고 생각했다.
"이렇게 끝이 나는군."
공작은 왠지 허망하다는 생각이 들었다. 아들을 죽게 한 후작을 제

손으로 처치하지 못한다는 것이 아쉬웠다. 그만이 아니었는지 내내 이안의 표정이 밝지 않았다. 분명 형의 원수인 후작의 몰락에 기뻐해야 하거늘 그러지 못했다.

"아쉽구먼, 아쉬워."

"아쉽지는 않을 겁니다."

헬리아의 눈이 시리게 빛났다.

"후작은 지금 벼랑 끝에 서 있을 뿐이에요. 아직 벼랑 끝. 벼랑 아래가 아니란 말이죠."

헬리아의 눈이 짙은 금빛으로 물들었다.

"그러니 끝은 모르는 겁니다."

헬리아는 남아 있는 찻물을 끝까지 다 목으로 넘겼다.

❊

"발표 연기라니!"

제국의 사신들은 갑자기 오늘로 예정되어 있던 발표가 미뤄지자 당혹스러움을 감추지 못했다. 헤스테인 백작의 심기가 사나워졌다. 어서 이곳의 일을 마무리 짓고 제국으로 돌아가고 싶었다. 그런데 일이 꼬여 버린 것이다.

"이건 제국을 무시한 처사네. 혹여 혼담을 미루려고 하는 게 아닌가?"

헤스테인 백작은 노성을 터뜨렸다. 다른 귀족들도 심기가 불편하긴 마찬가지.

"무슨 일이 있는 게 아니겠소?"

당장에라도 따지러 나갈 것처럼 안절부절못하는 헤스테인 백작을 벨리앙 백작이 다독였다. 이 사신단의 책임자는 헤스테인 백작이었지만, 연륜으로 보나 능력으로 보나 실질적으로 사신단을 이끄는 것은 벨리앙 백작이었다. 하지만 헤스테인 백작의 분기는 쉽게 가라앉지 않았다. 그는 씩씩거리며 소리쳤다.

"무슨 일이 있더라도 이건 제국과 왕국 간의 국가적 문제요. 내부 문제는 내부 문제로 끝났어야지!"

"후우, 사람을 보내놨으니 곧 이유를 알게 될 거요."

벨리앙 백작의 말에 헤스테인 백작은 그제야 자리에 앉았다. 그러나 여전히 신경은 예민해져 있었다. 그는 목이 타는지 시종을 불렀다.

"차를 내와라! 아니, 시원한 것으로 내와라!"

"백작님!"

문이 열리고 사태를 파악하러 보낸 이가 들어왔다. 귀족들이 모두 그를 바라보았다. 헤스테인 백작이 자리에서 일어났다.

"도대체 무슨 일 때문에 연기가 된 건가?"

"아돌프 후작이 연금되었다고 합니다."

"아돌프 후작이?"

백작은 이해하기 힘들다는 듯 눈살을 찌푸렸다.

"도대체 왜?"

"왕세자 시해 용의자로 검거되었답니다. 지금 조사 중이라 연금되어 있습니다."

"하, 왕세자 시해라니!"

헤스테인 백작은 눈을 좁혔다.

'이거 이러다 전부 백지 되는 거 아니야?'

백작은 자신의 품속에 있는 금광을 떠올리며 혀를 찼다. 후작이 만약 이대로 범인으로 확정된다면 그가 가진 모든 재산은 몰수되고 그는 사형당하거나 노예가 될 것이다.

'젠장, 똥 밟았군.'

"그 일로 아르센 왕실이 소란스럽습니다."

"흐음."

헤스테인 백작은 침음을 삼켰다. 그에겐 후작이 사형되거나 노비가 되는 것 따위는 관심사가 아니었다. 그가 가진 재물이 쓰레기가 되는 것은 아닌가가 고민될 뿐이었다. 만약 그렇게 된다면 이 혼담은 오히려 악수였다.

사신단이 혼란에 휩싸인 가운데 유독 차분한 이가 있었다.

'이건가?'

벨리앙 백작은 이 사건이 헬리아 공주가 벌인 일임을 확신했다. 분명 이 일은 오랫동안 준비해 온 일일 것이다.

'무섭군, 무서워.'

벨리앙 백작의 눈빛이 가라앉았다. 그녀의 눈빛이 생생히 떠올랐다. 열여덟이라고 믿기 힘든 눈빛이었다. 사람을 한순간에 사로잡는 그런 눈빛. 결코 그 눈빛을 잊으려야 잊을 수 없었다. 백작은 그런 눈빛을 많이 봐왔다. 바로 제국의 폐하이신 카라스 2세에게서 말이다.

'결코 적이 되어선 안 될 자다.'

어린 나이가 제국의 황제와 같은 눈빛을 하는 자다. 적이 아니라면 반드시 죽여야 할 자. 하지만 벨리앙 백작은 적보다 아군이 되길 택했다.

'이렇게 잠자코 있을 수야 없지.'

이미 판은 공주가 다 짜놓았다. 그럼 자신은 그 판 위에서 움직일 뿐. 백작은 자리에서 일어났다. 그의 얼굴엔 묘한 희열이 뿜어져 나왔다. 지금이라면 가능하다.

혼담 파기.

아르센 왕국에서 혼담을 거절하게 하는 것이 아니라, 제국에서 파기해야 한다. 그것을 위해 헬리아 공주는 제국에게 취소할 명분을 주었다. 백작은 사신단이 모여 있던 접견실을 나가 자신이 배정받은 방으로 들어갔다. 그는 단단히 문을 잠그고 제국에서 가져온 통신 구슬을 꺼냈다. 거리가 먼 탓에 하루에 한 번밖에 쓸 수 없는 통신구였지만 충분히 상황을 알릴 수 있었다.
통신 구슬이 빛을 냈다.
[……벨리 ……백작이오?]
거리가 먼 탓에 통신 환경이 나빴다. 하지만 못 알아들을 수준은 아니었다.
"예, 태자 전하."
벨리앙 백작이 고개를 숙였다. 그의 말을 통해서 상대가 누구인지 알 수 있었다. 페르시아 제국의 황태자! 황태자는 웃음을 지었다. 먼 거리 통신으로는 오로지 목소리만 들렸지만 백작은 그가 웃고 있다는 것을 알 수 있었다.
[……고맙……. 그대 덕분에 ……병이 나을 수…….]
그 말에 벨리앙 백작의 얼굴이 환해졌다. 다행이었다. 얼마나 걱정을 했는지 모른다.
"정말 다행입니다. 정말."
[그대…… 공이 크오.]
"아닙니다."
[어디서…… 구한 ……이오?]
벨리앙 백작은 잠시 머뭇거렸지만, 혼담을 파기하기 위해선 이야기할 필요가 있었다. 지금은 이곳과 제국에서의 연계가 필요한 상황.
"포션을 준 것은 헬리아 공주였습니다."
[헬…… 아 공주?]
"예, 그 대신 공주가 부탁한 일이 있습니다."
[말하시오. 내 무엇이든 ……하겠소.]
벨리앙 백작은 이야기를 꺼냈다. 현재 제국은 황태자의 혼인 문제로 황제와 황태자 간의 알력 싸움이 불거진 상황이다.

황태자는 혼인을 거부했고, 황제는 혼인을 요구했다. 이제까지 황태자비의 병환을 문제로 황태자는 거부할 명목이 없었지만 지금은 아니다. 황태자비가 건강을 되찾는다면 황태자로서도 충분히 거절할 명분이 생긴다. 무엇보다 이 혼담의 가장 큰 주축이었던 아돌프 후작이 왕세자 시해범으로 연급된 상태라는 것이 가장 컸다.

“혼담을 파기해 주십시오.”

이 혼담은 반드시 깨지리라. 벨리앙 백작은 이 모든 판을 짠 헬리아 공주를 떠올리며 몸을 떨었다.

❊

아름드리나무 뒤에서 한 남자가 머리만 빼꼼히 내민 채 어딘가를 응시하고 있었다. 그의 두 눈이 마치 불길에라도 휩싸인 듯 일렁거렸다. 남자의 시선 끝에는 한 쌍의 남녀가 있었다.

“쳇, 뭐가 좋다고 웃냐고.”

나무에 달라붙어 남녀를 보고 있던 엘라임이 투덜거렸다. 그는 정원에 앉아 있는 헬리아와 그의 옆에 서 있는 이안을 보며 눈을 흘겼다. 금발의 헬리아, 그리고 검은 머리의 이안. 둘 다 선남선녀인지라 너무도 잘 어울리는 한 쌍이었다.

“흥, 잘 어울리긴 얼어 죽을.”

엘라임은 연회 이후로 왠지 헬리아를 대하는 게 어색해졌다. 가만히 얼굴을 쳐다볼 수 없다고나 할까.

그때 그의 심정을 복잡하게 만든 원흉이 지나가고 있었다. 엘라임은 눈을 좁힌 채 얼른 그의 뒷덜미를 낚아챘다.

“으악!”

“쉿!”

"뭐 하시는 거예요?"

클리드는 엘라임의 손짓에 목소리를 낮추고 그를 바라보았다. 나무 뒤에서 숨어 있는 꼴이라니.

"조용히 해. 다 들리잖아."

헬리아와 이안의 시선이 그들을 향해 있는 것을 보았다.

"안 되겠다."

엘라임은 얼른 클리드를 데리고 자리를 떴다. 그 모습을 지켜보고 있던 헬리아와 이안은 어리둥절했다.

헬리아가 이안을 보며 물었다.

"왜 저래?"

이안은 어깨를 으쓱였다.

"어디까지 가실 거예요?"

엘라임은 클리드의 말에 순간 울컥해졌다. 자신이 왜 죄지은 사람처럼 도망가야 하는가!

"내가 너 때문에!"

적반하장이라고. 클리드는 한숨을 내쉬었다.

"공주님 때문에요?"

"그래! 네가 쓸데없는 소리를 해서 머리만 아프잖아!"

클리드는 또 한숨을 내쉬었다.

"제가 뭘요?"

"그러니까 네가, 네가……."

엘라임은 더는 말을 잇지 못하고 애꿎은 잔디만 발로 짓이겼다.

"됐어."

"신경 쓰이죠?"

"……."

엘라임은 머리를 쥐어뜯었다. 그날 이후로 생각해 보았다. 자신은 헬리아의 무엇인가. 하지만 또 왜 자신이 이런 고민을 해야 하는가, 자신은 그저 정령이지 않은가. 그녀는 자신의 계약자, 자신은 정령왕. 그런데 뭔가 석연치가 않았다. 가슴속에서 무언가 부족하다고 외치는 것 같았다.

왜 고민하고 있는가. 엘라임이 고민하는 것은 바로 그것이었다. 고민하지 말아야 할 것이 고민되니 그것이 고민이었다.

"공주님과 참 잘 어울리는 한 쌍이지요?"

"잘 어울리긴 개뿔!"

"그만큼 잘 어울리는 사람도 없습니다."

클리드는 이 둔한 사내를 위해 운을 뗐다.

"헬리아 공주님의 부군으로 이안 경만 한 사람이 없다고들 하는데요."

"부군이라니! 그럼 남편 말이야?"

"남편이죠."

"말도 안 돼! 그 비루먹은 검둥이 자식이? 인물이 그렇게 없냐!"

엘라임은 발끈했다.

'감히 누굴 누구한테 붙여?'

엘라임은 딸을 시집보내기 싫어하는 팔불출 아버지처럼 굴었다.

"다들 그래요. 사실 그만한 인물도 없습니다."

"왜? 남자는 많잖아?"

엘라임은 기필코 그 검둥이 자식은 아니 된다는 눈빛으로 클리드를 쏘아 보았다. 클리드는 고개를 저었다.

"아시다시피 아르센 왕국의 공작은 마탑주이신 베로니카 공작님과 플로렌스 공작님뿐입니다. 베로니카 공작님께선 슬하에 자녀가 없으시고 공작가의 공자는 이안 경과 그의 동생분입니다."

"다른 녀석들은?"

엘라임은 마음에 들지 않는 듯 눈을 찌푸렸다. 세상에 남자가 반이거늘 어찌 그 검둥이란 말인가!

"그 밑으로 후작가가 있지만, 아돌프 후작은 비비안 후궁뿐이고 아들이 없습니다. 그 외엔 1왕자의 외할아버지이신 하이든 후작입니다. 그분에겐 아들이 계시지만 나이는 사십 댑니다. 손자 나이는 이제 고작 열 살이 채 되지 않았구요."

"뭐야!"

"그 밑으로는 공주님과 혼인하기엔 격이 맞지 않습니다. 그렇다고 외국에서 부군을 맞아들이기엔 지금 상황이 좋지 않습니다. 내정 간섭의 우려도 있고요."

"하아……."

엘라임은 한숨을 내쉬었다.

"그러니까 저놈밖에 없다는 거야?"

"그렇죠. 하지만 공주님이 원하신다면 평민이라도 혼인하실 수 있습니다. 부군의 힘이 필요하지 않는 분이니까요."

하지만 공주님은 그런 선택을 하지 않으실 겁니다, 라는 뒷말을 잇진 않았다. 아무리 생각해도 사랑만으로 혼인을 하기엔 공주님은 제 또래와 달랐다. 주위에서 원하는 사람과 혼인하라고 말해도 그녀는 이해득실을 따질 것이다. 그녀의 성격이 앞으로 변하지 않는 이상 말이다.

"에이 씨!"

엘라임은 잔디를 벅벅 발로 긁어댔다. 헬리아의 성격을 가장 잘 알고 있는 그가 그녀의 속내를 모를까. 물론 아직까지 이안을 마음에 두고 있진 않지만 혼인을 해야 할 날이 온다면 그로 결정하고도 남을 위인이었다. 갑자기 속이 더부룩해졌다. 아까 먹은 과자가 얹힌 걸까?

"나 간다."

엘라임이 몸을 돌렸다.

"좋아하시는 거 아니었습니까?"

"뭐?"

엘라임이 클리드를 보았다. 무슨 소리냐며 추궁하는 눈빛을 보냈다. 클리드는 이해할 수 없었다. 그가 헬리아에게 보여준 행동, 헬리아가 그를 대하는 행동. 둘 사이에는 다른 이들이 끼어들 수 없는 그 어떤 것이 있었다.

"아세요? 공주님은 당신과 있을 때 가장 편안해합니다."

"그건 내가……."

내가 그녀의 정령이니까 그런 것이다. 그런 거다. 엘라임은 한 번 혀를 찬 뒤 머리를 흩뜨렸다.

"나도 몰라."

엘라임은 터덜터덜 걸어갔다.

❊

"후작의 움직임을 철저히 감시해."

"예, 알겠습니다."

"사신단의 분위기는 어때?"

헬리아의 물음에 클리드는 대답했다.

"현재 상황을 지켜보며 기다리고 있는 중인 것 같습니다."

"흐음."

혼담이 연기된 후 한차례 사신단에서 항의가 들어왔다. 하지만 그 한 번 이후로 사신단은 잠잠했다.

'생각이 많겠지.'

후작이 주도해서 만들어진 혼담이다. 후작이 어떻게 될지 모르는 상황에서 선불리 혼담을 주장할 수는 없는 일. 사신단 내부에서든 제국에서든 어떤 식으로든 혼담에 대해 고심하고 있을 것이다.
"벨리앙 백작이 잘해 줘야 할 텐데."
아르센 왕국이 아닌 제국에서 이 혼담을 파기해야만 한다. 그래야 모양새가 제국이든 왕국이든 좋다.
"그런데 아까 어딜 간 거야?"
"예?"
클리드가 반문하자 헬리아는 미간을 살포시 좁혔다. 클리드는 헬리아의 눈빛에 뜨끔했다. 오랫동안 그녀를 보좌해 왔지만 익숙해지지 않은 것은 바로 저 눈빛이다. 사람의 속살까지 다 벗길 듯한 눈빛!
"아까 나무 뒤에서 훔쳐보고 있던 엘라임이랑 말이야."
"아, 그건……."
뭐라 말을 해야 할까. 클리드는 머리를 긁적였다. 그는 엘라임보다 도무지 헬리아 공주의 마음을 알 수 없었다. 섣불리 이야길 했다가 초를 치는 게 아닐까 생각이 들어 입을 열지 못했다.
"별 이야기는 없었습니다."
"흐음."
헬리아는 클리드를 가만히 쳐다보았다. 그 눈빛에 클리드는 흠칫했다. 사람의 속을 꿰뚫는 눈빛. 저도 모르게 시선을 회피했다.
"뭐 사람마다 말하고 싶지 않은 이야기는 있겠지."
"공주님 그건……."
"큰일은 아니지?"
"……예."
"좋아, 그럼 넘어가지. 엘라임에게 물어보면 되니까. 네가 말 안 한 이유가 있겠지."
"……송구합니다."
클리드는 차마 고개를 들지 못했다. 자신이 괜히 쑤셔 놓은 건 아닐까.

"그럼 가봐."

클리드는 고개를 푹 숙이고 몸을 돌렸다. 그러다 무언가 할 말이 있는지 다시 헬리아를 보았다.

"공주님은 라임 님을 어떻게 생각하십니까?"

"엘라임?"

헬리아가 그 난데없는 질문에 눈을 크게 떴다. 그러다 진지한 클리드의 모습을 보고 매끈한 턱을 두어 번 쓸어내렸다.

"엘라임은 엘라임이지."

그러나 끝까지 답을 바라는 클리드의 표정에 헬리아는 한숨을 푹 쉬고 턱을 괴었다.

"당연한 존재."

클리드의 눈이 살짝 커졌다. 그러나 헬리아는 그런 그를 보지 못했다. 엘라임은 자신의 정령. 그리고 자신은 그의 계약자. 영혼으로 묶인 이 관계에 무엇이 더 필요할까. 헬리아는 그 외 다른 것은 생각해 본 적이 없었다.

"그런 거군요."

클리드는 그녀의 대답에 희미하게 웃었다.

"제가 괜히 쑤셔 놓은 건지도 모르겠습니다."

"뭘?"

"그럼 이만 들어가 보겠습니다."

헬리아는 옅게 한숨을 쉬더니 창밖을 내다보았다. 산 너머로 해가 지고 있었다. 하늘을 금빛으로 물들이는 노을을 보며 벌떡 자리에서 일어났다.

"도대체 어딜 간 거야?"

헬리아는 밖으로 나갔다.

"뭐 해?"

"……."

헬리아는 엘라임을 금방 찾았다. 그의 계약자인 자신이 그를 찾지 못한다는 것은 말이 되지 않는다. 엘라임은 과거 그녀가 머물렀던 데이지궁 근처에 있는 호수에 가만히 서서 금빛으로 물든 호수를 바라보고 있었다.

"엘라임."

그녀의 부름에 엘라임의 고개가 자연스레 뒤를 향했다. 노을의 영롱한 빛과 어우러진 그녀의 모습은 너무나 아름다웠다.

"꼬맹이 많이 컸어."

피식 웃는 엘라임의 모습에 헬리아는 살짝 눈을 찌푸리고 그에게 다가갔다.

"뭔 청승이야?"

틱틱거리지만 그 안에 걱정이 담겨 있다는 것을 그 누구보다 엘라임은 잘 알았다. 엘라임은 헬리아의 어깨에 머리를 기대었다. 그에게서 향긋한 물 내음이 풍겼다. 호수보다 더 짙은 물 내음. 편안한 내음이다.

"꼬맹아."

"왜?"

"꼬맹아."

"자꾸 꼬맹이라 할래?"

"헬리아."

"……."

헬리아는 나직이 귓가를 파고드는 그의 음성에 순간 몸을 움찔했다. 엘라임이 천천히 고개를 들었다. 물빛의 푸른 머리카락은 노을에 반사된 호수처럼 황금빛으로 빛이 났다. 자신의 머리색보다 더 금빛으로.

엘라임이 조심스럽게 입을 열었다.

"나……."

"……."

헬리아는 가만히 엘라임을 보았다. 무슨 이야기를 하려는 것일까? 묘한 초조함이 손끝에서부터 번져 나갔다.

"나……."

엘라임이 말을 맺었다.

"배고프다."

헬리아는 그 말에 입가를 씰룩였다. 엘라임은 히히 웃으며 머리를 긁적였다.

"밥 언제 먹어?"

"……배가 고파?"

"응, 그러고 보니 내가 아직 뭘 먹은 게 없더라고."

"이 거지새끼가! 네가 그러고도 정령왕이냐!"

사람을 괜히 걱정스럽게 만들어! 헬리아는 화가 나 신던 신발을 벗어 손에 쥐었다. 엘라임은 그 모습에 뒷걸음질 쳤다.

"뭐, 뭐 하려는 거야?"

"뭐 하긴."

그러면서 신발을 힘껏 엘라임을 향해 던졌다.

"이러려는 거지!"

타악!

"아파!"

"아프라고 하는 거다, 이 거지새끼야!"

"이씨!"

엘라임은 투덜거렸지만 다른 쪽 신발을 손에 든 헬리아를 보고 얼른 도망쳤다. 헬리아는 도망가는 엘라임의 뒤를 쫓았다. 물론 손에는 신발 한 짝을 들고서.

"왜 도망가!"
"네가 쫓아오니까!"
그렇게 노을이 짙은 오후가 물 흘러가듯 천천히 흘러가고 있었다.

❊

소문이 어디에서부터 시작된 건지 알 수 없다. 하지만 한번 퍼지기 시작한 소문은 걷잡을 수 없는 불길처럼 널리 퍼져 나갔다. 아르센 왕국 수도는 물론 왕국 전체에 아돌프 후작의 만행이 사람들의 입과 입을 통해 알려지기 시작했다.

어느 한 주점.
허름한 가게 안은 일을 마치고 한잔 걸치러 온 이들로 북적였다. 한 남자가 거칠게 맥주잔을 내려놓았다. 그의 얼굴은 술로 인해 잔뜩 붉어져 있었다. 목수인 거쉬는 자신의 동료 레크를 보며 입을 열었다.
"자네도 들었는가?"
레크는 거쉬가 입을 열자 또 시작이군, 하는 표정으로 혀를 찼다.
"왜 그새 또 마누라가 도망갔는가?"
"예끼, 이 사람이. 오랜만에 오늘 마누라 밥 먹고 왔네."
"그럼 뭔가?"
"이 사람, 이거 귀는 열고 사는가? 온 천지가 그 이야기인데."
"말을 해줘야 알 것 아닌가?"
거쉬는 혀를 쯧쯧 차며 입을 열었다.
"옛날에 있었던 왕세자 습격 사건을 아는가?"
그 말에 레크는 오랜 기억을 되짚어 기억해 냈다.
"왕세자 습격 사건? 아, 그 이야기 말인가? 하지만 결국 범인을 못 잡지 않았는가?"
"잡았다고 하는구먼!"
"뭐여!"
레크는 놀라 눈이 커졌다. 당시 그 사건으로 왕국이 소란스러웠다. 타국의 습격이니 내부에 일어난 암투이니 말이 많았지만 결국 범인을 잡지 못했었다.
레크가 궁금증에 얼른 물었다.
"그게 누군가?"
작게 목소리를 낮췄지만 돌아오는 대답은 컸다.
"아, 글쎄, 그게 아돌프 후작이라는구먼!"
"아, 아돌프 후작! 이, 이 사람아, 목소리가 크네!"
타박했지만 그는 아랑곳하지 않았다.
"비밀도 아니구먼! 나가서 아무나 붙잡고 물어보게. 다들 그 후작 놈을 욕하느라 정신이 없다고!"
그러면서 옆 테이블을 향해 물었다.
"이보시오! 거 아돌프 후작 아시오?"
그러자 옆 테이블에서 술을 마시던 중년 남성이 크게 고함을 질렀다.
"그놈의 후레자식 때문에!"
"아돌프 후작이라고?"
"그 악적!"
"살인마!"
가게 안이 온통 후작의 욕설로 난장판이 되기 시작했다. 소식에 어두웠던 사내는 어리둥절할 수밖에 없었다. 왕국의 실세 중의 실세가 아돌프 후작 아니었던가?
"이, 이게 대체 어떻게 된 일인가?"
"그 살인마를 잡은 이가 누군지 아는가?"

"그게 누군가?"
"그 바로 아름다우신 헬리아 공주님이라네. 금발의 성녀님 말이여!"
헬리아 공주의 이름이 나오자 사람들은 온통 그녀에 대한 찬사를 늘어놓았다. 그녀의 아름다운 외모는 물론, 그녀가 빈민가에서 보여주었던 일들까지 사람들의 입에 회자되었다. 거쉬는 여전히 어안이 벙벙한 레크의 어깨에 손을 턱 얹었었다.
"곧 후작의 재판이 열린다네."
"재판?"
"그래, 곧 후작의 목이 떨어질 거야. 암, 그럴 만하지!"
거쉬의 눈이 가늘어졌다. 레크는 그런 거쉬의 낯선 모습에 묘한 이질감을 느꼈다.

❊

"온통 후작의 이야기뿐이야."
잭의 말에 화초에 물을 주던 키안이 그를 돌아보았다. 키안은 전혀 새롭지 않은 이야기를 들은 사람처럼 반응했다.
"그렇게 소문을 내고 돌아다녔으니 안 날 리 없겠죠."
키안은 웃으며 헬리아 공주를 떠올렸다. 아마 지금쯤 그녀의 한쪽 입가가 올라가 있으리라. 키안이 흰 장갑을 벗고 자리에 앉자 잭은 그에게 홍차를 담은 찻잔을 건네주며 마주 앉았다.
"공주의 짓인가?"
키안은 향긋한 홍차 향을 맡으며 입꼬리를 올렸다.
"공주가 아니면 누가 그러겠습니까? 그보다 요한은 어디 갔습니까?"
"빈민가에 갔더군."
천생 신관인지라 요한은 지난번 불길에 죽어간 이들을 못 본 척 넘어갈 수 없었다. 그는 하루에도 몇 번씩 빈민가를 찾아가 사람들을 돌봤다. 키안은 찻잔을 내려놓고 잭을 보았다.

"후작 주변의 움직임은 어떻습니까?"

"계속 주시를 하고 있지만 그자의 행적을 찾을 수가 없다. 저택도 찾아봤지만 없더군."

잭이 고개를 저으며 한숨을 쉬었다. 후작을 쑤시면 어떤 식으로든 후작과 관련된 그가 모습을 드러낼 거라 생각했다. 하지만 행적은 오리무중.

"곧 드러낼 겁니다."

"다른 곳으로 가버린 게 아닐까?"

"그자, 조직의 목표보다 자신의 목표를 더 중시하고 있는지도 모릅니다. 이제까지 몸을 숨긴 자들과는 행동이 달랐습니다."

그들은 철저히 자신을 숨긴다. 그들을 끈질기게 섬멸한 자신들 때문이다. 그렇기에 베라는 그들을 찾는 데 애를 먹었다. 하지만 이번에 발견한 꼬리는 다르다.

"후작과 손을 잡고 있다는 건, 분명 원하는 바가 있을 겁니다."

"모습을 드러낼까?"

"쥐도 궁지에 몰리면 고양이를 무는 법입니다. 훗, 그 아돌프 후작이 한낱 쥐가 된다는 게 우습긴 하지만, 후작이 가만히 있을 리가 없지요. 반드시 어떤 식으로든 움직일 겁니다. 후작이든, 그자든."

키안의 눈이 반짝였다.

"공주에게 사람을 붙이세요."

"헬리아 공주에게? 후작을 좀 더 파보는 게 낫지 않아?"

"결국 후작의 목적은 공주의 목숨이 될 겁니다. 그자도."

"알겠어. 바로 사람을 붙이지."

잭이 몸을 돌리려 할 때 무언가 깊이 생각하던 키안이 몸을 일으켰다.

"이번엔 저도 움직여야 할 것 같습니다."

"네가?"

잭은 믿기 힘들다는 듯 그를 바라보았다. 지금까지 그가 움직인 적은 과거 그분이 있었을 때뿐이었다. 키안이 움직인다. 그건 베라가 전면적으로 움직인단 소리였다.

"이번엔 제가 필요할 듯싶습니다."

키안은 씁쓸하게 웃음을 지었다.

"사실을 받아들일지 말지는 공주의 몫이겠죠."

❊

아르센 왕국의 대전.

페르시아 제국에서 온 사신단이 국왕의 알현을 요청했다. 아돌프 후작이 연금된 지 일주일이 지나서였다. 대전의 상석에 앉은 국왕 빈센트는 중앙에 서 있는 제국의 사신단을 바라보았다.

"알현을 요청한 이유가 무엇인가?"

빈센트의 질문에 헤스테인 백작이 앞으로 한 발 나아가 고개를 빳빳이 들었다. 그의 얼굴은 하기 싫은 걸 억지로 하는 어린아이처럼 입가가 삐뚜름하게 올라가 있었다.

"최근 아돌프 후작에 대한 이야기를 들었습니다."

빈센트는 의자 손잡이에 팔을 걸치고 그를 내려다보았다. 더 이야기하라는 듯 가만히 그를 보고 있자 헤스테인은 짜증스런 표정을 억지로 풀어내며 입을 열었다.

"제국의 폐하께선 그 일을 들으시고 매우 유감을 표명하셨습니다."

"그래서?"

빈센트의 태도에 헤스테인의 눈썹이 살짝 치켜 올라갔지만 그는 말을 이었다.
"아돌프 후작은 혼담이 예정된 비앙카 공주의 외조부가 되는 바, 제국의 황제 폐하께서는 왕실에 반역의 죄를 저지른 집안과 연을 맺어 아르센 왕실을 곤란하게 만들고 싶지 않다고 하시옵니다."
"그래서 파혼하자는 말인가?"
아직 성사된 일도 아니지만 빈센트가 이런 기회를 놓칠 리 없었다. 그의 단도직입적인 말에 헤스테인 백작은 불쾌했지만 반박할 수 없었다. 자국에서 먼저 혼담을 꺼냈다가 도로 취소한 것이기 때문이다. 아무리 좋게 포장을 하려 해도 모양새가 좋지 않았다.
"……."
헤스테인 백작이 말이 없자 빈센트는 가만히 팔걸이를 두어 번 내려쳤다.
"참으로 불쾌하군."
빈센트의 눈이 날카로워졌다. 헤스테인은 흠칫 놀라 살짝 뒷걸음질쳤다. 호리호리한, 거기다가 나이에 걸맞지 않게 젊어 보이는 외모에도 불구하고 범접할 수 없는 카리스마가 뿜어져 나왔다.
"혼담도 그렇고 파혼도 그렇고. 대제국의 면모가 이런 것인가? 이번 일로 참으로 실망했네."
빈센트의 푸른 눈동자에 헤스테인은 꼼짝할 수 없었다.
"그, 그건……."
헤스테인은 어찌 말을 해야 할지 몰라 우물쭈물했다. 그에게 내려온 지시는 파혼을 하라는 것뿐. 그 외에 어떠한 설명도 충분히 전달받지 못했다. 이 일로 인해 가장 혼란스러운 건 그였다.
'제, 젠장, 도대체 나보고 어쩌라고.'
그때 헤스테인 앞으로 벨리앙 백작이 한 발 나섰다. 헤스테인은 불만스러웠지만 꼬리를 만 채 뒤로 물러섰다. 빈센트는 벨리앙 백작이 앞으로 나서자 흥미롭다는 듯 그를 바라보았다.

"자네는."

"벨리앙 백작이라 합니다."

벨리앙 백작은 가볍게 고개를 숙이며 빈센트를 바라보았다.

"이번 일로 심기가 어지러운 줄 압니다만, 본국의 황제 폐하께서는 아돌프 후작의 일로 왕국에 적잖이 실망을 하셨습니다."

빈센트의 눈썹이 꿈틀했다. 그러나 계속해 보라는 듯 제지하지 않았다.

"본국의 황제 폐하께선 약속을 철저하게 지키는 분이십니다. 하나 약속을 지키기 위해 혼인을 강요하시는 것보다 아르센 왕국을 어지럽히지 않고자 하시기에 이런 결정을 내렸다는 것을 알아주시길 바랍니다."

벨리앙 백작이 빈센트를 응시했다.

'제국은 제국이로군.'

빈센트는 입가가 올라가는 것을 애써 감추며 벨리앙 백작을 바라보았다. 참으로 욕심나는 인재였다. 혼담을 번복한 것은 매우 무례한 일. 한데 벨리앙 백작은 본국 황제의 명예에 누가 될 일을 아르센 왕국을 위한 일이라며 상황을 바꾸었다.

빈센트는 잠시 벨리앙 백작을 보더니 더는 강하게 나가지 않았다. 어차피 그로서도 이 혼담은 원치 않았다. 실상 벨리앙 백작이 말은 저렇게 하지만 누가 봐도 제국이 체면을 구긴 셈이었다.

'또 일을 벌였구나.'

빈센트는 이 일을 만든 헬리아를 떠올리며 흐뭇한 미소를 지었다. 아돌프 후작의 일부터 지금의 일까지. 일련의 사건을 미리 준비한 그녀의 혜안이 놀랍기도 하고 또 한편으론 등골이 서늘해지곤 했다.

"내 제국 폐하의 생각을 읽지 못했군."

"송구합니다."

벨리앙 백작이 고개를 숙였다. 빈센트는 자리에서 일어섰다.

"제국의 뜻을 받아들이겠네. 하나, 파혼이 되었지만 제국과 왕국의 인연이 끊어진 것은 아님을 명심해 주게."

"당연한 말씀입니다."

벨리앙 백작은 체면치레를 해준 빈센트에게 감사의 뜻을 전했다. 그 모습을 옆에서 지켜보던 헤스테인 백작의 얼굴이 사정없이 구겨진 것은 두말할 필요도 없는 일이었다.

페르시아 제국의 사신단은 아르센 왕국에서 며칠간의 일정을 마치고 귀국 준비에 서둘렀다. 황태자와 비앙카 공주의 혼담이 엎질러진 마당에 계속 있기엔 눈치가 보이는 상황. 그런 상황에서 더 왕국에 있는 것은 여러모로 피곤한 일이었다.

제국의 사신단이 떠나는 당일 아침. 헬리아는 벨리앙 백작을 찾았다. 다른 사신들은 떠날 준비에 바빠 그들의 만남에 신경 쓰는 이는 아무도 없었다.

"은혜는 잊지 않겠습니다."

벨리앙 백작은 입가에 웃음을 드리우며 헬리아를 향해 더없이 정중한 태도로 고개를 숙였다. 헬리아는 고개 숙인 백작을 일으켜 세웠다.

"서로 도움이 되는 일이었습니다."

"하하, 그렇군요."

백작은 헬리아의 말에 너털웃음을 지었다. 그는 가만히 헬리아를 바라보며 푸근한 미소를 지었다.

"제게는 딸이 하나 있답니다. 아주 어여쁜 아이지요. 그동안 딸이 하나라 아쉬운 적은 없었는데, 오늘처럼 아들이 있길 바란 적은 없군요."

벨리앙 백작은 자신에게 아들이 있었다면 꼭 헬리아와 맺어주고 싶었다. 헬리아 공주를 적으로 돌리는 일이 얼마나 무섭고 두려운 일인지 며칠간 깨달았기 때문이다. 헬리아는 백작의 말을 웃으며 넘겼다. 백작도 그녀의 웃음에 함께 미소를 지었다.

"다시 또 만날 수 있겠지요?"

벨리앙 백작은 몇 번 만나지 않은 이 공주에게 흠뻑 빠지고 말았다. 할 수 있다면 계속 인연을 이어가고 싶었다.

"물론이지요."

"하하, 그리 말해주니 고맙습니다."

벨리앙 백작은 크게 웃으며 고개를 끄덕였다. 그리고 이제 이별을 고할 차례였다.

"그럼 옥체 보중하시길 바랍니다. 그 아돌프 후작이라는 자, 몇 번 보지 못했으나 그대로 물러날 이가 아닌 줄 압니다. 그런 눈빛을 지닌 자는 결코 당하고 살지 않지요."

벨리앙 백작은 아돌프 후작을 떠올리고 진지하게 말했다.

"언제나 위험은 생각지 못한 곳에서 발생하는 법이니까요."

"말씀 새겨듣겠습니다."

"공주님이라면 어떤 일이든 잘 해결하실 겁니다. 그럼 또 언젠가 뵙지요."

벨리앙 백작이 가볍게 고개를 숙이며 멀어져 갔다. 그 모습을 헬리아는 물끄러미 지켜보았다. 그가 제국의 귀족이 아니었다면, 자신의 곁에 붙여두고 싶을 정도로 아쉬웠다.

"다시 만난다면……."

헬리아는 벨리앙 백작의 충고를 새겨들으며 다음을 기약했다. 그녀의 눈이 사냥감을 발견한 사냥꾼처럼 반짝거렸다. 그 눈빛은 빈센트가 벨리앙 백작을 바라보았을 때와 너무도 닮아 있었다.

❊

아돌프 후작의 저택.

저택 주위엔 병사들이 철저히 경계를 서고 있으며, 후작이 연금된 방문 앞에는 두 명의 기사가 눈에 불을 켜고 지키고 있었다. 연금된 이는 저택의 방을 나갈 수 없으며, 방문은 하루 세 번의 식사를 제외하곤 열리지 않는다. 그 외에 모든 행동은 왕실의 재가가 떨어져야 한다.

'음?'

후작의 방문 앞을 지키고 서 있는 기사 렌은 순간 묘한 기척을 느꼈다. 그의 실력은 익스퍼트 상급. 그의 예민한 기감에 누군가의 발걸음 소리가 들려왔다. 그가 칼을 뽑아 들며 그와 함께 보초를 선 오웬을 향해 눈짓했다. 오웬도 이미 기척을 느꼈는지 칼을 뽑아 들었다.

스윽—

무언가 움직이는 소리. 렌과 오웬은 서로의 얼굴을 보며 고개를 끄덕였다. 오웬이 렌의 호위를 받으며 소리가 난 방향으로 걸음을 옮겼다.

그 순간 오웬은 그 소리의 주인공을 볼 수 있었다.

찍찍!

"뭐야."

잔뜩 긴장했던 오웬은 맥이 풀리는 것을 느꼈다. 그의 말에 뒤에 서 있던 렌이 물었다.

"뭔데?"

오웬은 쥐를 잡아 그에게 내보였다. 쥐가 찍찍 소리를 내면서 버둥거렸다.

"쥐야."

쥐는 붉은 눈을 끔뻑이며 그들을 주시하고 있었다. 그때 쥐가 오웬의 손가락을 꽉 물었다.

"아얏!"

쥐는 쏜살같이 렌을 향해 달려갔다. 렌은 어처구니없다는 듯 오웬을 보며 그가 놓친 쥐를 잡아 들었다.

"이거 하나 못 잡냐?"

렌이 쥐를 잡아 들자 오웬은 피가 난 자신의 손가락을 지혈하며 잔뜩 인상을 찌푸렸다. 그러나 그런 렌도 쥐에게 물리는 수모를 당해야 했다.

"앗!"

"그러는 너도 못 잡냐?"

오웬은 그런 렌의 모습에 고개를 설레설레 흔들었다. 쥐는 렌의 손아귀를 빠져나가 쫄래쫄래 도망가고 있었다.

"재수 없기는."

"기다려, 약 상자 가져올게."

렌이 투덜거리자 오웬이 약 상자를 가져오기 위해 자리를 떴다. 렌은 피가 흐르는 손을 지혈하며 눈을 찌푸렸다. 쥐한테 물리다니, 기분이 좋지 않았다.

후작의 방 안.

왕세자 시해 사건의 주범으로 자택에 연금된 후작은 처음과 달리 침착함을 잃지 않았다. 그는 이제까지 헬리아를 얕보고 있었다는 것을 인지했다. 열여덟의 어린 나이와 화려한 외모에 그녀의 능력을 얕잡아 보았던 것이다. 실상 그녀는 속에 구렁이 천 마리는 들어 있을 그런 괴물이었다.

후작은 가만히 창밖을 내다보았다. 그의 저택은 이미 수십 명이 넘는 병사와 기사가 철저히 감시를 하고 있었다. 물샐틈없는 경계. 하지만 후작의 입꼬리가 작게 말려 올라갔다. 그는 힐끔 방 안에 놓인 오래

된 자명종 시계를 바라보았다. 그리고 자신의 방에 있는 거대한 책장으로 다가갔다. 누가 보면 심심해 책이라도 읽으려는 모양새로 보일 것이다. 하지만 후작은 책장 한편에 꽂힌 한 권의 책을 빼내 그 책을 다른 빈 공간에 꽂았다.

드르륵—

그러자 작은 소음과 함께 책장이 옆으로 갈라지기 시작하더니 책장이 사라진 공간엔 아래로 내려가는 계단이 모습을 드러냈다. 후작은 잠시 주변을 살피고 램프를 들어 안으로 몸을 집어넣었다.

터벅터벅.

후작의 발걸음 소리가 나직이 울렸다. 램프에 비친 그의 얼굴은 전날보다 더욱 수척해져 있었다. 정돈되지 않은 수염이 자라났고, 살이 더 빠진 듯 인상은 더욱 날카로워졌다. 그러나 나약해진 육체와 달리 그의 눈빛만은 이전보다 더 흉흉하게 빛나고 있었다.

후작이 다다른 곳은 어느 한 철문. 문을 열자 작은 방이 모습을 드러냈다. 그 작은 방에는 또 다른 곳으로 갈 수 있는 문이 하나 더 나 있었다.

"오셨습니까?"

후작의 오른팔 페이튼 자작이 먼저 와서 그를 맞이했다. 페이튼 자작이 방에 놓인 테이블 의자를 끌자 후작은 당연한 듯 그의 수발을 받아 자리에 앉았다. 페이튼 자작은 후작의 얼굴을 보며 안색을 흐렸다.

"많이 수척해지셨습니다."

"어서 앉게."

"예."

페이튼 자작이 자리에 앉자 후작이 상황을 물었다.

"어찌 되었는가?"

"송구합니다. 최대한 발뺌을 해보았으나, 문서가 진본으로 밝혀졌습니다."

후작의 눈이 찌푸려졌다. 일말의 가능성으로 위조 문제를 제기했지만 헛수고였던 모양이다. 헬리아에 대한 분노가 더욱 쌓여갔다.

"그리고 혼담은 제국 측에서 먼저 파혼을 요청해 왕국은 이를 받아들였습니다."

"……."

후작은 신경질적으로 테이블을 두드렸다. 페이튼 자작은 계속 입을 열었다.

"제국의 사신단은 어제 자국으로 돌아갔습니다."

"……."

후작은 잠시 눈을 감고 생각에 빠져들었다. 결국 마지막 카드까지 쓰레기가 되어버린 것이다.

"곧 재판이 있겠군."

페이튼 자작은 고개를 끄덕였다.

"재판은 일주일 뒤로 잡혔습니다. 아마 재판에 간다면…… 힘들 겁니다."

페이튼 자작은 고개를 들지 못했다. 이대로 재판에 선다면 아돌프 후작은 사형을 면치 못할 것이며 그에 동조한 귀족들은 줄줄이 엮여 나갈 것이다.

"준비는?"

그러나 후작은 포기하지 않았다. 아니, 혹여 마지막 카드까지 못 쓰게 된다면 그다음 수를 생각해 두고 있었다. 물론 결코 쓰고 싶진 않았던 방법이지만.

"이미 천 명의 병사가 수도를 향해 비밀리에 진군 중입니다."

"고작 천 명이더냐?"

"송구합니다. 영지에도 이미 감시가 심한지라……. 그나마 수도에서 동원 가능한 병력이 백여 명 더 됩니다."

"그걸론 부족하다."

후작은 고개를 저었다. 그의 머리는 그 어느 때보다 차분히 돌아갔다. 벼랑에 몰린 탓인지도 모른다. 더 이상 물러설 곳이 없다면 죽기 살기로 앞으로 나아갈 뿐. 후작의 눈이 독기를 품었다.

"다크소드는 왜 아직도 움직이지 않는 것이냐?"

"좀 더 시간이 필요하다고 합니다."

"쯧쯧."

후작은 가볍게 혀를 찼다. 다크소드의 특급 암살자에게 의뢰하기 위해 어마어마한 돈을 지불했다. 그만큼의 일을 해줘야 하거늘 아직까지도 미적거리고 있었다.

"이유는 뭐라 하는가?"

"섣불리 암살을 시도하다간 실패할 수 있다고 합니다."

"못 하는 건 아니겠지?"

"소드 마스터입니다."

그 말에 후작의 표정은 더욱 못마땅해졌다. 소드 마스터이기 때문일까. 아니면 최고 암살자로서의 자부심 때문일까. 그의 움직임은 신중하고 또 신중했다.

"앞당기라고 하거라."

"예."

후작은 잠시 깊은 생각에 잠겼다. 천여 명의 병력, 그것으로 전세를 역전시키는 건 어려울 것이다. 다크소드가 헬리아 공주를 처리한다 해도 그 이후의 일이 남았다. 다크소드의 특급 암살자는 매우 까다로운 자로 한 번 의뢰에 단 한 명의 사람만 암살하기로 유명한 자였다.

"병력이 모자라……."

후작이 손가락으로 책상을 두드렸다. 그리하면 생각이 나올 것 같다는 듯 톡톡톡 두어 번 두드렸다.

그때 후작 대신 페이튼 자작이 먼저 생각을 내놓았다.

“그자들을 이용해 보면 어떻겠습니까?”

“그자들?”

후작은 월리슨 남작의 횡령 사건과 이번 사건으로 그를 지지하는 많은 세력을 잃었다. 그 때문에 그를 도와줄 이는 거의 없었다.

“예, 몇몇 적당한 자를 추려놓았습니다.”

페이튼 자작은 미리 준비해 둔 서류를 후작에게 내밀었다. 후작은 그것을 살펴보고는 찌푸려진 미간을 폈다.

“확실한 자들인가?”

“움직이지 않을 수 없을 겁니다.”

페이튼 자작이 확신했다. 그에 후작은 고개를 끄덕였다.

“하면 이제 움직이실 겁니까?”

“이만하면 오래 있었지. 답답한 곳은 질색이야.”

후작은 자리에서 일어났다. 그의 저택에는 수많은 비밀 통로가 있고, 그 통로 중에는 그의 방에서 밖으로 나가는 통로도 존재했다. 후작은 이제까지 나갈 수 없어 나가지 못한 것이 아니라 준비가 되기 전까지 나가지 않았던 것이다.

그런데 후작이 움직이려는 찰나 찍찍거리는 쥐 울음소리가 들려왔다. 언제 나타났는지 그들 앞에 검은 쥐 한 마리가 붉은 눈을 흉흉하게 뜨고 그들을 지켜보고 있었다.

‘기분 나쁘군.’

후작은 그 쥐를 보며 미간을 찌푸렸다. 그런데 그때였다.

—평안하신지요? 후작 각하.

쥐의 입에서 사람의 목소리가 들려왔다. 페이튼 자작은 얼른 검을 뽑아 후작을 보호했다.

“네놈은 누구냐!”

–크크크, 이거 절 잊어버리신 것 같아 섭섭합니다.

"너는……."

후작은 목소리의 주인이 누구인지 알아차렸는지 눈을 좁히며 쥐를 응시했다. 쥐는 우스꽝스럽게 작은 앞발을 들어 올려 예를 차렸다. 쥐가 한 탓에 그 모습은 께름칙하기 그지없었다. 쥐는 입가에 웃음을 띠었다. 그 웃음은 너무도 사이해 페이튼 자작은 등에 소름이 돋는 것을 느꼈다.

"네놈 설마 흑마법사더냐?"

후작은 경계의 눈으로 쥐, 즉 카쟌을 바라보았다. 빈민가의 일 때도 그렇지만 그의 능력은 사이하기 짝이 없었다. 쥐는 후작의 말에 살짝 눈이 커지더니 킥킥거리며 웃었다. 인간과 구강 구조가 다른 탓에 쥐의 웃음소리는 찍찍거리는 소리로밖에 들리지 않았다.

카쟌은 긍정도 부정도 하지 않았다. 후작은 더는 그에 대해 묻지 않고 본론을 꺼냈다.

"네놈이 여긴 무슨 일이냐?"

–당연히 후작님을 도와드리기 위해서 찾아왔지요.

"하, 나를 도와?"

–이거 섭섭합니다. 이래 봬도 2왕자 전하의 스승이며 전날 빈민가의 일을 함께 도모한 동료가 아닙니까?

"원하는 것이 무엇이냐?"

후작은 쥐를 노려보았다. 후작은 바보가 아니다. 카쟌이 어떤 야망을 지녔는지 모를 리 없었다. 쥐가 입꼬리를 올리며 섬뜩하게 웃었다.

–헬리아 공주를 제게 주십시오.

후작이 눈을 찌푸렸다.

"헬리아?"

무슨 연유로 그녀를 달라고 하는 것일까? 전날의 복수 때문일까?

-받은 것은 꼭 돌려줘야 하는 성미라서 말이지요.

후작은 가만히 쥐를 응시했다. 저 카쟌이 단지 헬리아 공주만을 원할 리가 없었다. 하지만 후작은 그것에 대해 더 묻지 않았다. 그가 자신을 이용하려 한다면, 자신도 이용해 주면 그뿐.

"좋네. 그리하지."

후작은 곧 승낙했다. 그에겐 그리 나쁜 조건이 아니었다.

"하지만 반드시 죽여야 하네."

-물론입니다. 그럼 이제 제가 움직여야 할 차례군요. 그럼 우선 이 칙칙한 곳에서 벗어나도록 할까요?

"출구는……."

페이튼 자작이 후작이 들어온 문과 반대에 있는 문으로 향하려 했지만 쥐는 후작이 나온 방향으로 움직였다.

-자자, 따라오시지요.

쥐가 히죽 웃었다. 후작은 어떻게 이곳을 빠져나갈 것인지 궁금해져 쥐를 따라나섰다.

"후작님."

페이튼 자작이 후작을 불렀지만 후작은 그저 쥐를 따라 움직였다. 결국 그도 최대한 경계를 하며 후작의 뒤를 따랐다.

드르륵.

책장이 열리고 한 마리의 쥐와 후작, 그리고 페이튼 자작이 모습을 드러냈다. 후작은 주변을 둘러보았지만 방은 들어올 때와 마찬가지였다. 쥐는 당당하게 어디론가 움직이기 시작했다. 그것은 밖으로 나가는 문. 그러나 그 문 앞은 기사들이 단단히 지키고 서 있을 터였다.

"정문에는 기사들이 있습니다."

페이튼 자작이 말했지만 쥐는 작은 손가락을 들어 좌우로 흔들었다. 쥐의 움직임이 인간과 너무도 흡사해 그 괴이한 모습이 꿈에 나올까 무서웠다.

—걱정하지 마시죠. 제가 말씀드리지 않았습니까? 제 능력을 보여드린다고.

그때 문이 끼익 열리기 시작했다.

"이게 대체……."

후작은 열린 문 앞에 서 있는 기사들을 보고는 놀라 눈이 커졌다.

—자, 어떠십니까?

어딘지 모르게 흐리멍덩한 눈을 한 기사 두 명이 손수 후작의 방문을 연 것이다. 마치 누군가에게 조종당한 것처럼. 쥐는 당연하다는 듯이 그 문을 통과했다. 후작도 쥐를 따라 문을 나섰다. 아주 쉽게. 두 기사의 배웅을 받으면서 말이다. 후작 일행이 빠져나가는 동안 저택 안의 그 누구도 그들을 저지하는 이는 없었다. 아무도.

❊

팔랑거리는 나비는 휘청거리는 몸짓으로 세드릭의 손가락에 내려앉았다. 나비를 바라보는 그의 눈동자에는 어지러운 상념이 가득했다. 분노인지, 아니면 기쁨인지 알 수 없는 마음이 그를 혼란스럽게 만들었다.

"왕자님, 공주마마께서 찾아오셨습니다."

노엘, 아니, 아디스의 목소리에 세드릭은 뒤를 돌았다. 그러자 나비는 깜짝 놀라 허공으로 날아가 버렸다.

"왔어?"

헬리아는 정원에 놓인 테이블에 다가가 앉았다. 헬리아는 시녀가 가져다준 차를 한 모금 마시며 숨을 골랐다. 그리고 가만히 세드릭을 보았다.

"후작의 재판이 일주일 후야. 들었지?"

세드릭은 자신 앞에 놓인 찻잔의 물결을 빤히 쳐다보며 고개를 끄덕였다.

"……그는 어떻게 되지?"

"사형."

헬리아의 단호한 말에 세드릭의 눈빛이 묘하게 일렁거렸다. 그것은 분노, 그리고 허탈함이다. 후작이 죽는다는 소식이 기쁜 한편 자신은 그의 죽음에 그 어떠한 일도 하지 못했다는 자괴감이 엄습했다. 후작으로 인해 얼마나 많은 사람이 죽었는가. 자신을 위해 죽어간 그들의 얼굴이 아직도 꿈에 나타나 그를 괴롭혔다. 세드릭이 주먹을 꽉 쥐자 헬리아가 그의 머리를 콩 박았다.

"쓸데없는 생각 하지 마."

"……헬리아."

"정 그러면 나중에 돌이라도 던지든가."

헬리아는 가볍게 말하며 그를 타박했다. 그에 세드릭은 피식 웃으며 자신 안에 있는 울분을 털어버렸다. 그들에 대한 죄책감은 평생 짊어질 의무일 것이다. 그렇다고 그 짐에 묻혀 살 순 없었다.

"고마워."

세드릭의 말간 눈동자가 헬리아의 금안을 투영했다. 그 맑은 눈동자에 헬리아는 시선을 찻잔으로 내렸다.

"고마워할 이유는 없어. 해야 할 일을 했을 뿐이야."

세드릭은 피식 웃으며 고개를 저었다.

"없긴 왜 없어."

헬리아가 세드릭을 보자 그는 힘겹게 휠체어 팔걸이에 손을 얹더니 힘을 주었다. 헬리아는 세드릭이 하는 모양을 지켜보았다. 그의 이마에선 송골송골 땀방울이 맺혔다.

바로 그때였다.
"자, 봐봐."
세드릭은 오롯이 두 발로 서 있었다. 그는 너무도 기쁜 얼굴로 헬리아를 내려다보고 있었다.
"다리가……."
"네게 가장 먼저 보여주고 싶었어."
밝은 미소와 달리 그의 얼굴은 새하얗게 질려 있었다. 그만큼 힘이 든 것이리라. 하지만 그는 기뻤다.
"네 덕분이야. 네가 아니었다면 이렇게 서 있을 수도 없었어."
"……."
"고마워, 헬리아."
순간 세드릭의 신형이 흔들렸다. 헬리아가 얼른 그의 몸을 안아 들었다. 예전처럼 가볍지 않았다. 살이 제법 붙었기 때문이다. 헬리아는 눈을 찌푸렸다.
"무거워."
"후후, 아무래도 계속 서 있는 건 좀 힘드네."
세드릭이 양팔로 헬리아를 감싸 안았다. 그의 가슴에 파묻히게 된 헬리아는 그가 얼마나 두근거리고 있는지 알 수 있었다.
두근두근. 그의 심장은 거세게 뛰고 있었다.
"잘했어."
"응."
세드릭은 웃으며 헬리아의 머리를 쓰다듬으며 더욱 꽉 그녀를 껴안았다. 서서 보니 헬리아의 키는 고작 자신의 턱 아래였다. 품 한가득 들어오는 작은 몸. 헬리아는 자신보다 머리 하나는 더 작고 가녀린 소녀였다.
'작고 가녀린 소녀라.'

맞는 말이면서도 뭔가 우스웠다. 그녀의 등을 볼 때마다 든든함을 느꼈기 때문이다. 그 큰 등이 이리 품 안에 넣고 보니 너무도 작았던 것이다.

"내 걱정은 하지 마."

"누가 걱정한다고."

세드릭은 피식 웃었다. 그녀를 가까이에서 보면서 그녀를 더욱 잘 알게 되었다. 겉으로는 강하지만 헬리아는 누구보다 정이 많았다. 다만 드러내지 못할 뿐이다.

"근데 언제 오빠라고 불러줄 거야?"

"누가 오빠야?"

헬리아가 그의 품에서 빠져나오며 눈을 흘겼다. 세드릭이 울상을 지었다.

"나이도 내가 많잖아."

"나이는 숫자에 불과해."

언젠간 꼭 오빠 소리를 듣고 말 테야, 라고 세드릭은 다짐했다.

그때였다. 훈훈한 분위기를 풍기며 남매가 서로 도닥일 때 클리드가 허겁지겁 달려왔다.

"크, 큰일 났습니다."

헬리아의 눈이 찌푸려졌다. 클리드가 이렇게 뛰어올 정도면 분명 큰일이 생긴 것이리라. 그리고 그 직감은 정확했다.

"후, 후작이 탈주했다고 합니다!"

결국 후작이 움직인 것이다.

제6장 반란

어느 캄캄한 방 안.

흔들리는 작은 초의 불빛이 방 안에 모인 이들의 심정을 대변해 주는 듯 애처롭게 흔들렸다. 문소리가 나자 이미 방 안에 있던 두 명의 시선이 문가를 향했다. 그리고 문을 열고 안으로 들어온 사람과 방 안에 있던 사람 모두 침통한 표정이 역력했다.

"당신도 그 편지를 받고 온 것이오?"

촛불 아래에는 사십 대 외모에 대머리인 월링턴 남작이 초조한 얼굴을 하고 있었다. 그들은 막 들어온 밀러 자작에게 다급하게 물었다. 밀러 자작은 월링턴 남작과 그와 함께 앉아 있는 후작의 먼 친척인 루턴 백작을 보며 침음을 삼켰다.

'이거야 똥 됐구나.'

세 사람 모두 서로를 보고 느낀 생각이었다. 줄을 잘못 선 일이 이렇게 재앙으로 돌아올 줄이야. 밀러 자작은 그늘진 얼굴로 두 명이 앉아 있는 테이블에 가 착석했다.

"그럼 그대들도 그 편지를 받고 온 것이오?"

윌링턴 남작과 루턴 백작이 모두 말없이 고개를 끄덕였다.

"도대체 누구의 짓인지 알아보았습니까?"

윌링턴 남작이 루턴 백작을 보며 물었다. 그러나 루턴 백작은 고개를 저었다. 며칠 전 그의 앞으로 편지가 도착했다. 루턴 백작은 그저 초대장이니 하고 열어봤다가 큰 낭패를 맛봐야 했다. 그 편지 안에는 그가 이제까지 저지른 부정이 낱낱이 파헤쳐져 적혀 있었다. 만일 그것이 세상에 알려진다면 그는 큰 화를 면치 못할 것이었다. 나머지 두 사람도 루턴 백작과 같은 유의 편지를 받고 이곳에 모인 것이다.

"정말 그자가 이곳에 온다는 게 사실이오?"

"올 수밖에 없지 않습니까?"

밀러 자작은 한숨을 내쉬었다. 상대는 자신들의 약점을 쥐고 있었고, 자신들은 그의 말에 순순히 따를 수밖에 없었다.

"후우, 이제 어찌하면 좋단 말이오?"

루턴 백작의 말 한마디에 그들 사이에 무거운 침묵이 흘렀다.

"그보다 들으셨습니까? 후작의 재판이 내일이라 합니다."

윌링턴 남작이 분위기를 쇄신하고자 다른 주제를 꺼냈지만 그것은 오히려 악수였던 모양이다. 그가 꺼낸 이야기에 두 사람의 얼굴이 굳어졌다. 루턴 백작은 멀긴 하지만 후작과 인척 관계인지라 그의 죄질이 커진다면 그의 집안까지 화를 면치 못하게 될 것이다.

밀러 자작 또한 최근 후작의 일에 가담한 적이 있어 결코 연관이 없지 않았다. 그에 반해 윌링턴 남작은 묘한 안도감이 들었다. 최소한 후작과 관련된 일로 그가 큰 피해를 볼 만한 일은 없었기 때문이다.

'그게 무슨 소용인가.'

그러나 곧 그의 처지 또한 그들과 다를 바 없으니 결국 오십 보 백 보였다.

“이제 어찌해야 할지…….”

“…….”

“…….”

쉽게 방법이 나올 리 만무했다. 후작의 일도, 또 그들의 약점을 쥐고 있는 누군가가 존재하는 것도. 그들은 그저 두려움에 떨며 기다리는 일 외엔 할 수 있는 일이 없었다.

그때 밀러 자작이 얍삽한 수를 꺼냈다.

“……차라리 공주의 편에 서는 건 어떻습니까? 헬리아 공주라면 우리의 죄를 덮고도 남을 능력이 있지 않습니까?”

그의 말에 월링턴 남작과 루턴 백작은 그를 아주 한심하다는 듯 쳐다보았다.

“뭐, 뭡니까?”

“자네는 애초에 태어나길 박쥐로 태어난 건가? 아니면 머리가 없는 건가? 그게 말이 된다고 생각하는가?”

루턴 백작이 타박했고, 월링턴 남작이 이를 받았다.

“그녀가 우릴 살려 줄 이유가 있소? 공주의 성격이 어떤지 모르시는 모양이오.”

“그, 그렇지만…….”

“무리네. 공주가 우릴 살려 주는 것보다 후작이 살아남는 게 더 가능성이 있는 이야기야.”

“…….”

밀러 자작은 고개를 들지 못했다. 도대체 어찌해야 한단 말인가? 그러다 다시 떠오르는 인물이 있었다.

“그럼 2왕자 전하께 말씀드려 보는 건…….”

“자네는 도대체 무슨 생각을 하고 살고 있는지 모르겠군.”

“쯧쯧.”

루턴 백작과 월링턴 남작은 밀러 자작의 어리석음에 혀를 찼다.
“부질없는 짓이오.”
“부질없다니?”
“2왕자 전하가 후작의 꼭두각시라는 것을 모르오?”
“하나 그래도…….”
“내 얼마 전에 2왕자 전하를 뵈었네.”
루턴 백작은 후작이 연금되기 전에 한번 2왕자를 보러 그의 궁에 들렀다가 이상한 점을 느꼈다.
“그분은 제정신이 아니었어.”
“그게 무슨 소립니까?”
“나도 잘 모르네. 하지만 그저 어딘가 이상하다고밖에 설명할 수가 없어서…….”
“후우, 이거야 원…….”
“이대로 죽음을 기다려야 한단 말입니까?”
“살고 싶은가?”
어디선가 낯선 이의 목소리가 들려왔다. 세 명은 흠칫 몸을 떨었다. 방 안에 로브를 입은 자가 소리도 없이 나타난 것이다. 검은 로브를 입은 자는 천천히 그들에게 걸어왔다. 그의 옆에는 사이한 눈동자를 지닌 쥐 한 마리가 찍찍거렸다.
“누, 누구냐!”
분명 밖에는 호위 기사가 지키고 있을 터. 어떻게 들어왔단 말인가? 그러자 퍼뜩 그들의 머릿속에 떠오르는 자가 있었다.
“당신이 편지를 보낸 건가!”
“살고 싶은가?”
그는 다시 한번 같은 말을 반복하였다. 세 명의 귀족은 왠지 꼼짝달싹도 할 수 없었다. 그가 천천히 로브를 벗었다. 그러자 일렁이는 초의 불빛에 그의 얼굴이 드러났다.
"다, 당신은!"
"살고 싶다면 나를 따르라."
"아, 아돌프 후작!"
세 명의 귀족은 너무 놀라 눈이 커졌다. 상대는 다름 아닌 아돌프 후작이었기 때문이다.
"그렇다면 살게 해주지."
후작이 입꼬리를 비틀며 눈매를 휘었다. 그의 미소에 세 사람은 얼어붙은 듯 움직일 수 없었다.

❊

"후작의 영지에서 병력이 빠져나갔습니다."
"수는?"
클리드는 헬리아의 말에 낯빛이 어두워졌다. 헬리아는 후작이 연금된 이후 바로 후작의 영지를 봉쇄하게 했다. 하지만 봉쇄는 완벽하지 않았다.
"최소 천여 명이 아닐까 짐작합니다."
"천 명이라……."
톡, 톡톡-
헬리아는 가만히 책상을 두드리며 생각을 정리했다. 아돌프 후작의 병력이 움직였다는 뜻은 아예 전면전을 벌일 생각인 것이다.
"결국 발톱을 드러내는군."
"어찌하시겠습니까?"
"후작은 아직도 찾지 못했어?"
"아직 무소식입니다."

"공작을 만나야겠어."

헬리아가 일어나자 그때 밖에서 시종 레브의 목소리가 들렸다.

"공주님, 플로렌스 공작님이 찾아와 계십니다."

"호랑이도 제 말 하면 오는군. 들어오시라고 해."

헬리아가 다시 자리에 앉자 곧 플로렌스 공작이 들어왔다.

"마침 만나러 갈 참이었어요. 앉으시죠."

공작이 헬리아의 맞은편에 앉자 곧 차가 나왔다. 공작은 차에도 손을 대지 않고 바로 본론으로 들어갔다.

"후작의 영지에서 병력이 움직였네."

"이미 알고 있어요. 결코 그들이 수도로 들어와선 안 됩니다."

"물론일세. 이미 병력을 움직여 놓았네. 그들이 수도에 올 일은 없을 거네."

공작의 눈에선 시퍼런 빛이 뿜어져 나왔다.

"문제는 후작이군요."

탈주한 후작, 그리고 움직인 병력. 그것만으로 후작이 목표한 바가 무엇인지 알아챘다.

"후작은 반드시 모습을 드러낼 겁니다."

후작의 목표가 바로 이곳에 있으니 말이다. 헬리아는 그 목표를 떠올렸다. 우선 바로 자신. 그의 일을 하나하나 방해했던 자신이야말로 그의 살생부 제일 앞줄에 적혀 있을 것이다. 그리고 국왕인 빈센트. 탈주는 곧 국왕에 대한 반란이다. 그가 살 길은 국왕을 죽여 자신이 그 자리를 차지하는 것. 그래야 그가 산다.

"왕성의 경비에 최대한 신경을 써주십시오. 그는 반드시 옵니다. 그것도 곧."

헬리아의 눈에 확신의 빛이 어렸다. 그는 결코 이대로 물러날 이가 아니다.

"공작님께선 전하를 보필해 주세요. 제 몸 하나 지킬 힘은 있습니다."

플로렌스 공작은 고개를 끄덕였다. 공주도 중요하나 지금 가장 중요한 것은 국왕이었다. 뿐만 아니라 공주의 실력과 자신의 아들 이안을 믿었다.

"조심하십시오."

헬리아의 말에 플로렌스 공작은 웃으며 기세를 피워 올렸다. 살기가 아닌 단순히 드러난 기세였지만 그 힘은 피부를 저릴 듯 찔러왔다. 공작이 씨익 미소를 지었다.

"이래 봬도 소드 마스터네."

"전하를…… 부탁드립니다."

헬리아의 말에 공작은 가만히 그녀를 바라보았다. 그 눈빛에 어린 걱정을 읽곤 그는 저도 모르게 흐뭇한 미소를 지었다.

"걱정하지 말게. 내 목숨을 내놓는 한이 있더라도 반드시 지킬 테니."

공작은 오히려 잘되었다 싶었다. 자신의 손으로 아들의 복수를 할 수 있게 된 것을. 그는 진심으로 기뻐했다.

"그럼 보중하시게."

공작이 자리에 일어났다.

❊

"야, 들었냐?"

숀이 휴와 렌스, 그리고 저 멀리서 자신을 바라보고 있는 세인을 한 번 흘긋 보더니 다시 입을 열었다.

"아돌프 후작이 탈주를 했대!"

"탈주라니!"

휴는 놀라 눈이 커졌다.

"도대체 어떻게 탈주한 거래?"

이지적인 눈빛을 빛내며 렌스가 물었다. 후작의 저택은 병사들과 기사들이 사방을 철통같이 감시하고 있었다. 그런 상태에서 어떻게 빠져나갈 수 있단 말인가? 렌스는 눈을 좁혔다.

"위험해."

"뭐가?"

휴가 묻자 렌스가 턱을 쓰다듬으며 말했다.

"후작이 탈주했어. 그럼 누가 제일 위험하겠어?"

숀이 그 말의 의미를 알아채고 얼굴을 구겼다.

"공주님."

"응, 공주님은 물론 국왕 전하도 위험하실 거야. 아마 곧 경비가 강화될 거야."

"너무 경계하는 거 아니야? 후작이 탈주한 것뿐인데."

휴가 머리를 긁적이자 렌스가 고개를 저었다.

"후작은 머리가 좋고 야망이 큰 인물이야. 그런 자가 탈주했다는 건 다른 뜻이 있다는 거야. 자신이 살기 위해서라도 그는 반드시 칼을 들 거야."

"그럼 공주님이 위험해진다는 거야?"

휴가 놀라자 숀이 그의 뒤통수를 때렸다.

"아얏!"

"지금까지 뭘 들은 거야!"

"아프잖아."

휴가 뒷머리를 쓰다듬으며 눈을 찌푸렸다. 숀은 입술을 깨물었다.

"그래도 정말 그런 일이 일어날까?"

"모르지. 아마 왕성의 경비도 강화되었을 거야. 후작의 추격대도 움직였을 테고. 잡히면 좋겠지만……."

"아, 진짜!"

숀은 머리를 흩뜨렸다. 복잡한 건 딱 질색이었다.

"우리는 그냥 지키면 그만이지?"

"그렇겠지."

"그럼 됐어. 아, 생각을 했더니 머리가 아파."

숀이 인상을 찌푸리며 머리를 쥐어뜯자 렌스가 혀를 찼다.

"뭔 생각을 해보고 아프다고 해라."

"아, 됐어. 됐어. 공주님이 알아서 다 하시겠지."

숀이 고개를 설레설레 저었다. 그때 이안이 연무장 안으로 모습을 드러냈다. 기사들은 그를 보고 얼른 대형을 갖추고 자리에 섰다. 이안은 조용해진 좌중을 둘러보며 입을 열었다.

"이야기는 모두 들어서 알고 있을 거라 생각한다."

기사들이 고개를 끄덕였다.

"오늘부터 궁의 경비를 강화한다."

이안의 말에 기사들은 몸을 더욱 긴장시켰다. 그제야 후작의 탈주가 어떤 일인지 몸소 느껴진 것이다.

"경비가 강화되는 동안 수련 시간은 반으로 줄인다."

그 말에 기사들이 눈에 띄게 좋아하는 표정을 지었다. 이안은 그에 눈을 좁혔다.

"수련 시간이 줄어든 게 좋은가?"

"아, 아닙니다!"

"정말 아닌가?"

"아닙니다! 그저 수련 시간이 줄어들어 아까울 뿐입니다!"

기사들의 속보이는 말에 이안은 넘어가지 않았다. 되레 입꼬리를 비틀고 말했다.

"그런가? 다행이군. 아쉬워할 필요 없다. 수련 시간이 줄어든 만큼 그 시간엔 전부 경비를 선다. 또한 밤에도 교대로 경비를 설 테니 준비하도록."

기사들의 표정이 푸르죽죽해졌다. 괜히 좋아라 했다.

"한 치 소홀함도 없이 경계하도록! 이만 해산!"

"충!"

기사들이 한목소리로 대답했다. 이안은 그들을 쓰윽 보더니 이내 고개를 끄덕이고 자리를 떴다. 그가 나가자 잔뜩 긴장했던 이들이 한숨을 푹 내쉬고 몸을 풀었다.

"아, 진짜 밤에 보초 서기 힘든데."

숀이 투덜거렸다. 밤에 서는 보초는 제대로 잠도 자지 못하는데다가 대다수 문제가 밤에 일어나기 때문에 괜히 잘못되었다간 독박 쓰기 십상이었다.

"보초는 두 명씩이지?"

숀이 휴와 렌스를 바라봤다. 그러다 휴를 보고 말했다.

"휴, 나랑 같이 보초 서자."

"싫어."

"야, 왜!"

숀이 소리쳤다. 휴와 보초를 서야 대부분의 일을 그에게 시킬 수 있기 때문이었다. 그러나 휴가 거절해 버렸다. 휴는 그런 숀의 속내를 이미 알고 있었다는 듯이 렌스를 가리켰다.

"렌스가 나랑 하재. 그래서 렌스랑 할 거야. 너랑 하면 피곤해."

"야, 렌스!"

숀이 렌스를 불렀다. 언제 그런 이야기가 오간 건가!

"후작 이야기 듣고 보초 설 것 같았거든. 나도 너랑 하면 피곤해. 매번 징징거리잖아."

"내가 언제!"

숀이 부정했지만, 휴와 렌스를 고개를 저었다.

“이씨! 너희랑 안 놀아! 다른 녀석이랑 하면 되지!”

그러나 주변을 둘러보았지만 그와 할 사람은 아무도 없었다. 이미 짝이 지어진 상태였고, 숀의 징징거림을 들어줄 착한 이는 아무도 없었던 것이다.

“야, 나 왕따야?”

숀이 울상을 지었다. 그때 누군가 숀의 어깨를 툭툭 쳤다.

“나랑 해.”

세인이었다. 숀은 고개를 도리질 쳤다.

“싫어!”

그러나 그에게 선택권은 없었다. 다들 세인이랑 하기 거북해했고, 최근 세인과 함께 다닌 것은 숀이었다. 렌스와 휴가 축하해 주었다.

“잘됐네. 왕따를 면해서.”

“잘 어울려.”

“이게! 차라리 왕따가 낫다고! 내가 왜 이 녀석이랑!”

“그럼 혼자 설 거야?”

렌스의 말에 숀이 입을 삐쭉 내밀었다.

“싫다니까…….”

“이거 서운하네?”

세인이 숀의 어깨에 턱 하고 팔을 얹고 짓궂게 웃었다. 숀은 후우 하고 한숨을 내쉬었다.

“내 팔자야.”

“자자, 내가 아주 잘해 줄게.”

“싫다니까.”

숀은 풀이 팍 죽었는지 세인의 팔을 걷어낼 힘도 없었다. 옆에서 그 모습을 지켜보던 렌스는 피식 웃었다.

"그런데 세인, 네가 숀을 마음에 들어 하는지 몰랐어."
"야, 누가 누굴 마음에 든다는 거야!"
숀이 버럭 화를 냈다. 그에 세인이 피식 웃으며 숀의 머리를 흩트렸다.
"내 포니랑 닮았거든."
"포니가 누군데? 동생이야?"
렌스와 휴가 놀라 눈이 커졌다. 세인은 자신의 개인사에 대해 거의 이야기하지 않았기 때문이다. 숀도 궁금한지 세인을 보았다. 세인의 보랏빛 눈동자가 의뭉스럽게 빛났다.
"개야."
숀의 얼굴이 와락 일그러졌다.
"야, 내가 개 같다는 거야!"
"아니, 포니랑 닮았다고."
"그 포니가 개새끼 아니냐고!"
"그런가? 그럼 개 같네."
"이, 이, 이!"
숀의 얼굴이 붉으락푸르락해졌다. 그에 세인이 크게 웃었다. 발갛게 물든 얼굴이 어찌나 귀여운지 놀리는 맛이 있는 녀석이다.
찍찍!
그때 숲이 있는 방향으로 세인의 귀에 미세한 쥐 소리가 들려왔다. 쥐는 세인의 시선을 눈치채지 못했는지 앞발을 들고 주변을 살피고 있었다. 세인의 눈이 좁아졌다.
"뭐 해?"
숀의 말에 세인이 다시 눈을 풀고 웃으며 대답했다.
"아니, 쥐가 있는 것 같아서."
"쥐?"
숀이 주변을 살폈지만 쥐는 어디에도 보이지 않았다.

"없는데?"
"내가 잘못 봤나 보지."
세인의 눈이 사라진 쥐가 있던 곳을 계속 응시하고 있었다.

쏴아아아—
어두운 밤하늘에 먹구름 사이를 비집고 세찬 비바람이 몰아쳤다. 어찌나 비바람이 센지 꽉 닫힌 창문의 걸쇠가 바람에 흔들려 덜그럭거렸다. 세상의 종말을 고하는 듯 지축을 울리는 거대한 천둥소리와 내리치는 번개가 하늘을 가득 메웠다.
콰콰쾅!
또다시 번개가 번쩍이고 뒤늦게 울리는 천둥소리에 깊은 잠에 빠져들었던 헬리아의 눈이 번쩍 떠졌다.
"……."
한번 잠이 들면 쉽게 깨지 않는 헬리아였지만, 오늘처럼 큰 천둥소리엔 깨지 않는 게 더 어려웠다.
덜그럭덜그럭.
적막한 방 안에 창문을 뒤흔드는 비바람 소리가 울렸다. 주위는 온통 캄캄한 어둠이었다. 그녀는 가만히 눈을 껌뻑이며 어둠에 눈을 익혔다. 그러자 어스름히 앞이 보이기 시작했다.
뎅, 뎅, 뎅—
그때 마침 빗소리를 뚫고 아련히 자정을 알리는 종소리가 들려왔다. 헬리아는 갑자기 타는 목마름에 부스스 자리에 일어나 침대 아래로 내려왔다.
번쩍—

번개가 치는 모습을 보며 헬리아는 눈을 살짝 좁히고 침대 옆 협탁 위에 있는 물통을 집어 컵에 물을 따랐다. 계속 들려오는 덜그럭 소리가 헬리아의 신경을 건드렸다. 헬리아는 컵을 내려놓고 소리가 들린 방향으로 걸어갔다.

"부서졌네."

테라스 문의 걸쇠가 부서진 탓에 문이 열려 덜그럭거리고 있었던 것이다. 거기다가 열린 문 안으로 비바람이 들이치고 있었다. 그녀는 우선 근처에 있는 커튼 끈으로 테라스 손잡이를 묶어 문이 열리는 것을 막았다. 오늘은 밤이 늦었으니 내일이라도 고쳐야 할 듯싶다.

'……!'

문을 닫는 순간 뒤에서 누군가의 기척이 느껴졌다. 헬리아는 뒤를 돌아보지 않았다.

'누구지?'

소리에 집중했다. 그러나 워낙 빗소리가 강해 쉽지 않았다. 그녀의 눈이 날카롭게 변했다. 이미 그녀는 속으로 마법 주문을 거의 다 왼 상태였다. 그리고 기척이 움직이는 순간 헬리아는 뒤를 돌아 침입자를 향해 손을 뻗었다.

"아이스……!"

아이스 피어를 외치려던 헬리아의 입이 멈췄다.

"……이안?"

이런 밤중에 이안이 왜 여길 온 거지? 어둠에 가려져 이안의 얼굴이 제대로 보이지 않았지만, 그를 몰라볼 수는 없었다. 헬리아는 맥이 풀려 심통난 표정으로 그를 쏘아 보았다.

"뭐야, 무슨 일이야?"

혹시 무슨 일이라도 있는 게 아닐까 싶어 물었는데, 이상하게 답이 돌아오지 않았다. 아무리 과묵한 이안이라도 할 말은 하는 자다. 이렇게 침묵을 유지할 이유가 없었다.

'뭐지?'

헬리아는 묘하게 등골이 서늘해지는 것 같아 이안에게 다가갔다. 뭔가가 이상하다. 주변을 둘러보았다. 기척은 느껴지지 않는다.

"이안?"

갑자기 이안의 신형이 비틀거렸다. 헬리아는 혹시 이안에게 무슨 일이 생긴 것은 아닐까 싶어 그에게 다가갔다.

"어디 아픈……."

이안의 손이 헬리아의 손을 잡았다.

"뭐 하는……."

그의 손은 얼음장처럼 차가웠다. 그러나 그것을 느낄 새도 없이 이안의 다른 한 손이 그녀의 목을 잡아챘다.

"크윽!"

이안이 가녀린 헬리아의 목을 조이자 헬리아는 무언가 잘못되었다는 것을 확신했다. 이안에게 일이 생긴 게 틀림없다!

"이, 이안……."

하지만 어떻게? 헬리아는 흔들리는 눈으로 이안을 보았다. 여전히 그의 얼굴은 제대로 보이지 않았다.

"저, 정신 차려!"

"……."

한 치의 망설임도 없이 세게 조여오는 힘에 헬리아는 벗어나려 애를 썼다. 하지만 상대는 익스퍼트 최상급의 실력자. 힘으로는 그에게서 벗어날 수 없었다. 최상급의 실력자가 어떤 힘을 가지고 있는지 헬리아는 오늘 똑똑히 알게 되었다. 재수 없게도 이안을 통해서 말이다.

"에, 엘라……."

스스로 이안의 힘을 이겨낼 수 없다는 걸 알고 헬리아는 얼른 엘라임을 불렀다. 하지만 그것도 수포로 돌아가고 말았다.

달칵!

목에 차가운 어떤 것이 느껴지는 순간 헬리아는 급격한 무력감을 느껴야만 했다.

"이, 이게 뭐……."

온몸에서 힘이 빠져나갔다. 거기다 마나를 움직여야 하는데 마나가 움직이지 않는다. 헬리아는 그 이유가 이안이 자신의 목에 건 목걸이 때문임을 인지했다.

'도대체 누가!'

헬리아는 털썩 주저앉음과 동시에 강한 분노를 느꼈다. 도대체 누가 이안을 조종하는가! 헬리아는 이안이 제정신이 아님을 확신했다. 그가 이런 짓을 저지를 이유도 없거니와 그렇다 해도 이런 방식은 아니다. 힘이 풀려갔지만 헬리아의 두 눈동자엔 독기가 차오르기 시작했다.

"아돌프 후작!"

하나하나 씹어 먹을 듯 이를 갈았다. 이런 식으로 나올 줄은 몰랐다. 헬리아는 이안의 팔을 꽉 잡았다.

"이 바보야! 정신 좀 차려!"

"……."

강한 세뇌에 걸렸는지 이안은 꿈쩍도 하지 않았다. 헬리아는 입술을 깨물었다.

콰아아앙!

번개가 내리치자 방 안이 순간 환해졌다. 헬리아는 그 순간 이안의 얼굴을 보고는 이를 앙다물었다. 그의 얼굴은 무미건조했다. 그의 눈동자는 마치 무기질처럼 그저 존재하기만 할 뿐, 평소 그의 올곧은 눈동자가 아니었다.

'우선 도망가야 해!'

헬리아는 겨우 마나가 사라진 몸에 익숙해지자 얼른 일어나 움직였다. 그러나 이안이 그것을 두고 보지 않았다.

“공…… 주를 데려…… 간다.”

“이안!”

이안이 헬리아의 목덜미를 수도로 내려쳤다. 헬리아는 순간 의식을 잃고 쓰러졌다. 그녀가 완전히 정신을 잃자 이안은 차분히 그녀를 품에 안고 어디론가 움직이기 시작했다.

콰아아앙!

창밖엔 천둥이 몰아쳤다.

❊

뎅, 뎅, 뎅―

자정을 알리는 종소리와 함께 빗속에서 검은 무리가 움직이기 시작했다. 어둠보다 더 짙어 오히려 더 두드러져 보이는 그들의 모습. 검은 무리가 왕성의 성문 앞에 도달했다. 하지만 성문을 지키는 어느 누구도 그들을 보지 못한 듯 조용했다.

적막이 깔린 성문.

끼이이익―

단단히 닫혀 있어야 할 성문은 되레 아무런 저항도 없이 저절로 열리며 검은 무리를 받아들였다. 검은 망토를 두른 자들이 빠르게 문을 통과했다. 그들의 수는 물경 수백은 되어 보였다. 정체를 알 수 없는 수백의 인물이 왕성 안으로 침입한 것이다.

급습. 아니, 이것은 급습이라고 할 수 없었다. 문은 저절로 열렸고, 그들은 걸어서 들어왔으니까.

척, 척, 척!

검은 망토 자락을 흔들며 그들 모두가 문을 통과한 그 시각. 성문을 지키고 있어야 할 경비대장은 멍한 표정으로 먹구름이 낀 밤하늘을 올려다보고 있었다.

뚝, 뚝-

그의 온몸에는 선홍빛 핏물이 뚝뚝 떨어져 내리고 있었다. 그리고 그가 든 검에는 바닥에 널브러진 시체 수십 구의 피가 묻어 있었다.

"문…… 문을 열어라……."

경비대장은 초점 없는 눈으로 그렇게 중얼거렸다. 검은 무리의 침입자는 아무런 장애도 없이 빠르게 왕궁의 중심으로 나아가기 시작했다. 그들의 발걸음은 거침없었고, 그들을 막는 자는 아무도 없었다. 내리는 비로 질척거리는 왕궁의 땅은 그들의 발자국에 어지러이 더럽혀졌다.

❊

"도대체 알 수가 없군."

누군가의 말소리가 흐릿한 안개 속에서 퍼지는 불빛처럼 들려왔다. 그는 이해하기 어려운 문제를 앞둔 사람처럼 몹시 혼란스러운 듯했다.

"그럼 어째서 팔찌가 반응을 한 거지? 흐음, 다시 연락을 해서 알아봐야 하나……."

그의 목소리가 이곳저곳에서 들려왔다. 아마 움직이면서 말을 하고 있는 것 같았다. 그런데 도대체 누굴까?

"아무리 찾아봐도 아티팩트는 없는데……. 팔찌가 고장인가?"

남자는 이해할 수 없는 말들을 늘어놓고 있었다.

"혹시……? 아니야, 그런 일이 있을 리가. 하지만……."

뭐가 그럴 리가 없다는 말일까? 남자의 목소리는 의심과 경악이 뒤섞여 있었다. 하지만 대체적으로 부정적이었다.

"건국사에 보면 그 존재가 나오긴 하지만……. 알 수가 없군. 설마 그녀가 ……이란 말인가?"

말소리가 간간히 끊겨 제대로 들리지 않았다. 그런데 이건 꿈인가? 이 목소리는 도대체 어디서 들어봤지?

'꿈?'

순간 헬리아의 눈이 떠졌다. 뻑뻑한 눈을 깜빡이며 천천히 의식을 일깨웠다. 그러자 목 뒤가 아릿하게 저려왔다.

'아, 이안이…….'

헬리아의 눈이 다시 번쩍였다. 그리고 천장을 올려다보다 주변을 둘러보았다. 낯선 천장, 낯선 풍경. 그제야 헬리아는 이것이 꿈이 아닌 현실임을 인지했다.

'여긴 어디지?'

몸을 일으키려 했지만 몸이 다시 기우뚱 바닥으로 굴렀다. 그녀의 두 손은 뒤로 묶여 있었다. 이리저리 손을 빼보았지만 밧줄이 아닌 차가운 감촉이 느껴지는 걸로 봐선 수갑인 모양이다.

'엘라임, 엘라임!'

엘라임을 불렀지만 반응이 없다. 헬리아는 입술을 깨물고 몸 안을 살폈다. 마나가 전혀 느껴지지 않았다. 그래서인지 몸이 축 늘어졌다. 마나를 움직일 수 없으면 엘라임을 부를 수가 없다. 헬리아는 고개를 들다 무겁게 느껴지는 목에 자신이 여전히 목걸이를 차고 있다는 것을 깨달았다.

'마나 구속구인가? 젠장, 준비성도 철저하군.'

헬리아가 목을 이리저리 흔들자 딱딱한 철이 목을 쓸어왔다. 거기다가 아까보다 더 몸에 힘이 들어가지 않는 게 팔에 찬 수갑도 목걸이와 마찬가지로 마나 구속구인 듯싶었다.

미간을 찌푸린 헬리아는 구속구를 푸는 것을 포기하고 주변을 살폈다. 어찌 된 상황인지 제대로 파악할 순 없지만, 한 가지 확실한 건 자신이 붙잡혔다는 것. 그것도 아군이 아닌 적에게. 헬리아는 끓어오르는 분노를 잠재우고 머리를 차갑게 식혔다. 지금은 분노하기보다 이 상황을 타개할 필요가 있었다.

"실험실인가?"

주변을 둘러보니 자신은 어느 방 안에 갇혀 있었다. 어두컴컴하지만 문 사이로 들어오는 빛 때문에 주변을 살필 수 있었다. 갖가지 박제가 벽에 걸려 있었고, 이상한 것들이 든 병이 잔뜩 늘어져 있었다. 언뜻 봐도 실험실처럼 보였다. 문제는 굉장히 사이하고 괴이해서 일반 마법사의 실험실이라고 보기엔 어렵다는 점이다. 어릴 때부터 마탑에서 베로니카 공작에게 마법 수업을 받아왔던 헬리아는 마법사의 실험실에 대해 잘 알고 있었다. 이 방은 일반 마법사의 실험실과는 달랐다.

"이건 마치 흑마법사의 실험실 같네."

흑마법사의 존재에 대해선 마법을 배울 때 함께 배웠다. 그들은 매우 잔악한 실험을 자행하는 악질적인 자들로 대륙에서 공적으로 선포되었다. 그 후 수많은 흑마법사가 죽임을 당했고 그들의 자취는 찾을 수 없게 되었다.

"흑마법사?"

흑마법사를 되뇌던 헬리아의 눈이 커졌다.

"흑마법사, 그래, 흑마법사였어."

빈민가에서 자신을 공격한 그 마법사. 그냥 특이한 마법을 쓰는 자라고 생각했는데 이제 와 생각해 보니 이상한 점이 한둘이 아니었다. 그가 뿜어내는 검은 기류. 그것은 흑마법사들이 쓰는 힘과 닮아 있었다.

"멍청하게 왜 그걸 잊고 있었지?"

한 번도 흑마법사를 본 적이 없었다 해도 분명 그들의 존재를 인지하고 있었다. 헬리아는 자신의 실수를 자책했다.

"좀 더 알아봤어야 하는데."

상대는 흑마법사다. 보다 신중하게 대처했어야 했다. 헬리아는 입술을 깨물고 더욱 유심히 주변을 살폈다. 자신이 갇힌 곳은 어느 방이고 문틈으로 빛과 함께 더 큰 공간이 보였다. 그리고 간간히 그자로 추정되는 뒷모습이 스쳐 지나갔다.

'어떻게 빠져나가지?'

방 안을 둘러봐도 창문 하나 없었다. 헬리아는 천천히 자리에서 일어났다. 조금 비틀거렸지만 몸을 움직일 수 있을 정도의 힘은 남아 있었다.

헬리아는 우선 무기가 될 만한 것을 찾아보았다. 그러나 방은 창고로 쓰여 왔는지 그런 물건은 보이질 않았다.

끼이익―

매우 작은 소리였지만 헬리아는 문이 열리는 소리에 심장이 두근거렸다. 카잔은 잠시 어디로 간 건지 모습이 보이지 않았다. 헬리아는 이 틈에 방 밖으로 몸을 밀어 넣었다.

"큭!"

방을 빠져나온 순간 누군가가 그녀의 몸을 눌러 바닥으로 내팽개쳤다. 거기다 움직이지 못하게 등을 눌렀다.

"이런, 크큭, 도망가려고?"

"……."

헬리아는 카잔을 올려다보았다. 카잔은 헬리아의 분노 서린 표정을 보고는 만족스럽다는 듯 웃었다.

"크큭, 재밌군, 재밌어."

"이안은 어디에 있지?"

헬리아의 질문에 카잔은 더할 나위 없이 환한 표정을 지었다. 얼마나 좋아하는지 징그럽게도 두 뺨이 홍조로 물들었다.

"이안은 어디 있어?"

"지금 이런 상황에서 배짱은. 뭐, 정 궁금하면 알려주지. 바로 네 등을 누르고 있잖아."

"뭐?"

헬리아의 눈이 커졌다. 카잔이 그녀의 등 뒤에 있는 사람에게 손짓하자 누르던 힘이 약해졌다. 헬리아는 버둥거리며 일어섰다. 뒤를 본 그녀는 입을 열 수가 없었다.

"크하하하! 이 맛이라니까!"

"이안……."

헬리아의 눈동자가 흔들렸다. 뒤에는 이안이 서 있었다. 언제나 단단한 흑요석처럼 빛나던 눈동자는 썩은 생선처럼 죽어 있었고, 그저 무기질 같았다.

"이안을 어떻게 한 거지!"

"크크큭."

카잔은 배를 움켜쥐고 웃었다. 이 맛에 이 짓을 하는 것이다. 헬리아는 카잔을 싸늘하게 노려보았다. 이안을 저렇게 만든 그를 결코 용서할 수 없었다. 카잔은 알려줄 마음이 없다는 듯 그저 웃으며 이안에게 손짓했다. 그러자 이안이 그녀를 다시 붙잡았다.

"이안! 정신 차려!"

"크클, 내 세뇌가 그렇게 쉽게 풀릴 줄 아느냐?"

찍찍!

그때 검은 쥐 한 마리가 카잔의 어깨에 올라탔다. 카잔은 쥐의 머리를 쓰다듬으며 승자의 미소를 지었다.

"그때 한번 봤겠지? 좀 다른 종이지만, 어때? 귀엽지 않아?"

헬리아는 쥐를 죽일 듯 노려보았다. 그러자 쥐가 흠칫했는지 카잔의 머리 뒤로 몸을 숨겼다.

'저것인가?'

빈민가의 일을 떠올리자 카잔이 무슨 수를 썼는지 이해할 수 있었다. 쥐로 무언가를 꾸몄다는 것. 분노하면 분노할수록 그녀의 머리는 차갑게 식어갔다.

"어쩌려는 거지?"

헬리아는 웃고 있는 카잔을 보았다. 이안을 세뇌해서 자신을 납치할 만한 이유가 있을 것이다. 그렇지 않다면 이안을 통해 자신을 죽일 수도 있었으니 말이다.

'시간이 얼마나 지났지?'

이야기를 하면서 헬리아는 흘낏 주변을 살폈다. 그녀가 조금전 있던 방과 비슷한 풍경이었다. 박제가 걸려 있고, 유리병 안에는 괴이한 실험체가 들어 있다. 그리고 창문도 없었다.

'분명 나가는 곳이 있을 거야.'

헬리아는 문이 하나 더 있는 것을 보았다. 그렇다면 카잔의 뒤에 있는 저 문이 나가는 문일 것이다.

"꽤 침착한걸? 내가 널 죽일 텐데."

"그랬다면 날 납치해 오지도 않았겠지. 번거롭게 이안을 세뇌하면서까지."

"크클, 공주라서 그런가? 머리 회전이 빨라. 하긴, 그러니 후작이 이렇게까지 움직인 거겠지."

"후작은 어디에 있지?"

카잔은 그 질문이 나올 줄 알았는지 씨익 웃었다.

"흐음, 지금쯤이면 국왕을 만났겠군."

"……."

"앞으로 한 시간 후면 세상이 바뀌어 있을 거다. 크크크."

'한 시간.'

헬리아는 자신이 붙잡힌 시간과 깨어난 시간의 차이를 생각했다. 한 시간. 어떤 의미인가? 시간이 오래 지난 것일까? 아니면 얼마 지나지 않은 것일까? 초조함이 손끝에서부터 시작되었다. 헬리아는 주먹을 움켜쥐었다.

'전하는 공작이 호위하고 있어. 쉽게 당하지 않을 거야.'

헬리아는 우선 자신의 상황을 생각하기로 했다. 지금은 어떻게든 살아 나가는 게 최우선이다.

'어떻게든 이안의 세뇌를 풀어야 하는데…….'

그나마 탈출할 수 있는 가능성은 이안을 깨워 카잔을 쓰러뜨리고 가는 것이다. 하지만 흘끔 본 이안의 두 눈이 여전히 죽어 있는 것을 보고 헬리아는 이를 앙다물었다.

'침착해, 침착해야 해.'

헬리아는 카잔을 보며 다시 물었다.

"날 어쩔 셈이지?"

카잔은 턱을 쓰다듬으며 헬리아에게 가까이 다가왔다. 그는 헬리아를 위에서 아래로, 다시 아래에서 위를 훑고 그것도 모자라 그녀의 주위를 빙빙 돌았다. 헬리아는 카잔의 행동에도 침착함을 잃지 않았다. 다만 도대체 무슨 생각인지 궁금할 따름이었다.

"흐음, 이상하단 말이지."

카잔은 그렇게 읊조리고 헬리아의 얼굴을 바라보았다.

"너, 정체가 뭐냐?"

"뭐라고?"

"정체가 뭐냐고."

헬리아는 어이가 없어졌다. 그걸 왜 자신에게 묻는단 말인가? 오히려 네놈의 정체가 뭐냐고 묻고 싶은 건 헬리아였다.

"나야말로 묻고 싶어. 당신 흑마법사지?"

"오호? 알아보았군. 하지만 뭐, 상관없어. 그보다……."

카쟌이 헬리아의 머리를 잡아챘다. 헬리아는 아픔에 눈을 찌푸렸지만 신음 하나 내지 않았다.

"질문은 내가 하고 넌 대답만 해야 돼."

"……."

카쟌이 헬리아의 머리를 놓고 다시 물었다.

"정체가 뭐지?"

"나도 모르는 걸 어떻게 대답해야 하지?"

카쟌은 눈을 가늘게 뜨고 헬리아를 노려보았다. 헬리아도 지지 않고 노려보았다. 실상 그녀도 도대체 자신이 무엇인지 궁금했다. 평범한 인간은 아니라는 것. 그것만을 알 따름이었다. 누구보다 자신에 대해 알고 싶은 건 그녀였다.

"이상해. 이상한 일이야. 그럼 어째서 팔찌가 빛이 난 거지?"

그녀에게 묻는 말이 아니었다. 카쟌은 다시 헬리아에게 팔찌를 들이밀었다. 하지만 빛이 나지 않았다.

"분명 그때 빛이 났는데……."

"무슨 빛이지?"

카쟌은 눈을 가늘게 뜨고 헬리아를 보았다. 왜 그것을 묻느냐는 눈빛이었다.

"혹시 알아? 뭔가 떠오를지."

"흐음……."

카쟌은 잠시 턱을 쓰다듬다가 이내 입을 열었다. 그녀에게 사실을 알려준다 해도 그녀가 무슨 일을 할 수 있는 것도 아니고, 그의 궁금증만 풀리면 그녀를 죽일 셈이었다.

"이 팔찌는 특수한 힘에 반응하도록 제작되어 있지."

"특수한 힘?"

"드래곤의 힘."

"……!"

헬리아의 눈이 커졌다.

"정체가 뭐냐?"

"……."

헬리아는 카잔의 말에 머리가 새하얘지는 것을 느꼈다. 누군가 그녀의 뒤통수를 세차게 때린 것처럼 멍했다.

드래곤의 힘. 드래곤!

헬리아의 몸이 떨리기 시작했다. 카잔이 내뱉은 드래곤이란 단어에 그녀의 심장이 두근거렸다.

"드래곤이라고……?"

헬리아는 눈앞이 흐려지려는 것을 억지로 붙잡았다. 그녀의 눈동자가 쉴 새 없이 흔들렸다. 설마 그럴 리가 없다.

'내가 그럴 리가 없어…….'

그러나 헬리아는 드래곤이란 단어를 듣고 뛰는 자신의 심장을 인정해야만 했다. 드래곤이다. 그래, 나의 뿌리는 드래곤인 것이다. 헬리아는 이상할 정도로 담담하게 진실을 수용하는 자신을 발견했다. 온전한 드래곤은 아닐 것이다. 완전한 드래곤이 이러지는 않을 것이다.

'반인가?'

드래곤의 피가 섞인 것이다. 그것이 반인지 아니면 반의반인지, 그도 아니면 머나먼 조상에서부터 물려받은 힘인지 알 수 없지만 그 피가 꽤나 진하다는 것.

"……."

헬리아는 눈을 감고 지난날을 떠올렸다. 자신의 힘의 근원이 무엇인지 알게 되었다. 자신이 어떻게 그런 힘을 낼 수 있었는지 이제야 알 수 있었다.

'드래곤의 피가 내 몸에 흐르고 있어.'

인간이 아닌 것이다. 헬리아는 순간 맥이 풀리는 것을 느꼈다. 이제야 겨우 자신에 대한 비밀이 풀린 것이다. 순간 왠지 모르게 속이 시원했다. 인간이 아님을 인정한 것. 그리고 자신이 무엇이든 그게 무슨 상관일까 하는 그런 것.

'인간이 아니면 또 어떻단 말인가.'

헬리아는 그저 자신이 무엇인지 궁금했을 뿐이지, 자신이 인간이 아니라는 것에 그리 고민하진 않았다.

'나는 나야.'

헬리아는 입꼬리를 올렸다.

카잔은 그 모습을 보면서 눈을 좁혔다. 도대체 저 공주가 무슨 생각인지 알 수가 없지만 묘하게 기분이 나빴다.

"차차 알게 되겠지."

그의 눈이 붉게 번들거렸다. 그 모습에 헬리아는 몸을 뒤틀었지만 이안이 단단히 그녀를 붙잡고 있어 도망칠 수가 없었다.

"크크크."

그는 본디 흑마법사. 지금까지 신분을 숨기기 위해 몸을 사렸지만, 그는 원래 잔혹했다. 산 것의 팔다리를 뜯고 다른 것에 붙이거나 산 것을 통째로 약에 넣는다거나 하는 건 잔인한 축에도 못 들었다. 아니, 그는 실험을 하기보다 그저 가학적인 행위를 즐길 뿐이었다.

"정체를 알 수 없는 것을 조사하는 걸 좋아하는 편이야. 궁금하군. 그 속은 뭐로 이루어졌는지. 킥킥킥."

카잔이 웃으며 이안에게 손짓했다.

"이 미친놈!"

헬리아의 욕설을 들으며 카잔은 웃었다. 그리고 그가 가리킨 곳은 방에 놓인 테이블이었다. 그 테이블은 철제로 만들어졌는데 사람 한 명이 누울 수 있을 정도의 크기였다. 거기다가 각 모서리마다 수갑이 있는 걸 보면 그 용도를 짐작케 했다.

"잡아 올려라."

이안에게 명령하자 이안이 철제 침대로 헬리아를 끌고 갔다. 헬리아는 이안의 손에 속수무책으로 끌려갈 수밖에 없었다.

"이안!"

"소리쳐도 소용없다. 크크큭, 운명을 받아들이라고. 어차피 널 구해줄 사람은 아무도 없다."

헬리아는 이를 악물고 마나를 끌어올렸다. 파지직 소리를 내며 이안의 손이 떨어져 나갔다.

"호오, 그만한 기력이 있는 모양이군."

카쟌은 그녀를 비웃었다. 그녀가 힘을 끌어올린 것에 용케 박수를 쳐주고 싶지만, 그것이 고작이었다. 억지로 끌어올린 마나 때문에 내상이 도져 그녀의 입가에 피가 흘러내렸다.

"크읏."

"네가 차고 있는 건 마나 구속구다. 그것도 소드 마스터도 맥을 못 추는 걸로 구해놨으니, 크크큭, 풀릴 리 만무하지."

카쟌은 재밌는 연극이라도 보는 듯 웃어 젖혔다. 헬리아는 이마에 땀을 흘리며 입술을 깨물었다. 이대로 죽을 순 없었다.

"자, 그럼 실험을 시작해 볼까? 어서 저년을 잡아 올려라."

카쟌의 명령에 몽롱한 표정의 이안이 다시 헬리아를 붙잡았다. 헬리아는 그런 이안을 올려다보았다. 여전히 빛도 스미지 못하는 새카만 눈동자. 그녀는 이안을 되레 붙잡으며 그를 흔들었다.

"이안, 이안!"

카쟌의 말에 꼭두각시처럼 반응하는 이안의 모습에 헬리아는 이를 악물었다.

"이안, 제발 정신 차려!"
"그래 봐야 소용없다!"
"이안!"
"……."
이안은 반응하지 않았다. 헬리아는 애가 탔다. 그녀는 더욱 세게 이안을 흔들었다.
"제발 정신 좀 차리란 말이야! 이 멍청아! 호위 기사란 놈이 적의 손에 놀아날 거야!"
순간 이안의 몸이 흠칫거렸다. 헬리아는 순간 느껴진 그의 진동을 알아차렸다. 그녀는 더욱 소리쳤다.
"이안, 제발 눈을 뜨라고! 복수를 해야 하잖아! 아돌프 후작한테!"
아까보다 더 큰 움직임이 일어났고 카쟌이 그것을 눈치챘다. 그는 눈을 찌푸렸다. 세뇌는 완전하지 않다. 약물에 중독된 상태지만 정신을 조종하는 것은 매우 어려운 일이다.
'풀리게 놔둘 순 없지!'
헬리아의 말에 이안이 움직였다. 가만히 놔두다간 그의 세뇌가 풀려버릴 것이다. 그것을 걱정한 카쟌은 우선 그들을 떼어놓았다.
"저리 가 있어라!"
카쟌이 직접 헬리아를 붙잡고 철제 침대에 눕혔다. 이안은 소드 마스터에 근접한 실력자. 그의 세뇌를 유지시키기란 보통 어려운 것이 아니었다. 헬리아가 쓰러진 지 고작 십오 분이 채 되지 않았다. 카쟌은 흘러가는 시간을 계산해 보며 눈을 찌푸렸다.
"이안!"
이안이 등을 돌렸다. 헬리아는 입술을 깨물었다.
"날 지켜준다며! 그런데 이러면 어쩌라는 거야!"
이안의 발걸음이 멈춰 섰다. 그의 몸이 끼기긱 소리를 내는 것처럼 천천히 뒤를 돌아보았다.

"이안……."

헬리아는 이안의 눈을 보고는 피식 웃었다. 그의 눈은 시뻘겋게 변해 있었다.

"그러고도 호위 기사야?"

"……."

무기질 같은 그의 눈동자에 빛이 스며들기 시작했다. 세뇌에서 벗어나기 위해 그의 얼굴과 목에 핏줄이 섰다. 그는 이를 악물었다. 얼마나 세게 물었는지 입가로 가느다란 선혈이 흘러내렸다.

"헬…… 리…… 아."

헬리아는 그런 이안을 보며 웃었다.

"이안 플로렌스, 더 이상 휘둘리지 마."

순간 이안의 정신을 묶은 단단한 결박이 산산조각 부서지기 시작했다.

⁂

"열어라."

검은 무리의 가장 앞에 선 자가 나직이 명령했다. 그의 시선이 굳게 닫힌 문에 닿자 그를 따르는 검은 무리의 기사들이 앞을 가로막고 있는 문을 열어젖혔다.

왕성의 가장 심처에 위치한 국왕의 침실. 진흙이 잔뜩 묻은 남자의 발자국이 부드러운 카펫을 짓밟았다. 그가 안으로 들어가자 기사들이 방 안의 불을 켰다. 화려한 가구와 침실. 그러나 방 주인의 모습은 보이지 않았다.

"없습니다."

그 말에 문을 열라 명령했던 남자의 입가가 비틀어 올라갔다. 그는 머리까지 푹 눌러쓴 로브를 신경질적으로 벗어 올렸다.

"흩어져서 찾아라!"

"옛!"

그는 명령을 내리고 몸을 돌렸다.

우르르- 쾅쾅!

천둥 번개가 치면서 어둠 속에 가려진 그의 얼굴이 드러났다.

아돌프 후작! 그였다. 수백의 기사를 이끌고 왕성을 짓밟은 자. 그의 눈이 날카롭게 번뜩였다.

"후작님!"

그때 다른 곳을 살폈던 수하가 달려왔다. 후작의 눈매가 치켜 올라갔다.

"찾았느냐?"

"발자국이 남아 있었습니다."

"위치는?"

"대전입니다."

후작의 눈이 가늘어지다 이내 휘었다.

"대전이라…… 마지막을 장식하기에 좋은 곳이군."

후작이 몸을 움직였다. 그러자 그를 따르는 수백의 기사도 일사불란하게 그를 뒤따랐다.

"대전으로 간다!"

"충!"

여전히 비는 세차게 내리고 있었다.

끼이익-

대전의 문이 열렸다. 대전 안은 캄캄한 어둠에 둘러싸여 있었다. 들리는 것이라곤 창밖의 빗소리뿐. 내부는 적막으로 고요했다.

후작이 먼저 대리석 바닥에 발을 딛자 그의 뒤로 수백의 기사가 절도 있는 걸음으로 따라 들어왔다. 후작은 어스름한 대전의 중앙, 가장 상석에 위치해 있는 왕좌를 보는 순간 가슴이 두근거리는 것을 느꼈다. 그 자리에 대해선 담담하다 여겼는데 직접 빈 왕좌를 마주하자 감춰진 욕망이 들끓었다.

후작은 왕좌를 향해 거세게 뛰는 자신의 심장을 지그시 누르고 천천히 걸어갔다. 육신은 늙었지만 그의 심장은 젊은이 못지않았다. 권력에 대한 욕망과 집착! 후작은 왕좌에 앉아 있는 자신의 모습을 상상하며 입꼬리를 올렸다.

"그리 탐나는가?"

한데 빈 왕좌라 생각했던 자리엔 누군가 앉아 있었다. 바로 왕좌의 주인. 후작은 멈칫했다.

"……전하."

"전하라 불러는 주는군."

그 비아냥거림이 섞인 말에 후작은 왕좌를 바라보았다. 당연하다는 듯 왕좌를 차지한 이. 아르센 왕국의 국왕, 빈센트였다.

왕좌에 앉아 자신을 내려다보는 빈센트의 모습에 후작은 눈을 찌푸렸다. 그는 마치 이 자리는 네가 탐낼 것이 아니라는 듯 책망하는 것 같았다.

'내가 가지지 못할 것은 없다.'

후작은 멈췄던 발을 내딛었다.

"나를 죽이러 왔는가?"

"전하께서 죽으셔야 제가 살지 않겠습니까?"

"나를 죽일 수 있다 생각하는가?"

빈센트의 눈에서 파란 안광이 뻗어 나오는 것 같아 후작은 흠칫했다.

"후작, 알고 있나?"

"……."

"나는 이제까지 이기지 못할 싸움은 해본 적이 없네."

그때였다. 어둠 사이로 무언가 움직이기 시작했다. 그것은 하나를 시작으로 둘, 셋, 그 수를 늘려갔다. 후작은 검은 그림자들을 보며 눈매를 좁혔다.

"왕의 그림자……."

비밀리에 국왕을 호위하는 그들이 모습을 드러낸 것이다. 후작은 그들의 등장에 입꼬리를 비틀었지만 이미 그들의 등장은 예상했던 바이다. 왕실 기사단과 병사들은 묶어둘 수 있었지만 어디에 있는지도 모르는 왕의 그림자를 찾아 수를 쓰지는 못 했다. 그리고 그때 누군가의 목소리가 들려왔다.

"여기까지네, 아돌프 후작."

"……플로렌스 공작."

플로렌스 공작이 모습을 드러냈다.

채앵!

그의 등장을 시작으로 검을 빼 드는 소리가 일제히 들려왔다. 왕의 그림자와 후작의 기사들이 서로 검을 겨누며 대치했다. 그 가운데서 후작과 공작은 마주 서 있었다.

후작은 공작을 보며 말했다.

"살아 있었나?"

"이 플로렌스 공작이 그깟 독에 당할 것 같은가!"

"……."

후작은 기세등등한 공작의 모습에 눈을 찌푸렸다.

'그 정도론 어림없었나?'

카잔의 능력으로 왕성의 성문을 지키는 경비대장을 세뇌해 문을 열고, 왕성을 지키는 기사들과 그들을 지휘하는 주요 인물을 모두 독살했다. 플로렌스 공작이라고 예외는 아니었다. 아니, 오히려 왕의 최측근이며 왕국 최고의 실력자인 플로렌스 공작은 헬리아 공주와 함께 처리 대상 일 순위였다. 그 누구에게 쓴 것보다 강한 무색무취의 독을 사용했지만 소드 마스터를 얕본 모양이다.

"과연 소드 마스터군."

하지만 후작은 아랑곳하지 않았다. 공작이 살아 있다고는 하나 이미 왕궁의 병력은 제 기능을 하지 못한다. 겨우 천여 명으로 왕궁의 모든 병력을 상대할 수는 없으나 지휘부가 없다면 이야기가 다르다. 머리가 죽으면 아무리 몸이 건강해도 움직일 수 없는 법이다. 후작의 입꼬리가 치켜 올라갔다.

"운이 좋았군."

"나도 운이 좋았지."

공작은 자신 앞에 있는 후작을 보며 웃었다. 그의 웃음은 비웃음 따위가 아닌 진심이었다. 하지만 언제 웃었냐는 듯 그의 웃음은 사라졌다. 그리고 후작을 향해 살기를 피워 올렸다.

"이렇게 내 앞에 나타나다니."

그가 탈주했다는 소식을 듣고 공작은 한편으로 기뻤다. 자신의 아들을 죽게 만든 그를 자신의 손으로 죽일 수 있다니 이 얼마나 다행이란 말인가. 항상 이안에게는 냉정하게 말했지만 공작은 단 한 번도 아들의 죽음을 잊어버린 적이 없었다. 가슴에 묻은 아이다. 그것도 자랑스럽고 또 자랑스러웠던 자신의 아이. 그는 인내했고, 또 인내했다. 그리고 이제야 아들의 죽음을 되갚아줄 수 있게 되었다.

"항복하지 마시게."

공작은 천천히 후작을 향해 검을 들었다.

"내 검은 결코 멈추지 않을 걸세."

❊

"하암, 졸려."

숀은 졸린 눈을 비볐지만 무거워진 눈꺼풀을 쉬이 들어 올리지 못했다. 하지만 보초를 서야 했기에 그는 억지로 쏟아지는 잠을 떨쳐 냈다.

"으으."

신음을 흘리는 숀의 뒤로 그와 함께 보초를 서게 될 세인이 따라나섰다. 그들이 보초를 서게 될 곳은 궁 내부와 헬리아 공주의 방이 있는 복도다.

"넌 안 졸려?"

숀은 쌩쌩한 얼굴로 따라오는 세인을 보며 혀를 찼다.

"별로. 그리 늦은 시간도 아니잖아."

세인은 어깨를 으쓱였다. 숀은 그런 세인의 모습에 입술을 삐죽였다.

'암튼 저 새끼는 인간이 아니라니까.'

숀은 고개를 도리도리 저으며 계단을 올라갔다. 그러다 주머니에서 무언가를 꺼내 툭 하고 세인을 향해 날렸다. 반은 얼굴에 맞출 생각이었는데, 세인은 날렵하게 그것을 놓치지 않고 잡았다. 세인은 숀이 던진 것을 확인하고 다시 그를 보았다.

"먹어."

"훗. 챙겨주는 거야?"

"칫, 그래, 불쌍한 왕따 챙겨주는 거다."

"왕따는 너잖아."

세인은 숀이 던진 작은 빵을 보며 웃었다. 조금 딱딱하고 작았지만 따뜻했다.

"제법 나쁘지 않군."

"야, 지금 먹으면 어떡해?"

숀이 주변을 살피며 그를 타박했다. 몰래 보초 서다 배고프면 먹으라고 주는 건데.

"나중엔 먹을 시간이 없을 것 같아서."

세인은 마지막 남은 조각까지 단번에 입안에 넣었다. 숀은 입을 삐뚤거리긴 했어도 그리 싫은 기색은 아니었다.

"암튼 미운 짓만 골라 한다니까."

"숀."

그때 세인이 나지막하게 숀을 불렀다. 숀은 갑자기 진지해진 그의 목소리에 뒤를 돌았다. 벽에 놓인 촛불에 간신히 그의 얼굴이 보였다. 세인의 낯선 표정에 숀은 왠지 묘한 느낌을 받았다.

"왜, 왜?"

"빵 고마워. 넌 오래 살 거야."

세인이 웃으며 그의 어깨를 툭툭 치고는 먼저 계단으로 올라갔다. 그에 숀은 어리둥절한 얼굴로 그를 따라 올라갔다.

"치, 빵 하나 줬다고 아부냐?"

숀은 가볍게 투덜거렸지만 기분이 나쁜 건 아니었다.

그때였다. 그의 후각에 비릿한 냄새가 풍겼다.

"……뭐지?"

세인의 눈이 가늘어졌다. 그의 눈은 평소와 달리 서늘하게 빛나고 있었다.

"피 냄새야."

"피?"

숀의 눈이 커졌다. 그리고 그의 발걸음이 다급해졌다. 그가 얼른 계단을 밟고 헬리아 공주가 있는 방으로 올라섰다.

"이, 이게!"

복도에는 숀과 세인 이전에 보초를 선 두 명의 기사가 바닥에 피를 흘리며 쓰러져 있었다. 숀은 얼른 달려가 둘을 살폈다. 다행히 큰 상처가 몇 군데 있었지만 생명엔 지장이 없었다. 두 기사 모두 기절한 것이다.

"공주님!"

숀은 얼른 헬리아 공주의 방문을 열었다. 안에는 열린 창문 사이로 빗줄기가 거세게 쏟아져 내리고 있을 뿐이었다.

"고, 공주님이!"

숀이 이 사실을 알리기 위해 서둘러 뛰어가기 시작했다.

"세인! 넌 공주님을 찾아! 난 대장을 찾으러 갈게!"

그렇게 말하고 숀은 어디론가 달려갔다. 혼자 남은 세인은 주변을 살폈다. 창문이 활짝 열려 있었지만, 발자국을 보면 물에 젖은 흔적은 없다. 그건 외부에서 침입한 것이 아니라는 것. 그리고 헬리아 공주는 마법사다. 그녀가 이렇게 속수무책으로 당할 정도로 강한 암살자가 있었다는 것일까? 거기다가 공주의 시체가 없다는 것은 살아 있을 가능성이 있다는 뜻이다.

"훗."

세인의 눈은 평소와 달리 싸늘하게 변해 있었다. 그의 입가가 씨익 올라갔다.

"누군지 모르겠지만, 내 먹이를 빼앗길 순 없지."

그 순간 세인의 몸이 흐릿해지더니 방 어디에도 그의 모습은 보이지 않았다. 마치 신기루처럼 그는 어디론가 사라져 버렸다.

쏴아아아!

빗소리만이 요란하게 방 안을 울릴 뿐이었다.

❊

"쿠, 쿨럭."

이안이 시뻘건 피를 한 움큼 토해냈다. 흐릿했던 그의 눈빛은 차츰 맑아졌다. 이안은 거칠게 몇 번 피를 토해내고 뒤틀리는 기혈을 억누르며 머리를 짚었다. 왠지 몽롱한 꿈을 꾼 것 같았다.

"……여긴?"

지끈거리는 통증은 여전했지만 정신은 점점 또렷해져 갔다. 그리고 그제야 자신이 도대체 무슨 일을 저질렀는지 깨닫고 말았다.

"나는…… 크윽."

이안의 눈동자가 쉴 새 없이 흔들렸다. 갑자기 떠오른 기억들은 그를 고통스럽게 만들었다. 적의 손에 세뇌당해 헬리아를 납치했다. 이안은 세게 입술을 깨물었다. 눈앞의 헬리아를 제대로 볼 수 없었다.

"나는……."

"이안! 정신 차린 거야?"

헬리아는 이안을 보며 웃었다. 드디어 겨우 정신을 차려준 것이다.

"다행이야."

"……."

헬리아는 안도의 한숨을 내쉬었지만, 이안은 스스로를 용납할 수 없었다. 뒤로 양팔이 묶이고 목에는 구속구를 차고 있는 모습. 거기다가 바닥에 널브러졌을 때 얼굴에 생채기가 났는지 흰 뺨에는 붉은 피가 송골송골 맺혀 있었다.

'내가 도대체 무슨 짓을…….'

자신으로 인해 그녀가 이런 꼴을 당한 것이다. 이안은 두 주먹을 세게 움켜쥐었다. 그러자 손 안에서 피가 흘러나왔다.

"네 잘못이 아니야."

"나는 당신을……."

헬리아는 이안의 머리를 흩뜨렸다. 이안은 그런 헬리아의 행동에 눈을 크게 떴다.

"네가 잘못한 게 아니야. 조종당했을 뿐이야. 저 녀석에게."

헬리아가 카잔을 노려보았다. 카잔은 비틀린 미소를 짓고 그들을 비웃었다.

"역시 익스퍼트 최상급에겐 약효가 약했군."

카잔은 눈을 가늘게 떴다. 그 순간 플로렌스 공작에게 썼던 독이 제대로 효력을 발휘하지 못할 거라는 생각이 들었다.

'그쪽 일은 내 알 바가 아니지.'

이안은 카잔을 의식하고 검을 빼 들었다. 자신을 조종해 헬리아를 납치하게 만든 장본인. 결코 용서할 수 없었다.

이안이 카잔에게 칼을 겨누었다. 그러나 카잔은 미간을 찌푸릴 뿐 감흥을 느끼지 못했다. 세뇌가 풀렸다 하나 억지로 푼 탓에 몸 안의 기혈이 뒤틀려 제대로 힘을 쓰지 못한다. 그 후유증으로 이안의 몸이 휘청거리는 것이 보였다.

카잔은 손을 휘저었다. 그러자 그의 손에서 검은 기류가 뻗어 나와 이안의 다리를 타고 올라가 그를 속박했다.

"큭."

이안은 검은 기류에서 벗어나려 했지만 상태가 좋지 못했다. 평소 그의 실력의 반도 낼 수 없는 상황. 거기다가 카잔은 실력 있는 흑마법사였다. 근접전에선 기사가 마법사보다 유리하다. 하지만 근접전을 할 수 없는 상황이라면, 거기다 다리가 묶인 기사를 상대하는 일은 마법사에겐 너무나 손쉬웠다.

"이거 싱겁군."

카잔은 손가락을 까딱거리며 검은 기류를 조종했다. 그리고 검은 기류에서 빠져나가기 위해 몸부림치는 이안을 보며 따분하다는 듯 하품을 지었다. 카잔은 꼼짝도 못 하는 이안을 내버려 둔 채 헬리아에게 다가갔다. 그러나 이안은 피를 토해가며 필사적으로 그의 앞을 가로막았다.

“호오, 그걸 매달고도 움직일 수 있나? 흐음, 네놈도 실험 가치가 있군.”
카잔의 웃음에 이안은 이를 악물었다. 그의 눈은 이미 시뻘겋다 못해 터진 핏줄로 피눈물을 흘리고 있었다.
‘젠장.’
이안은 자신의 무력감에 분노했다. 고작 자신이 할 수 있는 일이라곤 이렇게 그를 가로막는 것뿐이었다. 이안은 온몸에 힘을 주었다. 내부가 진탕되어 피가 역류했지만 그는 자신의 마나를 이끌었다.
“그녀에게 손대지 마라.”
그러자 검은 기류가 이안의 몸에서 천천히 떨어져 나가기 시작했다. 그 모습에 카잔의 미간이 구겨졌다.
“이거 눈꼴 시려 못 봐주겠군. 그렇게 정 먼저 죽고 싶다면 죽여주마!”
카잔이 손을 뻗자 아까보다 더 거대한 기류가 이안을 덮쳤다. 이안의 몸을 모두 감쌀 정도였다. 하지만 이안은 마나로 자신의 몸을 보호하고 검을 내려쳤다. 오러가 깃든 검에 검은 기류는 싹둑 잘려 나갔다.
“같은 수에 당하지 않는다.”
“칫.”
카잔은 혀를 찼다. 못마땅하다는 것이 표정에 역력했다. 그 모습을 보고 헬리아의 눈이 가늘어졌다. 카잔의 공격은 빈민가에서 보았을 때와 달리 소극적이었다. 지금까지 계속 검은 기류로만 이안을 상대하려고 하는 모습에서 눈치챌 수 있었다.
‘밀폐된 곳에선 마법사가 할 수 있는 공격은 정해져 있어.’
헬리아는 다시 방을 살폈다. 잘만 하면 이곳을 탈출할 수 있을 것 같았다. 카잔의 등 뒤로 문이 보였다. 창이 없기 때문에 이곳이 지하인지 아니면 지상인지 모르겠지만 들어온 길이 있으면 나가는 길도 있게 마련.
“크윽.”
이안의 신음이 커져 갔다. 몸이 성치 않은 상태에서 카잔을 상대하긴 어려울 것이다. 헬리아는 그의 신음에 절로 초조해졌다. 하지만 최대한 이성을 유지해야 했다.

'한순간이라도 카쟌의 움직임을 막아야 해. 어떻게 움직임을 막지?'

헬리아의 눈이 빠르게 주변을 훑었다. 방 안에 가득한 박제와 시약들. 그중 알 수 없는 약물들이 눈에 띄었다.

'그래, 약!'

특히나 이곳은 흑마법사의 실험실. 위험한 약이 많이 있을 것이다. 헬리아는 천천히 몸을 움직일 준비를 했다.

'우선 수갑을 풀어야 해.'

목에 있는 것은 무리라고 해도 손에 묶인 수갑은 풀어야 했다. 마나 구속구이기에 마법을 쓸 수 없지만 다른 방법도 있었다. 헬리아의 얼굴이 아픔으로 구겨졌다. 딱딱한 수갑은 쉽게 빠지지 않았다. 헬리아는 이를 악물고 자신의 관절을 비틀었다. 그러자 통증이 엄습해 왔다.

'조금만 더…… 크읏.'

예전 세바스찬에게 간단한 호신 무술을 배울 때 이론적으로 배워둔 관절 빼기였다. 세바스찬은 그저 이론상으로만 알려줄 생각이었을 것이다. 헬리아는 세바스찬에게 심심한 감사를 하며 더욱 손에 힘을 주었다.

'젠장, 아프잖아.'

그래도 아픈 것은 아픈 것. 헬리아는 눈물이 찔끔 나오려는 것을 억지로 참았다. 뼈를 인위적으로 탈골시키는 일은, 그것도 초보자가 숙련된 솜씨 없이 하는 것은 매우 아프고도 힘든 일이었다.

덜컹.

'됐다.'

그녀의 피나는 노력 덕분인지 수갑이 풀렸다. 헬리아는 조심스럽게 이안과 카쟌을 살피며 다시 손목의 관절을 맞추었다.

'뭔지 모르겠지만.'

헬리아는 약물들을 쭉 훑다가 시커먼 약물이 든 병을 발견할 수 있었다. 딱 봐도 불길해 보였다. 하지만 지금은 저 불길한 색이 마음에 들었다.

'빠르게 돌파한다!'

검은 약병을 카쟌 몰래 손에 쥔 헬리아는 단숨에 카쟌과 이안을 향해 달려갔다. 정확히는 카쟌 뒤에 있는 문을 향해 달려가는 것이다. 그리고 카쟌에게 약병을 던지며 소리쳤다.

"이안, 엎드려!"

이안은 그녀의 말에 반사적으로 허리를 숙였고, 카쟌은 갑자기 자신을 향해 날아오는 약병을 보고 놀라 눈이 커졌다.

"그, 그건!"

헬리아는 카쟌의 반응에 자신의 선택이 틀리지 않았음을 확신했다.

"아, 안 돼!"

카쟌은 약병을 막기 위해 손을 들었지만 약병의 입구는 열려 있었고 너무 순식간이라 속수무책이었다. 검은 액체를 얼굴에 뒤집어쓴 카쟌은 괴성을 내질렀다.

푸시시식!

"으아아악!"

강한 염산이 들어 있었는지 카쟌의 얼굴이 녹아내리기 시작했다.

"큐어, 큐어!"

카쟌이 해독 마법을 시전했지만 약물이 얼굴을 녹이는 속도가 더 빨랐다.

"이안, 어서!"

이안은 얼른 헬리아의 뒤를 따랐다. 헬리아는 쓰러진 카쟌을 지나 문을 열었다. 다행히 문은 잠겨 있지 않았다. 철저한 방심의 흔적이었다.

이안의 세뇌가 풀릴 줄 몰랐고, 자신이 만든 약에 되레 당할 줄 몰랐을 것이다.

"크아아아! 반드시 네년을 죽여 버리겠다!"

카잔의 비명이 실험실에 울려 퍼졌다. 헬리아는 그의 외침을 뒤로하고 실험실을 빠져나왔다. 방을 빠져나오자 계단이 모습을 드러냈다. 헬리아는 주변을 살피면서 계단을 올라갔다. 그리고 다시 방문을 여는 순간 내리는 빗소리를 들을 수 있었다.

쏴아아아—

문을 열고 나간 곳은 어느 방이었다. 그리고 그 방에는 창이 있었다.

"여긴……?"

헬리아는 묘하게 익숙한 창밖의 정경에 눈을 좁혔다. 저 건물은 어디서 봤는데…….

"설마 여긴."

"왕성 안입니다."

"하, 하하."

헬리아는 어이가 없어 웃었다. 고작 납치당한 곳이 왕성이었단 말인가. 그녀의 얼굴에 웃음기가 단박에 사라졌다. 카잔은 계속 왕성 안에 있었던 것이다. 등잔 밑이 어둡다고 이런 곳에 숨어 있을 줄은 꿈에도 생각지 못했다.

"이러니 못 찾았지."

이안이 헬리아의 손을 잡았다. 갑자기 잡힌 손에 헬리아는 이안을 보았다.

"아직 그자가 죽지 않았습니다. 서둘러 이곳을 빠져나가야 합니다."

이안과 헬리아가 방을 나가자 역시나 익숙한 왕성의 복도가 보였다. 2왕자 조슈아의 궁이었다. 그런데 서둘러 걸음을 옮기던 헬리아는 묘한 위화감이 들었다. 순간 뇌리에 스친 불길한 예감에 헬리아가 이안을 보았다.

"이안."

이안도 그것을 느꼈는지 입을 열었다.

"기사들이 보이질 않습니다."

"빨리 본궁으로 가야 해!"

헬리아는 다급히 뛰기 시작했다. 카잔은 자신을 납치했다. 그렇다면 후작은 어디에 있을까? 헬리아는 이를 악물며 뛰었다.

'아돌프 후작!'

그는 본궁으로 갔을 것이다. 그리고 그의 목표는 국왕의 목.

'전하!'

주변을 지키는 기사들이 없다. 왕성의 상황이 어떤지 제대로 알 수 없지만 확실한 건 큰 문제가 생겼다는 것이다.

헬리아는 빈센트의 얼굴을 떠올렸다. 그의 웃는 얼굴이, 자신을 쓰다듬던 손길이 자꾸만 생각이 났다.

헬리아는 눈을 감았다 떴다.

'아버지!'

❊

"쳐라!"

아돌프 후작의 명령에 기사들이 달려들기 시작했다. 그와 함께 어둠 속에서 왕의 그림자가 그들을 향해 맞서 나갔다. 한 기사가 플로렌스 공작의 목에 검을 찔러 넣으려는 순간.

"커억!"

단말마와 함께 기사의 신형이 바닥으로 무너져 내렸다. 갑자기 어둠 속에서 칼이 튀어나와 그를 벤 것이다.

"여긴 제가 맡겠습니다."

어둠 속에서 스윽 나타난 것은 흰 머리에 시종복을 입은 세바스찬이었다. 플로렌스 공작은 세바스찬의 등장에 놀란 듯 눈이 커졌다.

"여기는……."

"공주님의 부탁이 있으셨습니다."

"그렇군. 그럼 부탁드리오."

세바스찬이 고개를 끄덕이고 플로렌스 공작을 향해 다가오는 적들을 베어갔다. 어둠에 특화된 그림자들은 캄캄한 대전을 누비고 다녔다.

후작의 기사와 왕의 그림자. 왕의 그림자의 수는 고작 오십에 불과했고, 후작의 기사는 삼백 명 정도였다. 삼백 대 오십. 결코 그림자들이 이길 수 없는 숫자였지만, 그들은 기사들에게 밀리지 않았다. 오히려 그들을 몰아붙였다.

"죽어라!"

"하앗!"

싸움이 시작되었다. 기사들의 검이 그림자를 향해 쇄도해 들었고, 그림자는 은밀한 움직임으로 기사들의 검을 피하며 그들의 목에 검을 찔러 넣었다.

"크악!"

은밀하고 빠른 움직임, 거기다 어두운 곳에선 그들이 더욱 유리했다. 그림자의 움직임은 거의 암살자에 가까웠다. 하지만 전면전에 취약한 그런 암살자가 아니었다. 기사의 검술, 그리고 암살자의 발놀림. 그것들이 박자를 맞추어 아돌프 후작의 전력을 줄여 나갔다. 그들이 전투를 벌일 때 플로렌스 공작과 아돌프 후작은 서로를 바라보았다. 마치 그들의 존재만 따로 놓인 듯 누구도 그들을 방해하지 않았다.

"이제 우리 둘이 되었군."

공작의 서슬 퍼런 눈빛에 후작은 검을 고쳐 잡았다.

'독에 중독되어도 소드 마스터란 말인가?'

공작의 기세가 아돌프 후작을 짓눌렀다. 분명 중독이 되었음에도 공작은 강했다.

소드 마스터. 그 이름이 후작의 뇌리에 다시금 새겨졌다. 하지만 후작은 자신의 패배를 생각지 않았다. 품에 있는 약. 필요하다면 쓸 생각이다. 하지만 우선 순수하게 소드 마스터인 플로렌스 공작과 검을 맞대고 싶었다.

공작과 아돌프 후작이 서로를 바라보았다. 그리고 어느 한순간, 그들의 시야에서 다른 이들이 사라지고, 쇠 부딪치는 소리와 빗소리가 사라졌다. 그리고 둘은 동시에 움직였다.

"하앗!"

"핫!"

아돌프 후작의 검이 플로렌스 공작의 허를 찌르며 베어 들어갔다. 공작은 검으로 후작의 검을 막고 쳐올렸다. 공격에 실패한 후작은 다시 몸을 회전시켜 이번에 공작의 어깨로 검을 찔러 넣었다.

"크윽!"

역시나 독이 문제였다. 대비하고 있어 금방 해독했지만 여파가 계속 남아 있었다. 독의 영향으로 발이 느려진 공작은 미처 피하지 못하고 후작에게 어깨를 내주고 말았다. 하지만 후작은 눈을 찌푸리며 다시 공격 자세를 취했다. 겨우 옷을 가르고 얕은 상처를 냈을 뿐이다. 그 짧은 순간에 후작의 공격을 미리 읽은 공작이 몸을 움직였기 때문이다.

"역시 소드 마스터."

"제법이군."

후작과 공작은 서로 대치했다. 그리고 다시 후작이 먼저 움직였다. 시간은 계속 흘러가고 있었다. 서둘러 공작을 죽여 국왕의 목을 베어야 한다.

"하압!"

후작의 검이 날카롭게 오러를 품고 공작의 가슴을 향했다. 플로렌스 공작은 자신도 소드 마스터의 전유물인 오러 블레이드를 끌어올렸지만 독 때문에 힘이 말을 듣지 않았다.

'젠장, 독이.'

공작은 서둘러 미약하나마 오러를 끌어올려 검을 막았다. 서로의 검이 부딪치고 후작과 공작은 검을 맞대고 대치했다. 공작은 후작의 검술 실력에 속으로 놀람을 감출 수 없었다. 이제까지 그가 검술을 드러낸 적이 없어 몰랐던 것이다.

'역시 노장이군.'

나이가 먹었다 하나 오랜 연륜을 무시할 수 없는 노릇이다. 하지만 공작은 검을 맞부딪치면서 후작의 상태를 알아차렸다. 자신이 아무리 독에 중독되어도 소드 마스터다. 후작의 검이 점차 밀리는 것이 느껴졌다. 그것은 후작도 알아차렸다. 후작은 공작의 검을 쳐 내고 뒤로 물러섰다.

'하아, 하아.'

호흡이 가팔라지기 시작했다. 덜덜 떨리는 검을 꽉 쥐어 잡았다.

'시간을 끌면 내가 불리하다.'

후작은 품에 든 약을 꺼냈다. 공작은 후작의 행동에 눈을 가늘게 떴다. 갑자기 싸움 도중 이상한 병을 꺼내 마셨다. 공작은 후작의 행동을 막지 못했다.

"하아……."

병 안에 든 액체가 후작의 몸 안으로 퍼져 나갔다. 그러자 후작은 자신의 몸 안에서 차오르는 묘한 힘을 느꼈다. 핏줄이 도드라지더니 그의 몸에서 변화가 일기 시작했다. 갑자기 근육이 부풀더니 그의 체구가 커졌다. 그와 함께 그의 기세는 공작의 기세를 넘어섰다.

"크하……."

변화가 모두 끝이 나자 후작은 세상이 변한 느낌을 받았다. 이 충족감, 이 힘. 검을 잡는 손길에서 이전과는 다른 악력이 느껴졌다. 후작은 플로렌스 공작을 바라보았다. 왠지 저 소드 마스터가 더 이상 두렵지 않았다.

"당신…… 도대체 무슨 짓을 한 것인가!"

공작은 후작의 변화에 경악했다. 저렇게 갑자기 힘이 늘어나는 약은 본 적이 없다. 아니, 있다면 그것은 사악한 흑마법사의 마법일 뿐!

"서, 설마!"

"크크크큭."

후작의 입에서 거친 맹수의 울음소리가 흘러나왔다. 이미 늙은 육신이 아니었다. 그의 몸은 젊은이의 것과 다르지 않을 만큼 탄탄하고 거대했다.

"한 나라의 후작이 흑마법을 쓰다니!"

공작의 분노가 유형화되어 후작을 향해 날아갔다. 하지만 후작은 아무렇지 않게 그의 기세를 받아쳤다.

"크크큭, 죽어라!"

후작이 빠른 속도로 공작을 향해 달려들었다. 아까와는 비교가 되지 않을 정도로 빠른 속도에 공작은 당황했다.

"크윽!"

후작의 검을 막은 공작은 순간 무릎이 꺾였다. 후작은 계속 힘으로 공작을 내리눌렀다.

"이제 죽어라! 왕국의 검이여!"

공작의 안색이 흐려지기 시작했다.

❊

“하아, 하아.”

헬리아의 숨소리가 거칠어졌다. 다리는 누가 쇠를 묶어둔 듯 움직이지 않았다. 헬리아가 비틀거리자 앞서 가던 이안이 멈추며 그녀의 손을 잡았다. 비는 여전히 세차게 내리고 있었다. 이안은 헬리아의 손에서 급격히 체온이 낮아지는 것을 느꼈다. 체력이 떨어진 상태에서 잔뜩 비를 맞은 탓에 몸이 견디질 못하는 것이다.

헬리아는 이안이 멈춰 서자 숨을 가쁘게 내쉬었다.

“하아, 하아, 얼마나 더 가야 돼?”

“우선 마나 구속구부터 풀어야겠습니다.”

이안이 헬리아의 목에 걸린 마나 구속구를 보았다. 헬리아의 공격에 큰 대미지를 입었는지 카잔은 뒤따라오지 않는 것 같았다. 안전한 상황이 확보된 이상 무작정 뛰기보다 우선 구속구부터 제거해야 한다. 헬리아가 숨을 고르고 서 있자 이안이 그녀의 목의 구속구를 만졌다.

“읏.”

헬리아가 낮게 신음을 뱉었다. 살펴보니 구속구의 금속에 목이 쓸려 피가 나고 있었던 것이다.

“잠깐. 아파.”

“…….”

헬리아가 이안의 손을 떼어낼 때 그는 헬리아의 손목을 보았다. 쓸려 핏자국이 있는 것은 물론 손목 부위에 시뻘건 멍이 들어 있었다. 초보자가 함부로 뼈를 탈골시켰으니 그게 잘못되어 손목에 피가 고인 것이다.

이안은 헬리아의 손을 잡아챘다.

“손목이…….”

"괜찮아. 처음 해보는 거라 잘 안 됐나 봐."

헬리아는 피식 웃었지만 이안은 웃을 수 없었다. 이안은 헬리아의 손목을 다시 쥐고 틀었다.

"읏, 아파."

"어긋나 있습니다. 다시 맞췄으니 더 이상 아프진 않을 겁니다."

이안은 헬리아의 손에서 시선을 떼지 못했다. 이렇게 작고 흰 손이 붉은 피로 물들어 있는 것이 안쓰러웠다.

"……."

헬리아는 그런 이안의 머리를 다시 흩뜨렸다. 엘라임이 하는 버릇이 옮아버린 것인지 자신도 모르게 자주 머리에 손이 갔다. 평소엔 도도한 흑표범이 오늘따라 강아지처럼 처량하기 그지없었다. 그 모습이 웃기기도 했지만 한편으로는 어울리지 않았다.

하지만 이안은 쉽게 표정을 풀지 못했다. 헬리아는 한숨을 한 번 쉬더니 그의 머리를 더욱 흩뜨렸다. 마구 산발을 만들어놓으니 그제야 이안이 까칠하게 그녀를 쏘아보았다.

"뭐 하는 겁니까?"

"고지식한 놈, 바보 같은 놈."

이안이 못마땅하다는 듯 그녀를 노려보았다. 평소의 눈빛이라 헬리아는 입꼬리를 올렸다.

"적당히 해. 나보고 죄책감을 느끼라는 거야?"

"……."

"네가 아니었으면 이렇게 나오지 못했어. 다른 사람이 날 납치했으면 너처럼 세뇌를 풀 수 있었겠어?"

헬리아는 고개를 저었다.

"너니까 세뇌를 푼 거야."

"……."

이안은 그녀의 말에 이상하게도 마음이 편해졌다. 이안은 그녀의 작은 몸을 끌어안았다.

“뭐, 뭐 하는 거야?”

헬리아는 당황해서 팔을 저었지만 이안은 더욱 세게 안았다.

“다시는 다치게 놔두지 않겠습니다.”

이안의 검은 눈동자가 헬리아를 직시했다.

“제 목숨을 바쳐서라도.”

그 순간 헬리아는 묘한 기시감을 느꼈다. 이 말 어디서 들었던가? 왜 이리 익숙하지? 순간 이안의 얼굴에 누군가의 얼굴이 덧씌워졌다. 하지만 곧 들려온 소리로 인해 잔상은 사라지고 말았다.

부스럭.

수풀 쪽에서 누군가의 기척이 느껴졌다. 이안이 소리가 난 방향으로 검을 겨누고 헬리아를 보호했다.

“이야, 다행이네요.”

“……세인?”

기사 세인이었다. 세인은 이안과 헬리아를 보며 입가에 미소를 지었다.

“다른 사람에게 죽었으면 어쩌나 걱정했습니다.”

묘한 말이다. 죽지 않아 다행이라는 말이지만 그 뉘앙스가 이상했다. 이안도 그것을 느꼈는지 치켜세운 검을 내려놓지 않았다.

쏴아아아—

빗줄기는 여전히 요란하게 내렸다. 세인은 웃으며 검집에서 천천히 검을 빼 들었다. 그는 검을 바닥에 끌며 헬리아와 이안에게 다가갔다.

“꽤 오래 기다렸습니다.”

이안은 그가 다가오자 저도 모르게 등골이 서늘해지는 느낌을 받았다. 마치 아버지 플로렌스 공작과 대련을 앞둔 것 같은 긴장감이 느껴졌다.

‘경지가 보이지 않는다!’

세인의 경지를 읽으려 해도 도무지 파악할 수 없었다. 그것은 곧 그가 아주 평범한 사람이거나 그보다 더 강하다는 것. 전자는 결코 있을 수 없으니, 후자가 분명했다. 익스퍼트 최상급인 이안을 긴장하게 만드는 존재는 단 하나.

"……소드 마스터."

이안은 침음을 삼키며 검을 세게 잡았다. 세인의 기세는 그의 말이 끝나기 무섭게 더욱 강해지더니 이안의 몸을 압박하기 시작했다.

"크윽."

이안은 소드 마스터의 힘이 얼마나 대단한지 아버지를 통해 알고 있었다. 그렇기에 지금의 상황이 얼마나 위험한 것인지도 인지했다.

"처음엔 이렇게 오래 걸릴 줄 몰랐습니다."

세인은 젖은 앞머리를 쓸어 올리며 말했다. 평소 느물거리는 그의 표정이 그대로 드러났다. 하지만 그의 눈빛은 눈앞에 사냥감을 둔 사냥꾼의 눈이었다. 그것도 매우 노련한!

"한데 이상한 게 붙어 있더군요."

헬리아는 그가 말한 이상한 것이 무언인지 알아차렸다.

'엘라임인가?'

세인이 헬리아를 보며 물었다. 그녀의 표정은 자신이 말한 것이 무엇인지 아는 것 같았다.

"그자, 인간인가요?"

"……."

헬리아가 대답하지 않자 세인은 어깨를 으쓱였다. 궁금하지만 말하지 않는다면 어쩔 수 없는 일.

"뭐, 다행히 그자는 보이지 않는군요. 마침 이렇게 좋은 기회도 오고."

세인이 검을 스윽 들어 올리자 그에게서 형용할 수 없는 거대한 기파가 퍼져 나갔다.

"크윽!"

이안의 다리가 꺾였다. 단지 그가 기세를 내보인 것만으로 그는 움직일 수 없었다.

'소드 마스터란 말인가.'

이안은 이를 악물었다. 그의 힘은 자신의 아버지, 플로렌스 공작의 힘에 맞먹을 정도였다.

"너 누구야?"

헬리아가 꼿꼿한 자세로 세인을 바라보았다. 그녀 역시 이안처럼 다리가 후들거렸지만 그녀는 버텨냈다.

세인은 그녀를 보며 살짝 놀란 듯 입꼬리를 올렸다. 이안에게 집중적으로 기를 쏘아 보냈지만, 그 영향이 헬리아 공주에게 미치지 않는 것은 아니었다.

"호오, 평범하지 않다는 건 알았지만, 이 정도일 줄이야. 하긴 그렇기 때문에 제가 이곳에 온 거겠죠."

"다시 묻지. 너 누구야?"

헬리아의 물음에 세인은 씨익 미소를 띤 뒤 광대가 무대 인사를 하는 것처럼 한쪽 손을 가슴에 얹은 뒤 가볍게 고개를 숙였다.

"다크소드의 암살자, 세인."

"다크소드……."

헬리아는 세인의 입에서 나온 단어에 침음을 삼켰다.

다크소드. 페르시아 제국 최고의 암살 집단이자 소드 마스터를 보유하고 있는 유일한 암살 집단이었다.

"자, 그럼 소개는 끝났으니……."

세인의 검에 은은한 오러가 실리기 시작했다.

그때였다.

"세인!"

멀리서 세인을 부르는 소리가 들려왔다. 순간 세인의 눈빛이 흔들렸다. 하지만 찰나의 순간이라 아무도 그것을 눈치챈 사람은 없었다.

“뭐야, 여기, 아, 공주님! 대장님!”

숀은 세인을 부르려다 헬리아 공주와 이안이 있는 모습에 다행이라는 표정을 지었다.

“너 혼자야?”

세인이 평소와 다르게 낮은 목소리로 말했다. 숀은 이상했지만 고개를 끄덕였다.

“아, 응. 대장님도 없고 휴한테 알리고 먼저 왔어. 너도 혼자 가고.”

숀은 세인이 혼자 나선 것이 마음에 걸려 먼저 온 것이다.

“근데…….”

눈치가 없지 않은 숀이다. 세인과 공주님 사이에 묘한 기류가 흐른다는 것을 알아챘다. 그리고 대장이 세인을 향해 검을 겨누고 있었다.

“뭐, 뭐야?”

“숀.”

“야, 너 뭐 하는 거야!”

세인은 숀에게 다가갔다. 숀은 저도 모르게 뒷걸음질을 쳤다. 세인이 말갛게 웃었다.

“내가 말했지. 넌 오래 살 거라고.”

“대체 뭐 하는 거냐고 묻잖아!”

“내 철칙이 하나 있지.”

세인이 손을 들어 올렸다. 숀은 자신도 모르게 검을 빼려고 손을 뻗었지만 그보다 세인이 숀의 목덜미를 내려치는 것이 더 빨랐다.

“세, 세인 너…….”

“난 목표만 죽인다. 다른 사람은 불필요.”

숀은 눈이 흐릿해지며 털썩 쓰러졌다. 세인이 그의 몸을 받아 근처

나무 아래에 내려두었다. 세인은 웃으며 다시 검을 들어 올렸다.

"자, 그럼 방해꾼도 사라졌으니 이만 죽어주시죠."

세인이 몸을 날렸다. 그가 발을 한 번 내딛는 순간을 제외하고 이안은 그를 눈으로 쫓지 못했다. 시야에서 놓친 순간, 세인은 단숨에 헬리아를 향해 검을 겨눠가고 있었다.

"크읏!"

"호오, 역시 대장은 감이 좋군요. 조만간 소드 마스터에 오른다고 하더니 틀린 말은 아니네요."

세인이 자신의 앞을 가로막은 이안을 보며 입꼬리를 올렸다. 그러나 이안은 마주 웃을 수 없었다. 단 한 번의 부딪침. 그것으로 이안은 세인을 당해낼 수 없음을 확신했다. 하지만 결코 포기할 수 없었다.

세인은 빠르게 다음 공격으로 이어갔다. 그의 검은 오직 헬리아를 향했다. 그가 숀에게 했던 말처럼 목표 외엔 전혀 관심이 없는 눈치다.

이안이 계속 헬리아의 앞을 막는데도 그의 검끝은 헬리아를 향해 있었다. 그러나 슬슬 세인의 인내력도 한계에 부딪친 듯 그의 얼굴이 살짝 일그러졌다.

"공주의 목만 있으면 됩니다. 저는 대장을 죽일 이유가 없거든요."

이안은 이를 악물었다.

"그녀를 베려거든 날 먼저 베어야 할 것이다."

지칠 대로 지친 몸이건만, 이안의 몸에서는 알 수 없는 기세가 흘러나왔다. 이안의 힘에 세인의 눈이 살짝 이채를 띠었다.

'소드 마스터 직전이라더니 이거…….'

그가 잠시 멈춰 있자 이안이 먼저 공격해 들어왔다. 깔끔한 상단베기! 그러나 세인은 가볍게 검을 휘둘러 쉽게 이안의 검을 막았다. 그리고 빠르게 검을 쳐 내 이안의 옆구리를 베어냈다.

"이안!"

헬리아는 이안의 옆구리가 시뻘건 피로 물들자 세인을 노려보았다. 그에 대한 조사를 했다. 하지만 그는 완벽하게 신분을 숨겼다. 무엇보다 헬리아는 그가 암살자라고 생각지 못했다. 최소한 첩자가 아닐까 의심은 했지만.

'젠장, 젠장!'

헬리아는 자신의 목에 걸린 구속구를 잡아 뜯었다. 그럴수록 그녀의 목에서 시뻘건 피가 뚝뚝 흘러내렸다.

'힘만 쓸 수 있다면…….'

특수하게 제작된 구속구인 것 같았다. 힘을 줘 봐도 마나가 움직이지 않았다.

"큭!"

계속해서 이안의 상처는 늘어갔다. 세인은 그를 죽이지 않을 요량인지 치명상은 피해 상처를 냈지만, 이안은 점점 지쳐 갔다. 그 증거로 그의 검이 헬리아의 눈에 보일 정도로 느려졌다.

"이제 그만 포기하시죠."

세인은 온몸에 피를 흘린 채 여전히 자신을 향해 검을 겨누는 이안을 질린 눈으로 바라봤다. 자신이 아무리 위험한 급소를 피해 공격을 했다고 하나 그의 몸에 상당한 상처를 남겼다. 평범한 사람이었다면 벌써 출혈로 죽었을 것이다.

"결…… 코 그녀에게 다가가게 하지 않는다."

이안은 다시 검을 쥐었다. 눈이 풀리고 다리가 후들거렸지만 그는 꿋꿋이 헬리아 앞에 섰다. 이안은 자신의 모든 힘을 쏟아부었다.

"이안……."

그녀가 자신을 부르는 소리가 어렴풋이 들려왔다. 이제 귀까지 잘 들리지 않는 모양이다. 이안은 점차 주변의 소리가 사라져 가는 것을 느꼈다. 오로지 눈앞의 적뿐.

'반드시 지킨다.'

이안은 이미 지칠 대로 지친 손으로 검을 잡았다. 상대는 소드 마스터. 결코 자신이 이길 수 있는 상대가 아니다. 하지만 이안은 질 수 없었다.

'나도 미쳤군.'

첫 만남부터 좋지 않았다. 그녀의 인상은 가히 최악이라고 할 수 있었다. 후작의 목을 벨 증거를 가로채 갔고, 언제나 제멋대로였다. 자신이 얼마나 걱정하는지도 모르고 제 몸 다치는 것에 아무렇지 않게 행동했다.

그녀가 칼에 맞을 때, 그녀가 독을 먹었을 때. 이안은 분하고 화가 났다. 그녀의 행동이, 그리고 그런 바보 같은 짓을 막을 수 없는 무기력한 자신이. 함께 있으면서, 그녀를 보면서 이안은 이런 제멋대로인 여자를 지켜주고 싶다는 생각이 들었다.

'언제부터였지?'

그녀에게서 눈을 떼지 못한 것이. 이토록 그녀를 지켜주고 싶은 것이. 이안은 옅게 미소를 지었다. 그 순간 그의 몸에서 변화가 일기 시작했다.

'이건……!'

이안은 자신의 몸이 변화하는 것을 느꼈다. 마치 병아리가 알을 깨고 나오는 것처럼 그는 한 꺼풀 껍질을 벗고 새로운 경지로 발돋움하고 있었다.

"후우……."

이안은 천천히 눈을 떴다. 익스퍼트 최상급일 때는 느끼지 못한 감각과 힘이 느껴졌다. 그리고 그제야 세인의 경지가 잡히기 시작했다.

"이것 참, 소드 마스터라……. 대장도 참 운이 좋군요."

세인은 이안의 변화를 감지했다. 애초에 이미 소드 마스터의 문턱에 발을 디딘 이안이었다. 단지 벽을 넘느냐 마느냐 차이였다. 이안은 그 벽을 넘어 소드 마스터가 되었다.

세인은 미간을 찡그렸다. 그 바람에 더욱 공주를 죽이기가 어려워진 것이다. 하지만 어렵다 느꼈을 뿐이지 실패는 생각지 않았다.

"하압!"

이안이 세인을 향해 검을 휘둘렀다. 좀 전과 같은 사람이라고 믿기 힘든 스피드와 힘이었다. 세인은 이안의 검을 막으면서 입가를 치켜 올렸다.

하지만 그 순간 세인은 이안의 검을 튕겨 내고 품 안으로 파고들었다. 그리고 단번에 그의 다리를 베어냈다.

"크윽!"

"아직 멀었습니다. 이제 갓 소드 마스터가 된 상대에게 질 순 없지 않습니까?"

세인의 말에 이안은 입술을 깨물었다. 그의 말이 틀리지 않았기 때문이다.

"그럼 슬슬 끝을 내도록 하죠."

세인의 몸이 사라졌다. 그리고 그의 검이 이안의 복부를 찔러 들어왔다. 오러 블레이드를 품은 채 말이다.

"커억!"

"이안!"

세인의 검이 이안의 배를 꿰뚫었다.

"죽진 않을 겁니다."

세인이 검을 뺐다. 아니, 빼려고 했지만 순간 이안이 그의 배를 뚫은 검을 붙잡았다.

"……쿠, 쿨럭, 그녀를……."

그리고 이안의 검이 세인의 배를 찔렀다. 너무나 갑작스런 공격! 세인은 그대로 배를 내주고 말았다.

"지킨다."

"크윽."

세인은 찌르듯 아파오는 상처에 얼굴을 일그러뜨렸다.

"젠장!"

여유로웠던 그의 입에서 낮게 욕설이 터져 나왔다.

뚝– 뚝.

그의 배에서 떨어진 피가 바닥을 적셨다.

"이거 대단하군요."

세인은 이안의 집념을 인정해 줄 수밖에 없었다. 하지만 결국 승리하는 것은 그였다. 이안은 그 자리에 선 채로 미동조차 하지 않았다.

"이안!"

헬리아는 이안에게 달려갔다. 그러자 그의 신형이 허물어졌다. 복부에선 피가 흘러내렸고, 온몸에 피가 낭자했다.

"이 바보가……."

헬리아는 이를 악물었다. 그리고 세인을 노려보았다. 자신을 죽이러 온 자. 아마도 그를 사주한 것은 아돌프 후작일 것이다. 헬리아는 후작에 대한 분노가 치밀었다.

세인이 천천히 헬리아를 향해 다가왔다. 그의 검에선 이안의 피로 짐작되는 붉은 것이 뚝뚝 떨어지고 있었다. 헬리아의 표정은 싸늘하게 식어갔다. 그녀는 이안을 내려다보다 천천히 자리에서 일어났다. 그리고 세인을 똑바로 바라보았다.

"다크소드 최고의 암살자에게 죽는 것도 영광이겠지."

세인의 눈이 이채를 띠었다. 그것은 죽음을 앞둔 사람의 눈이 아니었다.

'뭐지?'

세인의 머릿속에서 의아함이 스쳐 지나갔지만 이내 고개를 저었다. 그리고 대신 검을 들었다.

"부탁이 있어."

헬리아의 금안이 어둠 속에서 빛을 발했다. 세인은 이런 식으로 만나지 않았다면 하는 아쉬움이 들었다.

"목표만 죽인다고 들었어."

헬리아는 쓰러진 이안을 가리켰다.

"살려내."

헬리아의 기세에 세인은 저도 모르게 흠칫 놀랐다. 공주의 나이는 이제 열여덟이다. 그간 지켜봐 오며 그녀를 파악했지만 알면 알수록 알 수 없는 여자였다.

"그가 죽으면 귀신이 돼서라도 널 죽여 버리겠어."

"……."

세인은 등골이 서늘해지는 것을 느꼈다. 그녀의 기세와 눈빛이 소드 마스터인 그를 압도했다. 세인은 저도 모르게 고개를 끄덕이고 말았다.

"좋아. 그리고 하나 더."

"살려드릴 순 없습니다."

헬리아는 씩 웃으며 자신의 목을 가리켰다.

"정확히 베어줘. 이 목걸이도 함께. 이런 개목걸이를 단 채 죽고 싶진 않거든."

그 말이 농담인지 진담인지 세인은 분간할 수 없었다. 하지만 그녀의 눈빛에서 진심을 읽었다.

'알 수 없군.'

세인은 왠지 검을 들기 꺼려졌다. 하지만 의뢰는 의뢰였다.

"알겠습니다. 그리해 드리지요."

세인은 그녀의 목걸이가 마나 구속구임을 알아차렸지만 그저 그녀의 말대로 개목걸이를 한 채 죽고 싶지 않다고만 생각했다. 헬리아는 지그시 눈을 감았다. 세인은 그녀의 태도에 묘한 위화감을 느꼈다.

죽음에 초연한 것일까? 단정히 허리를 펴고 목을 드러낸 헬리아의 모습은 경건해 보이기까지 했다. 하지만 세인은 주저하지 않았다.

위이잉―

그의 검에 오러 블레이드가 씌워지고 검은 빠르게 헬리아의 목을 향해 쇄도했다.

순간 그녀의 입꼬리가 올라갔다. 어째서 그녀는 웃고 있는 것인가? 세인은 소름이 등골을 타고 올라오는 것을 느꼈다. 칼날이 목에 닿았다고 느낀 순간이었다.

파아아앗!

갑자기 터진 불빛과 함께 어마어마한 힘이 세인을 허공으로 내팽개쳤다. 그는 오 미터 떨어진 나무에 처박혔고, 나무는 우지직 넘어졌다.

"쿠, 쿨럭. 도대체……."

분명 베어낸 감촉이 있었다. 한데 도대체 이게 무슨 일이란 말인가! 어마어마한 기운! 그것은 소드 마스터인 그라도 결코 감당하기 힘든 힘이었다.

세인은 피를 토해내며 헬리아를 바라보았다. 분명 손 안에 벤 느낌이 남아 있었다. 하지만 헬리아 공주는 멀쩡히 서 있었다. 그리고 그녀의 발치에는 마나 구속구로 보이는 것이 두 동강이 난 채 볼품없이 굴러다녔다.

"설마……."

마나 구속구가 풀린 그 짧은 찰나에?

우우우웅―

헬리아의 몸에서 빛이 흘러나오기 시작했다. 그것을 시작으로 황금색 물결의 빛이 퍼지더니 그녀의 머리카락이 허공에 날렸다.

그녀가 감았던 눈을 천천히 뜨기 시작했다.

❊

"크윽, 그년이……."

헬리아가 던진 약물에 왼쪽 얼굴이 녹아내린 카쟌은 얼굴을 추스르고 도망친 헬리아를 찾기 위해 밖으로 나섰다. 마법으로 상처를 치료했지만 여전히 욱신거리는 통증이 남아 있었다.

"반드시 죽여주마!"

카쟌은 이를 갈며 달려 나갔다. 그때 멀지 않은 곳에서 발생한 거대한 기파가 그를 휩쓸었다. 카쟌은 온몸을 저릿하게 울리는 기운에 눈을 찌푸렸다.

"이 기운은……."

그의 눈이 점점 커졌다. 익숙한 기운!

"젠장!"

카쟌은 서둘러 기운이 뻗친 곳으로 향했다. 역시나 그 기운은 헬리아 공주의 것이었다.

"분명 마나 구속구가……."

그의 눈에 바닥에 떨어진 구속구를 보았다. 카쟌의 입에서 잇소리가 터져 나왔다. 그녀의 힘을 가장 잘 아는 그가 헬리아를 잡을 때 가장 유념했던 부분이 바로 마나 구속구였다. 헬리아의 그 힘은 결코 그가 감당할 수 있는 수준이 아니었다.

헬리아는 무슨 이유에선지 강한 기운을 쏟아내고 있었다. 카쟌은 저도 모르게 뒷걸음질을 쳤다.

'도, 도망가야 해!'

구속구를 찬 상태라면 모를까 구속구를 벗은 그녀의 힘은 상상을 초월한다. 살아야 한다. 카쟌은 이미 복수는 멀리 던져 놓았다. 복수도 살아야 할 수 있는 법! 그가 이길 승산은 없었다. 카쟌은 서둘러 도망가기 위해 뒤를 돌았다.

파직!

그러나 하늘은 그를 버렸는지 그만 나뭇가지를 밟고야 말았다. 그 탓에 헬리아의 시선이 카잔을 향했다.

'흐읍!'

그녀의 금안이 날카롭게 카잔을 노려보았다.

헬리아는 몸 안에서 치솟는 기운을 느꼈다. 온몸에서 힘이 넘쳐흘렀다.

도박이었다. 상대는 소드 마스터. 단 일 센티라도 더 깊게 검이 파고들었다면 영락없이 죽음을 맞이했을 것이다. 그럼에도 도박을 걸 수밖에 없었다. 단 일말의 가능성이라도 있다면 헬리아는 포기하지 않는다. 그리고 그 결과 헬리아는 마나 구속구를 벗어 던질 수 있었다.

헬리아는 이전보다 더 강하게 솟아오르는 힘을 느꼈다. 용솟음치는 힘은 날뛰는 야생마처럼 거칠었다. 온몸이 타들어갈 듯 뜨거웠다. 마치 용암이 몸 안에 있는 것 같았다. 그 뜨거운 열기가 그녀의 몸을 잠식해 들어갔다.

"당신은 대체……."

세인은 욱신거리는 몸을 일으키며 눈을 크게 떴다. 소드 마스터인 자신의 경지로도 그녀의 힘을 감히 측정할 수 없었다. 세인은 등골이 서늘해지는 것을 느꼈다. 어째서 후작이 한낱 공주를 암살하기 위해 다크소드 특급 암살자인 자신에게 의뢰를 했는지 이해할 수 있었다. 그녀를 상대하려면 소드 마스터의 힘이 필요했을 것이다. 아니, 어쩌면 모자랄 수도 있다.

'정보가 부족했어. 이건…….'

세인은 검을 세게 쥐었다. 만약 헬리아 공주가 이런 힘을 지니고 있는 줄 미리 알았다면 결코 의뢰를 받아들이지 않았을 것이다. 저도 모르게 떨려오는 손에 미간을 구겼다. 이안과 그 알 수 없는 푸른 머리 남자만 경계하면 된다고 생각했다.

그들이 사라지면 공주를 암살하는 데 어려움이 없을 거라 여겼다. 한데 대단한 오해였다. 정말 어려운 상대는 바로 헬리아 공주 그 당사자인 것을.

세인은 헛웃음을 흘렸다. 이제야 좀 전의 말이 이해가 되었다.

"그래서 마나 구속구와 함께 목을 베어달란 거였습니까? 대단하군요."

의심했어야 했다. 그때 보인 그녀의 눈빛은 결코 포기한 자의 것이 아니었다.

'젠장, 왜 마나 구속구를 차고 있는지 먼저 생각했어야 했는데.'

만약 알았다면 결코 그녀의 목을 베는 일은 없었을 것이다. 헬리아는 희미하게 웃었다. 세인은 그녀의 금안을 보는 순간 소름이 돋았다. 아무리 아름다운 공주라 하나 그녀가 짓는 미소는 죽음의 미소였다.

세인은 이를 악물며 검을 들었다.

"후후후."

그가 검을 검집에 넣었다. 헬리아의 눈이 이채를 띠었다.

"무슨 짓이지?"

"의뢰는 포기합니다."

헬리아는 세인을 바라보았다. 의뢰를 포기한다니? 그의 의중을 알 수 없었다. 저리 당당히 의뢰를 포기하는 암살자를 본 적이 없었다.

세인은 어깨를 으쓱였다.

"이런 타국에서 개죽음당할 바에야 포기하는 게 좋지 않습니까? 그리고 위약금이야, 뭐, 내지 않아도 될 것 같네요."

아돌프 후작의 반란이 실패로 돌아갈 테니. 세인의 당돌한 말에 헬리아는 입꼬리를 끌어 올렸다.

"책임감이 없군."

"목숨보다 중요한 건 없지 않습니까?"

"암살자가 할 말은 아니지."

"그럼 다음에 뵙지요."

세인이 얼른 뒤로 물러나려는 순간, 헬리아가 그를 붙잡았다.

"난 보내준단 말 안 했어."

"……."

자신을 죽이려 한 자다. 그리고 헬리아의 시선이 이안을 향했다. 처참해질 대로 처참해진 그의 모습을 본 그녀의 눈빛엔 살기가 가득했다.

'이런…….'

세인은 전신을 찌르는 살기에 침음을 삼켰다. 농담이 아니다. 그녀는 자신을 죽일 것이다. 하지만 세인은 순순히 죽어줄 마음은 눈곱만큼도 없었다. 그가 몸을 움직이려는 순간.

파직!

나뭇가지가 꺾이는 소리가 들려왔다. 헬리아의 시선이 자연히 소리가 난 곳으로 향했다.

"네놈……."

헬리아의 눈이 한층 더 사나워졌다. 숨도 쉬지 못할 정도로 강한 살기가 그녀에게서 뿜어져 나왔다. 세인은 그녀의 시선이 닿는 곳에 웬 남자 하나가 서 있는 것을 보았다.

"크윽."

카잔은 사지를 옭아매는 살기에 침음을 삼켰다.

헬리아의 미소가 짙어졌다. 그녀는 천천히 그를 향해 걸어갔다. 세인은 얼른 그 틈을 타고 뒤로 물러섰다. 도망갈 때라면 바로 지금이다. 하늘이 그를 도왔는지 헬리아는 그런 세인은 안중에도 없다는 듯 카잔을 노려보았다.

세인은 천천히 그녀의 시야에서 벗어나기 위해 발을 옮겼다. 절호의 찬스였다. 갑자기 등장한 자가 누구인지 모르겠지만 헬리아 공주의 시선이 온전히 그를 향해 있었다. 어차피 헬리아 공주의 저 힘으로 보아선 아돌프 후작 또한 살아남지 못할 것이다.

'지금이다.'

세인은 빠르게 몸을 돌렸다.

"세…… 인."

흠칫.

정신을 잃은 숀의 목소리가 들려왔다. 세인은 잠시 그를 보다가 이내 몸을 돌렸다.

"다시는 못 보면 어쩌나 싶었어."

"……."

헬리아는 카쟌을 보며 싱글벙글 웃었다. 끓어오르는 힘에 취할 것 같았다.

강함! 힘!

헬리아는 자신의 힘에 만족했다. 이 힘이라면 그를 죽일 수 있겠구나. 헬리아의 웃음에 카쟌은 몸을 떨었다.

"난 받은 건 반드시 돌려줄 생각이야."

"크, 크윽."

헬리아가 뚜벅뚜벅 걸어가 카쟌의 앞에 도달했다. 카쟌은 그녀의 황금빛 눈동자를 보자 소름이 돋았다.

'이, 인간이 아니야!'

팔찌가 요란스럽게 빛을 발했다. 헬리아는 씨익 웃으며 그의 목을 졸랐다.

그동안 카쟌은 움직이지도 못 했다. 그녀의 전신에서 흘러나온 미증유의 기가 그를 옴짝달싹도 하지 못하게 만든 것이다. 마치 드래곤 피어처럼.

"커억!"

"죽어."

"사, 살려……."

헬리아는 더욱 손에 힘을 주었다. 카잔의 얼굴은 하얗게 질려 가고 있었다.

"커, 커억. 사, 살려……."

"살려달라고?"

헬리아는 피식 웃었다.

"내가 힘이 없었다면 너는 내 사지를 찢고 실험을 했겠지. 안 그래?"

"커커컥!"

카잔은 발버둥 쳤다. 그러나 그럴수록 헬리아의 힘이 더욱 강해졌다. 그녀의 몸에서 스파크가 튀었다. 너무나 강한 힘. 카잔의 눈동자가 뒤집혔다.

"약자에겐 강하고, 강자에겐 약하지."

"으, 아악."

헬리아는 점점 축 늘어지는 카잔을 보며 입가에 미소를 띠었다. 손 안에서 점점 생명이 사라져 가는 그 느낌. 왠지 나쁘지 않다는 생각이 들었다. 힘이 있다. 자신은 강하다. 헬리아는 만족스러웠다. 그런데 그 순간이었다.

"……!"

갑자기 몸 안에서 끓어오르던 힘이 솟구치더니 그녀를 지배하기 시작했다. 머리가 깨질듯 아파왔고, 온몸이 불덩이처럼 뜨거워졌다.

"으으윽."

헬리아는 저도 모르게 카잔을 내팽개쳐 버렸다. 아팠다. 너무 아파서 눈물이 나올 것 같았다.
'도대체 무슨 일이지?'
왜 갑자기? 헬리아는 자신의 몸 안에서 일어나는 일을 이해할 수 없었다. 그저 뜨겁고 아팠다.
"전부, 전부 없애 버려……."
헬리아의 눈이 커졌다. 자신이 내뱉은 말을 이해할 수 없다는 표정을 지었다. 치솟는 파괴 본능. 예전에도 느낀 적이 있었다. 세드릭이 납치를 당했을 때, 그때 칼을 맞고 느꼈던 그 기분과 같았다. 전부 부숴 버리고 싶다. 전부.
"아아악."
헬리아는 머리를 잡으며 신음을 터뜨렸다. 어떻게든 이 힘을 멈추고 싶었다.
'멈춰! 멈추라고!'
그러나 몸 안에 있는 힘은 그녀의 말을 듣지 않았다. 자꾸만 그녀에게 파괴하라 명령했다. 헬리아의 손에서 뻗어 나간 파이어볼이 정원을 불태웠다. 내리는 빗줄기에도 불길은 꺼지지 않았다. 어떻게든 힘을 발산하지 않으면 죽을 것 같았다.
"누, 누가 좀……."
힘을 멈추게 해줘. 누가 좀.
헬리아는 이를 악물었다. 그러다 그녀의 시선에 이안이 잡혔다. 자신의 몸이 이안을 향해 걸어가고 있었다.
'아, 안 돼.'
그녀의 손이 이안을 향해 뻗었다. 그리고 자신은 천천히 입을 열었다.
"라이트……. 크으읏."
헬리아는 이안을 향해 쏠 뻔한 라이트닝을 겨우 잠재웠다. 헬리아는 훨씬 더 자신의 상태가 심각함을 느꼈다. 하지만 어떻게 멈춰야 하는지 알 수가 없었다. 이대로 있다간 자신이 아끼는 이들에게 상처를 입힐 것이다.

'이런 힘을 원한 건 아니야. 아니라고.'

자신을 지킬 수 있는 힘이 필요한 것뿐이었다. 그저 지킬 수 있는 힘. 그것이면 충분했다. 누군가를 파괴하는 힘을 원한 게 아니었다. 헬리아는 덜덜 떨리는 손을 부여잡았다. 또다시 파괴 본능이 솟구쳤다.

'내가 내 힘 따위에 질 것 같아?'

헬리아는 오기가 생겼다. 누구 마음대로 자신의 몸을 조종하고 난리야! 헬리아는 파이어볼을 불러냈다. 그리고 자신의 몸을 향해 파이어볼을 시전했다.

콰아아앙!

❊

"쿠, 쿨럭……."

바닥엔 붉은 피가 흥건했다. 아돌프 후작은 눈을 부릅뜨고 자신의 배를 관통한 검을 바라보았다.

"어떻게……."

후작의 검은 공작의 옆구리를 갈랐다. 하지만 공작의 검은 그의 배를 관통했다. 플로렌스 공작은 입가에 흐르는 피를 닦아내며 입꼬리를 올렸다.

"이제 끝났네, 후작."

"크아아아!"

후작이 온 힘을 개방했다. 그러자 거대한 기파가 그를 중심으로 퍼져 나갔다.

"크읏."

공작은 간신히 신음을 흘리며 비틀거리는 몸을 간신히 유지했다. 하지만 그의 얼굴에 절망의 빛은 어려 있지 않았다. 공작은 바닥에 떨어진 검을 주워 들었다. 그리고 그는 자신이 펼칠 수 있는 최고의 힘을 뽑아내었다. 그의 입가에선 피가 흐르고 옆구리에선 상처가 벌어졌지만 그는 웃고 있었다.

'아들아, 이제야 겨우 네 한을 풀어주는구나.'

눈앞에서 아인하르트의 얼굴이 아른거렸다. 아들의 죽음을 본 뒤로 자신의 심장은 부서진 채였다.

"죽어라! 아돌프 후작!"

"크아아아!"

공작의 검에서 오러 블레이드가 환하게 빛나기 시작했다. 어둠을 밝히는 그의 오러 블레이드. 거대한 대전을 모두 비추고도 남을 빛이었다.

"크아아아, 이대로 죽을 수 없다!"

후작이 공작을 향해 달려갔다. 오랫동안 준비해 온 자신의 야망이 이대로 부서질 수는 없었다. 후작이 사력을 다해 공격을 펼쳤다.

콰아아앙!

공작의 오러 블레이드와 후작의 공격이 서로 부딪쳤다. 거대한 폭음과 함께 주변까지 그 기파가 퍼져 나갔다.

쨍그랑!

대전의 모든 창문이 부서져 나갔다. 그만큼 엄청난 힘의 충돌이었다. 한순간 주변의 싸움이 소강상태가 되었다. 그 어마어마한 기파에 주변 이들은 그저 서 있는 것만으로도 힘겨웠다.

뚝, 뚝—

공작의 왼팔에 검붉은 피가 흘러내렸다. 그의 얼굴은 사색으로 물들었다. 하지만 그의 입꼬리엔 옅은 승리의 미소가 달려 있었다.

"하하하."

플로렌스 공작은 아돌프 후작을 바라보며 웃었다.

"잘 가시오."

쿵.

그의 말과 함께 아돌프 후작의 몸이 바닥으로 쓰러졌다. 아르센 왕국의 최고의 실세였던 그. 권력의 정점에 섰던 후작의 최후라고 하기엔 너무도 볼품없는 죽음이었다. 결국 싸늘한 대리석 위에서 죽음을 맞이하고 말았다. 후작의 죽음과 함께 그를 따르던 기사들은 일제히 검을 내려놓았다.

그렇게 후작의 반란은 그의 죽음으로 막을 내렸다.

뎅, 뎅, 뎅—

멀리서 싸움의 끝을 알리는 종소리가 들려왔다. 창밖의 비는 어느덧 그쳐 있었다.

❊

"뭐 하는 겁니까?"

헬리아는 갑자기 들려온 목소리에 감았던 눈을 떴다. 그녀의 시야에 활활 타오르는 불길과 그녀의 팔을 잡은 손이 보였다.

"왜 여기에 네가……."

손의 주인공을 본 헬리아의 눈이 커졌다. 전혀 예상치 못한 인물이었기 때문이다.

"……키안?"

"쯧쯧, 이거야 원."

키안은 비에 젖은 머리카락을 젖히며 혀를 찼다. 마치 잘못을 꾸짖는 선생님처럼 그녀를 보았다. 헬리아는 여전히 놀란 표정을 지었다.

"네가 왜?"

"쯧, 이건 예상치 못했군요."

키안은 헬리아의 몸에서 날뛰는 힘을 느끼며 혀를 찼다. 우선 이것부터 진정시킬 필요가 있었다.

"호흡을 가다듬고 힘을 진정시키세요."

헬리아는 저도 모르게 그의 말에 따라 최대한 힘을 진정시키기 위해 집중했다. 순간 그가 잡은 손목에서 청명한 기운이 흘러나왔다. 그리고 그 기운은 어느새 폭주하는 기관차처럼 몸 안을 휘저었던 기운을 잔잔한 호수처럼 만들었다.

헬리아는 놀란 눈으로 키안을 보았다. 그냥 돈만 밝히는 엘프인 줄 알았는데 이런 능력이 있을 줄은 몰랐다.

"이래 봬도 하이엘프입니다."

정신을 차린 헬리아는 그제야 왜 이곳에 있냐며 물으려 했지만, 그가 먼저 입을 열었다.

"여기 있었군요."

"크, 크윽."

키안은 숨을 켁켁거리는 카잔에게 천천히 다가갔다. 그 모습에 헬리아는 키안이 이곳에 온 이유가 자신이 아니라 바로 저 흑마법사 때문이란 것을 알아챘다.

키안이 카잔에게 다가갔다.

"찾느라 애를 먹었습니다."

"크, 크윽, 사, 살려……."

카잔의 눈동자는 잔뜩 겁에 질려 있었다. 그의 목에 선명히 난 손자국을 보며 키안은 눈을 살짝 찌푸렸다.

"제대로 한 건 하셨군요."

"……도대체 어떻게 된 거야?"

헬리아는 어째서 키안이 카잔에게 관심을 보이는지 알 수 없었다. 키안은 우선 카쟌에게 다가가 그의 목에 헬리아가 찼던 것과 같은 마나 구속구를 채웠다. 카쟌의 정신은 이미 반쯤 나가 있어 무리 없이 목줄을 채울 수 있었다.

"키안!"

대답이 없는 키안에게 헬리아가 목소리를 높였다. 키안은 몸을 돌려 헬리아를 보았다.

"알고 싶습니까?"

"……."

"차라리 모르는 게 나을 수도 있습니다."

헬리아의 눈이 가늘어졌다. 그러나 이내 표정을 굳혔다.

"판단은 내가 해."

"역시 그런 점도 닮았군요."

키안은 왠지 기분이 좋아 보였다. 그가 다시 입을 열었다.

"좋습니다. 하지만 지금은 상황이 좋지 못하군요."

"상황이라니?"

그러다 헬리아의 눈이 커졌다.

"본궁으로 수백 명이 넘는 기사가 움직이는 것을 보았습니다. 지금은 그럴……."

키안의 말이 끝나기가 무섭게 헬리아는 달려가기 시작했다.

"이안을 부탁해!"

그 말을 남기곤 쏜살같이 달려가는 헬리아의 뒷모습을 본 키안은 작게 웃었다. 그러나 그 웃음은 어딘지 모르게 씁쓸했다.

"그분이나 당신이나 언제나 그 사람뿐이군요."

키안은 이미 저만치 멀어진 헬리아를 가만히 눈에 담았다.

"하아, 하아."

차가운 빗줄기가 온몸을 적셨다. 대전을 향해 달려가는 헬리아의 발걸음은 무거웠다. 힘을 많이 쓴 탓에 다리는 마치 제 다리가 아닌 것처럼 움직임이 둔했고, 시야는 빗물에 흐렸다. 하지만 그녀는 쉬지 않고 달려갔다. 플로렌스 공작과 세바스찬이 빈센트의 곁에 있다. 하지만 이안도 세뇌당한 상황에서 다른 이라고 무사할 리 없었다. 아니, 분명 무슨 짓을 저질렀을 것이다.

"제발……."

헬리아는 입술을 깨물었다. 살아 있어야 한다. 반드시 살아 있어야…….

그때 그녀의 시야로 시뻘건 핏물이 들어왔다. 건물 앞에 즐비한 시체들. 병사들과 정체를 모를 자의 시체가 뒤엉켜 비릿한 피 냄새를 풍기고 있었다.

찰박찰박.

헬리아는 비에 섞인 핏물을 천천히 밟으며 걸음을 움직였다. 시체는 끝이 보이지 않았다. 건물 안으로 이어진 복도에도 시체가 쌓여 있었다. 붉은 피가 가득 메운 복도.

헬리아는 저도 모르게 발걸음이 빨라지고 숨이 거칠어졌다.

"……."

그리고 그녀는 대전 앞에 도착했다. 한데 아무런 소리도 들리지 않았다. 이미 싸움이 끝이 난 것일까?

뎅, 뎅, 뎅–

멀리서 종소리가 을씨년스런 복도에 나직이 울려 퍼졌다. 시간이 얼마나 지난 것일까? 너무 늦어버린 것일까?

헬리아는 떨리는 손으로 대전 문을 열어젖혔다.

끼이익–

문소리가 나고 헬리아는 처참한 대전 안 광경에 숨을 쉴 수 없었다. 대리석 바닥에는 시체가 가득했고, 창문이란 창문은 모조리 깨져 있었다. 그야말로 폐허나 다름없었다.

"……."

어디에 있는 것인가? 헬리아는 주변을 둘러보았다. 차츰 그녀의 눈과 발이 빨라지기 시작했다. 세차게 뛰는 심장이 그녀의 초조함을 대변했다. 대전 안은 복도보다 더 짙은 피 냄새가 풍겨왔다. 헬리아의 고개가 필사적으로 그 사람을 찾기 위해 움직였다.

"도대체……."

아무리 둘러봐도 그 사람은 보이지 않았다. 헬리아는 바닥에 널브러진 시체를 하나씩 살펴보기 시작했다. 검은 야행복을 입은 자들과 기사인 것 같아 보이는 자들의 시체가 한데 엉켜 있었다.

"하아, 하아……."

헬리아는 짙은 피 냄새를 풍기는 대전 한가운데에 섰다. 아무 생각도 나지 않았다. 움직여야 하는데 몸이 움직이지 않았다. 폭주 때문에 온몸의 힘을 다 써서 그런지 손가락 하나 제대로 움직일 수 없었다.

"하아, 하아."

찾아야 하는데. 헬리아는 움직이지 않는 몸을 억지로 움직였다. 몸에서 피가 빠져나가는 느낌이 들었다. 결국 그녀의 무릎이 꺾였다.

"……."

헬리아는 일어서지 못하고 그렇게 우두커니 주저앉아버렸다. 이럴 줄 알았으면, 이런 일이 생길 줄 알았으면 많이 불러줄 걸 그랬다. 그게 뭐 그리 어려운 일이라고.

빈센트의 따뜻한 손이, 그의 웃는 얼굴이 생각이 났다. 언제나 따뜻하게 자신을 불러주는 아버지. 처음으로 생긴 나의 아버지.

"하, 하하……."

헬리아는 터져 나오는 웃음에 손에 얼굴을 묻었다. 그러나 웃음을 그치지 않았다.

"하하하하."

두려웠었다. 또다시 누군가에게 버림받는 것이. 그래서 멀리했다. 상처받고 싶지 않았다. 버림받은 기억이 마음속 깊은 트라우마가 되어 그녀를 괴롭혔다. 그래서 체념했다. 더 이상 애정을 원하지 않겠다고. 그것은 자신의 것이 아니라고.

이곳에서 눈을 뜬 그녀는 이미 버림받은 상태였다. 더 이상 생각조차 하지 않았다. 부모라는 존재를. 그런 건 원래 존재하지 않아. 나는 부모가 없어. 그렇게 생각하고 살았다.

빈센트를 만나고, 그가 손을 잡아주고, 자신을 향해 따뜻하게 웃어주기 전까지.

"차라리 웃어주지나 말지……."

"헬리아."

"그러면 이렇게……."

"헬리아."

헬리아의 눈이 커졌다. 그녀는 천천히 고개를 들어 소리가 난 방향을 바라보았다. 비가 그치고 먹구름이 몰려가자 달빛이 내리비추었다.

"아……."

그곳에 빈센트가 서 있었다. 헬리아는 몸을 일으켰다. 다리에 힘이 없어 쓰러질 것 같았지만 그녀는 천천히 걸어 그에게 다가갔다.

"헬리아."

헬리아는 빈센트의 몸을 확인했다. 다행히 다친 곳은 없었다.

"아버지……."

헬리아의 눈에서 눈물이 흘러내렸다. 이곳에 와서 8년 동안 단 한 번도 흘리지 않았던 눈물이 빈센트의 앞에서 흘러나왔다.

"이런, 우리 딸 알고 봤더니 울보구나."

빈센트가 헬리아의 눈물을 손으로 닦아냈다. 그리고 그녀를 품에 안았다. 헬리아는 빈센트의 심장 소리에 점차 진정이 되었다.

살아 있다. 아버지는 살아 있다.

"아버지."

"헬리아."

빈센트는 헬리아의 머리를 부드럽게 쓸어내렸다. 빈센트의 표정이 차갑게 굳어졌다. 축축이 젖은 그녀의 머리카락, 뺨과 팔, 상처 가득한 다리.

'감히 내 딸을.'

후작의 앞에서조차 담담했던 그의 눈빛이 그녀의 상처를 보자 짙은 살기가 어렸다. 그러나 헬리아가 그를 올려다보자 싱긋 웃으며 그녀의 머리를 정돈해 주었다.

"고생이 많았구나."

헬리아는 빈센트의 말에 미소를 지었다. 한 번도 본 적 없는 환하고 순수한 미소에 빈센트의 눈이 커졌다.

"다행이에요."

"……."

어린아이처럼 와락 끌어안아 오자 되레 빈센트가 당황했다. 하지만 곧 입가에 자애로운 미소를 지으며 그녀를 안았다.

"이제야 아버지라 불러주는구나."

헬리아는 그저 빈센트의 목을 더 세게 끌어안았다. 얼마나 다행인가. 이 얼마나……. 헬리아는 진심으로 기뻤다. 그가 살아 있다는 사실이, 이제는 진정 자신에게도 아버지가 생겼다는 것이.

"고마워요."

당신이 내 아버지라. 아버지라 고맙습니다. 헬리아는 입가에 미소를 지은 채 정신을 잃었다. 빈센트가 정신을 잃은 그녀를 안고 허겁지겁 뛰었다는 말을 들은 것은 그 후의 일이었다.

❊

꿈을 꾸었다. 하지만 그것은 꿈이자 꿈이 아니었다. 헬리아의 눈꺼풀이 파르르 떨리며 천천히 열리기 시작했다.

"여긴……."

익숙한 천장이 시야에 들어왔다. 헬리아는 천천히 눈을 깜빡였다. 빡빡한 눈동자가 어느덧 물기를 머금고 조금씩 앞이 보였다. 주변을 살핀 그녀의 눈동자에 익숙한 남자의 뒷모습이 담겨졌다.

"이안……."

"일어나셨습니까?"

검은 머리에 검은 눈동자. 한 치의 다른 색이 들어올 틈도 없이 그의 머리색은 검었다. 헬리아는 그의 얼굴을 가만히 들여다보다 잠시 말을 골랐다. 그리고 이내 덤덤히 말을 꺼내기 시작했다.

"꿈을 꿨어."

이안은 그녀의 말에 가만히 귀를 기울여 주었다. 헬리아는 다시 말을 이었다.

"꿈에선 한 남자가 웃고 있었어."

헬리아는 눈을 감고 꿈에서 본 그 남자를 떠올렸다. 이안과 너무도 닮은 검은 머리에 검은 눈동자를 지닌 어린 청년을.

"나는 언제나 혼자 놀았고, 그를 만나기 전에도 혼자 놀고 있었지."

헬리아는 입가에 옅은 미소를 지었다. 꿈속의 어린 헬리아는 외로운 아이였다. 그리고 그 외로운 아이에게 그 어린 청년은 다가와 말을 걸어주었다.

"그 사람은 참 잘 웃었어. 재밌는 이야기도 많이 알고 있어서 함께하는 게 즐거웠지."

우울한 헬리아를 그는 언제나 웃게 해주었다.

"그리고 그날이었어."

이안의 표정이 진지해졌다. 헬리아는 다시 입을 열었다.

"항상 궁에만 있는 게 싫어서 그 사람한테 밖으로 나가자고 졸랐지. 그는 단호히 거절했지만 나는 떼를 썼어."

헬리아의 눈이 점점 흐려졌다.

"떼를 쓰지 않았다면 좋았을 텐데."

어린 청년은 할 수 없이 어린 헬리아를 데리고 밖으로 나갔다. 모든 것이 새로운 아이는 즐거웠고 어린 청년도 함께 즐거워했다.

그때 그들이 나타났다. 검은 복면을 쓴 사내들이. 그들의 날카로운 무기는 어린 헬리아를 두렵게 만들었다. 어린 청년은 그런 자들과 싸웠다. 하지만 그는 강했지만 혼자가 아니었다.

헬리아는 잠시 눈을 감았다 떴다. 그리고 눈을 감고 있는 이안을 향해 입을 열었다.

"내가 아니었다면 그는 살았을 거야."

"……."

"내가 밖으로 나가자고 하지 않았다면 그는 죽지 않았을 거야."

"……."

이안은 깊게 숨을 쉬는지 그의 어깨가 한차례 올라갔다 내려왔다. 헬리아는 조용히 마지막 말을 이었다.

"아인하르트, 그 사람에게 고맙다는 말도 못 했어."

어린아이에게는 너무도 가혹한 기억이었다. 그래서 어린 헬리아는 그 일을 새카맣게 잊어버리고 있었다.

그때 이안이 눈을 떴다.

"형이라면 그럴 줄 알았습니다."

헬리아는 이안의 환한 미소를 보았다. 하지만 너무도 슬픈 미소에 그녀도 따라 미소를 지을 수 없었다.

"형은 그런 사람이니까."

이안은 가슴에 맺힌 형을 그제야 놓아줄 수 있었다.

❊

"캬캬캬캬, 이게 끝이라고 생각하지 마라!"

카잔은 비명을 지르며 온몸에 피를 흘린 채 숨을 거두었다. 그가 쓰러지자 검은 기류가 그의 몸을 감싸더니 이내 그의 시체 또한 한 줌의 먼지로 산화해 버렸다. 가만히 그 모습을 지켜보던 헬리아는 뒤를 돌아보았다. 그녀의 뒤에는 키안이 속내를 알 수 없는 얼굴로 서 있었다.

"설명을 들어야겠어."

"길어질 테니 자리를 옮기지요."

키안은 헬리아의 정원을 이곳저곳 살펴보았다. 싱그럽게 핀 꽃이 가득했다.

"이곳은 여전하군요."

키안의 말에 헬리아의 눈이 가늘어졌다. 키안은 그런 헬리아의 모습에 의뭉스럽게 눈웃음을 짓다가 그녀의 앞에 앉았다.

"뭐부터 이야기할까요?"

헬리아는 차분히 말을 골랐다. 가장 먼저 궁금한 것을 물었다.

"나는 누구지? 아니, 다시 질문하지. 내 어머니는 드래곤인가?"

드래곤!

레칸 대륙에서 이미 멸종한 위대한 존재였다. 드래곤의 모습은 이미 자취를 감춘 지 오래돼 지금은 책에서나 나올 법한 존재였다. 그러나 키안은 천천히 고개를 끄덕였다.

"세니아 님은, 아니, 세르게니아 님은 레칸 대륙의 마지막 드래곤이셨습니다."

세르게니아. 헬리아는 그 단어를 입안에 여러 번 되뇌었다. 키안은 그런 그녀를 보며 작게 웃은 뒤 다시 말을 이었다.

"베라는 세르게니아 님이 아르센 왕국을 건국할 때 만든 단체입니다."

"무엇을 위해?"

헬리아는 이해가 가지 않았다. 도대체 드래곤이 무슨 이유에서 베라라는 조직을 만들었을까?

"아르센 왕국을 위해서 그분은 베라를 만들었습니다."

"아르센 왕국을 위해서?"

키안의 눈동자가 짙어졌다. 어딘가 모르게 검은 그의 녹색 눈동자에 헬리아는 눈을 떼지 못했다.

"그거 아십니까? 드래곤은 한평생 단 한 사람을 반려로 삼아 살아갑니다. 800년 전 세르게니아 님은 마르시아, 아니, 아르센 왕국의 초대 국왕을 사모하셨습니다."

키안의 말에 헬리아의 눈이 조금씩 커졌다.

"세르게니아 님은 사랑하는 국왕이 사랑하는 아르센 왕국을 지키고자 하셨습니다. 그래서 베라가 만들어졌지요."

키안의 표정은 씁쓸해 보였다.

"그렇게 베라는 이제까지 아르센 왕국의 위험을 모두 막았습니다. 그러던 어느 날, 그자가 등장했습니다."

"그자?"

"마룡 엑시온."

키안의 말에 헬리아의 눈이 찌푸려졌다.

"마룡이라니?"

"공주님이 태어나고 몇 년 뒤 마룡 엑시온이 등장했습니다. 그는 흑마법사를 모아 '다크니스'란 단체를 만들고 세상을 손에 넣기 위해 움직였습니다. 그 마수는 이곳 아르센 왕국까지 뻗어왔습니다."

그에 대항한 것이 바로 세르게니아였다. 만약 마룡 엑시온이 아르센 왕국에 손을 뻗지 않았다면 세르게니아는 움직이지 않았을 것이다.

"마룡 엑시온과 세르게니아의 싸움은 은밀하게 그리고 오랫동안 지속되어 왔습니다. 그리고 결국 그 싸움은 세르게니아 님이 승리하셨습니다. 하지만……."

키안의 표정이 어두워졌다. 헬리아는 직감적으로 그다음 말을 예상할 수 있었다.

"마룡 엑시온은 봉인되었고, 세르게니아 님은 심한 상처를 입어 회복할 수 없었습니다. 그리고 얼마 안 가 세르게니아 님은 마나의 품으로 돌아가셨지요."

키안은 회환이 섞인 눈빛으로 먼 곳을 바라보았다. 헬리아는 가만히 그 이야기를 들었다.

세르게니아와 마룡 엑시온.

헬리아는 머리가 복잡해졌다. 키안이 말을 이었다.

"베라는 세르게니아 님의 유지를 따라 마룡 엑시온의 잔재를 뿌리 뽑는 데 총력을 기울였습니다. 하지만 그들은 쥐도 새도 모르게 자취를 감추었습니다."

"……어째서 지금까지 말하지 않은 거지?"

"모르는 게 좋다고 생각했습니다. 이제까지 흑마법사를 찾지 못했던 이유도 한몫했지요. 사라졌다 생각했습니다."

"한데 이제는 흑마법사가 나타났으니 모른 척할 수 없었다?"

키안은 고개를 끄덕였다. 헬리아는 지끈거리는 두통에 머리를 짚었다.

"나는 어떻게 해야 하지? 어머니의 유지를 따라 그들을 제거하는 데 나서야 하는 거야?"

"그분은 아무런 말씀도 하지 않으셨습니다. 이 일은 우리 베라의 일,

공주님께선 어떤 의무도 없습니다."

하지만 그렇게 말한다고 이 사태가 깨끗이 정리될 리 없었다. 이미 흑마법사는 드러났고, 그들이 움직이고 있다는 사실을 알아차렸다. 눈을 감고 귀를 닫고 살 수는 있을 것이다. 하지만 과연 그렇게 살 수 있을까?

헬리아는 가만히 눈을 감고 상념에 빠져들었다.

"그들이 움직일 거야."

"알고 있습니다. 오히려 바라던 바입니다."

헬리아는 눈을 떴다. 그리고 키안을 직시했다.

"생각할 시간이 필요해."

키안은 그런 그녀에게 웃음으로 고개를 끄덕일 뿐이었다.

⁂

바람이 불어왔다. 헬리아는 천천히 바람을 따라 사람이 없는 언덕을 올라갔다. 그 언덕에 덩그러니 놓여 있는 석관이 보였다. 그리고 그 옆에는 한 남자가 보였다. 석관을 쓰다듬는 남자는 기척을 느꼈는지 고개를 들었다.

빈센트는 헬리아를 보고는 가볍게 미소를 지었다.

"바람이 시원하게 부는구나."

헬리아는 흩날리는 머리카락을 매만지며 그에게 다가갔다.

"알고 계셨어요?"

빈센트는 그저 웃으며 석관을 만졌다. 헬리아는 새로이 석관을 바라보았다. 드래곤은 죽으면 마나의 품으로 가기 때문에 그 육신을 남기지 않는다고 들었다. 그렇다면 이 석관은 그저 빈 관이라는 이야기다. 하지만 빈센트는 그녀가 이곳에 묻히기라도 한듯 애틋하게 쓰다듬었다.

"참 외로운 사람이란다, 네 어머니는. 홀로 너무 오랫동안 나를 기다렸거든."

"……."

빈센트는 헬리아의 얼굴을 보더니 그녀의 뺨에 손을 대었다. 차가운 기운에 헬리아는 흠칫했지만 이내 그의 손길을 받아들였다.

"더 이상 그녀를 기다리게 하고 싶지 않구나."

무슨 말일까. 헬리아는 그가 순간 사라져 버릴 것 같아 옷을 잡았다. 빈센트는 그런 헬리아를 돌아보며 그녀의 머리를 쓰다듬어주곤 몸을 돌렸다. 헬리아는 다시 손을 들어 그를 붙잡으려 했지만 결국 허공을 쥘 뿐이었다.

"……."

헬리아는 멀어져 가는 빈센트의 뒷모습을 보다 다시 언덕 너머 아르센 왕성을 보았다. 궁은 반란이 일어난지도 모를 정도로 평소와 다름없는 모습이었다.

그녀는 풀썩 잔디밭에 드러누웠다. 잔잔한 바람에 흔들리는 잔디가 그녀의 뺨을 스쳐 지나갔다. 헬리아는 구름 한 점 없는 맑은 하늘을 오랫동안 바라보았다.

"생각해 봤어."

"무엇을?"

엘라임은 산들바람처럼 조용히 그녀의 옆에 다가왔다. 헬리아는 하늘을 향해 손을 뻗었다. 이곳의 하늘은 지구의 하늘처럼 푸르렀다. 가끔 헬리아는 지구가 생각날 때면 이렇게 하늘을 올려다보곤 했다.

"내게 이곳이 어떤 의미인지를……."

헬리아의 금빛 눈동자가 태양처럼 반짝였다. 왜 자신이 이곳에서 눈을 뜨게 된 것인지 오랫동안 생각했다. 고민하고 또 고민했다. 그런데 이제 그런 고민은 할 필요가 없어졌다.

"태어나길 참 잘했어."

자리에서 일어나자 바람이 그녀의 등을 밀어주었다. 헬리아는 흩날리는 머리카락을 쓸어내리며 왕성을 바라보았다. 그녀의 금빛 눈동자가 태양처럼 반짝였다.

"자, 그럼 이제 돌아갈까?"

헬리아는 언덕 아래 펼쳐진 아르센 왕성을 향해 걸어 나갔다.

제7장 초대의 목적

휘이잉—

어느덧 계절이 바뀌고 북쪽에서 불어온 매서운 찬바람이 아르센 왕국을 뒤덮기 시작했다. 헬리아는 창가에 서서 창문에 서린 성에를 손가락으로 쓸어내렸다. 그러자 얼어붙은 표면이 녹으면서 선명한 자국을 남겼다.

"올 겨울은 유난히 춥겠군."

똑똑—

"공주님, 클리드 님께서 찾아오셨습니다."

"들어오라 해."

헬리아의 허락이 떨어지자 클리드가 잔뜩 몸을 떨며 안으로 들어왔다. 그 꼴이 어찌나 처량한지 헬리아는 혀를 찼다.

"레브, 장작을 더 넣고 차를 내와."

"알겠습니다."

"에취!"

클리드는 기침을 내뱉으며 헬리아에게 다가왔다. 그의 얼굴은 추위에 유난히 붉게 상기되어 있었다.

"그렇게 춥진 않다고 생각하는데."

"에취!"

클리드는 기침으로 대신 답했다. 헬리아는 한 발 뒤로 물러섰다. 그 모습에 클리드는 흘러내리는 콧물을 훌쩍이곤 김이 서린 안경을 닦아냈다.

"너무하십니다."

"네가 나한테 감기를 옮기는 게 너무한 거야."

헬리아는 손을 휘휘 저었다. 클리드는 순간 울컥했지만 곧 레브가 차를 가져왔다.

"드세요."

"고맙습니다."

차를 한 모금 마시자 얼어붙은 몸이 얼추 녹는 것이 느껴졌다. 클리드는 그녀 앞으로 자신이 가져온 편지를 건넸다. 헬리아는 클리드가 내민 편지들을 보자 인상을 와락 구겼다.

"초대장입니다."

"보면 알아. 그냥 초대장은 아니지."

초대엔 반드시 목적이 있는 법이다. 목적 없는 초대란 있을 수 없다. 간혹 목적이 분명치 않는 초대가 있을 수 있다. 하지만 헬리아의 경우엔 초대의 의도는 뻔하고 뻔했다. 헬리아는 시니컬하게 입꼬리를 말아 올리며 편지를 집어 들었다.

"로만 자작가로군."

"예, 예로부터 로만 자작가는 유서 깊은 문관 가문으로……."

"전에 연회에서 자작 부인과 잠깐 이야기를 나눴는데, 나에게 자신의 아들이 어떠냐고 묻는 거야. 그래서 내가 말해줬지."

헬리아는 클리드에게 편지를 휙 던지며 말했다.
"최소 엄마 젖은 떼고 오라고. 아줌마가 양심도 없어. 세 살 애를 나 보고 어쩌라고. 제대로 걷기나 할지 모르겠네."
헬리아는 또 다른 편지를 집었다.
"이번엔 카이사스 백작가군."
헬리아가 편지를 다시 클리드에게 던졌다.
"차라리 세 살 꼬맹이가 낫지. 그 백작, 나보고 결혼하자고 하더군. 칠십 먹은 노친네가 욕심도 많지."
"그, 그게……."
"아, 호프만 백작가."
헬리아가 이전과 다른 표정을 짓자 클리드가 기대하는 눈빛을 지었다. 하지만 헬리아는 그의 기대를 산산조각 부서뜨렸다.
"아들이 남색가인 줄은 꿈에도 몰랐을 거야."
"……."
"모두 거절해."
헬리아가 클리드에게 받은 편지를 도로 그에게 건네주었다. 클리드는 푹 한숨을 내쉬었다.
"정말 전부 응하지 않을 셈입니까? 아무리 그래도……."
"이제 와서 내게 붙으려는 자들이야. 이제 와서. 그런 자들은 언제고 또 배신하게 마련이지. 적당히 거절하고 시끄럽지 않게 선물이나 보내."
아돌프 후작의 반란 이후 아르센 왕국엔 많은 변화가 있었다. 후작의 역모에 연루된 이들이 형장의 이슬이 되어 사라졌고, 가문은 멸문했으며, 가솔들은 노비가 되어 팔려 나갔다. 그와 함께 빈 권력의 자리는 헬리아 공주의 사람들로 채워지기 시작했다. 그야말로 아무런 배경도 힘도 없던 폐위되었던 공주가 일국의 실세로 우뚝 솟은 것이다.
그녀를 비웃고 천시했던 이들은 언제 그랬냐는 듯 아첨과 아부를 떨었고, 그녀의 눈에 조금이라도 들고자 선물을 보내왔다. 하루에도 수십 통의 초대장이 그녀에게 보내졌다. 모두 그녀와 어떻게든 끈을 대보려는 속셈이었다.

헬리아의 입가에 조소가 지어졌다. 초대장을 보내온 몇몇 귀족 중에는 그녀에게 못 할 말을 했던 자도 있었다. 천한 하녀의 핏줄이라는 둥, 왕족의 씨가 아니라는 둥. 헬리아는 그 모든 것을 똑똑히 기억하고 있었다. 그녀가 유독 뒤끝이 긴 것도 있지만 그만큼 귀족들의 변심도 빨랐다.

"혼인이라……."

헬리아에게 오는 편지의 대부분이 혼인첩이었다. 하기야 누가 이런 기회를 놓치겠는가. 왕국의 실세이며 다음 왕위 후보이자 미혼인 그녀에게 혼담이 끊이질 않는 것은 어찌 보면 당연한 일이었다. 열아홉 살이나 되도록 아직까지 약혼자나 정혼자도 없었다. 한마디로 그녀와 혼인만 한다면 제대로 한몫 잡을 수 있는 것이다. 거기다 그녀의 아름다운 외모는 이들의 욕망을 부추겼다. 정략결혼이 싫다던 자들도 헬리아의 얼굴을 한번 보더니 목을 매었다.

헬리아는 아직 혼인할 마음이 없었다. 하지만 하지 않을 생각도 없었다.

"정말 혼인해야 하나."

그때 밖에서 소리가 들렸다.

"공주님, 1왕자 전하께서 찾아오셨습니다."

"세드릭이?"

"그럼 저는 이만 가보겠습니다."

클리드가 편지를 들고 밖을 나서자 곧 세드릭이 방 안으로 들어왔다.

딱, 딱, 딱.

지팡이가 바닥에 부딪치는 소리가 문 쪽에서 들려왔다.

"후우."

지팡이를 짚으며 걷는 모습이 여전히 위태로워 보이지만, 더 이상 그는 휠체어를 타고 다니지 않았다. 세드릭은 걸을 수 있다는 것만으로도 행복했다. 아무것도 할 수 없었던 때와는 달랐다. 이렇게 서서 자신이 원하는 곳에 갈 수 있다는 것만으로 그는 만족했다.

"레브, 차를 가져와."

"알겠습니다."

헬리아는 세드릭을 소파로 안내했다. 세드릭은 함께 온 노엘의 도움 없이 소파에 앉았다. 그의 이마엔 송골송골 땀방울이 맺혔다. 추운 겨울에도 걷느라 땀이 흐른 것이다. 노엘이 그런 세드릭의 이마를 손수건으로 닦아주곤 뒤로 물러났다.

"몸은?"

"괜찮아. 오히려 기분이 좋아."

세드릭은 웃으며 말했다. 지금처럼만 같으면 더 바랄 게 없었다. 이제 걸을 수 있고, 더 이상 자신을 억누르는 남들의 기대 어린 시선을 받지 않아도 되었다. 그저 자신이 좋아하는 그림이나 그리며 그렇게 살고 있었다.

"무슨 일이야?"

헬리아가 세드릭의 뒤에 있는 노엘의 손에 들린 캔버스로 추정되는 물건을 보곤 눈을 살짝 찌푸렸다. 세드릭은 가끔 불쑥 찾아와 헬리아에게 모델을 해달라고 했기 때문이다. 헬리아는 한 번 모델을 해주곤 결코 다시는 하지 않겠다고 다짐했다. 아무것도 하는 것 없이 가만히 있는 것만큼 딱 질색인 것도 없었다.

"모델은 한 번뿐이야."

헬리아는 단호하게 말했다. 그러지 않으면 또 모델을 해달라 떼를 쓸게 분명했다.

"오늘은 그것 때문이 아니고, 노엘."

"예."

노엘이 캔버스를 세드릭에게 건넸다. 세드릭은 그것을 다시 헬리아에게 주었다.

"봐봐."

"이건 뭐야?"

세드릭이 건네준 캔버스를 받아 든 헬리아는 캔버스를 싸고 있는 종이를 벗겼다.

"이건……."

"다 완성돼서 보여주려고."

세드릭이 말갛게 웃었다. 헬리아는 세드릭의 얼굴을 보다 이내 캔버스에 시선을 옮겼다. 거기엔 자신이 그려져 있었다.

"……내가 언제 이렇게 웃었다고?"

"기왕이면 웃는 게 좋잖아?"

헬리아는 그림을 보더니 묘한 표정을 지었다. 화폭에 그려진 자신은 햇빛을 등지고 앉아 티 없는 말간 웃음을 짓고 있었다. 어찌나 그 웃음이 깨끗한지 헬리아는 속으로 민망할 정도였다.

'나는 이렇게 순수하게 웃지 못한다고.'

헬리아는 다시 세드릭을 보았다. 그리고 그녀는 그림 속 자신의 웃음과 세드릭의 웃음이 닮았다는 것을 깨달았다. 이것은 자신의 웃음이 아니라 세드릭의 웃음이었다. 깨끗하고 순수한.

헬리아는 피식 웃었다. 어떻게 이런 사람이 지금까지 목숨을 유지했을까. 그녀는 스스로를 잘 알았다. 자신은 깨끗한 사람이 아니라 것을. 그 때문인지 모르지만, 헬리아는 세드릭 같은 사람에게 강하게 나가지 못했다. 그래서 마지못해 그 싫어하는 모델을 해준 것인지도 모른다.

그림은 어느 것 하나 모자람이 없었다. 선이면 선, 구도면 구도, 색

채면 색채. 확실히 세드릭은 그림에 재능이 있었다.

"혹시 다른 작품은 얼마나 있어?"

"세어 보진 않았는데 한 몇십 개 있는 것 같아."

"몇십 개?"

이게 웬 떡이냐. 헬리아는 입맛을 다셨다. 필요에 의해서 엘라드 상단을 만들고 왕국 최고 상단에까지 올려놓았지만, 단순히 그 때문만은 아니었다. 본래 헬리아는 돈을 좋아했다. 돈이야말로 최고의 무기지. 세드릭의 작품들은 아주 비싼 값에 팔릴 것이다. 헬리아가 입가에 미소를 띠고 말했다. 아니, 말하려는 찰나였다.

"자, 그럼."

세드릭이 헬리아가 들고 있는 그림을 가져가 버렸다.

"왜 가져가?"

"그냥 보여주려고 왔어."

"……주는 거 아니었어?"

"응."

"모델 해줬잖아."

"해준다고 했으니까. 모델 값은 치른 거지."

"……."

헬리아의 얼굴이 일그러졌다. 이제야 깨닫는 거지만 정말 세드릭의 성격은 아버지 빈센트를 똑 닮았다.

'상판대기 반반한 것들은 상종을 하면 안 돼.'

그 안에 헬리아 자신도 포함된다는 사실을 그녀는 눈치채지 못했다. 헬리아가 속으로 투덜거릴 때 세드릭이 피식 웃었다. 아까부터 반짝이는 눈동자를 몰라볼 리가 있겠는가. 갖고 싶어 안달하는 눈동자인데. 그러나 세드릭은 쉽게 주지 않았다.

세드릭이 웃으며 말했다.

"다음에 또 모델 해주면 생각해 볼게."
"치사하긴."
"누구한테 배운 방법이지."
세드릭이 어깨를 으쓱이자 헬리아는 후우 하며 한숨을 지었다.
"다 줘야 돼. 내 몸값은 비싸다고."
"응."
세드릭이 씨익 웃었다. 이렇게라도 하지 않으면 헬리아는 너무 바빠 제대로 만나 이야기도 할 수 없었다. 기뻐하는 세드릭의 모습에 헬리아는 살짝 미소를 지었다.
'이거야 원, 오빠가 아니고 동생이네.'
하지만 나쁘지 않았다.
"초대는 다 거절한 거야?"
지나가면서 클리드가 초대장을 한 아름 가져가는 것을 보았다. 그것이 아니더라도 헬리아에게 많은 초대장이 올 것은 안 봐도 뻔했다.
헬리아는 미간을 좁히며 차를 한 모금 마셨다.
"세 살 아기는 어떠냐는 질문을 받아본 게 아니라면 말을 마."
"하하."
"웃음이 나오지?"
헬리아의 매서운 눈초리에 세드릭은 웃음을 참았지만 여전히 입가에 미소가 지어졌다.
"차라리 혼인하는 게 어때? 네가 원한다면 아바마마는 누구라도 허락하실 거야. 좋아하는 사람은 없어?"
"없어."
"정말?"
"……."
세드릭의 물음에 헬리아는 그저 말을 하지 않았다. 누구를 좋아한다? 그런 건 헬리아에게 머나먼 일이었다. 사랑이란 게 도대체 무엇일까. 가끔 꿈을 꾼다. 자신이 사랑했던 사람에게 배신당했던 그날을. 헬리아는 그날 이후 사랑이 무엇인지 알 수 없게 되었다.

"그럼 너는?"

"응?"

헬리아가 눈을 가늘게 뜨고 세드릭을 보았다. 세드릭은 갑자기 화살이 자신에게로 돌아오자 뜨끔했다.

"생각해 보니까 나보다 나이도 많은데 혼인도 안 하고. 소문에도 사귀는 여자는 없는 것 같은데……."

"그, 그게 다리 때문에……."

"구실을 못 하는 것도 아니고."

"구, 구실이라니!"

세드릭의 얼굴이 빨개졌다. 헬리아는 킥킥 웃었다.

"이제라도 사귀면 되잖아?"

"그, 그게……."

세드릭은 본전도 못 건지고 꼬리를 말고 말았다. 하기야 누가 누구한테 충고를 한단 말인가. 최근 세드릭에게도 헬리아만큼은 아니지만 초대장과 혼담이 들어오고 있었다. 물론 그도 다 거절했다. 정치적인 이유도 있었지만 마음에 끌리는 사람이 없기 때문이다.

"혹시?"

"혹시 뭐?"

헬리아가 가늘게 세드릭을 보다 말했다.

"괜찮아. 혹 말 못 할 취향이라도 난 존중해 줄게."

"아, 아니야!"

세드릭이 버럭 소리를 질렀다. 그의 얼굴을 빨갛게 달아올랐다. 헬리아는 그런 세드릭의 모습에 피식 웃었다. 정말이지 놀리는 맛이 제법 쏠쏠하다. 헬리아가 어떻게 세드릭을 요리할지 생각할 때 창가에서 소리가 났다.

톡톡-

"무슨 소리지?"

"가끔 새가 창문을 두들기거든."

헬리아가 일어나 창가에 다가가자 비둘기 한 마리가 창문을 부리로 두들기고 있었다. 그녀는 몸으로 세드릭의 시야를 가리고 비둘기의 다리에 있는 통을 꺼냈다. 통 안에는 깨알 같은 글자가 적힌 작은 종이가 들어 있었다. 그걸 본 헬리아의 얼굴이 굳어졌다.

"헬리아?"

"아니야. 아무것도."

헬리아는 웃으며 종이를 주머니에 넣고는 세드릭이 있는 자리로 돌아왔다.

똑똑-

"공주님, 클리드 님께서……."

시종의 말이 다 끝나기도 전에 클리드가 들어왔다.

"무슨 일이야?"

클리드는 세드릭에게 고개를 숙인 뒤 입을 열었다.

"페르시아 제국에서 초대장이 왔습니다."

헬리아의 눈이 좁아졌다.

"제국에서?"

페르시아 제국은 레칸 대륙의 거대한 북부를 홀로 차지하고 있는 강대국으로, 현 황제는 카사스 2세이다.

"황제 카사스 2세가 올해로 여든을 맞는다고 합니다."

"매해 있던 일이군."

헬리아는 자리에 앉아 찻잔을 들어 올렸다.

"제국엔 누가 가지?"

매해 황제의 탄신일엔 백작 이상의 고위 귀족들이 사신으로 파견되었다.

"그것이…… 올해는 귀족이 가지 않는다 합니다."

멈칫.

헬리아는 클리드의 말에 들고 있던 찻잔을 내려놓았다. 이미 차는 차갑게 식어 있었다.

"그럼 누가 가게 되는 거지?"

"1왕자 전하입니다."

세드릭은 놀란 눈으로 클리드를 보았고, 헬리아는 주머니 속에 넣은 종이를 몰래 구겼다. 초대엔 언제나 목적이 있게 마련이다. 그것이 좋든 나쁘든.

헬리아의 표정은 점점 굳어졌다.

❊

"흠, 짐이 너무 많은가?"

세드릭이 시녀들을 진두지휘하며 사신단으로 갈 채비를 하고 있었다.

"옷은 넉넉히 챙겼어?"

"예, 충분히 챙겼습니다."

"페르시아 제국의 겨울은 아르센의 겨울보다 춥다고 하는데, 아무래도 옷을 더 가져가야겠어. 따뜻한 옷으로 준비해."

"예."

세드릭은 차곡차곡 정리되는 물건들을 보며 미소를 지었다. 페르시아 제국은 이제껏 한 번도 가본 적이 없었다. 아니, 제국만이 아니라

다리가 다친 이후 첫 여행이었다. 세드릭의 얼굴에 기대감이 어렸다.

"왕자님, 헬리아 공주님께서 오셨습니다."

"헬리아가?"

세드릭은 헬리아의 방문에 웃으며 그녀를 맞이하였다. 헬리아는 주변에 쌓인 상자들을 보며 세드릭에게 다가갔다.

"갈 준비는 잘되어 가?"

"잘되고 있는지 모르겠어. 아무래도 첫 여행이라."

"제국은 추워."

"제국의 겨울 산이 그렇게 유명하대. 아르센엔 눈이 잘 안 오잖아? 꼭 구경하러 갈 거야."

세드릭의 들뜬 모습에 헬리아는 낮게 웃으며 소파에 앉았다. 그러자 시녀가 곧 차를 내왔다. 헬리아는 차를 한 모금 마신 뒤 세드릭을 응시했다. 세드릭은 헬리아의 얼굴을 보곤 웃었다.

"너무 걱정하지 마."

"할 말이 있어 왔어."

헬리아가 시녀들을 보자 세드릭이 그녀들에게 눈짓했다. 그러자 시녀들이 고개를 숙이고 방 밖으로 나갔다. 세드릭 뒤엔 오직 노엘뿐이었다.

"노엘도 들으면 안 되는 이야기야?"

"아니, 그라면 들을 자격이 있어."

헬리아는 다시 한 모금 차를 들이켰다. 찻잔에 차가 없어질 때쯤 그녀의 입이 열렸다.

"바루스 공작이 암습당했어."

"……."

세드릭이 헬리아를 보았다. 페르시아 제국은 황제를 주축으로 한 강경파와 황태자를 주축으로 한 온건파가 팽팽하게 대립하는 중이다. 그러다 며칠 전 황태자의 장인이자 황태자비의 아버지인 바루스 공작이 암습을 당하면서 두 파벌의 골이 더욱 깊어졌다. 바루스 공작은 황태자파의 주축이라 할 수 있는 인물이었다. 온건파는 이 일의 주범이 강경파라 확신하고 있었다.

"알고 있으라고 온 거야."

"……."

헬리아는 가만히 있는 세드릭을 두고 몸을 일으켰다. 그동안 세드릭은 미동하지 않았다. 되레 뒤에 있는 노엘의 표정이 어두워졌다.

"못 간다고 말씀드리십시오. 너무 위험합니다."

노엘은 세드릭을 말렸다. 제국의 상황이 얼마나 불안정한지 정치에 무지한 노엘도 잘 알고 있었다. 헬리아가 남기고 간 말이 어떤 의미인지도. 이번 사신행은 너무도 위험했다. 또다시 전과 같은 일이 벌어지지 않는다고 장담할 수 없었다. 만약 가다가 일이 잘못되기라도 한다면…….

노엘은 지금도 가끔 그날의 꿈을 꾼다. 세드릭의 온몸이 피투성이가 되는 꿈을. 그럴 때마다 그는 잠을 이루지 못했다. 노엘은 말리고 또 말렸다.

"왕자님……!"

"노엘, 이미 결정된 일이야."

"하지만 전하께 말씀드리면……."

"노엘."

세드릭이 노엘을 보았다. 노엘의 얼굴은 완전히 일그러져 있었다. 이제 겨우 그의 웃는 얼굴을 볼 수 있건만…….

"왕자님……."

"난 괜찮아. 제국에서 초대한 사신에게 무슨 일이라도 생기겠어? 제국의 위신이 걸린 문제니 그들도 함부로 대하지 않을 거야."

"차라리 귀족을 보내시는 게 어떠십니까? 굳이 왕자 저하께서 가실 필요는 없습니다."

"다른 나라도 왕자와 공주들이 올 거야. 그런데 우리만 귀족을 보낼 순 없잖아? 제국에서 왕족을 초대한 거야. 이건 우리나라의 명예가 걸린 문제야."

세드릭은 당당하게 말했다. 그런 그의 모습에 노엘은 차마 입을 열지 못했다. 이렇게 될 일이었다면, 2왕자나 비앙카 공주라도 있었으면 했다. 아돌프 후작의 반란으로 후작가는 풍비박산 났고, 비비안 후궁은 탑에 유폐되었다. 그리고 2왕자 조슈아와 비앙카는 왕족의 지위를 박탈당하고 따로 유폐되었다. 그렇기 때문에 왕족은 이제 헬리아와 세드릭밖에 남지 않았다.

"하면 공주……."

"노엘!"

헬리아의 이름을 꺼내려 하자 세드릭이 버럭 화를 냈다. 그의 차가운 음성에 노엘은 흠칫 몸을 떨었다.

"헬리아는 이제 후계자야. 나와는 달라."

"왕자님!"

"나는 갈 거야. 노엘, 같이 가줄 거지?"

"……."

노엘은 무릎을 꿇고 세드릭의 손등에 가볍게 입을 맞췄다.

"어디든 따라가겠습니다."

세드릭은 환하게 웃었다.

"안 갈 거야?"

엘라임의 말에 헬리아는 고개를 저었다. 그녀는 몸을 돌렸다.

"출발이 언제래?"
"모레."
헬리아는 복도를 천천히 걸었다. 그녀의 뒤로 엘라임이 따라 걸었다.
"위험한 거야?"
"바루스 공작이 움직이지 못하니 온건파의 힘이 크게 위축되어 있을 거야. 그 틈을 강경파가 가만히 놔둘 리가 없어."
헬리아의 표정이 날카로워졌다.
"게다가 최근 제국 내에 유통되는 철과 밀의 양이 크게 줄었어. 아무래도……."
헬리아의 말은 더 이어지지 못했다.
"전쟁이 일어날 수 있다는 거야?"
엘라임의 말에 헬리아는 피식 웃었다.
"전쟁이라니. 지금은 겨울이야. 겨울엔 전쟁을 하지 않아."
하지만 그렇게 말하고도 안심이 되지 않았다. 세상 모든 사람이 이 성적이었다면 전쟁은 일어나지도 않았을 것이다.
"황제가 제정신이길 바라야지."
헬리아는 걸음을 멈추고 세드릭의 방으로 시선을 돌렸다.
"엘라임, 긴장을 푸는 약을 만들어줘. 첫 여행이니 긴장을 많이 할 거야."
"알았어."
"그럼 일이나 하러 가야겠군. 할 일이 많아졌어."
헬리아는 다시 걸음을 옮겼다. 그녀의 얼굴에 어렸던 그늘은 이미 없어진 뒤였다.

❊

"출발한다!"

우렁찬 외침과 함께 페르시아 제국으로 가는 사신 행렬이 움직이기 시작했다. 길게 늘어진 행렬은 성문을 빠져나가며 백성들의 환호를 받았다. 사신단을 반기는 것인지 어느새 하늘에선 하얀 눈이 내리기 시작했다. 창밖으로 그런 사신단의 행렬을 내려다보던 빈센트는 하얗게 물들어가는 대지를 보며 생각에 잠겼다. 좋은 날이건만 왠지 눈이 달갑지 않았다.

"눈이 내리는군요."

빈센트는 걱정스런 표정으로 하늘을 올려다보았다. 아르센 왕국은 중부에 위치해 있기 때문에 눈이 잘 내리지 않았다. 그의 근심은 쉽게 걷히지 않았다.

"전하……."

"결국 이렇게 되는군요, 세바스찬."

빈센트는 흰머리를 올백으로 가지런히 넘기고 자신의 뒤에 서 있는 세바스찬을 바라보았다.

"어찌 다시 돌아왔습니까?"

"공주님의 뜻이었습니다."

세바스찬은 아쉬운 듯한 미소를 지었다. 하지만 그녀의 뜻은 완고했다. 아돌프 후작의 반란 이후 헬리아는 세바스찬을 다시 빈센트의 곁으로 보냈다.

빈센트는 세바스찬을 바라보았다. 세바스찬도 조용히 그를 지켜보았다. 빈센트는 미소를 띠며 다시 창밖으로 시선을 돌렸다.

"눈이 많이 내릴 것 같습니다. 길이 험해서 잘 갈지……."

"그분이라면 잘 헤쳐 나가실 겁니다."

"후우…… 저는 언제나 이렇게 지켜보기만 하는군요."

"전하……."

"아십니까?"

빈센트의 입가에 옅은 미소가 지어졌다.

"그 아이가 이제 제게 아버지라 부릅니다. 그 말이 그렇게 듣기 좋은 말인지 이제야 알았습니다."

세바스찬은 가만히 그를 바라보았다. 빈센트도 그의 답은 바라지 않았는지 가볍게 웃었다.

"좀 더 곁에 있길 바랐으나 그게 되질 않는군요."

"전하."

"차라리 평범한 촌부로 태어났다면 행복했을까요?"

빈센트는 이내 피식 웃었다. 생각해 본들 무슨 소용이겠는가. 이미 자신은 왕이고, 자신의 딸은 공주인 것을.

"공주님은 잘해내실 겁니다. 그리고 언제나처럼 당당히 돌아오실 겁니다."

"그러겠지요."

하지만 빈센트의 굳어진 표정은 풀어질 줄 몰랐다.

"반드시 그래야지요. 반드시 다시."

빈센트는 자신도 모르게 목에 걸린 펜던트를 쥐었다. 차가운 감촉이 오늘따라 가슴을 아리게 만들었다.

"다시……."

빈센트는 내리는 눈을 바라보았다.

❊

벌떡.

세드릭은 몸을 일으켰다. 차가운 물을 한 바가지 끼얹은 듯 느낌이 이상했다. 그는 주변을 둘러보았다.

"여긴…… 내 방?"

세드릭의 눈동자가 커졌다. 그는 얼른 일어나 창가로 힘겹게 걸어갔다. 하늘에선 눈이 내리고 있었다.

"오, 오늘이 며칠이지? 노엘!"

세드릭이 노엘을 불렀다. 노엘은 천천히 그의 방으로 들어왔다.

"노엘, 내가 얼마나 잔 거야?"

"……."

"그리고 왜 사신단이 먼저 간 거야? 노엘!"

"왕자님."

노엘이 숙인 고개를 들지 못했다.

"노엘!"

"죄송합니다."

"서, 설마 아니지? 응? 내가 생각하는 그런 거 아니지?"

세드릭이 노엘의 어깨를 잡고 흔들었다. 그러나 노엘은 대답하지 않았다.

"말릴 수 없었습니다."

"……!"

"전해드리라는 편지입니다."

세드릭이 노엘이 건넨 편지를 재빨리 읽었다.

갔다 올게.

"헤, 헬리아."

세드릭은 철퍼덕 주저앉았다. 그녀다운 편지였다. 어떠한 설명도 없이 단 한 줄뿐인 편지. 하지만 세드릭은 그녀의 마음을 느낄 수 있었다. 언제나 툴툴거리지만 실상 누구보다 다정했다. 세드릭의 눈동자에서 맑은 눈물이 흘러내렸다.

"헬리아……."

❊

"왜 그랬어?"

덜컹거리는 마차에 앉아 밖을 내다보던 헬리아에게 엘라임의 음성이 들려왔다. 헬리아는 대답 대신 눈이 내리는 하늘을 올려다보았다.

"눈이 많이 쌓일 것 같네."

"이렇게 할 것까지는 없었잖아."

그제야 헬리아는 엘라임을 돌아보았다.

"왕궁 안에만 있기 답답하잖아? 원래 난 예전부터 여행 가고 싶었어. 기회가 없어서 못 간 것뿐이지."

"그것뿐이야?"

엘라임의 푸른 눈동자가 진실을 물어왔다. 헬리아는 피식 웃으며 말했다.

"여행 좋잖아?"

헬리아의 말에 엘라임은 웃었다. 그녀다운 대답이었다.

"헬리아 공주 만세!"

"와아아아!"

사신 행렬이 지나가자 백성들은 환호성을 질렀다. 헬리아는 그에 부응하기 위해 창밖으로 가볍게 손을 흔들어주었다. 그 모습에 사람들은 더욱 환호를 질렀다. 옆에서 그 모습을 지켜보던 엘라임이 고개를 설레설레 저었다.

"다 속고 있는 거야."

"죽을래?"

헬리아가 눈을 흘기자 엘라임은 시선을 돌렸다. 그러다 문득 묘하게 느껴지는 위화감에 입을 열었다.

"그런데 그 녀석은?"

"누구?"

"그 시커먼 놈 말이야."

엘라임은 최근 이안을 보지 못한 것을 떠올렸다. 헬리아는 심드렁하게 마차 창틀에 턱을 괴었다.

"어제 폐관 수련이 끝났다고 하니까 가다가 합류할 거야."

소드 마스터에 오른 이안은 후작의 반란이 진압되고 정국이 안정되자 플로렌스 공작을 따라 영지로 돌아갔다. 새로 얻은 힘을 자신의 것으로 만들기 위함이었다. 헬리아는 잘 가라고 등까지 떠밀어 보냈다. 한데 막상 그가 없자 묘한 기분이 들었다.

"든 자리는 몰라도 난 자리는 안다고. 그 녀석도 예외는 아닌가 보네."

헬리아는 무뚝뚝한 이안의 얼굴을 떠올리고는 괜히 심통이 나 창문을 닫아버렸다. 작게 내뱉은 말이었지만 바로 옆에 있던 엘라임은 그녀의 말을 똑똑히 들을 수 있었다. 그의 눈이 깊게 가라앉았다.

"……."

엘라임은 조용히 헬리아를 물끄러미 바라보았다.

❊

캄캄한 밤.

어느덧 눈도 그치고 하늘은 반짝이는 별을 내보였다. 페르시아 제국으로 향하는 사신단 일행은 어느 숲속에서 야영을 하게 되었다. 사신단의 대표는 헬리아 공주였지만, 책임자는 모에스 백작이었다. 모에스 백작은 갈색 머리에 제법 준수한 중년인으로 이번 헬리아 공주의 사신단의 호위와 책임을 맡게 되었다.

"야영 준비를 하라! 눈이 많이 쌓여 있으니 각별히 조심하도록!"

모에스 백작의 말에 병사들과 마법사들은 일사분란하게 제 일을 찾아 움직이기 시작했다. 병사들은 먹을거리를 구하기 위해 움직였고, 마법사들은 보온 마법과 알람 마법을 설치하기 위해 주변을 돌아다녔다. 모에스 백작은 인망이 있고 아랫사람을 천시하지 않아 많은 사람이 그를 좋아했다. 그렇기 때문에 빈센트가 이번 사신단의 책임자로 그를 임명한 것이다.

모에스 백작은 주변이 얼추 돌아가자 헬리아가 있는 마차로 걸어갔다. 그는 헬리아 공주를 연회에서 처음 보았다. 사십 대에 부인까지 있지만 공주의 얼굴을 보고 있노라면 저도 모르게 얼굴이 붉어지곤 했다. 모에스 백작은 가볍게 헛기침을 하고 헬리아 공주가 있는 마차 앞에 섰다.

"공주님, 식사 준비가 모두 끝났습니다."

그러자 문이 열리고 헬리아가 내려왔다. 잠시간 주변에서 소란이 멎었다. 헬리아의 외모에 병사들은 물론 기사들까지 모두 손을 놓고 그녀를 넋 놓고 바라본 것이다.

헬리아는 싱긋 웃었다. 모두의 얼굴이 붉어졌다.

'커, 커억, 살인미소다.'

'내 평생 이런 기회가 올 줄이야.'

헬리아가 모에스 백작에게 다가갔다. 모에스 백작도 잠시 정신을 팔았지만 이내 제정신을 차렸다.

"먹으러 안 가나요?"

"아, 예."

헬리아는 모에스 백작을 따라 식사가 준비된 테이블로 가 앉았다. 엘라임이 그녀의 뒤를 따라왔지만 대부분 그를 헬리아의 호위 기사로 여겨 아무도 제지하지 않았다. 테이블에는 갖가지 음식이 정갈하게 차려져 있었다. 야영치고는 굉장한 호사였다. 물론 왕족이나 귀족들은 대개 이렇게 먹곤 했다. 헬리아는 테이블의 음식을 보고 주변을 살피다 모에스 백작을 보았다.

"이게 다인가요?"

"아, 그게 부족하시면……."

모에스 백작은 살짝 기분이 상했다. 병사들은 겨우 빵과 스프를 먹는데 그녀가 투정을 부린다고 생각한 것이다. 상대가 왕족이긴 하나 모에스 백작은 사치를 싫어하는 사람이었다. 현명하고 뛰어나다고 소문한 공주가 겨우 이런 사람이었나 싶어 실망할 찰나였다.

"그러고 보니 제가 가져온 걸 깜빡했네요."

"예?"

헬리아가 손짓하자 함께 따라온 레브가 다가왔다. 그런데 레브의 뒤로 시종들이 커다란 보따리를 들고 있었다.

"이, 이게 대체 뭡니까?"

"뭐긴요? 먹을 거지. 이런 거 먹고 어떻게 거기까지 가요? 다 먹고 살자고 하는 짓인데 잘 먹어야지요."

그녀의 신호가 떨어지자 병사들과 기사들에게 음식이 나눠지기 시작했다.

'아!'

모에스 백작은 그제야 헬리아 공주가 그 유명한 엘라드 상단의 상단주임을 떠올렸다.

'그 소문이 사실이었구나!'

모에스 백작은 헬리아의 행동에 깊은 감명을 받았다. 돈이 많다고 해도 아랫사람에게 이렇게 베푸는 사람은 그리 흔치 않기 때문이다.

"술도 있는데 한잔하실래요?"

헬리아가 씨익 웃었다.

❊

"완전히 곯아떨어졌군."

헬리아는 주변을 돌아보고 만족스런 표정을 지었다. 그 모습에 엘라임은 미간을 좁혔다.

"이제 어떻게 할 건데?"

술에는 무색무취의 수면제가 들어 있었다. 그 덕분에 사신단 전원이 잠에 빠졌다. 헬리아는 혹여 깨어 있는 사람이 없는지 확인한 뒤 말했다.

"여기서 따로 가야지."

엘라임은 그럼 그렇지 하는 표정을 지었다. 여정을 떠나기 전 잔뜩 수면제를 만든 걸 떠올렸다.

헬리아가 엘라임에게 가까이 다가갔다. 엘라임은 그녀의 얼굴이 너무 가까워지자 얼굴이 붉어졌다.

"왜, 왜?"

"쉿, 깨겠어. 그보다 이제 사람을 바꿔치기 할 거야."

"저, 저기……."

엘라임은 가까이 느껴지는 그녀의 숨결에 눈을 질끈 감았다. 머리론 어떻게든 손을 치우고 싶은데, 이상하게 그러고 싶지 않았다.

"그러니까 이제…… 내 말 듣고 있는 거야?"

"어?"

헬리아의 눈이 가늘어지자 엘라임은 순간 덜컥했다.

"왜, 왜?"

"너……."

'서, 설마.'

"딴생각했지?"

"……."

엘라임은 팍 김이 새버렸다. 자신이 도대체 무슨 짓인지.

"그래서 어쩔 건데?"

"레브가 내 역할을 할 거야. 미리 환상 마법을 걸어놨으니 특별한 일이 아니면 들키지 않을 거야."

"효력은?"

"한 달."

"그럼 무리지 않아? 가는 데 한 달 반이 걸리는데."

"수도에 가서는 합류할 거야. 그때 맞춰 도착하면 돼."

"그런데 왜 따로 가려고?"

엘라임이 의문을 던지자 헬리아의 눈동자가 깊어졌다.

"제국의 움직임이 수상해. 그들의 초청에 응하긴 했지만 꿍꿍이를 알아야겠어. 아무것도 모른 채 이대로 가만히 갈 순 없지."

혼란스런 시국에 굳이 제국이 왕족들을 초청한 이유가 마음에 걸렸다.

'기우이길 바라지만.'

사신으로 온 이들에게 위험이 생기면 그것은 제국의 위상 문제이다. 제국이 그런 짓을 벌인다면 분명 다른 국가에게 꼬투리를 잡힌다.

"그럴 리는 없겠지만. 조심해서 나쁠 건 없어."

"언제 움직일 거야?"

"지금."

❊

히이이잉—

"워워."

숀은 우는 말의 목덜미를 쓸어내리며 말을 달랬다. 그러나 그의 얼굴은 걱정으로 어두웠다.

"그런데 이래도 되는 거야?"

"명이니 어쩔 수 없지."

모닥불을 지피고 있는 렌스의 말에 숀은 머리를 헝클어뜨렸다. 장작을 가져온 휴가 그런 숀을 보고 손을 내저었다.

"다 잘되지 않겠어?"

"하아, 너희는 걱정이 없어서 좋겠다."

"네가 너무 예민한 거야. 혹시 그날?"

"야! 죽을래!"

"렌스, 저 녀석 확실히 그날이지?"

"그런 것 같다."

"이놈들이……."

휴가 장작을 모닥불 옆에 놓고는 몸을 떨었다. 그는 매서운 바람에 로브를 단단히 여몄다.

"흐유, 추워라. 그보다 언제 오신데?"

"기다려 봐봐. 이제 오실 때가 되었는데."

"그런데 좀 걱정이 되긴 하네. 대장님도 안 계신데."

휴의 말에 숀과 렌스는 고개를 끄덕였다. 세 명은 헬리아 공주의 기사로 오늘 아침만 해도 평범하게 사신 행렬에 갈 채비를 하고 있었다. 한데 그런 그들 앞에 헬리아 공주가 찾아와 그들에게 따로 움직일 것을 명령했다. 왠지 막중한 임무를 맡은 것 같아 기대가 되면서도 막상 닥치고 보니 걱정이 앞섰다.

꼬르륵.

그때 휴의 배에서 꼬르륵 소리가 들려왔다. 휴는 머리를 긁적이며 환하게 웃었다.

"기다리다 지치겠다. 뭐 좀 먹자."

"야, 공주님이 오시는데."

"공주님이 오시면 바로 갈 텐데, 이때가 아니면 언제 먹겠냐?"

"휴 말이 맞아. 이대로 무작정 기다릴 순 없잖아."

렌스와 휴가 입을 맞춰 이야기하자 숀도 고개를 끄덕였다.

타닥타닥.

모닥불에 고기가 노릇노릇하게 구워지고 있었다. 휴는 고기를 눈이 빠져라 지켜보고 있었다. 렌스는 그런 휴를 보다 갑자기 말이 없어진 숀을 불렀다.

"숀?"

숀은 하염없이 모닥불을 바라보고 있었다. 고기가 아닌 다른 것을 보는 눈이었다.

"숀?"

"어, 어? 나 불렀어?"

"요새 너 이상해."

렌스가 숀의 이상한 반응에 살짝 눈을 찡그렸다. 아돌프 후작의 반란 사건을 기점으로 숀의 태도가 이상해졌다. 간간히 멍하기도 하고, 무슨 이상한 말을 중얼거리기도 하고. 렌스는 한 가지 짚이는 일이 있었다.

"세인은 꼭 살아 있을 거야."

"아니야!"

숀이 버럭 화를 냈다. 렌스는 어안이 벙벙했다. 숀이 이상해진 것이 세인의 실종 때문인가 싶었는데 그게 아니었던가? 반란 사건으로 몇몇 기사와 함께 세인이 실종되었다. 대개 죽은 것으로 생각했다. 그럼 도대체 무엇 때문에 숀이 저리 넋을 놓는단 말인가.

렌스는 휴를 보았지만 휴는 어깨를 으쓱거렸다.

"아, 아니. 뭐 미안……."

숀은 아무것도 모르는 렌스와 휴를 보며 괜히 화풀이하는 자신이 싫었다.

'세인, 어째서, 어째서 네가…….'

원래부터 사이가 좋지 않았다. 자신이 좋아하는 여자를 채간 나쁜 놈 정도로 생각했다. 한데 그게 다가 아니었다. 같이 부대끼고 생활하다 보니 그를 진짜 친구로 여겼던 모양이다. 그렇다면 이렇게 가슴이 아픈 것은 배신감 때문일까.

'세인…….'

숀은 그날 세인이 헬리아 공주에게 칼을 들이민 것과 자신을 공격한 것을 똑똑히 기억하고 있었다. 그것은 충격 그 자체였다. 믿었던 자에게 당하는 배신. 숀은 가슴이 너무 아프고 화가 났다.

공주님은 세인의 정체에 대해 함구하라 했다. 그래서 세인의 정체를 아는 기사는 숀이 유일하다. 숀은 그래서 이 이야기를 어느 누구에게도 꺼내지 못했다. 누군가에게 말한다면 속 시원해질까. 하지만 왠지 입 밖으로 내뱉고 싶지 않았다.

이번에 제국으로 간다. 숀은 기회라고 생각했다. 한 번이라도 다시 세인을 만난다면 반드시 이 배신감을 갚아주리라. 하지만 숀은 텅 빈 감정에 우울했다. 친구, 친구라고 생각한 존재에게 당한 배신감은 쉽게 사라지지 않을 것이다.

바스락!

그때였다. 들려온 소리에 숀과 렌스, 휴는 모두 검을 꺼내 들었다. 그러나 곧 모습을 드러낸 이를 보고 안도의 숨을 내쉬었다. 바로 헬리아 공주였다.

"인기척 좀 내세요!"

숀이 괜히 짜증을 부리자 헬리아가 눈을 가늘게 뜨고 입꼬리를 올렸다.

"이거 아주 살판났네?"

"그, 그게……."

"얼른 준비해. 바로 산 탈 거니까."

"예? 이, 이것만."

휴가 놀라 노릇노릇하게 구워진 고기를 가리켰지만 헬리아는 일절의 자비도 없었다.

"움직인다. 실시!"

"큭."

"대장보다 더하다니까."

"진작 알아봤지."

결국 숀 일행은 눈물을 머금고 고기를 남기고 떠나야 했다. 그렇게 헬리아 일행은 사신단과는 다른 길로 제국으로 향하기 시작했다.

❊

스슥-

수풀 사이로 빠르게 달려가는 인형이 있었다. 캄캄한 어둠 속에서 그는 인간의 속도라고 믿기 힘들 정도로 빨랐다. 어둠만큼이나 새카만 로브를 걸친 그는 어둠에 동화되었다.

어둠이 그였고, 그가 어둠이었다. 그의 눈이 어둠 속에서 번뜩였다.

휘익!

달려가던 그가 어느 곳에서 멈춰 섰다. 나무 위에 선 그는 아래를 내려다보았다. 일련의 무리가 곤한 잠에 빠져 있었다. 그는 미간을 좁히며 주변을 훑었다. 그러나 그가 찾고자 한 자는 어디에도 보이지 않았다. 한 번 더 기감을 넓혀 기운을 탐색해 보았으나 이곳 어디에도 그 기운은 느껴지지 않았다. 결코 헷갈릴 수 없는 기운.

"조금도 가만히 있질 못하는군."

낮게 읊조린 그는 몸을 돌렸다.

❊

다그닥다그닥.

말발굽 소리가 숲속을 울렸다. 헬리아는 하늘을 올려다보았다. 아침까지만 해도 눈이 내리던 하늘은 이내 말간 보름달을 보여주고 있었다. 달빛에 쌓인 눈이 보석처럼 반짝였다. 헬리아는 그 광경을 보며 아름답다고 여겼지만, 숀 일행은 아니었다.

"흐으으으, 추워."

"공주님, 이제 야영해야 하지 않을까요?"

"추워 죽겠습니다요."

숀 일행은 로브를 바짝 여미며 우는소리를 했다. 그도 그럴 것이 한겨울이 아닌가. 거기다 밤이 되자 기온은 훨씬 낮아졌다.

헬리아는 혀를 찼다.

"남자가 되어가지고, 쯧."

"남자가 무슨 상관입니까! 이건 성 차별이에요! 성 차별!"

"맞습니다!"

숀과 휴가 우우 하며 헬리아에게 야유를 보냈다. 헬리아는 참으로 꼴값 떠는 기사들에 고개를 절레절레 저었다.

"근방에 마을이 있으니까 거기까지 좀 참아봐."

"우우우, 공주님, 그 이야기는 한 시간 전에도 하셨지 않습니까!"

숀이 발끈해 나섰지만 헬리아는 귓가를 긁적였다.

"기시감이야, 기시감."

"하아……."

헬리아의 행동에 일행은 모두 깊은 한숨을 내쉬었다. 까라면 까야지

별수 있겠나. 그저 저 말을 믿고, 분명 좀 전에도 들었지만 조금 더 참을 수밖에.

그때 멀리서 사람의 말소리가 들려왔다.

"어! 마을이에요!"

"다 온 거야!"

"거짓이 아니었어!"

헬리아는 기사들의 반응에 눈매를 찌푸렸다. 저놈들은 대체 날 뭐로 생각하는 거야. 내가 무슨 마녀도 아니고. 옆에서 엘라임이 잠시 그녀를 묘한 눈으로 쳐다봤지만 이내 헬리아는 이 근방에 마을이 없다는 것을 떠올렸다. 자신이 알아본 바로 마을은 여기서 반나절은 더 가야 하는 위치에 있었다.

"마을에서 난 소리가 아니야."

그 말에 기사들이 그게 무슨 소리냐는 듯 그녀를 바라보았다.

"마을은 여기서 반나절 거리라고."

"에엑! 근방이라면서요!"

"역시 거짓말이었어!"

"우릴 속인 거야!"

"조용히 안 할래?"

그제야 숀 일행은 잠잠해졌다. 그러다 그들도 상황을 인지했는지 천천히 검을 빼 들었다. 숲 한가운데 마을도 아닌데 사람 소리가 난다면 필시 예삿일은 아닐 터. 그들의 눈에 경계의 빛이 어리자 헬리아도 소리가 난 방향으로 움직였다. 그리고 곧 소리의 정체를 알 수 있었다.

❊

"흐흐흐, 이거 월척이로구나!"

"형님, 형님 다음이 접니다."

"크크크."

가죽옷에 털모자를 쓴 세 명의 장한은 떨고 있는 한 인영을 향해 음흉한 미소를 지었다. 어깨에 칼을 둘러메고 웃음을 짓는 이들은 산적이었다. 그들은 국경 지대에 터를 잡고 아르센 왕국과 페르시아 제국을 오가는 상단을 습격하여 먹을 것과 돈을 갈취해 왔다.

오늘도 마차가 어슬렁거린다는 소식을 듣고 나와 봤는데 그곳에 웬 아리따운 처자 한 명이 홀로 길을 걷고 있는 게 아닌가. 연보랏빛 머리카락에 에메랄드빛 눈동자가 달빛에 반짝이는 모습을 본 세 산적은 숨이 턱 막히는 것 같았다. 먼지투성이에다 상처까지 몰골이 말이 아니었지만 그녀의 외모는 빛을 잃지 않았다. 그 모습이 어찌나 애처로운지 산적들은 회가 동하는 것을 참을 수 없었다.

"크크, 형님, 어서 끌고 가지요. 이거 참을 수가 있어야지."

"사, 살려 주세요."

여인이 부들부들 떨면서 주변을 살폈다. 그러나 도와줄 사람은 아무도 없었다.

"자, 아가씨, 가만히 있으면 다치지 않을 거야."

"그래, 밥도 주고, 잠도 재워주고. 크크크."

세 명의 산적 중 큰형인 루켄이 여인의 팔을 잡고 끌었다. 가느다란 팔뚝이 손아귀에 타악 잡혀오자 그는 연신 음탕한 미소를 흘렸다. 그 모습에 여인의 얼굴이 사색으로 물들었다.

"시, 싫어요!"

제법 강단 있게 뿌리쳐 보려 했지만 상대의 힘을 이길 수 없었다.

"어디서 앙탈은! 자, 어서 돌아가자."

"예, 형님!"

여인의 팔을 잡은 루켄은 마차가 보이지 않자 몸을 돌렸다. 허탕을 쳤지만 수확은 나쁘지 않았다. 여인을 보는 루켄의 눈에 음심이 동할 찰나였다.

'어, 어떻게 하지?'

여인은 이대로 끌려갈 수 없었다. 어떻게든 빠져나가야 했지만 방도가 없었다.

'어?'

그때 여인의 눈에 사람의 모습이 비쳤다.

"사, 살려 주세요!"

❊

"이거야 원."

상황을 확인한 헬리아는 혀를 찼다. 산적으로 보이는 놈들이 한 여인을 희롱하고 있었다.

"어떻게 합니까!"

숀 일행이 당장에라도 뛰쳐나갈 듯 몸을 움직이자 헬리아가 먼저 말고삐를 잡았다.

"뭘 어떻게 해? 돌아가야지."

"예?"

"돌아간다구요?"

"저 상황인데요?"

"딱 봐도 아주 귀찮을 상황이구먼. 피하는 게 상책이야."

헬리아의 말에 숀 일행은 어이가 없다는 표정을 지었다. 아무리 그래도 눈앞에서 저런 일이 벌어졌는데 어떻게 그냥 지나친단 말인가. 그것도 귀찮아진다는 이유로! 그러나 헬리아는 숀 일행과 생각이 전혀 달랐다.

'괜히 일 잘못 꼬이면 손해 보는 게 누군데!'

함부로 구해 주는 거 아니라고, 구해 주면 보따리까지 내놔야 한다. 게다가 밤길에 혼자 움직인 저 여인도 이상했다.

"사, 살려 주세요."

하지만 그녀가 말고삐를 틀기도 전에 그들을 먼저 본 여인이 외쳤다. 헬리아는 미간을 찌푸리며 인상을 팍 썼다.

"가게?"

"쯧."

엘라임은 그런 헬리아의 모습에 피식 웃었다. 살려 달라 말하는데 회피할 헬리아가 아니기 때문이다.

'뭐, 회피하려고 하긴 했지만.'

여인의 외침 덕분인지-헬리아는 매우 마음에 들지 않았지만- 산적들이 그들을 발견했다.

"마침 잘되었구나!"

루켄은 헬리아 일행을 보며 웃었다. 상단의 마차는 아니었지만 말을 타고 있고, 제법 돈이 있어 보이는 게 빈손으로 가지 않아도 될 것 같았다. 여자도 얻고, 돈도 얻고, 이것이야말로 일석이조 아닌가!

"가진 걸 내놔라!"

루켄이 호기롭게 외쳤다. 그러나 뭔가 반응이 와야 하는데 아무런 대답도 들려오지 않았다.

"어떻게 할까요?"

"귀찮지만 여인을 구해야겠지."

"그럼 제가 나설까요?"

그들은 루켄의 이야기를 아주 완벽히 무시하고 있었다.

"이익, 이놈들이! 본때를 보여줘야 정신을 차리겠구나!"

루켄이 신호하자 두 명의 산적이 칼을 빼 들고 건들건들 헬리아 일행에게 다가갔다. 호기롭게 그들을 처치할 목적으로 걸어갔는데, 점점 그들에게 다가갈수록 묘한 위화감이 들었다.

'이, 이 녀석들 대체 뭐지?'

'잘못 걸린 거 아니야?'

산적들은 가까이 가자 그제야 헬리아 일행의 면모를 확인할 수 있었다. 그들의 손에는 검이 들려 있었고, 그건 결코 장식품으로는 보이지 않았다. 게다가 그들에게 뿜어져 나오는 기세가 산적들을 움츠러들게 만들었다.

"뭣들 하는 거냐!"

루켄이 미적거리는 그들에게 고함을 질렀다. 그러나 그들도 속이 말이 아니었다.

'아씨, 우리보고 어쩌라고.'

'완전 똥 밟았다!'

일자무식이라곤 하지만 그들이 겪어온 바로는 이런 자들은 쉬운 상대가 아니었다.

'뭐지?'

루켄도 그제야 이상함을 눈치챘다. 그는 그때서야 움직이지 않는 수하들을 보곤 찔끔했다.

'젠장, 도대체 뭐야? 설마…….'

감을 잡은 루켄은 침을 꼴딱 삼켰다. 그리고 재빨리 주변을 살폈다. 좀 전의 여인과 다름없는 행동이었다.

'침착해라, 루켄.'

루켄은 심호흡을 하곤 다시 신색을 회복했다. 당황해 놀라 제대로 사고를 하지 못했지만, 다시 생각해 보니 자신이 이렇게 꿀릴 게 없었다.

"흥, 제법 한가락하는 놈들이구나!"

그때였다.

수풀이 움직이기 시작하더니 수십 명의 인원이 모습을 드러냈다. 그들은 일순 태세를 정비하더니 일사분란하게 헬리아 일행에게 화살을 겨누었다.

"오셨습니까, 두목!"

루켄은 산채 식구들을 이끌고 온 자신의 우두머리를 보며 고개를 숙였다. 산적의 우두머리, 로한은 루켄이 아닌 그가 붙잡고 있는 아름다운 여인을 보더니 입술을 핥았다.

"호오, 제법 예쁘장한 계집이구나."

그러다 그의 시선이 헬리아에게 향했다.

"호오!"

연보랏빛 머리카락의 여인이 한 떨기 은은하게 피어난 백합이라면 헬리아는 화려하게 빛나는 장미와도 같았다. 은은한 백합도 아름다우나 로한의 취향은 가시가 돋은 장미 같은 여자였다.

로한의 눈동자에 음심이 마구 흘러나왔다. 헬리아는 그 모습에 눈을 찌푸렸다. 어딜 가든지 발정 난 개새끼는 존재하는 법. 헬리아가 움직이려 하자 엘라임이 그녀의 눈을 가렸다.

"보지 마, 눈 썩어."

엘라임이 싸늘한 눈으로 로한을 노려보았다. 로한은 그 순간 몸이 얼어붙은 듯한 착각을 느껴야 했다. 엘라임의 표정은 그만큼 차가웠다. 평소 웃던 그가 아니었다. 헬리아를 바라보는 로한의 음탕한 시선에 엘라임은 그를 죽여 버리고 싶어졌다.

"크크크, 오늘은 제법 수확이 좋구나! 밤이 심심치 않겠어!"

로한이 크게 웃었다. 엘라임이 스윽 앞으로 나섰다.

"죽여도 돼?"

평소 그가 쓰는 말이 아니었다. 하지만 엘라임은 그만큼 화가 나 있었다. 감히 누구에게.

"적당히 손만 봐줘. 죽이진 말라고. 불쌍하잖아."

헬리아가 히죽 웃었다. 어찌나 그 웃음이 섬뜩한지 화가 났던 엘라임이 순식간에 이성을 되찾을 정도였다.

'크, 큰일 났어. 진짜 화가 났잖아.'

엘라임은 저도 모르게 살짝 물러섰다. 헬리아는 로한을 보며 입꼬리를 올렸다. 로한은 순간 알 수 없는 오한이 들었다.

'뭐, 뭐지?'

"죽음은 너무 자비롭잖아?"

헬리아가 한 발 앞으로 나왔다. 그리고 아름다운 얼굴과 달리 거친 그녀의 입에서 말이 흘러나왔다.

"네놈의 거시기를 잘라 불에 구워줄 테니 걱정 말라고. 크크크."

"거, 거시기?"

로한은 저도 모르게 침을 꼴딱 삼켰다. 왠지 모르게 등줄기에 오한이 엄습했다.

'이, 이거 괜히 잘못 건드린 거 아니야?'

하지만 이미 활시위는 떠나갔고, 로한은 이내 이성을 잃었다.

'어차피 수는 우리가 많다. 어린 여자에게 겁을 집어먹을 내가 아니란 말이다!'

로한은 분노 때문에 결코 해선 안 될 실수를 저질렀다.

"저년을 잡아와라!"

"와아아아!"

산적들이 일제히 화살을 쏘아댔다.

피융! 피융!

수십 개의 화살이 헬리아 일행을 향해 쏟아졌다.

"크하하하! 네년의 그 기고만장함이 얼마나 가는지 두고 보자!"

그러나 그 순간이었다.

휘이익!

거대한 물 회오리가 허공에 생겨나더니 모든 화살을 쓸어버리는 게 아닌가!

"이, 이게 대체!"

물 회오리는 거기서 멈추지 않고 매복해 있던 산적들을 향해 쇄도하기 시작했다.

"끄아아악!"

거대한 물줄기에 산적들은 비명을 지으려 제대로 칼조차 휘두르지 못하고 튕겨져 나갔다.

"자, 그럼……."

말끔하게 정리된 주변을 둘러본 헬리아는 몸을 떨고 있는 로한을 향해 시선을 돌렸다. 정확히는 그의 거시기를 말이다.

"따, 딸꾹!"

로한은 그녀의 시선이 자신의 거시기를 향하자 저도 모르게 딸꾹질이 흘러나왔다. 아무리 막아 보아도 두려움에 비롯된 딸꾹질은 멈추지 않았다.

"어떻게 뽑아줄까나아? 으응?"

"딸꾹!"

그 순간만큼은 피아를 넘어 숀 일행과 산적 모두 자신의 거시기를 저도 모르게 보호했다. 헬리아가 한 발 앞으로 더 나서자 로한이 두려움에 뒷걸음질을 했다.

"도, 도망가야……."

로한이 몸을 돌리려는 순간이었다. 그의 뒤로 검은 그림자가 짙게 드리워졌다. 로한은 본능적으로 몸을 움직였지만 번뜩이는 검날이 목줄기에 와 닿자 얼음이 된 듯 그 자리에서 멈춰 섰다.

'어, 언제!'

서늘한 검날이 달빛에 반짝거렸다. 로한은 식은땀을 흘렸다. 아무런 기척도 느끼지 못했다. 로한은 차마 뒤를 돌아볼 용기가 생기지 않았다.

'신이여, 왜 이런 시련을! 내 거시기!'

로한의 머릿속엔 이미 주마등이 좌르륵 펼쳐졌다.

'누구지?'

헬리아는 갑자기 나타난 남자를 보며 이맛살을 좁혔다. 그가 산적 우두머리의 목에 검을 겨눌 때까지 그 어떤 인기척도 느끼지 못했다.

'적인가?'

하지만 로한의 반응을 보아 그런 것 같지도 않았다.

"늦었습니다."

"이 목소린……."

헬리아의 눈이 살짝 커졌다.

휘익.

로한의 목에 검을 들이민 남자가 천천히 로브를 벗었다. 그러자 달빛에 그의 머리카락이 은빛으로 물들었다. 하지만 그것은 은빛이 아니었다. 밤하늘보다 더욱 검은 색의 머리카락. 그가 예의 무뚝뚝한 입꼬리를 살짝 올렸다.

"이안!"

헬리아는 이안의 등장에 살짝 놀람과 동시에 반가움을 느꼈다. 국경 인근에서 볼 줄 알았는데.

"아예 못 나오는 줄 알았는데."

그러나 이안의 몸에선 예전과 달리 기운이 느껴지지 않았다. 그것은 곧 몸 안의 기운을 제대로 갈무리하고 있다는 뜻. 폐관수련이 헛되지 않았던 것이다. 그럼에도 헬리아는 그런 속내를 내비치지 않았다.

"너무 늦었다고."

"대장!"

"대장님!"

숀 일행도 이안의 등장에 반가운 듯 외쳤다. 왠지 이제야 제대로 된 사람과 함께 다닐 수 있다는 안도감도 살짝 들었다. 헬리아 공주님과 함께해 보니 얼마나 대장이 자비로웠는지.

"당신은 여전히 악취미로군요."

"그놈이 나쁜 거지. 설마 내가 진짜로 그놈 거시기를 뜯겠어? 그런 더러운 짓은 사양이야."

'당신이라면 하고도 남아'라는 게 그 자리에 있던 모든 이의 공통된 생각이었다. 그리고 당연히 상황은 너무나 쉽게 종결되었다. 너무나 당연한 결과였다. 산적들은 결코 이날 일을 잊지 못할 것이다.

⁂

"저, 저기 구해 주셔서……."

"그럼 이만."

상황이 해결되자 여인이 쭈뼛쭈뼛 헬리아 일행에게 다가왔지만 헬리아는 얄짤 없었다. 자비도 없이 바로 말에 올라타려 하자 여인이 얼른 그녀의 다리를 붙잡았다.

"구, 구해 주셔서 감사합니다."

"그런데 왜 다리를 잡고 난리야!"

"저, 저기!"

여인은 헬리아의 다리를 붙잡은 손을 놓지 않았다. 다른 사람들은 너무 빠르게 일어난 일이라 손을 쓰지 못했다. 거기다 연약한 여인에게 손을 쓰기엔 모두들 신사였다. 물론 헬리아는 신사가 아니기에 매정하게 여인을 떼어냈다.

헬리아는 다리를 툭툭 털었다. 여인은 울상을 지었다.

"저, 저기……."

"안 돼!

"아직 말도 안 했는데요."

"암튼 안 돼."

여인이 울상을 지었다. 하지만 헬리아가 누군가. 애가 울어도 꿈쩍을 안 하는 초냉혈인 아니던가. 하지만 안타깝게도 나머지는 여인의 눈물에 모두 안절부절못했다.

"고, 아니, 아가씨, 여자 혼자 너무 위험하지 않습니까?"

숀이 나서서 헬리아를 말렸다. 공주님이라면 정말 버리고 갈 사람이다.

"맞습니다. 이런 추운 날 혹시 객사라도 하게 되면……."

"가는 길이니 같이 가면 안 되겠습니까?"

렌스와 휴도 거들자 여인이 눈을 반짝였다.

"제발 부탁드려요."

헬리아는 표정을 구겼지만 자신을 향해 눈을 반짝이는 시커먼 세 명과 여인의 눈빛에 결국 시선을 돌렸다.

"내가 이럴 줄 알았지."

"가, 감사합니다!"

여인은 헬리아의 말에 환하게 웃었다. 그 모습에 헬리아는 묘한 느낌이 들었다.

'어디서 본 것 같은데?'

헬리아는 고개를 갸웃했다. 아무래도 정말 어디서 본 게 아닐까 생각이 들었다. 헬리아는 여인에게 다가갔다. 여인은 눈을 동그랗게 뜨다가 헬리아가 자신의 턱을 들어 올리자 얼굴이 새빨개졌다.

"저, 저기……."

"어디서 본 적 없어?"

"그, 그게……."

여인의 얼굴은 아주 새빨갛다 못해 터질 것 같았다. 헬리아는 요리조리 여인의 얼굴을 훑었지만 쉽게 떠오르지 않았다.

'어디서 봤더라?'

더는 기억이 나지 않자 여인의 턱을 내려놓았다. 여인은 마치 첫날 밤을 보낸 다음 날 수줍은 새색시처럼 어쩔 줄을 몰라 했다.

"그보다 다음 마을까지야. 알았어?"

"아니, 저기 이왕이면 제국까지……."

헬리아의 눈이 가늘어졌다. 제국이란 말에 다른 이도 모두 의심스러운 눈으로 여인을 보았다.

"제국인인가?"

그러고 보니 억양이 아르센 왕국 사람들과 미묘하게 달랐다. 한데 제국의 여인이 이런 곳까지 무슨 일이지?

"수도로 가는 중이었습니다만, 그게 가다가 길을 잃어 배를 잘못 타는 바람에……."

배를 얼마나 잘못 타면 제국이 아니라 여기에 있냔 말인가. 헬리아는 골이 다 지끈거렸다.

"그러다가 강도를 만나서……."

"이 모양 이 꼴이란 말이지."

그녀는 고개를 들지 못했다. 그 모습에 헬리아는 혀를 찼다. 하지만 어쩌겠는가. 이미 일은 벌어졌고 수습은 해야겠으니.

"그러고 보니 소개하는 걸 잊어버렸네. 리아라고 해."

"아, 저는 알린입니다."

그렇게 헬리아 일행에 짐 하나가 추가되었다.

❊

밤이 깊어지면서 다시금 하늘에서 눈이 내리기 시작했다. 그즈음 다행히 헬리아 일행은 국경 인근에 위치한 작은 마을에 당도할 수 있었다.

마을 안은 적막이 가득했다. 마을 안으로 진입한 일행은 어딘지 모르게 을씨년스러운 분위기에 조심스럽게 주변을 살폈다. 눈이 내려서 그런 것일까. 하얗게 쌓인 눈은 밟은 흔적이 없었고, 밖을 돌아다니는 사람의 모습도 찾아볼 수 없었다.

"작은 마을이라 여관은 없을 것 같습니다."

숀이 주변을 살펴보다 빨개진 코를 훑었다. 추위에 코에서 콧물이 줄줄 흘러내렸다. 숀의 말에 헬리아도 주변을 둘러보았다. 한눈에 보아도 마을은 작았다. 가게 같은 것도 없어 보였다.

"다른 마을로 갈까요?"

"다음 마을은 너무 멀어. 어쩔 수 없지만 민박을 할 수밖에."

제대로 일정을 세우고 움직인 여정이 아닌지라 미처 방을 생각지 못했다. 헬리아의 허락이 떨어지자 숀 일행이 잘 곳을 찾으러 움직였다.

그리고 얼마 후. 기사들이 다시 헬리아에게 돌아왔다.

"아무래도 모두 묶기는 힘들 것 같습니다."

대개 어느 정도 규모가 되는 마을엔 공동 회관이 존재한다. 하지만 이곳엔 사람이 적어서인지 공동 회관이 존재하지 않았다. 그래서 헬리아는 일행을 나누기로 결정했다. 헬리아는 이안, 엘라임, 알런과 함께하고, 숀과 렌스, 휴는 따로 묶었다. 헬리아 일행은 우선 마을의 촌장 집으로 보이는 가장 큰 집으로 향했다.

똑똑-

이안이 나서 문을 두어 번 두드리자 안에서 부스럭거리며 인기척이 들려왔다. 한데 열린 것은 문이 아니라 문 위쪽 중앙에 난 작은 문이었다. 열린 작은 문 사이로 한 쌍의 눈이 헬리아 일행을 훑었다.

이안이 나서며 말했다.

“지나가는 여행자입니다.”

탁.

“일없네.”

이안의 미간이 살짝 좁아졌다. 그가 다시 한번 더 문을 두드리려 할 때 헬리아가 나섰다.

“네 그 시커먼 눈동자에 누군들 안 도망가겠어.”

“…….”

이안이 마뜩치 않다는 듯 얼굴을 구겼지만 헬리아가 앞으로 나서는 것을 막지 않았다.

똑똑—

“지나가는 여행자예요. 머물 곳이 없어서 하룻밤만 부탁드려도 될까요?”

평소 하지 않는 공손한 말투, 그러나 이미 다들 많이 들어온 가식적인 말투라 누구도 동요치 않았다. 그녀의 내숭이 통한 것일까. 굳게 닫혔던 문이 조금씩 열리기 시작했다.

“귀족은 아니겠지……?”

노인은 조심스럽게 물었다.

“그냥 평범한 여행객이에요. 부탁드려요.”

그러자 반쯤 열렸던 문이 활짝 열렸다. 집주인으로 보이는 노인이 주름진 눈으로 헬리아 일행을 훑었다. 헬리아는 경계 어린 노인의 표정에 환한 웃음을 지었다. 그녀의 웃음 덕분인지 노인은 눈에 준 힘을 풀었다.

“저는 리아라고 합니다. 혹시 이 마을의 촌장님이신가요?”

“그러네. 한데 하룻밤이면 되겠는가?”

"하룻밤이면 충분합니다."

"……들어오시게."

"감사합니다."

헬리아가 감사의 인사를 전했다. 그는 헬리아를 보다 이내 뒤에 있던 일행을 향해 다시금 경계의 눈빛으로 바라보았다. 촌장 하겐트는 잠시 망설이는 기색을 내비쳤다. 보아하니 여자들은 몰라도 남자들은 꺼리는 모양이다.

"뒤에 있는 자들은 일행인가?"

"네. 부탁드려요."

"흐음."

촌장은 잠시 고민하더니 이내 고개를 끄덕였다.

"아가씨 때문에 받아들이는 거네."

"감사합니다."

헬리아가 촌장의 말에 미소를 지었다. 그러고는 뒤에 있는 이안을 향해 혀를 찼다.

"역시 네 얼굴이 문제였어."

"……."

헬리아가 득의양양한 표정으로 이안을 바라보자, 이안은 애써 그녀의 시선을 피했다.

제8장 실종 사건

"나는 이 마을의 촌장 하겐트라 하네."

노인은 자신의 이름을 하겐트라 밝혔다.

"조이, 이제 나오너라."

하겐트가 부르자 아홉 살 정도 되는 어린 소년이 방문을 열고 슬그머니 밖으로 나왔다. 갈색 머리에 통통한 볼살의 어린 소년은 헬리아 일행을 보고 얼른 하겐트의 뒤로 숨었다.

"내 손자 조이라 하네. 낯가림이 심하니 이해해 주게."

"아니에요."

헬리아는 조이에게 다가가 허리를 굽히며 웃었다.

"안녕, 조이. 누난 리아라고 해. 무서운 사람들이 아니니까 걱정하지 마."

조이는 빼꼼 고개를 내밀다 말했다.

"무서운 사람이 자기 입으로 무서운 사람 아니라고 말 안 한다고 했어."

'……애가 발랑 까져 가지고.'

헬리아는 입맛을 다셨지만 어찌하겠는가. 자신들이 굽히고 들어가야지.

“이 누나 얼굴 좀 봐. 누나가 나쁜 사람처럼 보이니?”

“……으음, 아니.”

“그래, 이 누난 아주 착한 사람이란다.”

뒤에 서 있던 일행의 얼굴이 처참히 일그러졌지만 그게 뭐 대수겠는가. 헬리아는 조이의 머리를 쓰다듬었다.

“……정말?”

“물론.”

조이는 볼을 살짝 붉히고 할아버지 뒤에서 나왔다.

“조이, 이들이 머물 방을 안내해 주거라.”

“응, 할아버지.”

원래는 쾌활한 성격인지 조이가 고개를 끄덕이며 대답했다.

“한데 식사는 하셨는가?”

“아, 괜찮습니다.”

“저녁에 남은 음식이니 너무 미안해하진 말게.”

“그럼 부탁드립니다.”

하겐트는 남은 밥을 가지러 부엌으로 걸어갔다. 할아버지가 부엌으로 가자 홀로 남게 된 조이는 잠시 주춤거리더니 이내 헬리아의 옷을 잡아당겼다.

“남는 방은 두 개밖에 없어요.”

조이는 헬리아, 엘라임, 이안, 알런을 손으로 세어 보고는 머리가 아픈 듯 고개를 저었다. 헬리아는 그 모습에 조이의 머리를 쓰다듬었다.

“같이 쓰면 되니까 걱정하지 마.”

조이는 그제야 고개를 끄덕이고 그들을 방으로 안내했다.

“누나네 방은 여기.”

조이가 한 방을 가리켰다.

"아니, 저기 저는……."

알런이 뭔가 이야기하려 할 때 조이가 얼른 이안과 엘라임을 데리고 가버렸다. 엘라임은 투덜거리며 걸어가는 게 곧 정령계로 돌아갈 심산인가 보다. 하기야 그 싫은 이안과 같이 방을 쓸 그가 아니었다. 헬리아와 함께 남게 된 알런은 난감했다.

"아니, 저기……."

헬리아는 그런 그녀를 내버려 두고 방을 훑어보았다.

'여자애 방인가?'

방은 깔끔하게 정리가 되어 있었다. 아기자기한 소품들을 보니 원래 여자아이의 방인 것 같았다. 헬리아는 책상에 놓인 액자를 집어 들었다. 투박한 나무로 된 액자에는 이 집 가족으로 보이는 그림이 붙어 있었다. 하겐트와 조이, 그리고 또 한 사람이 있었다.

"손녀인가?"

조이보다 대여섯 살 더 많아 보이는 소녀가 수줍게 웃고 있었다. 그러나 손녀의 모습은 어디에도 보이지 않았다. 혹시 어딜 간 것일까? 그렇다고 하기엔 이상했다. 거기다 최근 방을 쓴 흔적이 보이지 않았다. 그렇다는 건 오랫동안 이 방이 비어 있었다는 이야기다.

"저기……."

그때 뒤에서 알런의 말에 헬리아의 생각이 끊겼다. 헬리아는 액자를 내려놓고 알런을 보았다. 알런은 똥 마려운 강아지처럼 안절부절못했다. 헬리아는 좁은 공간으로 오자 확 풍겨져 오는 냄새에 코를 찡그렸다.

"언제 씻고 안 씻은 거야?"

"그게 한…… 한…… 한…… 그게……."

씻은 날짜가 생각이 안 나는지 계속 더듬거리는 알런을 보고 헬리아는 고개를 저었다.

"설마 그 꼴로 여기에 누울 건 아니지?"

"아, 아니에요!"

"그럼 얼른 씻고 와."

"아니, 저기 저는……."

"놓고 간다?"

"네……."

결국 알런은 헬리아의 협박에 울상을 짓고 방을 나와 욕실로 향했다. 알런이 욕실로 가자 헬리아는 다시 방을 살피다 창문을 열었다.

휘이잉—

차가운 바람과 함께 하늘에서 내리는 눈이 안으로 들어왔다. 헬리아의 시선이 천천히 마을 전경을 훑었다. 무언가 분위기가 이상했다. 마치 생기가 없는 듯.

"무슨 일이지?"

헬리아는 눈을 좁히다 이내 알런에게 생각이 미쳤다.

"쯧, 씻으러 가면서 옷도 안 들고 가면 어쩌자는 거야."

짐이로다. 짐이야. 헬리아는 알런이 욕실로 갈 때 아무런 옷가지도 가지고 가지 않은 걸 떠올렸다. 욕실은 방 밖에 있다. 혹여 옷이 없다면 욕실에서 나올 수 없을 것이다.

헬리아는 알런의 짐 속에서 여분의 옷을 찾았다. 그러곤 알런이 씻고 있을 욕실로 향했다.

똑똑—

"알런, 옷을 놓고 갔어."

안에선 아무런 소리도 들리지 않았다. 그저 물소리만 들려왔다. 혹시 들리지 않는 것인가. 헬리아는 아무 생각 없이 문을 열어젖혔다. 그러자 뽀얀 수증기가 앞을 가렸다. 그녀는 수증기 사이에서 알런을 발견했다.

"알런, 옷을……."

"자, 잠깐만요!"

알런이 당황하며 목소리를 높였다. 그 소리를 듣고 욕실 옆방에 있던 이안과 엘라임이 방으로 뛰어들어왔다.

"무슨 일입니까?"

"뭐야? 무슨 일이야?"

이안과 엘라임이 욕실을 향하다 퍼뜩 고개를 돌렸다. 엘라임은 뒤를 돌아본 상태에서 헬리아에게 말했다.

"무슨 일이야?"

헬리아는 가만히 알런을 보았다. 그녀의 눈동자에선 설마 하는 빛이 스쳐 지나갔다.

'에이, 설마 아닐 거야. 저 얼굴에…….'

믿을 수 없는 사실에 헬리아는 알런에게 다가갔다.

"오, 오지 마세요!"

알런이 성추행당한 여인처럼 뒷걸음질을 쳤다. 영문을 모르는 엘라임과 이안은 도대체 헬리아가 무슨 짓을 하고 있는지 알 길이 없었다.

"너……."

헬리아는 알런에게 다가가더니 그의 가슴에 손을 얹었다.

"히익!"

"……없네?"

판판했다. 아주 판판. 헬리아의 손이 무의식적으로 주물딱거렸다. 알런는 이제는 울 것 같은 얼굴을 하고 있었다.

"당연히 없다구요!"

"너 남자였어?"

"뭐?"

엘라임과 이안의 고개가 순간 돌아갔다. 그리고 그들은 알런의 평평한 가슴을 볼 수 있었다. 덤으로 그 밑에도. 헬리아도 믿을 수 없다는 표정으로 알런의 얼굴을 보더니 시선을 내렸다. 알런은 그것을 알아차렸는지 얼른 헬리아의 손에 들린 자신의 옷으로 치부를 가렸다.

"뭐, 뭘 보는 거예요?"

"남자였다니……."

"그, 그게 말하려고……."

알런이 울상을 지었다. 물론 처음에 이들이 자신을 여자라고 아는 것 같아 이야기를 하려 했다. 한데 자신이 남자라는 것을 알면 데려가 주지 않을 것 같아 말하지 못했다. 그리고 이제야 말을 하려 했는데, 타이밍을 놓치고 말았다.

헬리아는 눈을 가늘게 뜨고 알런을 보았다. 알런은 민망함에 시선을 피했다. 헬리아는 다시 물었다.

"정말 남자 맞는 거야?"

"다 봤잖아요……."

"그게 생각보다 좀 작……."

"으아아!"

알런은 이제 아주 펑펑 울 것 같았다. 엘라임이 헬리아의 입을 틀어막지 않았다면 이 추운 날 뛰쳐나갔을 것이다. 헬리아는 자신의 입을 막은 엘라임을 불만스럽게 바라보았다. 엘라임은 헬리아의 입에서 손을 떼고 고개를 설레설레 저었다.

"그건 남자의 자존심 문제라고."

"넌 남자도 아닌 주제에."

알런에 이어 엘라임에게마저 크리티컬을 날려주는 헬리아. 엘라임은 헬리아의 말에 발끈했다.

"나도 남자라니까!"

"뭐 그렇다고 해두지."
"이익!"
엘라임이 발끈하든 말든 헬리아는 생각보다 충격을 받고 있었다. 알런이 남자일 줄 누가 알았겠는가. 눈썰미가 좋다고 생각했는데 자신의 눈이 잘못되었단 말인가. 하지만 그도 그럴 것이 알런의 외모는 너무 여자 같았다.
"진작 말할 것이지."
헬리아는 어처구니없는 해프닝에 고개를 설레설레 저었다.

❊

"그럼 차린 건 별로 없지만 맛있게 드시구려."
작은 테이블에 헬리아 일행과 하겐트와 조이가 둘러앉았다. 테이블 위에는 감자 스튜와 호밀 빵 몇 개뿐이었지만 맛있는 냄새가 풍겼다.
"와!"
배가 몹시도 고픈 알런이 허겁지겁 음식을 흡입하기 시작했다. 헬리아는 고개를 설레설레 젓고는 하겐트에게 고마움을 전했다.
"감사히 잘 먹겠습니다."
헬리아와 이안도 스푼을 들고 음식을 먹기 시작했다.
"우움, 완전, 우움, 맛있어요."
알런이 우물거리며 말하자 헬리아는 그의 얼굴을 사뿐히 반대쪽으로 돌려 버렸다. 엘라임도 맛있는지 스튜를 들이마시다시피 했다. 알런이야 몇 날 며칠을 못 먹었다 치지만 저 녀석은 하루 세 끼를 꼬박 먹고도 저러니. 헬리아는 고개를 저으며 스튜를 뜨기 시작했다. 따뜻한 스튜가 몸 안으로 들어가자 차가웠던 몸이 녹는 것 같았다. 물론 애초에 춥지도 않았지만, 기분 문제다.

헬리아는 스튜의 반을 다 먹었을 때 을씨년스런 마을 분위기를 떠올리고 하겐트에게 물었다.

"한데 촌장님, 마을에 무슨 일이라도 있나요?"

순간 하겐트의 몸이 움찔했다. 그 모습을 본 헬리아의 눈에 이채가 띠었다.

"그러고 보니 자네들 어디로 가려는가?"

대답 대신 질문을 꺼낸 하겐트에 헬리아는 우선 대답해 주었다.

"제국으로 가려 합니다."

"그럼 카룬 산맥을 넘겠구먼."

카룬 산맥은 아르센 왕국과 제국, 라비안 왕국을 가르는 거대한 산맥으로 왕국에서 제국으로 가려면 이 산맥을 지나야 했다. 촌장은 잠시 머뭇거리다 이내 천천히 입을 열었다.

"후우, 내 기우일지 모르나 조심들 하게."

"무슨 일이 있는 건가요?"

"최근 산에 들어갔다가 실종된 이가 여럿이네."

"실종이요?"

촌장의 이야기에 이안과 엘라임도 그를 응시했다. 사태가 심상치 않음을 느꼈다.

"마을 분위기가 이상하다 했는가? 그럴 수밖에. 이미 열 명이 넘게 실종이 되었네."

촌장의 표정엔 그늘이 짙게 깔려 있었다. 그때 옆에서 조이가 울상을 지으며 울었다.

"우리 누나도 없어졌어."

조이가 눈물을 터뜨렸다. 하겐트가 그런 조이의 어깨를 살포시 안아 달랬다.

"도움을 요청해 보셨나요?"

"이름도 없는 작은 마을의 일을 누가 신경이나 써주겠나?"

헬리아는 눈을 찌푸렸지만 이런 작은 마을은 중앙은 물론 지방 영주들에게도 미처 손길이 닿지 않는 곳이다. 그만큼 세율 문제에선 자유로웠지만, 반대로 영주의 보호를 받을 수 없었다.

"혹시 이유가 뭔지 아시나요?"

"도통 어찌 된 영문인지 모르겠네. 그때 산에 가는 것을 말렸어야 했는데……."

하겐트는 눈물을 보였다. 그의 손녀, 제이니 또한 실종된 사람 중 한 명이기 때문이다.

"일주일 전에는 옆집 해리 누나도 사라졌어."

조이는 울먹이며 말했다. 헬리아는 그의 말에 눈을 가늘게 떴다.

'실종이라…….'

헬리아의 눈이 깊어졌다.

❊

파앗—

수정구에서 빛이 번져 나가고 이내 구슬 속에 한 사람의 얼굴이 떠올랐다. 녹색 머리에 녹안을 지닌 수려한 외모의 엘프. 바로 키안이었다.

[콜록콜록.]

수정구 안에서 연신 키안의 기침 소리가 들려왔다. 두툼한 털모자와 목도리, 장갑까지 아예 중무장을 하고 있는 키안의 모습에 헬리아는 혀를 찼다.

"엘프도 감기에 걸려?"

[왜 이러십니까? 엘프도 사람과 크게 다르지 않다구요. 에취!]

옆에 있던 잭이 내민 따뜻한 차 한 모금에 키안은 이내 평온한 표정을 되찾았다. 물론 빨간 코는 가릴 수 없다지만.

[한데 결국 일을 저지르셨군요.]

"내가 뭘?"

[하기야 잠자코 갈 공주님이 아니지요.]

척하면 척이라고, 키안은 그간 헬리아의 행동 패턴을 훤히 꿰뚫고 있었다. 겉으론 툴툴거리면서도 실제론 세드릭을 많이 아끼는 헬리아다. 그런 그녀가 그를 가게 놔둘 리 없다 생각은 했다. 물론 그렇다 하더라도 사신단에서 떨어져 홀로 움직일 줄은 몰랐다.

헬리아는 입맛을 다시며 화제를 돌렸다.

"제국 내 사정은?"

[아무래도 바루스 공작의 암습으로 두 세력 간의 대립이 극대화되고 있습니다. 상황으로 봐선 조만간 추가 기울 것 같습니다.]

"황제에게?"

헬리아는 미간을 좁혔다. 지금의 거대한 제국을 이룩한 황제가 카사스 2세이다. 인생의 반 이상을 전장에서 보낸 황제는 기실 그 사실만으로 호전적이라 할 수 있다. 만약 그를 주축으로 한 세력이 정권을 마음대로 휘두르게 된다면, 대륙의 정세는 한 치 앞도 보이지 않게 될 것이다.

'정말 전쟁이라도 벌일 셈인가?'

헬리아는 어째서 균형을 유지하던 두 세력이 삐거덕거리는지 그 이유가 궁금해졌다. 아무런 이유 없이 움직이진 않을 터. 하지만 아무리 생각해도 강경파의 움직임이 이해되지 않았다. 전쟁이 일어난다고 해도 지금은 겨울이다. 겨울에 전쟁을 벌인다니. 헬리아의 심사가 복잡해졌다.

[그리고…….]

키안이 턱을 매만지며 말했다.

[최근 제국 내에 이상한 일이 벌어지고 있습니다. 언뜻 가볍게 넘겨도 될 사안으로 보일 수도 있으나 아무래도 시기적으로 묘해서…….]

"이상한 일이라니?"

[최근 제국 내에 실종 사건이 벌어지고 있습니다.]

"실종 사건?"

헬리아의 눈이 날카로워졌다.

[실종 사건이야 워낙 흔한 일이나, 최근 들어 그 수가 눈에 띄게 많아지고 있습니다.]

'제국에서 실종 사건이라…….'

헬리아는 순간 이곳에서 벌어진 실종 사건이 떠올랐다. 그것이 과연 우연일까?

"이곳에서도 실종 사건이 일어났어. 왠지 수상해. 아무래도 조사할 필요가 있겠어."

단순한 실종 사건이 아니라면 분명 누군가 목적을 가지고 일을 꾸미고 있다는 것이다. 한데 도대체 누가 무엇을 위해 그런 짓을 벌인단 말인가?

"실종된 자들에 대해 조사해 줘."

[알겠습니다. 한데 이제 어쩌실 생각이십니까?]

키안은 헬리아를 잘 알았다. 그녀의 입꼬리가 올라간 것을 이미 보았다. 이제까지 다른 사람의 손에만 맡겨 일을 처리한 적이 없는 그녀다. 키안이 옅게 한숨을 쉬었다. 견적이 나오고도 남는다.

[위험한 일입니다. 아직 의도를……]

"아직 아무 말도 안 했어."

[이제 할 참이지 않습니까?]

헬리아가 씨익 미소를 지었다. 어찌나 환하던지, 저런 미소를 지을 땐 어떤 설득도 통하지 않는다. 키안은 고개를 설레설레 저었다. 누가 그녀를 막을 수 있단 말인가.

[조심하세요.]

"알고 있어."

[이제 공주님은 더 이상 혼자의 몸이 아닙니다.]

"누가 보면 내가 애라도 밴 줄 알겠어."

[아직 흑마법사가 어떻게 나올지 모릅니다. 어떤 일이 일어날지…….]

"알았다니까."

[그리고 결코 힘을…….]

헬리아는 더 이상 놔뒀다간 키안의 설교가 끊이질 않을 것 같아 통신 구슬을 꺼버렸다.

"잘 알고 있다고."

헬리아의 눈이 번쩍였다.

툭—

"이런 이런."

그냥 끊겨 버린 통신에 키안은 고개를 설레설레 저었다. 어찌 저리 무모할지. 하지만 그게 또 헬리아 공주다웠다.

"정말 못 말리는 공주님이군요."

키안은 옅게 웃음을 짓다 표정을 굳히고 잭에게 말했다.

"실종 사건에 대한 정보를 모아주세요."

"알았다."

"뭔가, 예감이 좋지 않습니다."

키안은 식어가는 찻잔을 어루만지며 이미 꺼져 버린 통신 구슬을 바라보았다.

❊

"에엑! 남자라구요?"

다음 날 아침 다시 길을 나서기 위해 마차를 이끌고 헬리아 일행이 머물고 있는 촌장집으로 온 숀 일행은 알런의 정체(?)를 듣고 기절초풍했다.

"말도 안 돼!"

숀 일행은 연신 믿을 수 없다는 눈으로 알런을 바라보았다.

"제가 어딜 봐서 남자가 아니라는 건가요?"

알런은 괜히 기분이 나빠져 툭 쏘아붙였다.

"고, 아니, 아가씨, 정말입니까?"

숀이 여전히 믿을 수 없어 헬리아에게 물었다. 헬리아는 고개를 끄덕이며 확인시켜 주었다.

"다 확인해 봤으니, 확실해."

"그, 그건 잊어주세요!"

알런이 꽥 소리를 질렀다. 결코 잊을 수 없는 최악의 기억이 될 것 같았다. 하지만 누가 알런을 남자로 보겠는가. 탐스러운 머리카락과 빨려갈 듯 영롱한 눈동자. 어딜 보나 여자였다.

"아가씨가 그렇다면 그렇겠지만……."

"뭐라고요!"

숀은 알런의 눈초리에 볼을 긁적였다. 그런데 그 순간 그의 얼굴이 낯설지 않았다.

'뭐, 뭐지?'

숀이 알런을 지그시 응시하자 알런이 눈매를 좁혔다.

"남자 맞습니다! 보여드릴까요?!"

"보다가 더 헷갈릴 테니 헛수고하지 말라고."

헬리아가 옆에서 한 소리에 알런이 울상을 지었다.
"자, 그럼 여기서 갈라지지."
"예?"
"무슨 말씀이십니까?"
"갈라지다니요?"
숀 일행이 놀라 헬리아를 바라보았다. 엘라임과 이안도 금시초문이라는 듯 그녀를 바라보았다. 이안이 눈을 찌푸렸다. 하여간 가만히 있질 못하는 공주님이다.
"또 무슨 짓을 할 생각입니까?"
"너나 키안이나 날 도대체 뭐로 보는 거야?"
키안의 이름이 나오자 이안은 헬리아가 무슨 짓을 할 것임을 확신했다.
"어떻게 할 셈인데?"
이제 만성이 된 엘라임은 헬리아의 의도를 물었다. 어차피 그녀가 한번 결정한 이상 그 결정이 뒤바뀌는 일은 더 나은 대안이 없는 이상 하늘이 무너져도 없었다.
"나와 엘라임은 따로 움직일 거야. 이안은 숀 일행과 알런을 데리고 움직여."
"예? 저희끼리만 가는 겁니까?"
숀은 헬리아의 말에 놀랐다. 렌스와 휴도 마찬가지.
"불가합니다."
당연히 이안이 반대했다. 무엇 때문에 자신들이 함께 왔던가. 이안은 헬리아의 결정이 못마땅했다.
"따로 가는 이유가 뭡니까?"
이안의 표정은 겉으로 보기엔 평소보다 작게 미간을 찌푸린 정도였지만 그의 눈은 매우 화가 난 상태였다. 그가 그동안 폐관 수련을 한 것은 그녀를 지킬 힘을 얻기 위함이었다. 하나 안타깝지만 헬리아는 가만히 앉아 누군가의 보호를 받을 사람이 아니었다.

"마을에서 일어난 실종 사건이 아무래도 수상해. 제국 내에서도 비슷한 기간에 실종 사건이 일어났어. 그리고 내 예상이지만 실종된 사람들 대부분이 여자인 걸로 봐서 여자를 노리는 게 아닐까 싶어."

"그래서 미끼라도 되실 참입니까?"

이안이 어이가 없다는 듯 헬리아를 보았다. 헬리아는 그걸 어떻게 알았냐는 눈으로 이안을 보았다.

"응."

"후우."

이안은 머리를 쓸어 넘겼다. 정말 그녀는 자신이 얼마나 중요한 사람인지 모른다. 하물며 미끼가 된다고?

"미쳤습니까?"

"이젠 아예 막가네?"

헬리아와 이안이 서로를 노려보았다. 그러나 먼저 시선을 돌린 것은 헬리아였다. 이안의 검은 눈동자를 볼 때면 그 눈동자에 자신이 그대로 투영되는 느낌이 묘했다. 거기다가 조금 찔리는 것도 없지 않았다.

"……그럼 어떡해. 여기 여자는 나밖에 없는데……."

"다른 방도가 있을 겁니다."

"무슨 방도가 있는데?"

헬리아가 물어오자 이안은 잠시 말문을 닫았다. 지금 상황에서 어떻게 해야 하는 것인가.

"놈들은 여자를 노리는 게 확실해. 네가 가면 안 나타날 수 있단 말이야."

"그럼 숨어서 가겠습니다."

"그러다가 들키면? 안 들킬 거란 보장 있어?"

"……그럼 왜 저 녀석은."

그러나 이안은 말을 이내 멈췄다. 처음 헬리아와 만날 때에도 엘라임은 다람쥐로 변해 있었다. 엘라임은 이안이 자신을 바라보자 어깨를 으쓱였다.

"나는 상관없다구."

꽤나 얄미운 대사라 이안은 이를 물었다.

"……그래서 정말 가신다는 겁니까?"

"뭐, 방법이 없으니……."

헬리아는 이안이 말없이 검은 오오라를 뿜어내고 있자 저도 모르게 시선을 회피했다. 그러다 문득 회피한 곳에 있던 알련과 눈이 마주쳤다.

"아!"

그 순간 헬리아는 아주 좋은 생각이 떠올랐다. 왜 그걸 생각 못했단 말인가.

'분명 확실한 방법이긴 한데.'

문제는 이안이 그걸 실행할 것이냐, 말 것이냐인데. 헬리아는 천천히 이안을 아래위로 훑어보았다. 이안은 그 낌새를 느끼고 눈을 찌푸렸다.

"또 무슨 생각입니까?"

"그러고 보니 이안도 제법 괜찮을 것 같단 말이지."

헬리아는 턱을 쓰다듬으며 이안의 몸 주위를 한 바퀴 돌았다.

"정말 따라갈 거야?"

"물론입니다."

"흐음, 뭐 방법이 아예 없는 건 아니지."

"……."

헬리아가 씨익 웃었다. 이안은 그녀의 웃음에 왠지 모를 소름이 돋았다. 이제까지 그녀가 순수하게 웃은 적이 있었던가.

"그럼 콜?"

헬리아의 입꼬리가 올라갔다.

"큭큭큭."

-킥킥킥.

눈이 쌓인 숲속에서 나지막한 웃음소리가 연신 흘러나왔다. 헬리아는 입을 틀어막은 채 새어 나오는 웃음을 막느라 눈물까지 흘릴 정도였다. 다람쥐로 변한 엘라임도 눈을 가늘게 뜨고 피식거리며 웃었다. 헬리아는 자신도 모르게 뒤를 돌아봤다.

"풋!"

그러다 다시 웃음이 터지는 바람에 어깨를 떨었다.

"……웃음이 나옵니까?"

뒤에서 들려온 낮은 저음의 목소리. 헬리아는 심호흡을 다시 하고 뒤를 돌았다.

"아니, 안 웃었는데. 풋."

"……."

낮은 저음의 주인은 인상을 와락 구겼다. 길고 탐스러운 검은 머리카락이 걸음에 살랑거렸고, 흰 피부는 검은 머리카락과 뚜렷한 대비를 주어 더욱 환해 보였다. 아름다운 미녀 그 자체였다. 하지만 미녀의 얼굴은 잔뜩 일그러져 있었다.

"꼭 이래야 합니까?"

"큭큭, 하기 싫으면 가든지."

"……."

검은 머리의 미녀, 아니, 헬리아의 술수에 휘말려 여장을 하고 만 이안은 화를 참았다. 헬리아는 되레 뚱한 그 모습에 웃음을 참지 못했다.

여장한 이안의 모습은 가히 환상적이었다. 설마 꾸미는 자신도 이안이 이렇게까지 바뀔 줄은 몰랐다. 그저 약으로 머리를 길게 만들고 화장만 조금 했을 뿐인데. 여성치곤 키가 큰 게 흠이긴 하지만, 그의 얼굴을 보고 있노라면 결코 그런 말이 나올 수 없을 것이다. 긴 머리에 옅게 화장을 한 이안은 한 떨기 고혹적인 꽃이 되었다. 뭐, 본인은 상당히 불만스럽겠지만 어쩌겠는가. 본인이 하겠다고 했는데. 헬리아는 이 이상 이안의 속을 긁다가는 그가 폭발할 것 같아 얼른 화제를 바꾸었다.

"지금 그게 중요한 게 아니고, 큭큭."

"……."

이안이 찌릿 그녀를 노려보자 헬리아는 큼큼 다시 호흡을 가다듬고 말했다.

"아무래도 제국의 상황이 심상치 않아."

헬리아가 본론으로 들어가자 이안이 표정을 바꾸었다. 물론 그 표정을 바라보고 있는 헬리아는 하마터면 다시 웃을 뻔했지만 기어코 참아냈다.

"실종 사건 말입니까?"

"응, 단순한 실종 사건이라기엔 이상한 구석이 많아. 갑자기 제국 내에서 실종이 는 것도 이상하고. 우연인지 아닌지 이곳에서도 비슷한 일이 일어났어."

헬리아는 눈을 좁혔다. 현재 그녀가 가지고 있는 정보가 턱없이 부족했다. 베라에서 알아낼 때까지 기다릴 수 없었다.

"그래서 굳이 직접 나선 겁니까?"

"자자, 이왕지사 이미 이렇게 된 거 움직이자고."

말을 돌려 버린 헬리아를 보며 이안은 한숨을 쉬었다. 어쩌자고 자신이 그녀의 말에 따랐단 말인가. 이안은 거추장스러운 긴 머리카락을 쓸고는 한숨을 내쉬었다. 헬리아와 이안, 그리고 다람쥐로 변해 헬리아의 머리카락에 숨어 빼꼼히 얼굴을 내민 엘라임이 할 수 있는 것은 아무것도 없었다. 그저 일이 벌어지길 기다릴 뿐.

어느새 날은 저물어 캄캄한 밤이 되었다.

"결국 아무것도 없잖아."

모닥불이 활활 타올랐다. 헬리아는 괜히 모닥불을 들쑤셨다.

—이미 들킨 거 아니야?

헬리아의 머리카락 사이에서 다람쥐로 변한 엘라임이 튀어나와 모닥불 옆에 떨어진 감자를 주워 먹었다. 헬리아는 엘라임의 말에 미간을 좁혔다. 일이 쉽게 풀리진 않을 거라 생각했다. 하지만 막상 허탕을 치고 나니 기분이 좋지 않았다. 물론 더 기분이 좋지 않은 이가 바로 앞에 앉아 있어 헬리아는 슬쩍 시선을 돌렸다.

"……."

무언의 압박을 쏘아 보내는 이안. 당장에라도 그녀를 모닥불에 처박을 그런 눈빛이었다.

그때 그가 갑자기 품에서 단검을 꺼냈다. 헬리아는 그 모습에 움찔했다.

'지, 진짜 날 찌를 건 아니겠지?'

하지만 오늘 하루 그의 수치를 생각하면 그러고도 남을 것이다.

"저, 저기 아무리 그래도 칼로 찌를 건……."

"무슨 말입니까?"

이안이 미간을 찌푸리며 칼을 자신의 긴 머리카락으로 가져갔다.

"자, 잠깐. 뭐 하는 거야?"

"머리를 자를 겁니다."

"왜?"

이안이 다시 헬리아를 노려보았다. 헬리아는 이상하게 오늘따라 그에게 밑지는 것 같은 느낌이 들었다.

'뭐, 밑질 만한 짓을 했지만.'

"놈들이 나타날지도 모르고."

"상관없습니다."

이안이 단번에 머리를 자르려 하자 헬리아가 다가가 그의 단검을 빼앗았다.

"뭡니까?"

"혼자 머리를 어떻게 자른다는 거야. 내가 잘라줄게."

그녀의 머리에 앉아 있던 엘라임이 눈을 찌푸렸다.

–왜 시컴댕이 머리를 네가 잘라줘?

엘라임이 작은 손으로 헬리아의 머리끄덩이를 잡아당겼지만 헬리아는 이안의 뒤로 돌아갔다. 이안은 순순히 그녀에게 뒤를 맡겼다. 헬리아는 이안의 머리카락을 만졌다. 부드러운 머리카락에 헬리아는 놀랐다.

"샴푸 뭐 써?"

"샴…… 푸? 그게 뭡니까?"

"그래, 천연이라 이거지."

괜히 물어봤군. 헬리아는 얕게 혀를 차고 이안의 머리를 쓸었다. 그녀의 손이 이안의 목덜미를 스치자 그가 움찔했다.

'간지럼 타는구나.'

묘한 느낌이 들었다. 하기야 무딘 사람이 아닌 이상 간지럼은 타게 마련이다. 한데 이안이 움찔거리는 것이 제법 재미있었다. 헬리아의 입꼬리가 씨익 올라갔다. 이안이 간지럼을 타다니. 이런 귀중한 정보가. 헬리아는 짐짓 일부러 그의 목덜미를 스치듯 만졌다.

"머리는 안 자릅니까?"

"아, 이제 자를 거야."

헬리아의 손이 제멋대로 움직이자 이안의 눈빛이 점점 가라앉았다.

안타깝게도 헬리아는 그것을 눈치채지 못했다. 헬리아가 다시 이안의 목덜미를 스칠 때 갑자기 이안이 뒤를 돌아 그녀의 팔을 잡아당겼다.

휘익!

둘 사이의 거리는 고작 10센티. 헬리아는 갑작스런 이안의 행동에 놀라 눈이 커졌다.

"뭐 하는……."

"날 도발할 게 아니라면 그만두십시오."

이안의 눈빛에서 묘하게 일렁이는 불꽃을 본 헬리아는 저도 모르게 그를 밀쳤다. 하지만 이안이 단단히 그녀의 팔목을 잡아 그 반동에 오히려 이안의 얼굴에 더 가까이 다가가고 말았다. 원체 당황하지 않는 헬리아였지만 이번만큼은 정말 당황하고 말았다.

"자, 잠깐."

이안의 눈빛이 평소와 너무 달랐다. 그리고 무엇보다 헬리아 그녀가 남자의 이런 눈빛이 무엇을 뜻하는지 모를 리 없었다. 이안의 목소리가 더욱 낮아졌다.

"당신은 내가 남자라는 것을 잊고 있습니다."

이안의 얼굴이 더 가까이 다가오자 헬리아는 어떻게 할 수 없었다. 이안의 숨결이 코앞에서 느껴졌다. 헬리아는 그 간질거리는 느낌에 숨을 참았다.

–뭐 하는 거야!

그때 엘라임의 통통한 몸뚱이가 둘 사이를 비집고 들어왔다. 엘라임은 조그마한 발로 이안의 얼굴을 지르밟았다. 그래 봤자 다람쥐라 대미지는 없었다.

–안 떨어져!

엘라임은 이안의 행동에 심기가 불편했다. 갑자기 왜 얼굴을 마주 붙이고 있냔 말이다.

"……."

엘라임 때문인지 아니면 이성을 되찾은 것인지, 그제야 이안이 헬리아의 팔을 풀어주었다. 헬리아는 붉게 물든 자신의 손목을 묘하게 바라보았다. 엘라임이 그녀의 손목을 보더니 눈에 쌍심지를 켜고 이안을 욕했다.

—이 시컴댕이가! 네가 무슨 짓을 한지 알아!

"시끄럽군."

이안은 엘라임의 쫑알대는 소리에 아예 몸을 돌려 버렸다. 엘라임은 분에 씩씩거렸지만 얼른 헬리아의 손목을 보고는 손을 대었다. 그러자 그녀의 손목에서 붉은 자국이 스르르 사라졌다.

'정말 마음에 안 들어.'

엘라임은 저 검은 놈도 놈이지만 헬리아가 어째서 이놈한테만은 곁을 주는지 이해할 수 없었다. 무엇 때문일까. 엘라임은 복잡한 머리를 흔들곤 쪼르르 헬리아의 어깨에 달라붙었다.

그때였다. 이안이 갑자기 몸을 낮추고 주변을 둘러보았다.

"인기척입니다."

"그럼……?"

이안의 말에 헬리아의 눈이 가늘어졌다. 드디어 나타난 것인가. 이내 수풀이 흔들리며 사람의 그림자가 어둠에 어른거렸다.

"가진 거 모두 다……."

"네놈들은……."

헬리아는 그들과 눈이 마주치자 표정을 일그러뜨렸다.

❊

"젠장, 미친년을 만나서."

"그러게 말입니다."
"다시 만나면 아주 작살을 내버리는 겁니다, 형님."
"암, 그렇고말고."
산을 어슬렁거리는 이는 전날 헬리아에게 호되게 당한 산적들이었다. 그들은 맨 처음 알런에게 집적거린 루켄 일행으로, 루켄은 부하 헨스, 랄과 함께 사냥을 하기 위해 산을 탔다.
"그런데 도대체 뭐 하는 놈들이었을까요?"
"알 게 뭐냐!"
루켄은 헬리아를 떠올리고 이를 갈았다. 그때 눈이 좋은 헨스가 멀리서 반짝이는 불빛을 보았다.
"어라, 형님, 저거 불빛 아닙니까?"
"불빛?"
루켄이 헨스가 가리킨 방향으로 시선을 두자 그의 눈에도 불빛이 보였다. 루켄의 눈이 가늘어지고 입꼬리가 올라갔다.
"이거 어제 친 허탕을 만회할 수 있겠군. 준비들 해."
루켄이 허리춤에서 검을 빼 들었다. 헨스와 랄도 모두 무기를 꺼내 루켄의 뒤를 따랐다. 루켄은 조심스럽게 그들에게 접근했다. 혹여 어제와 같은 불상사를 일으키지 않기 위함이다.
'여자? 이거 월척이군.'
루켄은 숲속에 여자 두 명만 있는 것을 보고 뒤에 있던 헨스와 랄에게 눈짓했다.
'움직인다.'
'옛 형님.'
'바로 가지요.'
루켄이 먼저 그들에게 다가가 칼을 겨누었다.
"가진 거 모두 다……."

"네놈들은……."

"헉!"

루켄은 놀라 눈이 휘둥그레졌다.

"너, 너는 그 마녀!"

헬리아의 눈이 찌푸려졌다.

"누가 마녀라고?"

갑자기 나타난 산적들의 얼굴이 낯이 익었다. 어제 보았던 바로 그 자들이었다. 헬리아의 눈이 가늘어졌다.

'설마 이자들인가?'

자신이 찾던 이들이 그들이라 생각하자 실망스러웠다. 하지만 정말 이들이라면 이들을 붙잡아 실종된 여자들을 찾아야 한다. 헬리아가 스윽 일어나자 루켄 일행은 저도 모르게 침을 꼴딱 삼키곤 뒷걸음질 쳤다.

"어, 어떻게 합니까, 형님?"

"나, 나도 몰라."

"그러고 보니 그 푸른 머리 남자가 보이지 않는데요?"

부하의 말에 루켄의 눈이 순식간에 주변을 훑었다. 그는 곧 어제 무시무시한 공격을 해댄 그 푸른 머리 남자가 없는 것을 확인했다. 주춤했던 루켄의 어깨가 펴지고 목소리도 커졌다.

"흥, 어제는 어땠는지는 몰라도 오늘은 다르다! 크하하하! 그놈만 없으면 네년은……."

화르르륵.

헬리아의 손에서 시뻘건 화염이 일었다.

"마, 마법사!"

루켄 일행의 얼굴이 다시 사색이 되었다.

"혀, 형님, 이제 어떻게 합니까?"

"마, 마법사예요!"

이런 변방에서 시골 산적을 하는 그들은 마법사에 대해 그저 풍문으로만 들어왔다. 실제 본 것은 오늘은 처음이었다.

"하, 하하, 마, 마법사셨네요?"

"오늘은 다르지 않다고?"

"그, 그게……."

루켄이 곁눈질로 퇴로를 찾았다. 그때 아름다운 검은 머리의 여인이 서 있는 것을 보았다. 헬리아에 대한 공포심에 이성을 잃은 루켄은 대단히 멍청한 짓을 하고야 말았다. 이안에게 다가가 검을 겨눈 것이다.

"오, 오지 마. 그렇지 않으면 이 여자를……."

순간 루켄은 자신의 목덜미에서 느껴지는 차가운 예기에 흠칫 몸이 굳었다.

"그렇다는데?"

"……."

이안의 표정이 싸늘하게 식었다. 그는 어느새 빼 든 검을 루켄의 목덜미에 겨누고 그를 노려보았다.

'제, 제엔장! 이게 웬 똥재수냐!'

루켄은 식겁하다 못해 딸꾹질을 했다.

"그, 딸꾹! 그, 그게……."

헬리아가 루켄에게 다가갔다.

"자, 이제 어떻게 할래? 확 거시기를 뽑아줘야 말을 들을까?"

'이, 마, 마녀!'

루켄은 눈을 질끈 감았다. 결국 그가 할 수 있는 방법은 딱 한 가지뿐이었다.

"사, 살려줍쇼!"

루켄은 무릎이 닳도록 빌고 또 빌었다.

"그러니까 정말 니들이 한 짓이 아니라고?"

"예, 예."

"정말이야?"

헬리아가 눈을 흘기자 루켄 일행이 얼른 고개를 숙이며 말했다.

"무, 물론입니다. 저희 형님이 여자를 좀 밝히긴 해도 애먼 처자를 납치하진 않습니다."

"날 데려가려 했잖아?"

"그, 그게 눈앞에 보이는 건……."

헬리아가 여전히 의심의 눈초리로 루켄 일행을 훑었다. 루켄은 정말 죽을 맛이었다.

'야, 뭔 말이라도 좀 해봐.'

'제, 제가 뭘 어떻게 해요?'

루켄이 부하들에게 눈짓으로 다그쳤다.

"정말 니들 아니야?"

"아, 아닙니다! 두목이 여자를 밝혀도 마을 여자는 건드리지 않습니다요!"

"흐음."

루켄은 헬리아의 표정을 보고 다급해졌다. 암만 보아도 믿는 표정이 아니었다. 이러다간 정말 하지 않은 짓으로 골로 갈 처지다.

'젠장, 도대체 어떻게 해야 하지?'

그때 순간 루켄의 기억 속에 어떤 것이 떠올랐다. 인간은 위기의 순간에 빛나게 마련 아닌가. 루켄이 입을 열었다.

"아, 그러고 보니 일주일 전 이 근처를 돌아다니는 마차를 봤습니다."

"마차?"

"그게 상단 마차 같진 않았습니다. 거기다 멀리서 여자 목소리가 들린 것 같기도 하고, 아닌 것 같기도 하고."

"지금 막 지어낸 거 아니지?"

"아, 아닙니다!"

루켄의 목소리에 헬리아는 미간을 좁혔다. 이미 그들의 표정에서 아니라는 결론을 내린 상태였다.

'마차라…….'

뭔가 조직적인 느낌이 들었다.

"저, 저기……."

루켄이 헬리아의 눈치를 보면서 입을 열었다. 원하는 대답을 해줬으니 이제 보내줘야 할 것이 아닌가. 속으론 짜증이 가득했지만 얼굴엔 비굴한 미소가 어렸다.

"하, 하하, 이제 저희는 별 필요도 없으실 것 같은데 저희는 이만……."

헬리아는 루켄 일행을 훑어보다 말했다. 어차피 이들을 더 추궁해 봤자 나올 건 없어 보였다.

"가봐."

"가, 감사합니다!"

루켄 일행은 헬리아의 말이 떨어지기 무섭게 뒤도 돌아보지 않고 도망쳤다. 그런 모습을 본 엘라임이 헬리아에게 물었다.

–저렇게 보내줘도 돼? 나쁜 놈들이잖아.

"돌아가면 싹 다 토벌해야지."

–그럼 그렇지.

"그나저나 이제 어쩌지?"

애써 미끼가 되었는데 물라는 놈은 안 물고 애먼 놈이 걸렸다. 헬리아는 힘이 빠지자 자리에 철퍼덕 앉았다. 그녀의 어깨에 엘라임이 쪼르르 올라와 앉았다.

"역시 쉽게 걸리진 않나."

너무 운을 바란 것일까. 그런데 그 말이 끝나기 무섭게 멀리서 인기척이 났다. 그 소리는 점차 가까워지기 시작했다.
이안이 천천히 일어났다. 헬리아도 경계를 늦추지 않았다.
"그놈들인가?"
부스럭.
이번엔 거의 지근거리에서 소리가 들려왔다. 헬리아는 루켄 일행이 되돌아온 줄 알고 소리를 향해 시선을 돌리다 눈을 좁혔다.
"하하, 사람이 있었군요."
입가에 사람 좋아 보이는 웃음을 짓고 나타난 장한. 그의 검에선 검붉은 피가 뚝뚝 떨어지고 있었다.

뚝뚝-
핏자국이 선명한 칼을 들고 있는 사내는 히죽 웃으며 헬리아와 이안을 둘러보았다. 그의 눈이 번뜩였다.
"여자의 몸으로 이런 곳은 위험합니다."
걱정하는 말투와 달리 그의 눈빛은 먹잇감을 발견한 맹수와 같았다. 헬리아는 눈을 좁혔다. 그때 이안이 한 발 나서는 것이 보였다. 헬리아는 얼른 이안의 팔을 잡았다.
'가만히.'
이안은 미간을 찌푸렸지만 그녀의 행동에 따랐다. 헬리아는 이안의 앞으로 나서면서 안도의 한숨을 내쉬었다.
"여행자이신가요?
"뭐, 그렇죠. 한데 이런 곳에 여자 둘이서……."
장한이 주변을 살피며 물었다.
"할아버지가 너무 아프셔서 언니와 함께 약초를 캐러 왔어요. 그러다가 밤이 깊어서……."
"이런, 위험합니다. 아까도 산적 무리가 어슬렁거려서."

“해치우셨나요?”

헬리아의 날카로운 눈빛이 스쳐 지나갔다. 하지만 너무나 순식간이었고, 그녀의 외모가 사람을 방심하게 만든 탓에 장한은 그대로 넘어갔다.

“하하, 단칼에 해치웠지요. 그러니 걱정하지 마시죠.”

헬리아는 잠시 루켄 일행을 떠올렸지만 이내 머릿속에서 지웠다. 그들 또한 이자처럼 누군가를 죽이고 살았을 터. 헬리아는 놀란 표정을 지었다.

“저, 정말인가요?”

“위험할 뻔했습니다.”

“한데 어디로 가시나요?”

장한의 눈이 가늘어졌지만 이내 그것을 왜 묻느냐며 헬리아를 바라보았다.

“아니, 정말 죄송하지만 마을까지 같이 가주시면 안 될까요?”

“마을이요?”

“네, 언니가 다리를 다쳐서.”

이안이 순간 자신이 언제 다리를 다쳤냐는 듯 그녀를 노려보았지만 결국 꾹 참고 말았다.

“하하, 그런 일이. 마침 잘되었습니다.”

장한이 웃으며 말했다.

“근처에 저희 마차가 있습니다. 태워 드릴 테니 염려 놓으시죠.”

“마차요?”

헬리아의 눈에 이채가 감돌았다. 하지만 이내 표정을 숨기고 짐짓 뭐하는 사람이냐는 듯 바라보자 장한이 얼른 소개를 했다.

“제 이름은 래트입니다. 마침 사냥을 하러 나온 참인데 저희 마차로 가시지요.”

"저, 정말 감사합니다, 언니, 마차래. 이제 편히 갈 수 있겠다."
헬리아와 이안의 눈이 부딪쳤다. 산속에 나타난 남자, 그리고 마차. 헬리아는 직감적으로 자신이 찾던 이가 이자임을 알아차렸다.

장한은 연신 헬리아 일행을 주시했다. 겉으로는 단순히 안내를 하는 것 같아 보이지만 날카로운 눈빛은 감시자의 것이었다. 어디 도망가지 않게. 천천히 자신의 덫으로 끌고 가는 그런 눈빛.
"한데 마차라면 일행이 있으신가요?"
"같이 여행 다니는 사람이 있죠."
"여행이라니, 저도 한번이라도 여행을 갔으면 좋겠어요."
헬리아가 어수룩한 시골 처녀를 연기하자 남자는 그대로 넘어갔다.
"곧 갈 수 있을 겁니다."
장한의 입가에 미소가 스쳤다. 그리고 멀지 않은 곳에서 횃불이 빛을 발하고 있었다. 마차와 마부, 그리고 검을 찬 대여섯 명의 사내였다.
"어이! 데리고 왔어."
"크크, 이거 월척인데?"
순간 그의 분위기가 바뀌었다. 사람 좋은 행세를 하던 래트가 돌연 표정을 바꾸더니 헬리아 일행에게 칼을 겨누었다. 헬리아는 이미 그들의 정체를 직감했기에 놀라지 않았다. 다만 놀란 척을 할 뿐이었다.
"무, 무슨 짓이에요!"
"크크크, 이거 제 발로 먹잇감이 굴러 들어왔군. 호른, 어서 잡아."
"예이."
호른이란 남자가 헬리아 일행의 뒤를 점했다. 이안이 품에서 검을 꺼내려 하자 헬리아가 막았다.
'어디까지 갈 셈입니까?'
'이들은 운반책에 불과해. 배후가 누군지 알아야 해.'

이안은 미간을 찌푸렸지만 결국 품에서 손을 뗐다.
"어, 어떻게 된 거예요?"
"크클, 호른, 잡아. 제법 비싼 값에 팔리겠어."
"오케이."
호른이 여장한 이안과 헬리아를 붙잡았다. 이미 그들에게 칼이 겨눠져 있기에 헬리아는 일부러 반항하지 않고 떠는 연기만 했다. 이안은 무뚝뚝했지만 상대는 그것이 두려움에 언 것이라 생각한 모양이다.
"좋아, 오늘은 이만 돌아갈까."
"돌아가면 거하게 마시자고."
"크하하하, 좋아!"
사내들은 크게 웃었다. 헬리아와 이안은 호른의 손에 끌려가 마차에 태워지게 되었다. 그리고 헬리아는 이들의 정체를 알아차렸다. 마차 안에는 손이 묶인 여인들이 가득했다.
'노예 상인!'
헬리아의 눈이 번쩍였다.

다그닥다그닥.
캄캄한 산길을 마차가 가로질렀다. 헬리아는 빛 한 점 들지 않은 마차에 갇혀 있어야 했다. 팔다리가 단단한 밧줄로 묶여 움직일 수 없었다. 물론 힘으로 풀어버리면 되는 일이지만, 일부러 붙잡혀 와 그런 짓을 할 리가 없었다. 헬리아는 주변을 살펴보았다. 어둠에 붙잡힌 이들의 모습이 어스름하게 보였다.
"흑흑흑."
"엄마, 엄마."
여인들의 흐느끼는 소리가 연신 마차 안을 울렸다. 모두 두려움에 떨고 있는 것이다.

'도대체 어디로 가고 있는 거지?'

마차를 탄 지 벌써 하루 이상이 지난 것 같았다. 하지만 마차는 여전히 멈출 생각을 하지 않았다. 그렇다는 건 이들의 목적지가 자신이 붙잡힌 장소에서 상당히 떨어져 있다는 것.

'설마…….'

"이안, 여긴."

헬리아가 설마 하는 생각으로 이안을 부르려는 찰나, 마차가 멈추었다.

"나와라!"

마차의 문이 열렸다. 어느덧 여명이 트는지 먼 산에서 빛이 새어 나오고 있었다. 헬리아는 갑작스런 빛에 눈을 찌푸렸다.

"어서 안 내려!"

"까악!"

그들은 우악스럽게 헬리아와 여인들을 잡아 밖으로 이끌었다. 묶인 탓에 헬리아가 휘청거렸지만, 이안이 그녀의 몸을 부축해 주었다.

'공주님, 여기는…….'

이안도 눈치를 챘는지 말을 꺼냈다. 헬리아는 고개를 끄덕이고 주변을 살폈다. 그녀 앞에는 거대한 성벽이 펼쳐져 있었다.

헬리아는 그 성벽을 보고는 낮게 읊조렸다.

"페르시아 제국……."

그녀는 앞에 펼쳐진 것은 페르시아 제국이었다.

⁂

주변은 시끌벅적했다. 장사꾼들이 외치는 소리, 사람들의 말소리. 하지만 헬리아의 주위엔 온통 신음과 흥정하는 소리뿐이었다.

'단단히도 묶었군.'

헬리아는 미간을 살짝 찌푸리며 꽉 묶인 밧줄을 느슨히 했다.

'노예 상단인가?'

주변을 훑어보자 그녀와 마찬가지로 밧줄에 묶인 노예들이 주인을 기다리고 있었다.

"어이, 래트."

그때 뚱뚱한 외모의 한 상인이 래트 일행에게 다가왔다. 한 겨울이지만 벗겨진 머리에서는 연신 땀이 흘러내렸다. 그의 이름은 보르도로 노예 상단을 운영하고 있다. 그는 수건으로 머리의 땀을 닦아내며 래트가 데려온 여인들을 바라보다 헬리아와 이안에게 시선이 꽂혔다.

"호오, 이거 최상품이군. 어디서 구했지?"

"아르센에서 붙잡았죠."

뚱뚱한 남자는 헬리아의 얼굴을 살피며 입맛을 다셨다. 이미 그의 머리는 빠르게 계산기를 두드리고 있었다.

"이거 단지 그것으로 쓰긴 아깝군. 가능한 빠졌으면 좋겠는데."

헬리아와 이안의 외모는 근래 들어 보기 힘든 최상급이었다. 이만하면 최고가는 따 놓은 당상일 터. 그는 턱을 쓰다듬다 래트에게 돈을 던져 주었다.

"다음에도 잘 부탁하지."

"물론이죠."

래트 일행은 노예를 잡아 오는 일을 전문적으로 하는 이들인지 돈을 받고 갔다.

"데려가라."

"예."

보르도의 명령에 남자들이 헬리아와 여인들을 데려갔다. 헬리아는 그들이 이끄는 대로 움직였다. 남자들이 데려간 곳은 가게에 마련된 철제 감옥이었다. 불이 켜져 있다곤 하나 어둡고 축축한 느낌은 가시지 않았다. 감옥 안으로 들어가자 헬리아는 그 안에 붙잡힌 노예들을 볼 수 있었다.

"흑흑흑."

"살려 주세요."

"엄마, 엄마……!"

여인들이 울부짖는 소리가 가득 울려 퍼졌다. 헬리아의 표정이 점점 굳어졌다.

'이들은…….'

노예들이 외치는 소리 중 익숙한 아르센의 억양이 들려왔다. 아르센 왕국은 노예를 철저히 중앙에서 관리하고 있다. 그 말은 제국에 아르센 왕국의 노예들이 있는 건 불가능하다는 소리다. 즉, 이곳에 잡힌 이들은 제국에 납치된 일반인들인 셈이다.

"어쩌실 생각입니까?"

이안이 나직이 물어왔다. 헬리아는 잠시 주변을 훑어보다 고개를 저었다.

"아직."

헬리아의 눈이 어둠 속에서 번뜩였다.

철컹!

"너는 여기에 들어가라."

감옥을 관리하는 남자가 이안을 잡아다 감옥에 넣으려 했다. 이안의 눈이 찌푸려졌다. 상황을 보아하니 헬리아는 다른 곳으로 가는 모양이었다. 이안이 버티자 남자가 버럭 소리를 질렀다.

"이년이! 얼른 안 들어가!"

"……."

계속 버티자 남자의 손에 들린 채찍이 올라갔다. 그 순간 이안의 눈이 싸늘하게 빛났다.

"뭐, 뭐야?"

남자는 이안의 눈빛에 오금이 저려왔다. 하지만 그 순간 헬리아가 이안을 향해 고개를 저었다. 아직은 아니라는 것. 결국 이안은 어쩔 수 없이 눈에 힘을 풀고 올리려던 손을 내렸다. 그러자 남자는 자신이 괜히 여자에게 쫄았다는 사실에 이안을 더욱 매섭게 몰아쳤다.

"이년이! 감히 어디서 눈을 부라려!"

남자는 이안을 내팽개치듯 감옥 안으로 떠밀었다. 이안은 그저 그가 떠미는 대로 움직였다. 하지만 시선은 헬리아에게 떨어지지 않았다. 만약 일이 잘못된다면 바로 뛰쳐나갈 생각이었다.

"너희는 이리로 따라와라."

이안을 옥에 넣은 남자는 헬리아를 잡아 이끌었다. 헬리아는 이안에게 시선을 준 뒤 남자를 따라갔다.

남자가 헬리아를 데리고 간 지 몇 분 후, 그녀는 이상함을 느꼈다.

'노예들을 분류하는 건가?'

헬리아는 남자가 여자들을 일일이 따로 감옥으로 보내는 것을 보고 분류하는 것임을 알아차렸다. 한데 무엇에 따라 분류를 하는지는 헬리아로선 알 수 없었다.

'더 들어갈 필요가 있을까?'

잠시 그렇게 생각하던 헬리아는 남자의 말에 감옥으로 시선을 돌렸다.

"너는 여기다. 들어가라."

끼이익—

감옥 문이 열리고 남자는 헬리아를 거칠게 안으로 밀어 넣고 되돌아갔다. 헬리아는 눈을 찡그리곤 안에 갇힌 여인들을 보고 눈을 좁혔다.

감옥 밖에는 촛불이 있어 안을 볼 수 있었다.

'금발?'

나이는 제각각이었지만, 특이하게 모두 금발이었다. 헬리아는 왠지 불쾌해졌다.

'결국 노예 상인들의 짓인가?'

헬리아는 찜찜함이 가시지 않자 미간을 구겼다. 제국 내에서 벌어진 실종 사건, 그리고 왕국의 국경 지대의 실종 등. 그 모든 것이 그저 노예 상인들의 짓이라 생각하자 김이 빠져 버렸다.

그런데 그때였다. 헬리아가 빠져나갈 방법을 모색할 때 누군가의 발걸음 소리가 들려왔다.

터벅터벅.

순간 헬리아는 등골이 서늘하게 식는 것을 느꼈다. 무언가 불쾌한 느낌이 엄습했다.

'대체 뭐지?'

검은 로브를 입은 남자가 천천히 헬리아가 갇힌 감옥으로 다가오고 있었다.

"오, 오셨습니까."

감옥의 관리를 맡은 남자는 그자를 보더니 부들부들 몸을 떨며 식은땀을 흘리기 시작했다.

"이것이 다인가?"

낮고 음울한 목소리. 듣는 사람으로 하여금 오금을 저리게 만드는 저음이었다.

"예, 예에. 오, 오늘 들여온 아이들입니다."

로브를 입은 남자의 눈이 번뜩였다. 그가 손짓하자 남자가 외쳤다.

"한 명씩 줄을 서거라."

그러자 여인들은 두려움에 흐느끼며 그의 말에 따라 일렬로 섰다.

'저자는 뭐지?'

헬리아는 가장 마지막에 서며 로브를 입은 자를 살폈다. 검은 로브를 얼굴까지 푹 뒤집어써 얼굴이 보이지 않았지만, 체격과 목소리로 봐선 남자인 것 같았다. 한데 아무리 봐도 노예를 사러 온 사람처럼은 보이지 않았다. 노예 시장에 노예를 사러 온 사람이 아니라면 도대체 무엇을 하러 왔단 말인가.

–조심해!

그때 엘라임이 헬리아의 머리카락 속에 숨어 속삭였다.

–그놈과 똑같은 기운이야!

'그놈이라면……!'

엘라임의 말에 헬리아는 재빨리 로브를 입은 남자의 기운을 살폈다.

'설마!'

끈적거리는 듯한 검은 기류, 불쾌하고 음습한 기운이 그의 몸에서 흘러나왔다. 헬리아의 눈이 커졌다. 이곳에서 그들을 찾게 되다니!

"한 명씩 손을 내밀어라."

딱딱한 음성이 로브 안에서 흘러나왔다. 그자의 목소리에 여인들은 겁에 질린 듯 부들부들 떨었다.

"어서 내밀지 못해!"

옆에서 보다 못한 남자가 혹여 이자가 무슨 짓이라도 할까 겁먹고 여자들에게 윽박질렀다. 그러자 여인들은 줄을 선 대로 손을 내밀었다. 로브를 입은 남자는 품에서 구슬을 꺼내 그 여인에게 내밀었다.

"구슬에 손을 얹어라."

남자의 말에 맨 앞의 여인이 떨리는 손을 구슬 위에 얹었다. 하지만 구슬은 어떠한 반응도 보이지 않았다.

"너는 아니군."

"저, 저기 저는 어떻게 되는 건가요?"

질문한 여자는 남자와 눈이 마주친 순간 숨을 헉 들이마셨다. 진홍색 눈동자가 날카롭게 번뜩였다.

"다음."

그가 명하자 다음 여자가 나와 구슬에 손을 얹었다. 그러자 구슬에게 미약한 빛이 흘러나왔다.

"나와라."

"사, 살려 주세요."

여자가 울었지만 옆에 있던 사내가 그녀를 잡아 감옥 밖으로 끌었다. 그러자 언제 왔는지 다른 남자가 그녀를 데리고 가버렸다.

"다음."

그렇게 여인들이 차례차례 구슬에 손을 얹기 시작했다.

—도대체 뭘 하는 거지?

엘라임의 물음에 헬리아의 눈이 깊어졌다.

'마나구야.'

—마나구라니?

'상대의 마나를 측정하는 마나구야.'

헬리아는 심각한 눈으로 로브를 입은 남자를 보았다.

'설마 이런 곳에서 흑마법사를 만나게 될 줄이야.'

흑마법사! 이제까지 꽁꽁 숨어 있어 그들의 머리카락 한 올조차 발견하지 못했다. 한데 이런 곳에서 발견하게 될 줄은 꿈에도 몰랐다. 헬리아는 이런 곳에서 흑마법사를 발견한 것이 과연 우연인가 하는 생각이 들었다. 이윽고 헬리아 차례가 왔다.

"손을 얹거라."

흑마법사의 말에 헬리아는 슬쩍 마나구에 손을 얹었다. 그러나 예상과 달리 빛은 들어오지 않았다.

"아니군."

흑마법사는 그렇게 말하고 수정 구슬을 품 안에 집어넣었다.

'후우…… 잘된 건가.'

헬리아는 후우 작게 한숨을 쉬었다. 마나를 속으로 갈무리하는 방법을 배우지 않았다면 큰일 났을 것이다.

"나머지는 모두 데려간다."

"예, 예."

흑마법사는 그렇게 말한 뒤 제 갈 길을 가버렸다. 남아 있는 남자는 그제야 한숨을 푹 쉬더니 남은 여인들을 바라보았다.

"저, 저희는 어떻게 되나요?"

남은 여인 중 한 명이 불안한 눈빛으로 물었지만 되돌아온 대답은 참담할 뿐이었다.

"흥, 무슨 기대를 한 것이냐? 네년들은 노예로 팔려갈 것이다."

"그, 그런! 제, 제발 꺼내주세요. 저, 저는 노예가 아니에요!"

두려움에 여인들이 소리치기 시작했다. 남자는 그런 여자들에게 고함을 질렀다.

"조용히 안 해!"

"흑흑흑."

"어, 엄마……."

"이년들을 데려가라."

"예."

사내들이 여인을 붙잡고 다른 곳으로 가기 시작했다. 앞으로 노예가 될 미래를 떠올리며 여자들은 울음을 그치지 못했다. 헬리아도 사내들의 손에 이끌려 가기 시작했다.

—이제 어떻게 할 거야?

헬리아는 흑마법사가 사라진 방향으로 시선을 옮겼다. 과연 마나를 숨기지 않고 그자를 따라갔어야 했을까? 하지만 곧 헬리아는 결정을 내렸다. 무모한 것에도 이득이 있는 것과 없는 것이 있다.

헬리아는 무모하더라도 이득이 있다면 이유 없이 뛰어들 것이나 그 일이 득보다 실이 많다면 움직이지 않는다. 그런 이유로 이번 일은 좀 더 신중함이 필요했다. 상대는 흑마법사. 그들이 무슨 꿍꿍이를 숨기고 있는지 모르는 이상 섣불리 나설 수 없었다.

"빠져나간다."

이미 얻고자 한 정보는 얻었다. 헬리아의 입가에 미소가 번진 순간.

콰아아앙!

거대한 폭발이 일어났다.

❊

"부, 불이야!"

"비, 비상!"

땡땡땡—

건물 안에 종소리가 요란하게 울리기 시작했다. 그와 함께 사람들은 혼비백산했다. 감옥에 갇힌 이들은 갑작스런 상황에 놀라 소리쳤다.

"사, 살려줘!"

"으아아앙!"

"제발 풀어줘!"

"죽기 싫어!"

잡힌 이들은 두려움에 비명을 질러댔다. 그러나 빠져나갈 수 없었다. 풀어 달라 아우성을 쳤지만 감옥을 관리하는 이들은 제 살길 찾기에 바빴다. 감옥에 갇혀 있던 이안은 폭음에 벌떡 일어나 창살로 다가갔다. 그리고 상황을 파악하기 위해 주변을 살폈다. 퀴퀴한 연기가 감옥 안으로 스며들고 있었다.

"……!"

이안은 단번에 누가 이런 일을 벌였는지 알아차렸다. 애초에 이 시점에서 일을 벌일 사람은 딱 한 명뿐이었다. 하지만 왜 불이 난 거지? 설마 무슨 일이 생긴 건가? 이안은 피가 차갑게 식어가는 것을 경험했다. 그때 같이 따라갔어야 했는데.

언제나 그녀는 제멋대로였다. 누구에게 일을 떠넘기는 법이 없었다. 정말 어렵고 힘든 일은 직접 해야 직성이 풀리는 헬리아였다. 이안은 입술을 질끈 깨물었다. 어찌해야 할까. 하지만 곧 냉정을 되찾았다. 그 헬리아 공주다. 그녀에게 문제가 생길 리 없다.

"문제를 만들면 모를까."

작게 미소를 지은 이안이 품에서 검을 꺼냈다. 여장한 그가 설마하니 무기를 갖고 있을 줄 생각도 못 했기에 노예 상인에게 무기를 빼앗기지 않을 수 있었다.

차앙!

이안이 검을 빼 들자 날카로운 검명이 울렸다.

"히익!"

뒤에 있던 여인들이 놀라 숨을 들이마셨다. 그러나 곧 그들의 얼굴에 희망이 번졌다. 무슨 일인지 몰라도 도망갈 수 있게 된 것이다. 이안의 검이 단단한 철장을 단번에 갈랐다.

쨍그랑.

철장이 부서지고 이안은 밖으로 나왔다. 그러면서 최대한 기감을 넓혀 사건이 벌어지고 있는 진원지를 찾았다. 그곳에 헬리아가 있으리라.

"저긴가!"

헬리아의 기운을 탐지한 이안이 빠르게 그녀가 있는 곳으로 달려 나갔다.

콰아앙!

"끄아아아!"

또다시 들려오는 폭음과 사람들의 비명.

'아예 쑥대밭을 만들 작정인가!'

이안의 발걸음이 더욱 빨라졌다. 그리고 그는 헬리아를 발견할 수 있었다.

"크크크."

화염을 뿌려대며 마법을 난사하는 헬리아의 모습에 이안은 뚝 걸음을 멈췄다.

"하아……."

걱정한 자신이 너무 불쌍해진다. 어쩌자고 그녀를 걱정했을까. 정말 이지 못 말리는 공주님이다.

"이안!"

헬리아가 이안을 보더니 활짝 웃었다.

"탈출이다!"

이안은 옅게 미소를 지었다. 하기야 아무렴 어떠한가. 그것이 헬리아인 것을.

슈욱!

이안의 검이 헬리아의 등 뒤에서 기습하던 사내를 갈랐다.

"크아악!"

"조심하십시오."

그는 헬리아와 등을 졌다. 이안은 절로 웃음이 났다. 어느 호위 대상이 호위 기사와 등을 맞대고 싸우겠는가. 그런데 지금 그는 헬리아와 등을 맞대고 서 있었다. 헬리아는 지켜야 할 사람. 그 지켜야 할 사람과 등을 마주대고 있다. 지키고 싶은 상대 이전에 등을 맡길 수 있는 상대라는 것은 과연 행운일까, 불행일까. 이안의 입가엔 미소가 흘러나왔다.

❊

콰아아앙!

거대한 폭음이 들려오자 로브를 입은 남자가 슬쩍 뒤를 돌아보았다.

"무슨 일인지 알아보고 올까요?"

옆에 있던 사내가 그를 향해 굽실거렸다.

"아니, 되었다."

"예."

그들은 이미 멀리 그곳에서 멀리 떨어진 곳에 위치해 있었다. 로브를 입은 남자는 그저 눈을 찌푸리곤 시선을 돌렸다. 여인들을 태운 마차는 어디론가 움직이기 시작했다.

❊

"불이야, 불이야!"

멀리서 들려오는 소리에 가게에 앉아 있던 숀 일행의 시선이 밖으로 쏠렸다.

"뭔 소리지?"

"불이 났다는데?"

하지만 그들은 음식이 나오자 이내 신경을 끄고 먹기 시작했다. 그런 그들과 함께 알런이 있었다. 헬리아 일행과 떨어진 뒤 숀 일행은 착실히 제국에 도착했다. 현재 그들이 있는 곳은 페르시아 제국의 국경지대에 위치한 벨리앙 영지였다. 전날 사신으로 온 벨리앙 백작의 영지가 바로 이곳이었다.

"그런데 생각해 보니까 말이야."

숀이 머리를 긁적이며 말했다. 음식을 먹고 있던 세 사람이 그를 바라보았다.

"아가씨 일행과 어디서 만나기로 했더라?"

"어? 여기 아니야?"

숀과 휴의 얼굴이 사색으로 물들기 시작했다. 확실히 만날 장소를 정하지 않았던 것이다.

"어, 어떻게 하지?"

"우리 이러다 잊어버리는 건 아니겠지?"

숀과 휴가 당황하자 렌스가 혀를 찼다.

"이 바보들아, 이게 있잖아."

렌스가 구슬을 꺼냈다. 추적 구슬로 헬리아가 다른 한 짝을 가지고 있어 서로의 위치를 알 수 있었다. 그러자 숀과 휴가 안도의 한숨을 내쉬다 렌스를 노려보았다.

"야, 그럼 진작 말을 해야지!"

"그래!"

"다 같이 들어놓고 뭔 딴소리야!"

렌스는 이런 바보 멍청이라며 숀과 휴를 우롱했다. 숀과 휴는 투덜거렸지만 안도했다.

"한데 너무 늦으시는 거 아닌가요?"

알런이 걱정스런 표정을 지었다. 물론 그러면서도 음식에 착실히 손을 움직이고 있었다. 하지만 숀 일행은 크게 걱정하지 않는다는 듯 손을 내저었다.

"괜찮아. 어디 사막에 떨어져도 안 죽을 사람들이라니까?"

"맞아. 그러니 걱정하지 말라고."

헬리아와 이안의 무력을 아는 숀 일행은 걱정하지 않았다. 오히려 그들이 걱정하는 것은 따로 있었다. 바로 여관비를 낼 돈이 없다는 것이다. 간신히 일행이 온다는 핑계로 여관 주인에게 외상을 달아두었지만, 혹에 떼먹고 도망갈까 눈에 불을 켜고 그들을 주시하고 있는 주인을 보고 있노라면 등골이 서늘했다. 그저 빨리 일을 마치고 돌아오길 바랄 뿐이었다.

"그래도……."

알런은 여전히 걱정을 떨치지 못했다. 그때 숀이 잠자코 알런을 보았다.

"그런데……."

"왜요?"

"아니, 어디서 본 것 같아서."

알런은 숀의 눈빛에 살짝 몸을 뒤로 뺐다.

"죄송하지만 제가 아무리 이런 외모라도 그런 취향은…… 물론 사람마다 취향이라는 게 있으니 존중은 하지만 제가 그 당사자가 되는 건……."

"숀, 너 설마!"

"여자에게 옴팡지게 차이더니 네가 결국 돌아올 수 없는 강을 건넜구나!"

"야! 아니야!"

렌스와 휴가 그를 의심의 눈으로 바라보았다.

"역시 세인을 보는 눈빛도 이상하더라. 혹시 우울하던 것도 사랑하던 세인이 사라져서?"

"야, 이 새끼야, 죽을래!"

"으억! 이 호모 자식이 날 죽인다요!"

숀이 휴의 목을 휘감자 휴가 바둥거렸다. 큰 몸집이 그보다 작은 숀에게 잡히는 꼴은 가히 꼴사납기 그지없었다.

"어? 세인이요?"

"아니라니까!"

"우리 형이랑 이름이 똑같네요."

"……!"

숀 일행의 시선이 일순 알런을 향했다. 숀은 다른 일행과는 다른 눈으로 알런을 보았다. 알런은 웃으며 말했다.

"제 형 이름이 세인이거든요."

"그, 그 녀석 지금 어디 있어!"

"형을 아세요? 한데 형은 아르센 왕국에 간 일이 없는데……."

알런의 설명이 길어질수록 숀 일행은 고개를 갸웃거렸다.

"혀, 형이 뭐 하는 사람인데?"

숀이 안절부절못해 물었다.

"서점을 운영해요."

"서…… 점?"

"야, 딴 사람인가 보다. 하긴 세인이란 이름이 흔하잖아."

"……."

숀도 어느덧 푹 풀이 죽었다. 다크소드의 암살자가 서점 주인이라니. 아무리 봐도 이상하지 않은가.

"한데…… 정말로 저를……."

"야, 너 죽어볼래?"

"그러니까 취향은……."

"아니라고! 나 여자 좋아한다고! 아주 허벌라게 좋아한다고!"

숀이 울부짖자 렌스와 휴는 고개를 설레설레 저었다. 암튼 좀만 쑤시면 저렇게 발끈한다니까.

"그런데 너 이제 어떻게 할 거야?"

이성을 되찾은 숀의 말에 알런이 순간 움찔했다.

"예? 뭐를요?"

"이제 헤어져야 하는 거 아니야?"

숀 일행은 자신의 역할을 잊지 않았다. 자신들은 헬리아의 기사. 그들도 자신의 본분을 알았다.

"그, 그게……."

알런이 우물쭈물하자 숀이 눈을 가늘게 떴다.

"수도까지 가야 하는데 돈이 없어서…… 아시다시피 제가 길 잃고 돈도 잃어버리고……."

알런이 두 손을 꽉 붙잡고 애원했다.

"혹시 어디까지 가세요?"

"우리야 수도까지……."

"가, 같이 가면 안 될까요? 부탁드려요! 저 밥도 잘하고 심부름도 잘해요! 절~ 대 방해 안 될 테니까 제발 좀."

알런이 눈을 반짝이며 애원하자 숀 일행은 어떻게 할 도리가 없었다.

"그, 그게 우리로서는……."

"제발 부탁드려요!"

알런이 애원하는 듯한 눈으로 바라보자 숀 일행은 결국 고개를 끄덕이고 말았다.

"아, 알았어. 어떻게든 말해볼게."

"가, 감사합니다!"

"누구 마음대로?"

그때 알런의 뒤로 검은 그림자가 드리워졌다.

❊

"끄아아아!"

"사, 살려줘!"

음습하고 깊은 지하실. 그곳에서는 여인들의 처절한 비명이 끊임없이 울려 퍼지고 있었다.

"다음."

여인들이 죽어나가는 것을 무심하게 쳐다보던 남자의 말에 여인의 시체가 치워지고 새로운 여자들이 실험대에 묶였다.

"사, 살려줘요!"

"죽고 싶지 않아요!"

"까아아악!"

여인들은 울음을 터뜨렸지만 그 소리는 남자의 귓가에 도달하지 못했다.

"시작해라."

"예."

남자의 말에 수하가 손을 움직였다. 그러자 그녀들의 몸에 검은빛이 스며들었다. 그러자 여인들은 자지러지게 비명을 질러댔다.

"그만. 확인해라."

"살아 있습니다."

실험대 위에 있는 여자를 확인한 수하의 말에 남자의 입꼬리가 올라갔다.

"데리고 가라."

"예."

"다음."

남자의 말에 다시 또 다른 여인들이 실험대 위에 올라가기 시작했다.

❊

"요 요망한 입이 그런 말을 내뱉는 거냐?"

"으헤헤엑."

헬리아가 알런의 양 볼을 한 손으로 잡아 늘어뜨렸다. 알런은 팔을 허우적거렸다.

“부탁드리긴 뭘 부탁드려?”

헬리아가 그제야 손을 놓자 알런이 양 볼을 감쌌다. 아직도 볼이 얼얼했다.

“그, 그게…….”

알런이 움츠러들자 숀 일행이 나서서 말렸다.

“아, 아가씨, 아무리 그래도 불쌍한 녀석인데.”

“맞습니다요. 어차피 가는 길인데…….”

숀과 휴의 말에 헬리아가 그들을 스윽 바라보았다.

“어디 놀러 가?”

“…….”

그 한마디에 둘은 입을 꾹 다물 수밖에 없었다. 헬리아가 알런을 돌아보았다.

“이왕 이렇게 된 거 서로 좋게 좋게 헤어지자고. 어때? 지금이 딱인데.”

“리아아아.”

“우는 소리 해도 소용없어. 애초에 하고 많은 사람 중에 왜 우리야? 네 얼굴이면 얼씨구나 하고 좋다고 도와줄 테니까 딴 데 가서 알아봐.”

알런이 우물쭈물 말했다.

“그게 돈도 없고…….”

“네 얼굴이면 손만 내밀어도 돈이 들어올 거야.”

“길도 모르는데…….”

“네 얼굴이면 알아서 찾아줄 거야.”

“하지만…….”

왜 모르겠는가. 알런도 자신의 얼굴이 어떤지 잘 알고 있었다. 그 역시 헬리아가 말한 방법을 써보았다. 하지만 그것이 문제였다. 자신의 얼굴을 보고 도와줬던 이들이 자신의 돈을 빼앗고 자신을 위협했다. 그래서 지금 이 꼴이지 않는가.

하지만 이들은 달랐다. 처음엔 여자로 보긴 했지만 그다음부턴 결코 여자라고 놀리지도 않았고, 그에게서 무언가 얻으려고 하지도 않았다. 무엇보다 알런은 말은 저리 거칠지만 리아가 그리 나쁜 사람이 아님을 알았다. 알런은 반드시 리아를 붙잡아야겠다고 마음먹었다.

"뭐든지 다 할게요!"

결국 방법이 없는 알런으로서는 가장 최선의 말이었다. 물론 그게 그에게 최선으로 돌아올지는 모르겠지만.

"자, 잠깐 그런 말은……."

숀은 알런이 내뱉은 말에 깜짝 놀랐다. 하필 그런 말을 내뱉다니!

"후후후."

역시나. 기대를 저버리지 않고 헬리아의 입에서 웃음소리가 새어 나오기 시작했다. 금안이 번뜩이는 것이 이미 스위치가 켜진 모양이다.

"뭐든 다 하겠다고?"

"네! 시켜만 주세요! 그러니 제발!"

알런이 그런 헬리아의 변화도 모른 채 어리석게도 악마에게 미래를 약속했다.

"후후후, 좋아."

헬리아가 알런의 턱을 손으로 들어 올렸다. 그녀의 눈빛에 알런은 저도 모르게 얼굴을 붉혔다.

"그 말은 내가 가장 좋아하는 말이야."

"그, 그럼……."

"어쩔 수 없지. 사람이 이렇게까지 부탁하는데 안 들어줄 수야 있나?"

"가, 감사합니다!"

알런이 감격의 눈으로 헬리아를 바라보았다. 헬리아는 씨익 웃었다.

"그런데 그전에 잠깐 하나만 적고 가도 될까? 사실 이번 여정에 사람을 들이면 안 되는 터라…….”

“무, 물론입니다!”

알런이 씩씩하게 답했다. 그 모습에 헬리아는 히죽 만족스럽게 웃으며 품에서 스윽 한 장의 종이를 꺼냈다.

“이게 뭔가요?”

“그냥 형.식.적.인 거야. 뭐, 네 입으로 뭐든지 다 하겠다고 했잖아? 아아, 걱정하지 마. 나도 사람인데, 인도적으로 대해 줄 테니까.”

“아, 네.”

알런이 자신도 모르게 엉겁결에 종이를 받아 들고 헬리아가 내민 펜–언제 꺼냈는지 보지도 못 했다–으로 사인을 했다. 그리고 차근차근 그 내용을 읽어 보려는 찰나, 헬리아가 순식간에 품 안으로 밀어 넣었다.

“저, 저기 종이 위에 뭔가…….”

“자, 그럼 나는 잠시 가볼 데가 있어서 말이야.”

헬리아가 휘익 몸을 돌리자 알런은 왠지 모를 찝찝함에 그녀를 잡으려 했으나 헬리아가 먼저 밖으로 나갔다. 그 뒤를 사람으로 변한 엘라임과 이안이 따랐다. 그런데 그들의 눈에 연민이 스친 건 착각일까?

그때 숀이 알런의 어깨에 손을 올리고 고개를 저었다.

“쯧쯧, 창창한 인생이.”

“아아, 인생 다 그런 거지.”

숀과 휴가 혀를 차며 알런을 동정했다. 알런은 영문을 몰라 어리둥절했지만 무언가 불안감이 스멀스멀 피어올랐다.

“저 자, 잘한 거 맞죠?”

“…….”

모두 시선을 회피했다.

거리로 나온 헬리아는 웃으며 품에서 종이를 꺼내 확인해 보았다.

신체 포기 각서.

“이것만큼 좋은 계약서는 없지.”

헬리아의 눈꼬리가 반달 모양으로 곱게 휘어졌다.

“처음엔 버리고 간다며.”

엘라임이 그런 헬리아를 질린 듯 바라보았다. 시간이 지나도 저 버릇이 고쳐지지 않는 걸 보면 그냥 천성이 아닌가 싶다.

“이득이 되지 않는 건 데리고 있어봤자 짐만 될 뿐이야.”

“그럼 지금은?”

“지금은 이게 있으니 최소한 이득은 뽑지 않겠어?”

어련히 골수까지 빼먹으실까. 엘라임은 혀를 내둘렀다. 하여간 수완 좋은 건 알아줘야 한다. 순간 엘라임의 눈이 가늘어졌다.

“설마 그 말이 나오길 유도한 건 아니겠지?”

헬리아는 하늘을 쳐다보며 걸음을 옮겼다. 날씨가 참으로 맑구나.

“자자, 놀고 있을 시간이 없다고.”

그녀의 말에 엘라임은 고개를 휘저었다. 누가 그녀를 말리리오.

“그보다 어디 가는 겁니까?”

이안이 물음에 헬리아는 짧게 대답해 주었다.

“홍등가.”

그 말에 이안과 엘라임의 눈이 커졌다.

“거긴 왜?!”

❊

“어머, 거기 멋진 오빠!”

“우리 가게로 와, 잘해 줄게!”

"어머머, 저 잘생긴 것 좀 봐!"

"오빠아!"

캄캄한 어둠이 내려앉은 밤. 쌀쌀한 겨울바람이 부는 거리에도 이곳만큼은 뜨거운 열기로 달아올라 있었다. 어느 영지나 결코 없어지지 않는 것이 있다.

바로 빈민가와 홍등가이다. 이곳 벨리앙 영지도 마찬가지였다. 벨리앙 백작의 치세에 영지민들은 꽤나 유복한 생활을 영위하고 있지만, 사람이 있는 이상 없어질 수 없는 곳이었다.

홍등가로 들어서자 겨울임에도 속살이 뻔히 보이는 옷을 입은 여자들이 짙게 화장을 한 채 헬리아 일행을 유혹하기 시작했다. 진작에 헬리아는 로브를 뒤집어썼지만 엘라임과 이안은 얼굴을 내밀고 있어 뭇 여인의 유혹을 받아야 했다.

엘라임은 자신의 팔에 엉겨 붙는 여인들을 떨쳐내고 눈살을 찌푸렸다.

"도대체 여긴 왜 온 거야?"

엘라임과 이안은 보기 드문 미남이었다. 그래서인지 여자들이 끊임없이 그들에게 달라붙었다. 이곳에 올 줄 알았으면 로브라도 입고 오는 건데.

"오빠, 우리 가게에 가자. 싸게 해줄게."

짙은 화장에 고약한 향수 냄새를 뿌리며 이안에게 달라붙은 여인이 그의 팔에 가슴을 지분거리며 유혹했다. 이안은 그런 여인을 싸늘하게 바라보았다.

"꺼져라."

소드 마스터의 기세가 담긴 눈빛이었다. 여인은 몸을 한 차례 부들부들 떨고서야 자신도 모르게 손을 놓았다. 그때 한 여인이 엉덩이를 흔들며 이번엔 로브를 뒤집어쓴 헬리아에게 다가왔다. 그러나 엘라임과 이안이 여인의 앞을 가로막았다.

"아잉, 그러지 좀 말고, 거기 오빠야 얼굴 좀 보자아."

여인은 그런 엘라임과 이안을 부드럽게 밀어내고 헬리아에게 달라붙었다. 엘라임과 이안은 자신들이 순순히 밀린 것에 놀란 듯 눈을 크게 떴다.

여자는 헬리아에게 다가가 그녀의 로브를 들추려 했다. 헬리아는 그녀의 손을 잡았다. 여인의 눈이 곱게 휘었다.

"어머, 오빠는 손도 곱네. 어때? 우리 가게로 갈래? 유니 언니가 잘해 줄 거야."

"유니?"

"응, 안 갈래? 알고 싶은 게 있잖아?"

여인은 헬리아의 팔에 달라붙어 속삭였다. 만약 남자라면 무뚝뚝한 이도 한 번에 함락될 만한 그런 유혹이었지만, 아쉽게도 헬리아는 여자였다. 거기다 여인의 말을 듣는 순간 헬리아는 자신이 제대로 찾아왔음을 느꼈다.

"그럼 거기로 가지."

"어머, 좋아 좋아. 거기 오빠들도 갈 거지?"

그제야 엘라임과 이안은 상황을 인지하고 그녀의 뒤를 따랐다.

"하하하."

"호호호."

가게 안에는 화장을 짙게 하고 싸구려 향수 냄새를 풍기는 여자들의 웃음소리와 그녀들의 치마폭에 휩싸여 웃는 남자들의 소리가 뒤섞여 있었다. 가게 안에 들어선 헬리아 일행은 눈살을 찌푸렸다. 특히 엘라임은 코를 손으로 막으며 아예 얼굴을 일그러뜨렸다.

"최악이야."

엘라임이 한 마디 내뱉었다. 헬리아와 이안도 크게 다르지 않았다. 하지만 엘라임처럼 대놓고 인상을 찌푸리진 않았다. 헬리아는 벌거벗은 여인들과 남성들에게 시선을 주다가 이내 자신의 팔을 잡아당긴 여자에게 시선을 옮겼다. 차라리 그 여자의 복장이 다른 이들보다 양호했다.

"이쪽이야, 이쪽."

헬리아 일행을 이곳으로 데려온 여인은 펍에 있는 사람들을 가로질렀다.

"휘유! 레나! 제법인데?"

"이거 엄청난 미남이잖아?"

"자자, 마담 손님이니까 눈독 들이지 마."

레나라 불리는 여자가 마담을 입에 올리자 여인들을 물론 흥미롭게 보던 남자들까지 이내 고개를 돌리고 손사래를 휘저었다. 레나는 헬리아 일행을 가게 안쪽 깊은 곳에 위치한 방으로 안내했다.

"여기 앉아 있어. 곧 언니가 올 거야. 물론 기다리다 지치면 날 불러도 좋고."

레나는 한쪽 눈을 찡긋하며 엘라임과 이안에게 고루 추파를 던지고 몸을 돌렸다. 엘라임은 얼른 방에 들어가자 방문을 닫았다.

"이제야 살 것 같네."

그제야 엘라임은 코에서 손을 떼고 풀썩 자리에 앉았다. 헬리아도 로브를 벗고 엘라임의 맞은편에 앉았다. 방은 가운데에 낮은 협탁이 있었고, 그 주위로 소파를 배치해 놓았다.

'어딜 가나 똑같군.'

헬리아는 방 안을 살피고 지구의 룸살롱 같다는 느낌을 받았다. 하기야 사람의 욕망이 어디든 다르겠는가.

"도대체 여긴 어딥니까?"

이안이 헬리아에게 물었다. 그녀가 아무런 이유도 없이 이런 곳에 올리가 없기 때문이다. 헬리아는 협탁에 놓인 주스를 한 모금 마신 뒤 입을 열었다.

"베라의 지부야."

"베라의 지부가 이런 곳에도 있어?"

엘라임이 미간을 좁혔다. 벨라의 지부는 대체로 술집, 여관, 음식점 등 다양했지만 설마 홍등가까지 있을 줄 몰랐다.

"사람이 모이는 곳이라면 직종이 중요한 게 아니잖아? 게다가 홍등가만큼 경계를 푸는 곳도 없지."

헬리아의 말에 엘라임은 수긍했지만, 그다지 기분이 좋지는 않았다. 그건 이안도 마찬가지였다. 헬리아가 이런 곳에 있는 것이 마음에 들지 않았다. 그녀는 그런 남자들의 모습에 피식 웃었다.

"뭐야, 한 번도 안 와본 것처럼?"

"야, 나는 너랑 붙어 다니는데 어딜 오냐?"

엘라임이 투덜거렸다. 한데 그녀의 말을 곰곰이 생각해 보니 꼭 헬리아는 와본 것 같은 투가 아니겠는가? 설마 나 떼어놓고 이런 델 온 거야?

"쯧쯧, 이 동정녀 마리아도 울고 갈 놈들."

동정녀 마리아가 누군지 모르겠지만 헬리아의 비웃음에 엘라임과 이안은 미간을 찌푸렸다.

그때 밖에서 문을 두드리는 소리가 들렸다.

"유니예요."

목소리가 가늘고 예뻤다. 여인치고는 낮은 미성이지만, 그 중성적인 목소리가 귓가를 울렸다. 아까 레나가 말한 유니라는 자인가 보다. 헬리아는 그녀가 베라의 지부장임을 짐작했다.

끼이익-

문이 열리고 헬리아가 문을 바라보았다. 한데 일순 일행은 몸이 굳어지는 경험을 해야 했다.

"어머, 잘생긴 분이 두 분이나."

"……."

'그러는 그쪽은 참으로 우람하시네요'라는 말이 모두의 입안에서 머물렀다. 꾀꼬리 같은 목소리와 달리 190센티가 족히 넘는 키, 팔뚝과 다리에 불끈 솟아난 저 근육들은 대체 무엇이란 말인가! 컬쳐 쇼크가 아닐 수 없었다.

"유, 유니?"

평소 당황하지 않던 헬리아도 당황했는지 살짝 말을 더듬고 말았다. 거기다 그는 짧은 스커트를 입고 있었는데, 그 아래 다리털이 수북했다.

"호호호, 예, 제가 유니예요."

유니는 어울리지도 않은 교태스런 몸놀림으로 헬리아 일행의 정신을 피폐하게 만들었다. 유니는 엘라임과 이안 사이에 떡 하니 앉아버렸다.

'오, 신이시여.'

엘라임과 이안의 얼굴이 순식간에 사색으로 물들었다. 그 모습을 지켜본 헬리아는 고개를 휘저었다.

'뭐, 나만 아니면 되니.'

유니는 엘라임과 이안을 보며 입가에 짙은 미소를 띠웠다. 그 모습에 그 둘은 더욱 얼굴이 파래졌다. 가까이서 보니 얼굴에 수염을 깎은 자국이 선명히 나 있는 것이다.

"호호호, 정말 가까이서 보니 잘생겼다. 어머."

유니가 음흉한 미소를 짓고는 엘라임과 이안의 냄새를 맡았다. 엘라임과 이안은 몸이 굳어져 피하지도 못 했다. 유니가 씨익 미소를 지었다.

"위대한 정령왕을 이런 곳에서 보다니. 게다가 이분은 젊은 나이인데도 대단한데요? 소드 마스터라니."

유니의 말에 엘라임과 이안이 벌떡 일어나 그를 경계했다.

휘익- 탁.

이안이 검을 빼 들려 하자 순식간에 유니의 손이 이안의 검집에 닿았다.

'보지 못했다.'

이안의 눈동자가 흔들렸다. 소드 마스터가 되고 이렇게 속수무책으로 당한 것은 처음이었다.

"호호호, 제가 좀 오래 살아서 이것저것 재주가 많답니다."

유니는 웃었지만 나머지는 웃을 수 없었다.

그때 헬리아가 나섰다.

"키안에게 말로만 들었지만 사실이었네. 이안, 그만둬. 그 녀석 요정족이야. 그것도 얼마나 살았는지 모를 만큼 산. 인간이라면 벽에 똥칠할 만큼 살았을걸."

"에잉, 그 귀쟁이 놈이 미리 알려준 거예요?"

유니가 몸을 배배 꼬며-제발 그러지 말아주길 모두 빌었다-웃었다.

"요정족?"

"저게?"

"저게라니요. 엄연히 요정족이라구요. 물론 혼혈이긴 하지만."

엘라임과 이안의 눈이 가늘어졌다. 저게 어딜 봐서 요정이란 말인가. 거대한 몸집에 수북한 다리털이라니. 모름지기 요정이란 깜찍하고 아름다워야 하거늘, 그래야 하는데…….

"호호, 자자, 그건 넘어가자구요. 뭐 굳이 더 자세히 알고 싶다면 이따 밤에 제 방으로 오시든가요."

유니가 엘라임과 이안을 앉히고 그들의 다리를 한 손씩 쓰윽 쓰다듬었다. 그에 그 둘은 꼼짝도 하지 못했다. 헬리아가 그 모습을 보다 못해 얼른 본론으로 들어갔다.

"실종된 이들은?"

"예, 최근 실종된 이들과 그 주변을 살펴본 결과, 모두 노예 시장으로 유입되었음을 확인했습니다."

유니의 목소리가 좀 전보다 더 낮아졌다. 그 목소리가 본래 목소리인 모양이다. 하지만 여전히 외모와 어울리지 않는 건 마찬가지였다.

"노예들이 어디로 팔리는 거지?"

헬리아는 감옥에서 보았던 흑마법사를 떠올렸다. 그는 여인들을 선별해 데려갔었다.

"워낙 노예가 많아 일일이 다 확인할 순 없었습니다. 하지만."

"하지만?"

헬리아는 유니의 다음 말을 기다렸다.

"최근 몇 달 사이에 벨리앙 영지의 노예 시장이 커졌습니다."

헬리아의 눈에 이채가 띠었다.

"원래 벨리앙 백작령엔 노예 시장이 이렇게까지 크지 않았습니다. 백작이 노예 제도에 회의적이기에 암암리에 한두 개 정도 노예 상단이 있었을 뿐이었습니다."

유니의 설명에 헬리아는 백작을 떠올렸다. 몇 마디 대화밖에 나누지 못했지만, 그는 성품이 곧고 공명정대한 부분이 있었다. 또한 들은 풍문으로도 그는 자비로운 영주였다.

'도대체 무슨 일이 생긴 거지?'

"한데 갑자기 근래에 노예 시장이 커지기 시작하더니, 이내 주변의 일반 평민들까지 납치하여 노예로 팔고 있습니다."

"원인은?"

"정확한 이유는 밝혀내지 못했습니다. 다만 몇 달 전부터 백작이 거의 성 안에서 나오질 않은데다가, 그의 딸 또한 모습을 드러내지 않고 있는 것과 관계가 있지 않을까 싶습니다."

"딸?"

"백작에게는 딸이 하나 있는데, 백작 부인이 아이를 낳고 바로 죽은 탓에 애지중지한다고 합니다."

헬리아는 전날 그가 웃으며 딸 이야기를 한 것을 기억해 내었다. 그가 얼마나 딸을 생각하는지 알 수 있었다.

"거기다 마침 그 시기에 리베앙 남작이 백작가를 찾았습니다."

"리베앙 남작?"

"백작의 이복동생입니다. 이상한 점은 사이가 좋지 못해 이전까지 왕래가 없었습니다. 거기다 호위 병력이라고 하기엔 그가 이끌고 온 기사가 수십은 넘었습니다."

헬리아는 유니의 말을 근거로 정보를 분석했다. 몇 달 사이에 갑자기 커진 노예 시장과 백작의 달라진 행동, 거기다 갑작스레 등장한 리베앙 남작. 일련의 사건을 연결시켜 보니 무언가 수상한 점이 보였다.

"노예 시장, 그리고 백작가……."

순간 헬리아의 눈이 커졌다.

"노예 시장에서 흑마법사를 봤어."

유니의 표정이 단번에 날카로워졌다. 그가 헬리아와 시선을 맞췄다. 헬리아는 고개를 끄덕였다.

"아무래도 흑마법사와 관련이 있는 것 같아."

확실한 증거는 없다. 하지만 갑작스레 늘어난 실종자들, 그리고 커진 노예 시장, 노예 시장에서 노예를 사 가는 흑마법사. 무엇보다 그 일이 벨리앙 백작가에서 시작된 점을 보면 오히려 관련이 없다는 것이 이상할 정도다.

헬리아는 점점 사태가 심각해짐을 느꼈다. 백작가를 좌지우지할 만큼의 힘. 헬리아는 나직이 입을 열었다.

"다크니스."
"그들이 아니고선 이런 일을 벌일 수 없습니다."
유니 또한 헬리아의 생각에 힘을 더했다. 헬리아의 눈이 매처럼 날카로워졌다.
"백작가로 들어가 봐야겠어."
"위험합니다."
이안은 또다시 무모한 행동을 하는 헬리아를 말렸다. 하지만 헬리아가 그런다고 들을 위인이던가.
"직접 확인해 봐야 돼."
"후우…… 꼭 가셔야겠습니까?"
"내 성격 알잖아?
헬리아가 이안을 향해 짓궂은 미소를 지어 보였다. 이안은 할 수 없이 고개를 저었다.
"그럼 저도 갑니다."
"뭐, 예상했어."
"난 당연히 간다고."
엘라임이 이안에게 지기 싫은 듯 바로 말했다.
"흐음, 정말 직접 가실 건가요?"
유니는 묘한 표정으로 헬리아를 바라보았다. 헬리아는 한 점 망설임 없는 눈으로 유니를 응시했다.
"알겠습니다."
유니는 더는 가타부타 말을 붙이지 않았다.
"하나 몰래 담을 넘거나 하는 건 힘들 겁니다. 백작가 외부에는 탐지 마법진이 전 범위에 걸려 있습니다."
"마법진이?"
헬리아는 조금 놀란 듯 눈이 살짝 커졌다. 전 범위에 마법진을 설치

하는 건 매우 어려운 일이기 때문이다. 대마법사 수준이 되어야 가능했다.

"과거 어떤 대마법사가 인연으로 새겨 넣어줬다고 하더군요. 뛰어난 마법사였는지 지금도 계속 작동하고 있습니다. 만약 공주님이 말씀하신 대로 흑마법사가 그곳에 있다면 필시 외부의 침입에 대해서도 신경을 썼을 겁니다."

"그럼 그건 무리겠네."

"대놓고 들어가는 것도 무리입니다. 안의 상황이 어떤지 모른 상태에서 주목을 받는 건 위험합니다."

"그럼 어쩌지?"

헬리아는 유니의 말에 미간을 찌푸렸다. 그러나 유니가 씨익 웃으며 말했다. 웃는 모습이 영락없는 장난꾸러기 요정족이 확실했다.

"몰래 잠입해 보시는 건 어떠십니까?"

유니의 말에 헬리아가 그를 돌아보았다. 유니는 매우 즐거운 듯 웃고 있었다.

⁂

헬리아 일행이 가고 난 뒤 자신의 방으로 들어간 유니는 통신 구슬을 연결했다. 통신구에서 빛이 흘러나왔다.

[당신이 무슨 일입니까?]

통신구슬은 키안을 비추었다. 키안은 여전히 감기에서 벗어나지 못한 듯 두터운 담요를 두르고 있었다.

"추위를 타는 건 여전하네."

[네놈이 추위를 타지 않는 것도 여전하군요.]

"호호호, 이 몸이 얼마나 좋은데."

[그보다 언제까지 그 모습으로 있을 겁니까?]

"왜? 호호호, 어때? 좋잖아?"

[제발 그 역겨운 얼굴 치워 버리세요.]

"호호호, 이게 얼마나 재밌는데."

순간 유니의 몸에서 빛이 새어 나오더니 그의 크기가 점점 줄어들기 시작했다. 산만 하던 그의 몸이 작아지고, 또 작아지더니 사람 팔뚝만큼 줄어드는 게 아닌가. 그리고 그의 외모 또한 완전히 바뀌었다. 찰랑거리는 긴 은빛 머리카락과 은빛 눈동자. 거기에 그의 등에는 작은 날개가 팔랑거렸다. 그야말로 요정이었다.

"에잉, 이 모습은 재미없는데."

꾀꼬리 같은 목소리와 어울리는 외모였다.

[유리니스.]

유리니스. 유니의 원래 이름이었다. 그는 요정의 여왕 유리하리스와 인간 남성의 혼혈로 태어났다. 그 혼혈의 힘 때문에 그는 인간과 요정을 오갈 수 있었다. 하지만 대개 재미있다는 이유로 유리니스는 인간의 몸을 선호했다.

"무슨 일이긴, 네 귀여운 공주님이 왔다 갔으니 보고하는 거지. 정말 닮았더라."

[…….]

유니는 이전에 헬리아와 똑같은 외모를 한 자를 알고 있었다. 그녀 또한 헬리아처럼 무모했고, 제멋대로였다. 그리고 한번 결정한 일은 결코 되돌리지 않은 단호함을 지녔었다. 하지만 유니는 그런 그자가 마음에 들었다. 그래서 유니는 그를 따라 키안과 함께 인간들 사이로 내려온 것이다.

"얼굴이며 목소리, 성격까지 정말 그분인 줄 알았어."

키안은 아무 말도 하지 않고 그런 유니를 바라보았다. 그 또한 처음 헬리아를 보았을 때 유니와 다르지 않았다.

"과연 네가 마음에 들어 할 만해."

[별로 마음에 든 건 아닙니다.]

"아니긴."

유니는 키안의 말에 킥킥 웃었다. 그러다 이내 표정을 굳히고 말을 이었다.

"그자들이 움직였어."

[…….]

키안의 눈이 깊어졌다.

다크니스. 그들이 오랫동안 쫓던 자들이었다. 그간 꽁꽁 숨어 모습을 드러내지 않더니 이내 제국에서 움직인 것이다.

[제국이었군요.]

제국에선 베라의 영향력이 크지 않았다. 베라의 본거지가 아르센 왕국이라는 점도 있지만, 제국에선 이종족에 대해 배타적이기 때문에 엘프가 돌아다녔다간 바로 노예로 끌려갈 것이다. 그 탓에 활동이 쉽지 않았다.

[공주님은…….]

"발견한 게 그 공주님이야."

[후우…….]

키안은 깊게 한숨을 내뱉었다. 안 봐도 이후 헬리아의 행동이 뻔히 보였다.

[가셨습니까?]

"응, 벌써."

[정말이지…….]

"후후후."

[왜 웃습니까? 기분 나쁘게.]

"아니, 네가 걱정하는 모습을 본 것도 오랜만이네."

[…….]

유니는 매끄러운 턱을 쓸어내리며 웃었다. 키안은 낮게 헛기침을 하고 유니를 째려보았다.

[쓸데없는 소리 하지 말고 공주님을 부탁드립니다.]

"정말 마음에 든 거잖아?"

키안의 태도에 유리니스는 조금 놀란 듯 눈을 크게 떴다.

"아니."

유리니스가 눈을 가늘게 떴다. 그와 키안은 몇백 년을 함께해 온 사이. 그의 진짜 마음을 모를 리 없었다.

"아직도 그분을 잊지 못한 것이야?"

[…….]

"너도 여전하군."

유리니스는 팔랑팔랑 허공을 날아올랐다.

"뭐 재밌으니까 지켜봐 줄게. 호호호."

키안은 가볍게 고개를 끄덕였다. 유리니스의 몸이 반짝거리더니 이내 방 안에서 사라져 버렸다.

❊

"리아라고 합니다."

"안입니다."

벨리앙 백작가의 살림을 맡고 있는 시녀장 세리아는 자신 앞에 서 있는 젊은 남녀를 매의 눈으로 살펴보았다. 리아라 불린 여자는 짙은 갈색 머리를 단정히 하나로 땋아 허리 아래로 내렸고, 예쁜 금안을 지니고 있었다. 그리고 안이란 남자는 무뚝뚝한 표정에 남색 머리를 지닌 자였다. 특이한 건 눈동자가 검다는 것이었다.

세리아가 그들을 쭈욱 살펴보곤 말을 이었다.

"시녀장 세리아라 하네. 아시다시피 이곳은 유서 깊은 벨리앙 백작가로 자네들은 그런 백작가에서 일하는 것을 영광으로 알아야 하네. 또한 이곳에선 밖과는 달리 그 몸가짐과 말을 항상 조심해야 하네."

"명심하겠습니다."

리아와 안이 고개를 숙이며 예의 바르게 대답했다. 말하는 투나 몸짓에서 예의범절을 배운 티가 났다. 세리아는 그들의 행동에 만족한 듯 미소를 지었다. 다행히 예의범절에 대해 따로 교육할 필요는 없을 것 같았다.

"앞으로 잘 부탁하네."

"저희야말로 잘 부탁드려요."

리아, 아니, 시녀로 분장한 헬리아가 싱긋 웃으며 말했다.

유니의 조력으로 헬리아와 이안은 벨리앙 백작가의 시녀와 시종으로 들어갈 수 있게 되었다. 베라는 때마침 벨리앙 백작가에 고용된 두 남녀에게 대신 돈을 주고 신분을 샀다. 그 정보를 수정하는 것은 베라에게 누워서 떡 먹기.

헬리아는 그렇게 이안과 함께 은밀히 벨리앙 백작가에 잠입할 수 있었다. 이안은 그다지 마음에 들지 않은지 영 무뚝뚝한 표정을 고수했다.

"아참, 원래는 남녀 방을 따로 줘야 하는데 미안하게 되었네. 최근 고용인들의 방을 수리하고 있어서 방이 하나밖에 없거든."

"예?"

세리아의 말에 헬리아의 눈이 커졌다. 이안도 무슨 소리냐는 듯 눈을 찌푸렸다. 그러나 되레 세리아는 입가를 손으로 가리고 웃으며 말했다.

"하지만 다행이지 않는가? 신혼부부라지? 원래라면 부부도 방을 따로 배정받지만 공사 중이니 이번에는 어쩔 수 없지."

"예에?"

헬리아는 이게 무슨 귀신 씻나락 까먹는 소린가 싶었다. 뭐? 신혼부부?

"시, 신혼……."

"호호, 부끄러워하지 말게. 다들 그 정도 눈치는 없지 않을 테니 밤에는 방해하지 않을 거야."

"아, 저, 저……."

헬리아는 뭐라 말을 하려 했지만 도대체 뭐라 하겠는가. 자신들이 신분을 속여서 신혼부부가 아니니 방을 따로 달라고 하겠는가?

'젠장, 이 요정 새끼가.'

헬리아는 유니의 미소를 떠올리고 이를 갈았다. 어쩐지 요정족이 고분고분하더라. 저질 장난의 최고봉이라는 요정이 가만히 있을 리가 없지. 헬리아는 이를 으득 갈았다.

'이 오카마 자식, 돌아가면 그 다리털부터 밀어버리겠어.'

"혹시 무슨 문제 있는 건가? 사이가……."

세리아가 이상하다는 듯 그들을 쳐다보자 헬리아는 얼른 고개를 저었다. 그리고 얼른 이안의 팔을 잡고 수줍은 듯이 말했다.

"하, 한 방을 주실 줄 생각도 못 해서."

정말 생각을 못 했다. 누가 생각이나 했을까. 아무튼 다시 한번 그 요정 새끼를 향해 욕을 퍼부었다. 마치 부끄러운 듯 헬리아가 말하자 세리아는 그런 헬리아와 이안을 보며 부럽다는 듯 말했다.

"호호, 정말 부럽네. 하지만 그렇다고 제 할 일을 하지 않을 시엔 내쫓을 거네."

"물론이에요."

헬리아의 얼굴은 썩어 들어가고 있었다.

세 평 남짓한 방 안으로 들어가자 헬리아는 인상을 와락 구겼다. 역시나 달랑 침대가 하나밖에 없었던 것이다.

"……."

헬리아는 한숨을 짓다가 이내 철퍼덕 침대에 누워 버렸다. 꼼꼼히 생각해 보니 자신이 이렇게까지 신경 쓸 필요가 없지 않는가? 헬리아는 침대에 널브러져 짐을 정리하고 있는 이안을 보았다.

'정말 신혼여행 온 부부 같잖아.'

헬리아는 묘한 눈으로 이안을 보았다. 그러다 아무래도 좀 분위기가 이상해서 침대에서 일어나 창가에 갔다. 일 층이라 전망이 좋지 않았지만 충분히 주변을 둘러볼 순 있었다.

'벨리앙 백작가라…….'

헬리아의 눈이 가늘어졌다. 찬바람이 그녀의 머리카락을 스치고 지나갔다.

'그나저나 엘라임이 또 뭐라 그러겠네.'

그녀는 고개를 절레절레 젓고는 문을 닫았다.

3권에서 계속…